सोनाम

असमिया उपन्यास

सोनाम

(असमिया उपन्यास)

येसे दरजे थोंगछी

अनुवाद

डॉ. महेन्द्रनाथ दुबे

वाणी प्रकाशन

सजिल्द पहला संस्करण : 2009
सजिल्द दूसरा संस्करण : 2023

वाणी प्रकाशन

4695, 21-ए, दरियागंज, नयी दिल्ली-110 002

फ़ोन : +91 11 23273167 फ़ैक्स : +91 11 23275710

शाखाएँ

अशोक राजपथ, पटना-800 004, बिहार
कॉफ़ी हाउस कैम्पस, महात्मा गांधी मार्ग, इलाहाबाद-211 001, उत्तर प्रदेश
महात्मा गांधी अन्तरराष्ट्रीय हिन्दी विश्वविद्यालय, वर्धा-442 001, महाराष्ट्र
36/ए, शेक्सपियर सरणी, रानी बिरला गर्ल्स कॉलेज के पास, कोलकाता-700 017, प. बंगाल

www.vaniprakashan.com
marketing@vaniprakashan.in
sales@vaniprakashan.in

Sonam
by Yeshe Dorjee Thongchhi
Translated by Dr. Mahendranath Dube

ISBN : 978-81-8143-961-1
Novel

मूल्य : ₹ 595

आर. टेक ऑफ़सेट प्रिंटर्स, दिल्ली-110 032 में मुद्रित

वाणी प्रकाशन का लोगो मक़बूल फ़िदा हुसेन की कूची से

दो शब्द

साहित्य अकादमी पुरस्कार से सम्मानित साहित्यकार येसे दरजे थोंगछी यों तो सुदूर अरुणाचल के मोनपा नामक एक छोटे-से कबीले से आते हैं, लेकिन उन्होंने अभिव्यक्ति के लिए असमिया भाषा का ही चुनाव किया। इरा प्रकार वे ज्योति प्रसाद अग्रवाल और लम्मर दाई जैसे उन प्रतिष्ठित लेखकों की श्रेणी में आ गये जिन्होंने ग़ैर-असमिया होते हुए असमिया भाषा को अभिव्यक्ति के लिए चुना।

उनका बहुचर्चित उपन्यास 'सोनाम' अरुणाचल प्रदेश के पश्चिमी कामेंग और तवाँग इलाकों में बसने वाले इस छोटे-से कबीले का अनूठा चित्रण करता है। उपन्यास की थीम याक चराने वाले समुदाय के सांस्कृतिक-सामाजिक परिवेश का मार्मिक लेखा-जोखा प्रस्तुत करती है और इस समाज में प्रचलित बहुपतित्व की प्रथा के इर्द-गिर्द घूमती है।

उपन्यास की नायिका सोनाम और उसके दो पतियों—लबजाँग और पेमा वांगछू—के इस त्रिकोण की जटिलता को उपन्यासकार येसे दरजे थोंगछी ने बड़ी कलात्मकता के साथ चित्रित किया है और दो पुरुषों से भावनात्मक स्तर पर जुड़ी एक युवती के अन्तर्द्वन्द्व को सधे हाथों के साथ उकेरा है।

इस अत्यन्त सशक्त कलाकृति पर हाल ही में एक सफल फ़िल्म बनी है और अनेक फ़िल्म समारोहों में सराही गयी है।

—प्रकाशक

एक

निस्तब्ध, परम शान्त, जीव-जन्तुओं से रहित, भयंकर सन्नाटे भरी घनघोर अँधेरी घाटी वाले झाकछाम पहाड़ की चोटी से धारदार तेज़ प्रकाश का एक पुंज, अँधियारी की छाती चीरते, डगराते-डगराते तलहटी के मैदानी इलाके में स्थित साकतेंग गाँव ओर आते हुए दिखायी दे रहा था। उस तीव्र प्रकाश में पशु-पालक समाज (जिसे ब्रोकपा नाम से जाना जाता है) के एक हट्टे-कट्टे, यौवन-मद से मदमाते, स्फूर्तिवान् युवक की देह दमक उठी। साफ दिखायी पड़ा कि, वह बलशाली युवक अपनी पीठ पर एक बहुत भारी बोझा बाँधे हुए स्वयं तो मस्ती से उतरता आ ही रहा है, साथ में छह याक बैल, यानी चँवरी गायों को भी हाँकता लिये आ रहा है।

शिशिर-ऋतु की हाड़ कँपाती कटीली-बर्फीली पहाड़ी हवा के झकोरों-पर-झकोरों के चलते हुए भी ब्रोकपा नवयुवक के ललाट पर पसीने की ठण्डी बूँदें झलक रही हैं। भारी मेहनत के चलते देह के अन्दर की गर्मी से उभरी पसीने की बूँदे भी बाहर की ठंडक के कारण ओस की ठण्डी बूँदों सी शीतल हुई जा रही हैं। साज-पोशाक के नाम पर उसकी देह पर एक मोटे ऊन का लम्बा-चौड़ा कुर्ता है। लाल रंग के इस ऊनी कुर्ते की ऊनी बुनावट के ताने-बाने के सूत भी जहाँ-तहाँ फटकर बाहर निकला आये हैं। एक लम्बे अरसे से धोए न जाने के कारण उस पर मैली-कुचली चमड़ी की छाल-सी जम गयी है। कुर्ते के ऊपर उसने एक पुरानी पाकचा (यानी जैकेट) पहन रखी है, जो जंगली बकरी की चमड़ी से बनी है। उसमें बाहें तो पूरी क्या अधूरी भी नहीं हैं, परन्तु नीचे की ओर वह घुटनों तक लटकी हुई है। बहुत लम्बे अरसे से पहने जाते रहने के कारण वह पाकचा भी जगह-जगह ऐसा घिसा रहा है कि उन जगहों के बाल भी झड़ गये हैं तथा थोड़ी-थोड़ी दूर पर वह फट-फटकर चिथड़े-चिथड़े हो रहा है। उस नवयुवक के सर पर चँवरी गाय के बालों से बुनकर बनाई गयी काले रंग की गर्माहट भरी गरदूम नामक टोपी है। कमर के ठीक ऊपर पाकसा जैकेट के ऊपर लाल रंग के मोटे कपड़े की एक चौड़ी पट्टी कमरबन्ध के रूप में चारों ओर से घेरा दे कर बँधी है, उसी टँड़ाली या कमरबन्ध में बाई ओर जाँघों

तक लटकती ऊपर से चमड़े से मढ़ी हुई लकड़ी की एक म्यान है, जिसमें लगभग डेढ़ फुट लम्बा और ढाई इंच चौड़ा फाल वाला दाव (पहाड़ी कटार) लटक रहा है। कमरबन्ध से ही लटकी पड़ी है टेड़टेन (गोलाकार गड़ाली) जो मादा याक के बालों से बुनकर बनाई हुई है, जो बीच में कहीं बैठने पर मंचिया की तरह नीचे रख कर बैठ कर विश्राम करने के काम आती है। शरीर के निचले भाग में उसने एक लम्बा हॉफ-पैंट पहन रखा है। इस हाफ पैंट का ऊपरी भाग मोटे ऊन से सिला हुआ है परन्तु नीचे का भाग जंगली बकरी की चमड़ी सिल कर बनाया हुआ है। पैरों में भारी-भरकम आकार का जूता है जो भी चँवरी गाय की चमड़ी और बालों से सिल-बुनकर बनाया गया है। ऐसी कद-काठी और सज-धज वाले गँठीले युवक की पीठ पर रखा हुआ है इतना भारी बोझा कि जिसे और कोई उठा भी न पाये।

याक बैलों के झुण्ड के साथ वह नवयुवक पहाड़ी की तलहटी में स्थित सा. कतेंग गाँव के पास, ऊपरी पहाड़ी इलाके से क्रमशः उतरता हुआ, आ पहुँचा। जब वह अपनी तेज रोशनी वाले प्रकाश पुंज, जो उसकी लम्बी-मोटी मशाल से विच्छुरित होता हुआ, दूर की ऊँची पहाड़ियों से उतर कर करीब आ रहा था, तब जो उसके शरीर की अस्पष्ट झलक दिखायी देने लगी, तब गाँव के पालतू कुत्ते, अपने-अपने गृह-स्वामियों के बरामदों में खड़े हो, जोर-जोर से भौंकने लगे थे। यद्यपि कि रात अभी भी बहुत गहराई नहीं थी, तथापि दो-एक गृह-स्वामियों के घरों से प्रकाश की झीनी-झीनी रोशनी भर जहाँ-तहाँ बाहर छिटकती आने के अलावे बाकी सारा-का-सारा साकतेंग गाँव गहरे अँधियारे में डूबा था।

ऐसी ही वेला में वह नवयुवक उस गाँव के एक घर के सामने पहुँचकर खड़ा हो गया। वस्तुतः वह घर किसी और व्यक्ति का नहीं है, बल्कि वह तो इस व्यक्ति का स्वयं का, अपना ही घर है। वह युवक, जिसका नाम है—लबजाँग, उसी लबजाँग का ही तो घर है, वह।

जीविका-निर्वाह के साधन रूप में इस नवयुवक लबजाँग का खानदानी व्यवसाय है पशु-पालन। ब्रोकपा यानी पशु-पालक लबजाँग के अपने घर के सदस्यों की बात करें तो बस दो ही हैं, एक वह स्वयं और दूसरी उसकी यौवन मद से मदमाती, गदराई गोरी पत्नी सोनाम। लबजाँग के पिताजी का स्वर्गवास तभी हो गया जब लबजाँग अभी दूध मुहाँ बच्चा था। अनेक वर्ष बीत गये उस घटना को। लबजाँग के पिता की मृत्यु के काफी पहले उसके पिता के बड़े भाई अर्थात् उसके चचा की मृत्यु हो गयी थी। बर्फीली पहाड़ियों के इस अंचल के ब्रोकपा-समाज में मान्य-प्रथा के अनुरूप लबजाँग की माँ ने उसके पिताजी से विवाह के साथ-साथ ही उसके चाचाजी के साथ भी खोर-देपका अर्थात् समानाधिकारिक विवाह किया था। दोनों को अपने पति के रूप में ग्रहण किया था। उन तीनों का जीवन बिना किसी प्रकार के

झगड़ा-झंझट, बिना किसी प्रकार के मन-मुटावे, बड़े सहज सुन्दर ढंग से बीता था। उसकी दो सन्तानें बड़े भाई अर्थात् चचा की औरस-जाति थीं, तो लबजाँग के पिता, जो चचा के छोटे भाई थे, उनकी औरस जात सन्तान एकमात्र लबजाँग था। परन्तु दुर्भाग्य से गाँव में एक बार जब महामारी फैली तो लबजाँग को छोड़ कर उसकी माँ ने अपनी बाकी सभी सदस्य गँवा दिये। उस समय से ही लबजाँग अपनी माँ के साथ मिल कर घर-गृहस्थी का सारा भार उठाता आ रहा था।

समय के थपेड़ों ने झपट्टे मार-मार जब माँ की देहमन को नोचना-खसोटना शुरू किया और सर के काले बालों में सफेद रंग की परतें जो जहाँ-तहाँ झलकने लगीं तब उसकी माँ लबजाँग का विवाह कर देने के लिए भाग-दौड़ करने लगी। और एक दिन वह गाँव-जवार की सर्वोत्तम सुन्दरी युवती को ही अपनी बहूरानी बनाने में सफल हो गयी। उसी के अनुरूप एक शुभ दिन, शुभ घड़ी में सोनाम सुकुमारी ने उसके घर में अपने मंगलचरण रखे। उसकी बहूरानी, उस घर की गृहिणी के रूप में सोनाम उसके घर आ गयी।

सोनाम कुमारी अवस्था में भी उसी गाँव की कन्या थी। फलतः बचपन से ही लबजाँग के जिस घर को देखती-समझती आयी थी, उस घर की गृहिणी बनकर वहाँ आने पर, उसे अपना बना लेने में अधिक समय नहीं लगा। परन्तु विवाह के बाद चार वर्षों का लम्बा समय बीत जाने पर भी लबजाँग और सोनाम को अपनी किसी सन्तान का मुख देख पाने का अवसर नहीं मिल सका। नानी-नातिन में से किसी का भी मुख देख जाने, उन्हें अपनी गोदी में खिलाने अथवा पीठ पर चढ़ाकर कपड़े के घेरे में लपेटकर बाँधे फिरने उन्हें लाड़-दुलार से भर देने उनकी गर्मी से स्वयं गरमाहट पाने की बड़ी तीव्र लालसा बूढ़ी सास को थी। परन्तु ऐसा सुअवसर आने के पहले ही क्रूर विधाता ने बूढ़ी को लबजाँग और सोनाम से अलग कर अपने पास खींच लिया।

गृहस्थी की धन-सम्पति के नाम पर लबजाँग के पास एक अपना साधारण सा घर भर है। हाँ उसके साथ एक झुण्ड पहाड़ी याक, यानी चँवरी गायें और भेड़ों का झुण्ड भी है। उसके अतिरिक्त दो पहाड़ी नस्ल के घोड़े भी हैं। गाँव से दूर झाकछाम पहाड़ी की ऊपरी चोटी पर जहाँ-तहाँ जो चौरस मैदान हैं, जहाँ घासें उगती हैं, वहाँ अपने पशुओं को चराने के लिए उसका अपना कोई ब्रोक अर्थात् चरागाह भी है। पशुओं की देखभाल के लिए लबजाँग को अधिकाधिक समय ब्रोक (चरागाह) पर ही बिताना पड़ता है। समय निकाल कर बीच-बीच में वह पशुओं से प्राप्त दूध से निकाले हुए घी, छुर्रापि नामक मक्खन, पनीर वगैरह तथा भेड़ों के बालों के ऊन के लच्छे ले कर अपने गाँव उतर आता है, फिर सोनाम को भी अपने साथ-साथ ले कर अथवा कभी-कभार अकेले-अकेले भी घोड़ों की पीठ पर सारा सामान, जिनिस-पत्तर

लादकर तवाङ्, तासिंगांग, दिरांग, रोंगनांग और तुकपेन आदि अंचलों तक बेचने-खरीदने का व्यापार वाणिज्य करने निकल जाता है।

आज के दिन भी लबजाँग पहाड़ पर स्थित अपने उस चरागाह पर बना दी गयी, खूँटी (अस्थायी किस्म की छान-छप्पर से बनी छावनी की कुटिया) से ही उतरता आया है। पहले से तय-शुदा समय के अनुसार सूरज के चमकते रहने की दिन की वेला में ही आ जाने की बात थी, किन्तु उस समय वह आ ही नहीं सका। पहाड़ पर बनी खूँटी से गाँव तक आने का रास्ता लगभग छह मील दूरी का है। पीठ पर भारी बोझ लादे-लादे गाँव तक की उतराई की राह में कम-से-कम एक जगह पर तो सुस्ताने, थकान मिटाने के लिए रुकना ही पड़ता है। उसी प्रकार गाँव से जब पहाड़ के चरागाह की खूँटी पर चढ़ते हुए जाना होता है, तब कम-से-कम दो जगहों पर ठहर कर विश्राम करना पड़ता हैं परन्तु आज के दिन, हालाँकि लबजाँग की पीठ पर भारी बोझा लदा हुआ था, फिर भी उसने पूरे रास्ते में कहीं भी, तनिक सा भी, विश्राम नहीं किया। आज प्रायः पूरे बीस दिन हो गये, उसे सोनाम से दूर-दूर रहते हुए। जबकि उसकी इतनी प्यारी पत्नी है कि वह उससे एक घड़ी भर का अलगाव भी झेल नहीं पाता।

अपने इस गाँव भर में ही नहीं, अपितु पूरबी भूटान के साकतेङ्-मिराक के पूरे इलाके में इसके समान सुन्दर सुशोभन-आकर्षण वाली पत्नी कोई दूसरी नवयुवती नहीं है इस प्रकार की ख्याति, सोनाम का ऐसा सुनाम इस पूरे अंचल में फैला हुआ है। सचमुच ही बनाने वाले विधाता ने सुन्दरता के सारे उत्तम-उत्तम उपादानों को बड़े उदार भाव से उसे दे कर, सजा-सँवार कर अप्रतिम सुन्दरी बनाकर ही उसे इस धरा-धाम में भेजा है। चूँकि उसकी पत्नी एक ऐसी अतुलनीय सुन्दरी है, अतः बहुत सारे लोग उससे मन-ही-मन जलते-भुनते, ईर्ष्या करते रहते हैं, इस बात का अनुभव और इस प्रकार की चर्चा-परिचर्चा लबजाँग प्रायः ही सुनता रहा है। इसी से वह अपने इस जीवन को धन्य मानता रहा है। एक नये नवेले जीवन रस की प्राप्ति के लिए उत्साह, एक चित्र-विचित्र सपने के संसार को पाने की आशा, एक अनोखे जीवन, एक महाआनन्दपूर्ण संसार परिवार को पा लेने की लालसा में निमग्न रहने लगा है। सोनाम से प्रेम की पींगे बढ़ाने के समय में, उससे विवाह करने की वेला में गाँव के सारे यार-दोस्त, सगे-सम्बन्धी, बड़े-बूढ़े, समझदार-नासमझ हर एक श्रेणी के लोग कह उठे थे—"लबजाँग! तुम्हारा भाग्य बड़ा ही आलीशान है। तेरे जैसा सौभागयशाली कोई दूसरा नहीं। क्योंकि ऐसी अपूर्व सुन्दरी मत्त पत्नी तो तुम फिर किसी और जन्म में भी नहीं पा सकोगे।"

इस प्रकार की अतीव सुन्दरी पत्नी से अलग-थलग हो दूर रहने की विवशता सचमुच ही बहुत पीड़ादायक है। दूसरी ओर स्थिति यह कि ब्रोक (चरागाह) को भी

छोड़ कर वह नहीं रह सकता। यह ब्रोक ही की तो कृपा है कि लबजाँग और सोनाम को जिलाये रखने को पेट का भोजन और तन ढँकने का कपड़ा लत्ता आदि मिलते रहते हैं। बर्फ से ढँके इस पर्वतीय अंचल में खेती-बाड़ी के लायक जगह-ज़मीन न होने के कारण वे लोग वंश-परम्परा से, पुस्त-दर-पुस्त पशु-पालन करके ही रोज़ी-रोटी की व्यवस्था करते आ रहे हैं। इसी विवशता से अपने मन की सारी काम-वासना को बरबस ठेल-ठाल कर दूर रख कर लबजाँग को प्रायः ही अपनी प्रियतमा पत्नी से दूर रहना पड़ता है।

कोई दूसरा घर अथवा कोई दूसरा वंश-गोत्र होता, तो उस घर के सदस्य पुरुष के रूप में उसे अपनी प्रियतमा पत्नी सोनाम को खुटी (छावनी) पर ले जा कर रखने में कोई कठिनाई नहीं रही होती, बल्कि ज़रूरत की वेला में ऐसे पुरुषों की पत्नियाँ उनकी छावनी खुटी में आ कर अपने पतियों के साथ रहकर उनकी सहायता करने का ही प्रचलन है। परन्तु लबजाँग के कुल-खानदान, वंशानुक्रम में यह परम्परा नहीं है। उनके वंश के सुंमा अर्थात् कुल-देवता उनकी छावनी खुटी पर स्त्री-जाति के जा कर रहने की, खुटी पर स्त्री के साथ संसर्ग करने को सहन नहीं करते। सोनाम को अगर वह अपनी खुटी पर ले जा कर रखेगा तो खुटी की पवित्रता नष्ट हो जायेगी। इससे उनके सुंमा क्रोधित हो जायेंगे। फिरते घर के सभी याकों, चँवरी गायों, भेड़ों, बकरियों में महामारी फैल जायेगी, जिससे बस केवल वे सब ही नहीं मरेंगे, बल्कि परिवार के सदस्य स्त्री-पुरुषों का भी भारी अमंगल होगा। सुना जाता है कि परिस्थितियों के दबाव में पड़कर किसी कारणवश लबजाँग की माँ एक बार अपने ज्येष्ठ पति के साथ जा कर खुटी में रही थी। उसी के दण्ड-रूप पूरे खानदान पर महाविपत्ति आ गहराई थी। ऐसी भयानक विपत्ति आयी कि उससे उनके बड़े और छोटे दोनों पति तो मर मिट गये ही, उनके अतिरिक्त उनका एक बेटा और एक बेटी भी काल-कवलित हो गये थे। जेसे-तैसे बस बचा रह पाया था लबजाँग ही। अपनी ज़िन्दगी में ऐसी भीषण चोट खा चुकी लबजाँग की माँ अपनी बहू को ऐसी दुर्घटना से बचे रहने के लिए, मरने के पहले उसे पास बुला कर बार-बार आगाह करती हुई बड़ी दृढ़ता से समझा-बुझा गयी थी। उसे सदा सावधान रहने को सतर्क कर गयी थी, जिससे कि कभी भूल कर भी वह ऐसी गलती न कर बैठे।

अतएव लबजाँग चाहकर भी अपनी पहाड़ी छावनी की खुटी पर अपनी पत्नी सोनाम को ले जा कर रख नहीं सकता। फलस्वरूप घर आ कर ही वह उससे भेंट-मुलाकात करने, एक-दूसरे का मिलन होने की प्रबल इच्छा लिये तड़के भिनसारे से ही भाव-विभोर बना रहा है। लबजाँग की मानसिक-आतुरता के भाव को उसका परम मित्र टिकरा बहुत अच्छी तरह समझ रहा था। उसके चरागाह की खुटी भी वहीं पास में ही थी। टिकरा कुल दो भाई है। एक, टिकरा और दूसरा दावा। दोनों भाई

पत्नी के लिए खारेदेपका सम्बन्ध वाले, अर्थात् समान-समान अधिकार सम्पन्न पति हैं एक ही धर्मपत्नी के। एक पत्नी से ही दोनों अपनी घर-गृहस्थी सँभलवाए हुए हैं। इसी से वे परस्पर बारी-बारी से खुटी पर आ कर रहते हैं। एक खुटी पर रहता है, तो दूसरा पत्नी के साथ घर पर। वाणिज्य-व्यवहार करने, घर की चीज़ें बेचने, और खरीदकर लाने के लिए भी वे बारी-बारी से पत्नी को अपने साथ ले जाते हैं। उभयदृष्टि से, दोनों ओर से सामूहिक रूप में समान-समान अधिकारी पति होने के कारण उन लोगों के लिए यह बड़ी सुविधा है। पत्नी कभी अकेली नहीं होती और उनकी घर-गृहस्थी और खुटी दोनों जगहों का काम भी बिना किसी विध्नबाधा के बड़े आराम से सम्पन्न होता रहता है। परन्तु दुर्भाग्य कि लबजाँग को ऐसी कोई सूविधा नहीं है।

आज भी बड़े तड़के भोर में ही टिकरा अपने घर से आ पहुँचा था। खुटी पर टिकरा के आ जाते ही दावा घर जाने के लिए चला गया था। पहले से तय तो यह था कि दावा और लबजाँग दोनों साथ-साथ ही घर जायेंगे। परन्तु काम के बोझ का कुछ ऐसा ज़ोरदार खिंचाव हुआ कि लबजाँग उसके साथ नहीं जा सका। उसकी गाभिन गायों में से एक ने उसी दिन एक बछिए को जन्म दे दिया था। उसके बियान के कारण नाना-प्रकार के कामों का बोझ अचानक बढ़ गया। अतः उसे उसी में व्यस्त हो जाना पड़ा। किसी भारी आवश्यकता के चलते लबजाँग को दो-एक दिन के लिए नीचे मैदानी इलाक़े में स्थित अपने गाँव-घर जाना ज़रूरी होता है, अथवा व्यापार करने के लिए कहीं जाना ज़रूरी होता है, तब टिकरा अथवा दावा इन दोनों भाइयों में से ही कोई एक उसकी भेंड़ों-बकरियों, याकों, गायों आदि पशुओं की देखभाल कर दिया करता है। आज के दिन भी ऐसी ही एक अपरिहार्य ज़रूरत आन पड़ी है, घर जाने की। क्योंकि घर पर खाने-पीने की जो रसद सामग्री थी जैसे कि गर्मी के मौसम में फलने वाला मड़ुआ धान और मकई, बाजरा वग़ैरह वह सभी कुछ समाप्त हो गया है। ऐसी अति आवश्यक सामग्री को घी, छुरपि दे कर अदल-बदल कर लाने के लिए, लबजाँग के पास के ही दूसरे चरागाह के मालिकों में से एक सदस्य केजाँग के साथ व्यापार में जाने का कार्यक्रम कल के दिन ही पहले से ही सुनिश्चित किया हुआ रखा है।

सवेरे न जा पाने पर भी जब शाम तक भी फुर्सत नहीं मिल पायी फिर भी लबजाँग जाने के लिए हड़बड़ाता रहा तब इसे देख टिकरा बोल पड़ा था—"शाम ढलने की तो बात ही छोड़, रात भी गहरा आये तो भी तू आज ही अपने गाँव चला जा। भेंडों-गायों आदि अपने पशुओं के साज-सँभाल की चिन्ता छोड़ो। क्योंकि मैं जानता हूँ कि तुम्हारे आने की बाट सोनाम सारी-की-सारी रात जोहती रहेगी। उसका मन तुम्हारे लिये आकुल-व्याकुल रहेगा। वैसे तुम्हारा मन भी सम्भवतः उसी के पास घर

जा चुका है। यहाँ तो तुम्हारे शरीर का यह ढाँचा भर ही विवशतावश रुका हुआ है।"—इतना कहकर टिकरा हो-हो कर हँसने लगा। उसके प्रत्युत्तर में लबजाँग भी मन्द-मन्द मुस्कान बिखेरने लगा था।

परन्तु अब जब लबजाँग अपने घर की देहरी के सामने आ पहुँचा है, तो वहाँ की परिस्थिति का अनुमान होते ही उसे काठमारे सा हक्का-बक्का रह जाना पड़ा। उसके मकान के अन्दर तो घुप्प अँधेरा है। प्रकाश की कोई मद्धिम किरण भी कहीं नहीं है। परन्तु उस घुप्प अँधियारे के भीतर से ही दो भिन्न-भिन्न कण्ठों से निकली आवाज़ों में दो व्यक्तियों के आपस में बातचीत करने का संवाद उसे सुनाई पड़ा। शुरू-शुरू में तो लबजाँग ने समझा कि शायद अपना कोई अति निकट का घनिष्ठ सम्बन्धी घर पर आ ठहरा हो अथवा फिर सोनाम को यूँ अकेला समझ कोई पड़ोसी हितैषी व्यक्ति रात की विकट वेला में उसका साथ देने के लिए आ कर ठहरा हो और फिलहाल उससे बातें कर रहा है। दरवाज़े के बाहर से ही वह सोनाम का नाम पुकारने जा ही रहा था कि उसने दरवाज़ा खोले जाने की आवाज़ सुनी। दरवाज़े के खुलते ही उसमें से गाँव का ही पेमा वांगछु नामक नवयुवक, जो उससे भिन्न दूसरी जाति का था, बाहर निकला, परन्तु अपने ठीक सामने लबजाँग को खड़ा देखकर अचकचा गया। फिर अपनी कारगुज़ारी के कारण उसके मन में जो अपराध-बोध सहज ही उभर आया था, उसे छिपाने के लिए बड़े ज़ोर की नकली हँसी हँसते हुए, मन की आन्तरिक न होते हुए भी बोल पड़ा—"अ, अ, अ, ओहो आप हैं? आप आ गये हैं क्या? मगर आने में इतनी देरी क्यों कर दी आप ने?"—इतना कहते ही, अपने पूछे गये प्रश्नों का उत्तर पाने के लिए वहाँ रूके न रहकर, लगभग बड़ी तेज़ लम्बी दौड़ लगाने की मुद्रा में वह वहाँ से भाग गया।

लबजाँग के तन-मन में एकाएक जैसे महा-विषैले बिच्छू ने भारी डंक मार दिया हो, ऐसी असहनीय पीड़ा से वह तिलमिला उठा। उसकी अनुपस्थिति के समय में उसकी लाडली पत्नी सोनाम किसी पराए पुरुष के साथ इस तरह अपनी रात रंगीन करते हुए बिताएगी—ऐसा विचार मन में ले आने में भी लबजाँग को कठिनाई हुई। अपने घर से निकलते हुए उसने जो पेमा वांगछू को अभी-अभी देखा है।—वह उसने खुली आँखों से जागृत-अवस्था में देखा है अथवा फिर खड़े-खड़े ही किन्तु सुप्तावस्था में सपना देखने की तरह देखा है?—अपने मन में उभरते इस प्रश्न का सही-सही उत्तर वह सुनिश्चित नहीं कर पाया। कुछ देर तक अपने इन्हीं प्रश्नों का सही उत्तर निर्धारित करने के लिए वह अपने मन से ही भयानक कशमकश भरी लड़ाई लड़ता रहा। उसके मन में जो सोनाम के प्रति सन्देह का भाव उग आया है, उसे उखाड़ फेंकने के लिए उसने भरसक प्रयत्न किया। सोनाम के प्रति बिना किसी पुष्ट आधार के ही जो सन्देह उसने किया, उसके लिए वह अपने आपको ही धिक्कारने लगा।

फिर उस सन्देह को पूरी तरह से दूर कर देने के लिए उसने अपने मन को किन्हीं दूसरी बातों में ही लगा देने की कोशिशें कीं। परन्तु सन्देह की बीज उसके मन की गहराई में शरीर के रोम-रोम में और गहरे-और गहरे पैठता गया। इस कशमकशम में लबजाँग को अचानक ही बड़ी ज़ोरों की थकान हो आयी। पहाड़ी रास्तों की भयानक चढ़ाई-उतराई पार करते घर तक आने में जो महाकष्ट हुए, पूरी देह की रग-रग में थकान पैठ आयी, मन में एक जो अजनबी क्षोभ और आक्रोश का भाव उछल आया था, ये सारी चीज़ें जैसे चारों ओर से उस पर आक्रमण करती हुई, अपने चक्रव्यूह में दबोच लेने लगीं।

काफी देर बीत जाने के बाद उस दरवाज़े पर फिर एक सुन्दरी स्त्री का मुख दिखलाई पड़ा। लबजाँग ने पहचान तो लिया कि वह सोनाम का ही मुख है। परन्तु उस क्षण विशेष में उसे एकाएक फण फैलाई उस सर्पिणी का मुख ही याद हो आया जिसे कुछ दिनों पहले उसने एक बिल में से अपनी पतली छरहरी काया को टेढ़ा-मेढ़ा डोलते हुए निकलते फण फैला कर आँखे चमकाते देखा था।

—"आप आ गये हैं? मगर आने में जो इतनी रात कर डाली?"—अपनी बात को सहज-स्वाभाविक ढंग से कह गुज़रने की कोशिश सोनाम ने हर-सम्भव की, फिर भी उसकी ज़बान लड़खड़ाने लगी। उसका सदा उत्फुल्ल रहने वाला चमचमाता मुखमण्डल काला स्याही की तरह झवाँ गया। डरते-डरते हिलते-डुलते वह दरवाज़े से बाहर निकल कर लबजाँग के पास पहुँची और उसने अपने हाथों में वह जो तेज प्रकाशपुञ्ज वाली मशाल—जो चीड़ का तेल लगी लकड़ी से जलायी जाती थी, अपने काँपते हाथों से थामते हुए बड़ी कठिनाई से कह पायी—"यहीं पर खड़े-खड़े रह जायेंगे क्या? आइए चलिए, घर के अन्दर पधारिए।"

लबजाँग ने बड़े ग़ौर से जो देखा तो पाया कि सोनाम ने अपनी साज-पोशाक बड़ी परिपाटी, अच्छी तरह साज-सँभाल कर पहन लिया है, कुछ इस होशियारी से कि जैसे उसे पहन कर सोयी ही नहीं थी। अत्यन्त तीखी नज़रों से सोनाम के पूरे शरीर को, सर-से-पाँव तक निहार कर घर के भीतर चला गया। अपने पति की आँखों से उसकी आँखें जो अचानक जा टकराईं तो एक अनजाने डर के दबाव में सोनाम ने अपना सर झुका लिया फिर हिचकिचाते-हिचकिचाते वह भी घर के अन्दर गयी। फिर घर में जो चौबीसों घंटे आग को जगाए रखने-वाला अग्नि-स्थल—कौड़ा था, उस कौड़े के पास जा उसमें सूखी लकड़ियाँ डाल उस आग को धधका कर जला देने की कोशिश में लग गयी।

लबजाँग ने अपनी पीठ पर जो भारी बोझ लाद रखा था उसे उतार कर घर के एक कोने में रख कर फिर जो बोझे याक की पीठ पर बाँध रखा था, उन्हें भी खोल कर नीचे उतारा फिर उसे उठा-उठा कर बरामदे में सलीके से लगा दिया। उसके बाद

बोझों को पीठ पर ठीक ढंग से बाँधने के लिए याक की पीठ पर जो जीन बाँधी जाती है, उस जीने को भी खोल कर बरामदे के एक दूसरे कोने में रख दिया और सामने की ओर गड़े खूँटों में उन भारवाही याकों को ले जा कर बाँध दिया। सोनाम उन याकों को जब तक अन्दर से नमक की डेलियाँ ला कर खिलाती रही तब तक लबजॉग ने सामानों से भरे उन बोरों-बोझों को बरामदे से निकाल कर घर के अन्दर ला उन्हें भी एक कोने में एक-दूसरे पर करीने से रख कर, फिर ऐसे ही एक भरे हुए बोरे का सहारा ले बैठ गया। अपने घर के स्वामी पति को घर के एक कोने में यूँ असहाय सा बोझे के सहारे हारा-थका सा बैठा देख सोनाम ने उस तक अपनी बात पहुँचाने के सुर में कहा—"आपने तो कह भेजाा था कि आप सूरज के ढलने के पहले, दिन रहते-रहते ही घर लौट आयेँगे। परन्तु लौटकर आ पहुँचने में आज आप ने इतनी देरी क्यों कर डाली? मैंने तो थककर मान ही लिया था कि अब आज तो आपका घर लौट आना होगा ही नहीं। लौटे हैं तो कितनी खुशी की बात है फिर उतनी दूर उस कोने में जा कर क्यों बैठे हैं? आइए, आइए यहाँ इस कौड़े के पास बैठिए।"

"मैं आज नहीं आऊँगा, ऐसा सोच-समझकर फिर तुम निश्चिन्त हो पेमा वांगछू के साथ अपनी गदराई जवानी का मज़ा लूटती रही थी। तुम्हारी इस कला-छला पूर्ण तिरिया-चरित्तर को मैं आज ही समझ सका हूँ। असलियत तो यह है कि तुम मुझसे विश्वासघात करती आ रही हो।"—ऐसे विचार लबजाँग ने मन-ही-मन कई बार दुह. राए। परन्तु उन्हें मुख खोल कर सुना देने की हिम्मत नहीं जुटा सका, डाँटना-डपटना, गाली-गलौज करना तो दूर की बात। उसके बदले उसके मुँह से बोल फूटे—"ठीक है। अभी रहने दो। बहुत सारी थकान महसूस हो रही है। गर्मी भी काफी लग रही है। अतः फिलहाल यहीं रुककर थोड़ा विश्राम कर लूँ"—लबजाँग की कही इन बातों से उसकी नाराज़गी का भाव ज़रूर झलक उठा।

"रुकिये! मैं आपके लिए थोड़ी सी मदिरा ढाल ला रही हूँ। इस बीच आप आग के पास आ कर बैठ जायें।"—कहकर सोनाम बड़ी तेज़ी से काम में लग गयी।

सोनाम के अनुरोध यूँ फेंक-फूँक देना, उपेक्षा कर देना जब लबजाँग के लिए सम्भव नहीं हुआ तो अन्ततः वह कौड़े की आग के पास आ कर बैठ गया। लबजाँग ने लक्ष्य किया कि कौड़े की दूसरी बगल के फर्श पर एक ऐसा बिछौना फैला कर लगाया हुआ है जिस पर दो व्यक्ति एक साथ सो सकते हैं। बिछौने पर बिछी चादर पर अगल-बगल सोये दो व्यक्तियों के बीच की जगह में, दो देहों के आकार के अनुरूप दबाव की दो जगहें स्पष्ट बनी हुई अभी भी रह गयी हैं। गोलाकार, लम्बी, असनद जैसी, तकिया पर दो कपालों के रखे जाने की छाप भी स्पष्ट झलक रही है। बिछौने को देखते ही लबजाँग का सन्देह सत्य में बदल गया। वह समझ गया कि अपनी जिस साज पोशाक को तब उसने खोल कर फेंक रखा था, बाद में अपने

आपको सती-सतवन्ती के रूप में दिखाने, निरपराधी सिद्ध करने के लिए उसने उस साज-पोशाक को ठीक-ठाककर बड़ी चतुराई से सज-सँवर कर पहन लिया था,जिससे वह सचमुच ही निरपराधी लगी थी। परन्तु इस जल्दबाजी में वह बिछौने को ठीक-ठाक नहीं कर पायी। इस तरह वह जो छल-छदम कर गयी थी, वह स्पष्ट रूप से पकड़ में आ गया। बिछौने को देखते ही लबजाँग के तन-मन में ईर्ष्या की प्रचण्ड आग धधक उठी। क्रोध की अत्यन्त प्रखर धारण अन्दर-अन्दर ही बहने लगी। फिर तो उसका मन हुआ कि म्यान से तेज़ धारों वाला अपना दाव निकाल कर वह सोनाम को अभी दो टुकड़ों में काट कर फेंक दे। दाव की मूठ पर अपने हाथ की ज़ोरदार मुट्ठी रखे लबजाँग ने बड़ी क्रोधी निगाहों से सोनाम की ओर देखा। उसने देखा कि बड़ी हड़बड़ाहट में मदिरा को गर्मा रही सोनाम के स्वस्थ-स्वच्छ-सुन्दर फूले-फूले गालों पर आँसुओं दो-चार बूँदें लुढ़की हुई झिलमिला रही हैं। अपनी गृहस्थी के मालिक मुख्तम प्रतिदेवता के हाथों में तेज़ धारवाली तलवार-कटरा से भी अधिक संहारक दाव को देखकर वह डर के मारे काँपती हुई उसकी ओर असहाय नज़रों से निहारने लगी। कमरबन्द में लटकी म्यान से दाव को निकाल कर लबजाँग ने फिर ले जा कर लकड़ी के तख्तों पर रख दिया। अभी तक जो वह सोनाम को काटकर दो टुकड़ा कर फेंक देने की प्रबल इच्छा किये हुए था, उस इच्छा को उसने झटककर जाने कहाँ फेंक दिया। धर्म-भावना के जो संस्कार उसके खून में अन्तरतम में प्रभावशाली ढंग से जमे हुए थे। उन्होंने उसे क्षणिक उत्तेजना में न बहकर, सोच-समझकर, जो जीवन-यर्थाथ की सच्ची परिस्थिति उसके समक्ष आ खड़ी हुई है, उसे स्वीकार कर लेने के लिए प्रेरित किया। हिंसा के मार्ग को छोड़ कर अहिंसा-धर्म का पालन करने को उसे मज़बूर किया। फिर तो उस बिछौने पर से अपनी नज़रों को हटाकर वह उन्हें उस कौड़े की ओर ला कर लगा दिया।

"घर पर भोजन-पानी का सारा सामान समाप्त हो चुका है। हालत ऐसी हो चुकी है कि खाद्य-सामग्री खरीदकर ले आने के लिए अगर आगामी दो-एक दिन में आप व्यवसाय-बाज़ार में नहीं गये, तो घर में एक मुट्ठी भर भी गेंहू अथवा मडुवा वग़ैरह बचा नहीं रहेगा।"—अपने कण्ठ की आवाज़ को जितना सहज-सरल बनाया जा सकता है, उतना फिर से बनाते हुए सोनाम ने निवेदन किया। निवेदन करते रहने के दौरान ही उसने घर की बनी—"आराक"—नामक गरमागरम मदिरा लबजाँग के लिए काठ से बने लम्बे कप या मग जैस गरकू नामक पात्र में ढाल दीया—"आप आयेंगें, अभी आ पहुँचेगे, इसी आशा में मैं सवेरे से ही लगातार जो आपकी बाट निहारती रही। शाम ढलते, रात शुरू होते-होते भी आपके आ न पहुँचने की हताशा भरी विकलतावश मैंने भोजन-छाजन भी नहीं किया। अन्न, जल ग्रहण न करने पर भी भारी थकान के चलते जाने कब मेरी आँखें लग गयी। आपके आने की उम्मीद

में मैंने घर का दरवाज़ा जो खोल रखा था, वह खुला-का-खुला रह गया। द्वार को खुला हुआ पा कर गाँव का लम्पट हरजाई छोकरा पेमा वांगछू जाने कब घर के अन्दर आ घुसा। आज वह नाना प्रकार से मुझे प्रताड़ित करता ही रहता है। उसे भगाने में मुझे कितना कष्ट उठाना पड़ा है? आप घर में आ चुके हैं, इस बात का पता भी मैं बाद में पा सकी। निश्चय ही आपको बड़ी ज़ोरों की भूख लगी होगी। भोजन तो सब तैयार किया रखा है। बस तरकारी को ज़रा और गर्म करके लाती हूँ। खा-पी कर आप आराम से सोयें।"

आपने किये जा चुके कर्मों को एक अच्छा आधार देने के लिए जैसे कोई सोच-समझकर अपनी ज़बानबन्दी करवाता जाये, ठीक उसी लहज़े में अपने तर्क पेश करती हुई उसने तरकारी की कढ़ाई को चूल्हे की आग पर चढ़ा दिया। अपनी ओर से प्रत्युत्तर देने के क्रम में उसकी किसी बात को मान लेने के लिए–"हाँ" अथवा न मानने के लिए–"ना"–जैसे कोई भी शब्द मुँह से उचारे बिना ही लबजाँग गरकू का मदिरा चुपचाप पीता रहा। जबकि अपने कई-एक काम को करते-करते भी सोनाम एक नन्हीं नासमझ बालिका की तरह धाराप्रवाह रूप से तरह-तरह के बयान देती चली गयी। जैसेकि–बीते पिछले तीस दिनों में गाँव में कौन-कौन-सी अनहोनी घटनाएँ घट गयीं। वाणिज्य-व्यापार करने, चल-अचल सम्पत्ति की बिक्री-खरीद करने आदि में किसने कितना लाभ कमाया, अपनी घर-गृहस्थी में कौन कितना अधिक खाद्यान्न खरीद लाया, किन-किन घरों के बीच, अथवा किन-किन व्यक्तियों के बीच गाली-गलौज़, झगड़ा-तकरार, मार-पीट वग़ैरह हुई, आदि की चित्र-विचित्र, नाना-रूप-रंगों की बातें वह बे-रोक-टोक बतलाती ही रही। ऐसा लग रहा था कि इन बातों को अपने पति महोदय से कह-सुनाने के लिए ही उसने इतने दिनों तक सहेजे रखा हुआ था।

तरकारी गर्म कर लेने के बाद सोनाम ने अपने पति को बड़े लाड़-दुलारपूर्वक अपने हाथ से ही कौर बना-बना, उसके मुँह में डाल-डाल कर खिलाना शुरू कर दिया। सोनाम ने आज खाना दूसरे दिनों से स्वादिष्ट बनाया था तथापि उसका यह सारा लाड़-प्यार लबजाँग को झूठ-मूठ का नाटक भर मालूम हुआ। "पेमा वांगछू के बारे में सही-सटीक जानकारी प्राप्त कर सके।"–इसके लिए किस तरह से कैसे-कैसे प्रश्न पूछे;"–इस बात की तैयारी वह मन-ही-मन करने लगा सोच-विचार कर सब सुस्थिर तो कर लिया किन्तु–"अपनी जिज्ञासाएँ कहाँ से आरंभ करे,"–इस बात का निर्णय नहीं कर सका। भोजन कर चुकने के बाद वह उस चौड़ी पलँग पर ही जा कर लेट गया जिस पर दो व्यक्ति आराम से सो सकते हैं। और-और दिनों सोनाम भी तुरन्त ही उस पर आ कर सो जाया करती थी, परन्तु तरह-तरह के कामों में अपनी व्यस्तता दिखाते हुए वह आज के दिन जल्दी ही बिछौने पर नहीं आयी।

लबजाँग ने जब पलँग पर पड़े कम्बल को फैला कर अपने ऊपर ओढ़ा तो

आज उसमें से एक नयी तरह की गन्ध मिली। पर-पुरुष की देह की गन्ध। स्वाभाविक तो यह था कि इससे वह ईर्ष्या से जल-भुन उठता और भयानक क्रोध से आग-बबूला हो अपना आपा ही खो बैठता। परन्तु विचित्रता ऐसी हुई कि उसके बदले उसने अपने मन और बदन दोनों में ही एक नयी पुलक, नयी स्फूर्ति और नयी सुख-हिलोर का अनुभव किया। एक पराए मर्द के साथ अपनी विवाहिता पत्नी को संगम-सुख लूटते दृश्यों की परिकल्पना जो उसके अपने मन-मस्तिष्क के दृश्य-पटल पर उभरने और क्रीड़ा करने लगी, तो उसके साथ-साथ वैसी ही केलि-क्रीड़ा कर स्वयं भी सोनाम से परम सुख प्राप्त करने की बड़ी उत्कट अभिलाषा उसमें मचल उठी। सोनाम को तुरन्त ही पा लेने के लिए वह आतुर हो पुकार उठा—"अभी तक क्या सब वाहियात कामों में लगी हुई हो? सोओगी नहीं क्या?"

पति के बुलावे की आवाज़ सुनते ही अत्यावश्यक घरेलू कामों में व्यस्त रहने का जो नाटक वह कर रही थी उसे तुरन्त ही छोड़ कर सोनाम पति की पलँग की गोड़तारीं (पैताने) आ कर खड़ी हो गयी और कमर में जो चौड़ी पट्टी का कमरबंधी फेंटा बाँधे थी उसे ढीला कर एक झटके में पहने हुआ लहँगेदार चोला शरीर से उतार कर पास में खड़े किये हुए आलना (बंगाल, असम, अरुणाचल के गृहस्थ घरों में तितल्ले किस्म के कपड़े रखने लटकाने का संयन्त्र) के ऊपर फेंक दिया। सर पर बंधी ऊनी टोपी खोल कर तकिए पर रख दिया। सर के घने घुंघराले बालों की वेणी गूँथकर जो खोंपा बाँध रखा था, वह खोंपा और चोटी भी खोल कर किचकिच काली लम्बी केश-राशि को चारों ओर छितरा दिया। फिर बिना वज़ह ही कम्बल को कभी इधर, कभी उधर खींचतान कर चुस्त-दुरुरत करने का नाटक किया। उसके बाद बड़ी होशियारी से बिछौने पर इस मुद्रा में जा लेटी जिससे पति की देह से देह न छू जाय। जोड़े को सोने के लिए उस सुख-सेज पर आ लेटने पर भी सोनाम का कलेजा धक्-धक् काँपता रहा। मन इसी आशँका में अकुला रहा था कि अब तो चाहे वह जो कुछ भी कर ले पति उसे पहले की तरह लाड़-प्यार करेगा ही नहीं। परन्तु उसकी आशंका को पूरी तरह निराधार सिद्ध करते हुए लबजाँग की बाहों ने उसे अपने आलिंगन पाश में जकड़ लिया। उसके हाथ वक्षस्थलों को क्रमशः दबाते रहे तो उसके गर्मी भरे चुम्बनों से उसके होठों ने सोनाम के गालों, ओठों, गर्दन और बाहुमूल की उभरी जगहों ही नहीं बल्कि उन्नत उरोज़ों को भी ऊभ-चूभ भर दिया।

आज से पहले किसी और रात और क्षण-मुहूर्त्त में लबजाँग को उसने इस प्रकार हड़बड़ाहट भरी उत्तेजित अवस्था भरी कभी देखा ही नहीं था, जबकि आज की परिस्थिति तो ऐसा व्यवहार पाने के लिए सर्वथा अयोग्य थी। अतः आज के दिन पति का इतना आतुरतापूर्ण व्यवहार देख वह मन-ही-मन आश्चर्यचकित तो ज़रूर

हुई जा रही थी किन्तु वह स्वयं भी अपने मन-बदन से और भी बढ़ चढ़कर पति की प्रतिक्रियाओं की भांति ही अधिकाधिक सहयोग प्रदान करने लगी।

कुछ देर तक शारीरिक उन्माद भरी केलि-क्रीड़ा चलती रही किन्तु फिर समय के एक मोड़ पर पहुँच लबजाँग की सारी उत्तेजना थिरा गयी। आवेगों का ज्वार थम गया। फिर तो उसने करवट बदल कर सोनाम की ओर अपनी पीठ कर ली। फिर अपने मन की गहराई में भीतर-ही-भीतर अब तक गुज़री सारी स्थितियों के पक्ष-विपक्ष में तार्किक विचार करते हुए उनकी यथार्थ प्रकृति और अच्छाई-बुराई का मूल्यांकन करना शुरू कर दिया।

"अब छोड़ो भी व्यर्थ की चिन्ताएँ। अपने घर के भीतर से बाहर निकलते आते पेमा वांगछू को रात की इस वेला में देखकर शुरू-शुरू में जो भयानक क्रोध मुझे उमड़ आया था, अब दो शरीरों के पारस्परिक शारीरिक सम्पर्क का पुष्ट प्रमाण मिल जाने के बाद जाने क्या हुआ कि वह सारा क्रोध अब काफूर हो गया। शरीरों के मिलन की प्रक्रिया के अनुभव ने क्रोध-ईर्ष्या की भावना को हवा में उड़ा दिया। पेमावांगछू के साथ सोनाम के शारीरिक सम्पर्क होने के बाद आज मैंने जो स्वयं सोनाम से संभोग-क्रीड़ा की तो मुझे नये प्रकार के रस का आनन्द और सुख की नयी अनुभूति हुई, जैसी पहले कभी नहीं मिली थी। सोनाम भी इसी प्रकार के नवीन रस, अभिनव आनन्द का अनुभव करती है। उसे याद आया कि एक बार उसने जब टिकरा से पूछा था कि एक ही पत्नी के साथ वे दोनों भाई कैसे संभोग सुख लूटते हैं? क्या एक-दूसरे से जलन महसूस नहीं होती? तब टिकरा ने बतलाया था कि कोई भी वस्तु जो अत्यधिक मिठास, प्रखर रसानुभूति, उत्कृष्ट आनन्द देने वाली होती है, उसे अकेले-अकेले ग्रहण करने, उसका रसास्वाद अकेले-अकेले लेने की अपेक्षा दूसरे के साथ बाँटकर खाने, दूसरे को भी रसास्वादन कर लेने का अवसर देने के बाद स्वयं उपभोग करने से उससे और भी अधिकाधिक मात्रा में रसास्वाद एवं आनन्द मिलता है। उसके द्वारा समझाई गयी बात तब तो मैं समझ नहीं सका था, परन्तु आज उसके मर्म को भलीभाँति जान गया हूँ। अगर आज मेरा भी कोई अपना सगा भाई रहा होता, तो हम बड़े-छोटे दोनों भाई सोनाम के साथ समान-समान अधिकार के तहत खोरदेपका (सामूहिक विवाह) किये रहे होते, तब सोनाम के भी दो पति होते। वह भी दो-दो पुरुष शरीरों का सुख-संभोग पाने का अवसर पाती। अब, जबकि मेरा अपना कोई सगा भाई न होने के कारण, एक दूसरे पुरुष शरीर का संग-सुख पाने की दिशा में सोनाम इतनी दूर आगे बढ़ गयी है, पर-पुरुष के साथ शारीरिक सम्पर्क कर चुकने के बाद आज मैंने जो उसके साथ रति-रंग किया, तो मुझे भी रंग मात्र भी कुछ बुरा नहीं अनुभव हुआ। अतः उस दूसरे पुरुष पेमा वांगछू को अपने पास रख कर दोनों के समानाधिकार से बनी गृहस्थी चलाने के लिए उसे सोनाम के दूसरे

पति के रूप में अपनी ओर खींच लेना, अपने अत्यधिक करीब ला कर अपना बना लेना ही सर्वोत्तम उपाय होगा।"—शारीरिक सम्पर्क के बाद सुख-सेज पर लेटे-लेटे लबजाँग मन-ही-मन इसी प्रकार के विचारों में डूबता-उतरता रहा।

अपने भोले-भाले पति को पीठ की ओर से अपनी छाती से जोरों से चिपक. ाए-चिपकाए सोनाम भी तरह-तरह के खयालों में उड़ती-तैरती जा रही थी। यद्यपि यह सच है कि अपनी इच्छा से चाहकर, जानबूझकर कोशिश करके पर पुरुष के साथ संभोग करने की भूल उसने नहीं की थी, फिर भी यह घटना घट तो गयी ही थी। घटने पर उसे भी सुख मिला था, उसने भी फिर उसमें सहयोग किया था। अतः अपने विश्वास परायण पति के साथ विश्वासघात तो उससे हो ही गया है। फलतः अपने आपको अपराधी मानकर वह पछताती हुई दुःखी हो रही थी। उस दुःख-बोध को हल्का करने के उद्देश्य से पीछे से ही पूछ, बैठी—"अजी! सुनते हो? सो गये हो क्या?"—पूछ चुकने के बाद भी सोनाम अपना आपसे मन ही मन कहता जा रहा था—"मैंने आज जो भयानक अपराध किया है, उसे उन्होंने प्रत्यक्ष देख तो लिया ही है उसका अच्छी तरह अनुभव भी कर लिया है। ठीक ही है, जो मेरे ऊपर उन्होंने भयानक क्रोध कर रखा है। मुझसे रूठ गये हैं। ऐसा तो वे करेंगे ही। उन्हें पूरा हक है मुझ पर क्रुद्ध होने का! परन्तु इसके साथ यह बात भी तो सच है कि पहले से ही दिये जा चुके सन्देश के अनुसार अगर वे आज जल्दी ही घर लौट आये हाते, तो मेरे जीवन में आज जो भयानक दुर्भाग्य घटित हो गया, वह घटित नहीं हुआ होता। अतएव अगर आज मुझसे कोई अपराध हो गया, कोई पापाचार मैं कर ही बैठी, तो उसके लिए वे भी तो समान रूप से उत्तरदायी हैं। क्योंकि पेमा वांगछू कोई आज ही अचानक तो मेरे करीब नहीं आया। वह तो बहुत वर्षों से, मेरी शादी होने के भी काफी पहले के दिनों से ही मेरे पीछे पड़ा रहा है। मौक़ा मिलते ही जाने कितनी बार वह मुझसे शारीरिक सुख पाने की कोशिशें करता रहा है, परन्तु मैंने पहले कभी भी उसे इसका अवसर नहीं दिया। वह ऐसा दुस्साहस न करें, इसके लिए कठोर-से-कठोर व्यवहार ही मैं उसके साथ करती रही हूँ। इधर पिछले कई दिनों से चूँकि छिरिंग दैमा यहाँ नहीं अतः पति की अनुपस्थिति में रात में मेरे पास आ कर सोने मुझे हिम्मत बँधाने, सहारा देने के लिए कोई नहीं रही, ऐसे में मुझे अकेली समझ प्रातः रोज़-रोज़ की राहों में आ कर पेमा वांगछू मुझे हैरान-परेशान करता है। इसलिए सूरज ढलते ही; गोधू लि वेला में, अपने घर का दरवाज़ा बन्द करके सो जाना पड़ता है। आज पति महोदय आयेंगे, ऐसा विश्वास होने के कारण ही घर के दरवाज़े को खुला रख मैं उनकी बाट जोहती जाने कब मुझे नींद आ गयी और जाने कब पेमा वांगछू आ पहुँचा और मुझे दबोच लिया। आज उसने इतने कला-कौशलों से, मुझे अपने जाल में फँसा लिया कि अपने आपको बचा पाने का कोई भी उपाय न देख अन्ततः मुझे

अपना शरीर उसे सौंप ही देना पड़ा। अब इस घड़ी में यदि मैं उन सारी बातों को खोल कर उन्हें बतलाऊँ तो भी वे विश्वास करेंगे क्या? फिर भी, परिणाम चाहे जो कुछ भी हो, अपने पति से बातें छिपाये रखने की अपेक्षा उन्हें सारी बातें साफ-साफ, सही-सही रूप में बतला देना ही अच्छा है।"

लबजाँग की ओर से किसी भी प्रकार की कोई प्रतिक्रिया होते न देखकर सोनाम उसकी देह पर झुक गयी और उसके कानों में मुख सटाकर पूछ पड़ी—

"आपको सचमुच में ही गाढ़ी नींद आ गयी है क्या?

"नहीं तो!"—लबजाँग का उत्तर सुनाई पड़ा!

"तो फिर मरे हुए आदमी की तरह चुपचाप अकड़े हुए पड़े क्यों हैं? बहुत अधिक थकान आ रही है क्या?"

—"बिलकुल नहीं!"

—"तो फिर क्यों यूँ गुमसुम पड़े हैं?"—इस बार फिर लबजाँग की ओर से कोई उत्तर नहीं आया। विकल हो कर सोनाम ने ही फिर पूछा—"बिना कुछ बोले चाले, महामौन साधे फिर क्यों पड़े हैं? मन-ही-मन किसी अप्रिय-गम्भीर विषय पर सोच-विचार रहे हैं क्या?"

"हाँ, सोच तो रहा हूँ। और यह सोच तुमसे ही संबंधित है। तुमसे ही एक बात पूछ लेने के विषय में सोच रहा हूँ। अगर मुँह खोल कर उसे पुछूँ तो तुम बुरा मानोगी क्या?"—पूछे कि न पूछे की दुविधा में होते हुए भी लबजाँग पूछ ही पड़ा।

"नहीं, मैं तनिक भी बुरा नहीं महसूस करुँगी। आप निस्संकोच हो कर पूछें। कौन-सी जिज्ञासा आपकी है जिसे पूछने में सकुचा रहे हैं?"—अपनी स्वीकृति के साथ-साथ आदेश देने का सुर भी मिलाते हुए सोनाम ने बात कह दी, परन्तु उसके कलेजे की धड़कन फिर बड़ी तेज़ हो गयी। कोई अनहोनी तो होने नहीं जा रही, इसी आशंका में उसका हृदय काँपने लगा।

अपने कण्ठ से निकल रही बातों को जितना कोमल बनाया जा सकता था, उतना कमल-कोमल बनाकर ही लबजाँग ने कण्ठ खोला, फिर भी उसके स्वर बड़े ही कर्कश सुनाई पड़े।—"आज की रात की घड़ी में पेमा वांगछू आखिर किस विशेष उद्देश्य से यहाँ आया था?"

पति की गुस्सैली आवाज़ सुन सोनाम का दिल दहल उठा। डर के मारे फिर उसके गले से कोई बोल ही नहीं फूटा।

"बोलो-बोलो! साफ-साफ बतलाओ न कि वह क्यों आया था?"

"मैंने नहीं बुलाया था उसे। मुझे अकेला पा कर वह हमारे घर के भीतर ज़ोर-जबरदस्ती कर घुस आया था।" —भयभीत काँपतीं आवाज़ में सोनाम ने विनती की।

"इन दिनों तो रात की वेला में तुम्हारे साथ छिरिंग दैमा आ कर सोती थी। फिर उसे अपने साथ सोने से तुमने क्यों अलग कर दिया?"

"वह तो आज-कल मिरोक गाँव को चल गयी है।"

"देखो! झूठ मत बोलना।"—क्रोध के मारे लबजाँग की बोली अत्यन्त कर्कश हो गयी।

सोनाम हिचक-हिचक कर रोने लगी। हिचकियाँ ले-ले कर वह कहने लगी—"मैं पूरी तरह सही-सच्ची बात की कह रही हूँ। अगर आपको विश्वास न हो रहा हो तो आप अभी, इसी क्षण मेरे घर जा कर मेरी बात की सच्चाई की जाँच कर सकते हैं। आज से चार-पाँच दिन पहले ही मेरी माताजी, पिताजी और मेरी छोटी बहन छिरिंग दैमा, सभी मामा के घर मिरोक गाँव चले गये हैं। अतएव बेबस-असहाय हो मुझे अकेले-अकेले घर में सोना पड़ रहा है। मेरे इस अपने घर में तो और कोई है नहीं, किसी दूसरे सदस्य के न होने से, कोई और उपाय न ढूँढ़ पाने से मज़बूरन मुझे अकेले-अकेले सोना पड़ा। मैं अकेले-अकेले इस सुनसान इलाके के घर में सोती हूँ, यह जानकर गाँव के नौजवान गुण्डे-शोहदे छोकरे मेरे घर आ-आ कर मुझे बहुत परेशान करते रहते हैं। उनकी दुष्टतापूर्ण कार्यवाईयों का सामना करती हुई मैं उन्हें बार-बार दूर भागती रही हूँ। परन्तु मैं एक अकेली स्त्री इतने सारे शरारती तत्त्वों से अपने आपको भला कब तक अपनी रक्षा करती रह पाऊँगी? आपके साथ मेरा विवाह होने के काफी समय पहले से ही यह पेमा वांगछू मेरा पीछा करता रहा है। उसने ज़ोर-जबरदस्ती से ले कर अनुनय-विनय, चिरौरी-विनती हर तरह से मुझे बहलाने-फुसलाने, डराने-धमकाने की कोशिशें की। परन्तु मैंने ही उसे कभी कोई प्रश्रय नहीं दिया। कोई ऐसा संकेत या मौक़ा नहीं दिया कि वह अपनी ऐसी हरकतों में कामयाब हो पाये। इधर कुछ दिनों से उसने जो मुझे अकेला-असहाय पाया तो उसने और अधिक-अधिक सताना शुरू कर दिया। प्रायः हर एक रोज़ ही रात की वेला में आ कर वह मुझे घर का बन्द दरवाज़ा खोल देने के लिए कहता रहा है। कहता रहता है कि आज-कल वह मेरे प्रेम में पागल हो गया है। अगर वह अब भी मुझे नहीं पा सका तो वह मेरे वियोग की पीड़ा में मर जायेगा। उसकी दर्दीली बातें सुनते-सुनते मेरा मन भी उसके प्रति कोमल होने लगा। उस पर तरस आने लगा फिर भी मैंने उसके प्रेम-प्रदर्शन को कभी भी स्वीकार नहीं किया। वह अपनी कोशिशों में और आगे बढ़े, इसके लिए उसे रंचमात्र भी बढ़ावा नहीं दिया। परन्तु दुर्भाग्य ऐसा कि आज दुर्घटना घट ही गयी। मैं आपसे कभी झूठ नहीं बोल सकती। सो ऐसी पापपूर्ण परिणति की बात भी आपको बतला गयी। निश्चय ही इसमें मेरा भी दोष है परन्तु आज की इस घटना के घटित होने के लिए आप भी उत्तरदायी हैं। आपके आने की बाट जोहते-जोहते आँखें थककर पथरा गयी। पूरे शरीर में ऐसी थकान भर

आयी कि जाने कब मैं अपने बिछौने पर आराम करने को जो लेटी, तो जाने कब गहरी नींद आ गयी। जबकि मैंने भोजन-पानी भी नहीं किया था। घर का दरवाज़ा भी बन्द नहीं कर पायी थी। चूँकि आपके आज आ पहुँचने की बात सभी जान गये थे, अतः मैंने सोचा था कि वह बदमाश पेमा वांगछू तो आज मुझे परेशान करने आने की हिम्मत ही नहीं करेगा। परन्तु वह कब हमारे घर के अन्दर घुस आया और मुझे सोर्यी पा कर कब मेरे ऊपर चढ़कर मेरे पूरे शरीर को गिरफ्त में ले लिया, मैं तो इसका कोई अन्दाज़ा भी नहीं लगा सकी। उसने फिर जो ज़ोरजबरदस्ती की, काम-कला की जो तरकीबें आजमायीं, उसके चलते उसके सामने अपने आपको सौंप देने के अलाबा मेरे पास और कोई उपाय ही नहीं था। अगर आप आज की रात नहीं लौटेंगे तो वह पूरी-की-पूरी रात मेरे साथ रहेगा।"—ऐसा आश्वासन दे कर वह यहाँ सोया रहा था।"

"और तुमने भी उसे अपने साथ सोने की स्वीकृति दे दी थी?"

"पुरुष मनुष्य के सामने हमारी कोई कोशिश क्या सफल सिद्ध हो पाती है हमारा कोई वश चल पाता है? और उसके भी ऊपर अगर किसी भी प्रकार से पुरुष से किसी स्त्री का शारीरिक सम्पर्क हो जाता है, इच्छा या अनिच्छा चाहे जैसे भी जब एक बार दोनों का संगम हो जाता है, तब पुरुष व्यक्ति के प्रति हम स्त्रियों के मन में भी दुर्बलता आती है।"

"यह सब बातें तो तुम अब अपने मन से गढ़-गढ़कर कह रही हो। निरा झूठ बोल कर मुझे बहलाने की कोशिशें कर रही हो। अब ठीक-ठाक से, सही-सच्ची बात बतलाओ कि इधर कितने समय से तुम उसके साथ अपनी रातें रंगीन करती आ रही हो?"

"आपके वंश के, घर के कुल देवता सुंमा की शपथ खा कर कहती हूँ कि बस आज पहली-पहली बार ही। अब आप ही आदेश दें कि मुझे क्या कुछ करना चाहिए? अपनी इच्छा से तो मैं कभी भी ऐसे कर्म में आगे बढ़ी नहीं। अगर आपके विचार से मुझसे अपराध हो गया है, तो आप अपनी इच्छा के अनुरूप मुझे जो चाहें, दण्ड दें। यहाँ तक कि अगर ज़रूरत हो तो मुझे मार कर फेंक दें।" कहकर सोनाम पुक्का फाड़कर रोने लगी।

इतने समय तक लम्बी अवधि बीत चुकने के साथ-साथ लबजाँग के मन का सारा क्रोध-रोष सब शान्त हो चुका था, ऊपर-ऊपर से वह भले ही क्रोधित होने का नाटक करता जा रहा था, ऐसे में जब सोनाम सिसक-सिसककर रोने लगी तब उसके भी कलेजा पसीज उठा। उसके दुःख-दर्द से वह भी विकल हो उठा। अब-तक के सोच-विचार के परिणामस्वरूप वह स्वयं ही इस निर्णय पर पहुँच गया था, कि इस महाविकट परिस्थिति में इतने दिनों तक सोनाम ने तरह-तरह के कष्ट झेल कर, आफत-विपत का दृढ़ता से सामना कर अपने आपको सँभाले रखा था। एक अबला

नारी चारों ओर से गुण्डों-बदमाशों-छिछोरों पुरुषों से लगातार घिरी रहने पर उनकी ललचाई नजरों से अपने आपको भला कितने दिनों तक बचाए रख पायेगी? अगर आज वह स्वयं अपने द्वारा निर्धारित समय के अन्दर-अन्दर ही घर आ पहुँच गया रहा होता, तब वह लम्पट पेमा वांगछू सोनाम के साथ ज़ोर-जबरदस्ती कर ही नहीं पाया होता। उसके अपने इस समाज में विवाहित स्त्री-पुरुषों के अलावा भी अलग-अलग स्त्रियों पुरुषों के नीच शारीरिक सम्बन्ध होते ही रहते हैं। स्वयं उसके अपने साथ भी इस प्रकार की कई एक घटनाएँ घटित हो चुकी हैं। ऐसी परिस्थिति में सोनाम को ही दोषी मानना, पापाचारिणी ठहराना कत्तई उचित नहीं है। इस समाज में जब अपने निजी पति या निजी पत्नी साथ-साथ में नहीं होते, लम्बी अवधि तक उनसे मिल पाने का सुयोग नहीं होता, तब वे जो भिन्न-भिन्न स्त्री-पुरुषों से सम्पर्क साध लेते हैं, ठीक उसी प्रकार सोनाम ने भी आज वैसा कर्म कर डाला है। परन्तु इसका कोई उचित समाधान न किया गया तो फिर परिस्थिति बहुत ही विकट रूप धारण कर ले सकती है। एक बार जब इन दोनों का शारीरिक सम्बन्ध स्थापित हो ही गया है, एक-दूसरे के संग-सुख का आस्वाद वे दोनों पा चुके हैं, तो फिर उसे अब सदा-सदा के लिए रोक देना कत्तई सम्भव नहीं हो सकेगी। अत एव अपनी सुखी गृहस्थी के इस परिवार को टूटने से बचाने अब बस एकमात्र एक ही उपाय बचा हैः—पेमा वांगछू के साथ खोर-देपका अर्थात् संयुक्त या समन्वित विवाह करवा लेना। दोनों के साथ समान-समान रूप से सम्बन्ध बनाए रखने की सुविधा मिल जाने से सोनाम हँसी-खुशी से परिवार सँभाले रखेगी। मन-ही-मन इन विचारों को सोचते-सोचते सोनाम के घुँघराले केशों के बीच अंगुलियाँ डील-डील उन्हें बड़ी मुलायमियत से सहलाते-सहलाते अपनी बोली को अधिकाधिक मधुर बनाकर लबजाँग ने पूछा—“मेरी बातों का बुरा मान गयी क्या?”

पति की बोली सुन सोनाम की पीड़ा जैसे और भी उथल-पुथल भरी हो गयी। फिर तो वह और भी ज़ोर-ज़ोर से रोने लगी।

“रोओ मत। दुःख मत मानो। जो कुछ घटित हुआ, उसमें तुम्हारा कोई दोष नहीं है। परन्तु उससे जो परिस्थिति बनी है, उसे संवारने के लिए मैंने गम्भीर विचार कर एक उपाय निकाला है। मेरे इस प्रस्ताव से अगर तुम सहमत हो जाओ तो फिर भविष्य में तुम्हें कभी भी अकेले-अकेले रहने का कष्ट नहीं उठाना पड़ेगा।”

उमड़ी आती रुलाई को रोकने की कोशिश करते-करते सोनाम ने पूछा—“कौन सा उपाय?”

“तुम्हारे द्वितीय पति के रूप में अगर पेमा वांगछू को अपने पास ले आ कर रखें तो कैसा हो?”

आश्चर्य के मारे धक्का सा खाते हुए सोनाम ने पूछा—“यह क्या कह डाला

आपने?"

"यही कि अगर तुम खुशी-खुशी मान लो, तो पेमा वांगछू को मैं तुम्हारे द्वितीय पति के रूप में अपने पास ला रखूँ।"

"ऐसी अटपटी दिल पर चोट पहुँचाने वाली बातें आप क्योंकर कह रहे हैं? नहीं, मुझे इसकी कोई ज़रूरत नहीं। मेरे लिये किसी और की आवश्यकता नहीं है। ऐसा फालतू काम आप कभी मत करियेगा।"—सोनाम ने कड़ी आपत्ति उतने ही कड़े स्वर में की।

"क्यों? क्यों न करूँ मैं ऐसा?"

"क्योंकि मैं केवल आपकी ही हो कर रहना चाहती हूँ। आपको छोड़ कर मैं फिर किसी और के साथ विवाह रचाने के लिए विवाह-वेदी पर बैठना नहीं चाहती। किसी भी और के साथ दूसरा विवाह करने की बात असम्भव है।" एक भयानक आतंक का अनुभव कर सोनाम चिल्ला उठी।

"मेरी सलाह की गम्भीरता को तुम समझ नहीं पायी। मैं तुम्हें यह तो कह नहीं रहा कि तुम मुझे छोड़ दो। दूसरे से विवाह कर लो। मैं तो तुम्हारा हूँ ही। मेरा सुझाव बस यही है कि जैसे और-और लोग खोर-देपका करते हैं, ठीक उसी प्रकार हम भी खोर-देपका करेंगे।"

"परन्तु समाज इस पर क्या कुछ कहेगा?"

"किस बात के लिए इस पर समाज कोई आपत्ति उठाएगा? जबकि हमारे इस समाज में प्रायः ही लोग खोर-देपका करके सुख पूर्वक, मौज-मस्ती से रह रहे हैं।"

"परन्तु खोर-देपका तो अपने सगे बड़े या छोटे भाई के साथ ही किया जाता है। पेमा वांगछू क्या तुम्हारा अपना सगा भाई है?"

"ओ हो! यह बात तो मैंने सोची ही नहीं। अच्छा ज़रा यह तो बताओ कि मेरे अपने वंश का कोई नवयुवक तुम्हें पसन्द है क्या?"

"नहीं! बिलकुल नहीं।"

—तब फिर ध्यान से सोच-विचार कर देखो सोनाम। तुम्हें अच्छा लगे तो फिर कोई और चिन्ता करने की ज़रूरत नहीं। समाज को तो चाहे जैसे भी सम्भव हो हम अपने पक्ष में मना सकेंगे। परन्तु अगर हम पेमा वांगछू के साथ खोर-देपका नहीं करेंगे, तो क्या यह सम्भव है कि जब एक बार तुम दोनों के बीच जो शारीरिक सम्बन्ध स्थापित हो चुका है, उसे फिर भविष्य में रोका जा सकेगा। अरे इससे तो तुम दोनों के बीच बार-बार ऐसा ही सम्बन्ध होने का रास्ता ही खुल गया है। ऐसी दशा में अगर मैं उसे अपनी गृहस्थी का साझीदार बना लेने, अपने समान ही पति रूप में तुम्हें संग-सुख देने के लिए अपने निकट बुला कर खोर-देपका नहीं कर लेता, तो फिर हमारी यह सुखी गृहस्थी, हमारा यह हरा-भरा परिवार-संसार जल कर राख

हो जायेगा।"

"जब आप इतनी गम्भीरता से बात कह रहे हैं। तो मुझे भी सोचने-समझने का अवसर दीजिए। मैं इस पर चिन्तन-मनन करूँगी। मुझे क्या कुछ अच्छा लगा है, इसकी सूचना मैं आपको कल बतला दूँगी।"

फिर तो सोनाम ने सचमुच ही वह पूरी-की-पूरी रात खुली-खुली आँखों से सोचते-सोचते ही बिता दी। अन्र्ततम मन पूछता कि जब उसे पति लबजाँग ने स्वयं ही यह प्रस्ताव दिया है, तब फिर उसे इस पर आपत्ति करने की बात ही कहाँ है? उसे आपत्ति करने को है ही क्या? ब्रोकपा (पशु पालक) समाज की अधिकांश स्त्रियों के दो या दो से अधिक संख्या में पति हैं। आस-पास को देखें, तो बस उसे पास ही तो एक के अतिरिक्त कोई दूसरा पति नहीं है। लबजाँग के जो दो भाई काल का ग्रास बनकर मर गये, अगर वे सब मरे न होते तो उसके भी तीन पति रहे होते। यहाँ एक बात और महत्त्व की है। पेमा वांगछू सचमुच ही उसे हृदय से प्यार करता है। उसके पीछे-पीछे वह कितना-कितना चक्कर लगाता रहता है। लाख तिरस्कार करने पर भी उसके लिए लालायित हो बराबर अनुनय-विनय करता रहता है। उसकी ऐसी अविचल प्रेम-भावना देख उसके मन में भी उसके प्रति प्यार उभर-उभर आता है। मन करुणा से भर जाता है। आज चाहे जैसे भी शारीरिक-सम्पर्क हुआ, किन्तु उसके साथ-साथ सोने पर, रति-रंग की उसकी कारगुज़ारी का प्रत्यक्ष अनुभव होने पर उसे भी तो कुछ बुरा नहीं लगा। बल्कि एक बिलकुल ही अनोखे प्रकार का आस्वाद पाया है उसने। ऐसा अपूर्व रस जो पहले कभी चख ही नहीं सकी थी।

लबजाँग जैसा प्रस्ताव दे रहा है, अगर उसके अनुसार चलें, तो पेमा वांगछू अगर फिर-फिर उसके पास आता है, तो वह उसे मना नहीं कर पायेगी। उसके संग-सुख माँगने पर आपत्ति कर उसे लौटा नहीं सकेगी। अब ज़रा अपने इस मन की भावना को ही तो देखो, जो उसे फिर-फिर पाने के लिए इतने उतावले पन से मचला जा रहा है। अन्तर्मन की बेकली का अनुभव करते ही सोनाम ने निर्णय ले लिया कि वह पेमा वांगछू को अपने द्वितीय पति के रूप में ग्रहण कर लेगी। जब वह अपने इस निर्णय पर सुदृढ़ हो गयी, तब उसने बगल में लेटे अपने पति को फिर बड़े ज़ोरों से अपनी भुजाओं के आलिंगन-पाश में भींच लिया। फिर उसके कानों से अपने होंठ सटा पूछ पड़ी—"सुन रहे हैं।"

"क्या? कुछ कहा क्या तूने?"

"देखो जी! बाद में मुझे फिर कोई दोष मत देना। मैं तुम्हारा प्रस्ताव सिर आँखों पर चढ़ाकर स्वीकार करती हूँ।"

"फिर भला मैं क्यों तुम्हें दोष दूँगा। कतई नहीं दूंगा।"

फिर तो सोनाम ने लबजाँग को और भी ज़ोरों से भुजाओं में कस लिया।

दो

व्यापार करने के लिए गाँव से दूसरे गाँवों की ओर जाते-जाते, साथ-साथ जा रहे सहयात्री केजाँग ने रास्ते में ही पूछ दिया—"तुमने सुना कि नहीं? गाँव-भर में प्रचारित हो रही एक बड़ी ही बुरी अफवाह है।"

हड़बड़ाहट से व्याकुल हो लबजाँग भी उल्टे पूछ पड़ा—"कौन-सी अफवाह?"

"जरा-सा सुनते ही तुम तो इतना घबड़ा गये। अरे भाई! इसमें इतना डरने की क्या बात है? वस्तुतः बात यह है कि तुम निरा सीधे-सादे, भोले भाले व्यक्ति हो। इसी से लोग तुम्हारा बुरा भी करते हैं और उल्टे तुम्हारी जग-हँसाई भी करते हैं उस पर भी तुम इतने सहन-शील, शान्त स्वभाव के हो कि खून का घूँट पी कर भी किसी पर बदले की कोई कार्यवाही नहीं करते। अब इसी मामले को लो। अगर ऐसी घटना किसी ने मेरे साथ की होती तो जाने कभी का मैं उसकी चमड़ी उधेड़कर फेंक-फाँक चुका होता।'

काठमारे सा हतप्रभ हो आँखें फाड़े-फाड़े लबजाँग केजाँग के मुँह की ओर एक टक निहारने लगा। इशारों-इशारों में सुनाई गयी बात के मर्म को वह अच्छी तरह समझ तो गया ही था, परन्तु उसे अचरज इस बात का हो आया था कि जिस घटना के घटित होने पर उसे अभी तक यह विश्वास था कि उसके और सोनाम के सिवा कोई और तीसरा आदमी इसे जान ही नहीं सका होगा, केजाँग के इशारों से अब स्पष्ट हो रहा है कि उसे तो समाज के दूसरे-दूसरे लोग भी जान चुके हैं।"

"अरे तू निपट अन्धा है क्या? सभी को मालूम है कि तुम्हारे घर के भीतर से निकल कर पेमा वांगछू तुम्हारी आँखों के ठीक सामने हो कर बड़ी फुर्ती से भाग गया। ऐसे में अगर कोई कठोर कार्यवाही नहीं की, तो फिर समाज में नाक बचा पाना कठिन हो।"

उसके दोषारोप का कोई उचित उत्तर देने में असमर्थ रह जाने से लबजाँग मौन साधे याक बैलों के पीछे-पीछे आगे बढ़ने लगा।

"ओह! तब तो बात स्पष्ट ही हो गयी कि तुमने यह सारा पापाचार अपनी

आँखों के सामने घटित होते देखा था। क्यों ठीक कह रहा हूँ न? जब ऐसी दशा है, तब मैं तुम्हें एक उपयुक्त सुझाव दे सकता हूँ। सुनोगे?"

"कौन सा उपाय? कैसा सुझाव?"

"तुम ग्राम-समाज की पूरी पंचायत बुलाओ। पंचों के सामने पेमा वांगछू द्वारा किये गये पापाचार का सारा कच्चा चिट्ठा खोल कर उसे समुचित दण्ड देने के लिए उस पर अभियोग दाखिल करना। न्याय पंचायत निश्चित ही उचित निर्णय करेगी। बिना कुछ किये अगर यूँ ही हाथ-पर-हाथ धरे बैठे रह गये तो पेमा वांगछू का मन और भी बढ़ जायेगा, तब वह और भी भीषण पाप करेगा।"

"सोच-विचार कर देखूँगा।" लबजाँग ने छोटा-सा उत्तर दिया।

—"इसमें सोचकर देखने को क्या है? मैं जैसा कह रहा हूँ तुम बस वैसा-वैसा करते जाओ।" केजाँग ने ज़ोर दे कर कहा।

"जैसा न कभी हुआ, और न कभी होगा ही"—इस प्रकार का असम्भव सा उपदेश बिना माँगे ही जो केजाँग ने दिया उसे सुनकर लबजाँग का हृदय तिलमिला उठा। मारे क्रोध के उसकी आँखें लाल हो गयी। लबजाँग का भयानक क्रोध देख केजाँग तो सकपका गया। फिर तो कुछ देर तक किसी के मुँह से कोई बोल नहीं फूटा। सामान लदे घोड़ों के पीछे-पीछे दोनों चुपचाप बढ़ते गये। परिस्थिति जब कुछ शान्त महसूस हुई, तब केजाँग ने मुलायमियत से समझाते हुए कहा—"तुम जो क्रोध में आग बबूला हो गये हो, सो तो स्वाभाविक ही है। आखिर परिवार की इज्जत पर डाका जो पड़ा है। परन्तु देखो भाई! इसमें तुम अपनी पत्नी की कोई भूमिका मत मान लेना। उस बेचारी सोनाम का लेशमात्र भी कोई दोष नहीं है। ज़रा तुम्हीं सोचो। वह बेचारी भला कब तक अकेले-अकेले सोएगी? उसे निपट अकेली रहती जानकर पेमा वांगछू तुम्हारे मकान के चारों और चक्कर लगाता रहता है, कहाँ से कोई छिद्र पाये भीतर दाखिल होने को। उसकी इन बुरी हरकतों का पता गाँव के सभी लोगों को है। अब तुम्हीं बतलाओ, तुम तो लम्बे समय पर घर रहते नहीं, ऐसे में वह विचारी भला कब तक सुख-शान्तिपूर्वक, खतरों का मुकाबला किये बग़ैर रह पायेगी?"

"बकबक करना छोड़ कर चुप हो जाओ। अब उन सब बातों की चर्चा मेरे सामने कत्तई मत करना। मेरी अपनी धर्म पत्नी ख़तरों से पूरी तरह भयाक्रान्त हो कष्ट झेलती रहे अथवा बिना किसी भी प्रकार के खतरे के सुख-शान्ति पूर्ण ढंग से रहे; इसमें तुम्हारा क्या जाता है?" धधकती आग की ज्वाला में जैसे घी का घड़ा उँड़ेल दिया गया हो, उसी तरह उसका क्रोध भी धधक उठा।

केजाँग ने सोच रखा था कि गाँव में फैल रही बदनामी की गुप्त खबर जो सुनाएगा, तो इससे लबजाँग उसके प्रति महाकृतज्ञ होगा। उसे इस बात का तनिक

सा भी अनुमान नहीं था कि इस बीच ही लबजाँग सारे समाचार पूरे विस्तार से सुन चुका है। सभी कुछ की सच्चाई को जान लेने के बाद उसने किसी प्रकार की उत्तेजना प्रगट करने की जगह, उन्हें सीधे-सच्चे-सहज भाव से लिया है।

अब केजाँग सोचने लगा—अरे वाह। ज़रा देखो तो यह कैसा अद्‌भुत प्रकार का पुरुष है। पेमा वांगछू पर क्रुद्ध होने की जगह यह मुझ पर ही क्रुद्ध हो मुझे ही धमकियाँ दे रहा है। परन्तु इसमें मेरी कौन सी हानि होने को है? जा छोकरे जा! नरक में गिरना चाहता है, तो जा नरक में सड़! मैं तुम्हारे भले के लिए तुम्हें चेतावनी दे रहा था। अब अगर मेरी शुभेच्छा ही तुझे बुरी लग रही है तो जा; अब मैं कुछ भी नहीं कहूँगा।"

लबजाँग ने जब महसूस किया कि केजाँग काफी समय से चुप्पी साध गया है, तब उसका क्रोध भी शान्त हो गया। बिना किसी उचित कारण के ही वह जो केजाँग पर डाँट फटकार-लताड़ लगा चुका था, उस पर उसे पछतावा होने लगा।—

"भाई मैं जो तुम पर विनावजह फटकार लगा गया, लगता है उससे तुम्हें मुझ पर क्रोध हो रहा है।

"मैं क्यों तुम पर क्रोध करूँगा? मैं तुम्हारा होता ही क्या हूँ?" रिसिआते हुए केजाँग ने उत्तर दिया।

"देखो भाई! मुझसे नाराज़ मत होओ। मुझे कभी-कभी जाने क्या कुछ हो जाता है कि न करने योग्य काम कर बैठता हूँ। क्यों कर बैठता हूँ इसे मैं स्वयं ही नहीं समझा सकता।"

अपनी सोच के अनुरूप परिस्थिति को मुड़ते हुए देख, उत्साहित हो कर केजाँग बोल पड़ा—

"अब जब समझ आयी है तो अपने आचरण पर पछता रहे हो न। ठीक ही है। प्रायश्चित्त तो तुम्हें करना ही चाहिए।"

"इस सबके पीछे सही यथार्थ स्थिति क्या है? जानते हो।"

"कौन सी?"

"तुमने जो बातें बतलायीं वे सारी-की-सारी मेरी जानी हुई हैं। सोनाम ने स्वयं ही सारा कुछ खोल कर विस्तार से बतला दिया था। वैसे, इसमें मैं सोनाम को भी दोष नहीं देता। दरअसल यह बदमाश पेमा वांगछू बहुत लम्बे समय से सोनाम के पीछे पड़ा हुआ है। फिर अभी जो घटना कल घटी उसके पहले तक यह धूर्त्त पेमा भी सोनाम के साथ कोई भी चालबाजी करने में सफल नहीं हो पाया था। कल समय से मैं घर नहीं लौट पाया था। मेरी बाट निहारती बेचारी सोनाम घर का दरवाजा खोले-खोले थकान के मारे जाने कब सो गयी। मौका देखते ही यह बदमाश पेमा घर में घुस गया। नींद में डूबी होने के कारण वह तो जान ही नहीं पायी कब वह

उसके शरीर पर चढ़ बैठा। ऐसी दशा में वह इस लम्पट से अपनी रक्षा नहीं कर पायी।"

आदिम जनजाति के समाज में बलात्कार जैसी किसी प्रकार की प्रवृत्ति के न होने तथा ब्रोकपा अर्थात् पशु-पालक समुदाय में स्त्री-पुरुष के यौन-सम्बन्धों को सहज ढंग से मानने की प्रवृत्ति के कारण इन बातों में उसी प्रकार की स्वाभाविक बातचीत का ही भाव अभिव्यक्त हुआ। मैदानी-इलाकों के तथाकथित सभ्य-समुदाय वालों की तरह का प्रतिहिंसात्मक भाव उसमें कहीं नहीं था।

केजाँग ने भी बिना किसी ननु-नच के, बिना किसी आशंका-अविश्वास के, ठीक उसी रूप में लबजाँग की बातों को मान लिया। "वस्तुतः सोनाम यौन-भावना की दृष्टि से अत्यन्त ठण्डी प्रकृति की, यौन क्रियात्मक चेष्टाओं से अप्रभावित, यौन क्रिया में सहयोग करने की प्रवृति से सर्वथा अप्रभावित रहने वाली संकोची स्वभाव की नारी है।"—इस बात का प्रमाण केजाँग स्वयं भी कई बार पा चुका है। उनके अपने इस समाज में कौन ऐसा पुरुष अथवा कौन सी ऐसी स्त्री है जिसका शारीरिक सम्बन्ध उसकी निजी पत्नी अथवा उसके निजी पति के बीच तक ही सीमाबद्ध है? परन्तु लबजाँग और सोनाम ऐसे पति-पत्नी हैं जो इस शारीरिक-सम्बन्ध की स्व. च्छन्दता से भिन्न प्रकार के ही रहे हैं। लबजाँग को जिस तरह दुनछाँग (और न-मर्द एकजुट होकर मदिरा पान कर नाच आने के साथ रंग रंगेलिया मनाना या शनि पार्टी करना) वग़ैरह में किसी भी यौवन मतदत्त परायी स्त्री के साथ मेलजोल बढ़ाते किसी ने नहीं देखा, उसी तरह कोई भी दूसरा पुरुष सोनाम को बहला-फुसला कर अथवा ज़ोर-जबरदस्ती कर अपनी शय्या-शायिनी नहीं बना सका है। किसी ने उसे अपने वश में कर लेने में सफलता पायी हो, ऐसा कोई प्रमाण नहीं है। पिछले साल नव वर्ष के उत्सव लोसेर के मौक़े पर जिस किसी तरह भी हो सके, कम-से-कम एक बार के लिए ही सही सोनाम को पा लेने के लिए केजाँग ने किस-किस तरह के दन्द-फन्द नहीं फैलाये थे, परन्तु उसकी सारी-की-सारी कोशिशें निष्फल ही रह गयी थीं। इस पूरे इलाके की सर्वोत्तम सुन्दरी होने के नाते सोनाम को पाने के लिए गाँव-जवार के कितने सारे पुरुषों ने कितनी-कितनी बार कितनी-कितनी तरह की कोशिशें की, फिर भी अन्ततः असफल रह गये थे, इस बात की चर्चा परिचर्चा गाँव के सभी पुरुषों में होती ही रहती है। ऐसी दुष्कर स्थिति में पेमा वांगछू कैसे सफल हो गया? इसे तो हम सोच भी नहीं पा रहे। इन बातों का विचार करते-करते केजाँग को पेमा वांगछू की इस सफलता से बड़ी ईर्ष्या होने लगी।

"सोनाम एक स्वस्थ-सुन्दर रूपवती होने के साथ बड़े भले स्वभाव की स्त्री तो है, किन्तु है बड़ी ठण्डे स्वभाव की है। यौन-उत्तेजना का तो जैसे उसमें नामोनिशान ही नहीं है। पुरुष को तो जैसे वह पहचानती ही नहीं। ऐसी यौन भाव शून्य, ठण्डी

प्रकृति पत्नी को ले कर तुम्हीं किस प्रकार घर-परिवार बसा पा रहे हो; मैं तो इसी को नहीं समझ पाता।"

"गलत! बिलकुल ही गलत तुम्हारी धारणा सोनाम के बारे में। वह यौन-आकांक्षा से शून्य नहीं है। वस्तुतः वह भी स्वाभाविक कामना-वासना से युक्त एक सामान्य ढंग की युवती स्त्री है। तुम तो जानते ही हो कि हमारे गृह-देवता सुगंमा के प्रकोप के कारण मैं सोनाम को अपने चरागाह की छावनी के घर में ले जा कर रख ही नहीं सकता। दूसरी ओर मेरी अपनी विवशता यह है कि अपनी खूटी छोड़ कर मैं यहाँ गाँव में ठहर कर अधिक दिनों तक सोनाम के साथ घर में नहीं रह सकता। मेरा तो कोई अपना सगा कोई छोटा भाई भी नहीं है कि उसके साथ खोर-देपका कर पाऊँ। ताकि मेरी अनुपस्थिति में वही उसके पति के रूप में उसका संग-साथ दे सके। ऐसी संकट-पूर्ण स्थिति के चलते अन्ततः मैंने और सोनाम ने मिल कर निर्णय लिया है कि हम पेमा वांगछू के साथ ही खोर-देपका करेंगे।"

"क्या कहा?" आश्चर्य के मारे जैसे बिजली का झटका खा कर कोई उछल पड़े वैसे ही केजाँग उछल पड़ा।

"हाँ भाई! तुमने ठीक ही सुना। मैं पेमा वांगछू को बुला कर अपने घर में रखूँगा।"

"पेमा वांगछू को बुला कर अपने घर रखने की उसके साथ खोर-देपका करने की ऐसी कौन सी विवशता है, जो ऐसा करोगे? कोई दूसरा नवयुवक क्या तुम्हें ढूँढे नहीं मिला?"

"दरअसल बात यह है कि पेमा वांगछू को सोनाम पसन्द करती है। किसी और के साथ घर-गृहस्थी बसाने की जगह उसने पेमा के साथ ही गृहस्थी बसाना अधिक पसन्द किया है। बस इसी कारण हमने निर्णय लिया।"

"परन्तु मात्र इतने से कारण से अपनी जाति-बिरादरी के किसी लड़के को न चुनकर दूसरी जाति-बिरादरी के लड़के को अपने घर बुला लाने की ज़रूरत ही क्यों है? अगर तुम नहीं खोज पाते, तो मुझसे कहो मैं तुम्हारी अपनी जाति-बिरादरी में से किसी लड़के को ढूँढ़ कर तुम्हारे लिये ला सकता हूँ, किन्तु अपनी जाति के घर में दूसरी जाति के लड़ने को घुसने नहीं दूँगा। अगर कोई और उपाय नहीं हुआ तो आवश्यकता पड़ने पर मैं स्वयं अपनी ब्याहता धर्म-पत्नी को अपने दोनों छोटे भाइयों की पत्नी बनाकर उसे छोड़ कर मैं तुम्हारे पास आ कर तुम्हारे साथ खोर-देपका कर तुम्हारी पत्नी का दूसरा पति बनकर रहने को तैयार हूँ।" सोनाम के लिए केजाँग के मन में जो प्रबल आसक्ति की भावना थी, उसे वह छिपाये नहीं रख सका। परन्तु अन्तिम वाक्य से जो उसकी दबी हुई भावना इस प्रकार खुल गयी, उससे वह स्वयं पर लज्जित हो घबड़ाने लगा। उधर लबजाँग ने जब उसके मुँह से निकलती इन बातों

को सुना, तब उस पहाड़ी रास्ते पर आगे कदम बढ़ाना रोक, वह काकमारे सा एक जगह खड़ा रह गया। खड़े-खड़े अचरज भरी नज़रों से केजाँग को निहारने लगा। उसे यूँ एकटक देखते-देखते आश्चर्यचकित हुआ देख केजाँग अपनी मूर्खता पर लज्जित हो, अपनी अपराधी प्रवृत्ति को छिपाने की कोशिश करते हुए आगे फिर कहना शुरू किया–"देखो भाई। चूँकि हम दोनों एक ही जाति के हैं, बस इसी कारण से ऐसा कह रहा हूँ। तुम स्वयं ही विचार कर देखो। पेमा वांगछू दूसरी जाति का पुरुष है। हम लोगों के अपने वंश का आदमी वह नहीं है। उसके साथ अगर तुम खोर-देपका करोगे, तो बाद में चल कर जो पुत्र या पुत्री सन्तानें होंगी उनके पिता–विशेषतः पिता के वंश, उस वंश की उपाधि, वग़ैरह–को ले कर भारी समस्या आ खड़ी होगी। दोनों पतियों में से किस विशेष को, उस विशेष सन्तान का पिता बतला कर उसका वंश-परिचय दिया जायेगा?"

"इसमें कौन सी भारी समस्या है भला। तुम अपने ही परिवार में देखो न। दो भाइयों के बीच तुम्हारी अकेली पत्नी–सन्तान के जन्म के बाद–उसके जनक–. पिता–की पहचान करवा देती है। तुम दो भाइयों की पत्नी से जन्मी कन्या छोमू तुम्हें–"पिता जी'–कह कर बुलाती है, तो तुम्हारे छोटे भाई ङइचुंग को–"चाचा'–कह कर पुकारती है। ठीक उसी तरह–जब हमारी सन्तानें होंगी तब–हमारी सोनाम भी जन्म दाता का पता बतला दिया करेगी।"

"यह सब बस नाम प्रचारित कर देने के लिए ही होता है। अन्यथा इसका वास्तविकता से कोई मेल या सम्बन्ध नहीं होता। दो पतियों में से कोई एक भी असन्तुष्ट न हो, बुरा न मान जाये; इसलिए ये चतुर पत्नियाँ पुत्र-पुत्रियों को दोनों के बीच बड़ी होशियारी से बाँट देती हैं। सन्तान चाहे ऐसी किसी रात को गर्भ में आयी हो, जिस रात दोनों ही पति बारी-बारी से उसके साथ सोये रहे हों तो भी ऐसी सन्तान के जन्म होने पर भी वे उनमें से किसी एक को उसका बाप चिह्नित कर देती हैं। हम पुरुषों को यथार्थ स्थिति का पता तो होता नहीं। पत्नी द्वारा सन्तान का पिता होने का गौरव घोषित होते ही हम फूल कर कुप्पा हो जाते हैं। अतः समझदारी से काम लो। इस वास्तविकता को मानो कि पेमा वांगछू भला आदमी नहीं है। महाधूर्त्त और बदमाश है। कामकाज में महा आलसी और नखरेबाज है, जबकि चाल-चलन में महाउद्दण्ड किस्म का है। अगर ऐसी शरारती पेमा को तुम अपने परिवार में ला कर रखोगे तो बाद में तुम लोगों को अनेकानेक आफतों-विपत्तियों को झेलना पड़ जायेगा।"

"तुम्हारा आकलन तो ठीक है, परन्तु मैंने पेमा को पास बुला लेने उसके साथ खोर-देपका कर लेने का वचन सोनाम को दे दिया है। अपने द्वारा ही दी गयी जुबान से फिरना कत्तई सम्भव नहीं है। तब और जब कि मैंने पेमा वांगछू को मेरे घर आ कर रात में सोने का निवेदन भी स्वयं ही कर दिया है। अतएव मेरे भाई! अब तो

कोई दूसरा उपाय ही नहीं बचा। फिर भी तुम्हारे सुझावों पर मैं फिर से ग़ौर करूँगा किस विधि से उनके अनुरूप परिस्थिति को सँभाला जाये।"

उस दिन के बाद तीन दिन और बीत जाने पर लबजाँग खरीद-फरोख्त का अपना व्यापारिक काम पूरा कर घर लौट आया। जब अभी अपने घर से काफी दूरी पर ही था, तभी उसने देखा कि उसके घर के बरामदे में पेमा वांगछू को घर-गृहस्थी का कोई काम बड़े ध्यान से कर रहा है। जाने के पहले उसने स्वयं ही सोनाम को रात में पेमा वांगछू के साथ रहने की अनुमति प्रदान की थी तो भी अब जो उसने अपने घर पर पेमा वांगछू को देखा तो उसके कलेजे में जैसे बर्छी सी चुभने लगी। केजाँग के मुख से पेमा की कुत्सित क़ार्यवाहियों को सुन चुकने के बाद तो उसका अपना विचार-विवेक भी जग उठा था। अपने द्वारा हड़बड़ी में लिये गये फैसले के प्रति वह मन-ही-मन पछतावा करने लगा था। अब उसे अपने पर ही महाक्रोध होने लगा। बिना किसी कारण के ही वह बोझा ढोने वाले अपने घोड़े की पीठ पर कोड़े-पर-कोड़े मारने लगा। इस तरह अपनी की हुई गलती पर उमड़े क्रोध को शान्त करने की कोशिश करने लगा।

जैसे-तैसे लबजाँग अपने घर पर आ पहुँचा। उसे देखते ही पेमा बड़ी हड़बड़ाहट में दौड़ा-दौड़ा उसके करीब आया और एक बिना वजह की मुस्कान बिखेरते हुए बोला—"आप आ गये? ठीक है? अब आप इन घोड़ों को मुझ पर छोड़िए।"

"तुम्हारी सहायता की मुझे कोई ज़रूरत नहीं है। अतः तुम्हें यह सब कष्ट उठाने की कोई आवश्यकता नहीं हैं।"

"इसमें कष्ट उठाने की तो कोई बात ही नहीं। आप इतना सारा परिश्रम करके आते-आते थकान से चकनाचूर हो गये हैं। अतः अब घर में जा कर विश्राम कीजिए। घोड़ों पर लदे बोझों को नीचे उतारने, उन्हें सँभाल कर रखने का काम मैं ही करूँगा।"

कुछ देर के लिए लबजाँग दुविधा में पड़ा-पड़ा किंकर्त्तव्य विमूढ़ हो खड़ा रहा। परन्तु उसके कुछ समय बाद उसने सोचा कि—अब जो हो गया सो हो गया। उसके लिए कोई पछतावा भी क्यों करे। स्वयं अपने मुख से दिये गये वचन को फिर कैसे लौटा लिया जा सकता है। ऐसे विचारों को मन-ही-मन सोच चुकने के बाद वह बोल पड़ा—"ठीक है। तुम जो कह रहे हो, वही सही है। वैसा ही करो।"

लबजाँग मकान के भीतर चला गया। उसने अपनी पीठ पर जो बोझा बाँध रखा था, उसे सोनाम की सहायता से नीचे उतरवाकर घर के एक कोने में सँभाल कर रख दिया, फिर जलती लपटों वाले कौड़े के पास आ कर बैठ गया। विभिन्न प्रकार की नशीली चीज़ों के अर्क से बनाई गयी मदिरा से भरा हुआ मोटे-ताज़े लकड़ी

का बना हुआ चूँगा (एक ओर गाँठ सुरक्षित रहने और ऊपर की ओर की गाँठ को हटाकर द्रव पदार्थ सँभाल कर रखने का लम्बे पाइपनुमा पात्र) और काठ को कलात्मक ढंग से काट-सँवार कर बनाया हुआ गरकू (प्याला) सोनाम ने ला कर उसके सामने रख दिया। लबजाँग ने चूँगे में से गरकू में ढाल-ढल कर आराक पीनी शुरू की। उधर सोनाम पेमा के साथ मिल कर घोड़ों पर लाद कर लाई गयी खाद्य-सामग्री, को ढो-ढोकर अन्दर ला कर रखना शुरू कर दिया। सारे कामों को सम्पन्न कर लेने के बाद पेमा भी सकुचाते-सकुचाते आ कर उस कौड़े की दूसरी ओर बैठ गया।

लबजाँग ने सोनाम को पुकार कर कहा—"पेमा को भी पीने के लिए आराक ला कर दो।"

सोनाम को जब लबजाँग ने इस प्रकार का आदेश दिया, तब पेमा के मन में अब तक जो असमंजस का भाव था, वह सारा समाप्त हो गया। उसकी साँस में साँस आयी। मन पूरी तरह शान्त हो गया। अब वह लबजाँग के सामने सहज-स्वाभाविक हो गया, यद्यपि अभी भी मुँह खोल कर कुछ कह सुनाने लायक कोई विचार वह नहीं पा सका। पेमा को भी जब मदिरा दे कर सोनाम वहाँ आ बैठी तब अपने सामने मदिरा का चूँगा रखे-रखे, मदिरा पान करने का नाटक करते-करते लबजाँग बहुत देर तक सोनाम और पेमा के हाव-भावों, क्रियाओं-प्रतिक्रियाओं को बड़े ध्यान से लक्ष्य करता रहा। उसने दोनों के मुख-मण्डल पर एक नयी किस्म की आशा और नये-नये उत्साह से भरा उल्लास-आनन्द का भाव चमकता पाया। उन्हें यूँ आनन्दित-उत्साहित देखते ही लबजाँग के मन के एक कोने में ईर्ष्या का अंकुर फिर बढ़ने फैलने लगा। परन्तु उसके कुछ क्षणों बाद ही उसका सारा क्रोध-क्षोभ का भाव अपने आप ही शान्त हो गया। उसने दृढ़ निश्चय के साथ विचारा कि "अब इस परिस्थिति तक पहुँच चुकने के बाद झूठमूठ की ईर्ष्या करने का मतलब ही क्या है? इससे भला कौन सा लाभ होगा? इस असार-संसार में जीवित रहने के लिए अनेकानेक क्षेत्रों में परिस्थिति के साथ तालमेल बैठाकर, यथावश्यक समझौते करके चलना पड़ता ही है। अतएव अब से आगे मैं इस प्रसंग में अब कोई ईर्ष्या का भाव अपने मन में नहीं आने दूँगा।" गरकू-पर-गरकू जो गर्मागर्म आराक वह गटकता चला गया था, उसने अपनी खुमारी में उसे कसकर उसके शरीर-मन-मस्तिष्क सभी पर एक भारी आलस्य का भाव ला दिया। उसका मन अब कई दिनों तक सोनाम के साथ रहकर मौज़-मस्ती करने का होने लगा। सोने के लिए पलँग के सिरहाने उसने अपना तकिया रखा। तकिये पर सिर रख कर निढाल हो सो जाने के पहले उसने पेमा को पूछा—"मैं अगले कुछ दिनों तक घर पर रहकर ही विश्राम करना चाहता हूँ। ऐसी दशा में क्या तुम कुछ दिनों तक बर्फीली पहाड़ी पर स्थित हमारे चरागाह की खूटी पर जा कर रह सकोगे?"

लबजाँग से ऐसे प्रश्न की आशा पेमा को थी ही नहीं अतः उसके मुँह से निकली यह बात सुनकर उसे ऐसा लगा जैसे उसकी मुट्ठी में स्वर्ग आ गया हो। उसने अत्यन्त उत्साहपूर्वक उत्तर दिया—"हाँ, हाँ निश्चय ही मैं ऐसा कर सकूँगा। कल सवेरे-सवेरे ही मैं पूरी तैयारी से आऊँगा।" ऐसा कहते-कहते परम आनन्दित भाव से पेमा वांगछू घर से बाहर निकल गया।

तकिये के सहारे अपना सर टिकाये-टिकाये लबजाँग बड़ी देर तक सोनाम पर लगातार नज़रें गड़ाये रहा। उसके हर एक हावभाव, हर प्रकार की क्रियाओं प्रति-क्रियाओं को ध्यानपूर्वक देखने-समझने के बाद उसने सोनाम को पुकार कर कहा—"सोनाम! मैं तुम्हें आज बहुत उत्साहित-आनन्दित देख रहा हूँ। कहो क्या बात है?"

पति की ऐसी मजाकिया बात सुन सोनाम ने अपने तिरछी नयनों का बाण सा उसकी ओर चलाते हुए अपनी मनमोहनी मुस्कान मुस्कराते हुए जो अपने मनोभावों को व्यक्त करने की कोशिश की तो उसके दोनों मांसल फूले-फूले गाल लाज की ललाई से जगमगा उठे।

"तुम यौवन की इस वेला में फिर से नये प्रेम के उफान में पड़ गयी हो न? युवती लड़कियाँ जब प्रेम के पाश में बँधने लगती हैं, तब वे सभी-की-सभी बहुत सुन्दर लगती हैं। जब कि तुम तो पहले से ही अत्यन्त सुन्दरी हो। अतएव आज तो तुम सुन्दरता के स्वर्ग की परी लगती हो।"—प्रशंसा के स्वर में लबजाँग ने कहा :

"यह सब क्या गज़ब की बातें कह रहे हैं आप? लगता है मदिरा की मस्ती का खुमार कुछ ज़्यादा ही असर कर गया है आप पर।"—लबजाँग की बातें सुनकर सोनाम के अर्न्तमन में जो आनन्द की हिलोर उठने लगी थी, उसे छिपाये रखने की हर-सम्भव चेष्टा करने पर भी उसे बाहर उफन आने से वह रोक नहीं सकी।

"अच्छा ज़रा तुम यह तो बतलाओ कि इधर जो मैं तीन दिनों के लिए बाहर चला गया था, तब पेमा के साथ तुम्हारी नयी-नयी गृहस्थी के ये तीन दिन किस प्रकार के थे।" चिढ़ाने के लिए कही गयी अपनी इस बात के बहाने लबजाँग ने सोनाम के मन की गहराइयों में उतर कर उसका कोना-कोना देख लेने की कोशिश की।

"धत्! ये आप क्या पूछ रहे हैं। इसकी चर्चा करते हुए भी मुझे शर्म आ रही है।"

"अरे! इसमें कैसी लाज-शर्म? ये बातें तुम मुझसे नहीं कहोगी, तो फिर और किससे कहोगी?"

"इस बीच हम दोनों ने दो दिनों की ही घर-गृहस्थी की। तीन दिन की नहीं।"

"सो क्यों?"

"आपके द्वारा रंगे हाथों पकड़े जाने से पेमा आपसे इतना अधिक डरा हुआ था कि वह घर आने का साहस ही नहीं कर पाया। जाने कहाँ-कहाँ भागता-छिपता फिर रहा था। अगर अचानक ही रास्ते में दूसरे दिन उसकी भेंट मुझसे न हो गयी होती तो फिर आपके साथ खोर-देपका करने के लिए वह इस घर में कभी आया ही नहीं होता। ख़ैर छोड़िए अब इस बात को! चलिए! अब उठिए भी पलँग पर से! मैं भोजन परस रही हूँ। जल्दी ही भोजन कर लीजिए, क्योंकि आज जल्दी ही सो जाने की ज़रूरत है।"

सोनाम ने काठ की दो कटोरियों में गरमागरम तरकारी परोसी, उसमें से एक लबजाँग के सामने रखते हुए, एक अपने लिए रखी। फिर बाँस से घना-घना बुनकर बनाया हुआ वाँचूगं नामक बड़ी कठवत जैसे बर्तन में उसने मड़ुवे के हलवा झान एक साथ ही दोनों के खाने के लिए एकत्र ही परस लिया। तदनन्तर पति-पत्नी दोनों ही एक ही वाँचूगं या कठौती में भात के कौरों में तरकारी मिला-मिला कर, तरकारी में डुबो-डुबोकर भोजन करने लगे। भोजन-छाजन से निवृत्त होने के बाद सोनाम ने फिर सलीके से बिछौना बिछाया और लबजाँग की देह से चिपककर सोने लगी।

तभी लबजाँग ने पूछ लिया—"पेमा तुम्हें कैसा लगा?"

"अच्छा ही है। परन्तु आपसे कुछ अलग प्रकार का है।"

सोनाम ने बात को कुछ दूसरे प्रकार से अर्थ व्यक्त करने के योग्य बनाते हुए घुमा-फिरा कर कहा।

"दरअसल मैंने इसलिए पूछा कि मैंने सुना है कि वह बहुत आलसी किस्म का है। साथ ही बहुत उच्छृंखल स्वभाव का भी। क्या तुमने भी उसमें उस प्रकार की बात लक्ष की।"

"ऐसी वाहियात बातें किसने कहीं आप से?"

"केजाँग ने! उसकी ऐसी ही शरारती और अविश्वसनीय हरकतों का विवरण दे-दे कर केजाँग ने मुझे बार-बार जोर दे-दे कर सावधान किया कि मैं किसी भी दशा में ऐसे महा दुष्ट और चरित्रहीन व्यक्ति के साथ खोर-देपका न करूँ। उससे भी बड़ा कारण यह कि पेमा हमारी अपनी जाति से भिन्न, यानी दूसरी जाति का व्यक्ति है। उसने तो यहाँ तक कहा कि ज़रूरत पड़ने पर वह अपनी धर्म पत्नी को अपने दोनों छोटे भाइयों की संयुक्त पत्नी बनाकर, उसे उनके लिए छोड़ कर स्वयं मेरे घर आ कर रहने और खोर-देपका करके तुम्हारा दूसरा पति बनने तक को तैयार है।"

केजाँग द्वारा ऐसा प्रस्ताव करने तथा पेमा वांगछू की इस तरह बदनामी फैलाने की बातें सुनकर सोनाम क्रोध के मारे आग-बबूला हो गयी। वह बड़बड़ाने लगी—"उस लम्पट की ओर तो आँखें उठा कर देखने का भी मन नहीं करता। वह स्वयं महादुष्ट-बदमाश प्रकृति का व्यक्ति है। उसकी असलियत का पता आपको

मालूम ही नहीं। पिछले लोसेर के त्यौहार के उत्सव-उल्लास के माहौल में दुनछाँग में नाच-गान करने के दौरान ही वह मुझे जबरन घसीट कर बाहर एकान्त जगह में ले गया। न मानने पर उसने मुझे ज़मीन पर पटक दिया और मेरे ऊपर चढ़ पसरा। बचने का कोई और उपाय न पा कर मैंने जब उसकी बाँह में बड़े ज़ोरों से दाँत गड़ाकर काट खाया तब पीड़ा के मारे हाल-बेहाल हो जाने पर अन्ततः मेरी देह के ऊपर से नीचे उतरा। फिर तो तुरन्त ही उठ कर तेज़-तेज़ कदमों से वहाँ से भाग कर मैंने अपनी लाज बचाई।"

"अच्छा तो यही वह असली बात है, जिसके कारण वह तुम्हें यौन-भावना-शून्य अत्यन्त ठण्डी प्रकृति की स्त्री बता रहा था। वह तो बड़े आश्चर्य के साथ मुझसे ही पूछ रहा था कि यौन-कामना-वासना-शून्य एक ऐसी औरत के साथ भला अपनी घर-गृहस्थी कैसे निभा पा रहा हूँ?"

"अच्छा जी! तो जरा अब आप ही बताइए कि क्या मैं सचमुच ही ठण्डी प्रकृति की स्त्री हूँ?

"नहीं! बिलकुल ही नहीं। तुम तो मेरे सुख, सन्तोष, उल्लास-आनन्द की खजाना और सच्ची मालकिन हो। यही तो वह मूल कारण है जिसके कारण मैं तुम से अलग हो कर तुम्हारे बिना कहीं भी अधिक समय तक रह नहीं पाता हूँ। परन्तु केजाँग ने एक बात ज़रूर ऐसी कही है, जिस पर गम्भीरता से सोचने-विचारने की आवश्यकता है। वह बात है—पेमा वांगछू का हमारी अपनी जाति का व्यक्ति न होना। चूँकि वह हमारी जाति का नहीं है, अतः अगर उसके साथ खोर-देपका करने के बाद हम दोनों की एक संयुक्त पत्नी होने के कारण तुम से जो सन्तानें जन्म लेंगी, वे किस विशेष वंश की होंगी, इसे समझ पाना बहुत कठिन हो जायेगा।"

उसकी बातों से वातावरण शान्त और बोझिल हो गया। कुछ समय तक चुप्पी साधे रहने के बाद सोनाम बड़े दुःखी स्वर में बोली—"हाँ, ऐसा तो ज़रूर होगा। अतः इस सन्दर्भ में केजाँग उचित बात ही कह रहा है। आप चिन्ता न करें। कल सवेरे-सवेरे ही मैं पेमा वांगछू को साफ-साफ बता दूँगी, हमारे साथ खोर-देपका करने की उसे अब कोई आवश्यकता नहीं है। मुझे दूसरे किसी भी पति की ज़रूरत नहीं है। मेरे लिए तो आप ही मेरे सर्वस्व हैं। मैं अकेले आप से परिपूर्णतः सन्तुष्ट हूँ। अतएव आपके अतिरिक्त इस समूचे संसार में से किसी भी दूसरे पुरुष-पति की मुझे कोई-कत्तई आवश्यकता नहीं है।"

किन्तु सोनाम! जरा अपने दिल पर हाथ रख कर सच्चे मन से यह तो बतलाओ कि तुम पेमा वांगछू को प्यार करती हो न?"

"मैं तो बस आपको ही प्यार करती हूँ।"

"इस मामले में मेरी बात अलग रखो। मैं अब तुमसे जो बात पूछ रहा हूँ, बस

उसी का साफ-साफ उत्तर दो।"

"हाँ! उसे प्यार करना मैंने अभी-अभी शुरू ही किया है। परन्तु अब इसी घड़ी से मैं उसे भूल जाने की हर सम्भव कोशिश करूँगी।" सिसकते-सिसकते गले में अटक-अटक जाती आवाज़ों में जैसे-तैसे उत्तर दे चुकने के बाद सोनाम ने अपने पति की छाती में अपना मुख गड़ा दिया, फिर ज़ोर-ज़ोर से रोने लगी।

सोनाम के सर पर हाथ फेर-फेर कर उसकी केश राशि में अँगुलियाँ डाल उन्हें सहलाते-सहलाते लबजाँग उसे ढाढस बँधाने लगा–"सोनाम! ओ मेरी प्यारी सोनाम! तुम यूँ क्यों रो रही हो? रोओ नहीं। तुम जो हृदय से पेमा वांगछू को प्यार करती हो, यह बात तुम्हारे न कहने पर भी मैं भली-भाँति जानता हूँ। आज जब मैंने तुम्हें आनन्दित-उत्साहित देखा, तो मेरा मन भी आनन्द से गद्गद हो उठा। निश्चय ही तुम पेमा के प्रेम में ऊभ-चूभ हो गयी हो। इसी से तुम्हारे अन्तर्मन का इतना सारा आनन्द बाहर उफना पड़ रहा है। यहाँ तक कि जब मैं तुम्हें ब्याह कर अपने इस घर में ले आया था, तब उस वेला में भी मैंने तुम्हें इतना आनन्दित नहीं देखा था।"

"झूठ! बिलकुल ही सफेद झूठ है आपकी यह बात! उस वेला में भी मैं बहुत आनन्दित थी। उतनी आनन्दित होती क्यों नहीं? क्या यह बात सच नहीं है कि मेरे और आपके बीच विवाह होने के काफी पहले से ही परस्पर अतिशय प्रेम था? उस प्रेम के आकर्षण से ही तो हमने विवाह किया था। वह विवाह पूर्व का प्रेम अभी आज भी रंच-मात्र भी कम नहीं हुआ है। भविष्यत् काल में भी वह कम नहीं होगा। आप से जो कुछ पाया जाना चाहिए, वह सारा कुछ आप ने मुझे भरपूर मात्रा में दिया है। हाँ, आप से एक प्रार्थना जरूर है। आप दया करके मेरी गोद में बस एक सन्तान भर दे दीजिए। फिर तो मैं जीवन का सारा दुःख-दर्द भुला दूँगी।"

"सुनो जी मेरी प्यारी सोनाम! तुम्हें सुखी देख कर मेरा भी तन-मन प्रफुल्लित हो उठता है। परन्तु उसके ठीक विपरीत होने पर अर्थात् तुम्हें दुःख की दशा में कष्ट सहते, मुरझायी हुई दशा में देखने पर मेरा कलेजा फटने लगता है। मैं किसी भी दशा में तुम्हें दुःखी नहीं देख सकता। मैं तो तुम्हें सदा-सर्वदा आनन्द-विभोर देखना चाहता हूँ। तुमने अभी जो कहा कि तुम पेमा वांगछू को सदा-सर्वथा के लिए भुला दोगी। परन्तु मैं अच्छी तरह जानता हूँ कि तुम हज़ारों-हज़ार कोशिशें करके भी उसे भुला नहीं सकोगी। अतः मैं तुम्हें स्पष्ट बता देना चाहता हूँ कि अपने प्रिय-प्यारे व्यक्ति की भुला देने की तुम्हें कोई आवश्यकता ही नहीं है। अलावा इसके मैं स्वयं जिस व्यक्ति को एक बार वचन दे चुका हूँ फिर उससे उस वचन को वापस नहीं ले सकता। अतः चाहे जो भी हो, पेमा वांगछू मेरे साथ खोर-देपका निश्चय ही करेगा। तुम्हारा प्रिय-पात्र किसी दशा में तुमसे दूर नहीं रहेगा।"

"आप जिस स्थिति को भी उचित समझे, बिना किसी हिचक् के उसे करें। आपकी कोई भी बात भला मैं कैसे टाल सकती हूँ। मुझे आपका प्रत्येक निर्णय शिरोधार्य है।"—सोनाम की बातों में फिर आनन्द के सुरों की झंकार झंकृत होने लगी।

तीन

नदी के किनारे के पनघट पर गाँव की कई एक वरिष्ठ महिलाएँ आ इकट्ठी हुई थीं। उनमें से एक जो अधेड़ उम्र—लगभग 40 या 45 वर्ष की अवस्था—की प्रौढ़ा थी, उसने शेष सभी को संबोधित करते हुए कहा—"सुनो ती! एक अद्भुत बात! तुम लोगों ने सुनी कि नहीं? बड़ी ही महत्त्वपूर्ण किस्म की एक घटना आज घटित हुई।"

"क्या? कौन सी घटना घटी है जी? शेष सभी ने अत्यन्त कुतूहल से पूछा।

"पेमा वांगछू को खोर-देपका कर लेने के लिए उसके घर से उठा कर वे अपने घर लिवा ले गये।"

"किसके लिए?"

"और फिर किसके लिए होगा जी? उसी पिशचिनी यौवन-मद-मत्ता के लिए। पेमा इतने दिनों से जिसके पीछे-पीछे मँडराता फिर रहा था कि कब उसे अपनी अंकशायिनी बना सके।"

"अरे ओ बड़ी बहू! पेमा तो एक बड़ा ही खिलन्दड़ा शिकारी है। वह तो युवतियों का शिकार करता-फिरता ही रहता है। फिर वह कौन विशेष युवती है, जिसके लिए वह बैचेनी से हाथ धोकर पीछे पड़ा था? उसका तो स्वभाव है कि आज किसी के साथ सोया है तो कल किसी दूसरी के साथ।"

"तो साफ सुनो। लबजाँग की पत्नी सोनाम के साथ।"

"सोनाम के साथ? परन्तु वह तो उसे कभी भी अपने आस-पास भी फटकने नहीं देती थी। हम लोगों की तरह बड़ी सहजता से पुरुषों की गिरफ्त में आ जाने वाली स्त्री वह है नहीं। इस बात के जाने कितने सारे उदाहरण हम लोगों ने अपनी-अपनी आँखों से स्वयं देखे-परखे हैं। मेरे देवर जैसे व्यक्ति को वह ऐसा प्रश्रय देगी, इस बात पर तो विश्वास ही नहीं होता।" पेमा वांगछू की भाभी तथा सोनाम की प्रिय सखी लोजम ने कहा।

"अपने देवर को एक व्यक्ति भर कह कर छोड़े दे रही हो और सब कुछ अच्छी तरह जानते हुए भी कुछ भी न जानने का नाटक कर रही हो? किस तरह की

लीला-कला दिखानेवाली स्त्री हो तुम। मुझे ही झूठा ठहराने की कोशिश कर रही हो। झूठी बात बोलने के लिए भला मुझे कौन सी विवशता आन पड़ी है। सही सच्ची बात न कर मैं झूठी बात भला क्यों प्रचारित करूँगी?"

उन्हें यूँ झगड़ते देख एक दूसरी युवती बीच में ही बोल पड़ी–"देखो भाई! हम लोगों ने तो इस प्रकर की कोई बात नहीं सुनी।"

तभी एक दूसरी स्त्री बोली–"पेमा वांगछू बर्फीली पहाड़ी चरागाह पर चला गया है, ऐसा तो मैंने ज़रूर सुना था।"

"खुटी पर जाने की बात सही तो है, मगर उसमें भी सही बात यह है कि वह खुटी लबजाँग की ही खुटी है जहाँ पेमा गया है। इसका स्पष्ट अर्थ है कि उसे वहाँ जाने की सहमति लबजाँग ने स्वयं ही दी है।"

"अगर ऐसी बात है, तब तो ठीक ही है। लबजाँग बेचारा निपट अकेला आदमी है। उसे सहारा देने के लिए उसके परिवार में और कोई तो है नहीं। और खुटी के कामकाज में सहायता पहुँचाने उसे किसी एक आदमी की नितान्त आवश्यकता है। अब जब पेमा उसे मिल गया है, तो बेचारा बहुत सुविधा पा सकेगा। बीच-बीच में आराम करने का मौक़ा उसे मिल सकेगा।" एक बूढ़ी औरत ने कहा।

"इसमें भला कौन सी भली बात हुई है? बड़े भाई लबजाँग तो हमारी अपनी जाति-बिरादरी के हैं। अगर उन्हें सहायता के लिए किसी दूसरे व्यक्ति की तलाश है, तो हमारी अपनी जाति-बिरादरी में उनका कोई छोटा भाई नहीं मिल सकता है क्या? कि खोजते-खोजते दूसरी जाति के पेमा वांगछू को ही पा सके।" रिश्ते में लबजाँग की छोटी बहन लगने वाली एक किशोरी ने बड़े रोष से चीखते हुए कहा।

"इस मामले में लबजाँग का कोई दोष नहीं है। जब उस प्राणप्रिया पत्नी ने बहुत ज़ोर दे कर केवल पेमा को ही चुन लाने को कहा, तब उसकी आज्ञा की अवहेलना वह बेचारा नहीं कर सका।"

भला ऐसी भी क्या लाचारगी आन पड़ी। अब तुम लोग मेरी ही स्थिति देखो न। मेरे तो तीन पति हैं। परन्तु वे तीनों-के-तीनों आपस में बड़े-छोटे-मझले भाई-भाई हैं सगे भाई होने पर भी मुझ एक ही पत्नी के कारण उन तीनों में ही समय-समय पर झगड़ा-झंझट होता ही रहता है। ऐसी दशा में मुझे बड़ी कठिनाइयों का सामना करना पड़ता है। नाना प्रकार के कला-कौशल अपनाकर, तरह-तरह के उपाय कर अत्यन्त सावधानी से मुझे उन्हें सँभालना पड़ता है। जबकि पेमा तो पूरी तरह से दूसरी जाति-बरादरी का है, लबजाँग का सगा भाई तो है ही नहीं उसकी जाति का भी नहीं है। ऐसी दशा में सोनाम बेचारी उन दोनों को कैसे सँभालेगी भला? मैं तो कुछ सोच ही नहीं पा रही हूँ।"

"उससे जो बेटे-बेटियाँ होंगे, उन्हें वह किस विशेष जाति का बतलाएगी?"

"अरे छोड़ो भी और बातें! वह भी तो एक भारी समस्या उसके सामने होगी। हमें भी होती है। पैदा हुई सन्तानों में से कौन किस विशेष पुरुष के वीर्य से उत्पन्न हुई है, इसे समझने में भारी भ्रम हो जाता है। स्वयं किसी निश्चय पर पहुँच न पाने पर भी उन सबसे कह देती हूँ कि अमुक सन्तान तुम्हारी है, तो तमुक तुम्हारी। ये पुरुष तो ऐसे अहमक होते हैं कि सन्तान का पिता होने का गौरव पाते ही, वास्तविकता जानने की कोशिश करना छोड़, खुशी के मारे फूल कर कुप्पा हो जाते हैं।" उस महिला की बातें सुनकर सारी-की-सारी स्त्रियाँ खिलखिला कर हँसने लगीं।

"हाँ, तुमने सही-सच्ची बात कही। पूरी तरह खरी-खरी बात ही तुमने बतलायी। अब जिस तरह हम लोग घर-गृहस्थी की सुख-शान्ति बनाये रखने के लिए हर एक पति को पसन्द आ जाने वाली बात बतला कर समस्याओं का समाधान करती हैं, सोनाम भी उसी प्रकार कर लिया करेगी।"

"सोनाम का विवाह हुए आज बहुत वर्ष बीत गये। अब तक जब उसे कोई सन्तान नहीं हुई, तो अब आगे भी कोई बेटा-बेटी पैदा होने वाला नहीं। वह तो एक ऐसा खेत है जिसमें उर्वरा शक्ति पैदा करने वाली खाद है ही नहीं। वे तो निरा ऊसर है। परती-पठार है, जिस पर कोई घास भी नहीं उगती। अतः उसे इस तरह की समस्या का सामना करना ही नहीं पड़ेगा क्योंकि उसकी कोख में कोई अंकुर फूटेगा ही नहीं।"—पहली-पहली बार जिस महिला ने सोनाम की निन्दा आरम्भ की थी, उसने नाक-भौं सिकोड़ते हुए फिर उसकी बुराई करना शुरू कर दिया।

"परन्तु अब तो स्थिति ही बदल गयी है, अब तो वह भली प्रकार से खाद-पानी पायेगी। पथराई परती ज़मीन उर्वरा हो उठेगी। फिर देखना उसमें अब बहुत उत्तम श्रेणी की फसल उपजेगी।" जिस स्त्री ने अपनी बातों से सभी को हँसाया था, उसने फिर अपनी बात कही। उसकी ऐसी बातें सुन शेष सारी स्त्रियाँ फिर और भी ज़ोर-ज़ोर से हँसने लगीं।

हँसी-ठिठोली करके, तरह-तरह की चटक-चमक वाली रस भरी बातें कहते-सुनते, गाँव में अचानक उत्पन्न हुई इस परिस्थिति का भरपूर आनन्द ले चुकने के बाद पनघट पर जुटी वे सारी स्त्रियाँ-किशोरियाँ-वृद्धाएँ आदि अपने-अपने कलशों में पानी ले-ले कर अपने-अपने घर लौट गयीं। उन कुछ थोड़ी सी स्त्रियों के मुख से प्रचारित होते-होते थोड़ी ही देर में वे सारी बातें पूरे गाँव में फैल गयीं। उस घटना को सुनकर गाँव के प्रत्येक श्रेणी के स्त्री-पुरुषों ने अपने-अपने ढंग से नाना प्रकार से प्रतिक्रियाएँ व्यक्त कीं। उस दिन ही सोनाम के माता-पिता को, और पेमा के माता-पिता को भी इसकी सूचना मिल गयी। पेमा वांगछू चूँकि काफी पहले से ही कोई-न-कोई बहाना बनाकर समय-समय पर कुछ दिनों के लिए, तो कभी काफी समय के लिए भी घर से बाहर-बाहर रहता आ रहा था। अतः घर से उसके गायब रहने पर भी उसके

माता-पिता उसे बहुत गम्भीरता से नहीं लेते थे। वे इसे अत्यन्त मामूली किस्म की बातें ही समझते रहे थे। परन्तु इस बार जब उन्होंने सुना कि वह लबजाँग के साथ खोर-देपका करने जा रहा है और उसी के चलते बर्फीली पहाड़ी पर स्थित उसके खुटी में रहकर उसके पशुओं की साज-सँभाल करने चला गया है, तब पेमा वांगछू के वे ही माता-पिता क्रोध के मारे आग-बबूला हो बौखलाने लगे। ऐसी अप्रिय बाते सुनते ही पेमा की माँ छातियाँ पीट-पीट कर चीखने-चिल्लाने लगी। उसका अपना जाया बेटा समाज के नियमों-कानूनों, रीति-रिवाज़ों की अवहेलना करते हुए, दूसरी जाति के व्यक्ति के साथ खोर-देपका करने का निर्णय ले कर सारे समाज में माता-पिता की नाक कटवा दी है। पूरे वंश का नाक-कान काट फेंक जो बेइज्जती करवाई है, इसके पीछे पेमा की पिता छवाँग को स्पष्ट दिखायी पड़ी लबजाँग की कुटिल कार्यवाही। उसके खानदान की मान-प्रतिष्ठा से जलन रखने वाला लबजाँग ने जान-बूझकर छल-प्रपंच करके उनके बेटे से ऐसा घृणित कार्य करवाया है, जिससे उनके वंश की मान-मर्यादा मिट्टी में मिल जाये।

उधर दूसरी ओर सोनाम के माता-पिता की प्रतिक्रिया अपनी बेटी को भोली-भाली बता कर दूसरों द्वारा उसकी झूठी बदनामी करने की कोशिशों से ठीक उलट बेटी सोनाम के ही बेहद खिलाफ थी। जब उन्होंने सुना कि उनकी बेटी पेमा वांगछू जैसे लम्पट के साथ अपने प्रेम की पेंगे बढ़ाते हुए ऐसे खतरनाक मोड़ पर पहुँच गयी, जहाँ बेचारे लबजाँग को अपने वंश की मान-मर्यादा बचाने के लिए पेमा को अपने घर बुला कर रखने और उसके साथ खोर-देपका करने का वचन देने के अलावे और कोई चारा ही नहीं था, तब वे अपनी बेटी सोनाम पर ही क्रोध के मारे लाल-पीले होने लगे। गाँव-जवार में उनकी बेटी की जो बदनामी फैल गयी थी, उसके बारे में कड़ाई से जाँच-पड़ताल करने की गरज़ से पिता ङइरू बेटी और जामाता के घर जा धमके। अभी वे घर के बाहरी बरामदे पर चढ़ने की कोशिश ही कर रहे थे कि बन्द किवाड़ों वाले घर के भीतर से एक दूसरे ही आदमी के कण्ठ की आवाज सुन ठिठके रह गये क्योंकि वह आवाज़ तो इस घर के किसी सदस्य की थी ही नहीं। फिर तो ङइरू ने बरामदे की दीवालों से कान सटाकर यह जानने की कोशिश की कि आखिर यह किसके कण्ठ से निकली हुई आवाज हो सकती है? कुछ देर बाद ही वे उस आवाज़ को पकड़ने-परखने में सफल हो गये। जो दरअसल छवाँग की थी। उन्होंने साफ-साफ सुना कि घर के भीतर छवाँग चिल्ला-चिल्ला कर पूछ रहा है–"हम लोग इज्जत आबरू वाले मनुष्य नहीं हैं क्या? अरे हम भी ऊँचे वंश-गोत्र के, अच्छा खाने-पीने वाले इज्जतदार लोग हैं। पूरे समाज में हमारी मान प्रतिष्ठा है। मेरे परिवार की धन-दौलत, ज़मीन-जायदाद किसी भी मामले में तुम से घट कर है क्या? कत्तई नहीं। जाति की प्रतिष्ठा की दृष्टि से तो हम तुमसे बहुत ऊँचे दर्जे के हैं ही। फिर

भी अगर तुम हमें ऊँचा न समझो तो भी यह तो मानोगे ही कि किसी भी दृष्टि से हमारी जाति तुमसे नीचे की नहीं है। ऐसी मान-मर्यादा वाली जाति के, ऐसे धनी-मानी, वैभवशाली परिवार के एक हृष्ट-पुष्ट, स्वस्थ-समर्थ नवयुवक को बहला-फुसला कर अपनी घर-गृहस्थी चरगाह और खुटी पर नौकरों की तरह से चाकरी करवाने, उसकी कमाई से स्वयं बैठे-बैठे खाने-पीने मौज-उड़ाने के उद्देश्य से तुम अपने घर लिवा लिए आये हो। तुम्हारी इस कुटिल कार्यवाही को मैं हरगिज बरदाश्त नहीं करूँगा। इसे मैं गाँव-जवाँर की पूरी पंचायत के सामने...।"

छवाँग की बात पूरी होने के पहले ही ङइरू ने ज़ोर से खाँसा और किवाड़ें खोल घर के भीतर प्रवेश कर गया। ङइरू को देख छवाँग ने अपनी वह बात अधूरी ही छोड़ दी और ङइरू को ही सम्बोधित कर नयी बात शुरू की—"अरे ओ! आप आ पहुँचे। चलो बहुत अच्छा हुआ। इसका स्पष्ट अर्थ है कि जो बात गाँव में फैली है, उसे आप ने भी सुन लिया है।"

ङइरू जलते हुए कौड़े के पास जा कर बैठ गया। और बैठते ही किसी और के कुछ कहने-सुनने की प्रतीक्षा न कर उसने अपने प्रश्नों की बौछार शुरू कर दी। "क्यों जी जमाई बाबू। क्या यह सच है कि पेमा तुम्हारे चरागाह पर रहने गया हुआ है?"

किसी तरह गले में थूक घोंटते हुए लबजाँग ने छोटी सी हामी भर भरी—"जी, हाँ।"

छवाँग बीच में ही बोल पड़ा—"इसी बात को तो मैं इतनी देर से कहे जा रहा हूँ। इस प्रसंग को ले कर कहीं कोई, किसी से भी बातचीत नहीं हुई। किसी से न कुछ पूछा-जाँचा, न किसी की अनुमति-सहमति लेने की ज़रूरत ही समझी। एकाएक, मनमाने ढंग से इस प्रकार का एक ग़ैर-जिम्मेदाराना काम जो ये कर गये, वह किसी भी दृष्टि से उचित नहीं हुआ।"

अत्यन्त उदास और दुःखियारी सी भयभीत हरिणी की तरह काँपती, हिलती-डुलती हुई सकपकाई सी सोनाम दोनों वृद्ध जनों को मदिरा के चूँगे से काठ के गरकू में ढाल-ढाल कर जो पीने के लिए उन्हें आराक परसती जा रही थी, उसकी ओर देख उसी को सम्बोधित करते हुए ङइरू ने क्रोध-क्षोभ भरी आवाज़ में कहा—"यह सारा झमेला-झंझट तुम्हारा ही किया हुआ कुकृत्य है। तुम्हारी वज़ह से पूरे समाज में मुझे इस तरह की बदनामी झेलनी पड़ेगी, ऐसा तो मैंने कभी सपने भी नहीं सोचा था।"

"आदरणीय श्वसुर जी। यह जो कुछ भी हुआ उसमें आपकी प्यारी पुत्री सोनाम का कोई दोष नहीं है। मैंने स्वयं ही पेमा को पास बुला कर उसके साथ खोर-देपका करने का प्रस्ताव रखा था।" सोनाम की गलतियों को ढँक देने की कोशिश करता हुआ लबजाँग स्वयं ही अपने श्वसुर के सामने गिड़गिड़ाने लगा।

"नहीं जी, जामाता जी। तुम्हारी इन चिकनी-चुपड़ी बातों को मैं किसी स्थिति में मान नहीं सकता। सोनाम को तुम लाख पाक-साफ बतलाओ, फिर भी मैं भली-भाँति समझ गया हूँ कि ऐसी घटना घटित होने में निश्चय ही इसका भी बहुत बड़ा हाथ है। अगर इसकी ओर से कोई पहल नहीं होती, यही क्या किसी भी पति की पत्नी अगर स्वयं इस तरह का कार्य करने को अपने पति पर दबाव नहीं बनाती, तो वैसी हालत में कोई भी पति किसी दूसरी जाति के पुरुष को अपनी पत्नी का पति बनने के लिए अपने साथ खोर-देपका की रीति निभाने के लिए स्वयं अपनी इच्छा से उसे अपने घर नहीं बुला लाता। हाँ, मैं यह भी अच्छी तरह जान कर कह रहा हूँ, कि इस कुकृत्य के लिए पूरी तरह से एकमात्र सोनाम ही दोषी नहीं है। तुम्हारा इसमें कोई दोष नहीं है, ऐसा भी कभी मत सोचना। क्योंकि सोनाम ने जो किया, उसके जिम्मेदार तुम भी हो। तुमने ही ज़रूरत से ज्यादा प्यार-दुलार दे-दे कर सोनाम को अपने सिरमाथे चढ़ा रखा था। तुम अपने उत्तरदायित्वों का कड़ाई से पालन नहीं कर सके। घर-गृहस्थी की साज-सँभाल पत्नी के आचार-आचरण पर समुचित नियन्त्रण न रख जो हर तरह से ढिलाई बरतते रहे, उसी का परिणाम है कि तुम्हारी अपनी पत्नी तुम्हारे ही प्रति पूर्ण विश्वास परायण नहीं रह सकी। परपुरुष के साथ शारीरिक सम्बन्धों को बढ़ाने का हौसला पाती गयी। नहीं तो मेरी भोली-भाली कन्या कभी भी इस प्रकार की नहीं थी। उसने जब पेमा के साथ हिलना-मिलना शुरू किया था, उसके साथ प्रेम-भावना बढ़ाने के साथ-साथ शारीरिक निकटता लाने को बढ़ी थी, तभी तुम्हें उस पर लगाम लगानी चाहिए थी। केवल उसे ही नहीं, बल्कि उसके साथ पेमा को भी पकड़ उन दोनों को कड़ा से कड़ा दण्ड दे कर उन्हें समुचित शिक्षा देनी चाहिए थी। ऐसा करते हुए उन्हें देखकर भी आखिर तुमने उन्हें दण्डित क्यों नहीं किया?"

दोनों वृद्ध महाशयों की डाँट-डपट, गाली-गलौज़ सुनते-सुनते, उनके प्यालों में मदिरा ढाल-ढाल कर उन्हें पिलाते-पिलाते, हार-थक कर सोनाम घर के एक कोने में मूडी गड़ा कर जा बैठी। लाज और डर के मारे उसका सारा शरीर थर-थर काँपने लगा।

"नहीं, श्वसुर महाशय नहीं।" लबजाँग बोल पड़ा—"मैं अपने गृह-देवता सुँम्मा की शपथ खा कर कहता हूँ, कि इस घटना के घटने में सोनाम की कोई भूमिका नहीं, फलतः उसका कोई दोष नहीं है। आप तो भली भाँति जानते ही हैं कि मैं निपट अकेला आदमी हूँ। अपने से बड़ा अथवा छोटा कोई भी भाई या बहन नहीं है मेरा, मेरे अलावा बस एक सोनाम ही है इस घर में। पशु-पालक समाज का होने के नाते पशुओं के चराने, देखभाल करने के लिए वर्ष के अधिकांश महीने मुझे चरागाह की खुटी पर रहते हुए इस घर से बराबर बाहर-बाहर ही रहना होता है। हमारे गृह-देवता

सुँम्मा किसी भी स्त्री को खुटी पर ले जा कर साथ रखने से ऐसे कुपित होते हैं कि गृहस्थी का सत्यानाश ही कर डालते हैं। अतः सोनाम को अपने साथ लिवा ले जा नहीं सकता। परिणामस्वरूप इतने बड़े घर में सोनाम को निपट अकेले-अकेले यहाँ इस सुनसान भयावने वातावरण में रहने को मज़बूर होना पड़ता है। चूँकि मैं हमेशा तो उससे दूर-दूर, बाहर-बाहर ही रहता हूँ, अतः उसे कोई सन्तान भी नहीं दे पाया हूँ, उसे इस एकान्त स्थान के घर में अकेली पा कर गाँव के नौजवान छोकरों-छिछोरों की तो बात ही क्या, विवाहित युवक और प्रौढ़, बाल-बच्चेदार तक उसे पा-लेने के लिए उसके पीछे मँडराते फिरते रहते हैं। फिर भी वह किसी को भी अपने करीब आने का कोई अवसर नहीं देती है। सभी को डाँट-फटकार कर तिरस्कृत करती रहती है, अतः उससे बदला लेने की गरज से उस पर लांछन लगाते हैं कि वह तो काम-भाव शून्य महा ठण्डी स्त्री है। यहाँ तक सभी ने एकजुट हो कर उसे बाँझ औरत के रूप में बदनाम करने की ठान ली।"

"यह बात तो मैंने भी सुनी है।" ङइरू ने अपने जमाई बाबू की बात का समर्थन करते हुए कहा।

"अब आप ही बतलाये, एक अकेली स्त्री वह बेचारी भला कितने समय तक कितने-कितने लोगों के आक्रमणों को रोक पायेगी? उस रात को पेमा वांगछू अपनी कुत्सित कामना की कोशिश को उस पर सफल करके ही दम लिया। मुझे जब इस वाकये का पता चला तो सुनते ही मैं भी आग-बबूला हो उठा था। परन्तु बाद में मैंने जब गम्भीरतापूर्वक इसके परिणामों के बारे में सोच-विचार किया, तो निर्णय लिया कि अब जो हो गया सो हो गया। अब उबल कर मार-पीट करने का नहीं, बल्कि सुलह-समझौते का ही उपाय उचित है। सोनाम के लिए और अपने लिए भी अच्छा यही है कि पेमा वांगछू को बुला कर खोर-देपका कर उसे सह-पति बनवा लूँ। सोनाम के ऊपर मैंने ही अपना निर्णय थोप दिया। उसने इस पर भारी आपत्तियाँ कीं, किन्तु मैंने उसकी एक नहीं सुनी।"

पति की बातें सुन सोनाम का कलेजा फटने लगा। हृदय का हाहाकार आँसुओं में बह चला। जिस तरह एक पिता अपनी सन्तान की रक्षा के लिए, सन्तान के सारे दोषों-अपराधों को अपने सिर ले कर उसकी रक्षा करता है, ठीक उसी तरह उसके पति ने उसे बचाने के लिए सारा दोष अपने माथे ले लिया। तो यह सोचकर वह हुँचुक-हुँचुक कर रोने लगी।

लबजाँग की उन्हीं बातों की प्रतिक्रिया ङइरू पर भिन्न प्रकार की हुई। वे गम्भीर स्वर में बोल पड़े—"कन्या का विवाह कर अपने घर से उसे विदा कर चुकने के बाद माता-पिता का फिर कोई अधिकार उस कन्या पर नहीं रह जाता। तथापि अगर उनकी वह कन्या अथवा उनका वह जामाता अगर कोई गलत आचरण करते

हों, तो उन्हें समुचित सलाह देने, यहाँ तक कि डाँट-फटकार करके उन्हें सही रास्ते पर ले आने का अधिकार उनका बना रहता है। तुम्हारे घर में, तुम दोनों के अलावा किसी भी तीसरे सदस्य के न होने से तुम दोनों जनों को जो भयानक दुःख उठाना पड़ता है उस सब के बारे में हम अच्छी तरह जानते हैं। इन्हीं बाधाओं-विपत्तियों से बचने के लिए "खोर-देपका' जैसा संस्कार करने पर हमें कोई आपत्ति नहीं है। परन्तु इस पवित्र संस्कार के करने के लिए तुमने अपनी जाति के किसी व्यक्ति का चुनाव क्यों नहीं किया?"

"मैं भी तो ठीक यही बात कह रहा था कि तुम मेरे बेटे को छोड़ो और अपनी जाति के किसी नवयुवक को चुनो। अब मैं अपने छोटे बेटे को भेज कर पेमा को लबजाँग की खुटी पर से अपने घर बुलवा लूँ।" छवाँग बोल उठा।

"बहुत अच्छी बात। आप उसे बुलवा लीजिए। वह आ जायेगा तो फिर हमें इस समस्या का अन्तिम रूप से समाधान कर लेना होगा।" ङगइरू ने उनकी बात का समर्थन करते हुए कहा।

इस प्रकार की बातें कर, अपने ढंग से समस्या के समाधान का एक निर्णय लेते हुए फिर और भी ढेर सारी मदिरा गटक लेने के बाद दोनों बूढ़े अपने-अपने घर लौट गये।

उन वृद्ध-जनों के जाने के कुछ देर बाद ही लबजाँग अपने सास-ससुर के घर जा पहुँचा। उसने सास-ससुर के प्रति अधिकाधिक आदर भाव दिखाते हुए फिर क्रम-क्रम से ऐसे-ऐसे तर्क रखता गया, अपनी ऐसी-ऐसी विवशताएँ उन्हें समझाता रहा कि अन्ततः वह उन्हें इस बात के लिए राजी कर लेने में सफल हो ही गया कि पेमा वांगछू को छोड़ किसी और दूसरे युवक के साथ खोर-देपका करना अब उचित नहीं होगा। जो कुछ हुआ उस सब के होने में उसने अपनी ही गलती मानी और उस गलती को माफ कर देने के लिए उनसे प्रार्थना की। परिणाम यह हुआ कि सास-ससुर सभी उसकी ही योजना को मंजूरी देने को सहमत हो गये। फिर इस समस्या से किस प्रकार छुटकारा पाया जाये? इस पर भी उन सबके बीच विचार मंथन हुआ। उनकी सलाह के मुताबिक यह योजना बनी कि छवाँग ने जो पूरे गाँव की पंचायत के सामने मामला रखने का विचार किया है, उसके पहले ही लबजाँग स्वयं ही ग्राम-पंचायत के सरपंच से जा कर मिले। उन्हें जैसे-तैसे प्रसन्न करके अपने पक्ष में करे ताकि पंचायत में उनकी भी भरपूर मदद मिल सके।

दूसरे दिन की भोर में ही छवाँग ने अपने छोट बेटे को लबजाँग की खुटी पर भेजकर पेमा वांगछू को घर लौट आने के लिए तैयार करवा लिया। अपने छोटे भाई से पेमा ने लौट आने का वादा तो कर लिया था, किन्तु अपनी कुटिल प्रवृत्ति के अनुरूप वह लबजाँग की खुटी से नीचे घाटी के अपने गाँव नहीं ही लौटा।

इसी बीच, उस दिन ही लबजाँग ने अपने घर से एक बड़े चुगें में उम्दा किस्म की मदिरा लबालब भर ली और खाटा (यानि श्रद्धा से गले में लगा देने के लिए रेशमी सुता से बना हुआ सफेद गामोचा) गाँव के मुखिया चरगेन के पास ले कर पहुँच गया। उन्हें बड़ी विनम्रता से प्रणाम करते हुए इन चीज़ों को उनके चरणों में भेंट स्वरूप रखा और खाटा को गले में पहना दिया। उसके बाद जब प्रसन्न हो कर उन्होंन कुशल-क्षेम पूछना शुरू किया तब लबजाँग ने अपनी मजबूरियाँ बता-बता कर साथ ही उनकी उदारता की बड़ाई कर-करके उन्हें पूरी तरह अपने पक्ष में कर लिया। फिर तो सरपंच ने खुद ही वे उपाय उसे बतला दिये जिन्हें करके वह ग्राम पंचायत में अपने मामले को रख कर निष्पक्ष निर्णय होने के नाम पर वस्तुतः अपना मनमाना निर्णय करवा लेने में सफल हो सकेगा। फिर चरगेन ने जिस विशेष दिन को ग्राम पंचायत बुलाने की बात तय कर दी थी, ठीक उसी दिन वहाँ उपस्थित होने के लिए लबजाँग ने पेमा वांगछू को सन्देशा भेज दिया।

ठीक उसी विशेष दिन को समूचे गाँव की महापंचायत आयोजित हुई। साधारण जनता तथा पंचायत के प्रतिनिधि सदस्यगण अपनी-अपनी मर्यादा के अनुरूप पंक्ति बना-बना कर बैठ गये। फिर सोनाम और छिरिंग दैमा दोनों ने उपस्थित सभी स्त्री-पुरुषों के सामने लकड़ी के बने प्याले, कटोरे अथवा थाली वगैरह रख कर उनमें स्वादिष्ट आराक भर-भर कर पिलाना शुरू किया। उनके अलावा जो दूसरा पक्ष छवाँग का था, उनकी ओर से भी उनकी पुत्र-वधू लोजम ने भी अपनी ओर से लोगों को कड़े स्वाद की आराक पिलाई, आराक का परसना जब समाप्त हुआ तब फिर लगभग एक लोटा मदिरा अपने गले में ढल कर, लम्बी डकार लेते हुए चरगेन महोदय ने कहना शुरू किया–"उपस्थित सज्जनो! आज की यह सम्मानित सभा लबजाँग के अनुरोध पर बुलाई गयी है। वैसे दूसरे पक्ष के मुखिया छवाँग ने भी ऐसी पंचायत को बुलाने के लिए मुझसे अनुरोध किया था। दोनों पंचायतों के बुलाने का उद्देश्य मैंने जब एक ही पाया, तब चूँकि इसे बुलाने के लिए मेरे पास पहले लबजाँग आया था अतएव आज की इस पंचायत में मैं उसे ही अपना पक्ष रखने का पहला अवसर दे रहा हूँ। अब इस महाग्राम पंचायत के सामने जो कुछ भी अनुरोध-उपरोध करना है, लबजाँग खुले दिल से बयान करे।"

बड़ी विनम्रता से खड़े हो कर अपने माथे पर से अपनी आदिवासी पहचान को सूचित करने वाली पारम्परिक टोपी को माथे से उतार कर हाथों में ले कर सभी के सामने कमर झुका कर विनती करते हुए लबजाँग ने कहना शुरू किया–

"आज की इस ग्राम पंचायत में जो भी आदरणीय सदस्यगण उपस्थित हुए हैं, उन्हें यहाँ आने में जो कष्ट हुआ वह मेरे ही कारण हुआ, इसलिए सबसे पहले मैं आप सभी लोगों से इसके लिए क्षमा चाहता हूँ। वस्तुतः मेरे सामने और कोई दूसरा

उपाय ही नहीं रह गया था। इसलिए आप लोगों को कष्ट देने को मैं मजबूर हो गया था। मेरी प्रार्थना है कि मेरे इस अपराध को क्षमा करते हुए मुझ पर दया करेंगे। आप सभी लोग भली-भाँति जानते हैं कि मेरे अपने परिवार में मेरा कोई बड़ा भाई नहीं है, साथ ही मुझसे छोटा भी कोई अपना भाई नहीं है। अपने परिवार में मैं निपट अकेला पुरुष सदस्य हूँ। जबकि मेरी घर गृहस्थी में एक झुण्ड चँवरी गाय है, एक झुण्ड पहाड़ी यॉक बैल हैं और भेड़ों की काफी बड़ी जमात है। जब मैं चरागाह पर चला जाता हूँ तो मेरे घर में कोई पुरुष सदस्य यहाँ गाँव में रहने को नहीं है, पत्नी बेचारी भी निपट अकेली है, ऐसी दशा में अपनी घर-गृहस्थी चलाने के लिए मुझे बहुत असुविधा होती है। इसी से छुटकारा पाने के लिए मैं अपना एक सहायक रखना चाहता हूँ। अतः उस सहायक के साथ मैं खोर-देपका करके अपने साथी के रूप में अपनी घर-गृहस्थी में रखना चाहता रहा हूँ। इसीलिए जब पेमा वांगछू स्वयं आगे बढ़कर मेरी सहायता करने के लिए आया, तो मैंने उसका ही चुनाव खोर-देपका करने के लिए कर लिया।

ऐसा करने में मुझसे निश्चय ही एक भूल हो गयी। हमारी परम्पराओं के अनुसार किसी भी विवाहित पति-पत्नी को किसी दूसरे व्यक्ति को खोर-देपका करने के लिए उनके बीच की पुरुष-स्त्री के सहमति ही पर्याप्त होती है। वे दोनों अगर सहमत हैं तो किसी भी व्यक्ति को बुला कर उससे खोर-देपका कर सकते हैं। इसके लिए कोई पंचायत बुलाने अथवा किसी और की अनुमति-सहमति लेने की कोई आवश्यकता नहीं होती है। परन्तु अगर वह व्यक्ति दूसरी जाति का हुआ तब उसके माता-पिता, घर-परिवार से सहमति प्राप्त करना उचित होता है। परन्तु जब मैंने पेमा वांगछू का चुनाव किया और मेरी पत्नी सोनाम ने भी इसे स्वीकार कर लिया तब मुझे चाहिए था कि मैं पेमा वांगछू की माँ और उनके पिता की भी अनुमति प्राप्त करना। परन्तु मैं इस आवश्यक कार्य को करना भूल ही गया था। इसीलिए मुझे आज यह महापंचायत बुलवानी पड़ी है। अब इस समय मैं यहाँ उपस्थित पूरी पंचायत से विशेषतः छवाँग मामा और सभी लोगों से करबद्ध प्रार्थना करता हूँ कि मेरे दोषों को क्षमा कर दें। जो मेरे जाति भाई हैं वे लोग भी कृपा कर मुझे क्षमा प्रदान करें तथा जो दूसरी जाति के लोग हैं वे लोग भी मेरे अपराध को माफ करके मुझे पेमा वांगछू के साथ खोर-देपका करने की अनुमति प्रदान करें।"

लबजाँग अपनी बातें पूरी भी नहीं कर पाया था कि तभी एक झटके में छवाँग उठ कर खड़ा हो गया। उसने भी अपने माथे से अपनी टोपी खोल कर हाथों में ले ली फिर कुछ रोशीले शब्दों में उत्तेजित आवाज में कहना शुरू किया—"माननीय सदस्यगण। अभी-अभी लबजाँग ने जो प्रस्ताव किया मैं उससे सहमत नहीं हो सकता। आखिर आप लोग ही बताएँ मेरे अपने बेटे को बहला-फुसला कर मुझसे

छीन कर अपनी ओर खींच लेने का लबजाँग को क्या अधिकार है। उसकी अपनी ही जाति के इतने सारे उसके बड़े-छोटे भाई है फिर उसके रहते हुए भी उसने मेरे बेटे को छोड़ कर किसी और को बहलाना-फुसलाना क्यों नहीं उचित समझा? इस गाँव-जँवार में मेरा कोई मान-सम्मान नहीं है क्या? मेरी जाति-बिरादरी, मेरे घर की धन-सम्पत्ति उसकी जाति और उसकी धन-सम्पति से कुछ कम है क्या? मैं किस मायने में उससे घट कर हूँ कि उसने मेरे बेटे को यूँ मुझसे छीन लिया। सम्मानित महानुभाव मुझे मेरा बेटा दिलो जान से प्यारा है। मुझे उसकी ज़रूरत है उसका लौटना मेरे लिए बहुत जरूरी है। अतः इस सम्मानित सभा से मेरा अनुरोध है कि मेरे साथ समुचित न्याय करते हुए मेरे बेटे को मुझे लौटा दें।"

अपने पिता की बातें सुनकर पेमा वांगछू इतना व्याकुल हो गया कि भरी सभा में ही अपने पिता को डाँटते हुए चिल्ला उठा—"पिता जी आप ये क्या उल्टी-पुल्टी बातें किये जा रहे हैं। जिन तथ्यों को आप जानते ही नहीं उनके आधार पर लबजाँग भाई साहब को दोषी क्यों ठहरा रहे हैं। सच्चाई यह है कि उन्हें अपना बड़ा भाई मान कर मैंने स्वयं उनके साथ जा कर रहने और उनका छोटा भाई बनकर खोर-देपका करने का निर्णय लिया था। अब आप चाहे हजारों बार मुझे मना करें तो भी मैं आपकी बात नहीं मानूँगा।"

उसके बाद तो पेमा वांगछू ने अपनी माँ के साथ भी और अपने पिता के साथ भी भयानक तर्क-वितर्क, झगड़ा-तकरार करना शुरू कर दिया। उपस्थित प्रजा का सारा समूह उनकी चीख-चिल्लाहट को चुप्पी साधे बस देखता रहा। हालत यहाँ तक पहुँच गयी कि उसके पिता छवाँग ने पेमा वांगछू को अपना त्याज्य पुत्र घोषित कर दिया, कि उनकी पैतृक सम्पत्ति, उनकी चल-अचल सम्पत्ति और उनके पारिवारिक सम्बन्धों इत्यादि से वे उसे अलग करते हैं उसका इन पर न कोई कम होगा, और न उनके वंश का कोई भी सदस्य उससे कोई सम्बन्ध रखेगा।

तभी एक नया तर्क-वितर्क उठ खड़ा हुआ, केजाँग के नेतृत्व में लबजाँग की जाति-बिरादरी के लोगों ने बड़े जोरों-शोरों से विरोध किया कि पेमा वांगछू—जो दूसरी जाति का आदमी है, उनकी जाति में किसी भी प्रकार शामिल नहीं किया जा सकेगा, लबजाँग यदि किसी के साथ खोर-देपका करना ही चाहता है, तो फिर उसके लिए यह जरूरी है कि वह अपनी जाति के ही किसी व्यक्ति को इसके लिए चुने। उनके इस निर्णय को सुन कर चरगेन ने लबजाँग की जाति वाले युवकों से पूछा कि उनमें से कौन लबजाँग के साथ खोर-देपका करना चाहता है। उसे सुनते ही बहुत सारे अविवाहित नवयुवक तो आगे बढ़ आये ही केजाँग और उस जैसे कई विवाहित प्रौढ़ व्यक्ति भी भीड़ बनाकर इकट्ठे हो गये। चूँकि उस सभा में बहुत सारे लोगों की पत्नियाँ, बहनें, भाई, वगैरह भी जमा हो गये थे अतः जो लोग अपनी पत्नियों को

छोड़ कर, अपने बड़े भाईयों-छोटे भाईयों को छोड़ कर सोनाम के साथ विवाह करने को आगे बढ़ रहे थे उनकी पत्नियों ने क्रोध के मारे चीख-चीख कर गालियाँ देना शुरू कर दिया। हालत ऐसी हो गयी कि सभा में खलबली मच गयी। कोई किसी को गालियाँ दे रहा था तो कोई किसी को थप्पड़ मार रहा था। कोई औरत अपने पति का पिछोटा खोल रही थी तो कोई लाठियों से कोच कर उसे गिराने की कोशिश कर रही थी। धक्का-मुक्की में कोई किसी ओर गिरा तो कोई किसी ओर। फिर तो भगदड़ मच गयी। भीड़ के माहौल के खतरे को भाँपते हुए लबजाँग ने सोनाम का हाथ पकड़ कर उसे खींचते-खींचते वहाँ से भाग जाने में सफलता प्राप्त कर ली। परन्तु पेमा वांगछू ने वहाँ से हटने की कोई कोशिश ही नहीं की। दरअसल वह तो बहुत पहले से ही केजाँग पर क्रुद्ध था और मौका मिलते ही उससे बदला लेने की ठाने हुआ था। झगड़े-झंझट के इस मौहाल को सुनहरा अवसर समझ कर वह कूद कर केजाँग के ऊपर चढ़ बैठा फिर उसे पटक कर घूँसे पर घूँसे जड़ने लगा। परन्तु तभी वे सारे युवक और प्रौढ़ लोग जो सोनाम को अपनी पत्नी बना लेने का सपना संजोये हुए थे किन्तु पेमा के कारण वे उसे पूरा नहीं कर पाये थे उन सभी का गुस्सा पेमा के ऊपर धधक उठा था। केजाँग को छुड़ा कर उन सब ने पेमा की जबर्दस्त पिटाई कर दी जिससे वह मरणासन्न हो कर धरती पर गिर पड़ा। इस मार-पीट के बाद तो सभा-स्थल पर कोई ठहरा ही नहीं रह गया जिसे जिधर रास्ता मिला वह उधर भाग गया, सभा-स्थल पर श्मशान सी शान्ति छा गयी। सभी के भाग जाने के बावजूद सरपंच अपने आसन पर पालथी मारे बैठे रहे। अपने सामने हो रहे सारे घटनाक्रम को वे तटस्थ भाव से निहारते रहे। अन्त में जब उन्होंने मार खाये हुए पेमा वांगछू के कुहर-कुहर कर रोने, हिचकियाँ ले कर विलाप करने का दृश्य देखा तो तटस्थ नहीं रह सके। उन्होंने उसकी ओर आगे बढ़ कर उसे सहारा देने का मन बनाया कि तभी बौद्ध विहार के धूप-दीप जलाने वाले स्तूप क्षामबूम की आड़ में दुखी मन से उदास खड़ी हुई छिरिंग दैमा को देख वह आश्चर्यचकित हो पूछ पड़े, "अरे ओ माँ वहाँ क्यों छिपी हुई हो? वहाँ से निकल कर बाहर आ जाओ।"

आगे-पीछे देखते, सकुचाते-सकुचाते छीरिंग दैमा वहाँ से चल कर बाहर निकल आयी। फिर उस स्थान पर मदिरापान करने लिए जिन बर्तनों वासनों का इस्तेमाल हुआ था और अब जो इधर-उधर लुढ़के पड़े थे उन सबको बीन-बीन कर इकट्ठा किया। इसी तरह लोगों के बैठने के लिए जो कालीन-टाट और चटाइयाँ वगैरह बिछाई गयी थीं जो अब धूल-माटी से रौंद कर अविन्यस्त पड़ी थीं उन्हें भी झटकार-झटकार कर साफ किया फिर उन्हें तह लगा-लगा कर एक पर एक रख कर इकट्ठा किया। उधर चरगेन महोदय पेमा वांगछू की देह पर झुककर उसकी चोटों को देखने और उसके दवा-दारू के सम्बन्ध में सोचने-विचारने में लग गये थे। फिर

तो छिरिंग दैमा भी सरपंच के साथ जा मिली और पेमा वांगछू को यथा योग्य सहायता करने में लग गयी।

"बहुत बुरी तरह मार खायी है इसने। इसके घाव देख मुझे भी पीड़ा हो रही है। परन्तु यह भी सही है कि यह आदमी मार खाने के ही योग्य है।" संरपच ने भुनभुनाते हुए कहा।

"मामा जी अब मैं इसको किस तरह और कहाँ ले जाऊ? इसकी हालत ऐसी हो गयी है कि अगर घर ले जा कर इसकी अच्छी तरह चिकित्सा न की गयी, तब तो यह मर ही जायेगा। यद्यपि कि मेरे जीजा जी–और मेरी बड़ी बहन का इसकी मारधाड़ से कोई सम्बन्ध नहीं है फिर भी इसकी मृत्यु के लिए वे ही दोषी ठहराए जायेंगे।"–छिरिंग दैमा ने घबड़ाते हुए कहा।

"अरे छोड़ो भी अब इस प्रकार की चिन्ता। अब तो समस्या यह है कि इसके सगे माँ-बाप ने इसे त्याज्य-पुत्र घोषित कर दिया है। तुम्हारी बड़ी बहन और उसके पति तुम्हारे जीजा जी भी यहाँ से चुपके से भाग गये हैं। मुझे तो लगता है कि इससे पीछा छुड़ाने के लिए ही वे लोग भी भाग गये हैं। ऐसी हालत में अब तो बस एक ही उपाय है कि मैं इसे अपने घर ले जाऊँ। इसके लिए मैं इन्तजाम करने के लिए थोड़ी देर के लिए जा रहा हूँ ताकि कुछ और लोगों को बुला कर ला सकूँ जो इसे उठा कर मेरे घर तक पहुँचवा दें। तब तक तुम इसकी रखवाली करते हुए यहीं बैठो।"

कहते हुए कुछ और लोगों को ढूढ़ लाने के लिए सरपंच वहाँ से चला गया। उसके जाने के थोड़ी देर बाद ही वहाँ गहरा आये अँधियारे के बीच में तीन मनुष्यों की छायाएँ छिरिंग दैमा ने देखीं जो धीरे-धीरे उसकी ओर ही बढ़ती चली आ रही थी। देखते ही वह उसके वास्तविक आदमियों को पहचान गयी। वे थे उसके अपने जीजा लबजाँग, दूसरे टिकरा और उसकी बड़ी बहन सोनाम। करीब आते ही सोनाम घायल पेमा वांगछू को अपनी बाँहों में भर कर बिलख-बिलख कर रोने लगी। उसके लिए अपनी बड़ी बहन को इस तरह रोता हुआ देख कर छिरिंग दैमा आश्चर्यचकित रह गयी। यद्यपि कि उसने अपने मुख से एक शब्द भी इस बारे में कुछ नहीं कहा फिर भी अपनी विवाहिता बड़ी बहन को पेमा वांगछू जैसे व्यक्ति के प्रति जिससे उसका कोई सम्बन्ध भी नहीं था इस प्रकार की चिन्ता प्रकट करते देख वह स्तम्भित रह गयी। थोड़ी देर बाद ही लबजाँग और टिकरा ने पेमा वांगछू को उठा कर कन्धों पर लाद लिया और उसे ढोहते हुए वहाँ से दूर ले गये। छिरिंग दैमा ने आराक पीने वाले वासन बर्तनों को बटोर कर अपनी बहन को दे दिया और कालीन-दरी-चटाई वगैरह को ढो-ढो कर अपने घर ले जाने लगे।

चार

ग्राम सभा की पंचायत हो जाने के बाद जो महासंग्राम साकतेंग गाँव में हुआ उसके कुछ दिनों बाद तक उस गाँव में उत्तेजनाओं का वातावरण छाया रहा। लोगों में तरह-तरह की उत्सुकता बढ़ती रही। लबजाँग जिस तरह पेमा वांगछू के साथ खोर-देपका करने के अपने सिद्धान्त पर अटल था उसे देखते हुए पूरे गाँव में इस बात को ले कर तर्क-वितर्क चलता रहा कि उसको लबजाँग की जाति में शामिल कर लेना उचित होगा कि नहीं। उधर दूसरी ओर सोनाम ने सेवा-शुश्रूषा से पेमा वांगछू को कुछ दिनों में ही भला चंगा कर दिया। जिससे वह स्वास्थ्य लाभ कर कामकाज करने योग्य हो गया, लबजाँग भी तब तक अपने घर पर ही पेमा वांगछू की देखभाल करने के लिए रुका। इतने दिनों तक अपनी चवरी गायों, यॉक बैलों, भेड़ों, को चरागाह पर रख कर उनकी देखभाल का जिम्मा उसने टिकरा को दे दिया था। गाँव में जिस तरह की उत्तेजना का वातावरण बन गया था उसमें सोनाम घायल पेमा वांगछू को ले कर अकेले-अकेले घर पर रहने से बहुत डरी हुई थी। क्योंकि उसे भय था कि इतना मारने-पीटने के बाद भी कुछ लोग मौका पा कर फिर से पेमा वांगछू पर आक्रमण कर सकते हैं। इसीलिए उसने लबजाँग को घर पर रहने के लिए बाध्य कर दिया था। दूसरी ओर ग्राम पंचायत के सरपंच जिस विवाद का निपटारा शांति पूर्ण ढंग से कर देना सम्भव समझते थे उसकी परिणति जो इस प्रकार की मारपीट और गाँव में लोगों में एक-दूसरे के प्रति खून के प्यासे हो जाने के रूप में हो गयी थी इससे इतने लज्जित हो गये कि किसी को मुँह दिखाने में भी संकोच करने लगे थे। उन्हें एक ही चिन्ता लगी रहती थी कि किस तरह यह विवाद शान्तिपूर्ण ढंग से सुलझा दें और गाँव में परस्पर सौहार्द का वातावरण फिर से बन जाये। इसके लिए वे फिर जी जान से कोशिशें करने में लग गये।

ब्रोकपा अर्थात् पशुपालक समाज वाले इस गाँव की स्थिति ऐसी है कि जाड़े की बर्फवारी की वजह से पशुपालक समाज के स्वस्थ-समर्थ सदस्य प्रायः पशुओं को चराने के लिए विभिन्न चारागाहों में चले जाते हैं इसके अलावा जो घर पर देखभाल

करने के लिए रह भी जाते हैं उनमें से भी कुछ लोगों को दूर-दराज के कस्बों में विनिमय व्यापार करने के लिए चले जाना पड़ता है। क्योंकि बर्फीली पठारी के इस इलाके में खाद्य पदार्थों की फसलें नहीं उगती हैं। अतः साल के अधिकांश दिनों में इनके गाँव के गाँव खाली-खाली सुनसान से पड़े रहते हैं। जब गाँव में कोई सभा-समिति बैठने को होती है अथवा विभिन्न प्रकार की पूजा-अर्चना करनी होती है, उत्सव-उल्लास का कोई त्योहार होता है तब ही अपने पशुओं को कुछ एक लोगों के हाथ सौंप कर यहाँ के लोग अपने-अपने गाँव में आ कर मिलते हैं। तभी गाँव भरा पूरा होता है। नहीं तो प्रायः ही नवयुवक और प्रौढ़ पुरुष ऊँची पहाड़ियों पर स्थित अपने चरागाहों में ही बने रहते हैं तब इन गाँवों में बूढ़े-बुढ़ियाँ छोटी उम्र के लड़के-लड़कियाँ और युवती स्त्रियाँ ही घर रह जाती है। हाँ, यह अवश्य है कि जिन घरों में एक ही पिता से उत्पन्न कई पुरुष सन्तानें परस्पर बड़े, मझले या छोटे भाइयों के रूप में ऐसी होती हैं जो दो या दो से अधिक भाई लोग भी एक ही पत्नी के साथ खोर-देपका अर्थात समस्तरीय विवाह किये होते हैं उनमें से कोई-कोई एक भाई छोटा हो या बड़ा वह घर पर देखभाल के लिए रुका रह जाता है बाकी लोग अपने चारागाहों में अथवा सामानों की खरीद-फरोख्त करने के लिए बाहर ही बाहर रहते हैं।

साकतेंग नाम के इस गाँव में जब यह बड़ी सभा आयोजित हुई थी तब गाँवों में आदमियों को जो भीड़ इकट्ठी हो गयी थी अब उसके बाद एक-एक कर लोग अपने-अपने काम से बाहर चले गये। गाँव में मुख्यतः स्त्रियाँ ही रुकी रह गयी थीं उनके बीच भी परस्पर मनोमालिन्य गहरा गया था। ग्राम सभा के चरगेन ने ऐसी ही कुछ महिलाओं और कुछ बूढ़े पुरुषों से मिल कर परिस्थितियों को शान्त करने के काम में लगा दिया।

एक दिन शाम को चरगेन ने लबजाँग को अपने घर बुला कर समझाते हुए पूछा—"तुम्हारी अपनी जाति-बरादरी के लोग नहीं चाहते कि तुम दूसरी जाति वाले पेमा वांगछू के साथ खोर-देपका करो। बस इतना ही नहीं बल्कि उन्होंने तो यहाँ तक चेतावनी दी है कि अगर तुम ऐसा करते हो तो वे लोग तुमको ही अपनी जाति से कुजाति कर बाहर निकाल फेकेंगे। इतना सब होने पर भी क्या तुम अपने निर्णय पर अटल रहोगे?"

"देखिए महोदय मेरे हाथ में अब बस दो ही रास्ते हैं, पहला यह कि पेमा वांगछू को जो मैंने अपने घर में बुला लिया है तो अब किसी भी स्थिति में बाहर न करूँ, दूसरा यह कि ऐसा न होने पर फिर पूरे जीवन भर के लिए सोनाम को खो बैठूँ।" लबजाँग ने बहुत चिन्तित होते हुए उदास मन से कहा।

"इसमें सोनाम को पूरे जीवन के लिए खो देने की बाध्यता क्यों कर होगी?"—सरपंच ने आश्चर्यचकित हो कर पूछा।

"कारण यह है कि सोनाम ने अपने अन्तःकरण से पूरी तरह से पेमा वांगछू को प्यार करना शुरू कर दिया है।"

"ये क्या बात हुई, क्या वह तुमको प्यार नहीं करती।" सरपंच ने मजाकिया लहजे में मुस्कुराते हुए पूछा।

"मुझे भी प्यार करती है परन्तु उसने अब फिर नये तरीके से पेमा वांगछू के साथ नया-नया प्रेम शुरू किया है। ऐसी दशा में मुझे इस बात का भारी डर है कि अगर उसे पेमा वांगछू से अलग किया गया तो वह भिक्षुणी बन कर गोम्पा (बौद्ध विहार) में जा कर रहने लगेगी, अथवा ऐसा भयंकर काम कर बैठेगी जो किसी दशा में किया नहीं जाना चाहिए।"

"हाँ-हाँ सो तो ठीक है। पहली-पहली अवस्था में पुरुष को पाने पर स्त्रियों की अवस्था उस प्रकार की हो जाती है। अब तुम अपनी फूफी की ही बात लो ना। हम दोनों का जब विवाह हुआ तो उसके बाद सात वर्ष तो बड़े मजे से बीत गये। परन्तु उन सात वर्षों के बाद जब मेरा छोटा भाई गृह-गृहस्थी सँभालने लायक हो गया तो मैंने उसके साथ खोर-देपका कर लिया अर्थात वह भी मेरे समान ही इनका पति बन गया। परन्तु उसके बाद फिर इनको कौन बस में रख पाता। बुढ़ापे की ओर बढ़ती हुई इस स्त्री में नव-यौवना किशोरी की भाँति प्राणों की चंचलता आ गयी। मुझ को तो भूल ही गयी, यहाँ तक कि हमारे बेटे-बेटियाँ जो अभी छोटे थे, उन दोनों को भी भुला बैठी। बस केवल मेरा छोटा भाई जो अभी नया-नया उसका पति बना था उसी के प्रेम में रातों-दिन दीवानी बनी रहती थी। और कोई उसे दिखलायी ही नहीं देता था। मुझे समझ में आ रहा है ठीक वैसी ही अवस्था आजकल सोनाम की भी हो गयी है।"

"इतनी झूठी बातें आप क्यों कर रहे हैं।" सरपंच की ओर आँखें तरेरते हुए उनकी पत्नी ने पूछा और फिर लबजाँग की ओर मुड़ते हुए कहा "बेटे इस सठियाये बूढ़े की बात का विश्वास मत करना।"

"मैं झूठ कहा बोल रहा हूँ? मैं तो सही सच्ची बात ही बतला रहा हूँ।" सरपंच ने अपनी बात को सही प्रमाणित करने के लिए दृढ़ता पूर्वक कहा।

"अच्छा तो बतलाइये कि मैंने तब आपकी कहाँ और कैसे उपेक्षा की थी?" सरपंच की वृद्धा पत्नी ने पलट कर उन्हीं से प्रमाण देने को कहा।'

"क्यों? अब तुम्हें याद भी नहीं है? तुम खुद याद कर देखो कि मेरे छोटे भाई के साथ विवाह करने के शुरू के दो-तीन वर्षों तक क्या तुम कभी मेरे साथ रातों को सोयी थीं? रात का भोजन खाने के बाद सदा ही तुम मेरे छोटे भाई चोगं के साथ ही सोती रहीं। दोनों छोटे बच्चों को मेरी बगल में सुला कर फिर सारी रात तुम चोगं को अपनी भुजाओं में कस कर सोयी रहती थी। अगर घर में बाहर किसी काम से

अथवा घूमने फिरने जाना होता तो तुम चोगं को ही अपने साथ लिवा ले जाती थी। मुझे तो तुमने भुला ही दिया था।" अपने बीते हुए समय में अपनी पत्नी के प्रति जो क्षोभ-वेदना और असन्तोष का भाव सरंपच के मन में था अब मौका पा कर वे उसी का बयान करने लग गये।

"ठीक है, ठीक है, अब हमारी पुरानी बात कुरेदने से आज के इस प्रसंग में तो कोई लाभ होगा नहीं। अब तो ज़रूरत इस बात की है कि सोनाम को ले कर जो समस्या आ खड़ी हुई है उसका समाधान किस तरह किया जाये। अब दया कर इसी विषय पर विचार-विमर्श करो।"

अपने प्रसंग को टालने की गरज से सरपंच की पत्नी ने सुझाव दिया तब सरपंच ने सोच-विचार के बाद लबजाँग को समझाते हुए कहा

"अगर तुम सोनाम और पेमा के इस घनिष्ठ रूप को देखते हुए सचमुच ही परेशान हो, तब एक ऐसा उपाय हैं जिसको करने से सारी स्थिति भली भाँति सँभाली जा सकती है। वह उपाय यह है कि तुम दो बड़े चूँगा में अच्छे किस्म की मदिरा भर कर साथ ले लो और पति और पत्नी की दो खाटा (सम्मान से गलों में पहनायी जाने वाली सिल्क की माला) भी साथ में ले लो। इन्हें ले कर पेमा के घर जाओ और उसके पिता और माता के गलों में इन्हें आदरपूर्वक पहना दो। मौके के अनुसार में भी तुम्हारे साथ-साथ पहुँच जाऊँगा। इसके अलावा तुम्हारे अपने ससुर जी को तथा गाँव के दो-चार वृद्ध जनों को अपने साथ ले जाऊँगा। इससे ज्यादा आदमियों को वहाँ जाने की ज़रूरत नहीं है। और तो और पेमा और सोनाम को भी उस समय वहाँ जा कर उपस्थित रहने की आवश्यकता नहीं है। वहाँ जा कर तुम पेमा के पिता छवाँग बूढ़े-बूढ़ी को प्रणाम करते हुए, उनसे कहना कि जो कुछ भी हुआ है, उसके लिए एक मात्र तुम्हीं दोषी हो। अतः अपने उस दोष के लिए तुम क्षमा-याचना करने आये हो। तुम्हें बस इतना करना है बाकी जो तुम्हें कहना-सुनना, करना-कराना होगा वह सब मैं करूँगा।

सरपंच ने जो उपाय सुझाया था, ठीक उसी के अनुरूप लबजाँग ने दूसरे ही दिन दो बड़े चूँगों में आराक भर ली तथा अच्छे किस्म के दो खाटा साथ ले लीं। फिर पेमा वांगछू के पैतृक-निवास पर जा पहुँचा। उस मकान के आस-पास पहले से ही पहुँचे हुए ग्राम सभा के सरपंच, ङइरू तथा दो-तीन और भी अनुभवी वृद्ध पुरुष, लबजाँग के वहाँ पहुँच जाने, फिर उसके घर के अन्दर चले जाने के बाद बड़ी होशियारी से बारी-बारी से उस घर में प्रवेश करने की योजना बनाये हुए थे। लबजाँग के अन्दर जाने के बाद वे लोग भी इस तरह का हाव-भाव बना कर उस घर में प्रवेश करते गये जैसे वे लबजाँग के कहने, उसकी सहायता करने की गरज़ से नहीं बल्कि स्वयं ही उस घर के लोगों का कुशल-क्षेम पूछने आये हों।

छवाँग के घर के भीतर लबजाँग को बैठा देख सरपंच अचरज भरे स्वर में पूछ बैठा—"ये लबजाँग बचवा है क्या? अरे बेटे! तुम यहाँ, इनके घर में हो। मैं तो कभी सोच ही नहीं सकता था कि तुमको इस घर में देखूँगा, हम लोगों को सूचित किये बिना ही तुम यहाँ आये हो, तो जरूर ही कोई बहुत महत्त्वपूर्ण काम आ पड़ा होगा। क्या हम जान सकते हैं कि वह कौन सा काम है बेटा।"

"फूफा जी! कोई अपना विशेष काम नहीं है। मैं तो बस अपने द्वारा किये जा चुके अपराधों के लिए इन चाचा और चाची जी से हाथ जोड़कर क्षमा प्रार्थना करूँगा, बस ये लोग मुझे क्षमा कर दें, ये ही मेरे लिए बड़ा काम होगा।"—चरगेन ने उसे जो कूटनीति पहले से ही सिखा रखी थी, उसी के अनुसार असली तथ्य को छिपाते हुए विनम्रतापूर्वक यह बात कही।

"अरे वाह! क्या कहने, तुम्हारी इस भलमन साहत के। बहुत उत्तम काम किया है बेटे। तुम निश्चय ही बहुत भला काम करने आये हो। वस्तुतः जो भले लोग होते हैं वे हमेशा भला कार्य ही करते हैं। तो तुम इन महानुभावों से किस प्रकार क्षमा-प्रार्थना करोगे? इसे ज़रा हम लोग भी तो देखें। क्यों ङइरू भाई साहब आपकी भी तो यही जिज्ञासा होगी?" सरपंच ने उत्सुकता दिखाते हुए कहा।

"हाँ, भाई हाँ।" ङइरू बोल उठे—"मेरे इस पाहुने जामाता का तो सहज स्वभाव ही है कि अगर इससे कोई भूलचूक हो जाती है, तो यह खुले दिल से उसके लिए क्षमा-याचना कर लेता है। यद्यपि कि उम्र के लिहाज से यह अभी काफी छोटा है, फिर भी अनुभव के मामले में बड़ा ही ज्ञानी-गुणी-समझदार है।" कहते हुए ङइरू तो फिर अपने जामाता के गुणों के बखान में भाषण ही झाड़ने लगा।

अपने साथ लबजाँग जो एक बड़ा सा थैला लिये आया था, उसमें से मदिरा से भरे दोनों चूँगों को निकाल कर उसने छवाँग के सामने ले जा कर रख दिया। फिर उन दोनों ही चूँगों के मुख पर की तीन-तीन टुकड़े भी गोंज कर रख दिए। उसके बाद वह घर में जहाँ पूजा की धूप जलायी गयी थी, उसके पास गया, धूप के उठते हुए धुएँ के ऊपर खाटा को बायीं ओर से दायीं ओर को घुमा चुकने के बाद उसमें से एक खाटा छवाँग को ले जा कर आदरपूर्वक पहना दी। फिर दूसरी खाटा उसे ले कर पेमा की माँ दोरजी बूढ़ी के पास गया और उसे पहन लेने की मनुहारें करने लगा।

"मैं तेरे द्वारा लायी गयी खाटा हरगिज़ नहीं पहनूँगी। आखिर क्योंकर तू झूठ-मूठ में हमें खाटा पहनाकर दिखावे के रूप में बड़े लोगों के प्रति आदर-सत्कार करने पवित्र टेमब्रे-पर्व का पालन करने का प्रदर्शन करने आये हो?" बुढ़िया दूर से ही चिड़चिड़ी आवाज़ में बड़बड़ाने लगी।

"अरे-अरे बड़ी बहू! ऐसी अशुभ बात नहीं कहते। लबजाँग तो सचमुच ही वृद्धजन सत्कार करने का टेमब्रे-सम्मान करने ही आया है। इसके पीछे कोई बुरा भाव

छिपा कर नहीं आया है। अतः उसके द्वारा लायी गयी उस खाटा को बड़े बुजुर्ग छवाँग जी की बगल में बैठ कर कृपया ग्रहण कर लें। उसके बाद फिर आपको जो मन करेगा, आप वैसा ही कीजिएगा। कोई शिकवा-शिकायत हो, लबजाँग का कोई अपराध हुआ हो, तो निस्संकोच हो कर कह सुनाइएगा। आप लोगों की प्रतिक्रिया जान पायेगा। इसी उद्देश्य से ही तो वह टेमब्रे जैसा पवित्र अनुष्ठान करने आया है। वैसे भी हमारी परम्परा के अनुसार किसी के द्वारा आदरपूर्वक भेंट की गयी मदिरा और खाटा को ग्रहण न करना बहुत बुरा माना जाता है। उस व्यक्ति का भारी अपमान करना माना जाता है।" सरपंच की बगल में बैठे गाँव के एक बुज़ुर्गवार सज्जन ने बूढ़ी को समझाते हुए कहा।

फिर तो कोई और उपाय बचाते न देख वह बूढ़ी भी चुपचाप अपने बूढ़े पतिदेव छवाँग की बगल में आ बैठी। लबजाँग की दी हुई खाटा जब बूढ़ी पहन चुकी, तब लबजाँग ने अपने उस बड़े थैले में से मदिरा का दूसरा चूँगा निकाल कर फिर वहाँ रखे काठ के प्याले-प्यालियों, कटोरे-कटोरियों में मदिरा ढाल-ढाल कर उन बूढ़े-बूढ़ी दम्पति के सामने रखा। अपने माथे पर रखी टोपी उतार कर हाथ में ले कर--सरपंच ने जैसा पहले ही सिखा-पढ़ा रखा था, उसी के अनुसार कहने लगा--

"यद्यपि कि यह पूरी सच्ची बात है कि मैं क्षमा पाने के योग्य नहीं हूँ। आप लोगों की अनुमति लिये बिना ही जो मैंने आपके सुपुत्र पेमा को खोर-देपका करने के उद्देश्य से अपने घर लिवा ले गया, ऐसा काम करके निश्चय ही मैंने भारी अपराध किया है। मेरे जैसा माता-पिता हीन, अनाथ, टुअर लड़का जो तरह-तरह की बाधा-विपत्ति झेल कर, नाना-प्रकार के कष्ट सहकर जैसे-तैसे बड़ा हुआ है। बचपन से गाँव-घर से अलग रहकर, समाज से दूर जा, चरागाहों में जानवरों को चराते हुए उनके बीच रहते, जंगली जन्तुओं से उनकी रक्षा करने में जंगली जानवरों की भी संगति में आने के कारण मैं समाज की रीति-नीति, पारस्परिक मेल-मिलाप के भाव कुछ जान ही नहीं सका हूँ। समाज में बड़े लोगों का मान-सम्मान किस प्रकार किया जाता है? इस विषय में तो कुछ भी नहीं समझ पाया हूँ। पेमा और सोनाम के बीच जो एक रात घनिष्ठ शारीरिक सम्पर्क हुआ, तो तभी उसके तुरन्त बाद ही मैंने उनका कुकर्म समझ उन्हें पकड़ लिया। जैसा कि कोई भी पति-पुरुष करता, मैं भी क्रोध से आग-बबूला हो गया था। परन्तु फिर मैंने ठंडे दिमाग से सोचा। प्रतिहिंसा में जो कुछ भी करूँगा, उसका बुरा प्रभाव आखिर किस पर पड़ेगा? मेरे पर ही न। क्योंकि सोनाम मेरी ही धर्म-पत्नी है। उसकी बदनामी में मेरी ही बदनामी है। उधर दूसरी ओर जो उसका बलात्कारी पेमा वांगछू है, वह हज़ार बुरा हो मगर है तो आप लोगों जैसे बड़े खानदान का, धनी-मानी-सामाजिक ऊँचे दर्ज़े के मशहूर वंश का कुल-भूषण। उसको दोषी ठहराने पर मैं ही दोषी ठहरा दिया जाता। अलावा इसके चाहे भले ही

हमारे घर-परिवार से दूर का है फिर भी मेरे भाई के ही समान है। ऐसे में उसके अमर्यादित कार्य की भी चर्चा मैं कैसे करता? बेचारी सोनाम जो कर बैठी, उसके पीछे भी तो मेरी ही अभागी नियति थी। अपने कुल-देवता सुगंमा के कुपित होने के डर से मैं सोनाम को अपने साथ चरागाह की अपनी छावनी-खुटी पर ले जा कर रख भी तो सकता नहीं। मेरी माता के दो पतियों से कुल जो तीन सन्तानें जन्मी थीं, जिनमें से मेरे जो दो छोटे भाई थे, महामारी के कारण वे भी मर-खप गये। माँ-बाप तो मर ही चुके थे। अतः सभी मुझे निपट अकेला छोड़ गये। चूँकि अपना कोई ऐसा छोटा भाई बचा ही नहीं जिसके साथ खोर-देपका संस्कार करके मैं सोनाम का सह-पति बनवा सकूँ, जिससे जब मैं बाहर-बाहर रहूँ, तो सोनाम के साथ रहने वाला एक जीवित मनुष्य तो घर में रहे। अतः जब पेमा ने सोनाम के साथ अत्यन्त ही निन्दनीय बुरा काम किया, तो साधारण रूप से तो उसे दण्ड देने के लिए पंचायत बुलाने का मुझे पूरा हक़ था। परन्तु उसकी जगह पेमा वांगछू के साथ खोर-देपका कर लेना ही मैंने उचित समझा। जिसमें दोनों ओर की मान-मर्यादा बची रहती। इसी से सोनाम को पेमा वांगछू के साथ रहने को कहकर मैं आवश्यक वाणिज्य-व्यापार करने बाहर चला गया। सोचा था कि वहाँ से लौटकर मैं आप लोगों की अनुमति लूँगा। परन्तु जब लौटा तो गाँव के भिन्न-भिन्न लोगों ने इस प्रसंग को ले कर इतनी भिन्न-भिन्न प्रकार की सलाहें दीं कि मेरा तो सिर ही चकरा गया। उसकी वजह से इतना बड़ा अनर्थ हो जायेगा, इसे तो मैंने सपने भी नहीं सोचा था। अतएव मुझसे बहुत बड़ा अपराध हो गया है। मैं स्वयं अच्छी तरह जानता हूँ कि मेरा अपराध इतना भयानक है, कि उसे क्षमा तो किया ही नहीं जा सकता। फिर भी मैं इस आशा-विश्वास से आप से क्षमा माँग रहा हूँ कि मुझ अनाथ को अपना ही बेटा मान कर मुझ पर कृपा करते हुए मुझे क्षमा कर दें।

लबजाँग की बात पूरी होने के साथ-साथ ही एक लम्बी साँस ले कर गला खँखार कर साफ करते हुए छबाँग जी कुछ कहने जा ही रहे थे कि उसके पहले ही उनकी पत्नी दोरजी बूढ़ी की अत्यन्त कर्ण-कटु तीखी आवाज़ सुनाई पड़ी—"मेरे भोले-भाले, सीधे-सादे सुन्दर स्वभाव के बेटे को तुम पति-पत्नी दोनों ने बहला-फुसला कर अपने वश में कर लिया। फिर उसे उकसाकर ऐसे भेड़ियों के आगे फेंककर उनसे उसे इस बुरी-तरह मरवाया-पिटवाया। उसके बाद उसे उठवाकर फिर अपने घर में ले जा कर छिपा दिया है। जहाँ उसकी सेवा-शुश्रूषा कर ठीक हो जाने पर उसे अपने एहसानों तले दाब कर पूरी जिन्दगी भर उससे अपने घर के काम-काज करवाओगे और उसकी कमाई के भरोसे खुद मौज़-मस्ती से बैठ कर खाओगे। बिना किसी मेहनताने का मुफ्त का नौकर बना लेने के लिए ही तुम दोनों ने मिल कर उसका सर्वनाश कर देना सोचा है। उस पर फिर अब मेरे घर आ कर हम से क्षमा-याचना

करने का दुस्साहस किया है। नहीं, हम किसी भी सूरत में तुम्हें क्षमा नहीं कर सकते। अपना बेटा तुम्हें नहीं दे सकते। हमें अपना बेटा चाहिए और अभी चाहिए। तुम्हारे घर रहकर तुम्हारी खेती-बारी-चरागाहों में खट कर कमाई कर तुम लोगों का पेट पालने के लिए हमने बेटा नहीं जना था। तुम्हारी उस महा बाँझिन, निस्सन्तान पत्नी के साथ पूरी जिन्दगी बिता कर भी निरबंसिया रह जाने के लिए हमने उसे जन्म नहीं दिया। तेरी उस पिशाचिनी जादूगरिनी ने मेरे उस बेटे पर जादू कर उसे अपने वश में कर लिया है। उस राक्षसी ने अपने जादू के बल मेरे बेटे को मुझ माँ से, मेरी बहू लोजम से उसके उस देवर अथवा भविष्य में होने वाले उसके दूसरे सह-पति से दूर खींच लिया है। ताकि वह पिशाचिनी मेरे बेटे के शरीर का खून चूस-चूस कर आराम से पीती रह सके। तेरी यह पत्नी स्त्री थोड़े ही है, अरे वह तो पिशाचिनी है, यक्षिणी है, दौमा विष कन्या है, छिरनपू (हिमालय पर्वत माला में विचरण करने वाले येती (Yeti) नामक जानवर) है।"

...इस तरह दोरज़ी बूढ़ी का मुँह जो गालियाँ बकने के लिए खुला तो फिर बन्द होने का नाम ही नहीं लिया। एक-पर-एक गालियों का गुबार झरने के पानी सा फेन-फुचकार छोड़ता बहने लगा। मनपा, भूटिया आदि के जनजातीय इस समाज में जो ढेर सारे अन्धविश्वास प्रचलित हैं उनमें मान्यता है कुछ स्त्रियाँ दौमा होती हैं। दौमा की विशेषता यह होती है कि इनके नखों से एक प्रकार का विष झरता रहता है। जिसे वे मदिरा में अथवा किसी दूसरे पेय पदार्थ में मिला कर पुरुष को पिला-पिला उसे मार डालती हैं। अतः ऐसी स्त्रियों को अत्यन्त नीच किस्म की स्त्री माना जाता है और उसे दौमा-दौमा कह कर गालियाँ दी जाती हैं। ऐसे ही छिरनपू जो कि हिमालय शृंखला में पायी जाने वाली एक जानवर है जिसे अंग्रेजी में येती नाम से जाना जाता है। दोरजी बूढ़ी लबजाँग की पत्नी सोनाम को अपने बेटा पेमा को अपने प्रेम-पाश में फाँसने वाली कुलटा स्त्री मानकर इसी से जो भी बुरा-से-बुरा शब्द स्त्रियों के लिए उन्हें याद आता उसी से सोनाम को गालियाँ बके जाने लगीं। वहाँ उपस्थित सभी लोग महा-मौन साधे बुढ़िया को भर पेट गाली देने के लिए खुला छोड़े हुए थे, ताकि गाली देते-देते उसकी गालियों के भण्डार के खाली होने के साथ-साथ ही उसका क्रोध भी क्रमशः पूरी तरह शान्त हो जाये। क्योंकि उसके बाद फिर कोई बात की जा सकेगी।

घर पर जब से अतिथि-अभ्यागत लोग आये हुए थे, उस घड़ी से ही लोजम उन सभी को मदिरा परसते रहने के काम में लगी हुई थी। फिर भी जब उसकी सास ने सोनाम को गालियाँ देना जारी रखा था उसे सह न पाने के कारण बीच-बीच में उसने कई-एक बार उन्हें मना किया, उनकी बातों का विरोध भी किया। उसकी स्थिति का ख़याल आते ही दोरजी ने फिर हवा का रुख दूसरी ओर मोड़ते हुए कहना

शुरू किया—"मेरी अपनी कोई पुत्र-वधू नहीं है क्या? जो मैं अपने उस बेटे को अपनी इस पुत्र बधू को पासन रख कर उस पिशाचनी से जा चिपकने को छोड़ दूँगी? ऐसा करना क्या किसी भी दृष्टि से उचित है? इस पर भी अगर वह अपने बड़े भाई और उसकी पत्नी, यानी अपनी भाभी के साथ खोर-देपका करके भाभी का सह-पति बनना नहीं ही चाहेगा, तो फिर उस अकेले के लिए स्वतन्त्र रूप से एक स्वतन्त्र पत्नी ला देने के लिए मैं अपनी पूरी जाति में से चुनकर सर्वोत्तम गुणवती-सुन्दरी किशोरी कन्या ला दूँगी। बहू! अरे ओ बहू! यह सब छोड़! जा उस यक्षिणी-पिशाचिनी के चंगुल से अपने देवर को छुड़ाकर घर ले आ। तेरे रहते हुए वह भूतिनी भला क्यों तेरे उस लहुरे पति को अपना पति बना लेने के लिए उठा ले जायेगी? घर ले आ कर आज की रात से ही तू उसे फिर से अपने साथ सुलाने लगना।"

"नहीं ज़रूरत है ऐ सासू जी! मुझे आपके बेटे पेमा वांगछू की अपने साथ चिपका कर सोये रखने के लिए कोई ज़रूरत नहीं है।" लोजम ने उत्तर दिया।

"क्यों ज़रूरत नहीं है? आखिर उसमें कमी ही किस बात की है। उसका दोष क्या है? इस बीच तो वह तुम्हारे साथ सोने लगा ही था। फिर इसी बीच तुम लोगों ने तो यहाँ तक निर्णय ले लिया था कि तुम लोग जल्दी ही आपस में पवित्र पाणिग्रहण का विवाह-संस्कार भी उत्सवपूर्वक सम्पन्न करवा लोगे, फिर इसी बीच तुम लोगों में क्या हो गया? आज वह जो यूँ दूसरी-दूसरी कुँआरी-विवाहित युवतियों के पीछे-पीछे ललुआता फिरने लगा है, इसमें सारा दोष तुम्हारा ही है। तुम्हीं उसे अपने रूपाकर्षण-यौवनाकर्षण-सेवा-यत्न से अपने साथ बाँधे नहीं रख सकीं। तुम्हारी इस कमजोरी का लाभ उठा कर वह बनैली पिशाचिनी उसे तुम्हारे पास से अपने पास छीन ले गयी।" इसके बाद तो बुढ़िया ने फिर लोजम की ही कमियों को गिना-गिनाकर उसे भी गालियाँ बकना शुरू कर दिया।

कोई और समय रहा होता तो, तो लोजम भी उस बुढ़िया सास के समान ही मुँह बिचका-बिचका कर ठीक उसी की भाषा में उसे ही ईंट का जवाब पत्थर से देने की शैली में उत्तर सुना दिया होता। इस बुढ़िया की पुत्र-वधू बन कर वह जिस दिन से इस घर में आयी है, उस दिन से ही उसे इस बुढ़िया की डाँट-डपट गाली-गलौज सुनते आना पड़ रहा है। शुरू-शुरू के दिनों में तो वह सहती ही रही थी। परन्तु सहन करते रहने की भी तो एक सीमा होती है। अतः उत्तर देने में फिर उसका भी मुँह खुलना शुरू हो गया। बुढ़िया अब जब भी गाली बकती है, तो वह भी अब चुप नहीं रहती। बूढ़ी के साथ लड़ाई लड़ने के लिए फेंटा बाँध कर वह भी जब मैदान में आ डटती है, तब बुढ़िया की सिट्टी-पिट्टी गुम हो जाती है। वह चुप्पी साधे बैठ जाती है। परन्तु आज इस घड़ी में इतने सारे अतिथियों की उपस्थिति में, उनके आगे तो अधिक कुछ कह नहीं सकती। फिर भी बीच-बीच में मौक़ा देख कर वह कुछेक बातों

का पलटकर उत्तर दे-ही-दे रही है।

इन दोनों परिवारों के आपसी सम्बन्धों की बात करें, तो लोजम सोनाम के चाचा की बेटी है, यानी उसकी चचेरी बहन। आयु की बात हो तो दोनों लगभग समान वयस की हैं। बचपन से ही सोनाम के साथ ही पली-बढ़ी है। दोनों के विवाह भी प्रायः एक ही समय पर हुए थे। फलतः वह सोनाम की नस-नस पहचानती है। उसका अपना मन अच्छी तरह मानता है कि सोनाम बहुत ही भली लड़की है। विवाह होने के बाद वह उतनी ही भली धर्म-पत्नी भी सिद्ध हुई है। उसके स्वभाव में उसके चरित्र में आज की घटनाओं के पहले तक कहीं तनिक-सी भी कोई खोट नहीं रही है। जिस तरह का दुष्कर्म वह करके आज बदनाम हुई है, ऐसा दुष्कर्म उसने पहले कभी नहीं किया था। अब भी जो उसने किया तो वह भी उस पर किये गये आकस्मिक आक्रमण और बलात्कार की वज़ह से स्वयं असहाय रह जाने पर ही किया, यह तथ्य लबजाँग के बयान से ही साफ होता है। जोर-जबरदस्ती से ही सही, जब उसने पर-पुरुष के साथ शारीरिक सम्बन्ध स्थापित होने पर परकीय-पुरुष का आस्वाद चखा तो उसकी ऐसी गिरफ्त में आ गयी है कि ऐसी कलंकित कारगुज़ारी कर बैठी है। उसके साथ जिस परकीय-पुरुष ने यह सब किया, वह तो लोजम का अपना ही देवर पेमा वांगछू है, जिसे शुरू से ही जानती पहचानती है। सोनाम जब अभी कुमारी थी, उसका विवाह नहीं हुआ था, तभी वह सोनाम को पा लेने के लिए वह उसके चारों ओर चक्कर लगाता फिरता रहा था। परन्तु सोनाम ने कभी भी उसे रंच-मात्र भी बढ़ावा नहीं दिया था। पेमा को अपनी छाया भी छूने नहीं दी था परन्तु लोजम इतनी रूखी नहीं रह पायी थी। वह तो पेमा के बड़े भाई सांगजा से विवाह होने पर उसकी भाभी के रूप में पेमा वांगछू के ही घर में आ गयी थी। उसके बड़े भाई सांगजा जब भी कार्यवश बाहर होते तो इस मौक़े का लाभ उठा कर वह उसके क़रीब आने की कोशिशें करते-करते अन्ततः उसके अत्यन्त करीब आने में सफल हो ही गया था। चूँकि वह उसके पति का छोटा भाई था, अतः इस परिवार की परम्परा के अनुसार एक-न-एक दिन तो उसे उसके साथ भी विवाह कर घर-गृहस्थी चलानी ही पड़ेगी, ऐसा सोचकर लोजम ने भी उसे प्रश्रय दिया। उसके संग-संग सोने में आपत्ति की जगह सहयोग करने लगा फिर भी, उस वेला में भी, इस लम्पट पेमा वांगछू ने गाँव की दूसरी-दूसरी कुमारी कन्याओं ही क्या? विवाहित युवतियों तक का पीछा करना छोड़ा नहीं था, जब भी उसने ऐसा कुकर्म करने से रोकने की गरज से उसे समझाने की कोशिश की तब उसने उसकी बुरी तरह पिटाई तक कर दी थी। उसका ऐसा स्वभाव-चरित्र देख कर पहले उसके प्रति जो थोड़ी मोह ममता उसमें उत्पन्न हो गयी थी, वह पूरी-की-पूरी ख़त्म हो गयी। उसके प्रति ऐसी घृणा होने लगी कि पहले उससे खोर-देपका संस्कार करवाकर उसे अपना दूसरा पति अथवा सहपति बना

लेने का जो विचार था, उस पर आग्रह करना उसने पूरी तरह छोड़ दिया। उससे विवाह न करने का दृढ़ निश्चय कर वह तो जैसे-तैसे बच गयी किन्तु उस लम्पट पेमा वांगछू ने अब उसकी प्रिय सखी सोनाम और बहनोई लबजाँग की सुखी घर-गृहस्थी में आग लगा दी है। लोजम तो सोच ही नहीं पा रही है कि सोनाम जैसी सुदृढ़-मन-मस्तिष्क वाली, सच्चरित्र युवती स्त्री उस जैसे लम्पट के प्रेम में कैसे जा फँसी? अगर उसे इस बात का ज़रा भी अन्दाज़ा रहा होता, तो उस लम्पट के साथ खोर-देपका विवाह संस्कार वही कभी का पूरा करवा लिये होती। जिससे उस बिचारी की जिन्दगी तो नष्ट होने से आज बच गयी होती। अब आज महसूस हो रहा है कि पेमा से खोर-देपका न करना उसकी सबसे बड़ी गलती सिद्ध हुई है। वह इन्हीं सोचों में पड़ी थी कि सास के मुख से अपने बेटे पेमा का गुणगान के जो झूठी प्रशस्ति सुनी; तो फट पड़ी—"हाँ जी हाँ। आपका बेटा तो बड़ा ही सीधा-सादा उत्तम चरित्र का युवक है। उसमें तो दोष का लेश भी नहीं है। जो कुछ दोष-अवगुण है वह सारा-का-सारा सोनाम और मेरे इस बहनोई लबजाँग का ही तो है। अगर आपका सपूत इतनी ही उत्तम-कोटि का है, तो खुद ही जा कर उसे सोनाम के पास से छीनकर क्यों नहीं लिवा ले आतीं। बेचारी सोनाम उसका ग्रास बनकर जो निगली जा रही है, कम-से-कम उससे उबर कर अपनी जिन्दगी तो जी पाये।" सास को ताना मारते हुए लोजम चीख पड़ी।

"देखा! आप लोगों ने अपनी आँखों से देख लिया न। सुन ली इसकी जली-कटी बातें। मेरी बहू का स्वभाव-चरित्र आप लोगों ने देख-समझ लिया न। मेरे मुख से निकली बातें, मेरे मुख से निकाल कर उसका उल्टा-पुल्टा मनमाना मुँह तोड़ जवाब देती है।" बुढ़िया और भी उत्तेजित हो चिल्लाने लगी।

इतनी देर से अपनी धर्मपत्नी की बकबकाहट सुनते-सहते रहने पर इस बिन्दु पर पहुँच कर छवाँग कर धैर्य भी जवाब दे गया। फिर तो वे अपनी धर्मपत्नी पर ही उबल पड़े और डाँटते हुए बोले, "ग्राम सभा के सरपंच, गाँव जँवार के नामी-गरामी आदरणीय बड़े-बूढ़े सज्जन लोग और लबजाँग हमारे घर एक अतिशय गम्भीर समस्या ले कर विचार-विमर्श करने आये हुए हैं। उन लोगों के साथ अच्छी तरह से सोचने-विचारने का अवसर न दे कर तुम तभी से लगातार बड़बड़ाती जा रही हो। मगर अब बस। बहुत हो गया। अब से एकदम चुप्पी साध लो। तनिक भी मुँह खोला, तो चूल्हे की धधकती हुई आग से जलती हुई लकड़ी निकाल कर तुम्हारे मुँह में ठूँस दूँगा।" अपनी बात कहने के साथ ही छवाँग ने कौड़े से लकड़ी का धधकता हुआ एक चैला उठा कर इस तरह से हिला-डुला कर दिखाया जैसे सचमुच ही उसे बुढ़िया के मुँह में ठूँसने ही जा रहे हो।

छवाँग की वह धमकी काम कर गयी। बूढ़ी एकाएक चुप्पी साध गयी। फिर तो बड़े शान्त वातावरण में उपस्थित सभी लोग काफी देर तक विचार-विमर्श करते रहे। अन्ततः बड़ी गम्भीरता से निर्णय लिया गया, कि "(1) पेमा वांगछू लबजाँग और सोनाम के साथ खोर-देपका का पवित्र संस्कार कर सकेगा। (2) अगर बाद में वह यह निर्णय लेता है कि वह सोनाम से अपना सम्बन्ध विच्छेद कर अपने घर लौट आयेगा, तब छवाँग उसे अपने घर में आने देंगे। (3) चूँकि लबजाँग की जाति-बिरादरीवाले पेमा को अपनी जाति की उपाधि देने को हरगिज-हरगिज तैयार नहीं हैं, अतः पेमा के पिता को अपनी जाति की उपाधि का ही प्रयोग करने की सहमति पेमा को देनी पड़ेगी। सोनाम के गर्भ से अब जो सन्तानें जन्मेंगी, उनमें से अगर कोई पेमा की हुईं तो वे पेमा की जाति की उपाधि पा सकेंगी। हाँ यह ज़रूर है कि किस सन्तान का जन्मदाता बाप सचमुच में कौन है? इसका सही-सही निर्णय करने का उत्तरदायित्त्व सोनाम को ही होगा। ऐसा करने में कोई गलती उससे न हो जाये, इसके लिए क्या कुछ उचित उपाय करना ठीक रहेगा? इसका समाधान टिकरा और सांगजा दम्पतियों के विचार-विमर्श से निश्चित किया जायेगा।"

उस दिन की गोधूलि वेला सायंकाल में लिये गये निर्णयों के दो दिन बाद ही एक सादे समारोह में संक्षिप्त सा वैवाहिक संस्कार आयोजन करके सोनाम का दूसरा विवाह पेमा वांगछू के साथ सम्पन्न हो गया। उस दिन दुपहरियां से ही एक-एक कर गाँव के स्त्री-पुरुष लबजाँग के घर आ-आ कर इकट्ठे होते गये। अपनी ओर से उपहार के रूप में लायी गयी खाटा उन्होंने सोनाम और पेमा वांगछू को तो पहनायी ही, लबजाँग को भी खाटा पहनायीं। घर के चूल्हे के ठीक सामने के चबूतरे के सबसे ऊपरी आसन पर लबजाँग को, उसके थोड़ा निचले आसन पर सोनाम को और बिलकुल निचले आसन पर पेमा वांगछू को बैठा कर सामाजिक प्रथा के अनुसार सस्कार विधिवत् सम्पन्न करवाया गया। फिर सोनाम जब अपने दोनों पतियों के बीच बैठी, तब उसे देख कर उपस्थित महिलाओं में से कुछ ने कहा–"दो हृष्ट-पुष्ट, शक्त-समर्थ पतियों के बीच बैठी सोनाम आज कितनी अच्छी लग रही है? ज़रा ग़ौर से देखो तो। ठीक आज ही वह एक परिपूर्ण नारी जान पड़ रही है।"

"यह क्या बात कर रही है तू।" दूसरी बोली–"अरे आज ही वह सचमुच की ब्रोकपा-पत्नी लग रही है। आज की इस शुभ घड़ी में बैलों से बलिष्ठ कन्धों वाले अपने इन दोनों पतियों के बीच बैठी वह ठीक वैसी ही लग रही है, जैसे दो बलिष्ठ साँड़ों के बीच जवानी के जोश से भरी कलोरी गाय। लोग इसे बाँझिन कहते हैं न, देखना उठी हुई गाय की तरह यह जल्दी ही गाभिन हो, अर्थात् गर्भिणी हो जायेगी।"

सभी लोग जब खाटा पहनाने का शिष्टाचार कर चुके तब सभी लोगों द्वारा मदिरा पान करने का दौरा-दौरा शुरू हुआ और उसके साथ ही शुरू हो गया जाब्रो

नामक विशेष प्रकार का सामूहिक नृत्य। अपने दोनों पतियों को अपनी दोनों बगलों में लिये हुए सोनाम ने भी जाब्रो का नाच नाचा।

अपने कोमल-कोमल हाथों से उसने अपने दोनों पतियों को आराक पिलायी। एक समय पर वहाँ उपस्थित सभी लोग नशे में धुत्त हो इधर-उधर लुढ़कने-पुढ़कने लगे। हालत यहाँ तक आ गयी कि लोग ठीक ढंग से खड़े भी नहीं हो पा रहे थे। हँसी की तो जैसे प्रतियोगिता चल रही हो। ज़ोरों के हँसी-ठट्टे से आकाश हिलने लगा। फिर अनाप-शनाप बकते-बड़बड़ाते, एक-दूसरे को थाम्हे-सँभाले एक-एक कर सभी लोग अपने-अपने घर रवाना हुए।

लबजाँग सोनाम और पेमा वांगछू को भी गहरा नशा चढ़ आया था। संस्कार-समारोह में आये सभी लोग जब विदा हो गये तो सोनाम ने एक ऐसी लम्बी-चौड़ी सेज बिछायी ज़िस पर तीन जन मौज़-मस्ती से सो सकें। शराब के तेज़ नशे की बदौलत सोनाम की स्त्री-सुलभ लज्जा जाने कहाँ खो गयी थी, अतः निर्लज्जा सी बोल पड़ी—"इस शय्या पर आज हम तीनों एक साथ सोयेंगे। मैं तुम दोनों की बीचों-बीच सोऊँगी। अपने निजी दोनों भतारों के बीच सो कर आनन्द लूटूँगी।

"यह तो बड़ी अच्छी बात है। आज हम तीनों एक साथ सोयेंगे। लबजाँग ने उसकी बात का समर्थन किया।

जब तीनों उसी विधि से शय्या पर लेट गये तब दोनों पतियों के माथों को अपनी दोनों भुजाओं में लपेटे रखे-रखे सोनाम मन-ही-मन कल्पना की उड़ान भरने लगी। ये दोनों के दोनों पुरुष आज से खासमखास मेरे अपने हैं। परिपूर्ण एकान्त भाव से मेरे अपने। इन दोनों को अब अपनी पूरी जिन्दगी भर मैं एकता की डोरी में बाँधे रखूँगी। इन दो पुरुषों को अतिनिकट से देख-समझ लेने के बाद मैंने जाना पुरुषों का स्वरूप कितना विचित्र होता है। सारे-के-सारे पुरुष, पुरुष के रूप में तो एक हैं, किन्तु इस एक-रूपात्मक पुरुष को भी भगवान ने कितने अधिक भिन्न-भिन्न रूपों में गढ़ा-सँवारा है। सोनाम ने अपने धुर बचपन में अपने पिता, बड़े भाई लोगों और अन्यान्य पुरुष मनुष्यों को निकट से देखा तो पाया कि वे एक-दूसर से बिलकुल अलग-अलग रूप के हैं। जब बड़ी हो गयी, तब लबजाँग नामक इस पुरुष से विवाह हो जाने के बाद उसने एक पुरुष मनुष्य के शारीरिक-गठन से आरम्भ कर हर एक प्रकार की चीज़ों को झाड़-झाड़, झकझोर-झकझोर कर उसके राई-रत्ती को निरखने परखने का अत्यन्त निकट भाव से अवसर पाया। पुरुष को पिता, बड़े भाई इत्यादि रूपों में नहीं, बल्कि विशुद्ध रूप से एक पुरुष के ही रूप में खोजने-ढूँढ़ने, सही-सही रूप में समझने का सुअवसर पाया। अब जिन्दगी के इस मोड़ पर एक दूसरा पुरुष उसके जीवन में आया है। वह देखकर आश्चर्यचकित रह गयी है कि पुरुष रूप में एक होते हुए भी एक जन दूसरे जन से कितनी अधिक मात्रा में भिन्न प्रकार का

है? ऐसा लगता है जैसे दोनों में किसी भी प्रकार की कोई समानता है ही नहीं। अगर उनमें पायी जाने वाली समानताओं की गिनती की जाये तो मुख्य-मुख्य समानताएँ हैं—दोनों के ही दो-दो पैर हैं, दो-दो हाथ हैं, दो-दो कान और दो-दो आँखें हैं, और एक-एक नाक, मुख, मूड़ी, गर्दन, पेट और पुरुषांग है। परन्तु इन सब समानतावाली चीज़ों में भी इनकी संख्याओं की समानता के अलावे उनकी गठन-प्रक्रिया और छोटाई-बड़ाई की माप-जोख आदि की और कोई भी समानता नहीं है। लबजाँग ऊँचाई में काफी ऊँचा हृष्ट-पुष्ट है, उसके हाथ-पाँव बड़े-बड़े हैं, काफी लम्बी-चौड़ी छाती है, जो बालों से भरी हुई है। स्वभाव से भी वह अत्यन्त गम्भीर प्रकृति का मनुष्य है। जब कि पेमा वांगछू का शारीरिक-गठन दुबला-पतला है। ऊँचाई भी काफी कम है, गट्टे-ठिगने कद का है। हाथ-पाँव दोनों छोटे-छोटे हैं। उसके गले की आवाज़ भी पतली है। उसकी छाती पर तो बाल बिलकुल ही नहीं हैं।

लबजाँग की देह की पुरुष-गन्ध अत्यन्त तीव्र है। चरागाह पर चँवरी, गायों, याक बैलों, बकरियों, भेड़ों आदि जानवरों के बीच ही चूँकि अधिक समय बिताता आया है, अतः उसकी देह-गन्ध भी जानवरों के शरीरों की गन्ध जैसी अथवा फिर उनके घी-माखन, पनीर, मट्ठे अथवा फिर चमड़े की मिली-जुली गन्ध जैसी है। शुरू-शुरू में जब वह लबजाँग की देह के निकट आयी थी, तब उसकी ऐसी फूहड़ दुर्गन्ध उसे असहनीय लगती थी परन्तु उसकी उसी देह-गन्ध मे अब वह उसके बलिष्ठ पुरुषत्व की सुगन्ध अनुभव करती है। वही गन्ध अब उसे अतिशय प्रिय लगने लगी है।

जबकि पेमा वांगछू की देह-गन्ध, मिट्टी की गन्ध जैसी है। खेती के लिए हल जोतते पानी बरसने पर, घर बनाने के लिए पत्थरों की दीवाल खड़ी करने के लिए उन्हें जोड़ने के लिए मिट्टी खोद कर उसमें पानी डाल कर उसे मल-दल कर उसका गारा बनाते समय मिट्टी से जिस तरह की गन्ध निकलती है, ठीक उसी प्रकार की गन्ध है, पेमा की देह की। लबजाँग सारे काम-काज धीर-गम्भीर रूप, स्थिर भाव से, साफ-सुथरे ढंग से सु-शृंखल ढंग से, समुचित परिपाटी से करता है। किसी भी प्रकार की समस्या आ पड़े, तो भी वह जल्दीबाजी में कभी भी उत्तेजित नहीं होता। परन्तु पेमा वांगछू हड़बड़ाहट वाले स्वभाव का है। समझ-बूझ कर धीमी गति से काम करने की जगह वह सभी काम जल्दीबाजी में शीघ्र से शीघ्र पूर्ण कर लेना चाहता है। लबजाँग उदार हृदय वाला, सभी का उपकार करने वाला, दयालु स्वभाव का है, तो पेमा वांगछू प्रेमभाव पाने के लिए आकुल-व्याकुल रहने वाला, दूसरे के मन में अपने प्रति प्यार पैदा करने के साथ ही-साथ उस प्यार करने की समझ रखनेवाला एक अच्छा प्रेमी है।

दोनों पतियों की प्रवृत्तियों की तुलना करने के पश्चात् इस निष्कर्ष पर पहुँची

कि लबजाँग उसे सब तरह से सुरक्षा प्रदान करने वाले पिता जैसा है, जिस पर भरोसा करके निश्चिन्त हो आराम से रहा जा सकता है, परन्तु पेमा वांगछू तो उल्टे स्वयं ही लाड़-प्यार और सुरक्षा पाने की लालसा रखने वाले पुत्र की तरह है। अतः उस पर अधिक भरोसा नहीं किया जा सकता। उसकी छाया में सुरक्षित और निश्चिन्त रहने की बात नहीं सोची जा सकती। इस घर में इन दोनों के बीच वह एकमेव पत्नी है। जब कि वास्तविकता में एक के लिए पुत्री समान तथा दूसरे के लिए माता के समान है। अतएव फिलहाल उसके तीन रूप हैं—पत्नी, पुत्री और माता के रूप।

सह सकने की सीमा से भी अधिक मात्रा में शराब पी लेने के कारण लबजाँग और पेमा वांगछू नींद की खुमारी में लुढ़के पड़े थे। दुनियाँ-जहान तो क्या अपनी भी कोई सुधि-बुध नहीं। सोनाम की आँखों पर भी जब नींद की खुमारी चढ़ने लगी, रह-रह कर पलकें बन्द होने लगीं, तब उसने बड़ी सावधानी से लबजाँग और पेमा दोनों के ही होठों पर बारी-बारी से प्यार भरा चुम्बन जड़ दिया। फिर निश्चिन्त भाव से दोनों पतियों की देहों से निकल रही गर्माहट भरी पुरुष गन्धों को सूँघकर, उनकी नशीली गन्ध को अपने में भर उसी के नशे में सो गयी।

उस रात के बीतने के बाद आने वाले प्रातःकाल का तो लबजाँग तक को अता-पता ही नहीं चला। सूर्य भगवान की किरणों ने कब का उजियारा फैला डाला यह तो वे जान ही नहीं पाये। जब बड़े ज़ोर-ज़ोर के अट्ठहासों से घर की छतें फटने-फटने को होने लगीं, तब तीनों-के-तीनों हड़बड़ाकर उठ बैठे। अपनी-अपनी आँखें मल-मल कर खोलने पर तीनों ने लक्ष्य किया कि अरे! यह क्या? उनके घर में, उनकी शय्या के ठीक सामने टिकरा और उसकी पत्नी योनतान, सांगजा और उसकी पत्नी लोजम खड़े हैं और उस लम्बी-चौड़ी सेज पर उन तीनों को यूँ सोये हुए देख कर ठहाका मार-मार कर हँसे जा रहे हैं। फिर तो तीनों ने ही अपनी अर्द्ध-नग्नावस्था को ढँक लेने की कोशिश में अपनी-अपनी पोशाकों को खोजने और गमछा, चद्दर वग़ैरह, को खींचना-तानना शुरू कर दिया।

"अरे ओ महानलामा! हे परम परमेश्वर! सवेरे-सवेरे ही यह कैसा दृश्य देखा मैंने, आपकी कृपा से।"—सांगजा ने मजाक करते हुए ऊँची आवाज़ में कहा।

"अरे नहीं, नहीं! उठने की कोई ज़रूरत नहीं। सेज से उठने की कोई ज़रूरत नहीं। तीनों-के-तीनों एक-दूसरे को गलबहियों में कसे-कसे, छाती से चिपकाये-चिपकाये बस यूँ ही सोये रहो।"टिकरा भी मुस्कराते-मुस्कराते बोल पड़ा।

"अरे ओ सोनाम! बचपन से ही मैं तुझे एक अतिशय लज्जावती, संयम-नियम की मर्यादा में रहने वाली स्त्री के रूप में ही देखती चली आयी हूँ। परन्तु तुमने तो अपने इस उन्मत्त आचरण से हमें भी बहुत पीछे छोड़ दिया। मेरा माथा तो आश्चर्य के मारे चकराने लगा है।" लोजम ने सचमुच का आश्चर्य प्रगट करते हुए कहा।

"मेरे भी तो दो-दो पति हैं। परन्तु एक ही सेज़ पर, एक ही साथ दोनों को ले कर तो मैंने कभी भी यूँ सुख-शयन नहीं किया। अब जो तुम दोनों ने यह जो सबसे विशिष्ट प्रकार का खोर-देपका संस्कार किया है, तो उसके तुरन्त बाद जो रति क्रीड़ा का यह रंग-रहस्य दिखलाया, तो इससे तुमने हमें भी एक भारी मज़ेदार रास्ता दिखला दिया है। अब आज से मैं ही क्या, सभी-की-सभी विवाहित महिलाएँ, खोर-देपका किये हुए पुरुष तुम लोगों के ही इस कृत्य को आदर्श मान इसका अनुकरण करेंगे।" खिलखिला कर हँसते-हँसते योनतान बोल पड़ी।

फिर तो उस दिन के प्रातःकाल में ही हँसी-मज़ाक, व्यंग्य-विद्रूप, चुटकी-चकोटी काटने-खिलखिलाने से लबजाँग का घर चहचहा उठा। वे तीनों पति-पत्नी अपनी पोशाकें सही ढंग से पहन-ओढ़ लें, इस काम के लिए उन्हें मौका देने की गरज से लोजम और योनतान दोनों घर के चूल्हे के पास चली गयीं। उसमें कुछ और चैले-चैलियाँ डाल आग प्रज्ज्वलित कर बड़े भगोने में पानी गर्माने के लिए रख दिया फिर पूरे घर की साफ-सफाई करने में लग गयीं। अपनी पोशाकें पहन चुकने के बाद वे तीनों भी प्रातःकालीन कर्म कर लेने के उद्देश्य से घर से बाहर चले गये। फिर शीघ्र ही प्रातः कृत्य निपटाकर वे लौट आये।

"तीनों-के-तीनों आज की रात बहुत देरी तक जगते रहे थे, सुख-शय्या पर सम्भवत, इसी से प्रातःकाल उठने में उन्हें देरी हो गयी है।" सांगजा ने हँसते-हँसते कहा।

"–नहीं, नहीं" –तीनों एक साथ ही साथ चिल्ला पड़े। उसके बाद फिर सोनाम ने बतलाना शुरू किया–"वस्तुत बात यह है कि ये दोनों जने तो शय्या पर लेटते ही गहरी नींद में डूब गये। हाँ, मुझे ज़रूर नींद आने में काफी देर हुई।

"तुम्हारे घर इतने सवेरे-सवेरे आ कर हमने तुम्हारी सुख-निद्रा में खलल डाल तुम्हें जो इतनी जल्दी जगा दिया। इससे तुम लोगों को बुरा तो नहीं लगा।"–टिकरा ने गम्भीरतापूर्वक पूछा।

"नहीं, नहीं बिलकुल ही बुरा नहीं माना।" तीनों फिर एक साथ ही चिल्ला पड़े, मानो एक साथ वृन्दगान का अभ्यास कर रहे हों। तीनों के ऐसे क्रिया-कलापों से घर में फिर से हँसी की हिलोर उठ गयी।

किसी तरह हँसी के उस प्रवाह को रोक कर टिकरा ने अपना मत प्रगट करना शुरू किया–"ये तो बड़े आश्चर्यजनक दम्पति सिद्ध हुए। एक साथ जो खोर-देपका किया, तो उसी के साथ, तीनों ही एक ही साथ बातें करना भी सीख गये। हर एक शब्द ज्यों-का-त्यों तीनों एक स्वर में बोल उठ रहे हैं। हे कून चोक सुम (त्रि रत्न, बौद्ध, धर्म और संघ) भला बतलाओ तो इस पूरी पृथ्वी पर और कहीं ऐसी घटना घटती है क्या? खैर जो हुआ, सो हुआ। अब हम जिस विशेष कारण से यहाँ आये हैं, उसके

वास्तविक रूप को बतला रहे हैं, जिसके चलते तुम लोग जो मजे से सो रहे थे, उसे नज़रअन्दाज कर तुम्हें जगा देने का अपराध करना पड़ा। वह कारण यह है कि आज के दिन ही तुम दोनों पतियों में से किसी एक को मेरे साथ ब्रोक पर जाना पड़ेगा। लबजाँग चूँकि अक्सर रुआ आदमी था, अतः प्रायः ही उसके याक बैलों, भेड़ों वग़ैरह, जानवरों की देखभाल कर दिया करता रहा हूँ। परन्तु अब मैं ऐसा नहीं करने वाला। घर में दो पुरुष हो गये हैं, तब घर-गृहस्थी का सारा काम-काज दोनों के बीच समान रूप से बाँट लेना चाहिए। दो में से एक पुरुष को घर रहना होगा, तो दूसरे को ब्रोक पर बारी-बारी से जाना होगा। परन्तु इसके पहले एक निश्चित नियम बना देना उचित होगा। जिसका अनुपालन दोनों के करने से तुम्हारी गृहस्थी ठीक ढंग से चलेगी। यह नियम किस प्रकार का हो? इसका विधि-विधान निश्चित कर देने का उत्तरदायित्त्व उस दिन ग्राम-सरपंच चरगेन ने हम चारों पर डाल दिया था।"

"कैसा नियम?" पेमा वांगछू ने पूछा।

—"खोर-देपका करने का नियम"—चूल्हे पर घरेलू कच्ची मदिरा बनाने में व्यस्त रहते हुए ही लोजम वहीं से बोली।

"खोर-देपका" करने का अलग कोई नियम-कानून भी होता है क्या? मैं तो ऐसा जानता ही नहीं था।"

पेमा वांगछू ने आश्चर्यचकित होते हुए अपनी अनभिज्ञता प्रगट की।

अपने बड़े भैया और मेरे साथ अगर तुमने खोर-देपका किया होता, तब किसी भी विशेष नियम के पालन करने की आवश्यकता नहीं पड़ी होती। क्योंकि तुम दोनों भाई एक ही वंश, एक ही जाति के हो। परन्तु अब चूँकि तुमने एक दूसरी जाति के मनुष्य के साथ खोर-देपका किया है; अतएव अब इसी घड़ी से तुम्हें कुछ विशेष नियमों के अधीन रहना पड़ेगा। अब अपने मनमाने ढंग से, जब जैसा चाहा, तब वैसा कर बैठे की स्वच्छन्द स्थिति नहीं चलेगी।"

लोजम ने पेमा वांगछू को गम्भीरता से समझाया।

"मैं तो शुरू से ले कर अभी तक यही आशा करता आ रहा था कि एक-न-एक दिन तू मेरे साथ खोर-देपका संस्कार रचाएगा। इसी कारण मैंने अपनी पत्नी, अर्थात् तुम्हारी इस भाभी को उन्मुक्त भाव से तुम्हारे साथ रहने के लिए छोड़े रखा था। जिसका तुमने पूरी स्वच्छन्दता से लाभ भी उठाया। किन्तु फिर तुम दोनों के बीच ऐसा क्या कुछ हो गया? उतने क़रीब-क़रीब रहते-रहते फिर तुम दोनों में अलगाव क्यों कर हो गया?"—सांगजा ने इतने दिनों से मन में दबी जिज्ञासा को मौक़ा पाते ही स्पष्टतः पूछ दिया।

उसके प्रश्न का उत्तर न दे, पेमा वांगछू मूड़ी नीचे कर मौन साधे बैठा रहा।

"जाने क्या हो गया उसे। मेरे साथ खोर-देपका करेगा ही, यही सोचकर मैंने

भी उसे अधिकाधिक बढ़ावा दिया था। यहाँ तक कि मेरा जो छोटा बेटा है, परन्तु शायद वह उसी का बेटा है। परन्तु अब तो वह मुझ से अधिक रूपवती स्त्री पा गया है। सोनाम को पा लेने के बाद वह फिर मुड़कर क्या कभी मेरी ओर देखेगा? "लोजम ने अपनी एक ही बात से जहाँ एक ओर अपने पति द्वारा पूछी गयी जिज्ञासा का समाधान किया, वहीं दूसरी ओर पेमा वांगछू के उत्तरदायित्वहीन लम्पट व्यवहार के ऊपर अपने रोष-आक्रोश भी प्रगट कर दिया।

लोजम की बातें सुनने के बाद सोनाम ने बड़ी तीखी निगाहों से पेमा वांगछू की ओर देखा। "वह लबजाँग की तरह एक पत्नी का व्रती सदाचारी एक स्त्री से ही सन्तुष्ट रहने वाला पुरुष नहीं है।" यह बात सोनाम पहले से ही जानती थी,? फिर वह इस कदर का व्यभिचारी है कि अपनी भाभी के गर्भ में अपना बीज-व पन कर उससे सन्तान पैदा करके भी उसके साथ खोर-देपका कर उससे विवाह-संस्कार सम्पन्न न करके अपनी भाभी और बड़े भाई दोनों के साथ विश्वासघात करके अब उसके पास आया है, यह तथ्य नहीं जानती थी। यह जानकारी होने पर जहाँ एक ओर उसके हृदय में पेमा वांगछू के प्रति भयानक क्रोध उभड़ आया, वहीं दूसरी ओर उसकी अपनी अति-निकट की प्रिय इस लोजम के प्रति एक अपराध का भी भाव फूट पड़ा, क्योंकि उसे लगा पेमा ने लोजम के प्रति अन्याय किया है, उसके पीछे सोनाम के रूपाकर्षण आदि का भी कुछ योगदान है। लोजम की पीड़ा की अपराधिनी वह भी है। हृदय के अन्तरतम में ऐसी भावनाएँ महसूस करती हुई भी, उसने मुँह खोल कर इस सम्बन्ध में कुछ भी नहीं कहा। क्योंकि वह स्पष्ट अनुभव कर रही थी कि जाने-अनजाने उससे जो भी दोष-अपराध हो गया है, उसे सुधारने का अब कोई भी रास्ता बचा नहीं रह गया है।

"ठीक है, ठीक है। अब छोड़ो भी। जो हुआ, सो हुआ। उन सब बातों को अब छोड़ ही दो। अब करणीय-कर्म के असली मुद्दे पर आया जाये। सो यह कि अगर इस खोर-देपका में विवाहित लोग एक ही जाति के बड़े और छोटे भाई रहे होते, तो विवाह के उपरान्त उनसे जो कोई भी सन्तान उत्पन्न होती, उसे ले कर इस समस्या पर अधिक सोच-विचार करने की आवश्यकता नहीं होती, कि—"वस्तुतः वह सन्तान किस विशेष व्यक्ति की है?"—क्योंकि घर पर जो पति विशेष जिस समय उपस्थित रहा होता है, उस समय वह उसी की पत्नी होती है। अतएव उसमें ठीक-ठाक समय का बाछ-विचार करने की आवश्यकता ही नहीं होती। परन्तु पेमा को चूँकि लबजाँग की जाति के लोगों ने अपनी जाति में शामिल कर लेने, उसे अपनी जाति की उपाधि का इस्तेमाल करने की अनुमति नहीं दी है, अतएव हमारे पिता जी ने हमारी जाति और उपाधि का इस्तेमाल करते रहने की अनुमति पेमा को दे दी है। अतएव तुम दोनों आपस में समय का बँटवारा कर लो। फिर उसी के अनुरूप बारी-बारी से सोनाम

के साथ रहना। ऐसा करना ही उचित है। क्यों क्या तुम लोग इसे नहीं जानते।"—सांगजा ने टिकरा से अपने प्रस्तावों का समर्थन करने की आकांक्षा की।

"ठीक है, ठीक है। अब तुम लोग ही बतलाओ कि कितने-कितने दिनों के अन्तर पर तुम लोग बारी-बारी से सोनाम के साथ रहा करोगे?"

"जहाँ तक मैं समझ पाता हूँ, तुम लोग पूरे एक-एक महीने के अन्तर पर सोनाम के साथ समय बिताओ, तभी ठीक रहेगा। क्योंकि महीने-महीने का हिसाब जब साफ-साफ रहेगा, तब अगर कोई सन्तान जन्म लेगी, तो वह किस विशेष पति से जन्मी है, इसे बता पाना सोनाम के लिए सुविधाजनक होगा।" योनतान ने अपना विचार सबके सामने रखा।

"मैं भी ठीक यही बात कह रहा हूँ। ऐसी सुव्यवस्था हो जाने पर हमारे घरों की विवाहिता स्त्रियों को बड़ी सुविधा हो जाती है।" लोजम ने योनतान के सुझाव का समर्थन करते हुए कहा।

"हाँ हम लोग राजी हैं।" तीनों ने फिर एक स्वर से तेज शब्द में कहा। फिर तो उस घर में हँसी की एक और तरंग लहरा गयी।

"अब कान खोल कर साफ-साफ सुनो सोनाम। कल रात की तरह फिर और कभी भी दोनों पतियों को एक साथ ले कर नहीं सोएगी। हाँ, अगर तुम्हें इस प्रकार से सोने में विशेष मज़ा आता है, तो जब भी किसी सन्तान को जन्म दे देना, तो उसके बाद जो कुछेक महीनों तक माहवारी बन्द रहती है, उस बन्दी के दौरान सो लेना। जब माहवारी फिर से शुरू हो जाये, तो फिर दोनों के साथ एक ही समय में मत सोना। इस सावधानी से रहोगी, तो फिर कोई हानि नहीं होगी। इसके अलावे जब बूढ़े-बूढ़ी हो जाओ, सन्तान पैदा करने की ताक़त ही नहीं रहे, तब ऐसे सोने में कोई बाधा नहीं रहेगी। परन्तु इस सबके पहले, इस भरी जवानी में अगर ऐसा कर गयी, तो फिर बड़े भ्रम की स्थिति पैदा हो जायेगी।"

लोजम ने सोनाम को सावधान करते हुए फिर कहा।

"बस, बस। अब सब कुछ सुनिश्चित हो गया। आज के दिन की इसी घड़ी से इस नियम का पालन तुम लोग बड़ी निष्ठा के साथ करना। हमारे नये महीने की आज पहली तारीख है। बहुत ही अच्छा संयोग मिल गया है। देखो तो, तुम लोगों का कितना अच्छा भाग्य है? आज की तारीख से हिसाब रखने में सुविधा होगी।"

अब स्पष्ट रूप से बतलाओ, "इस महीने में ब्रोक पर मेरे साथ कौन चलेगा? और कौन यहाँ घर पर सोनाम के साथ रहेगा?" टिकरा ने कड़कते स्वर में पूछा।

"बड़े बहनोई जी ही जायँ। पेमा ने तो अभी-अभी सोनाम से ब्याह रचाया है। ऐसे में वे एक-दूसरे को अत्यन्त निकट से पाने के लिए कितने उतावले हो रहे हैं इसे कौन जाने। इसके अतिरिक्त मेरे इस दुलारे देवर पेमा की जो जोरदार पिटाई

हुई है, उसके गुज़रे भी अभी बहुत दिन नहीं हुए। अतः शरीर से वह अभी पूरी तरह स्वस्थ भी नहीं हो पाया है। इसके अलावे, अगर वह ब्रोक पर पशुओं को चराने उतनी दूर जाता है, तो वहाँ उसे अकेला पा कर कौन जाने उसके वे दुश्मन लोग उस पर फिर से हमला न कर दें।" सोनाम और पेमा वांगछू की ओर तिरछी नज़रों से इशारा करते हुए लोजम ने अपने विचार सामने रखे।

"लोजम सर्वथा उचित बात ही कह रही है। इस महीने में मैं ही ब्रोक पर जाऊँगा, वहाँ ब्रोक पर केजाँग वग़ैरह इस समय रह रहे हैं, क्योंकि उनके चरागाह भी आस-पास में ही हैं। भिन्न जाति का व्यक्ति पेमा उनकी जाति में खोर-देपका करने में सफल हो गया। वे सोनाम को पाने के सारे तरीका आजमा कर भी असफल रह गये। इससे उन्हें जो पेमा पर भयानक क्रोध उमड़ा था, वह अभी भी शान्त नहीं हुआ है। वहाँ पेमा को अकेला पा कर वे कुछ भी कर गुजरेंगे। अतः मेरा जाना ही ठीक है। क्यों टिकरा भाई! भोजन-पानी करके ही तो निकलेंगे?"

पेमा वांगछू को सोनाम के साथ रहकर घर-गृहस्थी भी चलाने की सुविधा प्रदान कर लबजाँग टिकरा के साथ उसी दिन साकछाम पहाड़ पर स्थित अपने याक बैलों, चामरी गायों और भेड़ों के ब्रोक को पूरे एक माह के लिए चला गया।

पाँच

चरागाह पर रहने की एक महीने की अवधि लबजाँग को पूरी हो गयी। पेमा वांगछू आ पहुँचेगा, इस उम्मीद में पूरे दिन लबजाँग अत्यन्त आकुल-व्याकुल हो उसकी बाट निहारता रहा। परन्तु पेमा वांगछू आया नहीं। क्रोध और वेदना के कारण उस दिन की रात वह अच्छी तरह सो नहीं सके। दूसरे दिन की दुपहरी की वेला में पेमा वांगछू आ पहुँचा। उसके आ जाने से लबजाँग को थोड़ी राहत महसूस हुई। लबजाँग ने जो भोजन बना रखा था, उसे दोनों ने वहाँ की पत्थर की झोंपड़ी में बैठ कर खाया। उसके बाद दोनों ही चरागाह की ओर चल पड़े। विशेषतः इस उद्देश्य से कि लबजाँग पेमा को अपने याक बैलों, भेड़ों वग़ैरह को अच्छी तरह चिन्हा-समझा दे।

"मेरी इस छावनी पर पहले भी एक बार तुम आ चुके हो, अतः मेरे याकों, बैलों, भेड़ों वग़ैरह को तो पहचानते ही हो। फिर भी तुम्हें मैं याकों, चँवरी गायों और भेड़ों की अच्छी तरह पहचान करवा दूँ। जानवरों के झुण्ड में विशेष-विशेष जानवर का नाम अगर न जाने, तो उसके खो जाने का डर है।" लबजाँग ने समझाया।

चरागाह के मैदान में पहुँचते ही लबजाँग और पेमा सबसे पहले चँवरी गायों के झुण्ड में जा घुसे।

"यह जोमो प्रजाति की गाय है। पहाड़ी याक साँड़ और मैदानी गाय के संभोग से उत्पन्न यह वर्णशंकर प्रजाति है, जोमो—जो किसी भी विशुद्ध रक्त वाली गाय से बहुत अधिक मात्रा में दूध देती है। इस जोमो गाय का नाम मैंने रखा है—'कारजानमु'। जबकि यह जो दूसरी गाय है इसका नाम है—'दावामू'। यह जो मेरा विशिष्ट किस्म का याक बैल है, इसका नाम है—'सेरदी'।"

उन प्रत्येक गायों-बैलों की पीठ पर हाथ रख-रख कर उन्हें सहलाते-सहलाते लबजाँग ने उनके नाम बतलाये। वर्णशंकर जोमो गायों के कानों में लाल ऊन के बने फूल लटके हुए थे, तो उनकी सींगों पर पीले रंग के ऊन के गुच्छे लिपटे थे और उनके गले में घण्टियाँ लटक रही थीं। कुछेक याक बैलों के सींगों पर काले-काले, गोल-गोल आकार के फूल हैं तो उनके गले में बड़ी-बड़ी घण्टियाँ लटकी हुई हैं।

मनुष्यों की तरह ही ये जानवर भी नाना प्रकार के गहनों, रंग-बिरंगी ऊनी मालाओं आदि से सज-सँवर कर अपने रूप का प्रकाश बिखेर रहे हैं। लबजाँग को आया हुआ देखकर वर्णशंकर जोमो जाति के पशु-बछड़े-बछिया अपने गले की घण्टियाँ टुन-टुन बजाते, कानों में लटकाये फूलों को हिलाते-डुलाते, दौड़ते-भागते उसके पास आ गये। जाड़े की गुन-गुनी धूप में खड़े-खड़े कई एक जानवर एक-दूसरे की देह चाट रहे हैं। परन्तु लबजाँग के साथ जब उन्होंने एक नये आदमी को खड़ा देखा, तो दूसरों को चाटना-चूटना छोड़ गर्दन उठा-उठा कर उनकी ओर देखने लगे। कुछ तो अपनी चरी घासों की पगुरी तक करना छोड़ मूड़ी उठा-उठा रँभाने लगे। अभी कुछेक दिन पहले ही पैदा हुए बछड़े-बछड़ियाँ जो अभी तक अपनी-अपनी माँओं के चारों ओर चक्कर लगाती दौड़-भाग रही थीं, वे आश्चर्यचकित हो एक जगह खड़ी हों, पेमा की ओर एकटक निहारने लगीं। जिस तरह किसी घर के बच्चे जो अपनी चीख-चिल्लाहट, शोर-गुल से घर का आसमान सर पर उठाये खेल-कूद रहे हों, कि उसी बीच कोई अतिथि घर में आ टपके तो जिस तरह लाज के मारे परम शान्त-शिष्ट बन जाते हैं, ठीक उसी तरह बछड़े-मेमने, याक, बैल, चँबरी गायें सभी के सभी परम शान्त-शिष्ट बन गये।

"इस बछिया का जन्म हुए अभी बस एक महीना ही हुआ है परन्तु इतने कम समय में ही यह काफी मोटी-तगड़ी हो गयी है। इसको मैंने नाम दिया है—'कारपू'। वह दूसरी वाली है—'कारजन'। उसने जो बच्चा जना वह ठीक से देखने भालने पर—'ग्लाङ्'—निकला। एक प्रकार का नपुंसक जीव। अतः उसे मैंने दूध पिये बिना मर जाने दिया। फिर उसकी चमड़ी की खाल में घास-भूसा भर कर, उसकी ठीक ढंग से सिलाई-बँधाई करके जीवित बछिया का सा रूप दे दिया। यह भोली भाली कारजन उसे ही जीवित सन्तान समझकर, उसके पुतले को ही चाटती है, फिर खूब सारा दूध देती है। अतः जब इसका दूध दुहना हो उस पुतले को इसके सामने ला रखना। यह उसे चाटने में मग्न हो जायेगी, तो फिर बहुत अधिक मात्रा में दूध देगी।"

"हाँ, हाँ। यह बात तो मैं जानता हूँ। जोमो गाय और साँड़ से जो वर्णशंकर—दोगली—सन्तान पैदा होती है, वह ग्लाङ् होती है। कहिए ठीक कह रहा हूँ न?" पेमा वांगछू ने पूछा।

"हाँ, बिलकुल ठीक! याक (बर्फीली पहाड़ी में पाया जाना बैल) जोमो, गाय और याजोमिन इत्यादि पशुओं के बीच परस्पर मैथुन करवा कर किस तरह वर्णशंकर किस्म के पशु पैदा करवा लिए जाते हैं; अगर इसकी विद्या का ज्ञान तुम को नहीं है, तो हमारे ब्रोकपा समाज का अंग बन कर जीना सम्भव ही नहीं होगा। इन पशुओं को प्रायः ही हो जाने वाली नाना प्रकार की बीमारियों के लक्षण और उन्हें दूर करने की औषधियों की जानकारी, उनके प्रयोग करने की विधि जानना भी उतना ही ज़रूरी

है। अगर तुमने अभी तक यह सब नहीं सीखा है, तो मैं तुम्हें सिखला दूँगा। आवश्यकता हुई तो टिकरा इत्यादि अन्य अनुभवी ब्रोकपाओं से भी सीख ले सकते हो। जब मैं यहाँ न रहूँ, अगर तब हमारे पशुओं में से किसी को कोई बीमारी हो जाये, तब उसे स्वस्थ करने के लिए तुम टिकरा ही सहायता लेना। मेरे अपने इस घर में भी पशु-रोगों की बहुत सारी औषधियाँ, जड़ी-बूटियाँ सुरक्षित रखी हुई हैं। उन्हें मैं तुम्हें दिखला कर उनका समुचित प्रयोग करने की जानकारी तुम्हें दे कर ही मैं जाऊँगा।

यह जो सामने खड़ी गइया देख रहे हो न, इसका नाम है सारमू। यह गाभिन है। किसी साँड़ से बरदवाने के लिए जब यह उठी थी, माने शरीर के अन्दर की गर्मी के उभर आने से विकल हो खूँटे में बँधा पगहा तुड़ाकर भागी थी कि कोई साँड़ इससे बाह कर, बरदा कर इसके शरीर से उठती सुगन्ध पा कर अपना वीर्यदान कर इसकी गरमाहट को शान्ति प्रदान करे, तब मैंने इसकी जाति के साँड़ की जगह याक साँड़ से इसका मिलन करवाया था। अब यह ब्याने-ब्याने को है। दो-तीन दिनों के भीतर ही इसे कोई एक सन्तान को जन्म दे देना चाहिए। हमारी सावधानी के बावजूद कभी-कभी अपनी देह के भीतर की गर्मी की प्रचण्डता के चलते, हम इनका संभोग किसी अपने मनचाहे साँड़-याक से भले ही करवा चुके होते हैं, ये हमारी आँखों में धूल झोंक कर किसी अपने मनचाहे स्वजाति या भिन्न जाति के साँड़ को भी अपने करीब आने देती हैं और उससे अपनी गर्मी फिर से शान्त करवा लेती हैं। फलतः होने वाली सन्तान की प्रजाति भिन्न प्रकार की हो जाती है। जैसा कि गधी को घोड़े या घोड़ी को गधे से मिलन करवा देने पर होती है। तुम इस गाभिन गाय पर विशेष नज़र रखना। यह अतिशय कामुक रही है। सो, अगर इसकी सन्तान ग्लाङ् पैदा हो, तो उसे मार कर उसकी चमड़ी में घास-भूसा भर सिलाई कर मरे हुए उसके बछड़े को जीवित बछड़े सा बना कर रखना। और अगर इसने कोई छिनालपन नहीं किया हो, और मेरी इच्छा के अनुरूप यह याक सन्तान को जन्म देती है, तब इसकी अच्छी तरह से देखभाल करना।"

इस तरह से विभिन्न पशुओं से परिचय करवाता हुआ लबजाँग झुण्ड के एक छोर से दूसरे छोर तक समझाता चला गया। पेमा वांगछू बस बीच-बीच में हुंकारी भर-भर के ही रह जाता रहा। हाँ थोड़ी-थोड़ी देर बाद वह उन पशुओं का नाम दुबारा भी पूछ लेता रहा, जिनका नाम वह भूल गया रहा होता। बड़े आकार वाले पशुओं को समझा देने के बाद वे छोटे आकार के पशुओं, जैसे कि, भेड़ों की रेवड़ (झुण्ड) में गये। लबजाँग को देखकर कुछेक भेड़े घास चरना छोड़, दौड़ते-दौड़ते उसके करीब आ गयीं। भेंड़ के एक नवजात मेमने को गोदी में उठा कर लबजाँग ने बड़े प्यार से चूम लिया। फिर जैसे कि वह मेमना मनुष्यों की बोली समझता हो, ऐसा मानकर

वह उससे कहने लगा—"यह कौन से सज्जन मेरे साथ आये हैं? इन्हें क्या तुम पहचान पा रहे हो? ये हैं, तुम सबके नये ब्रोकपा, पशु-रखवारे। अब समय-समय पर जब मैं यहाँ नहीं रहूँगा, तो ये ही तुम लोगों की देखभाल करेंगे। तुम सब लोग इनके आदेशों के अनुसार ही चलना-फिरना। समझ रहे हो न?"

मेमना अपनी टाँगों को उठा कर कई बार झटकारते हुए मिमियाने लगा। फिर तो एक प्रफुल्लित मुस्कान मुस्काते हुए लबजाँग ने उसे अपनी गोदी से नीचे उतार दिया। मेमना दौड़ा-दौड़ा अपनी माँ के पेट के नीचे जा छिपा, फिर मुँह ऊपर कर उसके थनों से दूध पीने लगा।

"आज से ही—मेरा तात्पर्य दरअसल उसी दिन से है, जिस दिन तुमने मेरे साथ खोर-देपका किया, तुम मेरे द्वारा पाले गये इन सभी पशुओं के मालिक हो गये हो। इन सारे पशुओं पर तथा मेरे घर-द्वार की सारी सम्पत्ति पर अब मेरा एक अकेले का मालिकाना नहीं रहा। अब यह सारा कुछ हम दोनों का है। इन पर हम दोनों का समान-समान अधिकार होगा। अब तुम्हारे ऊपर भी उत्तरदायित्व आ गया है कि तुम भी इनकी हर प्रकार से सुरक्षा करोगे। चँवरी गायों के झुण्ड को तुमने ठीक ढंग से देख ही लिया। मेरे पास भेड़ों की जमात अधिक नहीं है। कुल मिला कर केवल बस पच्चीस भेड़ें ही हैं। अगर हमारे भाग्य ठीक बने रहे, तो भविष्य में भगवान हमें और भी बहुत सारी गायें, भेड़ें, देंगे। तुम उन सभी को अपनी निजी सन्तान की तरह पालना।"

पेमा वांगछू को अपने गाय, बैलों, भेंड़ों बग़ैरह की पहचान करवा उनकी देखभाल की जिम्मेदारी सौंप लबजाँग नीचे की घाटी में स्थित अपने गाँव-घर वापस आ गया। उस दिन इतनी ज़ोरों की थकान अनुभव हुई कि शाम को लबजाँग बहुत जल्दी ही सो गया। ठीक आधी रात को उसकी नींद खुल गयी। उसने देखा कि उसकी ओर पीठ किये हुए सोनाम उसके पास सोयी हुई है। फिर अपना सर कुछ ऊपर उठा उसकी ओर झुकते हुए उसने देखा कि घर की दीवार के झरोखे से छिटकती आ रही चाँदनी की चमक में सोनाम का कोमल प्यारा-प्यारा मुखड़ा बड़े सुन्दर रूप में दमक रहा है। ऐसा जान पड़ा जैसे चन्द्रमा की चाँदनी की रंग-बिरंगी किरणों के सहारे स्वर्ग से उतरती आयी कोई परी ही उसकी बगल में आ सोयी है। मोह मुग्ध कर देने वाले सोनाम के मुख-मण्डल को लबजाँग बड़ी देर तक एकटक निहारता रहा। लबजाँग सोनाम के मुखड़े को जितना ही देखता रहा, उतना मोहक-से-मोहक, सुन्दर-से-सुन्दर नया-नया रूप पकड़ता रहा। उसके मुख-मण्डल पर छितरा आयी केशराशि की लटों को बड़ी सावधानी से हल्के-हल्के हटा कर उसने एक प्यार भरा चुम्बन जड़ दिया। चुम्बन का स्पर्श पा सोनाम ने अँगड़ाई ली। लबजाँग ने उसके गाल पर जो चुम्बन जड़ा था, उसके रस-कस को उसने अपने दाहिने हाथ के तलुवे से पोंछ दिया। उसके

बाद वह फिर नींद की गोद में लुढ़क गयी। सोनाम की ऐसी प्रतिक्रिया देख, एक हल्की मुस्कान मुस्कराते हुए लबजाँग बाहर निकल गया। थोड़ी देर बाद बाहर से फिर भीतर आ गया, फिर सोनाम की देह सट कर लेट गया। इस बार उसने सोनाम की दाहिनी भुजा में अपना दाहिना हाथ डाल कर उसे अपनी ओर खींच कर चिपका लिया। सोनाम मुँह से अस्पष्ट शब्दों में कुछ भुनाभुना पड़ी, फिर अपने दाहिने हाथ से लबजाँग के उस हाथ को पकड़ कर जोर का झटका दे कर अलग फेंक दिया। इस पर लबजाँग ने फिर और भी अधिक जोर से उसे अँकवार में भर कर छाती से चिपका लिया। सोनाम ने इस बार भी उसके बाहु-बन्धन से अपने को छुड़ा कर उसका हाथ हटा देने की कोशिश की मगर इस बार सफल नहीं हो सकी। अतएव उसने अबकी बार अपनी कोहनी से बड़े जोरों की चोट अपने पति की छाती में मारी। इससे लबजाँग को सचमुच छाती में भयानक पीड़ा हुई। कुछ देर के लिए तो वह व्यथा से कराह उठा। सोनाम को फिर से छाती से चिपका लेने की कोशिश करना छोड़ वह सोचने लगा। यही स्त्री क्या मेरी वही प्राणप्रिया सोनाम है, जो पहले सारी-की-सारी रात मुझे क्षण भर भी सोने न दे कर मेरी छाती पर अपना मुख-मण्डल रखे-रखे नाना प्रकार की बातें, बिना कहीं तनिक सा रुके ही; धारा-प्रवाह रूप से कहते-कहते पूरी रात बिता सवेरा कर दिया करती थी। मेरे वही सोनाम आज मेरे प्रति ऐसी उदासीन हो गयी है? मुझसे इस प्रकार का रूखा व्यवहार आखिर वह क्यों कर रही है। इतनी दया-मयाहीन हो मेरे प्रति सहज सहानुभूति भी न रखने का आखिर असली कारण क्या है? अच्छा समझ में आया। मुझसे अधिक तरोताजा नवयुवक पेमा जो उसे मिल गया। जान पड़ता है कि पेमा को पा जाने के बाद वह मुझे भूल ही गयी है। अब वह मुझे रंच मात्र भी प्यार नहीं करती। अब तो केवल पेमा से ही प्यार करती है। ऐसी बात सोचते एक प्रकार का अनजाना-अनपहचाना क्रोध उसके हृदय में उमड़ आया। सोनाम के ऊपर जहाँ भयानक क्रोध आया वहीं पेमा वांगछू का सौभाग्य देख उससे उसे उतनी ही भयंकर ईर्ष्या भी हुई। हृदय में उमड़े भिन्न-भिन्न प्रकार के भावों के आवेश में वह ऐसा होशो-हवास खोने लगा कि उसका मन हुआ सोनाम के उसी सुकोमल गालों पर ज़ोरदार थप्पड़ मार-मार कर उसे लहूलुहान कर दे। क्रोध के उसी आवेश में उसने सर उठा कर एक बार फिर सोनाम की ओर देखा कि दीवार के झरोखे से आ कर उसके मुखड़े पर पड़ रही चाँद की किरणों के प्रकाश में अपनी रूप राशि का प्रकाश भी बिखेरती हुई वह सब कुछ से अनजान, निश्चिन्त हो, बिना किसी डर-भय के सो रही है। ऐसा निश्चिन्त, निर्विकार और जवानी के उमड़ते स्वास्थ्य से भरा-पूरा उसका मुख-मण्डल निहारते ही लबजाँग का सारा क्रोध जाने कहाँ उड़ गया। फिर उसने एक लम्बी साँस खींची और उतनी ही लम्बी आह बाहर फेंकी और सोनाम की ओर पीठ करके सो गया। सोने

को तो सोया, मगर लाख कोशिश करके भी उसे नींद नहीं आयी। कोई अनजाना-अनपहचाना बीजाणु उसकी देह की शिरा-शिरा में उसे कचोटता हुआ चक्कर काटने लगा। उसकी चुभन को सह न पाने से वह बीजाणु को बड़े दृढ़ मन से, कठोरता के साथ दमन करने की कोशिश करने लगा ताकि उसकी नींद में खलल न पड़े। परन्तु जगे हुए मन से की जा रही पुरजोर कोशिश का परिणाम यह हुआ कि उसकी आँखों से उसकी नींद ही विदा हो गयी। नींद न आने से थके हुए पर शरीर और अधिक अत्याचार बढ़ गया। परिणामस्वरूप छटपटाते-छटपटाते वह अब प्रातःकाल का उजियारा फैलने की प्रतीक्षा करने लगा। वह रात लबजाँग के लिए ऐसी लम्बी लगने लगी जैसे वह कभी बीतेगी ही नहीं। दुःख की इस रात का जैसे कोई सवेरा ही नहीं होगा। करवटें बदलता, नाना प्रकार की दुश्चिन्ताओं की पीड़ा से छटपटाता हुआ वह बहुत देर तक जो हैरान-परेशान होता रहा, तो अन्ततः पहले-पहले मुर्गे ने बाँग दी। मुर्गे की बोली सुन कर उसके दिल में ढाढस बँधा। उसने कष्ट से छुटकारा मिल जाने की आशा में सुख की साँस ली। सेज पर लेटे रहने की मुद्रा छोड़ वह एक झटके में उठ बैठा। उसके बाद वह कौड़े के पास आ गया। लकड़ी जल चुकने के बाद बने कोयले अपनी लाल-लाल रोशनी से घर उजियारा किये हुए थे। कुछ देर तक तो वह उन्हें ही कुरेद-कुरेद कर धधकाता रहा। फिर वह कुछ और सूखी लकड़ियाँ, उठा लाया और कोयलों की उस आग में उन्हें डाल दिया। इस तरह कौड़े की आग की प्रज्ज्वलित कर उसके प्रकाश को फैलाते हुए वह प्रातःकाल के प्रकाश के आने की बाट जोहने लगा। घर में जब एकाएक जगमग उजियारा हो आया, तब उससे सोनाम की नींद भी खुल गयी। चूँकि अभी भी रात काफी बाकी थी, फिर भी उस वेला में भी उसने जब अपने पति को कौड़े की आग को धधकाते हुए वहीं बैठा देखा तो अचरज के मारे हैरान हो गयी। अपनी दोनों आँखों की पलकों को हथेलियों से मल मल कर खोलने की चेष्टा करती हुई वह पति महोदय से पूछ पड़ी—"रात अभी भी गहराई हुई है तो भी आप अभी से उठ कर वहाँ जा बैठे हैं, सो क्यों?"

"जगें तो तब जब सोये रहे हों। जब आज तो पल भर को भी नींद आयी ही नहीं।"

"भोर हो गयी है क्या? रात बीत गयी क्या?"

"नहीं, अभी प्रातःकाल नहीं हुआ है। हाँ प्रातःकाल के काफी पहले बोलनेवाला मुर्गा ज़रूर अपनी बाँग लगा चुका है।"

सोनाम भी बिस्तर से उठ कर नजदीक आ गयी। फिर घर के बाहर निकल गयी। थोड़ी देर बाद ही फिर घर में लौट आयी। तब वह रसोई के चूल्हे के पास गयी। उस पर पानी गर्म करने के लिए भगोने में पानी चढ़ा दिया। लबजाँग के लिए

उसने गरमागरम घरेलू मदिरा तैयार कर दिया फिर बड़े प्रेम से उसे पी लेने के लिए परस दिया। भोरहरी की देशी घेरलू मदिरा पीते-पीते ही लबजाँग ने सोनाम से इस ढंग से बात करनी शुरू की जैसे कि वह अपने प्रस्ताव पर उसका समर्थन पाना चाहता हो, "मैंने टिकरा के साथ एक विशेष कार्य करने के लिए विचार-विमर्श किया है। टिकरा भी उससे सहमत हो गया है, वह कार्य यह है कि इस बार अपनी चीज़ें बेचने और घर के लिए आवश्यक वस्तुएँ खरीदने के लिए हम लोग अपनी व्यापारिक यात्रा तवाँग की ओर जा कर करेंगे। इससे हमें एक पंथ दो काज' का लाभ होगा क्योंकि जहाँ तवाँग शहर में हम व्यापार कर सकेंगे, वहीं अपने सबसे पवित्र तीर्थ स्थान तवाँग गोम्पा अर्थात् बौद्ध-विहार का दर्शन-पूजन भी कर सकेंगे। टिकरा तो अपने साथ अपनी पत्नी योनतान क़ो भी ले जा रहा है। अगर तुम सहमत हो तो तुम भी साथ चलो।"

"तवाँग जायेंगे हम लोग? क्या आप सच कह रहे हैं? अगर यह सच्चा है तब तो हमें बहुत आनन्द आयेगा।" लबजाँग का प्रस्ताव सुन कर सोनाम एक नन्ही कन्या की तरह मारे खुशी के खिलखिला उठी।

"तवाँग गोम्पा में प्रार्थना करके हम अपने लिए एक सन्तान की याचना करेंगी। तवाँग गोम्पा की इष्ट देवी पेलदेन लामू निश्चय ही हमारी प्रार्थना सुनेंगी और सन्तान प्रदान कर हमारा मनोरथ पूर्ण करेंगी।" लबजाँग ने अपनी कामना के पूरी होने की आशा की।

"अरे, मैं आप से अपने मन की पीर कहाँ तक बतलाऊँ। एक सन्तान न जनने से समाज में मुझे कितने ताने-मेहने सुनने पड़ते हैं। कलेजा फटने को आ जाता है। अतः एक सन्तान पाने की आशा मैं कितनी बेसब्री से भगवान से बिनती करती आ रही हूँ, इसे क्या बतलाऊँ। आपके साथ की जाने वाली यह यात्रा मेरे लिए तो स्वर्णिम-सुयोग सिद्ध होगी। कृपया बतलायें कि इस यात्रा पर आप कब प्रस्थान करेंगे?"

"हम लोगों ने तो निश्चय किया है कि कल ही रवाना हो जायेंगे।"

"कल कृपया प्रस्थान न करें। बस एक दिन और रुक जायें। अगर परसों यात्रा शुरू करें, तो बहुत अच्छा हो।"

"सो क्यों?"

"वस्तुतः अभी कल तक मैं पवित्र नहीं होऊँगी, इस समय मेरी देह दूषित है। मासिक-धर्म बीते परसों के दिन शुरू हुआ। अतः अभी कल तक जारी रहेगा। ऐसी मैली कुचैली देह ले कर तीर्थस्थान की यात्रा करना उचित नहीं है। इससे हमारे पेलदेन लामू देवता हम पर रुष्ट हो जायेंगें। अतः जब देह विशुद्ध-पवित्र हो जाये, तभी यात्रा करना ठीक रहेगा। परसों तक मैं पूरी तरह साफ-सुथरी हो पवित्र हो

उठूँगी। फिर अच्छी तरह से नहा-धोकर पवित्र देह पवित्र-मन ले यात्रा पर निकलूँगी।"

"ओहों! तो यह बात है। सम्भवतः इसी कारण से तुम मुझे अपने से चिपकने नहीं दे रही थी।" लबजाँग का उसी दिन से नकचढ़ा क्रोध और क्षोभ एक पल में ही उड़ गया।

"आप मेरी देह से सट आये थे क्या? कब, कहाँ? मुझे तो कुछ अनुमान ही नहीं हुआ।" सोनाम ने दर्द भरी वाणी में पूछा।

"भला बतलाओ तो कहाँ तुम्हें कुछ मालूम ही नहीं था, और कहाँ मैं यही सोचकर दुःखी हुआ जा रहा था कि जानबूझकर तुम मेरा अनादर कर रही हो।"

"अच्छा तो, यह तो बतलायें कि तब मैंने किया क्या था?"

"तुमने मेरी बाँह को ज़ोर का धक्का दे अपने से दूर झटक दिया था। फिर अपनी कोहनी से मेरी छाती में बड़ी घातक चोट मारी थी तथा जाने कैसी-कैसी गालियाँ बकी थीं।"

"हाय रे! ऐसा भी हुआ क्या? आप सच मानिए। अपनी जानकारी से मैंने ऐसा कुछ भी नहीं किया। तुम्हें गाढ़ी नींद में सोया देख मुझे भी नींद आ गयी थी। फिर तो नींद इतनी गहरी हो गयी कि उसके बाद कब, कहाँ, क्या हुआ, इसका तो मुझे कुछ ज्ञान ही नहीं रहा। अच्छा अब समझी। इसी से उस रात मुझसे बुरा मान कर, रूठते हुए कौड़े के पास जा बैठे थे। क्यों मैं ठीक अनुमान लगा पायी हूँ न?"

लबजाँग ने उसके इस प्रश्न का कोई उत्तर नहीं दिया। घर की बनी मक्को की तेज़ मदिरा काफी पी चुकने के कारण अब उसके नशे की गिरफ्त में आ चुका था, जिससे उसकी आँखों की पलकें झपकने लगी थीं। उसकी ऐसी अवस्था देख सोनाम ने सुझाव दिया—"ठीक है, अब आप थोड़ा सो लीजिए। लगता है रात को आप अच्छी नींद नहीं सोये।"

"हाँ, हाँ, ठीक है। ठीक है।" कहता हुआ लबजाँग फिर बिछौने पर पसर गया। सोनाम ने कुछ कम्बल बड़ी सावधानी से, हल्के-हल्के हाथों से अपने प्यारे पति को ओढ़ा दिया। उसके बाद पूरे घर-द्वार में झाड़ू लगा कर सफाई की। उसके बाद चूल्हे में जा कर भोजन पकाने में जुट गयी।

बड़ी बहन और बहनोई जी तीर्थयात्रा करने के लिए तवाँग गोम्पा जा रहे हैं, इसकी सूचना पा कर छिरिंग दैमा के तन-मन में आनन्द की ऐसी हिलोर उठी कि क्षणभर को भी धीरज धर कर शान्त न रह सकी। जब उम्र की बहुत छोटी बच्ची थी, तभी से वह तवाँग गोम्पा के सौन्दर्य और महिमा का बखान सुनती आ रही है। तवाँग

गोम्पा के आस-पास छोकसूम अंचल और वहाँ के निवासी मनपा जाति की अनगिनत कहानियाँ सुनती आ रही है। बहन-बहनोई के साथ वह स्वयं ही तवाँग गोम्पा जा कर वहाँ के पवित्र स्थलों का अपनी आँखों से दर्शन करने, गोम्पा के आसपास रहने-वाले लामा लोगों को, तवाँग शहर और उसके समीपवर्ती गाँवों को देखने की प्रबल इच्छा वह बहुत लम्बे समय से पालती आ रही है। प्रत्येक वर्ष की तरह पिछले बीते वर्ष भी तवाँग में जो तोरग्या उत्सव मनाया गया था, तो उसको देखने के लिए साकतेङ् तथा मिरोक इलाके के बहुत सारे लोग गये थे। उसने भी जाने की पूरी तैयारी कर ली थी, जायेगी, निश्चय ही जायेगी की प्रबल इच्छा और तैयारी के बावजूद वह जा नहीं पायी। उसके लिए मज़बूरी यह है कि उसके सर पर अपने घर के काम-काज का तो भार है ही, इसके ऊपर से उसकी बड़ी बहन, जीजा जी के साथ, उनके उतने विशाल मकान में रहती है, उसकी नितान्त अकसरुआ अकेले-अकेले ही सब कुछ करने की बाध्यता के कारण चूँकि वे सभी कार्य ठीक प्रकार से निपटा नहीं पाती, अतः उसके विभिन्न कामों में भी हाथ बँटाने का है। हर एक समय उसे उनकी सहायता करने उनके घर भी जाना पड़ जाता है। जीजा जी की जिन लम्बी अवधियों के लिए अपने पशुओं की देखभाल करने के लिए अपने ब्रोक पर चले जाते हैं, बहन उतने बड़े घर में अकेली होती है, तब रातों को उसके घर रहकर वहीं सोना पड़ता है। बहनोई जी घर आते भी हैं, तो बस दो-चार दिन रहने के बाद ही या तो व्यापार करने के लिए किसी शहर में अथवा खाद्य-सामग्री ले आने के लिए किसानों के किसी गाँव में चले जाते हैं, अथवा किसी अत्यन्त जरूरी काम के कारण फिर ब्रोक की खुटी पर लौट जाते हैं। कभी-कभी तो ऐसी भी रातें आयी हैं, जब अपनी बड़ी बहन के साथ जब वह वहाँ सोयी होती है, तो रात को सो जाने के पहर के बाद अचानक जीजा जी घर आ पहुँचते हैं। रात मुश्किल से अपने घर गुजारी कि जैसे ही सवेरा होने की सूचना देने को मुर्गे ने बाँग दी, कि उसके साथ-साथ वे फिर चरागाह की अपनी खुटी पर लौट जाने हैं। ऐसी रात में, ऐसी घटना होती, तो लगता जैसे वे सोनाम दीदी के पति न हो कर उनके कोई गुप्त प्रेमी हों, जो रात गहराने पर आये और भोर होने के पहले ही पलाइन हो गये। बहन की ऐसी असहाय अवस्थाओं में उसका साथ देने के लिए उसे उसके घर ही रात गुजारनी होती है।

इधर पिछले दिनों बड़ी बहन की ही पसन्द के अनुरूप जीजा जी ने पेमा वांगछू को खोर-देपका कर लेने के लिए अपने करीब बुला लिया। अतएव अब सोनाम को अकेले-अकेले रात बिताने की मज़बूरी नहीं रही। इससे छिरिंग दैमा को कुछ सहूलियत हुई है। अतः अपनी बड़ी बहन के अब जो दो पति हो गये हैं, इसे दैमा ने अच्छा ही समझा है। वह तो स्वयं ही काफी पहले से ही अपनी बड़ी बहन सोनाम पर ज़ोर देती आ रही थी, कि जीजा जी की अनुमति ले कर वे एक सुशीलवान स्वस्थ

सुन्दर युवक को खोर-देपका कर अपना दूसरा पति बनाने के लिए चुन लें। बहन की सुन्दरता और उत्तम स्वभाव के कारण उस पर जान न्यौछावर करने वाले प्रेमियों की कोई कमी नहीं थी। परन्तु उसने उनमें से किसी को भी प्रश्रय देने का, अपने करीब आने का अवसर नहीं दिया था। कई प्रेमी तो बड़ी बहन से सम्पर्क बढ़ाने के लिए इतने दीवाने हो गये थे; कि वे अँधियारी रातों में उसके घर में घात लगा कर घुस आया करते थे। ऐसे पगलाये कामुक युवकों से बचने के लिए कई बार उन्हें मकान की ऊपरी मंजिल पर स्थित मालगोदाम में भरे कूड़े-कबाड़े के पीछे छिपकर भी चुप्पी मारे सोये रहना पड़ा था। बड़ी बहन के पीछे प्राण न्यौछावर करने को तैयार बहुत सारे युवक तो बहनोई जी की अपनी जाति-बिरादरी के ही थे। इतने सारे स्वाजातीय युवकों के होते हुए भी बड़ी बहन ने भिन्न जाति के पेमा वांगछू को खोर-देपका करने के लिए क्यों चुना, विशेष करतब और जबकि वह अपने चरित्र और आचरण के कारण पूरे इलाके में बदनाम है। ऐसा बदमाश आवारा बहन का मन जीतने में कैसे सफल हो गया? छिरिंग दैमा तो इसे सोच ही नहीं पाती। जीजा जी तो बहन पर इतना प्यार करते हैं कि बहन की इच्छा को शिरोधार्य कर उन्होंने उस लम्पट को भी अपने घर बुला लिया। उसकी वजह से ही गाँव में कितनी अप्रिय भयानक घटना घट गयी।

चाहे कितनी भी थुक्का-फजीहत हुई, फिर भी बड़ी बहन पेमा वांगछू से विवाह करके परम आनन्दित दिखायी देती है। बहन को अब अकेले-अकेले नहीं रहना पड़ता। दोनों पतियों में से कोई-न-कोई पति तो उसके साथ बराबर रहता ही है। अतः छिरिंग दैमा बहन के घर रहने, उसके विभिन्न कामों में सहायता करने के काम से फुरसत पा गयी है। बहन के लिए उसे अपने काम-काज छोड़ने नहीं पड़ते। पिछले वर्ष त्योरगा के समय बड़ी बहन गम्भीर रूप से बीमार पड़ गयी थी, उसकी देखभाल की जिम्मेदारी आ पड़ने से त्योरगा उत्सव के समय तवाँग जाने की सारी तैयारी हो जाने के बावजूद वह जा नहीं पायी थी। अब इस बार जो बड़ी बहन के मुख से तवाँग जाने की बात सुनी तो छिरिंग दैमा खुशी के मारे उछल पड़ी। चहकती हुई बोली—"मैं भी आपके साथ चलूँगी बड़ी बहन! तवाँग के पवित्र गोम्पा का दर्शन करने का पुण्य लाभ मैं भी करूँगी। मुझे भी अपने साथ ले चलें। जीजा जी! कृपया मुझे भी अपने साथ ले चलिए।"

"ठीक है। मैं तुम्हें भी अपने साथ लिवा ले चलने को तैयार हूँ। परन्तु इसके पहले तुम्हें अपने पिता की अनुमति लेनी होगी। अगर तुम उनकी अनुमति प्राप्त कर लो, तो खुशी-खुशी हमारे साथ चल सकती हो।"

"मेरे पिता जी कोई आपत्ति नहीं करेंगे। पिछले वर्ष के त्योरगा के समय तो उन्होंने मेरे जाने का सारा प्रबन्ध कर ही दिया था, किन्तु तब बड़ी बहन जी की

बीमारी के कारण हमारा जाना नहीं हो सका था। अब इस बार जो आप लोग पवित्र तीर्थयात्रा पर स्वयं जा रहे हैं, तो इस बार मुझे अपने साथ लिवा न चलने से तो नहीं न बनेगा। मुझे इस बार भी वंचित रखना ठीक न होगा।"

"ठीक है पिताजी की आज्ञा प्राप्त कर तुम भी चलने की तैयारी कर लो। अरे छिरिंग। आपको साथ लिए बग़ैर भला हम कैसे जायेंगे?"

तवाँग गोम्पा के दर्शनों का पुण्य प्राप्त करने के साथ-साथ अपना व्यापार-वाणिज्य कर लेने का भी लाभ उठा लेने के लिए यात्रा पर निकलने के पहले जिन-जिन तैयारियों की आवश्यकता थी, वह सभी तैयारी लबजाँग और टिकरा इत्यादि ने पूरी कर ली। जिस दिन प्रस्थान करना था, उस दिन तड़की भोरहरी में ही लबजाँग यात्रा में माल-असबाब ढो कर ले जाने में शक्त-समर्थ और अनुभवी घोड़ों-टट्टुओं को ढूँढ़ कर ले आने के लिए बाहर चला गया। यथावश्यक घोड़ों के खोजकर लबजाँग जब तक घर लौटा, तब तक सोनाम ने उस दिन का भोजन-छाजन तो बनाकर तैयार कर ही दिया था, यात्रा के दौरान ज़रूरत के मुताबिक खाने-पीने की विभिन्न चीज़ें भी पका चुकी थी। प्रत्येक दृष्टि से वह यात्रा के लिए तैयार हो चुकी थी। पहाड़ी लोग बोझा ढोने के लिए पीठ पर लादकर चलने के लिए होरा नाम का बड़ा सा टोकरा रखते हैं, ऐसे ही होरा में सोनाम ने नये-नये बुन-सिल कर तैयार किये दो कम्बल सँभाल कर रख दिया। एक बड़े चोंगे में मक्के का लावा तथा मक्के से ही बना पकवान, सूखी-चटपटी खाने की चीजें जिन्हें राह में खाया जा सके रख लिया। दो बड़े-बड़े काठ के कटोरों में जिन्हें अच्छी तरह बन्द भी किया जा सके, उसने सूखे-सूखे रूप में पकाये हुए मांस की कलिया भर कर रखी और गाय के दूध से बने छुर्पा का तरकारी भी रखा। मिर्च के साथ मिला कर खाने के लिए चटनी भी विभिन्न डिब्बे-डिब्बियों में रख ली। फिर इस सारे सामान को उन बड़े-बड़े थैलों में सजा कर रखी जिन्हें पीठ पर लाद कर ले जाना है। एक विशेष सुरक्षित थैले में उसने घर की बनी मीठी-नशीली मदिरा भी सँभाल कर रखी।

इसी बीच पीठ पर अपने सामानों से भरा एक थैला लिये सजी-सँवरी छिरिंग दैमा भी उसके घर आ उपस्थित हुई। उसे इतनी जल्दी आते देख सोनाम पूछ ही बैठी—"अरे! इतने कम समय में, सो भी इतना सज-सँवर कर तू इतनी जल्दी आ गयी।"

"हाँ! मगर तुम लोग तो अभी पूरे तैयार ही नहीं हुए। अभी इस समय में भी भोजन ही कर रहे हो?"

"तो तू क्या भोजन-छाजन करके आयी है? अगर बिना खाये-पिये ही आयी है, तो आओ हमारे साथ तुम भी भोजन कर लो।"

"नहीं, नहीं। मैं तो भरपेट खा कर आयी हूँ।"

भोजन कर चुकने के उपरान्त लबजाँग ने उन कई एक घोड़ों पर मज़बूती के साथ जीन कसी। फिर उस पर करीने से बोझे लादें। उन्हें फिर रस्सियों से इस होशियारी से बाँधा कि चढ़ाई-उतराई की किसी भी स्थिति में पहाड़ी पगडण्डियों पर बोझे गिरें नहीं। फिर उन्हें विभिन्न खुँटा-खूँटियों में बाँध दिया। उधर सोनाम अपनी छोटी बहन छिरिंग दैमा के साथ मिल कर पूरे घर की साफ-सफाई कर, सभी सामान को सुरक्षित ढंग से रख कर रसोई के चूल्हे की आग पर पानी डाल कर उसे बुझा कर, घर अन्दर से हर प्रकार सुरक्षित कर बाहर आ कर मुख्य दरवाज़े पर मज़बूत ताला लगाया, फिर अपनी पीठ पर बड़ा सा थैला रख कर उसे सुरक्षित ढंग से बाँध कर बाहर निकल आयी। ठीक उसी समय टिकरा और योनतान भी अपने सामानों से लदे-फँदे घोड़ों सहित वहाँ आ पहुँचे। 'मिलो'—नामक अपने घोड़े को साथ लिए टिकरा आगे-आगे चला। उसके पीछे-पीछे दूसरे घोड़े भी चल पड़े। घोड़ों की उस कतार में जो घोड़ा सबसे पीछे चल रहा था, उसके पीछे लबजाँग एक मज़बूत लाठी लिये चलने लगा। उसके पीछे पीठ पर बड़ा-सा झोला लिये छिरिंग दैमा, सोनाम और योनतान क्रमशः एक-दूसरे के पीछे-पीछे चलने लगीं।

छह

हरी-हरी वनस्पतियों से भरी पहाड़ी की छाती पर
मेरी खुटी (छावनी) है।
मेरे पशुओं के झुण्ड में जो भेड़े हैं उनके बालों पर
पड़ी हुई ओस की बूँदें सूरज की किरणों से चमक रही हैं।
हमारे कुत्तों के भौंकने से उठी आवाजों की प्रतिध्वनि
चारों ओर से घिरी पहाड़ियों की घाटी में कौंधती है।
हृष्ट-पुष्ट, शक्त-समर्थ हमारे याक बैलों की सींगों पर
झिलमिल-झिलमिल चमक रही हैं हमारी उम्मीदें आकाक्षाएँ।

यात्रियों का यह छोटा दल जैसे ही गाँव की सीमा लाँघ कर बाहर निकला, साथ जा रहे अनुभवी घोड़ों ने जैसे ही जाने वाले रास्ते की पहचान कर ली और उस पर अपनी स्वाभाविक कदम-ताल में बढ़ चले कि वैसे ही टिकरा ने अपने गहन-गम्भीर सुरीले स्वर में गाना गाना शुरू कर दिया। नीचे की ओर पहाड़ी नदी के बहाव की कल-कल ध्वनि गूँज रही है, नीले रंग का खुला आकाश ऊपर तना है, उसकी गोदी में पतले-पतले, छिटके-छितराये शुभ्र-सफेद रंग के बादल अपनी हल्की-फुल्की अनुगूँज से माने मेघमल्हार गाते मस्ती में झूम-झूम घूम रहे हैं। दूर क्षितिज के छोर पर परत-दर-परत के, कतार-पर-कतार में खड़े काली-काली विभिन्न आकृतियों की पहाड़ी चोटियाँ इस पूरी घाटी को चारों ओर से घेरे हुए हैं। मन्द-मन्थर बहती बयार के झकोरों से मस्ती में झूमते साइप्रस देवदारु के पेड़ों के मन-मोहक वातावरण के बीच टिकरा की सुरीली-सुस्वादु-मीठी बोली की तान से बिखरती प्रतिध्वनि ने लबजाँग, सोनाम, योनतान और छिरिंग दैमा के मन में सात्त्विक आनन्द की तरंग उठाते हुए उनमें विस्मय-विमुग्ध कर देने वाला भाव जगाना आरम्भ कर दिया। उसी के साथ-साथ उन कुछ घोड़ों के गले में जो घण्टियाँ लटक रही थीं, घोड़ों के चलने से वे टुंग-टुंग, टुन-टुन की आवाज़ गुँजाने लगी थीं। घोड़े जब कदम चाल चलते अथवा बीच-बीच में उछल-कूद पड़ते तो, घण्टियों की रुन-झुन में कूदने-किलोलें

करती तो लगता जैसे टिकरा के गाने की ताल-से-ताल मिला कर घुड़सवार लोगों का दल चला जा रहा है।

इस प्रकार के एक मन-मोहक परिवेश में छिरिंग दैमा भी अपने हृदय में उठी गाने की कुहुक को जब न रोक पायी तो वह भी गा उठी :

"बर्फीले इलाके में सफेद बर्फ से बनी, ढँकी खूटी
नुकीली अपनी ऊँची चोटी से बिखेर रही शोभा।
सौन्दर्य की खान ही है, यह खूटी।
ठुमुक-ठामक चल रहे घोड़ों के गलों में
बँधी घुँघरूनुमा घंटियाँ
रुन-झुन बज-बज कर फैला रही हैं, सुरों की लहर।
पशुपालक, गायों के चरवाहे, रक्षक मनुष्यों के
मुख पर जग उठे हैं, नये-नये सपने।
इसी से तो बर्फीले पहाड़ों की यह खुटी।
हमारी नितान्त अपनी है, अपनी।"

फिर तो टिकरा और छिरिंग दैमा के बीच गीत गाने की होड़ सी लग गयी। जैसे-जैसे वे पहाड़ी पगडण्डी पर बढ़ते जा रहे थे, वैसे-वैसे कभी टिकरा तो फिर दैमा बारी-बारी से एक-से-एक मधुर गीत गाते गये। बीच-बीच में लबजाँग वग़ैरह भी अपना योगदान करते रहे। कोमल-मधुर गान की तानों और बीच-बीच में हँसी-मज़ाक के चलते निशाङ्ला पहाड़ की उतनी ऊँची चढ़ाई चढ़ने की तकलीफ का उन्हें कुछ पता ही नहीं चला। हाँ, गीत गाते-गाते टिकरा को जरूर थकान लगने लगी, तब उसने कहा—"जानते हो गीत गाने से भी देह में भारी थकान लगती है। अब तो पहाड़ की दुर्गम चढ़ाई का परिश्रम पूर्ण कार्य और गीत गाने का भी काम, ये दोनों साथ-साथ नहीं कर सकूँगी। छिरिंग दैमा तेरा गला तो बहुत मधुर है। तू इतना सुन्दर गाना गा सकती है, यह तो मैं जानता ही नहीं था। तुम्हारे मधुर-कण्ठ से निकली सुरीली रागिनी लगातार सुनते ही रहने को मन लालायित हो उठा है। ज़रा, एक और गीत फिर गा कर सुनाओ तो।"

अपनी प्रशंसा सुन कर छिरिंग दैमा का हृदय आनन्द से भर उठा किन्तु ऊपर-ऊपर से लजाती हुई वह बोली—"यह आप क्या कह रहे हैं? मेरा कण्ठ कहाँ मीठा है? गाना गाने का ढंग भी तो मुझे नहीं आता। संगीत की राग-सागिनी के अनुसार अच्छी तरह गा ही नहीं पाती।"

"देख छोटकी। इतना सफेद झूठ तो मत बोल। तुम्हारे गान की मधुरता तो

विख्यात है। अपने इन दोनों जीजा लोगों को गीत गा कर सुनाने में भला लजाने की क्या ज़रूरत?" सोनाम ने अपनी बहन को प्रोत्साहित किया।

"बड़ी बहन जी! अगर आप ऐसा चाहती हैं, तो आपको भी मेरा सहयोग करना होगा। हम दोनों बहनें फिर साथ-साथ गा सकेंगी।" अकेले-अकेले गाने में लाज लगने के कारण छिरिंग दैमा ने अपनी बड़ी बहन का भी साथ पाने के लिए चिरौरी-विनती की।

"नहीं, जी नहीं। तुम्हें अकेले-अकेले ही गाना पड़ेगा। सचमुच ही तू बहुत सुन्दर-सुमधुर गाती है।" लबजाँग ने ज़ोर दे कर कहा।

फिर तो कोई और उपाय न देख, लजाते-लजाते भी अपनी मीठी आवाज़ में ऐसे मधुर गीत गाना शुरू किया, जैसा पहले नहीं गाया था।

पश्चिमी दिशा के देश से आया एक व्यापारी
जाते-जाते मन चुरा गया,
दशा बिकल कर गया हमारी।
पूर्वी प्रदेश से आयी उमड़ी जवानी की एक छोकरी
जाते-जाते भूल गयी सारा अपनापन
अपना निर्मल हृदय ही
यहीं छोड़ गयी बिचारी।"

"वाह, वाह" कितना मधुर गान है यह। मगर यह गीत तो मैं आज पहली-पहली बार सुन रहा हूँ। इस गीत को किसी और को गाते तो कभी नहीं सुना। दैमा! यह गीत तो तुम्हें मुझे सिखाना ही पड़ेगा।" गाना पूरा होने के पहले ही टिकरा चहचहा उठा।

"ज़रा अपनी अवस्था तो देखो। इस बूढ़ी अवस्था में इस प्रकार के गीत गाने की कला नहीं सीखनी चाहिए।" टिकरा की पत्नी योनतान ने व्यंग्य किया।

"क्यों जी क्यों? आखिर वह कौन सा कारण है, जिससे हमें ऐसे गीत गाना नहीं सीखना चाहिए?" टिकरा ने अपनी पत्नी से पूछा।

"तो सच-सच बतला ही दूँ? यह नवयुवकों और नवयुवती किशोरियों का गान है। हम जैसे बूढ़े-बूढ़ी अगर इस तरह के गान गायेंगे, तो लोग हमारा मज़ाक उड़ाएँगे। हम पर हँसेंगे।"

"अरे छोड़ भी अपनी बकवास। गाने की भी कोई उम्र होती है क्या? गाने वाला चाहे जिस किसी आयु-वर्ग का हो, किन्तु गीत को तो रोमैण्टिक माने स्वच्छन्द प्रकृति का, मन को उल्लसित-उन्मुक्त कर देने वाला ही होना चाहिए। कहो भाई। आप सभी लोग ही बतलाइए न। केवल धर्म के बड़े-बड़े उपदेशों से भरे गान भला कौन हमेशा-हमेशा सुनता है। सच पूछिए तो गाना वही सचमुच का गाना है, जिसके सुर

तो मीठे हों ही, गायक के कण्ठ की तान भी मधुर हो, और उसके भीतर छिपे अर्थ भी मधुर हों। गीत ऐसे चित्तकर्षक हों जिन्हें बार-बार गाने और बार-बार सुनने को मन ललचाया रहे। ऐसे गान ही उत्तम कोटि के गान होते हैं। छिरिंग दैमा द्वारा गाये गये गान सुनकर तन-मन आनन्दमग्न हो गया है। अतः ओ छिरिंग दैमा। निस्संकोच हो अपनी सुर लहरी बहाओ। अपना गीत उसकी परिपूर्णता में पूरी तरह गा कर सुनाओ।" एक लम्बी-चौड़ी प्रशंसा करते-करते टिकरा ने थकान से ललाट पर आयी पसीने की बूँदों को पोंछते-पोंछते लम्बी-लम्बी उसाँसें लीं।

एक स्थान पर खड़ी हो लम्बी-लम्बी साँसें खींचती-छोड़ती थकी-मादी छिरिंग दैमा बोल पड़ी—"पहाड़ पर चढ़ते रहने की वेला में गीत गाया ही नहीं जा सकता। चढ़ाई-उतराई की थकान से साँसें फूलने लगती हैं। जल्दी-जल्दी उठती गिरती हृदय की धड़कन देह को मथने लगती है।"

"इस चढ़ाई पर थोड़ी दूर तक और चढ़ जाने के बाद हम विश्राम करने की एक जगह पायेंगे। वहाँ हाथ-पाँव फैला कर मनचाही पूरी इच्छा भर विश्राम कर लेने के बाद तब गाना।" लबजाँग ने अपनी पूर्व यात्राओं के अनुभव से जानकारी दी और समुचित सुझाव दिया।

"अभी बहुत दूरी तक चढ़ाई चढ़ते हुए ही जाना होगा क्या? ठीक-ठीक बतलाइए न कि अभी कितनी दूर है?" थकान के मारे पसीने-पसीने हो रही सोनाम ने ललाट पर छायी पसीने की बूँदें पोंछते हुए पूछा।

"घबड़ाओ नहीं! विश्राम करने का स्थान अब बहुत करीब है। बस अब हम उधर पहुँचने ही वाले हैं। परन्तु रात्रि के समय ठहरने, खान-पान करने और सोने के यात्री रात्रि-निवास तक समय रहते पहुँच जाने के लिए हमें ज़रूर अधिक चलना होगा। इस निसाङ्ला पहाड़ी को पार कर जाने पर ही उसे पायेंगे। उस हिसाब से देखें तो हम लोग अभी आधा रास्ता भी नहीं पार कर पाये हैं। तेज गति से बढ़ने पर ही इस पहाड़ी की चोटी स्थित यात्री-शिविर तक पहुँच सकेंगे। फिलहाल धीरज रखते हुए बढ़ते चलो।" लबजाँग ने सोनाम, छिरिंग दैमा और योनतान को प्रोत्साहन देने की गरज़ से समझाया।

आगे की चढ़ाई बहुत कठिन थी। चौड़ा रास्ता तो क्या पगडण्डी भी ऐसी नहीं थी कि हाथ-पाँव फैला कर चलें। ऊँची पहाड़ी के किनारों को काट-काटकर बस इतनी ही जगह निकाली जा सकी थी कि बोझे लदे घोड़ों को एक के बाद दूसरे के क्रम से बारी-बारी से उस टेढ़ी-मेढ़ी, ऊँची-नीची, दुबली-पतली पगडण्डी से गुजारा जा सकता था। इतनी सावधानी और मेहनत से जैसे-तैसे उसे पार करते हुए उन्होंने कम घने वृक्षों और चढ़ती चढ़ाई की, पहाड़ी पार की और विश्राम करने के उस स्थान पर पहुँच गये, जो आगे के घने जंगल के शुरू होने के बिन्दु पर ही बनाया हुआ

था। सभी यात्रियों ने अपनी पीठ पर लदे थैलों-बोरों को खोल कर नीचे उतारा फिर अपने-अपने ढंग की आराम करने की मुद्रा में बैठ-पसर कर विश्राम करने लगे।

"अभी तक हम वन के जिस भाग से गुजर रहे थे, जिसमें चीड़, देवदारु, भोजपत्र, सिन्दूर (ओक), बलूत वग़ैरह के वृक्ष और घास-कास-फूस वगैरह की झाड़ियाँ थीं, उस कम घने वन का अंचल बस यहीं समाप्त हो गया। अब यहाँ से अत्यन्त घना जंगल शुरू हो जायेगा। परन्तु इससे हमें कठिनाई की जगह बहुत आराम मिलेगा। इस वन के वृक्ष इतने घने हैं कि उनकी शाखाओं-पत्तों को भेद कर सूर्य की किरणें नीचे धरती तक आ ही नहीं पातीं। धूप न होने से गर्मी नहीं लगती अतः कदम बढ़ाते रहने में सुविधा होती है। पसीना भी नहीं छूटता और साँस भी नहीं फूलती।" सोनाम और छिरिंग दैमा को लबजाँग ने समझाया।

तभी टिकरा ने जैसे उन्हें सावधान करते हुए कहा और यह भी खूबी जान लो कि इस घने वन की राह पर चलते हुए सूरज भगवान के भी दर्शन कहीं नहीं होते। रात के अँधियारे जैसे वातावरण में चलते रहना होता है। इधर-उधर कहीं बाहर का कोई भी दृश्य दिखायी नहीं पड़ता। परिणामस्वरूप गीत-गान करने की इच्छा भी खत्म हो जाती है। अतः छिरिंग दैमा! उस गहन-वन की यात्रा आरम्भ करें, उसके पहले ही तू अपना गीत गा कर पूरा करो।

विश्राम-स्थल पर थोड़ी देर तक आराम कर चुकने के बाद छिरिंग दैमा ने अपने गीत का अन्तिम छन्द पूरा कर सभी को सुनाया—

उत्तरी दिशा से आया था एक लामा संन्यासी
गाँव में बस कुछ दिन में हो गया गृहवासी॥
दक्षिणी दिशा से आया छैला-छबीला ब्रोकपा
थोड़े समय में ही लुभा फैला
चुटकी बजाते फाँस बैठा दूसरे की प्रेयसी।

छिरिंग दैमा ने जो गीत गा कर सुनाना आरम्भ किया था, अपने अन्तिम शिखर पर पहुँच कर वह इतने तीखे व्यंग्य का रूप ले लेगा, टिकरा और लबजाँग ने तो इसकी कल्पना भी नहीं की थी। गीत को सुन कर उसके व्यंग्यात्मक अर्थ का बोध होते ही वे बड़े ज़ोरों का अट्टहास लगा हँसने लगा।

"घर-संसार छोड़ कर जो हो चुका था—संन्यासी वह तो जा फँसा फिर घर-गृहस्थी की झंझटों में बन गया जोरू का गुलाम। और पशु-पालक चरवाहा चतुर-चालाक गृहस्थों के गाँव में जो पहुँचा तो वहाँ सुन्दरी कुँआरियों की तो बात ही छोड़ो। वर्षों से पति-देवता की पतिव्रता सुन्दरी विवाहिता भी उसके मन्त्र-जाल में फँस अपना पति रहते हुए भी उसकी अंकशुयिनी बन उसे भी अपना पति ही

बना बैठी। वाह क्या बात है? बहुत बढ़िया बहुत ही आकर्षक गीत है यह।"—गीत के पीछे छिपे भावार्थ को खोल कर समझाते हुए टिकरा फिर और भी ज़ोर-ज़ोर से हँसने लगा।

"तुम पशुपालक-ब्रोकपा-पुरुषों के माथे में और कोई चीज़ भला होगी भी क्या? हर एक समय तो बस सुन्दरी युवतियों को बहलाने-फुसलाने-फँसाने की ही तरकीबें सोचते रहते हो।" योनतान चिढ़ा कर बोली।

उस गीत को सुन कर औरों के साथ-साथ सोनाम भी परमानन्दित हो हँसे जा रही थी। परन्तु टिकरा और योनतान ने जब उसमें छिपे भावों का खुलासा कर समझाया, तब वह उस गीत के अभिप्राय को फिर बिलकुल नये रूप में समझ सकी।। उसका अन्तर्मन अन्दर-अन्दर ही पूछने लगा कि पेमा वांगछू और उसके बीच जो आकस्मिक घटनाएँ पिछले दिनों घट गयी हैं, उन्हीं की ओर इशारा करते हुए ही छिरिंग दैमा ने यह गीत गाया है क्या? फिर उसके उच्च-सचेतन मन ने समझाया—ठीक है उसने इसी उद्देश्य से ही गाया हो यह गीत। तो भी इस घड़ी में उसका बुरा मान उसे डाँट-डपट तो नहीं सकते। इतने लोगों के सामने उसे गालियाँ तो नहीं दे सकते। ऐसा करना निहायत बेवकूफी होगी। इस समझदारी के उभरते ही उसने अपने मन की व्यथा के भावों को और भीतर दबाकर छिपा दिया और ऊपर-ऊपर से वह भी बाकी लोगों की हँसी में अपनी भी हँसी मिलाते हुए खिल खिला कर हँसना शुरू कर दिया।

कुछ देर तक वहाँ विश्राम कर लेने के बाद उन लोगों ने अपनी यात्रा फिर आरम्भ की। अत्यन्त घने वृक्षों से भरे, सूरज की किरणें न पहुँच पाने और बर्फीली हवाओं के झकारों में होने से भीगे-भीगे, सिम-सिमाये उस जंगल के बीच से, आगे-आगे चल रही घोड़ों की पाँत के पीछे-पीछे आपस में तरह-तरह की बातें करते, किसी-किसी का मज़ाक बना उसे चिढ़ाते तो फिर सभी को प्रसन्न करने के लिए हास्य-रस से भरे प्रसंगों को कह-कह कर सभी के हृदय में हँसी के फौवारे छुड़वाते हुए काफी देर तक वे लोग लगातार चलते ही रहे। चलते-चलते एक समय वे लोग पर्वत-श्रेणियों से चारों ओर से घिरी एक ऐसी (घाटी) में जा पहुँचे जो अच्छे-खासे मैदान जैसी समतल थी। पहाड़ की काफी ऊँचाई होने पर भी यह पठार से चौरस जगह थी, जहाँ भी पहले काफी सघन वन था, परन्तु वहाँ के वृक्षों, लताओं-गुल्मों, झाड़ियों तक को काट-कूटकर साफ कर दिये जाने के कारण जो अब काफी लम्बी-चौड़ी खुली जगह बन गयी थी; जो पशुपालकों के चरागाहों जैसी हो चुकी थी। यात्रियों का यह दल भी जब वहाँ पहुँचा तो पड़ाव डाल दिया। लबजाँग और टिकरा ने घोड़ों की पीठों पर से बोझे उतार लिये। उन्हें भी भार ढोने की मज़बूरी से छुट्टी दी। उनकी काठ की जीनें ज़रूर फिर से कस-कसकर बाँध दीं, जिससे वे उन्हें गिरा

न दें। फिर पास ही स्थित चरागाह में उन्हें चरने के लिए हाँक दिया। योनतान और छिरिंग दैमा आस-पास से मिल सकने वाली सूखी लकड़ियाँ बीन-बीन कर लाने लगीं। कुछ ही देर में उन्होंने एक बहुत बड़ी ढेरी सी लगा दी। फिर वहाँ फैले पत्थरों के टुकड़ों को इकट्ठा कर एक अस्थायी चूल्हा बना लिया जिसमें आग जला लेने के बाद पास की खाली बटुलियों-भगोनों में घर से तैयार कर लाई गयी तरकारी व मांस की कलिया को गर्म करने के लिए चढ़ा दिया। दूसरे चूल्हे पर सोनाम ने साथ लाये बड़े चूँगे में रखी मदिरा को डेकची में ढल कर उसे भी आग से गर्म कर लिया। साथ लायी भोजन सामग्री गर्म कर खाने के साथ ही सोनाम ने सभी लोगों को गरमागरम मदिरा परस दी।

"वाह क्या समझदारी का काम किया तुमने। सचमुच ही प्यास के मारे गला सूख गया था।" मदिरा को मुँह में ढालते हुए लबजाँग बोल उठा।

"वाह! क्या बात है! सच बड़े जोरों की तलब हो आयी थी। मदिरा का स्वाद तो हम लोग अपने घरों पर लेते ही रहते हैं, परन्तु कठिन चढ़ाई-उतराई का सफर तय करने के बाद बीच रास्ते में थकान दूर करने के लिए जब मदिरा पीते हैं, तो उसका एक अलग किस्म का अतिशय अलौकिक स्वाद मिलता है।" टिकरा ने अपना विचार रखा।

"अच्छा! ऐसी बात है? तो कठिन सफर चल कर आये हुए हमारे इन घोड़ों को भी तो प्यास लगी होगी। ज़रा खोज कर देखो तो कि आस-पास में कहीं पानी का कोई ठिकाना है?" सोनाम ने पूछा।

"हाँ-हाँ, है न, पास में ही पानी का एक कुण्ड है। हमने घोड़ों को वहाँ ले जा कर पानी पिला दिया है। अगर वे सब भी मदिरापान करने के अभ्यस्त होते, तो आज उन्हें भी एक-एक गरकू भर-भर कर मदिरा पिला दिया होता।" लबजाँग ने हँस कर कहा।

"वे ऐसा क्यों करेंगे? वे तो भोले-भाले जानवर हैं। मनुष्य नहीं हैं। वस्तुतः ये मनुष्य लोग ही भीषक भुक्खड़ होते हैं। जो कुछ भी पा जायँ खा जायँ। हे भगवान! यह मनुष्य कितनी सारी चीज़ें खा जाते हैं।" लोगों को खाने के लिए भात परसते-परसते छिरिंग दैमा बोली।

दुपहरिया का भोजन करने के बाद तैयारी फिर शुरू हुई। घोड़ों की पीठ पर बोझ चढ़ा कर कस कर बाँधा गया। फिर उन्हें आगे-आगे हाँकते हुए यह दल पीछे-पीछे फिर अपने गन्तव्य पर बढ़ चला। बाकी बचे पूरे दिन तक चलने के बाद सूर्य ढलने की सन्ध्या वेला में लबजाँग का यह दल पहाड़ की चोटी प्रर स्थित शिविर पर पहुँच गया। शिविर कहने से मैदानी इलाकों जैसा शिविर नहीं, बल्कि पहाड़ की सबसे ऊँची जगह चूड़ा पर थोड़ी-सी लम्बाई-चौड़ाई की खुली जगह है। बस वहीं

पर आस-पास में छोटी-छोटी कुछ झोंपड़ियाँ बना दी गयी हैं। उन झोंपड़ियों की थोड़ी ही दूरी पर पहाड़ी ग्लेशियर के पिघलते रहने से एक निचली ज़मीन में इकट्ठा हुआ पानी एक झील का रूप लिये विद्यमान है। चढ़ाई और लगातार चलते रहने से आयी भारी थकान के बावजूद यह दल जैसे ही उस शिविर पर पहुँचा, वहाँ पूरी रात विश्राम करने के उद्देश्य से सभी सदस्य आस-पास मिल सकने वाली सूखी लकड़ियाँ, इकट्ठा करने में जुट गये। घोड़ों के लिए घास वगैरह जुटा लाये। यद्यपि कि यह ऋतु गर्मी की थी फिर भी पहाड़ की ऊँचाई इतनी थी कि वहाँ का मौसम जाड़े की ऋतु जैसा ही भयानक रूप से ठण्डा था। आस-पास में जो कुछेक गड्ढे-गुड्ढे थे उनमें अभी भी बर्फ जमी हुई थी, जिससे हो कर बहती सायंकालीन मन्द-मन्थर हवा इतनी ठण्डी लग रही थी कि हाड़ कँपाये दे रही थी। सूखी लकड़ियों को इकट्ठा कर जो भारी कौड़ा उन्होंने जला लिया था, उसके चारों ओर बैठ कर वे सभी लोग यथासम्भव गर्मी लेने लगे। सोनाम और योनतान चूँकि अपने गाँव से बहुत लम्बी दूरी की यात्रा पर बहुत लम्बे समय से ही नहीं गयी थीं और अब इतनी लम्बी यात्रा करनी पड़ गयी थी, अतः उन्हें तो ऐसी थकान लग आयी थी कि हिल-डुल ही नहीं सकती थीं। अतः इस शिविर पर चूल्हे जला कर भोजन-छाजन तैयार करने, पानी पीने का प्रबन्ध करने जैसे जो आवश्यक काम करने जरूरी हो गये थे, उन्हें छिरिंग दैमा ने ही अकेले-अकेले सम्पन्न किया। मदिरा में घी डाल कर उसे भी चूल्हे पर चढ़ा गर्म किया फिर सभी को ले-ले जा कर पीने को परसा। मदिरा हीक भर पी लेने के बाद तो सभी की ज़बानें बेलगाम हो गयीं। नाना प्रकार की बातें करते, फिर किसी-किसी बात पर मीठे-कड़वे तर्क-वितर्क करने में मग्न हो गये।

एक बार किसी काम से वह झोपड़ी से जो बाहर गयी तो तुरन्त ही अचरज कर अकुलाई हुई भीतर आयी और लबजाँग से पूछ पड़ी—"इस पहाड़ी से दूर उधर की पहाड़ी पर टिम-टिम जलती दीपमालाओं की रोशनी इतनी हो रही है कि इस रात में भी वहाँ उजियारा-उजियारा लग रहा है। शायद वहाँ कोई बहुत बड़ा गाँव है जहाँ के सुखी सम्पन्न लोग इतना प्रकाश फैलाने वाले दीपक जला रहे हैं। जीजा जी! ज़रा बतलायें तो वह कौन-सा गाँव है?"

"वहीं तो तवाँग गोम्पा—तथा तवाँग नगर की आग की प्रकाश है।

"आकाश के तारों की तरह झिलमिल-झिलमिल किन्तु इतना उज्ज्वल प्रकाश फैलानी वाली आग की इतनी बड़ी व्यवस्था तो मैंने कहीं देखी ही नहीं।"

"वह कोई चूल्हे में जलती आग या फिर तेल या घी जला कर की जाने वाली व्यवस्था थोड़े है जो तू यहाँ आने के पहले से ही देख चुकी रही होती। वह तो बिजली की रोशनियों से फैलता हुई उजियारा है।" लबजाँग ने समझाया।

आकाश में झिलमिलाते तारों जैसी झिलमिल रोशनी बाहर दूर की पहाड़ी पर होने की बात सुन सोनाम और योनतान भी बाहर निकल आयीं। वहाँ से उत्तर-पश्चिम की दिशा ओर उस अँधियारी रात में भी जो उन्होंने दूर की उस जगह को अनगिनत दीपमालाओं की रोशनी से मन-मोहक प्रकाश फैलाने का दृश्य देखा तो लबजाँग की बातों से उसे तवाँग महाबौद्ध विहार समझकर उसके प्रति अपना श्रद्धा-भाव निवेदित करने के उद्देश्य से, वहीं से साष्टांग-दण्डवत प्रणाम किया। फिर विस्मय-विमुग्ध नेत्रों से उस ओर बड़ी देर तक निहारती रही।

"वह तो अब बहुत पास ही दिखायी दे रहा है। इसका मतलब है कि तवाँग बौद्ध विहार अब ज़्यादा दूर नहीं है।" सोनाम ने जानना चाहा।

"नहीं, जी नहीं। वह यहाँ से अभी भी बहुत दूर है। हम सब जो इतनी लम्बी यात्रा कर चुके हैं न, वह तो अभी उसकी आधी दूरी भी पूरी नहीं हो पायी है। हम वहाँ परसों तक पहुँच पायेंगे। अन्धकार की वेला में काफी दूरी पर हो रही रोशनी भी पास में दिखायी पड़ती ही है।" टिकरा ने सही स्थिति की जानकारी दी।

खाने-पीने का दौर जब पूरा हो चुका तो सोने के लिए सभी लोग अपने-अपने बिछौने बिछाने लगे। छिरिंग दैमा ने जो देखा कि उसके लिए एक अकेले का अलग से बिछौना बिछाया जा रहा है, तो झनक कर बोलाः "मैं अकेले-अकेले अलग नहीं सोऊँगी। इतने घनघोर और विशाल जंगल के बीच इस सुनसान जगह पर मुझे बहुत डर लग रहा है। अतः बड़ी बहना! मैं तो तुम्हारे साथ ही सटकर सोऊँगी।"

"आज से पहले छिरिंग दैमा जाने कितनी-कितनी बार अपनी बड़ी बहन सोनाम और जीजा जी लबजाँग के साथ एक ही बिछौने पर सोयी है। परन्तु उस समय वह काफी कच्ची उम्र की थी। परन्तु क्रमशः आयु बढ़ने के साथ किशोरी सुलभ शारीरिक परिवर्तन अब उसमें स्पष्ट उभर आये हैं। आज से दो महीने पहले वह रजस्वला हो चुकी है। अतएव वह अब बच्ची नहीं रही। अब तो वह नवयौवना किशोरी है। ऐसी दशा में एक पुरुष मनुष्य लाबजाँग के बिछौने पर उसे साथ-साथ कैसे सोने दिया जा सकता है?"—सोच कर सोनाम झिड़क पड़ी—"ऐसा कहते हुए तुझे तनिक भी लाज-हया नहीं आयी? हम लोगों के साथ तू कैसे सोएगी भला?"

"इसमें लाज-हया लगने की क्या बात है? इसके पहले क्या मैं तुम दोनों के साथ सोयी नहीं हूँ।

"ज़रूर सोयी हो। परन्तु तब दूसरा समय था। आज अब वह समय नहीं रहा। अब तुम नवयौवना कुमारी हो।"

"तो क्या हुआ? चलो, मैं तुम्हारी पीठ की ओर ही सो रहूँगी। सामने की ओर नहीं। जैसे कि इस जलती हुई आग के कौड़े के पास तुमने जो अपना बिछौना बिछाया है, उसके कौड़े की ओर की पाटी की ओर मैं सोऊँगी, फिर मेरे बाद तुम

सोना और जीजा जी तुम्हारे पीछे सोयेंगे।" ठीक है, तब तो कोई आपत्ति नहीं होगी। यह ठीक रहेगा न?"

सोनाम ने इस समस्या पर बड़ी गहराई से सोचा विचारा कि लबजाँग और उसके साथ छिरिंग दैमा को एक ही बिछौने पर क्या सोने दिया जाये? उसके मन ने कहा–"हाँ", क्योंकि लबजाँग अन्यान्य दूसरे पुरुषों जैसे स्वभाव का नहीं है। उसके ऊपर पूरा भरोसा रखा जा सकता है। इसके अतिरिक्त छिरिंग दैमा जब काफी नन्हीं बच्ची की अवस्था की थी, तभी से लबजाँग उसे अपनी बेटी या छोटी बहन की तरह स्नेह-दुलार करता आ रहा है। आज जब छिरिंग की जवानी उभर आयी है, तो भी लबजाँग की दृष्टि में कोई विकार नहीं आया है। उसके संयमी व्यक्तित्व के डिगने की तो कोई सम्भावना ही नहीं है। अतः उसके साथ सोने देने से किसी भी प्रकार का कोई डर नहीं। हाँ, अगर पेमा वांगछू होता तो दूसरी बात होती। भले ही वह स्वयं भी साथ हो फिर भी उसके और पेमा वांगछू के साथ के बिछौने पर छिरिंग दैमा को सोने नहीं दिया जा सकता क्योंकि तब जरूर ही अत्यन्त दुर्भाग्यजनक दुर्घटना घटेगी ही।

सोनाम को बहुत देर से गम्भीरतापूर्वक सोचते-विचारते देख योनतान सलाह देती हुई बोली : "डर के मारे काँपती-कराहती इतनी देर से वह तुम्हारी चिरौरी-विनती करती आ रही है। ऐसी दशा में उनकी विनती स्वीकार क्यों नहीं कर लेती? वह तो किसी सद्गृहस्थ की धर्मपत्नी नहीं है, जो कोई पशुपालक–ब्रोकपा–उसे अपनी काम के कौशल से बहला-फुसला लेगा। अतः उसे बेचारी को अपने साथ सोने देने में समस्या ही कहाँ है। बिछौना भले एक हो उन दोनों के बीच जो तुम सोओगी, तो इसी से सब कुछ ठाक-ठाक रहेगा। अथवा फिर तू लबजाँग को ही दोनों के बीच सुनाने की बात सोच रही है?"–अपनी बातें कहते-कहते वह अपनी बाँकी चितवन से सोनाम की ओर निहार-निहार कर किसी गूढ़-भाव की ओर इशारा भी करती जा रही थी।

"धत्तेरे की। बड़ी बहन जी! आप भी कैसे बातें कह रही हैं। अगर आप यही उचित समझती हैं तो फिर सोये न वह हमारे ही साथ। तू छिरिंग दैमा। आज जो इतना डरने का रोना रो रही है तो अगर तुझे इतना अधिक डर लगता है, तब तो तुझे हमारे साथ इस यात्रा में आना ही नहीं चाहिए था।" सोनाम ने दृढ़ स्वर में अपनी बात कही। फिर एक ऐसा लम्बा-चौड़ा बिछौना बिछाया जिस पर तीन जने आराम से सो सकें। सब कुछ सुव्यवस्थित कर अपनी एक ओर लबजाँग को तो, दूसरी ओर छिरिंग दैमा को सुलाते हुए बीच में स्वयं लेट कर सो गयी।

सात

बीते कल के दिन के तड़के प्रातःकाल से ही लबजाँग और उसके सभी साथी निसांङ्ला पहाड़ के दक्षिणी ओर की दिशा से यात्रा करते आये थे। आज फिर वैसे ही तड़के प्रातःकाल से ही वे यात्रा आरम्भ करेंगे परन्तु आज वे उस पहाड़ की उत्तरी दिशा की ओर की उतराई उतरते-उतरते तवाँग जिले की सीमा में प्रवेश करेंगे। तवाँग जिला भारतवर्ष का सीमान्त क्षेत्रीय जिला है, जो भूटान की सीमा से लगा है। भूटान देश का जो साकतेङ्मिरोक क्षेत्र है, उससे भारत के इस तवाँग जिले को यह निसांङ्ला पहाड़ ही अलग करता है। भारत के अरुणाचल प्रदेश के पश्चिमी सीमान्त क्षेत्रीय जिले कामेंङ् और तवाँग के निवासियों की जीवन-शैली, धर्म और धार्मिक-सांस्कृतिक आचार पद्धति तथा भाषा और बोली की भूटान देश के निवासियों की इन चीजों से अत्यन्त घनिष्ठ मेल है। भले ही यह दो देशों की सीमाओं में निवास करते हों, किन्तु प्रत्येक दृष्टि से इनमें पर्याप्त समानता है। इतना ही नहीं, बल्कि इन जिलों से बाहर के भारतीय जिलों और निकटवर्ती प्रदेश के अन्य लोग तो इन जिलों के भारतीय निवासियों को भी पहले भूटिया ही कहते समझते थे। अभी आज के जमाने में भी अलग-अलग देशों के नागरिक होते हुए भी इन जिलों के भारतीयों और भूटान देश के नागरिकों में परस्पर मेल-जोल की भावना इतनी गहरी है कि अन्तर्राष्ट्रीय सीमा को लाँघते हुए वे वाणिज्य-व्यापार, विवाह-जन्मोत्सव आदि संस्कार एक-दूसरे के संग करते-धरते रहते हैं। उनकी मेल-जोल की प्रथा पहले की तरह चलती आ रही है। अतएव बिना किसी बाधा-विपत्ति के बिना, किसी भय-संकोच के भूटान-देश के साकेतेङ् गाँव के अधिवासी लबजाँग और उसके साथी-संगी ये सारे यात्री सीमान्त क्षेत्रीय निसांङ्ला पहाड़ को लाँघ कर भारतवर्ष के सीमा-क्षेत्र में प्रवेश कर गये। जब वे लोग पहाड़ की सबसे ऊँची चोटी पर जा पहुँचे, तब वहाँ पत्थरों की बहुत भारी-भरकम ढेरी के ऊपर अपनी ओर से भी पत्थर के एक-एक खण्ड को उठा उठा कर रखते हुए, सभी एक समवेत स्वर में वन देवता की प्रार्थना में जय-जयकार करने के उद्देश्य

से—“लौजालौ”, “लौजालौ”—बोल-बोल कर जोरों से चिल्लाने लगे। इस तरह वन देवता को प्रसन्न कर उन लोगों ने वन देवता का आशीर्वाद पा लेना चाहा। वहाँ के पेड़ों की शाखाओं पर उन्होंने छोटे-छोटे कपड़ों के टुकड़े देवताओं को चढ़ाने वाली चुनरी के माफिक बाँध कर फहराया, जिससे कि हवा के झकोरों पर लहरा-लहरा कर कपड़े की ये झण्डियाँ उनके जीवन में मांगलिक-शुभ सन्देश खींच ले आयें।

निसांङ्ला पहाड़ की छाती पर इन सब कामों को विधिवत् पूरा कर चुकने के बाद फिर पहाड़ की उस चोटी से नीचे की ओर उतरती दुबली-पतली, टढ़ी-मेढ़ी पगडंडी के सहारे चलते हुए वे नीचे घाटी की ओर उतरने लगे। कुछ दूर तक उतराई उतरते रहने के बाद वे एक ब्रोक—चरागाह के मैदान पर पहुँचे। लम्बी-चौड़ी, खुली-खुली उस जगह पर चँवरी गायों का एक झुण्ड घास चर रहा था। उससे थोड़ी ही दूरी पर मैदान के बीच में स्थित एक झोंपड़ी से धुएँ की एक मोटी मीनार सी उठती धूम्र-रेखा ऊँचे आकाश की ओर कुण्डली की तरह चक्कर ले-ले कर उड़ रही थी। सोनाम और उसके साथ के लोगों को देखते ही उस झोंपड़ी के सामने खम्भे में बँधा एक बड़े भारी-भरकम आकार का कुत्ता गुस्से में भर कर भौंकने लगा। यात्रियों के घोड़ों के गले में लटकी घण्टियों की टुन-टुन की आवाजों और कुत्ते के भौंकने का शब्द सुनकर घर के भीतर से स्त्री-पुरुषों की एक टोली ही बाहर निकल आयी।

“अरे देखो, देखो जान पड़ता है कि मैं अपने सामने अपने प्यारे मित्रों, लबजाँग और टिकरा को देख रहा हूँ। हाँ-हाँ, वे ही तो हैं। अरे ओ मित्रो! आप लोग किस ओर जा रहे हो?” बाहर निकले लोगों में से जो सबसे प्रबुद्ध थे, वे पूछ पड़े थे खुशियों को चेहरे पर चमकाते हुए।

“हम लोग तवाँग गोम्पा का दर्शन करने की मनोकामना ले कर निकले हैं। आप अपना कुशल-क्षेम तो बतलाएँ। सपरिवार सानन्द तो हैं?”

“वाह, वाह! क्या ही शुभ-उद्देश्य ले कर निकले हैं। आप लोगों ने बड़ा ही उत्तम कार्य किया है। परन्तु मेरी प्रार्थना है कि इतनी पद यात्रा में आयी थकान मिटा लें, मेरी इस कुटिया में आ कर थोड़ी देर विश्राम कर लें। गरीब आदमी हूँ, मेरे पास आप लोगों की आवभगत करने के लिए कुछ खिलाने-पिलाने लायक तो है नहीं—फिर भी आप लोगों को इस आशा में बुला रहा हूँ कि आप हमें सेवा का मौका देंगे।”

“अरे खिलाने-पिलाने की आवश्यकता ही क्यों हो? आप इतने प्यार से बुला रहे हैं यही हम लोगों के लिए बड़े सन्तोष की बात है। हम लोग निश्चय ही आपकी कुटिया में चलेंगे परन्तु अधिक देर तक ठहर नहीं सकेंगे। क्योंकि अभी बहुत लम्बा रास्ता तय करना बाकी है।” टिकरा ने उत्तर दिया।

"अगर इस यात्रा में आप लोग अपना अगला पड़ाव आगे कुछ मैदानी भाग में स्थित हमारे मुक्तो नामक गाँव में करना चाह रहे हो, तब तो ज़्यादा दूर नहीं जाना होगा। परन्तु अगर उसके भी और आगे जा कर अपना पड़ाव करना चाह रहे हो, तब तो ज़रूर ही बहुत लम्बा रास्ता तय करना होगा–अतः बहुत जल्दी ही यहाँ से चल देना अच्छा होगा।" उस आदमी ने कहा।

लबजाँग और उसके सभी साथी जब घर के बहुत करीब पहुँच गये तब कुत्ते ने भी भौंकना बंद कर दिया। सम्भवतः कुत्ता भी समझ गया कि आने वाले ये लोग हमारे घर के मालिक के परिचित लोग हैं।

सोनाम और छिरिंग दैमा ने थोड़ा आगे बढ़ कर उस लम्बे-चौड़े चारागाह के मैदान की खुली जगह पर जब पहुँचे तब अपने सामने अत्यन्त मनमोहक दृश्य देख कर आश्चर्यचकित रह गये। उसने देखा कि वहाँ से काफी दूर पर जहाँ पृथ्वी और आकाश मिलते हुए दिखायी देते हैं वहाँ आकाश को छूती हुई बहुत ऊँची बर्फ से ढँकी हुई पर्वत श्रेणियाँ मन को मोह ले रही हैं। इनके सामने तह पर तह सजाये हुई चीज़ों की तरह हरे-भरे देवदारु, चीड़ और भोजपत्र के वृक्षों की ऊँची-ऊँची शाखाएँ पूरे क्षितिज के छोर को भरे हुए हैं। उनके नीचे जो छोटी-छोटी पहाड़ियों की चोटियाँ हैं, उन पर सफेद-सफेद पत्थरों से बनाये हुए घरों के गुच्छे के गुच्छे दिखायी दे रहे हैं। दूर-दूर यहाँ-वहाँ छूटे-छितराये हुए है अनेकों गाँव। उन गाँवों के बीच-बीच में हरी-भरी फसलों से लहलहा रहे हैं छोटे-छोटे सीढ़ीदार खेत। इन्हीं पहाड़ियों में जहाँ-तहाँ शुभ्रश्वेत बौद्ध बिहारों के प्रासाद भी झलक पड़ रहे हैं। पहाड़ के सोने को चीर कर नीचे उतरते आ रहे पानी के सोते तथा बहुत ऊँची पहाड़ी चोटी से एकाएक नीचे गिरते हुए झरने सफेद चाँदी से अपने फेन फैला रहे हैं। नीचे की घाटी में जो भारी शब्द करती हरहराती हुई हवा बह रही है उसके भी सबसे नीचे एक बहुत ही शान्त नदी बहती दिखायी पड़ रही है। वे बड़ी और छोटी दोनों बहनें ऐसा मनोहारी दृश्य देख कर ऐसी मग्न हुईं कि बहुत देर तक काठ मारी सी खड़ी रह गयीं। उनके मन ने अन्दर-अन्दर अनुभव किया कि यद्यपि उनका साँकतेन मिरोक अंचल का भी प्राकृतिक दृश्य मनोहर है फिर भी अपने इस जीवन में वे इतना कल्पनातीत सुन्दर देश देख पायेगी सोनाम और छिरिंग दैमा ने इसे सपने में भी नहीं सोचा था।

अपने घोड़ों पर लदे हुए बोझों को खोले बिना ही चरने के लिए मैदान में छोड़ कर टीकरा लबजाँग, और योगतान वगैरह सभी घर के अन्दर चले गये। परन्तु सोनाम और छिरिंग दैमा बाहर के उस मनोरम प्राकृतिक दृश्य का उपभोग करने में मग्न हो कर बाहर ही खड़ी रह गयी।

"बड़ी बहन जी भला बतलाइए न यह दृश्य कितना अच्छा लग रहा है?"

छिरिंग दैमा न पूछा।

"अपूर्व। इस पृथ्वी पर कोई इतना सुन्दर देश भी हो सकता है ऐसा तो मैंने कभी सपने में भी नहीं सोचा था।" सामने के दृश्य से आँखें हटाये बिना सोनाम ने ही उत्तर दिया।

"अच्छा बहन उधर दूर पर सफेद-सफेद अट्टालिकाओं की तरह एक-दूसरे से सटी हुई जो अद्‌भुत दृश्यावली दिखायी दे रही है, वह तब क्या है?"

"मैं तो उसे नहीं जानती। परन्तु सम्भवतः वहीं तवाँग गोम्पा है शायद।"

तवाँग गोम्पा का नाम सुनते ही छिरिंग दैमा अपने दोनों हाथों को जोड़ कर उसकी ओर कमर तक झुककर प्रणाम करने लगी। उसे देख सोनाम ने भी नत जानु हो कर हाथ जोड़कर प्रणाम किया। ठीक तभी उस घर की मालकिन बाहर निकल कर आयी और उसने बड़े प्यार से उन दोनों को अपने घर में चलने के लिए बुलाया—"ओ मेरी दोनों छोटी बहनो। आओ मेरे घर के भीतर चलो।"

तभी उन्होंने पूछा, "बड़ी बहन जी हम जो वहाँ दूर अट्टालिकाओं की पाँत सी देख रहे हैं, वहीं तवाँग गोम्पा है क्या ?"

"हा-हाँ। तुम लोगों ने ठीक पहचाना। वहाँ तो जाओगी ही, फिलहाल हमारे घर के अन्दर चलो। थोड़ा कुछ खा-पी लो।"

"अरे नहीं-नहीं। यहाँ ही बहुत अच्छा लग रहा है। आप लोगों का यह देश यह स्थान इतना आश्चर्यजनक रूप से सुन्दर है कि इसे देखने से मन अघा ही नहीं रहा है। देखते-देखते हम तो ऐसी विस्मय विमुग्ध हो गयी हैं कि साँस ही नहीं ली जा रही है।" सोनाम ने कहा।

"तुम दोनों का चेहरा मोहरा देख कर मुझे ऐसा अनुमान हो रहा है कि तुम लोग निश्चय ही बड़ी-छोटी सगी बहनें हो। तुमने जैसे इतना सुन्दर दृश्य पहले कभी नहीं देखा है, ठीक उसी तरह मैंने भी अपने जीवन में तुम जैसी सुन्दर लड़कियाँ नहीं देखी हैं। अगर तुम दोनों का विवाह नहीं हुआ है तो तुम लोग यहीं के किसी युवक से विवाह कर के यहाँ की बहू बनकर यहीं क्यों नहीं रह जाती?" उस महिला ने मजाक के लहजे में उनसे छेड़खानी करते हुए पूछा।

"इन मेरी बड़ी बहन जी का विवाह तो काफी पहले हो चुका है। इनके पति और मेरे जीजा जी अभी-अभी आपके घर के अन्दर गये हैं। हाँ मेरा विवाह ज़रूर ही अभी तक नहीं हुआ है।" असावधानी में बिना सोचे समझे ही छिरिंग दैमा के मुँह से जो यह बात निकल गयी तब बाद में इसका भाव समझ लेने के बाद लाज के मारे उसका मुख-मण्डल लाल हो गया।

छिरिंग दैमा की ऐसी सरलता और एक प्रकार की नासमझी को देख उस घर की मालकिन हँस पड़ी। उसके बाद वो घर के अन्दर चली गयी। थोड़ी देर बाद दो

बड़े-बड़े गिलासों में उसने दूध से बनी सरगोग नामक सर्वत ले कर बाहर आयी, फिर सोनाम और छिरिंग दैमा के हाथों में थमाते हुए बोली–"लो अभी इसे पी लो। तुम लोगों की मासूमियत देखकर मन मुग्ध हो गया है। अतः तीर्थयात्रा से जब लौटना तो पूरी एक रात हमारी इस खुटी पर विश्राम कर बिता जाना।"–छिरिंग दैमा को लक्ष्य कर उसने मज़ाक-सा करते हुए कहा–"तीर्थयात्रा से अगर तुम लौट ही नहीं पायीं अथवा लौटते समय यहाँ नहीं आ पायीं, तो भी कोई बात नहीं। यह बात मैं इसलिए कह रही हूँ कि तुम्हारी सुन्दरता को देखकर हमारे इस क्षेत्र के नवयुवक तुम्हारे पीछे पड़ जायेंगे। क्योंकि तुम्हें देखकर कितने नवयुवकों के हृदय में तुम्हें पाने की लालसा की ज्वाला जल उठेगी, इसका कोई ठौर-ठिकाना नहीं है। मुझे तो ऐसा लगता है कि इधर के प्रेमी नवयुवक तुम्हें फिर इस रास्ते की ओर लौटकर आने ही नहीं देंगे।"

लबजांग और उसके सभी साथी जब झोंपड़ी से बाहर निकल आये तो उन लोगों ने उस चरागाह की खुटी पर रहने वाले उन पति-पत्नी जोड़ों से आदरपूर्वक विदाई ली और पहाड़ के उस ऊँची चोटी से फिर नीचे की ओर जा रही पगडण्डी पर चलते हुए उतरने लगे। उतराई की इस यात्रा में सामने दिखायी दे रहे दृश्यों के बारे में सोनाम और छिरिंग दैमा जो बार-बार जिज्ञासाएँ करती रहीं तो उसके उत्तर में लबजाँग ने उन्हें समझाना शुरू किया। वह ऊँचाई पर जो सामने उज्ज्वल प्रासाद दिखायी पड़ रहा है वहीं तवाँग गोम्पा है। उसस सट कर जो दूसरे मजबूत भवन बने हुए हैं उसी में एक भवन तवाँग जिले का मुख्यालय है वह एक ऐसा प्रशासनिक केन्द्र है जिसे हमारी भोटिया भाषा में जंग कहते हैं। ऐसे ही जंग में भारत सरकार का प्रशासनिक कार्यालय है जहाँ उसके मुख्य अधिकारी जंगदा (डिप्टी कमिश्नर अथवा जिलाधिकारी) रहते हैं। उसके अगल-बगल जो बहुत ऊँचे-ऊँचे बर्फ से ढँके हुए पहाड़ दिखायी पड़ रहे हैं उनमें से एक बूमला नाम का पहाड़ है तो दूसरे का नाम टोपोखार पहाड़ है उसके ठीक उस पार तिब्बत देश का छोनाजंग जिला है। पहले इस क्षेत्र के सभी मनपा निवासी तिब्बत के छोनाजंग जिले के प्रशासक को ही राजस्व-आयकर इत्यादि दिया करते थे। परन्तु जब से यहाँ भारत सरकार का अधिकार प्रबलता से लागू हुआ उसके बाद से तिब्बत सरकार को कर देने का नियम समाप्त हो गया है। पहाड़ों के नीचे उस ओर जो खेतिहार मैदानी इलाका दिखायी पड़ रहा है उसे खारसानागं कहते हैं। वहाँ मुख्यतः धान की खेती होती है, उसके पास वह जो एक बड़ा बौद्ध विहार दिखायी पड़ रहा है उसका नाम उरगेलिंग गोम्पा है। छठे दलाई लामा का जन्म इसी खारसानागं अंचल के किसी एक छोटे से गाँव में हुआ था जिन्हें इस उरगेलिंग गोम्पा में ला कर ही पाला-पोसा गया था। उनका बचपन और प्रारम्भिक शिक्षा का समय यही बीता था। तिब्बत की बौद्ध धर्म परम्परा

के अनुसार उनका पहचान जब छठे दलाई लामा के रूप में सुनिश्चित की गयी तो उन्हें वहाँ से तिब्बत की राजधानी ल्हासा में ले जा कर उन्हें तिब्बत के सबसे बड़े बौद्ध विहार और तिब्बत के राजसिंहासन पर बैठाया गया।

उस ओर जो गाँव दिखायी दे रहा है उसका नाम है ल्हो बस्ती। यह इस अंचल का सबसे बड़ा गाँव है। उसके आस-पास छोटे-छोटे अनेक गाँव हैं जिनमें खीमू, नामेत और बोमदिर आदि प्रमुख हैं। इसी बोमदिर नामक गाँव में पहले तिब्बत का प्रशासनिक मुख्यालय था। उधर उस ओर जो एक पहाड़ी नदी बहती दिखायी दे रही है उसका नाम है तावाँगशु। यहाँ से बहुत सीधी-सादी शान्त-शिलष्ट मासूम दिखायी पड़ रही है परन्तु वास्तविकता में वह ऐसी है नहीं। यहाँ से करीब दिखायी देने पर भी वह बहुत दूर आज दिनभर चलने के बाद जब कल फिर हम चलेंगे तो कहीं कल उसके पास पहुँच पायेंगे और उसे पार करने की वेला में तुम उसका स्वरूप देख-समझ सकोगे जो इतनी भीषण प्रवाह वाली और बड़े-बड़े पत्थरों को उछाल-उछाल कर तोड़ देने वाली अत्यन्त शक्तिशाली पहाड़ी नदी है। तुम दोनों तो उसका रूप देखते ही डर के मारे काँपने लगोगी। अभी आज के पूरे दिन पैदल-पैदल चलते हुए हम सूरज ढलने की वेला तक जङ गाँव पहुँच पायेंगे। आज की रात हम उसी गाँव में बिताएँगे। मुक्तो, जंग ग्यामदोंग आदि गाँवों का सौन्दर्य हम इस पार से देख नहीं पायेंगे। कल जब हम लोग तवाँगछु नदी पार करके उस ओर पहुँच जायेंगे तब उसके उस तट की ओर से मुड.कर जो फिर इस ओर के अंचल की ओर देखेंगे तो बहुत सारे ऐसे गाँव हमें स्पष्ट दिखायी देंगे जो इस समय इस ओर की ढलान की यात्रा में दिखायी नहीं दे पा रहे हैं। तवाँग गोम्पा की ओर जो बड़ा ही मजबूत पहाड़ खड़ा है उसके बीच-बीच में सफेद-सफेद पत्थरों से बनाये हुए जो बहुत सारे मकान दिखायी दे रहे हैं उन सभी को मिला कर उन्हें ब्रह्मदूसुंग आने गोम्पा कहते हैं। वह स्थान केवल बौद्ध भिक्षुनीयों के निवास के लिए ही निर्धारित है उसके अगल में जो दूसरा बौद्ध विहार दिखायी दे रहा है उसका नाम है ज्ञानगोगं आने गोम्पा वह भी पूरी तरह से बौद्ध भिक्षुनीयों, संन्यासिनी के निवास का ही स्थान है। मैं इस ओर बहुत बार आया हूँ परन्तु मैं भी कभी वहाँ नहीं गया हूँ। क्योंकि उन बौद्ध विहारों में पुरुषों का प्रवेश वर्जित है।

लबजाँग जब तवाँग क्षेत्र के विषय में विवरण दे रहा था, तब जब अभी वह उसे पूरा भी नहीं कर पाया था कि उन लोगों का रास्ता फिर बहुत ही घने जंगल में प्रविष्ट हो गया। उस अति सघन वन को पैदल चलते-चलते काफी देर बाद जब उन्होंने निशागंला पहाड़ की उतराई पूरी कर ली, जंगली इलाका भी पतला हो गया तब बीच-बीच में कुछ चरागाहों के मैदान और उन मैदानों में पशुपालकों की छावनी नुमा झोंपड़ियाँ जिसे खुटी कहते हैं बारी-बारी से पड़ने लगीं। इन खुटियों में कुछ

तो ऐसी थीं जहाँ केवल बहुत बूढ़े पुरुष और बूढ़ी औरतें ही रह रहीं थी जबकि कुछ ऐसी भी खुटियाँ थीं जिसमें कोई भी मनुष्य नहीं था। वहाँ केवल पशुओं को ही घेरे में चरने के लिए छोड़ रखा गया था। परन्तु कई एक खुटियों में वहाँ के पशुपालक या तो अकेले अथवा अपनी धर्मपत्नियों के साथ रह रहे थे ऐसे प्रायः सभी पशु पालक उनके करीब आते और उनसे प्रार्थना करते कि दया करके आप लोग हमारी खूटी में आये कुछ खा-पी कर थोड़ी देर विश्राम कर ले। इस क्षेत्र के अधिकांश पशुपालक समाज के लोग लबजाँग टिकरा को तो पहचानते ही थे। कई एक तो योनतान को भी अच्छी तरह पहचानते थे। उस क्षेत्र के अधिकांश लोगों ने सोनाम ओर छिरिंग दैमा का पूरा परिचय करवा देने का निवेदन किया और उनमें से कुछ विशेषकर बूढ़े-बूढ़ी लोगों ने तो इन दोनों के रूप की प्रशंसा में इतनी ज़ोरों-ज़ोरों से कहना शुरू किया कि जिसे सुन कर वे लजा जाती थीं। फिर भी उनकी रूप की प्रशंसा किये बिना लोगों ने उन्हें आगे जाने ही नहीं दिया।

गोधूलि वेला में सूरज के ढलने के साथ-साथ ही लबजाँग का यह दल जङ् गाँव में पहुँच गया। वहाँ उन्होंने थूपतेन नाम के अपने पुराने मित्र के घर पर रात्रि-निवास करने के उद्देश्य से पड़ाव डाला। लबजाँग और टिकरा दोनों के लिए ही समान रूप से यही घर शरण लेने का स्थान रहा है। जब भी वे इधर आये हैं, अतिथि के रूप में उन्हें यहीं सहारा मिलता रहा है। धार्मिक यात्रा के अतिरिक्त भी जब वे अपनी व्यक्तिगत व्यापार यात्रा पर भी इधर आते हैं तो थूपतेन के इस घर पर ही ठहरते हैं, भोजन-छाजन, विश्राम-शयन करते हैं। इसके समान ही वह भिन्न स्थिति भी होती है जब थूपतेन अपने काम-काज के सिलसिले में कभी इन लोगों के साकतेङ् गाँव जाता है, तो लबजाँग के घर अथवा कभी टिकरा के घर ही अतिथि बन आदर-सत्कार पाता है। लबजाँग के पितामह के जमाने से उनके परिवार का इस परिवार से ऐसा घनिष्ठ सम्बन्ध चला आ रहा है। लबजाँग जब बारह या तेरह वर्ष का किशोर बालक था, तभी पहली-पहली बार वह अपने पिताजी के साथ यहाँ आया था। उस समय थूपतेन भी उसका समवयस्क किशोर ही था। लबजाँग ने जिस तरह थूपतेन को पहली बार तब देखा था और उससे परिचित हुए थे, ठीक उसी तरह थूपतेन ने भी लबजाँग का पहली-पहली बार परिचय पाया था। फिर भी पहली-पहली बार किसी अपरिचित घर में अतिथि हो पहुँचने पर साधारणतः जितना संकोच होता है, स्वछन्द होने में जो लाज आती है, वैसा कुछ लबजाँग को अनुभव नहीं हुआ। उस प्रथम-प्रथम बार की भेंट में ही, अपने कान के समान की ऊँचाई वाले थूपतेन से लबजाँग की गहरी मित्रता हो गयी।

थूपतेन खेती-बारी का काम करने वाला कृषक-समुदाय का व्यक्ति था, लबजाँग की तरह पशुपालक नहीं था। उसके इस अंचल में खेती-बारी करने लायक

जगह-ज़मीन थी। तभी थूपतेन ने लबजाँग को अपने खेतों में ले जा कर उनमें उगी ककड़ियाँ, खीरे, इत्यादि की फसलें दिखायी और उनके फल-तोड़ कर खिलाये थे। फसले उगाने के लिए वे लोग अपने खेतों में वे किस तरह जोतते हैं, किस तरह खेत की ज़मीन समतल करने के लिए हेंगा-हेंगी चलाते हैं खाद-पानी दे कर किस तरह खेत की मिट्टी को मुलायम-चिकनी और उपजाऊ बनाते हैं, इत्यादि की विस्तृत जानकारी दी थी। वह जो खेती करता है, वे गाँव के आस-पास कहाँ-कहाँ, कितने-कितने टुकड़ों में बँटे-बिखरे हैं?—इसकी भी जानकारी उसे दी थी। उसके प्रत्युत्तर में लबजाँग ने भी अपने पशुपालक समुदाय पशुओं की विभिन्न प्रजातियों, चरागाहों, जीवन निर्वाह की क्या-क्या खट्टी-मीठी अनुभूतियाँ होती हैं आदि का खोल कर विस्तृत विवरण थूपतेन को तभी दिया था। ठीक उसी दिन से लबजाँग और थूपतेन प्रगाढ़ मित्र बने थे।

घोड़ों के गलों में बँधी पट्टियों में लटक रही घण्टियों की टुन-टुन की आवाज़ें सुन कर तथा द्वार पर खड़े हो कर उसका नाम पुकार रहे लबजाँग की बोली पहचान कर थूपतेन हँसते-हँसते अपने घर से बाहर निकल आया और लबजाँग तथा उसके सभी साथियों का दिल खोल कर अपने घर में स्वागत किया। थूपतेन की पत्नी भी बाहर निकल आयी। यात्री-दल में उसने जो स्त्रियों को देखा तो सोनाम, योनतान और छिरिंग दैमा को प्यार से बुला कर अपनी कुटिया के भीतर लिवा ले गयी। उनकी पीठों पर लदे बड़े-बड़े थैलों के बोझों को नीचे उतरवाने में मदद कर फिर बड़े आदर-सत्कारपूर्वक उन्हें आराम से बिठाये।

बाहर थूपतेन भी लबजाँग और टिकरा के साथ मिल कर उनके घोड़ों पर लदे बोझों को नीचे उतरवाने, घोड़ों पर कसी जीनों को खोल कर उन्हें खुला छोड़ आराम करने फिर मैदान में चरने देने को छोड़, बोझों के बोरों-थैलों को उठवा-उठवाकर घर के भीतर ले जा कर सुरक्षित जगह पर तह-पर-तह करीने से रखने में व्यस्त हो गया। कठिन परिश्रमपूर्ण यह सब काम करते-करते ही वे एक-दूसरे के परिवार का कुशल-क्षेम पूछते-जताते हुए उनके मंगल-अमंगल का अता-पता भी करते रहे।

"यहाँ से चल कर आगे तवाँग बौद्ध विहार का दर्शन करने जाऊँगा, यही उद्देश्य ले कर घर से चला था, इसलिए अपने साथ परिवार की महिला सदस्यों को भी साथ लिवा ले आया हूँ। हम लोग अपने घर-गाँव से बहुत-बहुत दूर की तीर्थयात्राओं पर जा नहीं सकते। हमारी पहुँच सकने की क्षमता के अन्दर के स्थानों में से तवाँग-गोम्पा ही सबसे महान तीर्थ स्थान है। अतएव उसी का थोड़ा दर्शन कर जायेंगे, इसी पवित्र भावना को मन में बसा हम लोग यहाँ आये हैं"—लबजाँग ने अपने आने के उद्देश्य का खुलासा किया।

वाह बहुत अच्छी बात है। मैं भी बहुत समय से तवाँग-गोम्पा का दर्शन करने

जाने की इच्छा पाले हुए हूँ। अब जाऊँगा, तब जाऊँगा, करते-करते हुए भी नाना झंझटों में उलझते रहने के कारण उसके लिए घर से निकल नहीं पाया। लगभग पूरा एक वर्ष का ही समय बीत गया। अब जब आप लोगों के यहाँ आने के बहाने मुझे भी उन्होंने दर्शन करने का सौभाग्य देना चाहा तो मैं भी अपनी धर्मपत्नी को साथ ले कर आप लोगों के संग चलूँगा।" थूपतेन ने कहा।

"मैं भी अपने हृदय में यहीं भावना पाले हुए था कि कि उस महान तीर्थ पर साथ-साथ ही जाऊँ? अब जब आपने स्वयं ही इच्छा प्रकट कर दी तो हमारा कितना सौभाग्य हुआ। चलिए एक साथ ही पवित्रतीर्थ का दर्शन कर हम लोगों को साथ-साथ पुण्य अर्जित करने का लाभ मिलेगा।" लबजाँग ने जवाब में कहा।

थूपतेन ने इस बार अपनी धर्मपत्नी को पुकार कर बोल उठा—"अरे ओ टोपगे की माँ। चलो अपने इन परम मित्रों के साथ हम भी तवाङ् गोम्पा तक एक चक्कर मार आयें। अतः तुम भी अभी से इस तीर्थ यात्रा के लिए आवश्यक सामान इत्यादि जुटाने में लग जाओ।"

घर आये अतिथियों को पिलाने के लिए मदिरा बनाने में व्यस्त उनकी धर्मपत्नी और भी उत्साहित होती हुई किलक उठी—"तीर्थ-यात्रा पर जाने के लिए तो मैं सदा अपना एक पाँव उठाये हुए ही रहती हूँ। आप ही हैं जो लिवा ले चलने का नाम तक नहीं लेते।"

"मगर इस बार तो निश्चय ही साथ लिवा ले चलूँगा। अब तो प्रसन्न हो।"—थूपतेन ने वहीं से ऊँचे स्वर में कहा। फिर लबजाँग और टिकरा के लिए चटाई-कालीन-पावड़े आदि बिछा कर कहा—"आइए बैठ कर आराम कर लीजिए। इतनी कठिन यात्रा से थके-माँदे आये हैं। आराम करके थकान मिटा लें।"

जब वे सभी बैठ गये तब लबजाँग ने फिर अपनी ओर से ही उत्साह दिखाते हुए कहा, "प्यारे मित्र! आप एक समाचार अभी तक सुन पाये हैं कि नहीं?"

"कौन सा समाचार?"

"बस यही कि अपने साथ खोर-देपका, कर लेने के लिए मैंने भी एक नवयुवक अपने घर अपने पास बुला लिया है। अपने घर का बिलकुल अकेला पुरुष सदस्य था। घर से दूर, ऊँची पहाड़ी पर स्थित चरागाह की खुटी पर गायों-भेड़ों की चरवाही रखवाली करता रहूँ अथवा फिर घर के लिए अन्न-वस्त्र जुटा कर ले आने के लिए कस्बों-गाँवों में वाणिज्य-व्यापार के लिए दौड़ता-भागता फिरूँ! चौतरफे खिंचाव के कारण भारी दबावों में था। यहाँ तक कि आप लोगों जैसे अत्यन्त सहृदय मित्र भी जब कभी मुझसे भेंट करने के लिए मेरे घर-गाँव आये होते, तो मैं चूँकि उस समय पहाड़ी चरागाह में रह रहा होता, अतः स्वागत-सत्कार की तो बात ही दूर भेंट कर पाने का भी सौभाग्य नहीं मिल पाता था। घर के अत्यन्त आवश्यक कामों

के लिए वाणिज्य-व्यापार करने जाता तो घर की आवश्यकतावश बहुत जल्द ही वापस घर आ जाना पड़ता, जिससे व्यापार का कार्य अधूरा ही छूट जाया करता था। यहाँ तक कि तीर्थ-यात्रा जैसा पुण्य का काम भी निश्चिन्त हो कर, आराम से नहीं कर पाता। इन्हीं सब दबावों के चलते मुझे विवश हो कर ऐसा निर्णय लेना पड़ा है।"

"यह तो तुमने बड़ा ही अच्छा काम किया है मित्र! मैं भी बहुत दिनों से तुम्हें ऐसा करने की सलाह देने की बात सोचता आ रहा था, परन्तु कह नहीं पाया। अच्छा तो अब यह तो बतलाओ कि इस नेक कार्य के लिए तुमने अपने पास बुलाया किसे है?"

"पेमा वांगछू को।"

सुनते ही कुछ घबड़ाहट का अनुभव करते हुए थूपतेन इस आशा में कहीं उसने गलत तो नहीं सुन लिया हो अचरज से पूछा—"पेमा वांगछू को? माने तुम्हारा आशय उसी पेमा वांगछू से ही है जो उसे बूढ़े छवांग का बेटा है?"

"हाँ, हाँ। ठीक वही है।" लबजाँग की जगह टिकरा ने झट से उत्तर दिया।

पेमा वांगछू का चाल-चरित्र, क्रिया-कलाप केवल थूपतेन ही नहीं, बल्कि इस अंचल के निवासी सारे-के-सारे लोग जानते हैं। उसकी उच्छृंखल कारगुजारियों से लोग इसलिए भी परिचित हैं कि इस बीच कई-कई महीने वह तवाँग अंचल के भिन्न-भिन्न गाँवों में चक्कर लगाता रहा था और ऐसे अशालीन व्यवहार करता गया था कि इस सभ्य-समाज के व्यक्ति उसे देखते ही नाक-भौं सिकोड़ने लगे थे। अतएव जब थूपतेन ने निश्चयपूर्वक जान लिया कि लबजाँग ने उसी पेमा वांगछू को अपना चित्त जीवन संगी तथा अपनी पत्नी का भी दूसरा पति बना लेने के लिए खोर-देपका कर लेने के उद्देश्य से बुला लिया है तो उनके कोमल हृदय को भारी चोट पहुँची। उन्हें यह तनिक भी अच्छा नहीं लगा। वे अपने अन्र्ततम की भावना को मुख से शब्द उचार कर स्पष्ट रूप से कहने जा ही रहे थे कि उनकी दृष्टि सोनाम की आँखों से जा मिली। सोनाम के मुखमण्डल के भावों की झलक देखते ही उन्होंने अपना मन बदल लिया। पहले जो कुछ कहने जा रहे थे, उसकी जगह बिलकुल ही अलग बात कह पड़े—"अरे ओ भाभी तुमने तो आज पहली-पहली बार हमारे घर में अपने चरण रखे हैं। किसी भी भाभी का पहली बार घर में आना मंगल-जनक होता है। मैं तो अपने प्रिय मित्र लबजाँग से जाने कितने दिनों पहले से ही अनुरोध करता आ रहा था कि कभी वह आपको साथ ले कर हमारे घर पधारे। परन्तु वह कभी आपको लिवा लाया ही नहीं।"

"अब तो आपके घर-गाँव में आने का अवसर मिल गया है। यहाँ पहुँचकर मैं अपने को अत्यन्त सौभाग्यशाली मान रही हूँ कि इतनी रमणीय घाटी में आ पायी हूँ। मैं सच्चे मने से कह रही हूँ कि आपकी यह जगह मुझे बहुत ही सुन्दर लग रही

है।” सोनाम बोली।”

“यहाँ आते समय राह में कोई तकलीफ तो नहीं हुई? आखिर अत्यन्त गहन वन और पथरीली घाटियों से चल कर जो आना पड़ा, उसके कारण।”

“नहीं, बिलकुल ही नहीं। कोई कष्ट हमें हुआ ही नहीं, बस सिवाय इसके कि चलते-चलते पैरों के तलवों में तकलीफ हो रही है।” सोनाम ने विनम्रतापूर्वक उत्तर दिया।

“इसके लिए विशेष चिन्ता मत करो। भोजन-छाजन कर लेने के बाद जब आराम करने के लिए सोने जाना तब चँवरी गाय का घी गरम करके तलवों घिस-घिस कर लगा लेना। कल और होने तक सारी तकलीफ दूर हो जायेगी।”

लबजाँग और टिकरा अपने पशुओं से मिले दूध से बने घी, पनीर, मक्खन वगैरह बहुत अधिक मात्रा में लाये थे, कि इन्हें बेच कर मिले रुपये से घर के लिए अति आवश्यक सामानों की खरीद करेंगे। अभी वे तवाँग शहर से काफी दूर इस पिछड़े ग्रामीण इलाके में ही पहुँचे थे कि यहीं उनके घी, छुर्राप ऐसे बिकने शुरू हो गये, कि साथ में लाये पूरे सामान का अधिकांश हिस्सा यहीं बिक गया। थूपतेन के घर उनके आ कर पड़ाव डालने का समाचार मिलते ही उस गाँव के आदमी दौड़ते-भागते आने लगे और उनके चार-चार, पाँच-पाँच केजि घी, छुर्राप खरीद ले गये। हालत ऐसी हो गयी कि उन्हें प्रयत्न करके उनका कुछ हिस्सा बचाये रखना पड़ा। चूँकि वे तीर्थयात्रा के पुण्य-कार्य के लिए जा रहे थे जहाँ दान-पुण्य करने से जीवन सफल हो सकता है। अतः उन्होंने सारी सामग्री न बेच कर तवाँग गोम्पा के लोगों को, बौद्ध विहार की पाकशाला के प्रधान भण्डारी, अतिथियों की सेवा के व्यवस्थापक को तथा मठ के मुख्य अधिकारी मठाधीश रिमपोचे जी को दान में भेंट करने के लिए कुछ घी-छुर्राप बचा लिया। बाकी सभी सामग्री बिक ही गयी। सोनाम ने अपनी भेड़ों के बालों से बुन कर बनाये अपने दो कम्बल तीस, पूरे भरे टिनों के मकई के दानों के बदले बेच दिये। उस दिन के ठीक दूसरे दिन भर भी उन लोगों ने उस जङ् गाँव में ही ठहरे रह कर विश्राम किया फिर तीसरे दिन तवाँग को रवाना हुए।

आठ

तिब्बत देश की राजधानी ल्हासा में स्थित **'पोतला-गोम्पा'** के ठीक बाद ही अर्थात् ठीक द्वितीय स्थान पर—सारे संसार में तवाँग के इस गोम्पा, जिसका नाम है—'गेन देन नाम ग्येल हलात्से' का स्थान है। पोतला के बाद ही इस बौद्ध विहार को ही महत्त्व दिया जाता है। सभी बौद्ध धर्मावलम्बियों द्वारा इस 'गेन देन नाम ग्येल हलात्से'—गोम्पा को ही तवाँग बौद्ध विहार कहा जाता है। ईसवी सन् 1681 में हमारे यहाँ की ही मनपा जनजाति के एक बौद्धलामा श्री मेरा लामा धार्मिक शिक्षा तिब्बत में पूरी कर चुकने के बाद यहाँ लौट आये और उन्होंने ही यहाँ पर इस महान गोम्पा का निर्माण करवाया। इस अंचल में यह दन्त-कथा प्रचलित है कि इस क्षेत्र के निवासी मेरा लामा धार्मिक शिक्षा प्राप्त करने ल्हासा गये। शिक्षा पूर्ण हो जाने पर पुनः जब अपने क्षेत्र में लौटे तो आगे की और तपस्या करने के लिए वे यहाँ के छोटे से गाँव 'ताकसांङ्' में रहने लगे। तपस्या पूरी करने के क्रम में ही उन्होंने वहीं एक छोटा-सा मन्दिर बनवा लिया। उस जमाने में यहाँ की मनपा जनजातियों के बीच 'निंगमापा' नामक बौद्धमत का प्रचार-प्रसार ही अधिक था। जबकि मेरा लामा ने तिब्बत में 'गेलूकपा-बौद्धमत की शिक्षा-दीक्षा ली थी। अतः इस अंचल में लौटने पर उन्होंने 'गेलूकपा-मत' के बौद्ध-धर्म के प्रचार-प्रसार के लिए एक अत्यन्त विशाल आकार के बौद्धमठ या गोम्पा का निर्माण करने का निश्चय किया तथा उसके लिए सर्वथा उपयुक्त स्थान की खोज में तन-मन से लग गये। इस दुर्गम पहाड़ी प्रदेश में उन्हें अपने घोड़े पर चढ़ कर ही विभिन्न स्थानों का निरीक्षण करने जाना होता था। एक दिन ज़रा सी असावधानी हुई कि घोड़ा जाने कहाँ गायब हो गया। तब वे उस घोड़े की खोज में भटकने लगे। भटकते-भटकते जब वे इस विशेष पहाड़ी क्षेत्र में पहुँचे तो देखते क्या हैं कि वह घोड़ा अपने आगे के दोनों पैरों को उठा कर अपनी दोनों खुरों से एक पहाड़ी के किनारे पर बार-बार चोट कर-करके वहाँ खोद-खोदकर गड्ढा कर निशान लगाता जा रहा था। एक ओर थोड़ा झुकी हुई सी तथा दूसरी ओर पूरी सुदृढ़ता से सीधी

खड़ी वह पहाड़ी जो उस अंचल में चारों ओर से बिलकुल साफ-साफ दिखायी पड़ने वाली थी। साथ ही प्रत्येक दृष्टि से सर्वथा सुरक्षित स्थान वाली थी। उस देख लामा जी ने अन्तर्मन से समझ लिया कि घोड़ा उनके द्वारा खोजे जा रहे पवित्र स्थान को चिह्नित कर दिखा रहा है। फिर तो मेरा लामा ने उसी स्थान पर इस विशाल बौद्ध विहार का निर्माण करवा दिया। चूँकि उक्त स्थान घोड़े के आशीर्वाद से धन्य हुआ था, इसी से उसका नाम रखा गया–'तवाँग'। इस संयुक्त शब्द में पहले अंश–'त' का अर्थ है–घोड़ा,–और 'वाँग' का अर्थ है,–आशीर्वाद'। समय के बीतते रहने के साथ-साथ जनसाधारण में इस गोम्पा-बौद्ध विहार का नाम की विख्यात हो गया–तवाँग-गोम्पा।

उस ज़माने में इस क्षेत्र के मनपा समाज में बौद्धमत की पुरानी परम्परा निंगमापा का ही प्रचार-प्रसार था। जब मेरा लामा 'गेलूकपा' नाम के इस नये बौद्धमत का प्रचार-प्रसार इस क्षेत्र में करने लगे, तब उन्हें और उनके 'गेलूकपा' मत के अनुयायियों को यहाँ के पुरातन विश्वास-निगंमापा-मत के अनुयायियों के साथ बहुत लम्बे समय तक लड़ाई लड़नी पड़ी थी। पुराने निंगामापा मत के लोग भूटान देश के राजा का प्रतिनिधित्व कर रहे थे, जबकि मेरा लामा तिब्बत के दलाई लामा का प्रतिनिधित्व कर रहे थे। अन्तिम विजय मेरा लामा की हुई जिससे सभी मनपा लोगों और उनके सम्पूर्ण क्षेत्रों से पुराने निंगमापा मत और उसके अनुयायियों को उखाड़ फेंकने में वे समर्थ हुए। उसकी जगह तिब्बत से लाये गेलूकपा मत को उन्होंने सर्वत्र प्रतिष्ठापित कर दिया। इसके परिणामस्वरूप इस क्षेत्र पर तिब्बत का ही शासन हो गया। तिब्बत सरकार के प्रतिनिधि के रूप में वे यहाँ के निवासी मनपा लोगों से राज-कर, मालगुजारी धर्मकर और धार्मिक दान-दक्षिणा स्वयं वसूलने लगे और उसे तवाँग-गोम्पा में जमा करवाने लगे।

इस गोम्पा-बौद्ध विहार का शासन और उसके परिगठन, कार्यप्रणाली इत्यादि सभी कुछ गणतान्त्रिक नियमानुसार होती है। गोम्पा के सर्वप्रमुख मठाधिकारी को–'रिमपोचे'–कहा जाता है। लोगों का विश्वास है कि सारे-के-सारे रिमपोचे साधारणतः लामा द्वारा पुनर्जन्म लेने वाले ही होते हैं। बौद्ध धर्म-मत की व्यवस्था के अनुसार प्रत्येक गोम्पा का अपना एक रिमपोचे होता है, और गुरु रिमपोचे ही आजकल तवाँग गोम्पा का रिमपोचे है।

रिमपोचे के बाद यहाँ के बड़े अधिकारी होते हैं–(1) लपोन और (2) ङारसाङ्। उनकी नियुक्ति यहाँ के वरिष्ठ मनपा लामा लोगों के बीच से ही की जाती हैं। इनका कार्यकाल तीन वर्षों की अवधि का होता है। लपोन इस गोम्पा के सारे धार्मिक अनुष्ठानों, पूजा-पाठ, दातव्य कार्यों आदि का संचालक होता है, तथा इससे सम्बन्धित समस्त कार्यों का संरक्षक होता है। दूसरे ङारसाङ् नामक अधिकारी इस

बौद्ध विहार के राजस्व विभाग का अध्यक्ष होता है जो हर प्रकार के करों दान-दक्षिणादि से होने वाली समस्त आय का संरक्षक होता है, इसके साथ ही वह गोम्पा के भण्डारागार का भी संरक्षण करता है। इन मुख्य अधिकारियों के अलावा भी भिन्न-भिन्न विभागों जैसे—शिक्षा, चिकित्सा, ग्रन्थालय, संस्कृति आदि से सम्बन्धित—अपने-अपने कार्याध्यक्ष अधिकारी होते हैं, किन्तु उनका स्थान पहले बतलाये गये दो मुख्य अधिकारियों के बाद ही होता है।

तवाँग के इस मूल गोम्पा के अतिरिक्त इसकी अठारह शाखा गोम्पायेँ या बौद्ध विहार और हैं जो अरुणाचल प्रदेश के पश्चिमी कामेङ जिले और तवाँग जिले के भिन्न-भिन्न स्थानों में फैले हुए हैं। उन शाखा बौद्ध विहारों के कार्याध्यक्ष लामा का चुनाव वरिष्ठ लामाओं के बीच से ही किया जाता है। ये सभी तीन वर्षों के कार्यकाल के लिए चुनकर भेजे जाते हैं।

मनपा लोगों की खेती-बारी की सारी ज़मीन घर-द्वार की सारी जगह, पशुओं को चरवाने के मैदान—चारणभूमि—इत्यादि सभी कुछ का हिसाब-किताब ञारसाङ् महाशय के यहाँ जमा रहता है। मनपा लोगों के सारे-के-सारे परिवारों को अपनी जगह ज़मीन की मूल्यवत्ता और फसलों की उपजों के बदले अपनी आमदनी का एक अंश खेर अर्थात मालगुजारी—राजस्व-के रूप में तवाँग बौद्ध विहार में जमा करना पड़ता है। इस महाविशाल बौद्ध-विहार के परिसर में प्रत्येक गाँव वालों के नाम पर एक-एक घर आरक्षित रहता है, जहाँ उन-उन गाँवों से आये हुए लामा लोग आ कर रहते हैं। मुख्य और मूल गोम्पा उसके ग्रन्थागार, उसकी विभिन्न शैक्षणिक संस्थाओं, पाठशालाओं, रसोईघरों, भण्डारगृहों, छोटे-बड़े विभिन्न स्तूपों, तोरण द्वारों आदि के निर्माण अथवा उनकी मरम्मत, साफ-सफाई, रंग रोगन आदि के अलावा अपने-अपने लामाओं के लिए निर्धारित घरों के भी निर्माण या मरम्मत आदि में आर्थिक सहायता और शारीरिक श्रम दान गाँववासियों को करना पड़ता है। इस अंचल की प्रचलित परम्परा के अुनसार साधारणतः मनपा परिवारों के लोगों को अपने द्वितीय पुत्र को पढ़ने के लिए और लामा बन कर बौद्ध-भिक्षु या संन्यासी का जीवन जीना स्वीकार कर लेने के लिए पठाना पड़ता है। इस प्रकार के लामा संन्यासी तवाँग के इस बौद्ध विहार में रहकर अध्ययन-मनन करते हैं। अथवा धार्मिक-साधनाएँ करते हैं। उनके भी भोजन-छाजन, कपड़े-लत्ते, चीवर इत्यादि सम्बन्धी सभी प्रकार के खर्चों का वहन उसके गाँव के लोगों को उठाना ही पड़ता है।

थूपतेन का एक भाई भी इस तवाँग-गोम्पा में लामा-संन्यासी या भिक्षु के रूप में रहता है। प्रत्येक महीने-महीने तो नहीं, तो भी दो या तीन महीने के अन्तर में खाद्य-सामग्री तथा और आवश्यक सामान उसे देना पड़ता है। गाँव-घर से कोई आदमी अगर इन आवश्यक सामनों को उसके पास पहुँचा देने नहीं आ पाता, तब

फिर कभी-कभी वह स्वयं ही गाँव जा कर अपना राशन वगैरह ले आता है। अतएव इस बार जो थूपतेन लबजाँग आदि के साथ तवाँग-गोम्पा तीर्थाटन करने आये हैं, तो इसके पीछे तीर्थ-दर्शन-पूजन का पुण्य कमाने का उद्देश्य तो है ही, उसके साथ-ही-साथ अपने लामा-संन्यासी बने भाई के लिए भोजन-छाजन की रसद सामग्री और अन्यान्य आवश्यक चीज़ें पहुँचा देने का भी उद्देश्य मिला हुआ है। उस गाँव में विश्राम करने के बाद तीसरे दिन लबजाँग और उसके सभी साथी, अपने सारे सामान ले जाने के लिए तीन घोड़ों को साथ ले तवाँग के लिए निकल पड़े।

जाँग नाम के उस गाँव से कुछ दूरी तक नीचे ढलान की उतराई उतरते हुए जो आगे बढ़े तो उनके मार्ग में तवांगछु नदी पड़ी। यात्रियों का उनका यह दल जब निसांलाङ् पहाड़ी की चोटी की ऊँचाई पर था, तब उन्होंने वहाँ से भी इस नदी को देखा। परन्तु तब यह नदी एक अत्यन्त सीधी-सादी, शान्त-शिष्ट स्वभाव की, एक सफेद चादर की तरह धरती पर पसरी हुई दिखायी पड़ी थी। अब जो उसके बिलकुल पास में, ठीक आमने-सामने आ खड़े हुए हैं तो उसी नदी के अत्यन्त भयंकर उन्मत्त रूप को देखकर सोनाम वगैरह तो आश्चर्य के मारे दाँतों तले अँगुली दबा बैठी। लोहे के पुल से उस नदी पार कर चुकने के बाद तवांगछू नदी के उत्तरी किनारे की यात्रा शुरू हुई, थोड़ी-थोड़ी दूर पर बसी अत्यन्त घनी बस्तियों के बीच से। आबादी से बाहर के रास्तों पर बढ़ते हुए सोनाम इत्यादि ने मनपा किसानों को अपने खेतों में नाना प्रकार के काम करते हुए देखा। किसी-किसी खेत में गेहूँ की कटी फसल को, तो कहीं खलिहान में मड़ाई किये हुए गेहूँ के दानों को उठा-उठा कर किसान एक जगह राशि लगा रहे हैं, तो कहीं जुते हुए खेत में मकई के बीज छिड़क कर नयी पौध लगा रहे हैं। किसी अत्यन्त मुलायम माटी के खेत में आलू खोद-खोद कर आलू की ढेरियाँ लगा रहे हैं, तो कहीं कोई किसान अभी अपना खेत जोतने में ही लगा हुआ है ताकि अगली फसल बो सके। उससे कुछ आगे बढ़ा कोई किसान अपने धान की उखाड़-उखाड़ कर उसे अपने पानी-कीचड़ भरे दूसरे खेत में ले जा कर रोष रहा है। किसी-किसी खेत में गेहूँ की फसल पकने-पकने की अवस्था हो चुकने के कारण गेहूँ की पकी बालियों के कारण पूरा खेत सुनहली आभा से चमकने लगा है। कोई खेतों में मकई के जो पौधे हरे-हरे डंठलों-पत्तों सहित ऊँचे हो गये थे, वे लहर-लहर लहराती हवा के झकोरों हिलते-डुलते आश्चर्यजनक शोभा बिखेर रहे हैं। लबजाँग के लोगों को देख लेने पर वे किसान अपनी खेती के काम में व्यस्त और दूर-दर होने पर भी वहीं से चिल्ला-चिल्ला कर उनका स्वागत-अभिवादन जना रहे थे। दो-चार किसानों ने तो अपनी खेत की फसल से ककड़ी, खीरा, खरबूजा वग़ैरह तोड़ कर

उनके पास आ उन्हें बड़े प्यार से खिलाया भी।

खेतों, बाग-बगीचों के इन इलाकों से गुजरते अलग-अलग जगहों पर उन सबने अलग-अलग प्रकार की गन्धों-सुगन्धों का स्वाद सूँघा। किसानी कर रहे किसानों की देहों की गन्ध, हल जोतते किसानों की जुआठी में जुते, हल खींचते-खींचते पसीने से तर-बतर नहाये बैलों की जोड़ियों के शरीर से निकलती गन्ध, पहाड़ी इलाके की राह के इर्द-गिर्द गिरते पड़ते विभिन्न पान्थ-पादपों (रोडोड्रेन) नाना प्रजाति के मैदानी-पहाड़ी फूलों से फैलती सुवासों की सुगन्धें, सड़को पगडंडियों के किनारे-किनारे छिटकी-छितराई पत्तियों वाली लताओं तथा ओक के लम्बे-लम्बे, बड़े-बड़े वृक्षों की कोमल-कोमल पत्तियों की सुगन्धों का आस्वाद पाया। रास्ते पर आगे बढ़ते हुए थूपतेन शेष लोगों को बीच-बीच में अथवा आस-पास के निकट-दूरवर्ती मुख्य-मुख्य गाँवों का परिचय देता गया—इस नदी के उस पार जो घना बसा बड़ा गाँव देख रहे हो न, उसे मुक्तो गाँव कहते हैं। उससे पश्चिमी ओर का गाँव ग्यामदोङ् नाम से प्रसिद्ध है, उसके और भी पश्चिम की ओर पहाड़ के टीले के ठीक सट कर शुरू हुई घरों की पाँत जो पहाड़ी के ऊपर तक फैली हुई दिखायी दे रही हैं, वह खेनपा नामक जाति के लोगों का गाँव है, जो जाति अपनी नाना प्रकार की आपराधिक कारगुजारियों के कारण इस समूचे क्षेत्र में बहुत बदनाम है। इसी प्रकार की भाँति-भाँति की बातें—दन्त-कथाएँ कहते-सुनते, बीच-बीच में रास्ते में मिले आदमियों से उनका कुशल-क्षेम पूछते, पारस्परिक स्नेह-सौहार्द का भाव-विनिमय करते-करते ढलते सूरज की गोधूलि वेला में वे लोग स्यो नाम की अति प्रसिद्ध बस्ती में पहुँच गये।

स्यो बस्ती विश्वप्रसिद्ध इस तवाँग-गोम्पा के ठीक निचली घाटी में बसी हुई है। इस बस्ती के निवासियों के कपड़े-लत्तों की; साज पोशाकों और उनके पहनने के रंग-ढंग की परिपाटी और पारस्परिक भाव-विनिमय की भाषा-बोली तिब्बती है। स्यो बस्ती के यहाँ बसने और क्रमशः बढ़ते रहने के सम्बन्ध में इस क्षेत्र के जन-समुदाय में भिन्न-भिन्न प्रकार की आवधारणाएँ प्रचलित हैं। कुछ लोगों का मत है कि एक साधारण गाँव के रूप में इस गाँव का अस्तित्व तवाँग-गोम्पा के निर्माण-काल के बहुत पहले से ही था। जबकि दूसरे प्रकार के लोगों का विचार है कि यहाँ जब इतने बड़े बौद्ध-विहार का निर्माण हो गया, तब इस बौद्ध विहार के नाना प्रकार के कामकाजों को सम्पादित करने के लिए विशाल गोम्पा के आस-पास हो रही तीर्थ-यात्रियों की भीड़ के कारण अचानक उग आये नाना प्रकार के कार्यों और जनसमुदायों से जुड़ी नानाविधि सेवाओं के लिए उपयोगी संसाधन जुटाने के लिए तिब्बत देश से वहाँ के निवासियों का भारी हूजूम इस ओर बढ़ आया फिर यहाँ स्थायी रूप से अपनी बस्ती बसा कर यहाँ का स्थायी निवासी हो गया। इसी कारण से तो यहाँ के निवासियों को अपनी कोई निजी खेती-बारी, बाग-बगीचे जैसी कोई

अचल सम्पत्ति नहीं है। दुकान-दौरी खोल कर, वाणिज्य-व्यापार करते हुए जीवन-निर्वाह करने के साथ-साथ इस पवित्र गोम्पा का दर्शन-पूजन करने जो तीर्थ-यात्रियों का जन-समुदाय यहाँ आता है, उन सबका स्वागत-सत्कार कर उन्हें यहाँ अतिथि बना कर अपने घर के कुछ भाग को अतिथि-गृह का रूप दे कर उनका आतिथ्य करके बदले में उनसे अपनी जीविका हेतु कुछ जुटा लेने का काम भी ये लोग करते हैं। हिन्दू-तीर्थों के तीर्थ-पुरोहितों की बस्ती की तरह ही इनकी बस्ती भी इन्हीं सब कार्यों को सम्पन्न करती हुई फलती-फूलती गयी है।

तीर्थ-यात्रियों को अपने घर ठहर कर उनका आदर आतिथ्य करने वाले ऐसे ही एक व्यक्ति के घर लबजाँग आदि ने डेरा डाला। तिब्बती भाषी इस आतिथेय पारिवार से भाव-विनिमय करने के लिए लबजाँग, टिकरा वग़ैरह भले ही तिब्बती भाषा नहीं जानते थे, परन्तु थूपतेन को तिब्बती भाषा बोलने-समझने का अच्छा ज्ञान था। उसके अतिरिक्त एक सुविधा तो सभी के लिए यह थी कि इनकी मनपा जाति की जो अपनी भाषा है—'ब्रामिन'—उसे यह तिब्बती परिवार ही तो क्या, इस गाँव के स्त्री-पुरुष सभी बड़े मज़े से समझते हैं और बिना किसी कठिनाई के बड़ी सहजता से धारा प्रवाह बोलते हैं। अतः बातचीत की कोई असुविधा नहीं है।

"आप लोगों के साथ ये स्त्री सदस्य अगर न आयी होतीं, तो हम पुरुषलोग तो मेरे भाई के निवास में ही बड़े आराम से ठहर गये होते। किन्तु चूँकि वहाँ स्त्री जाति को ठहराना वर्जित है अतः उसके निवास में जा कर ठहरने का तो कोई उपाय ही नहीं है।" कहते-कहते थूपतेन ने अपने पूरे यात्री दल के सारा-सामान बोझा ढोते आ रहे उन घोड़ों की पीठ से उतार लिया। बोझा और जीन वग़ैरह उतार कर घोड़ों को भी आराम का मौका दे दिया।

"हम लोग तो आप लोगों का आदर-आतिथ्य करने, सेवा-शुश्रूषा करने के लिए ही तो यहाँ घर-गृहस्थी जमा कर बसे हैं। आप लोग अगर हमारे घरों में ठहर कर हमें अतिथि-सेवा करने का अवसर अगर नहीं देंगे, तो फिर हमारे यहाँ रहने की ज़रूरत ही क्या है?—उस घर के मालिक गृहस्थ ने मनुहार की।

एक ओर की ढलान वाला एक पहाड़ी पर वीपिंग विलो (नीचे की ओर झुकी हुई डालों वाला पेड़ विशेष) और रजत भोज पत्र— (सिलवर बर्च, जिसकी तने की छालें चाँदी सी सफेद होती है)— के वृक्षों से भरे बाग़ीचों के बीच-बीच में जगह निकाल कर सूखे काठों से छोटे-छोटे घर बना बना कर यहाँ एक अच्छी-खासी भीड़-भरी यह स्यो बस्ती बस गयी है। प्रत्येक घर के पास अपने निजी स्वतन्त्र उद्यान है जिसमें तरह-तरह के फूलों के अतिरिक्त शाक-भाजी की विभिन्न गृहोपयोगी वनस्पतियाँ उगाई जाती हैं। घर के सामने के बरामदों, आने-जाने के रास्ते के दोनों किनारों पर खिले हुए फूलों से गुलज़ार भाँति-भाँति के गमले रखे हुए हैं। हर एक

घर के सबसे ऊपरी भाग—अगर घर तकृ की छप्पर से छाया हुआ है, तो उसकी ऊपरी चोटी पर—पचरंगी धर्म-ध्वाजा लहरा रही है। इस तरह के मनोरम दृश्य देख कर सोनाम और छिरिंग दैमा तो जैसे अपना होशोहवास ही गँवा बैठीं। वे मन्त्र मुग्ध हो कर उस सुन्दर परिदृश्य को अपनी आँखों में भर लेने लगीं।

चारों ओर से मजबूत पत्थरों की चहारदीवारी घेर कर दुर्ग या किले के आकार-प्रकार के घेरे में तवाँग-गोम्पा परिषद् हैं। जो इस गाँव से बहुत कम दूरी पर ही स्थित है। इस दुर्ग के भीतर ही मज़बूती से बनी ऊँची-ऊँची अट्टालिकाएँ हैं। उन पर अत्यन्त सफेद रंग के चूने की ऐसी गहन पुताई की हुई है कि वे दूर से ही जगमगाते हुए दिखते हैं। गोधूलि वेला के आधे अँधियारे और आधे उजियारे भरे परिवेश में सोनाम और छिरिंग दैमा के लिए वह जैसे एक रहस्यमयी आश्चर्यजनक पुरी जान पड़ी। बड़ी और छोटी इन दोनों बहनों ने अपने को जब इस रहस्यमयी नगरी के इतने सपीम पाया, तब उनके हृदय में एक अजीब सा कम्पन धड़कने लगा। सायं-सन्ध्या की हो रही पूजा-आरती में इकट्ठे हुए ढेर सारे लामों के कण्ठों से उठे मन्त्रोच्चारणों की गम्भीर ध्वनियाँ तथा उसके साथ ही वहाँ बजाये जा रहे मृदङ्ग झाँझ-करता लों, झाल-मंजीरों, तुरही शहनाइयों, घण्टियों और डमरुओं जैसे बाजों की सम्मिलित संगीत ध्वनि जो उस गोम्पा से उठ कर इस ओर हवा की तरंगों पर तिरती आ रही थी, ने उनके हृदय में उठती खुशी की उस भावना को और भी हज़ारों गुना अधिक भड़का दिया। मन की एक ऐसी पुण्य-आह्लाद-आश्चर्य भरी अवस्था में भाव विह्वल हो इस महा पवित्र तवाँग-गोम्पा के इतने पास जीवन में पहले-पहले ऐसा आशातीत अवसर पा जाने,— स्यो बस्ती के अतिथि-गृह में उन दोनों ने प्रवेश किया। उसी गोधूलि-वेला में सोनाम और छिरिंग दैमा ने अपने जीवन में पहली-पहली बार विद्युत गृहों के तारों से आ रही विद्युत शक्ति की सहायता से जगमग प्रकाश फैला रही बिजुलबत्तियाँ भी देखीं, जब वह घर अचानक ही बिजली के लट्टओं से बिच्छुरित प्रकाश से जगमगा उठा। बड़ी-छोटी वे दोनों बहनें तो कुछ समझ ही नहीं पायीं कि एकाएक यह कैसे हो गया, सोनाम और छिरिंग दैमा की आँखों में आश्चर्य के इस भाव को गहराता देख थूपतेन की श्रीमती पत्नी ने उनकी बाँहें थामीं और उन्हें खींचती हुई घर से बाहर लिवा ले गयीं। बाहर आ कर उन्होंने देखा अनगिनत बिजली के लट्टुओं एवं और तरह के प्रकाश फेंकने वाले संयन्त्रों से फैलाये जा रहे। प्रकाश से समूचा पहाड़ ही जगमगा रहा है। विस्मय के काठमारी सी कठु आयी दोनों बहनें बिजली के बल्बों को एकटक निहारती रहीं। यह सारा दृश्य देखते हुए भी सोनाम को वह सपना जैसा ही लगा। उसके वास्तविक अस्तित्व पर उसे विश्वास ही नहीं हो पा रहा था। उसकी ऐसी हैरान-परेशान दशा देख, आतिथ्य करने वाले उस घर की मालकिन स्वयं बाहर निकल आयीं और उन बिजली के बल्बों, उनसे फैलते

उजियारों आदि के बारे में वे जितना कुछ समझा सकी थीं, उन्होंने उतने विस्तार से उसके बारे में उन्हें समझाया। उनके द्वारा समझाई गयी उन बातों में से कुछ बातें तो सोनाम और उसके साथियों के मन-मस्तिष्क में समायीं जिससे उतना अंश वे समझ गयीं। किन्तु कुछ बातें तो वे समझ ही नहीं सकीं। चाहे जो कुछ भी क्यों न हो; सोनाम ने तो इसे जादू-मन्तर का ही काम मान लिया। दूर देश से आये इस यात्रियों के दल को अपना माननीय अतिथि मानते हुए उनका यथोचित आदर-आतिथ्य करने के लिए उसी दिन की शाम को ही उस गाँव के अनेक लोग उस अतिथिशाला में इकट्ठे हुए जिसमें उसघर के मालिक ने लबजाँग वग़ैरह को ठहरा रखा था। फिर तो बहुत रात तक कीर्तन-भजन-नाच-गान-वाद्य-वृन्द आदि से इन अतिथियों का स्वागत-सत्कार और मनोरंजन किया गया। जिससे बहुत अधिक रात बीत जाने के बाद ही लबजाँग इत्यादि विश्राम लेने के लिए अपने-अपने बिछौनों पर सोने जा पाये।

डम, डम, डम

ढोल की ज़ोरों की आवाज़े जो लगातार गूँजनी शुरू हुईं, तो सोनाम अचानक जग गयी, जब रात की भोर अभी होने-होने को ही है। एक लम्बी अँगड़ाई ले कर, हाथों-पैरों को तानकर स्वयं चुस्त-दुरुस्त हो उसने बगल में सोयी अपनी छोटी बहन को जगाया फिर उसे ले कर घर से बाहर निकल गयी। थोड़ी देर बाद जब सूर्य की सुनहली किरणें उस विशाल बौद्ध-विहार पर पड़ीं, तब प्रातःकालीन सूर्य किरणों में चमकते उस गोम्पा की छवि निहारने में वे मग्न हो गयीं। विशाल-विशाल भवनों में से कौन-सा ल्हागांग अर्थात् मूल मन्दिर है, इसे जाने की उन्हें उत्सुकता हुई। जान पड़ता है कि जिस जगह पर एक बहुत बड़ा एक लामा बड़े ज़ोर-ज़ोर की ढाप दे बजाये जा रहा है। मंजन स्नान से निवृत्त हो कर वे बाहर आयीं, फिर चारों ओर आँखें घुमा-घुमाकर देखने लगीं। उसने देखा कि उसके पास में ही जो यह नगर बसा है, वह अब जग उठा है। लोगों के घरों के सामने सांबूम नाम का जो धूपाधार रखे हैं, उनमें उन घर में रहने वालों ने जो कच्ची धूप-धूना की सुगन्धित चीज़ें सुलगायी है उनसे उठती धूप के धुएँ की लहरें ऊपर आकाश में कुण्डली सी चक्करबाजी खाती हुई ऊपर उठती जा रही हैं, कच्ची धूप की सुगन्धों से प्रातःकालीन समीर—मन्द-मन्थ बहती हवा—महमह महकने लगा है। ऐसे एक धार्मिक परिवेश में अपने को पहुँचा हुआ पा कर सोनाम ने अपने आप में बड़ी पवित्रता का अनुभव किया। हर एक प्रकार की रोग-शोक, विघ्न-विधा से मुक्त सर्वथा स्वस्थ शान्त और पवित्र भावना से उसकी आत्मा परम सन्तुष्ट हो उठी।

तवाँग-गोम्पा को दर्शन-पूजन करने जाते समय प्रत्येक दर्शनार्थी के लिए वेशभूषा में विशेष रीति से उसे पहन कर जाने का विधान है। सोनाम और छिरिंग

दैमा ने इस यात्रा के पहले कभी भी इस गोम्पा का दर्शन नहीं किया था। अतः वे दर्शनार्थी को पालन करने वाले इस विशेष विधि-विधान के बारे में कुछ भी नहीं जानती थीं। अतएव योनतान और थूपतेन की पत्नी ने पूजन-अर्चन में जाने के लिए सिगंका (स्त्रियों के पहनने का गाउननुमा चोला) को किस तरह से मोड़कर तह लगा लेने के बाद उस पर पेटी बाँधी जानी चाहिए, इसी तरह कमर और उसके नीचे के हिस्सों पर पूजा के लिए निर्धारित कपड़े के टुकड़े को कैसे लपेटना चाहिए, टोथुंग (बाँह पर पहने जाने वाला स्त्रियों का कपड़ा) की आस्तिग किस तरह खींचकर लपेटी जानी चाहिए आदि बातें सिखायीं और उस तरह से कपड़ा पहन लेने में सहायता की। जब बड़ी और छोटी दोनों बहनों ने इस प्रकार की साज पोशाक पहन ली तो उनका रूप और भी खिल उठा। इससे देखने वाले मन्त्रमुग्ध हो जाने लगे।

"तुम दोनों को देख कर इस बौद्ध विहार में आ कर ब्रह्मचारी छात्र बने, संन्यासी भिक्षु बने अथवा मन्दिर के पुजारी बने नवयुवक तो ऐसे घायल हो जायेंगे कि बेहोश हो कर गिर न पड़े तो अचछा हैं, नहीं तो तुम लोगों के रूप की आभा से होश-हवाश गँवा देने का खतरा तो सब पर आ ही गया है,"—थूपतेन की पत्नी ने कहा।

"अरे यहाँ के बौद्ध भिक्षु और नवयुवक लामा इन छोकरियों का पीछा करते-करते हमारे सागतेंग गाँव तक हमें खदेड़ते न चले जाये।" योनतान बोली "अगर वे हमें दौड़ाते-दौड़ाते हमारे अपने इलाके तक खदेड़ते पहुँच जायेंगे तो इससे चिन्तित होने और घबराने की ज़रूरत नहीं है, क्योंकि ऐसे सभी संन्यासियों को हम लोग अपने पशु-पालक समाज का ब्रोकपा बनाकर उन सभी को किसी न किसी अपने आदमी के साथ खोर-देपका करके विवाहित पुरुषों का सहायक बना कर उनके पत्नियों के दूसरे पति के रूप में रख लेंगे।" टिकरा की इस बात को सुनकर वहाँ उपस्थित सभी लोग किलकारी मार कर हँसने लगे। जिससे उस घर में हँसी का तरंग सी लहराने लगी।

"आप लोग यह कैसी अटपटी बातें करते जा रहे हैं। अभी इस घड़ी में हमें गोम्पा में दर्शन करने चलना चाहिए, ऐसी वेला में मन को हर दृष्टि से पवित्र बना लेना चाहिए परन्तु आप लोग इससे उलट बे-सिर-पैर की बुरी बातें कहते जा रहे हैं।" सोनाम ने अपना क्षोभ प्रकट करते हुए कहा।

बौद्ध विहार में दर्शन करने जाने के लिए लबजाँग और उसके सभी साथी इस बौद्ध विहार के दक्षिणी गोपुर (प्रवेश द्वार) जिसका नाम कॉकलिंग तोरण है उसी के रास्ते गोम्पा की परिषद् में प्रवेश करेंगे। कठिन चढ़ाई वाले इस मार्ग से बोझ लदे घोड़ों को अन्दर ले जाना अत्यन्त कष्टकर होगा, अतः घोड़ों को उस रास्ते से न ले जा कर थूपतेन के भाई जो यहाँ लामा संन्यासी बनकर रह रहा है उसके हाथों में

घोड़ों की लगाम सौंप दी गयी फिर बोझा लाद उन घोड़ों उत्तरी पूर्व दिशा के कॉकलिंग तोरण के रास्ते से अपने निवास की ओर ले गया। एक बड़े बेग में देवता को चढ़ाने के लिए, धूप-दीप घी और छोटे-छोटे कपड़ें को गोलाकार काट कर बनायी गयी विभिन्न प्रकार की मालाएँ जिन्हें हरंगमा कहते हैं साथ में ले कर दक्षिण पश्चिम के मुख्य तोरण द्वार से सोनाम वग़ैरह ने तवाँग गोम्पा में प्रवेश किया। अन्दर पहुँचने पर सोनाम को ऐसा महसूस हुआ जैसे वे लोग किसी मध्य युग की नगरी में घुस आये हों। बड़े-बड़े पत्थरों की चहारदीवारी पर मिट्टी का मजबूत लेप लगा कर सजायी गयी दीवारों से यह परिषद चारों ओर से घिरी हुई है जिसके भीतर छोटी-छोटी सँकरी-सँकरी गलियाँ कई कतारों में दोनों ओर चली गयी हैं, जिनके किनारे दो मंजिले, तीन मंजिले कतार के अनगिनत मकान कतार की कतार में खड़े हैं। गलियाँ दबे हुए नाटे कद सी है और पतली-पतली, टेढ़ी-मेढ़ी हो कर आगे की ओर बढ़ती गयी हैं। थोड़ा दूर आगे एक विशाल चपटे पत्थर पर स्वच्छ और चिकना चबूतरा बनाया हुआ है। कॉकलिंग (तोरण द्वार) से ल्हागांग (मुख्य मन्दिर) तक जो रास्ता गया है वह ज़रूर काफी लम्बा-चौड़ा है। उस पर आगे बढ़ते हुए चलने पर ऊपर उठने के लिए सीढ़ियाँ बनी हुई हैं। उन्हीं सीढ़ियों पर चढ़कर चलते हुए सोनाम और उसके साथ के सभी लोग गोम्पा-ल्हागांग (मूल बौद्ध मूर्ति का घर) के सामने जा कर उपस्थित हुए।

इस बीच थूपतेन के भाई ने मन्दिर के लपोन पुजारी लामा को अपने दूरवर्ती गाँव से आये हुए तीर्थयात्रियों का पूरा परिचय करवा दिया था। ल्हागांग के पास पहुँचने पर सभी लोग उसके चारों ओर से मुख्य मन्दिर की प्रदक्षिणा करने लगे। प्रदक्षिणा पूरी हो जाने के बाद लपोन ने उन लोगों को गोम्पा के भीतरी मध्यवर्ती कक्ष में ले जा कर दर्शन करवाया। उस गोम्पा में प्रवेश करते ही सारे के सारे तीर्थयात्रियों ने सात बार उठ बैठक करके साक सैवा (पूजन का विधान) सम्पन्न किया।

मन्दिर के बूढ़े लपोन ने थूपतेन को पास बुला कर पूछा—"आपके साथ आये हुए आपके सारे पुरुष संगी-साथी लोग क्या साकतेंग गाँव के ही निवासी हैं"?

"हाँ। ये सभी लोग साकतेंग गाँव से ही यहाँ तीर्थ पूजन करने आये हुए हैं"। थूपतेन ने उत्तर दिया।"

"इतनी अधिक दूर से इतनी कष्टकर यात्रा करके जब आप लोग वौद्ध विहार का दर्शन करने आये हैं तो यहाँ के रिमपोचे जी का भी दर्शन ज़रूर करना चाहेंगे।"

"हाँ महाशय हाँ। रिमपोचे जी का दर्शन करके हम लोग अपना यह जीवन धन्य कर लेना चाहकर ही यहाँ आये हैं।" लबजाँग ने अत्यन्त विनम्र स्वर में उत्तर दिया।

"तब तो अब आप लोग उनका दर्शन करने के लिए तैयार हो जाइए क्योंकि

उनके आने का समय हो गया है। उनके आने की वेला होने के पहले पहले ही आप लोग मुख्य मन्दिर ल्हागांग का दर्शन पूजन पूरा कर लें। अब जल्दी-जल्दी मेरे पीछे-पीछे आइए।" ये बात कह कर लपोन लबजाँग वगैरह को तेज कदमों से चलाते हुए आगे बढ़ा ले गये।

उस तोरण द्वार के भीतर प्रवेश करके जब वे लोग उस प्रकांड स्तूपागार के दूसरे किनारे पर द्वार की ओर सीधे-सीधे सोनाम और दूसरे सारे यात्री पहुँच गये तो वहाँ उन सभी ने टोम्बा शाक्य (भविष्यकाल में होने वाले महात्मा गौतम बौद्ध) की ध्यान मुद्रा में बैठी हुई सोने के चमचमाते रंग की महाविराट मूर्ति का दर्शन किया। इस विशालकाम मूर्ति को, जिसका सिर दूसरी मंजिल के छत के भी ऊपर और ऊपर उठ कर तीसरी मंजिल तक को पार कर गया है, को देख कर सोनाम इत्यादि तो आश्चर्य के मारे कठुआये से रह गये। उस विराट शाक्य मुनि (गौतम बौद्ध) की मूर्ति के अलावा भी उस गोम्पा के भीतर अनेकानेक देवताओं और देवियों की मूर्तियाँ हैं जिन्हें पाँत-पाँत में स्थापित करके रखा गया है। यद्यपि कि वे मूर्तियाँ भी अत्यन्त मनोहारी और दीप्तिमान हैं फिर भी उस विशालकाय मूर्ति के आकर्षण के सामने बाकी सभी अत्यन्त साधारण जान पड़ती है। यद्यपि की गोम्पा के भीतर बिजली के लट्टुओं का प्रकाश फैला हुआ था फिर भी प्रत्येक मूर्ति के सामने कई-कई कतार में चवरी गाय के विशुद्ध घी से भरे हुए दीपों की असंख्य बत्तियाँ अपना प्रकाश बिखेर रही थी, गोम्पा के भीतर अत्यन्त मनोहारी कारीगरी से बनाये हुए लकड़ी के स्तम्भों पर अत्यन्त मूल्यवान टानखा (कपड़े पर चित्रित किया हुआ पट चित्र) लटकाया हुआ था। गोम्पा की छत के भीतरी भाग में अत्यन्त महत्त्वशाली तान्त्रिक मानदाला का चित्र बना हुआ है। इसके अलावा भी इस देव मन्दिर में नाना प्रकार के देवी-देवताओं के चित्र इस तरह सजा कर रखे गये हैं कि लगता है दर्शनार्थियों में दृष्टि को अपनी ओर आकर्षित कर लेने की उनमें कोई प्रतियोगिता हो रही हो। गोम्पा के मुख्य स्तूप आगार के चारों ओर जैसे कोई रहस्यमय छाया विराज रही हो जिसके महान आर्कषण में दबे हुए दर्शनार्थी यहाँ एक ओर श्रद्धा के भाव से अभिभूत हो जाते हैं वहीं उनमें एक अनजाना डर का भाव भी उभर आता है।

टोम्बा शाक्य दावा की उस विशालकाय प्रतिमा की बायीं ओर स्थापित हैं इस महान गोम्पा की आराध्य देवी पेलदेन लामु का सिंहासन भी विराजमान है पस्न्तु इस गोम्पा के भीतर पेलदेन लामु की कोई मूर्ति नहीं है। पेलदेन लामु का यह सिंहासन भी और सभी देवी-देवताओं से अलग है। देखने में यह दीवार पर लटका कर रखे हुए ऊपर की ओर खुले हुए मुख वाले पोस्ट बैग की तरह दिखायी पड़ता है। उसी बक्से के भीतर बड़े यत्न से सँभाल कर रखा हुआ है नामगेल गेनदेन ल्हातसा गोम्पा अर्थात् तवाँग गोम्पा (बौद्ध विहार) के प्रतिष्ठाता मेरा लामा महाशय का नाठदांग नाम

का बहुत लम्बा-चौड़ा भारी-भरकम पहनने का (वस्त्र)। इस वस्त्र को अत्यन्त पवित्र और तान्त्रिक शक्ति सम्पन्न माना जाता है। इसे केवल तभी भक्तजनों को दिखाया जाता है जब इस बौद्ध विहार में त्योरग्या और कोई विशेष त्योहार मनाया जाता हो, इसके अलावा किसी और दिन इसे प्रदर्शित नहीं किया जाता। परन्तु इसके लिए यहाँ जो आसन बना हुआ है उसके नीचे घी का दीया जलाये बगैर और उसके आगे सिर झुकाकर प्रणाम किये बगैर इस गोम्पा का दर्शन पूर्ण नहीं होता।

लपोन-लामा ने सोनाम और उसके साथियों को पूजन अर्चन कराने के लिए पहले पेलदेन लामु के उस आसन का दर्शन कराना ही उचित समझा अतः वे उनके मंचासन के नीचे इन्हें ले गये। सोनाम ने अपने घर से लाया हुआ घी लपोन के हाथ में दे दिया। तब तक लपोन ने बत्ती लगा कर जो प्रदीप्त तैयार कर रखा था उसमें घी डाल कर सोनाम के हाथ में दे दिया। सोनाम और सभी पतियों ने अपने खाटा पेलदेन लामु आसन के नीचे रख दिया सबने तीन-तीन करके प्रदीप जलाये, धूप जला कर सुगन्धित धुआँ फैलाया और फिर उसके बाद सात-सात बार उठक-बैठक करके शाक सैवान अर्थात प्रणाम मुद्रा की विशेष प्रकार की पूजा की उसके बाद लपोन लामा ने जिस तरह की बातें सिखा रखी थीं उसी के अनुसार खाटा में गेहूँ के दानों की थैलियाँ बाँध-बाँध कर पेलदेन लामू के मंचासन के दरवाज़े के सामने उनका आशीर्वाद पा लेने की इच्छा से ऊपर हुए दरवाज़े पर फेंक दिया ताकि वह उसके भीतर चले जाये। जब सोनाम ने अपने खाता को दरवाज़े के रास्ते से अन्दर फेंक देने की जो कोशिशें कीं गयी तो वह अन्दर न जा कर वहीं नीचे सरक कर गिर गया। दर्शनार्थी भक्तों द्वारा पूजन के ऐसे खाता को भीतर फेंकने में सफलता न मिलने पर अगर वह सरक कर बाहर ही गिर पड़ता है तो इसे अमंगल का सूचक माना जाता है। अपने द्वारा फेंक कर चढ़ाए गये पूजन-वस्त्र के बार-बार दीवार से टकरा कर बाहर ही गिर आता देख सोनाम अनजानी शंका से और अमंगल के डर के कारण अत्यन्त आकुल-व्याकुल हो गयी। सोनाम को इस तरह डरी हुई देख कर लपोन पुजारी ने धीरज बाँधते हुए कहा–"डरने की कोई ज़रूरत नहीं है माँ वस्तुतः बात यह है कि पूजन वस्त्र को किस विशेष रूप से अन्दर फेंका जाना चाहिए यह बात तुम नहीं जानतीं इसी से तुम्हारा फेंका गया खाता ऊपर जा कर ठहर नहीं पाता। अतः तुम अपने पूजन वस्त्र को मुझे दे दो। मैं तुम्हारा हो कर तुम्हारी ओर से अन्दर फेंक कर पहुँचा दूँगा। लाओ तो खाटा मेरे हाथ में पकड़ा दो।"

सोनाम ने उस पूजन खाता को लपोन लामा के हाथ में सौंप दिया। लपोन लामा ने जब उसे ऊपर फेंका तो वह बड़े सरीके से ऊपर ही रह गया। इसे देखकर सोनाम के हृदय पर जो एक भारी डर का भाव बड़े भारी पत्थर के बोझ की तरह पड़ा हुआ था वह अचानक हट गया। उसके बाद फिर प्रसन्न मन से लबजाँग और सोनाम

ने घर से लाये हुए घी भर-भर कर पूजा के प्रदीप तैयार किये और टोम्बा शाक्य दावा की विशाल मूर्ति के आगे इन दोनों ने 108, 108 दीप अलग-अलग से जला कर रखे और ठीक उतने ही बार अर्थात् 108 बार साक सैवान नामक पूजन करके हाथ जोड़कर अपने आराध्य देवता की प्रार्थना की—"हे महान भगवान बुद्ध! हे टोम्बा शाक्य दावा! हम लोगों पर दया कीजिए। हमारे पापों की क्षमा करते हुए हम पर प्रसन्न होइए। हमें विवाह किये इतना लम्बा अर्सा बीत गया। इतने अधिक वर्ष बीत गये फिर भी हमें सन्तान का मुँह देखने का सौभाग्य प्राप्त नहीं हुआ। अब आप कृपा करके हमारी इस सूनी गोद को भर दीजिए। आपके आशीर्वाद से जो बच्चा हमारे यहाँ जन्म लेगा जब वह बड़ा हो जायेगा तब हम उसे यहाँ ले आ कर आपकी सेवा-शुश्रूषा करने के लिए इसी गोम्पा में भेज देंगे।"

अपने एक हाथ पर दूसरा हाथ रख कर प्रद्मासन की मुद्रा में बैठी टोम्बा शाक्य दावा की मुट्ठी को लक्ष करके सोनाम ने खाटा में गेहूँ के दानों को भर कर थैली ऊपर की ओर फेंकी ताकि वह जा कर उस मुट्ठी में पड़े। इस बार सोनाम पूरी तरह सफल हुई। उसके द्वारा फेंकी गयी खाटा शाक्य दावा की फैली हुई हथेली पर जा पड़ी। ऐसा लगा जैसे भगवान ने अपनी हथेली सोनाम की खाटा रख लेने के लिए ही फैला रखी थी। बौद्ध विहार के सर्वाधिक प्रधान दो स्थानों पर पूर्जा-अर्चना का कार्य सम्पन्न कर चुकने के बाद सोनाम इत्यादि इन सभी ने उस बौद्ध विहार में पंक्ति-दर-पंक्ति में बैठाई गयी अन्यान्य ढेर सारे देवी-देवताओं की मूर्तियों के आगे जा कर, उनको प्रसन्न करने के लिए सर झुका-झुका कर भक्ति-भाव से उन्हें प्रणाम कर-करके उन सभी का आशीर्वाद ग्रहण किया। वे अभी इसी प्रकार पूजा-अर्चना कर ही रहे थे कि मान्यवर रिमपोचे जी वहाँ आ पहुँचे। रिमपोचे जी के आगमन के समय लबजाँग और सोनाम आदि सभी सर झुका कर उन्हें प्रणाम करते हुए खड़े रहे। रिमपोचे जी जब आ कर अपने आसन पर विराजमान हो गये तब फिर उन लोगों ने उन्हें साक-सैवान-परम्परानुसार दण्डवती प्रणामादि का धार्मिक अनुष्ठान सम्पूर्ण किया। उसके बाद एक-एक करके वे लोग क्रमशः रिमपोचे जी के सामने जा कर सर झुका कर अपने-अपने माथों पर रिमपोचे जी का हाथ रखवा-रखवा कर उनसे सावागं आशीर्वाद लिया। तीर्थयात्रा की परिपूर्णता का आशीर्वाद देने का शुभ कार्य सम्पन्न कर लेने के बाद रिमपोचे जी ने सोनाम आदि सभी को सम्बोधित करते हुए उपदेश देना आरम्भ किया—"इस जीवन में आ पड़े तमाम सारे दुःखों से परित्राण पाने के लिए, दुःखों पर विजय प्राप्त कर आनन्दमय जीवन जीने के लिए धर्म की शरण में जाना। तब तुम्हारा वह धर्म ही दुःख पर विजय पाने का मार्ग दिखला देगा। धर्म ही दुःख-निवृत्ति का पथ दिखाता है। धर्म से तुम क्या तात्पर्य लेते हो? केवल पवित्र स्थानों की तीर्थयात्राएँ करते रहने अथवा फिर अपनी घर-गृहस्थी में रहते हुए

कुरिम-पूजा, नित्य प्रति की धार्मिक क्रियाओं का पालन, भगवान बुद्ध की मूर्ति के समान जाप-यज्ञ करना-भर ही धर्म पालन करना नहीं है। वैसे यह सब करना भी ठीक ही है, किन्तु इनके साथ-साथ कुछ विशेष प्रकार के व्रत-उपवास-अनुष्ठान भी करने होते हैं, जैसे—अपने आस-पास के सभी प्रकार के जीवों के प्रति प्रेम और करुणा का भाव रखना, किसी भी प्राणी को तुमसे कोई कष्ट न पहुँचे, इसलिए अहिंसा के व्रत का कट्टरता से निर्वाह करना, हमेशा सत्य के मार्ग पर चलना, किसी की भी, कोई भी चीज़ कभी न चुराना, झूठी बातें नहीं कहना, जिन चीज़ों को खाना धर्म-विधि के अनुसार मना है, ऐसी अखाद्य वस्तुओं का सेवन न करना, समाज द्वारा स्वीकृत, मान-मर्यादापूर्ण सम्बन्ध ही बनाना, किसी भी दशा में अवैध सम्बन्ध न बनाना, परायी वस्तुओं के प्रति लोभ-लालच न रखना तथा प्रत्येक स्थिति में शुद्ध आचरणों का पालन करते हुए ही चलना है—धर्म। किन्हीं विवशताओं के चलते, अथवा सही जानकारी के अभाव में अगर तुम लोग अभी तक की अपनी इस जीवनयात्रा में पहले से ही इस प्रकार के विशुद्ध आचरणों के मार्ग पर नहीं चला पाये होओ, तो भी चिन्ता की कोई बात नहीं। बस आज के इसी क्षण से इस सन्मार्ग पर चलना शुरू कर दो। तुम लोगों के जीवन में तभी सच्चा सुख आ सकेगा। तुम लोग उतनी अधिक दूरी की महाकष्टकारी यात्रा करके यहाँ तवाँग-गोम्पा का दर्शन करने आये हो, यह जानकर मुझे बड़ी प्रसन्नता हुई है। तुम लोगों के जीवन में अगर कोई पाप भी जमा हो गया था, तो वह भी आज के इस गोम्पा के दर्शन-पूजन से समाप्त हो गया। तुम्हारे सारे पाप कट गये। अब से सदा धर्म का पालन करते रहना। धर्म-पालन करते रहने से तुम लोग सर्वदा सुखी रहोगे। तुम लोगों का मंगल हो।"

जब तक धर्माध्यक्ष रिमपोचे जी अपना उपदेश देते रहे, लबजाँग और उसके सभी साथी माथा झुकाये-झुकाये, मुँह से जीभ बाहर निकाल कर—"लाछो, लाछो के सम्मान सूचक शब्द का उच्चारण कर-करके रिमपोचे जी के धर्मोपदेशों को शान्त भाव से सुनते रहे। श्री रिमपोचे जी ने जब अपना धर्मोपदेश पूरा कर लिया, तब बड़ी विनम्रता से लबजाँग ने अपना निवेदन करना आरम्भ किया—"हम लोग महामूर्ख आदमी हैं। धर्म-पालन करने का दृढ़ संकल्प लें भी, तो भी धर्म-पालन करने की क्या विधि है? इसे भी तो हम नहीं जानते। महामान्य रिमपोचे जी आपका दर्शन कर हम लोग अपने को धन्य समझ रहे हैं। अपने इस जन्म में हमसे कोई पाप हुआ है? इसकी हमें कोई याद तो नहीं आ रही, फिर भी जान पड़ता है कि पूर्व जन्म में हम ज़रूर पापी थे, अधर्मी थे। इसी से हमारे पूज्य पेलदेन लामू ने हमारे कपाल पर दुःख का भाग्य-लेख लिखा और पूर्वकृत पापों का अब प्रायश्चित्त करवा रहे हैं। आज हमें इस बात का दृढ़ विश्वास हो गया है कि हमने जो आज महामान्य रिमपोचे जी का दर्शन कर आशीर्वाद पाया है, उससे तथा परमाराध्य शाक्य दावा जी और पेलदेन लामु

जी का पूज कर जो पुण्य किया है, उसके फलस्वरूप हमारे वे सारे पाप-ताप धुल कर समाप्त हो गये हैं। इसी विश्वास के भरोसे मैं महामान्य रिमपोचे जी के सामने वचन दे रहा हूँ कि, मेरी होने वाली सन्तानों में से अगर पुत्र सन्तानें हुईं, तो उनमें से किसी एक पुत्र को मैं लामा बनकर पूरे जीवन भर सेवा करने के लिए इस गोम्पा-बौद्ध-विहार में भेज दूँगा।"—इस प्रकार का अनुरोध करते-करते लबजाँग इतना भाव-विह्वल हो गया कि भक्ति के मारे उसका कण्ठ स्वर आकुल-व्याकुल हो उठा।

"तथावस्तु; तुमने जैसी प्रतिज्ञा की है, वह उसी रूप में परिपूर्ण हो। तुम्हारी बातें सुनकर मुझे बहुत सन्तोष प्राप्त हुआ है। टोम्बा शाक्य दावा और पेलदेन लामू निश्चय ही तुम लोगों के सारे दुःख-दर्द को दूर कर तुम्हें हर प्रकार से रोग-शोक से मुक्त आनन्दमय जीवन प्रदान करेंगे।"

रिमपोचे जी ने अपना हाथ उठा कर लबजाँग और सोनाम को फिर से आशीर्वाद दिया।

रिमपोचे जी से विदा ले कर सोनाम और उसके सभी साथी तीर्थ-यात्री उस महान गोम्पा (बौद्ध विहार) के विशाल भवन की ऊपरी मंजिल पर चढ़ गये। फिर वहाँ घूम-घूमकर सारा कुछ बड़े श्रद्धा भाव से देखा। उन्होंने गोम्पा-परिषद के प्रांगण में स्थित विश्वविख्यात-पुस्तकालय ध्यान से देखा। उसके बाद उस परिसर में जो अनेक सारे स्तूप थे, उन सभी की जा-जा कर प्रदक्षिणा की। उसके बाद वे अपने साथ लाई हुई पवित्र सामग्रियों, जैसे शुद्ध देसी घी, मक्खन और पनीर की एक-एक गठरी ले जा कर रिमपोचे जी, लपोन जी और ञारचाङ् जी की सेवा में समर्पित की।

बौद्ध-विहार की पूजा-अर्चना पूरी हो जाने के बाद थूपतेन के भाई ने सोनाम आदि सभी को ले जा कर तवाँग शहर को घुमा-घुमा कर दिखलाया। अपने जीवन में पहली-पहली बार सोनाम और छिरिंग दैमा ने शहर की दुकानें जो देखीं तो आश्चर्य के मारे ठगी सी रह गयीं। शहर के राजपथों पर चल रही मोटरकारों को देखकर उनकी आँखें चौंधिया गयीं। उसके दूसरे दिन थूपतेन के भाई ने एक बड़ी सी मोटरकार भाड़े पर ले ली जिसमें सोनाम इत्यादि को बिठा कर आस-पास के दूसरे-दूसरे गोम्पाओं, —जैसे उरगेलिंग गोम्पा, चाम्बु आदि को तथा अन्यान्य तीर्थस्थलों इत्यादि को घुमा-घुमाकर दिखलाया। दो दिनों तक तवाँग गोम्पा में रहकर, विभिन्न मठों का दर्शन करके, नगर के दर्शनीय सभी प्रमुख स्थलों को देख कर अत्यन्त निर्मल आनन्द से भाव गद्गद हो नयी-नयी जानकारियाँ ले कर सोनाम, छिरिंग दैमा और शेष सभी साथी अपने गाँव लौट आये।

नौ

समय क्रमशः बीतते चले गये। पेमा वांगछू से खोर-देपका करके उसे अपनी घर-गृहस्थी में शामिल कर लेने के बाद लबजाँग ने घरेलू तमाम सारे काम-काजों में से अधिकांश में उसकी सहायता पा लेने के कारण काफी सुविधा पायी। सोनाम के साथ जब घर पर लबजाँग रहता तब उस पूरे महीने पेमा वांगछू चरागाह की छावनी पर रहा करता, फिर जब पेमा सोनाम के घर पर रहता तब लबजाँग उस महीने चरागाह की छावनी पर रहता। इसी प्रकार घरेलू सामानों की खरीद-बिक्री करने के व्यापारिक कार्य को करने अगर उनमें से कोई एक पहली बार जाता, तो दूसरी बार दूसरा आदमी जाता।

ऐसी व्यवस्था के सुचारु परिपालन से सोनाम, लबजाँग और पेमा वांगछू का समय सुख-सुविधापूर्वक ही बीत रहा था। अपने दोनों पतियों को एक समान प्रेम, उनकी देखभाल समान रूप से करने, उनके प्रति समान रूप से ध्यान रखने की अपनी समतामुखी प्रवृत्ति के कारण सोनाम दोनों को ही बड़े सुख-सन्तोष के साथ रखे हुए थी। परन्तु सभी दिन तो एक समान रूप से नहीं बीतते। एक दिन अचानक ही लबजाँग के जीवन में दुख-दर्द, बाधा-विपत्ति का बादल ही जैसे आ टूटा। एकाएक ही जैसे उस पर आफत का पहाड़ आ फहराया।

उस समय लबजाँग व्यापार करने बाहर गया हुआ था। एक दिन साँझ की वेला में वह अपने घर लौटा। साधारणतः व्यापार करने जाने में जितने दिन लग जाया करते थे, इस बार उससे कई दिन पहले ही व्यापार का काम पूरा हो गया था, अतः अनुमानतः जिस दिन वह घर लौटता, उसके कई दिन पहले ही वह अबकी बार घर लौट आया था। व्यापार करने जाने पर जिन कई एक घोड़ों को सामान ले जाने, ले आने के लिए साथ ले गया था, लौट आने पर उन घोड़ों को जब उनके-उनके खूँटों से बाँध ही रहा था, कि तभी घर के भीतर से बाहर की ओर आ रहे पुरुष की पग-चाप की ध्वनि सुनाई पड़ने पर उसने सर उठा कर, जो देखा तो आश्चर्य के मारे चकपका गया। अपने इसी घर में जिस प्रकार पहली-पहली बार उसने अप्रत्याशित रूप से पेमा वांगछू को देखा था, ठीक उसी

प्रकार की दशा इस बार भी उसकी हो गयी। आज के दिन भी पेमा वांगछू को अपने इस घर में देखकर वैसा ही आश्चर्य हुआ, जैसा तब हुआ था तथा उसी प्रकार का एक दबा-दबा सा क्रोध का भाव भी मन में उभर आया था। इस विशिष्ट दिन को पेमा वांगछू को चरागाह की छावनी पर होना चाहिए था। क्योंकि इस समय उसे छावनी पर ही रहने की जो पारी थी, वह पूरी नहीं हुई थी। उसके पूरा होने में अभी पाँच दिन बाकी थे। उसकी अनुपस्थिति का सुयोग ले कर वह सोनाम के साथ घर में रहने और मौज-मस्ती करने की गरज से यहाँ आ धमका है। इसका स्पष्ट अर्थ है कि वह पहले की ही तरह अब भी विश्वासघात करने पर आमादा हो गया है। इस तथ्य को मन में सोचते-विचारते ही पेमा वांगछू के प्रति लबजाँग के मन में घृणा का भाव भर आया। उधर पेमा वांगछू आगे बढ़ आया और घोड़ों की पीठ पर लदे-बँधे बोझों को खोलने और उतार-उतार कर नीचे रखने के काम में सहायता करने लगा। मन में गुस्से का गुबार लिये हुए भी लबजाँग ने मुँह खोल कर एक शब्द भी नहीं उचारा। पेमा वांगछू भी चुप ही रहा। इस तरह दोनों ही व्यक्ति मौन साधे हुए ही अपना-अपना काम करते गये। घोड़ों की पीठ से जब बोझे और जीन वगैरह उतार लिये गये तब पेमा वांगछू उन्हें ले जा कर अस्तबल में बाँधने लगा। फिर उसने ही उन्हें दाना-पानी दे कर खिलाया-पिलाया भी। घोड़ों पर लाद कर लाये गये अत्यावश्यक अनाजों के भरे हुए बोरों की ओर एक बार अच्छी तरह निहार कर सोनाम घरेलू शराब बना कर तैयार करने के काम में लग गयी। दोनों पतियों के चेहरों को देखते ही वह दोनों के ही मन में एक-दूसरे के प्रति पैदा हो गये आक्रोश के भाव को भी ताड़ गयी। कुछ देर बाद ही लबजाँग आ कर अपनी जगह पर बैठ गया। लबजाँग का सामना करने से बचने के उद्देश्य से पेमा वांगछू उससे दूर-दूर रह कर ही समय बिताने के अभिप्राय से घोड़ों को दाना खिलाने, पानी पिलाने के बाद भी घोड़ों की ही सेवा टहल करने में लगा रहा।

"जितना अनाज घर ले आया हूँ, उतना ही मोरसिंग गाँव में रख आया हूँ। उसे घर ले आने के लिए आगामी महीने में वहाँ पेमा को भेजना होगा।" इतनी सूचना दे देने के बाद बात के प्रसंग को बदलते हुए वह अचानक ही पूछ बैठा–"वह चरागाह की छावनी छोड़ कर घर क्यों आ गया।"

"चरागाह में अपने जानवरों में से एक भेड़े को बाघ ने मार डाला था, उसी का मांस ले कर..." सोनाम डरते-डरते, दबी-दबी जुबान में बतला ही रही थी कि बीच में ही लबजाँग बड़े ज़ोरों से गरज उठा। दरअसल चरागाह में बाघ के घुस आने की बात सुनते ही लबजाँग के कलेजे में जैसे कोई बर्छी सी चुभ गयी। जिससे वह तिलमिला उठा। उसे ऐसा लगा जैसे उसका माथा ही चकरा जायेगा।

बर्फीले-क्षेत्र में रहने वाला, बर्फ से ढँकी रहने वाली ऊँची-ऊँची पहाड़ी

चोटियों पर ही विचरण करने वाला यह विशेष प्रकार का हिमबाघ दरअसल नागकेशर के फूलों की तरह की छापों से जगह-जगह छाप भरी खालों वाला यह बाघ चीता प्रजाति का बाघ है। मैदानी इलाकों के भारी-भरकम आकृति वाले चीता-बाघ की अपेक्षा यह आकार में काफी छोटा होता है। इसके पूरे शरीर पर बहुत ही घने और लम्बे-लम्बे बाल होते हैं, जिससे यह पूरी तरह ढँका होता है, उसके सफेद-सफेद बालों पर बीच-बीच में फूल सी आकृति के काले-काले दाग। देखने में अत्यन्त मन-मोहक सुन्दर लगने वाला यह बाघ अपनी वास्तविक प्रकृति-प्रवृत्ति से भयानक महा रक्त-पिपासु जीव है। मैदानी इलाकों के चीतों की तरह ही यह हिमालय-पर्वत-माला के बर्फ से ढँके इन पहाड़ी इलाकों के पशुओं-गायों-भेड़ों वगैरह के लिए भयानक आतंक का विषय होता होता है। यह पहाड़ से चरने वाले भेड़ों और गायों वगैरह के झुण्डों के पीछे-पीछे घात लगाये घूमता-फिरता रहता है। दिन में उजियारा रहने के कारण अगर अपनी कोशिश में सफल नहीं हो पाता, तो रात की वेला में, घुप्प अंधियारे में भेड़ों और गायों के झुण्डों में जा घुसता है। इसका सामना कर सकने में असमर्थ इन जीवों की हत्या करने में इसे इतना आनन्द आता है कि अन्य बाघों की तरह अपनी भूख-प्यास मिटा सकने भर के ही जानवरों की हत्या न कर यह अपनी ज़रूरतों से बहुत अधिक-अधिक जानवरों की हत्या करता रहता है। जीवों को मार डालने के आनन्द से ही यह उन बेजुबान जानवरों की जान से मार डालता है।

"हिमबाघ ने हमारा एक भेड़ा जान से मार डाला। अपने जानवरों की रखवाली की जिम्मेदारी इस समय पेमा वांगछू पर ही तो थी तो उस समय वह कहाँ सोया था?"

"मैं कुछ बतला नहीं सकती। इस सम्बन्ध में तो वही जानता होगा"।

"अच्छा यह तो जानती होगी कि वह ठीक किस वेला में यहाँ आ पहुँचा? यह तो बतलाओ।"

"वह भी अभी बस थोड़ी देर पहले ही यहाँ आया है।" लबजाँग की क्रोध भरी कठोर वाणी सुन कर सोनाम अन्दर-अन्दर से डरी-डरी, सकपकाई सी हो कर जैसे-तैसे लड़खड़ाती आवाज़ में बोली।

उधर बरामदे में खड़ा-खड़ा पेमा वांगछू अन्दर हो रही लबजाँग और सोनाम की बातचीत की कान लगाकर सुन रहा था। अपनी उपस्थिति की सूचना दे-देने के अभिप्राय से उसने एक बार जोर से खाँसा, फिर धीरे-धीरे वह भी घर के भीतर आ गया।

उसे देख, लबजाँग उस अवस्था में अपनी वाणी को जितना मुलायम बना सकता था, उतनी मुलामियत से उससे बोला—"आओ बैठो।"

आग के कौड़े के उस बगल, लबजाँग के ठीक आमने-सामने पेमा वांगछू

बैठ गया।

"अपने भेड़ों में से एक भेड़ा हिमबाघ उठा ले गया क्या?" लबजाँग ने पूछा।

"हाँ"–एक बार लम्बी खँखार खँखार कर अपना गला साफ करने बाद, पेमा वांगछू ने जवाब दिया।

"सो कैसे? और क्यों कर?"

"रात की वेला में पशुओं के झुण्ड में घुस आया। फिर एक को दबोच ले गया।"

"कल वाली रात में ही क्या?"

"हां।"

"उस समय तू क्या कर रहा था?"

"मैं सोया हुआ था। रात की वेला में जब डम्बू ज़ोर-ज़ोर से भौंकने लगा तब उसके भौंकने की आवाज़ से मेरी नींद जो खुली तब जग पड़ा। मैं डम्बू की जंजीर अभी खोल ही रहा था कि इतनी थोड़ी सी देर में ही हिमबाघ एक भेड़े को खींच ले गया।"

"तुमने डम्बू को रात की वेला में खुला न रख कर शिकड़ी से बाँधे ही क्यों रखा था?

"उसे जंजीर खोल कर खुला छोड़ना भूल ही गया था।"

"आज के दिन चरागाह की छावनी पर न रह कर यहाँ घर पर क्यों चला आया है तू।"

"बाघ ने जो हमारा भारी नुकसान कर दिया है, वही बात आपको बतलाने के लिए आया। क्योंकि ऐसा न करने पर आप बाद में मुझे ही दोष देंगे।" पेमा वांगछू ने जान-बूझ कर झूठ बोल छलना चाहा।

"हिमबाघ हमारे भेड़ों को ख़त्म ही कर डालेगा। एक बार जब भेड़ा उठा ले गया है, तब वह दुबारा-दुबारा अवश्य आयेगा। यह बात क्या तू नहीं जानता?"– लबजाँग के मुँह से यह बात बड़े बचे स्वर में निकली।

एक अपराधी की तरह अपना सर नीचे की ओर झुकाये पेमा घर के फर्श पर अपने हाथों से टेढ़ी-मेढ़ी निरर्थक रेखाएँ खींचता रहा।

"छावनी छोड़ कर तुझे यहाँ भाग नहीं आना चाहिए था। आज की रात अगर वहाँ रखवाली करने के लिए कोई आदमी नहीं रहा तो वह बाघ आज फिर अवश्य आयेगा।"

"टिकरा आज वहीं हैं;" डरते-डरते पेमा वांगछू ने उत्तर दिया।

"वाह क्या खूब कही? टिकरा है वहाँ। उस दूसरे आदमी पर तू क्यों इतना भरोसा कर रहे हो? घर की शराब तैयार हो चुकी है। उसे पी कर तू अभी, इसी वक्त छावनी को चला जा।" लबजाँग ने बड़े कठोर भाव से आदेश दिया।

ठीक उसी समय सोनाम मदिरा भिन्न-भिन्न पात्रों में ढाल रही थी। मदिरा ढालना बन्द कर वह बोल पड़ी–"उन्हें आज की रात यहीं घर पर रह जाने दीजिए। इस समय रात गहराई हुई है। ऐसी विकट वेला में ऐसे गहन, घनघोर जंगल में, जहाँ इस समय बाघ-भालू विचर रहे होंगे, उनके बीच वे अकेले-अकेले कैसे जायेंगे, भला?"

सोनाम की बात सुन लबजाँग ने बड़ी कड़ी टेढ़ी निगाह से उसकी ओर निहारा। उसकी भौंहे संकुचित हो आयीं, मुखमण्डल अति कठोर हो गया। प्रत्युत्तर में कुछ भी न बोल कर उसने अपने हिस्से की मदिरा एक ही झटके में पी कर ख़त्म कर दी और उतने ही झटके से वह उठ खड़ा हुआ। अलमारी से दाव (कटार) को उसकी म्यान सहित निकाला और उसे अपने कमरबन्ध में लटका लिया। उसे ऐसा करते देख कुछ हड़बड़ाहट में घबराती हुई सोनाम पूछ पड़ी–"आप कहाँ जा रहे हैं?"

"अगर वह नहीं जायेगा, तो मैं ही जाऊँ।" दरवाज़े की ओर कदम बढ़ाते-बढ़ाते लबजाँग बोला।

लबजाँग दरवाज़ा पार कर पाये कि उसके पहले ही सोनाम उसके कदमों में सर झुकाये लिपट गयी। उसने लबजाँग के बायें पैर को अपने दोनों हाथों से अँकवार में मज़बूती से भर लिया। परिणामस्वरूप लबजाँग जहाँ का तहाँ ठिठका खड़ा रह गया।

"आपको मेरी शपथ है। आप हरगिज नहीं जायेंगे। इस भयानक रात में बाघ निकला हुआ है। ऐसी अवस्था में मैं इस विकट रात की वेला में आपको जंगल में जाने के लिए छोड़ दे नहीं सकती।" सोनाम का गला भर आया बात मुँह से निकलने में।

लबजाँग बड़े जोरों से गरज उठा–"मेरा पैर छोड़ दो। यहाँ स्वयं सुरक्षित रूप में बैठ कर मैं अपनी गायों और भेड़ों के समूचे झुण्ड को बाघ के मुँह में चले जाने के लिए छोड़ दूँगा क्या?"

"एक, दो भेड़े या गाय बाघ के मुँह में चले ही जाते हैं, तो जायें। परन्तु उनकी सुरक्षा की चिन्ता में अगर आपको कुछ हो गया, तब भला हमारा फिर क्या होगा?" सोनाम फूट-फूट कर रोने लगी।

कुछ क्षणों के लिए लबजाँग कठुआया सा खड़ा रह गया। उसके बाद अपने स्वर को मुलायम करते हुए बोला–"ठीक है। चलो, आज मैं नहीं जाऊँगा। अब हटो। मेरा पैर छोड़ दो।"

अपनी गृहस्थी के मालिक, पति देवता से आश्वासन पा चुकने पर सोनाम ने उनका पैर छोड़ दिया। लबजाँग ने अपनी कमरबन्ध में लटकी म्यान दाव सहित खोल दी और उसे अलमारी में यथास्थान लटका देने के लिए सोनाम के हाथों में

पकड़ा दिया।

भोजन-छाजन खा-पी चुकने के बाद सोनाम ने दो जगहों पर बिछौना बिछाया, एक स्वयं अपने और लबजाँग को एक साथ सोने के लिए तथा दूसरा पेमा वांगछू को सोने के लिए। बिछौने बिछाते-बिछाते ही उसने पेमा वांगछू को संबोधित करते हुए कहा—

"आज छावनी छोड़ कर यहाँ घर आ कर आपने अच्छा काम नहीं किया। जान ही चुके हैं वहाँ वैसे ही हिमबाघ निकल आया है और पशुओं के झुण्ड पर आक्रमण कर देने की घात में मँडरा रहा है। उस खतरनाक बाघ ने हमारा एक भेड़ा तो मार ही डाला है। जब तुमसे खोर-देपका करने की बात चली तब उसे करने के लिए तुमने इस घर-गृहस्थी के सभी कामों में समान रूप से भाग लेने, सभी कुछ की सुरक्षा का समान रूप से उत्तरदायित्व वहन करने की प्रतिज्ञा तुमने बड़े पतिदेव के समक्ष की थी। अब तुम्हीं बतलाओ न कि आज की इस वेला में तुम्हारी वह प्रतिज्ञा भला कहाँ है? मेरे बड़े पतिदेव घर पर नहीं होंगे, तो तुम मेरे साथ सोने की सुविधा पा जाओगे, ऐसा सोच कर ही क्या तुम चरागाह की छावनी छोड़ यहाँ आ पहुँचे थे क्या? इस बात को अच्छी तरह गाँठ बाँध लो कि खोर-देपका करने के पहले-पहले ही हम तीनों के लिए जो नियम अनिवार्य रूप से पालन करने के लिए सुनिश्चित कर दिये गये थे, मैं किसी भी परिस्थिति में उस नियम को तोड़ नहीं सकती। मैं तुम्हें आखिरी बार सावधान किये दे रही हूँ कि भविष्य में फिर कभी ऐसी गलती मत करना। लो, तुम्हारे लिये, अपने से दूर, एक अलग बिछौना बिछाये दे रही हूँ। फिलहाल वहीं सो जाओ। कल तड़के भोर में ही उठ कर चरागाह की छावनी चले जाना।"

सोनाम की बातें सुन पेमा वांगछू मारे गुस्से के हड़बड़ाता हुआ उठा और घर से बाहर निकल गया। जाते-जाते दरवाज़े के पास खड़ा हो उसने कई एक भद्दी-भद्दी गालियाँ भी बकीं और अश्लील बातें कह डालीं। जब वह नहीं लौटा, तब सोनाम ने जो बिछौना उसके लिए बिछाया था, उसे फिर समेट कर रख दिया। ऐसा करते हुए उसने पेमा वांगछू को लक्ष्य कर ढेर सारी बातें धीमी आवाज़ में कह-कह कर भुनभुनाया जारी रखा।

व्यापार के काम से बहुत दूर की यात्रा करके थका-माँदा लौटा होने पर भी लबजाँग सो नहीं सका। कोशिश करने पर भी उसे नींद नहीं आयी। उसका बगल में सो कर सोनाम ने कुछ देर तक पतिदेव की चिन्ताएँ कम करने की तरह-तरह की कोशिशें कीं, उसे नाना प्रकार से सान्त्वना दी, ढाढस बँधाया, फिर स्वयं ही सो गयी। परन्तु दुश्चिन्ताओं की भीड़ में घिरा-फँसा लबजाँग ऐसा विवश-बेहाल रहा कि उन्हें दूर करने की कोशिशें करने पर भी दुश्चिन्ताओं ने उसका साथ नहीं छोड़ा। एक क्षण के लिए भी वह सो नहीं पाया।

प्रातःकाल सोनाम जो बिछौने पर से उठी, तो उसने कहीं भी लबजाँग को नहीं देखा। अलमारी में उसने रात के पहर में लटकाई गयी दाव और उसकी म्यान जो न देखी, तो समझ गयी कि लबजाँग इस दौरान ही चरागाह की छावनी को रवाना हो चुका है। फिर तो सोनाम के मुख से अपने-आप ही एक गहरी कराह निकल आयी। चिन्ता भरी लम्बी आह छोड़ते हुए उसने अपना बिछौना भी समेट कर रख दिया। फिर तो वह पेमा वांगछू के घर लौट आने की बाट जोहने लगी ताकि वह जैसे ही घर लौटे, उसे वह फिर से छावनी लौट जाने के लिए भेज सके।

दस

लबजाँग जिस समय चरागाह पर पहुँचा उस समय सूरज की सुनहरी किरणों ने अभी पहली-पहली बार ही धरती की माटी को छुआ भर ही था। टिकरा की झोंपड़ी के ऊपर से धुआँ ऊपर की ओर बाहर निकल पड़ा था, जो ऊपर उठते हुए कुण्डलियाँ भाँजते-भाँजते बादलों के लच्छों की तरह सरों वृक्षों के बीच-बीच से निकलता हुआ आसमान में जहाँ-तहाँ झूलता लटका पड़ रहा था। प्रातःकालीन सूर्य के प्रकाश में चँवरी गायों और भेड़ों के बालों पर पड़ी ओस की बूँदे मोतियों की तरह चमक-चमक कर झिलमिलाने लगी थीं, और उनके जाबर काटने से उनके मुखों से जो गर्म हवा बाहर निकलते ही भाप बन कर आकाश की ओर उड़ी जा रही थी। उसी सबके बीच-बीच में सिन्दूर (ओक या बलूत) और वीपिंग विलो (नीचे झुकी शाखाओं वाला वृक्ष) वृक्षों के सुनहले रंगों के सूखे पत्ते उड़-उड़ कर फिर धरती पर आ गिर पड़ रहे थे। प्रातःकाल की वह वेला ऐसी शान्त-प्रशान्त थी कि कहीं से कोई चूँ की भी आवाज़ नहीं आ रही थी। जाड़े की ऋतु के आने के साथ ही बर्फीली पहाड़ी क्षेत्रों के सारे चिड़िया चुरूंग ऊँची पहाड़ियों को छोड़ नीचे की घाटी अथवा मैदानी इलाकों की ओर दूर-दूर तक उड़ते चले गये थे। लबजाँग जैसे ही अपनी भेड़ों की खटाल के पास पहुँचा कि वैसे ही डम्बू अपनी पूँछ हिलाता-हिलाता बिलकुल उसके पास दौड़ा चला आया। डम्बू लबजाँग के कुत्ता का नाम है। इस इलाके में साधारणतः सभी पशुपालक कम-से-कम एक भारी-भरकम आकार का बड़ा शिकारी कुत्ता अपने पास जरूर रखते हैं। ये कुक्कुर दरअसल इन पशुपालकों के भेड़ों-गायों आदि पशुओं के सजग पहरेदार होते हैं। जंगली हिंसक जीव-जन्तुओं के आक्रमणों से ये गायों-भेड़ों आदि पशुओं की रक्षा करते हैं। ऐसी जाति के ये कुत्ता अन्य प्रकार के कुत्तों की अपेक्षा शारीरिक-गठन के आकार-प्रकार में काफी बड़े लम्बे-चौड़े, हट्टे-कट्टे होते हैं। उनकी देह पर थोड़े कम होते हैं, इनके मुख भाले की नोक की तरह नुकीले होते हैं। मुँह की दन्त-पंक्तियों के आगे के दाँत अत्यन्त तेज-धारदार होते हैं। दोनों आँखें अत्यन्त तेज होती हैं और इनकी पूँछें काफी छोटी होती

हैं। उसी प्रकार इन कुत्ताओं की गर्जना अन्य कुत्तों की बोली की अपेक्षा अत्यन्त तीखी और गुरु-गम्भीर होती है। जब ये भौंकते हैं, तो इनका भौंकना बहुत दूर से ही सुनाई पड़ता है। ज़रूरत पड़ने पर ये बाघ-भालू से भी आमने-सामने की जबरदस्त लड़ाई लड़ सकते हैं। लबजाँग और उसके दूसरे साथी पशु-पालकों के पास इस प्रजाति के कई-एक कुत्ता थे। परन्तु किसी एक अनजाने-अनपहचाने रोग के अचानक आक्रमण के चलते उनमें से अधिकांश मर गये। उसी रोग ने अपना शिकार बना कर टिकरा के भी इस प्रकार के कुत्तों को मार डाला। इस प्रकार उन सबकी छावनी में जब ऐसे कुत्तों का अभाव हो गया, तब लबजाँग अपने दो बड़े-बड़े भेड़ों को दे कर उनके बदले एक बहुत दूर के गाँव से डम्बू को खरीद कर ले आया। उस समय यह बहुत ही छोटा सा पिल्ला भर था। सोनाम ही उसे पसन्द कर ढेर सारे पिल्लों के बीच से छाँट कर ले आयी थी। सोनाम ने यह इसका नामकरण भी किया था। डम्बू के पूरे शरीर का रंग अत्यन्त गाढ़ा काला है, परन्तु उसकी गर्दन पर सफेद-राफेद बालों की एक पट्टी सी चारों ओर घेरा बनाये हुए हैं। काले बालों के बीच पड़ी सफेद बालों की पट्टी को अगर दूर से देखें तो ऐसा जान पड़ता है कि किसी ने उसकी गर्दन में सफेद गमछा लपेट दिया है। चरागाह की इस छावनी पर अब एक मात्र डम्बू ही अकेला कुत्ता है। अतएव उसके लिए टिकरा एक मादा कुत्ती, ठीक उसी प्रजाति की खोजबीन कर ले आयेगा, ऐसी बात शुरू से ही तय है। परन्तु तब से ले कर आज के दिन तक पूरे दो वर्ष बीत गये हैं, परन्तु ठीक उसी प्रजाति की मादा अभी तक ढूँढे भी नहीं मिल पायी है। बात दरअसल यह है कि इस प्रजाति के कुत्ता मिल पाना साधारणतः बड़ी टेढ़ी खीर है। कहीं कोई मिलती ही नहीं। परन्तु अब बहुत हो चुका। इस बार तो चाहे जहाँ से हो, जैसे भी हो इस प्रजाति की मादा-कुक्कुरी कहीं से जुगाड़ कर ले आनी ही पड़ेगी।

अपनी पूँछ हिलाते-हिलाते डम्बू दौड़ता हुआ जब लबजाँग के बिलकुल करीब आ पहुँचा, तब उसकी पूरी देह पर गहरे नखों की खरोचों के निशान और उनसे निकल कर बाहर बहे खून की धार फिर उस खून के सूखने से उसकी देह पर जगह-जगह बने थक्के-के-थक्के लबजाँग अच्छी तरह देख पाया। इस बीच डम्बू ने अपनी जीभ बाहर निकाल कर, पूँछ हिला-हिला कर, अपने अगले दोनों पैरों को लबजाँग के पैरों पर रख कर उसका स्वागत करने, अभिनन्दन करने का अपना आन्तरिक मनोभाव व्यक्त किया और मुँह से कूँ-कूँ करता हुआ दर्दनाक आवाज़ें भी निकालने लगा।

"हाय, हाय रे डम्बू। तेरी ऐसी दुर्गति किसने कर डाली है? सम्भवतः तुमने हिमबाघ के साथ घनघोर लड़ाई लड़ी है।" कहता हुआ लबजाँग वहीं बैठ गया और डम्बू को अपने बिलकुल पास में खींच ला कर उसकी देह पर पड़े घावों भयानकता

का अन्दाजा लगाने लगा। उसके बाद उसने उस खटालन के भीतर पड़े हुए भेड़ों पर ऊपर-ऊपर से ही एक सरसरी निगाह फेरी। उसने देखा कि प्रातःकालीन सूरज की कोमल-कोमल, मद्धिम-मद्धिम गर्मी की खुमारी भरी गर्माहट में वे सभी आँखों की पलकें मूँदे हुए आराम से सो रहे हैं। उन सबों के मुख पर डर और हैरानी-परेशनी का कहीं कोई चिह्न भर भी तो नहीं है। इन सबके शान्त और निर्भय मुखों की ओर निहारते-निहारते लबजाँग के मन का भी डर और घबड़ाहट का भाव बहुत कुछ कम हो गया। फिर तो उसने एक-एक कर उन सभी भेड़ों की गिनती करके वस्तुस्थिति की खोज-परख की। उसने पाया कि सचमुच ही उसके भेड़ों में से एक भेड़े की संख्या घट गयी है। फिर तो उस हिमबाघ के प्रति एकाएक ही उसके मन में भयानक क्रोध उमड़ आया। फिर तो दाँत किटकिटा-किटकिटा कर उसने उस हिम बाघ को ऐर सारी गालियाँ दे डालीं। यहाँ तक कि साधारणतः स्त्रियों की तरह उस बाघ को शाप देना भी वह नहीं भूला। इतने से ही जब उसका मन नहीं भरा, तब उसके बाद उसने उस बाघ को मन-ही-मन ललकारते हुए चुनौती दी—"अब तू ज़रा ठहर तो। आना फिर दुबारा इधर को। तुझे मार कर तेरा कच्चा खून डम्बू को पिलाये बिना मैं तुझे छोड़ुगा नहीं।"

भेड़ों को अच्छी तरह देख-समझ लेने के बाद लबजाँग अपनी चँवरी गायों को देखने गया, वहाँ उसे पहुँच कर सन्तोष हुआ क्योंकि बाघ गायों के झुण्ड पर आक्रमण नहीं कर पाया था। वे सारी की सारी पहले की तरह ही बिना किसी डर-आतंक के बैठी-बैठी सोती हुई भी पहले से चरी जा चुकी घासों को फिर से मुँह में ला-ला कर पगुरी करने में मग्न हैं।

"मित्रवर!"

अचानक ही ऐसा सम्बोधन सुनाई पड़ा तो लबजाँग ने पलट कर पीछे की ओर देखा। पाया कि उसके बिलकुल करीब में टिकरा आश्चर्यचकित हो कर खड़ा है। पूछा—"वह इतनी रात भोर तुम ऐसी वेला में कहाँ से आ प्रगट हो गये।"

"घर से ही तो आया हूँ। अपनी गायों और भेड़ों देखने आ गया हूँ।" उसने उत्तर दिया।

"तो इसका मतलब तो ऐसा जान पड़ता है कि तुम अभी अपने गाँव के घर पर ही टिके रहे थे, जबकि मैंने सुना था कि तुम व्यापार करने के लिए बाहर गये हुए हो। तो सचमुच ही क्या तुम व्यापार करने नहीं गये थे?"

"गया था। परन्तु वहाँ से कल ही गाँव आ पहुँचा। आते ही सुना कि मेरे भेड़ो के झुण्ड में से एक भेड़े को हिमबाघ ने मार डाला है। इसी कारण से अपने पशुओं की स्थिति को अपनी आँखों से देख कर जानने-समझने के लिए सवेरा यहाँ आ पहुँचा हूँ।"

"परन्तु व्यापार करने दूर-दूर जा कर भी तुम इतनी जल्दी व्यापार से...।"

"हाँ, कुछ ऐसा संयोग हुआ कि मात्र चार दिनों में ही मैंने अपनी व्यापार यात्रा पूरी कर ली और घर लौट आया। अच्छा छोड़ो उस बात को। अभी तनिक यह तो बतलाओ कि वह हिंसक बाघ क्या कल की बीती रात में भी इधर आ धमका था?"

"हाँ, परन्तु बीत रात वह बाघ कुछ भी नहीं कर पाया। बाघ के इधर पहुँचते ही डम्बू ने भौंकना शुरू कर दिया। उसके न मानने पर डम्बू उस पर टूट पड़ा। फिर तो डम्बू ने उसके साथ भयंकर लड़ाई लड़ी। मैंने भी लकड़ी के चैलों में आग जला-जला कर दहकती आग के गोले उस पर फेंकना शुरू किये। इस सबको देख घबराये हुआ बाघ ने फिर तो भाग जाने में ही अपने प्राणों की रक्षा समझी। अतः ऐसा भागा कि फिर उसका पता ही नहीं चला, कि गया कहाँ?" टिकरा ने हँसते-हँसते यह समाचार बतलाया।

"फिर परसों की रात वह बाघ हमारे भेड़ों की खटाल के अन्दर कैसे जा घुसा था?"

—देखो मित्र। इस सम्बन्ध में कुछ मत पूछो तो ही भला है। मेरी बात का मर्म समझ रहे हो न? तुमने तो एक बड़ा ही अनोखा पुरुष अपना खोर-देपका करने के लिए जाने कहाँ से जुटा लिया है। यह तुम्हारा पुरुष; पेमा दरअसल महाकाहिल और आलसी है। सच पूछो तो वह किसी काम का नहीं। रात शुरू होते ही डम्बू की शिकड़ी खोल कर उसे खुला छोड़े रखने के लिए मैंने उससे जाने कितनी बार कहा। परन्तु मेरी सलाह भला वह सुनता ही कहाँ है? परसों की रात उसने डम्बू की शिकड़ी खोली ही नहीं। गले की पट्टी के साथ बँधी लोहे की मजबूत शिकड़ी तोड़ कर बाहर निकल बाघ को खदेड़ना तो डम्बू के लिए असम्भव ही था। फिर भी वह बेचारा घर के भीतर से ही जोर-जोर से भौंकता रहा। फिर भी पेमा नाक बजा बजा कर मस्ती से घर के भीतर ही सोया पड़ा रहा। अथवा फिर यह भी सम्भव है कि नींद तो उसकी टूट चुकी थी, फिर भी आलस के मारे गहरी नींद में होने का बहाना बना सोया पड़ा रहा। डम्बू की लाख भौंकनी आवाज़ों से भी उसकी निद्रा नहीं भंग हुई। बाघ के आने का अन्दाज़ होते ही डम्बू ने भौंकना शुरू कर दिया था। अगर मैं पास में रहा होता तो मैंने उसकी शिकड़ी खोल दी होती। दूसरे दिन सवेरे उठने पर इधर आया, तब देखा कि बाघ ने एक भेड़ को तुम्हारी खटाल के अन्दर से अपने जबड़ों में पक कर घसीटते हुए कुछ दूर ले जा कर उसकी देह का आधा हिस्सा लगभग खा ही डाला था। फिर तो परम तृप्त हो मस्ती से चला गया था। बाघ द्वारा छोड़ दिये गये उस आधे हिस्से के मांस को ले कर ही पेमा कल घर चला गया। मैंने उसे जानवरों को ऐसी खतरनाक हालत में अरक्षित छोड़ कर न जाने के लिए कितना तो समझाया परन्तु मेरी बात उसने कहाँ सुनी। उल्टे मुझ पर ही महाक्रोध करते हुए, मुझे धमकाने

लगा—"देखो, मुझे समझाने की कोई ज़रूरत नहीं है। मेरे लिए क्या अच्छा है, क्या बुरा, इसे मैं अच्छी तरह जातना हूँ। इसके अलावे यह तो बतलाओ कि तुम मुझे समझाने वाले होते कौन हो?"—फिर तो मुझे चुप हो जाना पड़ा। अरे मित्र। समय पड़ने पर हम पत्थरों को भी समझा सकते हैं, परन्तु जिस आदमी ने मन-ही-मन निर्णय कर लिया है कि वह किसी की सलाह नहीं मानेगा, उसे लाख कोशिश करके भी हम समझा नहीं सकते।"

आपस में बातें करते-करते रास्ता चलते हुए वे टिकरा की झोंपड़ी तक आ पहुँचे। टिकरा की झोंपड़ी से भीतर प्रवेश कर उन दोनों ने थोड़ा-थोड़ा दूध पिया फिर वहाँ से निकल दोनों ही गायों के खटाल जा पहुँचे। वहाँ की दुधारू गायों के दूध दुहने का काम पूरा कर, फिर गायों-भेड़ों के झुण्ड को हाँक कर उनके चरागाह के मैदानों में उन्हें चरने को छोड़ कर जिस समय तक वे लोग लौट कर पुनः वहाँ आये तब तक सूरज देवता आकाश में काफी ऊँचाई पर चढ़ चुके थे। भोजन-छाजन पकाने के उद्देश्य से लबजाँग अपनी ही झोंपड़ी में रुका रह गया, जबकि दूध को गरमा कर सँभाल कर रख देने के बाद टिकरा डम्बू कुत्ते को साथ ले फिर गायों-भेड़ों के झुण्ड के पास चला गया। परन्तु उसके थोड़ी देर बाद ही डम्बू फिर उस झोंपड़ी में लौट आया। उसकी दशा देख जान पड़ा कि आज के दिन वह चरागाह के मैदान में दौड़ते-भागते रहने के अपने काम में रुचि नहीं ले रहा था, बल्कि वह यहीं रह कर कुछ आराम कर लेना चाहता था। लबजाँग ने कुछ देर तक उसके सम्बन्ध में सोचा-विचारा फिर गाय के दूध में थोड़ा भात सान कर उसने डम्बू को खाने के लिए उसके सामने परस दिया और स्वयं मक्खन को गर्मा कर घी बनाने के काम में लग गया।

परसे हुए भात को खा कर डम्बू बाहर बरामदे में जा कर सो गया। उसके कुछ देर बाद जब डम्बू बार-बार भौंकने लगा, तो उसका भौंकना सुन बाहर की स्थिति का अन्दाज़ा लेने के लिए लबजाँग झोंपड़ी से बाहर निकल आया। काफी दूर पर उसने ऐसे दो आदमियों को देखा जो क्रमशः उसकी छावनी की ओर ही बढ़े चले आ रहे थे। उन्हें ध्यान से लक्ष करते ही वह पहचान गया कि वह दोनों क्रमशः पेमा वांगछू और टिकरा के बड़े भैया दावा हैं। पेमा वागंछू को देखते ही लबजाँग के मन में एकाएक गुस्सा उभर आया। अनायास उभर आये उस गुस्से को उसने अपनी धैर्य शक्ति से दबा दिया और फिर शान्त-स्वस्थ हो झोंपड़ी भीतर आ गया तथा घी गरमाने के अपने काम में पुनः पूरी तन्मयता से लग गया। वह अभी घी गर्म ही कर रहा था कि कुछ देर बाद ही उसकी झोंपड़ी में दावा और पेमा आ कर प्रविष्ट हो गये।—

"आपने सवेरा होने की प्रतीक्षा ही नहीं की, काफी रात बाकी रहते ही जंगल भरे रास्तों से इधर चले आये। वहाँ सोनाम आपकी चिन्ता में आकुल-व्याकुल हो

रही है।" पेमा वांगछू झोंपड़ी में दाखिल होते-होते ही बोल पड़ा।

परन्तु लबजाँग मौन साधे रह गया। उसने पेमा की बातों का कोई उत्तर नहीं दिया। उसने गर्म हो रहे दूध को डेकची से दो गरकुओं में ढाला और दोनों के सामने पीने के लिए आगे बढ़ा दिया। उसके बाद उसने पेमा से पूछा—"तुम घर से भोजन-पानी करके आये हो या तुम्हारे लिये भी मैं यहाँ भोजन पकाऊँ।"

"मैं स्वयं तो भोजन करके आया ही हूँ, सोनाम ने आपको भी खाने के लिए पका-पकाया भोजन मेरे हाथों आपके पास भिजवाया है। "इतना कह कर पेमा वांगछू ने अपने साथ लाये बड़े टोकरे में से एक एक डिब्बा निकाला, जिसमें भोजन सामग्री भरी थी, उसे लबजाँग के सामने रख दिया।

"भोजन तो मैंने लगभग पका ही लिया है। टिकरा भी आज यहीं मेरे चौके में ही भोजन करेगा। चूँकि उस ने अपने हाथों पकाया भोजन भेज ही दिया है, अतः उसे भी हम उतने ही चाव से खायेंगे।"

"ठीक है। अब मैं यहाँ के काम करने जाऊँ। गायों और भेड़ों के झुण्ड को आपने चरागाहों की किस विशेष दिशा की ओर चरने भेज रखा है?" पेमा वागंछू ने लबजाँग की बात पूरी होने के पहले ही यह कहते हुए अपनी गुहार की और जाने के लिए उठ खड़ा हुआ।

"उन्हें चरने के लिए समुथुंग मैदान की ओर टिकरा हाँक ले गया है। तुम वहीं जाओ! टिकरा ने प्रातःकाल से ही कुछ खाया नहीं है, अतः उसे भोजन करने के लिए यहीं भेज दो।"

"बहुत अच्छा।" कह कर पेमा वांगछू तुरन्त ही वहाँ से ऐसे चल पड़ा मानो लबजाँग के पास से दूर हट जाने का मौका पा कर उसने निजात पा ली हो।

पेमा के साथ आया दावा रुका रहा। उसने लबजाँग को सावधान करते हुए कहा—"तुम्हें तो पता होना ही चाहिए लबजाँग कि दो चार दिन बाद से ही यहाँ बर्फ पड़नी आरम्भ हो जायेगी। ऐसी परिस्थिति में इस ऊँची पहाड़ी के चरागाहों को छोड़ कर निचली घाटी की पहाड़ी की परमांग नामक चरागाहों की छावनी पर याक बैलों, चँवरी गायों और भेड़ों वगैरह की जमात को ले जाना पड़ेगा। अतः पेमा और टिकरा को परमांग छावनी की झोंपड़ियों और वहाँ के पशुओं की खटालों की मरम्मत करने के लिए कल ही भेज देना पड़ेगा।

"हाँ, मैं भी ठीक वैसा ही सोच रहा हूँ। परमांग चरागाही छावनी पर चले जाने पर बाघ भी भेड़ों का पीछा करना छोड़ देगा।"

"ऐसा मत सोचो। हम लोग अपनी गायों और भेड़ों को चाहे जहाँ भी न ले जायें, हिमबाघ उनका पीछा करेगा ही। उससे छुटकारा पाने का अब बस एक ही उपाय है कि उसे किसी तरह मार डाला जाये? इसी के बारे में सोचना तथा उसी के अनुरूप तैयारी करने की जरूरत है।"

"हाँ, हाँ! चलो आज से ही हम उस हिमबाघ का शिकार करने की जुगाड़ में जुट जायें।"

भोजन-छाजन कर चुकने के बाद दावा और लबजाँग ने उसी दिन कई एक तीखे बाण धार लगा-लगा कर तैयार कर लिये। लबजाँग की भेड़ों की खटाल के पास के एक मजबूत पेड़ की डाल पर उन्होंने एक मचान बना लिया। उसी दिन की ढलती साँझ की वेला में जल्दी-जल्दी से भोजन-पानी कर, अपने डम्बू नामक कुत्ता को झोंपड़ी के भीतर ही बाँधे रख कर लबजाँग और दावा उसी मचान में चढ़ कर जा बैठे। जाड़े की हाड़ तोड़ने वाली कटीली हवाओं के झोंके बरदाश्त करते-करते दोनों मित्र सीमातीत धैर्य धारण करते हुए उस भयावनी रात में उस हिम बाघ के आने की बाट जोहते रहे। गहराती रात में जब एक समय घने कुहरे ने आकाश और धरती दोनों को ही चारों ओर से अपनी गिरफ्त में कस लिया तथा बर्फीली पहाड़ी हवा के झटके जब बर्छी से शरीर में चुभने लगे तब उनके शरीर की नस-नस ऐसी अशक्त, असहाय और अचल हो गयी कि अपने ही प्राण बचाने के लिए वे उसी अँधियारी रात में नीचे उतर आने को विवश हो गये। परिणामस्वरूप उस रात उस हिमबाघ से उनका आमना-सामना हो पाने का सौभाग्य नहीं मिल पाया।

उसके ठीक दूसरे दिन प्रातःकाल से ही बर्फ गिरनी शुरू हो गयी। पहाड़ की हरी-भरी चोटियाँ सफेद रंग के भेड़ों की ऊन की तरह बर्फ से ढँक गयीं। घरों, झोंपड़ों की छतों-छाजनों पर बाहर के चबूतरों पर गायों और भेड़ों की चमड़ियों के रोयों पर पेड़ों की डालों पर पत्तों पर हर तरफ बर्फ ने ही अपना साम्राज्य कायम कर लिया। पहाड़ी इलाकों के सारे रास्ते-घाट सब बन्द हो गये। पहाड़ी चोटी नदियाँ, ऊपर से गिरते छोटे-बड़े झरने, स्रोते सभी बर्फ की चादर से ऐसे ढँक गये कि अचल हो गये। ठण्ड से बचाव करने के लिए चिड़ियाँ-चुरुंग सभी निचले मैदानी इलाकों की ओर ऐसे भाग गये कि चिड़ियों की आवाज़ कहीं से भी सुनाई नहीं पड़ी। पशुओं का रँभाना भी बन्द हो गया। बीच-बीच चलने वाली कटाली हवाओं की गरगराहट के अलावे और कोई आवाज़ कहीं से भी सुनाई नहीं पड़ रही। चारों ओर सन्नाटा छा गया। पूरे परिमण्डल में चाहे जिधर से भी देखो, हर तरफ बस रूई सी सफेद बर्फ-ही-बर्फ विराज कर रही थी। और कुछ भी नजर नहीं आ रहा। पेमा वांगछू और टिकरा नीचे की पहाड़ी की चरागाह की परमांग छावनी के झोंपड़ों और पशुओं की गोहालो-खटालों की मरम्मत करने के लिए निपट भोरहरी में ही चले गये। चूँकि काफी लम्बे समय से परमांग स्थित उस छावनी पर कोई नहीं रह रहा था अतः वहाँ के घर, झोंपड़े और पशुओं के खटाल वगैरह सभी ढह-ढुह गये थे, जिससे वे मनुष्यों अथवा जानवरों के रहने लायक नहीं रह गये थे, साथ ही उनके प्राणों की रक्षा हो पाने

की दृष्टि से भी असुरक्षित हो गये थे। यह केवल इसी विशेष वर्ष की बात नहीं है, प्रत्येक वर्ष जाड़े की ऋतु में बर्फबारी शुरू होने के महीने के करीब आते ही, चाहे भारी ठण्डी कटीली हवाएँ चल रही हों, अथवा जोरदार बारिश ही क्यों न हो रही हो, उसमें भी उस छावनी के घरों की मरम्मत, जानवरों की खटालों की चारों ओर से सुरक्षा का सारा प्रबन्ध अच्छी तरह पूरा कर चुकने के बाद ही, वर्तमान समय की छावनी चामथुंग से भेड़ों को वहाँ ले जाया जा सका था। एक दूसरी समस्या यह भी थी कि जब तक उन्हें जबरन खदेड़-खदेड़ कर हाँक कर न लिवा ले जाया जाये तब तक भेड़े हरगिज़ ही वहाँ से जाने का नाम नहीं लेतीं, चाहे बर्फ में दब कर मर ही क्यों न जाये। दरअसल ये भेड़े महामूर्ख जानवर होती हैं। परन्तु याक बैल अथवा चँवरी गायों के बारे में ऐसा नहीं है। जैसे ही भारी बर्फबारी शुरू होती है, वैसे ही अपने चरने के लिए घास की खोज में, अथवा जैसे ही इनकी खालों पर के लम्बे-लम्बे बाल जाड़े की मार से रक्षा कर पाने में असमर्थ सिद्ध होने लगते हैं, ये अपने आप ही ऊँचे पहाड़ों से नीचे की घाटी की ओर जहाँ बर्फ नहीं पड़ती ऐसी गर्म जगहों की ओर उतरना आरम्भ कर देते हैं। ठीक इसी तरह ग्रीष्म ऋतु में जब तराई और मैदानी इलाकों में तेज गर्मी पड़नी शुरू होती है, तो ये अपने आप ही वहाँ से ऊँची पहाड़ियों के ठण्डे इलाकों की ओर लौट आना भी शुरू कर देते हैं। इसी कारण से इस बर्फीली घाटियों के ब्रोकपा अर्थात् पशुपालक लोगों के पास पहाड़ की ऊँची-नीची भिन्न-भिन्न जगहों पर निचली-उपरली कई-कई चरागाही छावनियाँ या ब्रोक होती हैं, जिनमें से वे ऋतु-परिवर्तनों के अनुसार अपनी छावनियाँ बदल-बदल कर एक प्रकार का यायावरी जीवन जीते हैं, मानों स्थायी घरों के निवासी न हो कर खानाबदोशी जीवन जीने वाली घुमन्तु जातियों की श्रेणी के हों। हाँ, इतना ज़रूर है कि तिब्बती घुमन्तु पशुपालक जातियों की तरह हर-हमेशा तम्बुओं के डेरों में ही अपनी सारी ज़िन्दगी नहीं गुजारते सिक्किम, भूटान और अरुणाचल प्रदेश के पशुपालक समाज के लोग। बल्कि इन लोगों के स्थायी आवास के लिए इनका अपना-अपना निजी स्थायी गाँव-घर होता है। जानवरों को चराने के लिए उनके चरागाहों में जगह-जगह छावनियाँ होती हैं, जहाँ उनके परिवार के सगे-सम्बन्धी लोग बारी-बारी से वहाँ जा कर पशुओं को चराने का काम करते हैं, और जो तब तक गोरु चरा रहे होते थे, वे तब लौट कर स्थायी गाँव-घर में विश्राम और वहाँ के काम-काज करते हैं, चरागाहों की छावनियों पर वे अपनी जो झोंपड़ियों बनाते हैं, मैदानी इलाके के घर की तरह ये अस्थायी घर भी पत्थरों के टुकड़े जोड़-जोड़ कर छोटी झोंपड़ियों सी ही छोटी हो कर भी गिरि-गुफाओं जैसी पत्थर की पट्टियों से ही छाई हुई होती हैं।

बर्फ से ढँकी पर्वत शृंखलाओं पर भी पशुओं के चरने लायक उगी घासों

के मैदान जहाँ-तहाँ खोज-ढूँढ़ कर लबजाँग और दावा गायों और भेड़ों के झुण्ड को चराते फिरने लगे। बर्फबारी की मार से बचने के लिए जो याक बैल इधर-उधर कहीं भाग जाने की कोशिशें कर रहे थे, उन्हें सँभालने के चक्कर में उन दोनों का ही वह दिन भीषण कष्ट झेलते-झेलते जैसे-तैसे बीता। सूरज ढलने की गोधूलि-वेला में गायों, बैलों और भेड़ों को उनकी खटालों में जैसे-तैसे घुसेड़ कर उन्हें सुरक्षित दशा में रख कर दोनों फिर अपनी गुफानुमा झोंपड़ी में लौट आये।

लबजाँग को हल्की-हल्की नींद की झपकी आ रही थी। अपने ऊनी कम्बल को उसने कौड़े की आग पर सेंक लिया था, ऐसा गर्मागर्म कम्बल ओढ़े होने के कारण उसे बड़ा ही नशीला मजा आ रहा था। ऐसे समय में कानों को बहरा सा कर देने वाली बड़ी तेज ऊँची आवाज़ जो हुई तो नींद की सारी खुमारी ही जाने कहाँ हवा हो गयी। नींद ऐसी उचटी कि फिर आ पाने की कोई सम्भावना ही नहीं रही। वह ऊँची कूद सा उछल कर बिस्तर से नीचे कूद पड़ा और जैसी अर्द्धनग्नावस्था में सोया था उसी अवस्था में एक झटके में धनुष बाण उठा कर बाहर निकल आया। बाहर की बर्फीली ठण्डी हवा जो शरीर पर लगी तब उसे परिस्थिति का सच्चा बोध हुआ। फिर तो तेजी के साथ दौडा-दौड़ा घर के अन्दर गया और अँधेरे में ही टटोल-मटोल कर अपनी पोशाक ढूँढ़ कर पहनी, टोपी को सिर पर अच्छी तरह खींच खाँच कर पहना जिससे चारों ओर से सिर सुरक्षित हो गया। फिर उतनी ही तेजी से दावा के घर की ओर दौड़ पड़ा। जब वह दावा के घर पहुँचा तब पाया कि दावा पहले से ही निकल कर घर के दरवाजे के सामने खड़ा है।

“हिम-बाघ आज फिर निकल आया है।” दावा ने चिन्तित सुर में कहा।

“हाँ भाई। निकल तो आया है। अब बतलाओ कि इस परिस्थिति में क्या किया जाये।” हैरान-परेशान हो भारी घबराहट में लबजाँग ने पूछा।

“क्या बतलाऊँ मित्र। यह तो बड़ी कु-घड़ी में निकला है। दावा ने जवाब दिया।“

चलो हम पेड़ पर बनाये गये मचान पर चढ़ कर छिप कर उसके उधर आने की प्रतीक्षा करें।” लबजाँग के सुझाव को दावा ने हँस कर ठुकरा दिया और कहा।

“बर्फबारी से फिसलन भरे पेड़ पर इस घुप्प अँधेरी रात में चढ़ पाओगे?”

हाँ, सो तो तुम ठीक ही कह रहे हो। ऐसी भीषण बर्फबारी में पेड़ पर चढ़ना निश्चय ही सम्भव कार्य नहीं है। चढ़ तो पायेंगे ही नहीं। लेकिन करेंगे भी तो क्या इस कु-वेला में।”

“दिन का समय होता किसी चीज की आड़ ले कर लुकते-छिपते हम लोग कुछ और आगे बढ़ गये होते, परन्तु कुहरे में डूबी अँधेरी बर्फीली इस रात में ऐसा

करना अपने आपको हिमबाघ के मुँह में ढकेल देना ही होगा।"

"फिर भी ऐसी विकट परिस्थिति में भी कुछ-न-कुछ तो करना ही चाहिए। वही कुछ क्या करें इस समय?" लबजाँग ने और कोई उपाय सूझता न देख, उस एक ही वाक्य को बार-बार दुहराना शुरू कर दिया।

"ऐसे में हमारी रक्षा के लिए बस एकमात्र भरोसा बचा है? डम्बू। इस विपत्ति में डम्बू पर निर्भर करने के अलावे और कोई उपाय नहीं है।

"ऐसे में हम डम्बू को आगे कर भी देते हैं तो भी अगर वह इस बाघ को भगा पाने में असफल ही रह जाता है, तो फिर क्या होगा? अलावा इसके खुद भागने की जगह यह हत्यारा हिम-बाघ अगर हमारे प्यारे डम्बू को ही मार डालता है, तब फिर हमारा क्या होगा।" डम्बू का जीवन बचाने की चिन्ता में लबजाँग अचानक बेचैन हो उठा।

दावा ने लबजाँग की बातों का कोई उत्तर नहीं दिया।

कमरे से बाहर निकाल देने और किसी भी प्रकार का कोई बन्धन न होने के कारण छुट्टा डम्बू अब तक भौंकता-भौंकता अँधेरे में घुल-मिल गया था। ऐसी परिस्थिति अपने द्वारा कुछ भी कर सकने का कोई उपाय न देख दोनों मित्र चुप्पी साधे बरामदे में हाथ-पर-हाथ खड़े धरे रहे। डम्बू की भौंकने की आवाज़ों के बीच ही पशुओं की गडाल (खटाल) के बिलकुल करीब से ही हिमबाघ की गर्जना सुनाई पड़ी। ऐसी क्रोधपूर्ण भयानक गर्जना मानो वह डम्बू को अपने पास आने से मना करने को फटकार सुना रहा हो। उतनी भयानक गर्जना सुन कर भी डम्बू तनिक न डरा। पीछे हटने की जगह वह और भी आगे बढ़ता गया। भौंकते-भौंकते वह हिमबाघ के बिलकुल पास पहुँच गया। उसके बाद तो डम्बू की भयानक भौंकनी और हिमबाघ की विकराल गर्जना रह-रह कर उनके कानों में आ कर पड़ने लगी। उनकी गर्जना में कहीं कोई डर का नामोनिशान नहीं था, किन्तु उनकी पहाड़ों से डरी हुई भेड़ों की सकपकाई हुई मिमियाहट के में-में की आवाज़ों और गायों की चिंचियाहट ने पूरे पहाड़ी परिवेश को डरावनी सिहरन से भर दिया। लबजाँग और दावा के दिल भारी उत्तेजना से थर-थर काँपने लगा। यद्यपि कि लबजाँग जान-बूझ कर अपने मुँह से कुछ नहीं बोलना चाहता था, फिर भी उसके अनचाहे ही उसके मुँह से रह-रह कर अकुलाहट भरे वाक्य फूटने लगे--अब किया क्या जाये? अब किया क्या जाये? उन्हें अब यह समझने में कोई कमी न रही कि इस घुप्प अँधेरे में कहीं पास में हिमबाघ और डम्बू में घमासान युद्ध लग गया है। कुछ समय जब ऐसी ही स्थिति में गुजर गया तो अचानक ही डम्बू की भौंकने की आवाज़ की जगह उसकी चीत्कार की आवाज़ें आने लगीं। वह चीत्कार भी फिर क्रमशः उस पर भारी होते जा रहे किसी दबाव के कारण धीरे-धीरे कमजोर पड़ने लगी। चीख-चिल्लाहट की आवाज़ भी क्रमशः क्षीण होते-होते एक समय ऐसा आया जब

वह भी बन्द हो गयी। फिर तो चारों ओर बस एक भयानक सन्नाटा पसर गया। कहीं से कोई भी शब्द नहीं फूट रहा था। इस भयानक सन्नाटे में वे काफी समय से प्रतीक्षा करते रहे फिर भी डम्बू जब लौट कर नहीं आया तब फिर वे दोनों घर के अन्दर वापस आये।

"जान पड़ता है इस दुष्ट बाघ ने मेरे डम्बू को जान से मार डाला है।" लबजाँग ने शंका प्रगट की।

"मालूम नहीं क्या हुआ।"

"अगर ऐसा न होता तो इतनी काफी देरी जो हो गयी, इस बीच उसे ज़रूर लौट आना चाहिए था। ज़रूर-ज़रूर ही उसे और अत्यन्त खतरनाक कुछ हो ही गया है।" कहते-कहते लबजाँग का गला भर आया।

उस रात दोनों मित्रों में से किसी को भी नींद नहीं आयी। पूरी रात उन दोनों ने बैठे-बैठे ही बिता दी। दूसरे दिन की तड़की भोरहरी में ही दोनों मित्र पशुओं की खटाल के पास की ओर जल्दी-जल्दी बढ़ गये। बर्फ से ढँके मैदान में एक स्थान पर उन्होंने दो जबरदस्त जानवरों के बीच हुई भयानक लड़ाई के निशान देखे। कुत्ते और बाघ की देहों से नुचे-छिटके-छितराये बाल, खून के छींटो और थक्के-थक्के पड़े चकत्तों को देख दिल दहल गया। किसी जानवर को वहाँ से काफी दूर तक बाघ द्वारा घसीट के खींच ले जाने के निशान और जमी हुई बर्फों पर लाल-लाल खून के चकत्ते देख उनके मन में अब कोई शंका बाकी नहीं रही। वे अच्छी तरह समझ गये कि उस हिम़बाघ के पैने दाँतों से उनके प्यारे डम्बू की मौत हो गयी है। ऐसा दर्दनाक दृश्य देखते ही लबजाँग माथे पर हाथ रख वहीं बैठ गया और हिचकियाँ भर-भर कर रोने लगा। आस-पास खड़े भेड़ों के झुण्ड, गायों के गोष्ठ अचकचा कर गर्दनें उठा-उठा कर लबजाँग की ओर देखने लगे। एक गाय तो रुलाई भरी रँभाई लेने लगी। बें-बें-बें। उस गाय को यूँ रँभाता देख लबजाँग उठ कर उसके पास चला आया और उसकी गर्दन को अपनी अँकेवार में भर कर रोते-रोते कहने लगा—"बेचारा डम्बू मर गया। तुम सबों की रक्षा करने की कोशिश में उसने खुद को बाघ के मुँह में डाल दिया। अपने प्राण न्यौछावर कर दिये उसने। अब उसके न रहने पर तुम लोगों की भला कौन रक्षा करेगा।?"

भेड़ें और चँवरी गायों के झुण्ड भी माने अपने प्यारे मालिक लबजाँग द्वारा कही गयी बातों का मर्म समझ गये हों, ऐसा भाव प्रदर्शित करते हुए वे सभी अपने सिर उठा-उठा कर लबजाँग की ओर निहारने लगे। लबजाँग ने स्पष्ट देखा कि डम्बू को अति प्यारी कारजनमू नाम की जो एक विशेष गाय थी, उसकी आँखों से तो धारासार आँसू छलके पड़ रहे हैं। डम्बू को खो कर यह मासूम गाय भी आज रो रही है। उसकी ऐसी भाव-विह्वल दशा देख लबजाँग और भी ज़ोर-ज़ोर से रोने

लगा।

वहीं पास में खड़ा दावा मन-ही-मन सोचने लगा–मृत्यु किसे कहते हैं? सम्भवतः ये गूँगे-बहरे जानवर भी इससे अनजान नहीं हैं। इसी कारण आज जब लबजाँग डम्बू की मृत्यु पर शोकाविभूत हो रो रहा है तो उसके साथ ये गाय-भेड़ें

जैसे सरल जानवर भी रो रहे हैं। डम्बू अब इस दुनिया में नहीं रहा। वस्तुतः हमारी इस छावनी का प्राण तत्त्व ही था--डम्बू। अतः उसके न होने से हमारी छावनी का प्राण ही मानो खो गया है। अनमने रूप में ही एक अत्यन्त गहरी मनोवेदना दावा पर भी गहरा आयी। अतः शोकाभिभूत हो वह भी कराह उठा। मन में भारी घाव का अनुभव करते हुए भी वह अपने अभिन्न मित्र लबजाँग को ढाढस बाँधने लगा–

"रो क्यों रहे हो? हरगिज-हरगिज मत रोना। तुम जो इस तरह हृदय फाड़ कर रो रहे तो क्या तुम्हारे रोने से तुम्हारा दुलारा डम्बू लौट आयेगा, हम लोगों के लिए, इन अनबोले जानवरों के लिए, दूसरों के प्राणों की रक्षा करने के लिए उसने अपने जीवन को हिमबाघ के हाथों सौंप दिया था। औरों के लिए अपने प्राण विसर्जित कर दिए। इससे डम्बू महापुण्यवान सिद्ध हुआ। अतएव अपने आगामी जन्म में वह मनुष्य के रूप में जन्म लेगा। अतएव तुम तनिक भी शोक मत करो। अगर तुम उसके लिए इस तरह का हृदय विदारक शोक करोगे तब उसकी आत्मा पुनर्जन्म लेने में और भी देरी करेगी।" लबजाँग के कन्धे पर अपना एक हाथ रख कर दावा उसे सान्त्वना देने लगा।

दावा ने सान्त्वना देते हुए जो सामाजिक मान्यताओं के आधार पर बातें बतलायीं, लबजाँग ने उन पर पूरी तरह विश्वास किया। उसके शोक न करने, रोना-धोना बन्द कर देने से डम्बू की आत्मा शीघ्राताशीघ्र मुक्त हो पायेगी, इस बात पर गम्भीरतापूर्वक विश्वास कर, उसी आशा में उसने डम्बू के लिए रोना-कलपना छोड़ दिया।

ग्यारह

डम्बू की मृत्यु के दो दिन बाद ही लबजाँग इत्यादि वहाँ के सभी पशुपालक सुमथुं के चरागाह की छावनी को छोड़ कर उसकी अपेक्षा निचली पहाड़ी ही छावनी परमांग में चले आये। इस नये चरागाह की छावनी पर आ कर अड्डा जमा चुकने के बाद गायों के झुण्ड को दावा की देख-रेख में छोड़ कर टिकरा अपने और लबजाँग दोनों घरों के भेड़ों को चराने के लिए वहाँ से कुछ दूर स्थित मोरसिंग के मैदान की ओर हाँक ले गया। उस चरागाह के मैदान को टिकरा के साथ पेमा वांगछू को जाने की तय थी, परन्तु चूँकि तराई के निचले मैदानी इलाके में अपने गाँव घर में रह रही सोनाम के पाँव भारी हैं, अतः इस अत्यन्त गम्भीर महत्वपूर्ण वेला में उसके साथ किसी एक पुरुष का रहना नितान्त आवश्यक है, अतः सोनाम के साथ रहने के लिए वह नीचे स्थित गाँव को चला गया। चरागाही छावनी पर पड़ा रह गया लबजाँग।

दावा और टिकरा के साथ रहने के लिए, उनके लिए खाने-पीने के राशन आदि सामान पहुँचाने के बहाने योनतान भी इस चरागाही छावनी पर आती रहती है। दो-चार दिन छावनी पर ही गुजार कर फिर गाँव लौट जाती है। दावा और टिकरा के घर के लोगों को अपनी छावनी पर अपने घर की स्त्रियों के साथ रहने और उनके साथ सहवास करने में कहीं कोई अड़चन नहीं है। ऐसे कार्य में लबजाँग के गृह-देवता सुॅम्मा ही महाबाधक हैं। वे ही अपने घर के लोगों द्वारा छावनी पर सपत्नीक सहवास करने की अनुमति नहीं देते। ऐसा करने पर भयानक क्रोधित हो उठते हैं फलतः उनके घर के पुरुष अपनी छावनी पर स्त्री जाति को नहीं रख सकते। योनतान चूँकि दूसरे घर की है, अतः वह जब अपने घर के लोगों के पास आती है, तो लबजाँग का भी कुशल-क्षेम पूछ जाती है। ज़रूरत के मुताबिक उसके कुछ काम भी कर जाती है।

डम्बू की बातें लबजाँग भुला नहीं पाया है। उसकी कारुणिक-मृत्यु के लिए वह अभी भी दुःखी होता रहता है। उसके बिना उसे अपनी छावनी सूनी-सूनी लगती जिससे पल भर को भी मन नहीं लगता। परन्तु इस दुःखानुभूति के

वातावरण में भी इस बीच ऐसा कुछ घटित हो गया था कि बीच-बीच में एक विशेष प्रकार की आशा के जग जाने से, उसका मन एक सर्वथा नये प्रकार के सपने के संसार में निमग्न हो जाने लगा। इस प्रकार के सुख-सपनों की आशा का संचार अभी कुछ समय पहले ही हुआ है। तवाँग गोम्पा की तीर्थयात्रा सम्पन्न कर लौट आने के बाद जब तीसरा महीना बीतने-बीतने को हुआ तो शर्त के मुताबिक लबजाँग की पारी सोनाम के साथ रहने की आयी थी। उस पारी में वह घर गया तो पहुँचते-पहुँचते शाम ढल आयी थी। भोजन-छाजन करके जब वह सोने के लिए पलँग पर सोने जा ही रहा था कि सोनाम ने आनन्दातिरेक में उसे अपनी दोनों बाँहों में भर लिया और उसे भींच कर अपने सीने से ज़ोरों से चिपका लिया। उसकी ऐसी उल्लास विह्वल अवस्था देख लबजाँग चकरा गया था। तब सोनाम बोल पड़ी थी–

"इतने दिनों से मैं तुम्हारे आने की बाट जोहती रही हूँ, तुमसे एक अत्यन्त महत्त्वपूर्ण बात बतलाने के लिए। वह बात क्या तुम सुनना चाहोगे?"

"अरे कहो न, कहो न। कौन सी बात है वह? तुम्हारा ऐसा उत्साह देख मेरा भी मन उसे सुनने के लिए अकुला उठा है।"

"हमारे परमपूज्य पेलदेन लामू और टोम्बा शाक्य दावा देवताओं ने हमारी प्रार्थना सुन ली है, क्या इस बात को तुम जान पाये हो, उन्होंने हमारी प्रार्थना स्वीकार कर ली है और हमारी इच्छा के अनुरूप हमें इच्छित वरदान भी दे दिया है। बीते महीने मुझे माहवारी नहीं हुई। अब तो बात पूरी तरह प्रमाणित भी हो गयी है। मैं अब माँ बनने जा रही हूँ। माँ भी हो रही हूँ खास तुम्हारे सन्तान की। अच्छी तरह जान लो, तुम्हारी सन्तान की माँ हो रही हूँ मैं, पेमा वांगछू की सन्तान की नहीं।"

उस दिन लबजाँग ने ऐसे विशुद्ध निर्मल आनन्द का अनुभव किया जैसा कि अपने पूरे जीवन में पहले कभी नहीं किया था। पिता बनने के गौरव से उसका सीना फूल कर चौड़ा हो गया। एक बेसँभाल भावावेग में उतावला हो कर उसने सोनाम को अपने आलिंगन पाश में जकड़ लिया फिर बड़ी देर तक एक-पर-एक चुम्बन लेते हुए उसे अपने लाड़-प्यार से भर दिया। सोनाम इस दुलार से इतनी भाव विह्वल हो उठी कि खुशी के मारे उसकी आँखों से आँसू छलक आये। खुशी के आँसू झराते-झराते वह कहने लगी–अब तो यह बात स्पष्ट प्रमाणित हो गयी है कि मैं कोई बाँझ औरत नहीं हूँ। मुझमें भी माँ बनने की पूरी क्षमता है। मुझे भी पुत्र पैदा होगा। पुत्री पैदा होगी। वे सब मुझे माँ, माँ कह कर पुकारेंगे। अब कोई भी मुझे बाँझिन कह कर दुत्कारेगा नहीं, कोई मेरा मजाक नहीं उड़ायेगा न कोई मेरे बन्ध्या होने का आरोप लगा मेरी बेइज्जती ही कर सकेगा। अब तो माँ बनने जा ही रही हूँ।"

उस विशेष घड़ी से तो लबजाँग जितनी भी बार घर गया है, सोनाम के पेट

के निचले हिस्से को क्रमशः और फूला—और फूला हुआ ही लक्ष्य करता आया है। पहले वह जितना भोजन करती रही थी, उसकी अपेक्षा अब उसे अधिक भूख लगने के कारण वह अधिक भोजन करने लगी है। उसके चहेरे का रंग फीका पड़ गया है। दोनों गालों पर जगह-जगह काले-काले दाग पड़ गये हैं। उसका रूप कुम्हला गया और यौवन अवस्था भी कुछ फीकी-फीकी लगने लगी है। सन्तान के जन्म लेने का समय जितनी ही पास आता जा रहा है कि उसकी चिन्ता भी उतनी ही बढ़ती जा रही है। वह जन्म देने की वेला के प्रति उत्साह न रख कर कहीं कुछ दुःखद घटना न घट जाये, इसी आशंका में परेशान रहने लगी है। जिन कुछ दिनों तक लबजाँग घर पर सोनाम के साथ होता है, वह उसकी देखभाल में कोई कोर-कसर बाकी नहीं रखता। भोजन-छाजन, पौष्टिक आहार, सभी कुछ की आवश्यकता से अधिक ही व्यवस्था किये रखता है। सोनाम जिन-जिन चीज़ों को खाने की इच्छा करती है, उसकी अभिरुचि की चीजों को हर कहीं से इकट्ठा कर उसे अवश्य खिलाता है। कोई भारी चीज उठाने नहीं देता, उसी तरह कोई भारी-भरकम काम भी करने नहीं देता। जब-जब वह अपने को कमजोर महसूस करती है, वह उसे धीरज तो बँधाता ही उसे हर तरह से प्रोत्साहित करता है। हर परिस्थिति को वह भली-भाँति पार कर ले जायेगी, ऐसा विश्वास दिलता है। सोनाम के गर्भ में पल रही सन्तान बेटा होगा, या बेटी होगी इस प्रश्न को ले कर भी वे दोनों खूब माथा-पच्ची करते हैं। अनुमान लगाते हैं। अपने-अपने अनुमानों को ही सही सिद्ध होने के दावे करते रहते हैं। उस भावी सन्तान के लिए वे अभी से अच्छी-अच्छी, सुरक्षा देने वाली साथ ही आरामदायक पोशाकें तैयार करते हैं। आस-पास की व्यापारिक जगहों से उसके लिए वस्त्रों की जुगाड़ कर ले आते हैं।

सोनाम की ऐसी नाजुक अवस्था को देखते हुए वह उसे पेमा वांगछू की देख-रेख में छोड़े रखना नहीं चाहता। इस वेला में तो वह प्रत्येक क्षण सोनाम के पास ही रहना चाहता है। परन्तु वह असहाय है क्योंकि वह गाँव-पुर, जाति बिरादरी में मान्य परम्पराओं का निष्ठापूर्वक निर्वाह करने वाला व्यक्ति है। खोर-देपका विवाह होने के समय सांजा और टिकरा दम्पतियों ने जो व्यवस्था निर्धारित कर दी थी, ग्राम पंचायत के सरपंच-प्रधान ने भी जिस पर अपनी सम्मति प्रदान कर दी थी, उस व्यवस्था को तो उसे मान कर चलना ही होगा। अगर ऐसा नहीं करेगा तो, उसके खोर-देपका परिवार में भारी गड़बड़ी आ जायेगी। जिसके परिणामस्वरूप नाना प्रकार की आपद्-बिपद् पारिवारिक शान्ति नष्ट-भ्रष्ट कर देंगी।

चँवरी गायों और भेड़ों को चरागाह में चरने को छोड़ कर, मन में डम्बू की मृत्यु का शोक मनाते और निकट भविष्य में उसकी अपनी सन्तान को जन्म देने जा रही सोनाम के स्वास्थ्य की चिन्ता से आकुल-व्याकुल हो लबजाँग पास की एक पत्थर की शिला पर विवश-बेहाल हो बैठा हुआ था, कि तभी उसे खोजता-ढूँढ़ता

पेमा वांगछू वहीं आ पहुँचा। चूँकि निर्धारित नियम के मुताबिक अभी पेमा वांगछू के यहाँ आ कर रहने का समय नहीं आया था। फिर भी वह जो अध बीच में ही दौड़ता-पराता यहाँ आ पहुँचा था तो उसे इस कुवेला में यहाँ आया देख, किसी अत्यन्त भयावनी घटना के घटित होने की आशंका उठने के कारण उसका मन बड़ी भारी आन्तरिक चोट से तिलमिला उठा। कलेजा काँपने लगा। मन में दुश्चिन्तायें जग उठीं। घर पर कोई विपत्ति तो नहीं आ गहरायी। सोनाम का स्वास्थ्य वैसे ही काफी खराब हो चला था तो फिर क्या इसका मतलब कि...।"

लबजाँग को ऐसी दुश्चिन्ताओं में और अधिक देर तक डूबते-उतराते न दे कर पेमा वांगछू ने पास पहुँचते ही समाचार सुना दिया--"सोनाम ने आपको बुलवाया है। मुझे यहाँ भेज कर, आपकी जगह मुझे ही यहाँ रहने को कह कर आपको अपने निकट रहने के लिए घर बुलाया है। आप तुरन्त ही घर चले जायें। अब मैं यहाँ रहूँगा और यहाँ की चीज़ें सँभालूँगा।"

—"वह भली-चंगी तो है न?"

—"हाँ वह पूरी तरह स्वस्थ और सानन्द है। और उसने एक कन्या सन्तान को जन्म दिया है।" प्रेमा वांगछू ने कहा

—"अच्छा। क्या तुम सच्ची बात बता रहे हो?—

"हाँ, जी हाँ। आज वाली रात अभी बीतने-बीतने को ही थी कि तड़के भिनसारे ही उसने एक कन्या शिशु को जन्म दिया। फिर आपको यहाँ से घर पठा देने के लिए उसने मुझे यहाँ भेज दिया। इस महीने के जो दिन आपकी पारी के, अभी आपको ही यहाँ रहने के शेष हैं, उन दिनों में मैं ही यहाँ रहूँगा। इसकी क्षतिपूर्ति के लिए आगामी महीनों में आप इतने दिनों यहाँ और बिता कर अपने निर्धारित नियम को पूरा कर लीजिएगा।"

"सुनो भाई! इन दिनों में मेरा ही यहाँ रहना आवश्यक था। परन्तु उसने जब इन दिनों में ही मुझे अपने पास पाना चाहा है, मेरी आवश्यकता अनुभव की है और मुझे अपने पास रहने के लिए बुलाया है, तब तो जाना ही पड़ेगा। मेरी जगह अब तुम जो यहाँ रहोगे, तो भैया इस बार जरा विशेष सावधानी से गायों-भेड़ों की देख-रेख करना। कभी भी इन पशुओं से अधिक देरी तक दूर मत रहना। इस बीच यहाँ कैसी-कैसी दुर्घटनाएँ घटी हैं, उन्हें तो तुम जान ही चुके हो। हिमबाघ ने हमारे कई भेड़ों को चबा ही डाला है। उससे हमारे पशुओं की जो रखवाली करता था, उस साहसिक कुत्ता डम्बू को भी उस दुष्ट ने जान से मार डाला है। तुम प्रत्येक क्षण बराबर सजग-सचेत रहना।"

चरागाही छावनी पेमा वांगछू के भरोसे छोड़ लबजाँग घर लौट आया। घर के भीतर जो प्रवेश किया कि तभी उसने लक्ष्य किया कि अपनी नवजात शिशु

सन्तान को अपनी देह से चिपकाये हुए सोनाम गहरी नींद में सोयी हुई है। सोयी हुई अवस्था में उसके मुखमण्डल पर नव-मातृत्व की कान्ति प्रकाशित हो रही है। माँ और नयी-नयी जन्मी सन्तान को एक साथ सोया देख लबजाँग कुछ देर तक ठिठका खड़ा रह गया। अपनी पत्नी और अपनी औरस सन्तान को एक संग जीवन में पहली-पहली बार देखने से जो आत्मगौरव का भाव उमड़ा उसने उसके हृदय को ऊभ-चूभ कर दिया। आनन्द की उमंगी इतनी बढ़ी कि उसकी आँखों से खुशी के आँसू छलक पड़े। उस वेला में छिरिंग दैमा उसी घर के एक कोने में प्रसूता के घर का कोई एक अतिआवश्यक कार्य कर रही थी। लबजाँग की दृष्टि जैसे ही उस पर पड़ी, उसने वैसे ही एक झटके में ही अपने आँसू पोंछ लिये। अपने बड़े जीजा जी को वहाँ आया देख, उसने अपना काम जहाँ-का-तहाँ छोड़ दिया ओर बड़े बहनोई जी की ओर देखे अत्यन्त मोहक मुस्कान बिखरी फिर अपने काम में लगते हुए चूल्हे पर पानी गरम करने के लिए चढ़ा दिया। अपनी पीठ पर लबजाँग ने बोझा लाद रखा था, उसे उसने अब खोला और फिर उसे घर के सुरक्षित स्थान पर रख कर कौड़े की आग के सामने आ कर बैठ गया और अबकी बहुत ध्यानपूर्वक उसने अपनी प्यारी पत्नी की ओर देखा जो गहरी नींद में डूबी हुई थी। उसने लक्ष्य किया कि उसकी यह पत्नी सन्तान का प्रसव करने के बाद कुछ दुबली और कमज़ोर ज़रूर हो गयी है, परन्तु पहले की अपेक्षा अब और अधिक सुन्दरी हो गयी है। माँ बन जाने की आभा से उसकी क्रान्ति का प्रकाश पहले से दुगुना हो गया है। इससे उसने उस नवजात शिशु की ओर अपना ध्यान केन्द्रित किया। मुलायम कपड़े में लपेट कर माँ की छाती से चिपका कर सुलाये गये उस नन्ही जान को देखते ही उसे अपनी गोदी में उठा लेने के लिए उसका मन ललक उठा। अपने इस जीवन में उसने अधिकांश समय पशुओं की चरवाही करते हुए उनके चरागाहों पर ही बिताया है। उसके चलते भेड़ों और गायों को जब-जब नये मेमने या बाछी-बछड़े पैदा हुए तब-तब उसने उनकी भरपूर सेवा-शुश्रूषा की है। उनकी सेवा करके वह स्वयं ही महा आनन्दित होता रहा है, परन्तु अपने वीर्य से जन्मी हुई, अपनी सन्तान की सेवा-शुश्रूषा करने का सुअवसर इस जीवन में वह पहली-पहली बार पा सकेगा। आज की इस शुभ घड़ी में वह जिस अपूर्व आनन्द का उपभोग कर रहा है, वैसा आनन्द उसके जीवन में फिर कभी नहीं आयेगा। इसी प्रकार की जाने कैसी-कैसी चित्र-विचित्र बातें सोचते हुए वह अपनी पत्नी और अपने नवजात शिशु पर आँखें गड़ाये-गड़ाये वह कौड़े की आग के पास बैठा रहा। सोनाम से बातें करने की अकुलाहट होने पर भी सोयी हुई सोनाम को जगा देने का उसका मन नहीं हुआ।

कमरे में एक अजीब प्रकार का मौन बहुत देर तक पसरा रहा। जब यह मौन अखरने लगा तब लबजाँग ने ही छिरिंग दैमा से यह पूछ कर मौन को भंग

किया—“आज के दिन तुमने अपनी बड़ी बहन को भोजन करवाया कि नहीं?”

“प्रातःकालीन वेला का भोजन वह कर चुकी है। दोपहर के बाद का भोजन करवाने के लिए भी सारा प्रबन्ध हो गया। जल्दी ही मैं चूल्हे पर भात पकाना शुरू करूँगी। मेरे पिताजी ताजी मछलियाँ लाने के उद्देश्य से नदी में मछली मारने गये हुए हैं। जैसे ही ताजी मछलियाँ आ जायेंगी, वैसे ही मैं पूरा भोजन पकाऊँगी।”

छिरिंग दैमा की ऊँची आवाज़ में कही गयी बातें सुनने से सोनाम की नींद टूट गयी। उसने जब लबजाँग के वहाँ उपस्थित होने का आभास पाया, तो उसने अपनी दोनों आँखें खोल कर बड़े प्यार से लबजाँग की ओर देखा और बड़ी ही मोहक मुस्कान मुस्करा उठी। फिर तो अनजाने में ही लबजाँग के मुख पर भी वैसी एक प्रसन्नतापूर्ण मुस्कान खेल गयी।

“शरीर का स्वास्थ्य अब कैसा अनुभव कर रही हो?”

लबजाँग ने बड़ी सहृदयता से पूछा।

“पहले की अपेक्षा अब कुछ अच्छा अनुभव कर रही हूँ। आप यहाँ कब आ पहुँचे थे? अत्यन्त मद्धिम और क्षीण स्वर में बात कह पाने की दुर्बलता दिखायी पड़ने पर भी सोनाम के कण्ठ-स्वर में एक सन्तोषपूर्ण गहरी शान्ति का भाव स्पष्ट हुआ।

“अभी बस कुछ ही समय पहले। सन्तान को जन्म देने में तुम्हें निश्चय ही बहुत कष्टदायी वेदना हुई।”

“हाँ।”

“कष्ट हुआ तो ज़रूर, परन्तु जितने कष्ट की आशंका मैं किये हुए थी, उतना कष्ट नहीं हुआ। अच्छा जरा यह तो बतलाओ कि हमारे प्यारे कुत्ता डम्बू को क्या हिमबाघ ने मार डाला?” कितना प्यारा कुत्ता था वह हमारा। मुझे उसकी बहुत अधिक याद आती रहती है।” सोनाम ने रुँधे गले से दुःख भरी आवाज़ में कहा।

“छि, छि, छि। ऐसी आनन्द की वेला में तुम शोक भरी बातें क्यों उभार रही हो। डम्बू मर गया तो मर गया। उसके लिए अब व्यथित होने से भला क्या लाभ। जो होना था, सो तो हो ही गया। उसके बारे में अब सोचने-पछताने से कोई लाभ नहीं।” सोनाम को सान्त्वना देने के उद्देश्य से अत्यन्त स्नेहपूर्ण स्वर में लबजाँग ने समझाया।

“उसका ‘डम्बू’ नाम मैंने ही दिया था। अब आज के समय में वैसा प्यारा और स्वामिभक्त कुत्ता बहुत खोजने-ढूँढ़ने पर भी हम नहीं पायेंगे।”

बीच में ही छिरिंग दैमा पूछ पड़ी—“बड़े जीजा जी। हमारे उस प्यारे डम्बू को उस दुष्ट बाघ ने कैसे मार डाला?”

“देखो जी दैमा। उन सब बातों की चर्चा अब इस मंगलमय वेला में छोड़ ही दो। मत पूछा उससे सम्बन्धित कोई भी प्रश्न। जब इसका उचित समय

आयेगा तब मैं स्वयं ही उसे सम्बन्धित सारी बातें तुम लोगों को विस्तार से सुना दूँगा। हमारे घर में आज एक नया नवेला अतिशय प्यारा मेहमान आया है। इस नवजन्मा शिशु के सम्बन्ध में चर्चा न करके हम लोग यह सब व्यर्थ की बातें क्यों कर रहे हैं?"

लबजाँग ने अचानक ही उठ गये उस अप्रिय प्रसंग से छुटकारा पा लेने के उद्देश्य से उन्हें सचेत किया।

"छिरिंग तुमने अपने बड़े जीजा जी को मदिरा पीने को दी कि नहीं।"

"पानी अभी भी गर्म नहीं हो पाया।" कह कर छिरिंग दैमा दौड़ी हुई गयी और कई एक सूखी लकड़ियाँ ला कर उसने चूल्हे की आँच में घुसेड़ दीं, फिर फूँक मार-मार कर चूल्हे की आग को धधकाने लगी।

सोनाम ने नवजात नन्हें शिशु की देह पर लिपटे हुए कपड़े को खोल कर उसे दूसरी ओर सरका दिया। शिशु का मुखमण्डल उधर होते ही लबजाँग अपना आसन छोड़ उठ खड़ा हुआ। फिर तेज कदमों से चल कर सोनाम की सेज के पास आ गया। फिर अत्यन्त स्नेह भरी दृष्टि से शिशु को एकटक निहारने लगा।

खूब हृष्ट-पुष्ट आकार का हुआ है न?" लबजाँग ने आनन्दविभोर हो कर अपना पहला-पहला उद्‌गार प्रगट किया। उसके मन्तव्य के उत्तर में अपने मुख से कुछ न कह कर सोनाम बस दबे-दबे होंठों से मुस्कुरायी।

"अच्छा, जरा देर के लिए मुझे तो दो। उसे अपनी गोद में ले कर तो देखूँ।" कहते हुए लबजाँग बड़ा भाव विह्वल हो उठा और उसने उस नन्हे शिशु को सोनाम के हाथों से अपनी गोदी में ले लिया। शिशु को गोदी में लेते समय उसने ऐसी सावधानी और सजगता दिखायी मानो वह कोई ऐसी नाज़ुक चीज उठा रहा हो, जो ज़रा सी छुअन से ही टूट कर बिखर जायेगी। फिर तो वह लगातार एकटक निगाह से उस नन्हे शिशु को देखता रहा।

"अरे-अरे देखो, देखो। बड़े जीजा जी इस नवजात बच्ची को कैसे विचित्र ढंग से गोदी में उठाये हुए हैं? छिरिंग दैमा ने बच्ची को गोदी में लेने के अटपटे ढंग को देख हँसते-हँसते ऊँची आवाज़ में कहा।

"उनके लेने के बेढब तरीके को देख कर उनकी हँसी मत उड़ाओ जी। सही-सही ढंग से वे भला उसे कैसे ले सकते हैं? इसके पहले क्या उन्होंने कभी कोई नवजात शिशु गोदी में उठाया भी था क्या? अब जो स्वयं ही शिशु के पिता बने हैं, तो अब अच्छी तरह सीख लेंगे।" सोनाम ने समझाते हुए कहा।

सोनाम और छिरिंग दैमा की बातें सुन लबजाँग बहुत लजा गया। अपनी लाने की मुद्रा को छिपाने की कोशिश में उसने उन्हीं से अनुरोध किया—"किस तरह गोदी में उठाते हैं एक शिशु को, जरा उठा कर दिखाओ तो।"

सुनते ही छिरिंग दैमा आगे बढ़ आयी और एक शिशु को किस तरह

पकड़ना चाहिए यह भंगिमा उसने लबजाँग को समझाते हुए कहा—"आपने नवजात शिशु को ऐसे उठाया हुआ है मानो डर के मारे काँपते-काँपते किसी एक चीज़ को बेबसी में पकड़ रखा हो। बिना किसी डर के, स्वस्थ-सुदृढ़ मन से शिशु को इस तरह से पकड़ना-उठाना चाहिए। इससे आप भी निश्चित रहेंगे और नन्हा शिशु भी आपकी गोदी में आराम अनुभव करेगा।"

छिंरिंग दैमा द्वारा दिखला दी गयी विधि के बाद लबजाँग ने नवजात शिशु को उसी प्रकार से अपनी गोदी में उठाया और बड़ी देर तक उसे दुलराता हुआ बैठा रहा। अभी कुछ ही देर पहले जन्म लेने वाला वह शिशु थोड़ी-थोड़ी देर पर अपने नन्हे-नन्हे होंठों को हिला-हिला कर तथा मुँदी हुई आँखों को मूँदे-मूँदे ही आँखों की पलकों को धीरे-धीरे हिलाते-डुलाते हुए अपने जन्मदाता पिता की गोदी में निश्चिन्त भाव से पड़ा रहा।

ससुर जी जब नदी से तरोताजा मछलियाँ ला कर दीं, तब लबजाँग ने उन मछलियों में से अच्छी-अच्छी मछलियाँ छाँटी, उन्हें रींधने पकाने लायक बनाया फिर भात इत्यादि सभी पकवानों सहित उन मछलियों को भी पका चुकने के बाद उसने अपने हाथों से ही सोनाम को प्यार से खिलाया। घर में उपलब्ध सबसे अच्छी मदिरा में मुर्गी के अण्डों और घी को मिला कर सान कर फिर हल्की आँच पर उसे गरम कर उसने सोनाम को खिलाया-पिलाया। उसी दिन सन्ध्या की वेला एक बड़े से चूँगे स्वादिष्ट मदिरा और खाटा ले कर लबजाँग गाँव के बौद्ध-मन्दिर के पुजारी लामा जी के पास अपनी उस नवजात बिटिया की जन्म-पत्री बनवाने और उनसे उसका नामकरण करवा देने के लिए गया। लामा जी ने उस नवजात बालिका के जन्म-लग्न की कुण्डली की ज्योतिषीय गणनाएँ करने के पश्चात उसका नाम रखा—"रिनचिन जांमू।"

और भी विस्तार से समझाते हुए उन्होंने बतलाया—"तुम्हारे अपने ही वंश-परिवार का कोई व्यक्ति पुनर्जन्म ले कर तुम्हारी बच्ची के रूप में पैदा हुआ है, अतएव यह बालिका प्यारी, आज्ञापालक और तुम्हारे वंश का नाम रोशन करने वाली होगी। अपने पहले जन्म में उसने बहुत पुण्य कमाया था, अतः उसका यह नया जीवन अत्यन्त सुख-सुविधापूर्ण होगा, ऐसा उसकी कुण्डली की गणनाओं के निरीक्षण से स्पष्ट दिखायी पड़ रहा है। हाँ इतना अवश्य है कि अपने इस जीवन की प्रारम्भिक वेला में उसे अपने परिवार के किसी अपने बड़े प्रिय व्यक्ति के प्यार-दुलार से वंचित रहना भी पड़ सकता है। इस ज़रा सी अनिष्टप्रद बात के अलावे बाकी सारा कुछ उसके जीवन में मंगलमय ही घटेगा।" उस नवजात बच्ची की जन्म-कुण्डली की गणना करने के बाद लामा जी ने उससे सम्बन्धित भविष्यवाणी की। उसके बाद तो उन्होंने उसकी जन्म-कुण्डली बना कर तैयार कर दी।

लामा के घर से लौट कर लबजाँग ने उस बच्ची का नाम सोनाम को बड़े

उत्साह से बतलाया। साथ ही उसकी कुण्डली की गणना कर लामाजी ने जो भविष्यवाणियाँ उसके लिए की थीं—उन्हें भी बड़े विस्तार से उसे कह सुनाया। उतनी देर तक लबजाँग की सास सोनाम की माँ जी बच्ची को गोदी में लिये बैठी रही। दामाद की बातें पूरी हो चुकने के बाद उन्होंने बतलाना शुरू किया—रिनचिन जांमू। बड़ा ही सुन्दर-मनोरम नाम है। तुम लोगों की परदादी का नाम भी यही था—रिनचिन जांमू। यह नन्ही बिटिया सचमुच ही तुम्हारी ही सन्तान है यह पेमा वांगछू की सन्तान हो ही नहीं सकती। इसका एक बड़ा कारण यह भी समझो कि इसका चेहरा-मोहरा तुम लोगों के वंश-घर के मनुष्यों के चेहरे के अनुसार ही बना है। यह तुम्हीं लोगों पर गयी है। तुम्हीं अब सच्चे-सच्चे रूप में बतलाओ सोनाम! तुम्हारी इस नन्ही बच्ची का जन्म-दाता पिता कौन है?"

अपनी माँ द्वारा अचानक यह प्रश्न पूछ दिये जाने पर सोनाम मुँह खोल कर ज़ोर-ज़ोर से हँसने लगी। लबजाँग भी अट्टहास कर हँस पड़ी। फिर तो मुँह खोल कर बतलाये बिना सासू जी जान गयीं कि इसका जन्मदाता पिता लबजाँग ही है, यह बात भी निश्चयपूर्वक जानता है।

रात की वेला में लबजाँग जब उस नन्हीं बच्ची और सोनाम के पीछे की ओर पलँग पर सोना शुरू किया, तब उसने बिछौने पर एक नये प्रकार की गन्ध-अनुभव की। नवजात शिशु की देह से उभरती तेज सुगन्ध, साथ ही उसके मल-मूत्र की दुर्गन्ध भी उन सबके ऊपर सोनाम के पीन पयोधरों से छलके पड़ रहे कच्चे-ताजे दूध की गन्ध। नवजात नन्ही सी जान उस बिटिया के साथ उसकी जन्मदात्री माँ सोनाम, जन्मदाता पिता लबजाँग, जब तीनों एक ही सेज पर एक साथ सोने लगे, तब सोनाम और लबजाँग दोनों ने आन्तरिक रूप से अनुभव किया कि उनके पारिवारिक जीवन में बस अब जा कर परिपूर्णता आ पायी है।

बारह

दिनों के बाद दिन और महीनों के बाद महीने डगराते-डगराते ऐसे बीतते चले गये कि पूरा वर्ष ही बीत गया। फिर वर्ष भी जो उसी तरह सरके तो देखते-देखते ही रिनचिन जामूं ने अपनी आयु के तीसरे वर्ष में पाँव रखा। इसी क्रम में दिन जितनी ही तेजी से गुज़रने लगे लबजाँग के जीवन में उतनी ही तेजी से दुर्दिन और दुर्भाग्य भी गहराने लगे। उसके चरागाहों का यमराज बना वह हिमबाघ उसके लिए और भी पीड़ादायक बन गया। नाना प्रकार की चेष्टाएँ करके भी गाँव-पुर का कोई भी व्यक्ति उस बाघ का शिकार नहीं कर सका। जब कि एक अकेले लबजाँग के ही पशुओं की जमात में से पन्द्रह भेड़ और दो चँवरी गायों की बछियों को उसके मुँह में समा जाना पड़ा था। वह हिमबाघ इतना खतरनाक और डरावना हो गया था कि, चरागाहों की किसी एक छावनी पर आज आक्रमण किया है, तो कल दूसरी छावनी पर आक्रमण कर बैठता। उस बाघ को मार डालने के लिए पशुपालक अगर किसी एक खुटी पर अपना जाल बिछा उसे वहाँ फँसाने की चेष्टा करते, तो वह फिर दूसरे चरागाह के मैदान की छावनी की जानवरों की खटाल से कोई भेड़ा घसीट ले जा कर मार डालता था। जब अपने गाँव-पुर के अच्छे-अच्छे शिकारी उस बाघ का शिकार न कर पाये तो दूर-दूर के दूसरे गाँवों, के नामी-गरामी शिकारियों ने भी आ कर उसे मार डालने की हर सम्भव कोशिशें कीं, किन्तु वे भी उसका कुछ भी बिगाड़ नहीं सके। बाघ द्वारा मारे गये, मार कर, चीरफाड़ कर आधा जानवर खा चुके जानवर के आधे बचे मांस को खाने के लिए चूँकि दूसरे दिन बाघ प्रायः निश्चय ही आता है, अतः उस आधा बचे हिस्से के मांस में विष मिला कर, भी उसे मार डालने का प्रयत्न किया, परन्तु सभी की सारी की सारी चेष्टाओं को नष्ट-भ्रष्ट करते हुए वह हिमबाघ पहले ही की तरह फिर दुबारा भी उसी तरह अपना अखण्ड प्रताप दिखलाता हुआ अत्याचार-पर-अत्याचार करता चला गया। एक दिन तो शिकारियों द्वारा मारे गये बाणों के दो तरकशों के सारे बाण उसकी पीठ में जा घुसे, किन्तु उन दो गट्ठरों के बाणों को अपनी पीठ में चुभोये-चुभोये ही वह भाग गया किन्तु मरा नहीं। बल्कि उसके बाद से तो वह

इतना खूँखार और खतरनाक हो गया कि उस समूचे अंचल के लिए आतंक और डर का ऐसा वातावरण उसने बना दिया कि अच्छे-अच्छे पशुपालक भी सुरक्षित जगहों से बाहर निकलने से डरने लगे। अन्त में तो ऐसी दशा आ पहुँची कि उस इलाके के सारे गाँवों-कस्बों के लोग यह मानने को बाध्य हो गये कि यह हिमबाघ वास्तव में कोई हिमबाघ नामक जानवर नहीं है, बल्कि बाघ के रूप में कोई अपदेवता, पिशाच या भूत ही है। लोग विश्वास करने लगे कि मनुष्यों ने उसके विरुद्ध कोई बहुत भारी पापाचरण कर दिया होगा, उसी का बदला लेने के लिए वह बाघ के रूप में इधर अवतरित हुआ है।

आफत-विपद् कभी भी अकेले-अकेले नहीं आतीं और न तो किसी एक अकेले रूप में ही आती हैं। जिस वर्ष साकतेङ्, मिराक मुक्तो आदि गाँवों में हिमबाघ रूपी महाविनाशक विपत्ति गहराई उसी वर्ष तवाँग, दिराङ्, रूपा, कलाकटाङ् आदि कृषि प्रधान क्षेत्रों में भयानक सूखा पड़ा। फलतः अकाल के मारे इन सभी क्षेत्रों में खेती-किसानी का पाना असम्भव हो गया। बोयी फसलें उगी नहीं, तो उगी फसलें सूख गयीं। बोवनी-रोपनी सभी नष्ट हो गयी। खेती करने वाले किसानों-मजदूरों के घरों, अन्न-भण्डारों में कुछ अनाज रखे हुए थे, वे भी खा-पी कर समाप्त हो गये। हालात ऐसे हो गये कि इन क्षेत्रों के निवासियों को जंगल-जंगल भटक कर जंगली आलू और जंगली अरबी, वण्डे वगैरह खोद-खोद कर घर ले आने और उन्हें ही खा कर जैसे-तैसे पेट भर कर जीने की मजबूरी आ गयी। कृषि उपज वाले किसानों की ऐसी दुर्दशा का प्रभाव साकतेंग, मिराक आदि अंचलों पर और भी महादुर्भाग्यजनक रूप से पड़ा क्योंकि इन अंचलों के ब्रोकपा लोग तो कोई अन्न-फल उगा नहीं सकते थे। वे तो पूरी तरह से पशुपालन पर ही निर्भर थे। उन्हीं पशुओं के छुर्रांप-पनीर और घी आदि बेच कर जरूरत पड़ने पर पशुओं को ही बेच कर अथवा पशुओं के बदले ही खाद्य-सामग्री जुटा कर ये अपने घरों में अन्न-भण्डार भरते जिससे इनका जीवन-बसर होता था। अब जबकि कृषि की उपज वाले क्षेत्रों पर ही अकाल की मार पड़ गयी तो फिर इन पशु-पालकों को जीने के लिए कहाँ से अन्न-फल सुलभ हो पाता? घर पर मदिरा बनाने के लिए अन्न इत्यादि नाना संसाधनों को जुटाने की तो बात ही दूर, पेट की आग शान्त करने के लिए उन्हें एक मुट्ठी अन्न जुटाने के लिए भी भयानक हाहाकार मचाने की विवशता आ गयी। जिन चीज़ों को बेच कर वे अन्न जुटाते थे अब उन्हीं चीजों—पनीर, छुर्रांप घी और पशु मांसों को स्वयं ही खा-खा कर इन अंगलों के अधिकांश निवासी अपनी जीविका चलाने को विवश हो गये। अतिरिक्त मात्रा में चर्बी वाली चीज़ें चबाने-खाने-पीने से, और पहले की तरह के खाद्यान्नों-फलों के न मिल पाने से, नियमानुसार भोजन कर, अनियमित चीज़ों का ही आहार करने के कारण गाँव-पुर के लोगों के मुख में तरह-तरह की बीमारियाँ फोड़े फुन्सी आदि

इतनी अधिक मात्रा में बढ़ गयीं कि पूरी अंचल को रोगों की महामारी ने ही जैसे ग्रस लिया हो। पूरे के पूरे गाँव हताश-निराश हो भूख मिटाने के चक्कर में हारे-थके-कुम्हलाये रहने लगे जिससे इन अंचलों से हँसी-खुशी का वातावरण तो खत्म ही हो गया, पूरा अंचल जन-मानव हीन, निर्जन, एकाकी और सूनासूना होने लगा। ऐसी महा असहनीय अवस्था के समय में ही लबजाँग ने अपनी द्वितीय सन्तान का मुख देखा। सोनाम ने अपने गर्भ से दूसरी सन्तान को जन्म दिया। इस बार की यह सन्तान पुत्र सन्तान थी। सोनाम ने पूरी सत्य-निष्ठा से घोषित किया कि उसका भी जन्मदाता पिता लबजाँग ही है।

आगे चल कर लबजाँग और सोनाम का वैवाहिक जीवन, उनकी अपनी घर-गृहस्थी, सुखी और स्वस्थ नहीं रह पायी। अनुकूल परिस्थिति और अवसर की तलाश में लगा रहने वाला पेमा वांगछू जैसे ही अपनी दुष्टताओं के लिए उपयोगी अवसर पाता सोनाम के कान में लबजाँग की ऐसी ढेर सारी मनगढ़न्त बातों घुसेड़ता रहता जो सुनने में बड़ी मनोरंजक तो होतीं ही, साथ ही उन पर सहसा ही विश्वास भी कर लेने का काफी आधार होता। चूँकि लबजाँग के घनिष्ठ मित्र की पत्नी होने के कारण वह अपने पति के चरागाह पर, जो लबजाँग के चरागाह के आस-पास हुआ करता था, वह प्रायः आती-जाती रहती थी, पेमा वांगछू ने उसी योनतान के साथ लबजाँग के अवैध सम्बन्धों की कहानियाँ गढ़-गढ़ कर कुछ इस कौशल से सुनाना शुरू किया। सोनाम के मन में लबजाँग के प्रति क्रोध और घृणा का भाव भरने में वह सफल होने लगा। यहाँ तक कि सोनाम अब स्वयं चाहने लगी थी कि वह पेमा वांगछू का वीर्य धारण कर पेमा की सन्तान को जन्म दे कर पेमा को सन्तान का पिता होने का सुख-सौभाग्य दे। किन्तु ऐसा नहीं हो पाया। इस बार भी जो सन्तान जन्मी उसका भी बाप लबजाँग ही था। पेमा वांगछू के वीर्य को धारण कर उसकी सन्तानें पैदा न कर पाने के लिए सोनाम अपने आपको ही दोषी मानने लगी। इन्हीं सब विभिन्न कारणों से वह लबजाँग की अपेक्षा पेमा वांगछू के अधिक करीब हो गयी। हालत यहाँ तक बढ़ गयी कि दोनों पतियों को जो एक समान रूप में प्यार करने, दोनों के समान रूप का आदर भाव रखने का जो उसका पवित्र उत्तरदायित्व था, धीरे-धीरे वह उसमें भी असफल होने लगी। लबजाँग की उपेक्षा और पेमा वांगछू के प्रति अधिक प्यार रह-रह कर और अधिक स्पष्ट होने लगा। इस सबसे ऊपर एक और बड़ा संकट यह आ खड़ा हुआ कि दूसरी सन्तान को जन्म देने के समय उसे प्रसव करने वाली गर्भिणी के लिए आवश्यक पौष्टिक आहार मिलना तो दूर अकाल महामारी से त्रस्त उस अंचल के और-और लोगों की तरह पेट भरने को सामान्य खाद्य-वस्तुएँ भी नहीं मिल पायी थीं, तो इसकी वजह से सोनाम के पेट में अब बराबर बड़ी तेज़ी का दर्द उभारने लगा था। अलावे इसके एक दूसरी विपत्ति और बढ़ी कि रिनचिन जांमू बिटिया

को चर्म रोग की एक बीमारी ने आ जकड़ा। उसके पूरे शरीर पर फोड़े फुंसी होने लगे जो फफोले हो कर पीव-मवाद से भर-भर कर फूटने-फैलने लगे थे। प्रत्येक समय हँसी-खुशी से मस्त हो खेलने-कूदने वाली उस बच्ची ने इस रोग के दर्द से परेशान हो खेलना-कूदना बन्द कर दिया। हँसना तो पूरी तरह भूल ही गयी। खाने-पीने के प्रति कोई भी आकर्षण उसमें नहीं रहा। दूध, पनीर और मास भी खाने को दिये जाने पर वह इन्हें भी खाने-पीने से मना कर देने लगी। केवल बस एक ही रट लगाये रहती—“मुझे खाने के लिए भात दो, भात दो।” परन्तु इस महाअकाल के समय में जहाँ अन्न का एक दाना भी मयस्सर नहीं हो रहा, वहाँ भला भात कहाँ से ला कर दिया जाता?

सोनाम और रिनचिन जांमू की रोगों में तड़पती दशा को देखना अब लबजाँग की सहन सीमा से बाहर हो गया। वह उनकी पीड़ा देख उनसे भी अधिक आकुल-व्याकुल होने लगा। पत्नी और पुत्री दोनों की ही तकलीफों को देख देख उसका पति और पितृहृदय फटने-फटने को होने लगा। फिर तो अपने एक हृष्ट-पुष्ट याक बैल को साथ में लिया और अन्नादि प्राप्त कर ले आने की आशा में तवाँग की ओर निकल गया। उसने अपने मन में दृढ़ निश्चय कर लिया कि अगर उसे बिना खाये-पिये मरना भी पड़ा तो वह खुशी-खुशी अपने प्राण दे देगा परन्तु अपने इन नन्हे-नन्हे दोनों शिशुओं और रोग-व्याधि से ग्रस्त प्रिया पत्नी सोनाम को बिना कुछ खिलाये-पिलाये कैसे रहेगा? अगर कोई व्यक्ति इन मासूम लोगों की प्राणरक्षा के लिए अन्न देने के बदले उसका अपना जीवन भी ले लेना चाहे, तो वह प्रसन्नतापूर्वक दे देगा। तवाँग अंचल के गाँवों-कस्बों में चक्कर लगा लगा कर वह अपना याक के बदले अन्न ढूँढ़ने लगा। अपनी तमाम सारी दौड़-धूप के बाद एक समय वह अपने उस महामस्त हृष्ट-पुष्ट बड़े भारी याक बैल के बदले में केवल तीस सेर का मड़ुआ के दाने इकट्ठा कर पाया। उसे ले कर जैसे-तैसे अपने गाँव-घर लौट जब उसने सोनाम और रिनचिन जांमू के मुख में पका कर डाला। भूख से बेहाल उन मासूमों को खिला कर उनके चेहरों पर जो मुस्कान की झलक ला सका, तब उसने सन्तोष भरी साँस ली। उसके कलेजे को ठण्डक महसूस हुई। मड़ुए के दानों को रींध कर पकाये गये भात को जब सोनाम ने उसे खिलाने के लिए परसा, तब लबजाँग बस इतना भर कह सका—“इस दुर्लभ अन्न से पका भोजन तुम्हीं लोग खाओ। मैं तो पुरुष मनुष्य हूँ अतएव मैं तो मास का आहार करके ही बड़े आराम से दिन गुजार सकता हूँ। तुम्हें तो नवजात नन्ही सी सन्तान को अपनी छाती का दूध भी पिलाना है। तुम अगर भात नहीं खाओगी तो बच्चे को पिलाने के लिए तुम्हारे स्तनों में दूध भला कहाँ से आयेगा?”

अपने जन्मदाता पिता हैं, सम्भवत इसीलिए रिनचिन जांमू लबजाँग को बहुत अधिक प्यार करती है। जितनी देर तक उसके पिताजी घर में रहते हैं, उतनी

देर उसका मन भला-चंगा रहता है। अगर ज्वर-बुखार वगैरह से रुग्ण नहीं होती तो उसके पीछे-पीछे दौड़ती-फिरती रहती। रात की वेला में वह पिता की सेज पर उन्हीं के साथ सोना चाहती है। परन्तु पेमा वांगछू को "छोटे पिताजी, छोटे पिताजी"—कह-कह कर पुकारने पर भी वह उसे बहुत पसन्द नहीं करती। एक दिन तो उसने पेमा वांगछू के बुरे व्यवहारों का विरोध करते हुए स्पष्ट शब्दों में पूछ ही डाला—"एक दिन तुमने मुझे जंजीर से बाँध कर छड़ी ले कर सटाक-सटाक कर खूब मारा था। उस दिन मैंने भला कौन-सा ऐसा अपराध किया था कि मुझे उस तरह निर्दय हो कर तुमने पीटा था। अगर तुम मुझ जैसे बेबस-लाचार कुत्ते को कुछ खाने को नहीं दोगे, घर में खाने के लिए भोजन होने पर भी भूखा-सूखा रखोगे, तब लाचार हो कर चुरा करके भी भोजन तो करना ही पड़ेगा। परन्तु तुमने मुझ जैसी कुत्ता पर रहम करने की जगह मुझे बेरहमी से पीटा था। आज मैं तुम्हें भी वैसी ही सजा दूँ क्या? ठहरो आज मैं तुम्हें उसी प्रकार पीट कर सही शिक्षा देती हूँ। देखो मार के डर से कैसा भाग रहे हो? वाह कितना मजा आ रहा है? तुम्हें इस तरह मार के डर से भागता देख कर।" इस तरह की बात कहते-कहते वह एक छड़ी ले कर पेमा वांगछू को मारने दौड़ पड़ी।

कभी-कभी उस भयानक हिमबाघ और उसके द्वारा पशुओं-प्राणियों पर किये जा रहे अत्याचारों की चर्चा छिड़ जाती। उस हिमबाघ की बात उठते ही वह डर के मारे चीख कर काँपने लगतीं। फिर उसी भय की अवस्था में लड़खड़ाती आवाज़ में कहने लगती—"समझ रहे हैं न पिताजी। उस बाघ ने मुझे अपने पंजों में जकड़ लिया था। मेरी गर्दन पर अपने दाँतों से काट खाया था। फिर मुझे उस बर्फीली घाटी में घसीटते-घसीटते बहुत दूर तक लिये चला गया था। उस समय मुझे जो अहसनीय कष्ट हुआ था उसके बारे में अब आपको कैसे बतलाऊँ।

"अच्छा ऐसा हुआ। तो फिर बतलाओ कि उसके बाद क्या हुआ?"—इस प्रकार का प्रश्न करने पर फिर उसकी घिग्घी बँध जाती। उसके कण्ठ से कोई शब्द नहीं निकल पाता। परन्तु फिर अचानक ही वह फिर दो-चार ऐसी बातें बतलाने लगती, जिनकी गम्भीरता से समीक्षा करने पर हिमबाघ ने उनके डम्बू नाम के कुत्ता के साथ जैसा बर्बर व्यवहार किया था, ठीक उसी के जैसी घटी घटनाओं का मेल बैठता जान पड़ता। उस दुष्ट हिमबाघ को जान से नहीं मार पा रहे हैं, इसके लिए वह अपने पिता को भी धिक्कारती। परिस्थिति इतनी उग्र हो जाती है कि तब लबजाँग को उसके आगे प्रण करना पड़ता है कि उस बाघ को अवश्य मार डाला जायेगा। इस प्रकार के जोरदार आश्वासन देने पर ही वह शान्त होती है। उस बच्ची का ऐसा अद्भुत स्वभाव और ऐसी विचित्र बातें करने की हिम्मत और ऐसे अद्भुत क्रिया-कलापों को देते हुए गाँव के बहुत सारे लोग तो बड़े विश्वास के साथ यह कहने लगे कि लबजाँग की इस बच्ची के रूप में उसका

वह प्यारा कुत्ता ही पुनर्जन्म ले जन्मा है जिसे इस हिमबाघ ने निर्दयतापूर्वक मार डाला था। अब तो सोनाम और लबजाँग ने भी इस बात पर विश्वास कर लिया है।

तीस सेर मात्र मड़ुआ अन्न के दाने भला कितने लम्बे समय तक चल सकते हैं? अधिक-से-अधिक दो महीनों तक उनके चल सकने की सम्भावना कर सकते हैं। इससे और अधिक दिन तो नहीं ही। अतएव आगामी और-और दिनों के लिए भी खाद्यान्न जुटाने की कोशिशों में लबजाँग को प्रायः ही घर-बार छोड़ कर दूर-दूर के इलाकों में भागदौड़ करने के लिए बाहर-बाहर ही रहना पड़ता। इस बार तो उसने अपने दो भारी-भरकम शरीर वाले याक बैलों को ही काट दिया और उनके मांस को बेच देने के उद्देश्य से इस भूटान-अरुणाचल प्रदेशीय अंचल से बहुत दूर स्थित असम के एक प्रमुख शहर रँगिया तक गया। वहाँ हुई मास बिक्री के रुपयों से उसने लगभग एक सौ किलो चावल खरीदा, जिसे एक घोड़े पर लाद कर घर ले आया। थानेदार सिपाहियों ने जब और किसी भाँति चलने नहीं दिया, तब बाजार के बिक्री कर आदि के न चुकाने का डर दिखा कर हवालात में बन्द कर दिये जाने के डर से दोनों याकों के मासों की ब्रिक्री से मिले रुपयों में से अधिकांश तो तासिंगा थाने के थानेदार और ब्रिकी कर वसूलने वालों को ही दे देने पड़े। फिर तो अपने मन की वस्तुएँ घर ले आने की अभिलाषा धरी-की-धरी रह गयी। यहाँ तक कि सोनाम, बेटी और बेटे के लिए असम राज्य के उस बड़े बाजार से कपड़े-लत्ते, इत्यादि ले आने का जो सपना लबज़ाँग ने मन में सँजो रखा था वह भी पूरा नहीं हो पाया। चावल पका कर बनाये गये भात को खा कर रिनचिन बहुत प्रफुल्लित हुई। परन्तु घर की खुशहाली के लिए लबजाँग जो बार-बार घर के पालतू पशुओं को बेचने लगा था, इसे देख पेमा बहुत विक्षुब्ध हो उठा। अपना रोष प्रगट करने का उसके पास अत्यन्त महत्वपूर्ण आधार यह था कि घर की स्थायी-अस्थायी, पशु-पक्षी रूप में जो कुछ भी सम्पति है, उस सत्ता पर उसका भी लबजाँग जैसा ही समान अधिकार है। ऐसी दशा में लबजाँग अकले-अकेले सबका मालिक बन घर की चँवरी गायों, याक बैलों और भेड़ों वगैरह को बेच दे नहीं सकता। अलावे इसके लबजाँग घर से जरूरतों के नाम पर उसकी पारी के अनुसार जितने समय तक उसे ऊँची पहाड़ियों के चरागाहों की छावनियों पर रहना चाहिए था, उसे अधिक-अधक समय तक उसे वहाँ रहने के लिए जो बाध्य करता रहा है, इससे भी उसमें जो खोर-देपका करते समय नियम-निर्धारित कर रखा था, उसका जानबूझ कर उल्लंघन किया है। परिणामस्वरूप सोनाम के इन दोनों पतियों के बीच अन्दर-ही-अन्दर एक शीत युद्ध छिड़ गया था। इतना सब कुछ होने के बावजूद सोनाम के लिए गृहस्थी का जीवन सुखमय ही बीत रहा था। अपने दोनों ही पतियों के साथ वह ऐसा समान सम्मानजनक व्यवहार

करती थी कि दानों पतियों में से किसी को भी उसके विरुद्ध कोई भी शिकायत करने का कोई मौका ही नहीं रख छोड़ा था। समय-समय पर लबजाँग और पेमा वांगछू को एक-दूसरे के प्रति जलन-भाव, ईर्ष्याभाव, एक-दूसरे का अनिष्ट चाहने अथवा कर डालने का मनोभाव और इनके चलते अचानक ही हो सकने वाली भारी परेशानी को सँभालने की परिस्थिति जरूर सोनाम को सहनी पड़ती। ऐसी संकटपूर्ण स्थितियों में भी वह अपनी ओर से दोनों के प्रति प्रगट किये गये सम्मान, प्रेम-प्रीति, अनुनय-विनय, मान-मनौवल करके वह दोनों को मनाते हुए बड़ी पाटुता से सारी परिस्थिति को सँभालती चली जा रही थी। हाँ इतना जरूर है कि वह इस बात से डरी हुई थी कि इन दोनों पतियों के बीच जो शीत-युद्ध चल रहा है, वह सोनाम की किसी अपना असावधानी अथवा काम की कोताही के कारण और अधिक उग्र रूप न ले। उसका बराबर यही प्रयत्न रहता कि जिस तरह शुरू-शुरू के दिनों में उन दोनों में परस्पर सद्भाव था, ठीक उसी तरह का सद्भाव उनमें फिर से पैदा हो जाये। इसी कारण से वह एक पति की कोई बात दूसरे पति से नहीं बतलाती थी। दोनों के बीच जब स्पष्टतः झगड़ा-झंझट शुरू हो जाता तब कई बार उसने मध्यस्थता करके उनके झगड़ों को समाप्त करवाने की कोशिशें की थीं, जिससे वे शान्त भी हुए थे।

लबजाँग को सूचना मिली कि इस बार दिरांग अंचल की ओर फसल के लिए लाभकारी मौसम होने से वहाँ की खेती की फसल बहुत अच्छी हुई है। अतः जिन किसानों से वह अपने घी-पनीर-छुर्पा के बदले खाद्यान्न ले आया करता था अब वे किसान खुशी-खुशी खाद्यान्न देने को प्रस्तुत हो गये हैं। परन्तु इस बार वे केवल घी-पनीर-छुर्पा भर ही नहीं चाहते, बल्कि इनके अतिरिक्त वे स्वयं ही पालने-पोसने के लिए एक चँवरी गाय भी चाह रहे हैं। अतएव लबजाँग और दावा, इन दोनों मित्रों ने अपने पशुओं से मिल सकने वाली चीज़ों के अलावे इस बार एक चँवरी गाय भी छावनी से ले जाने का निर्णय लिया, ताकि किसानों को प्रसन्न कर उनसे अधिकाधिक मात्रा में बदले में खाद्यान्न ले आया जा सके। इसी उद्देश्य से यात्रा आरम्भ करने के एक दिन पहले ही पहाड़ी चरागाह की छावनी से वे एक कम उम्र की चँवरी गाय की बछिया ले आये, ताकि खाद्यान्न देने वाला किसान उसे अधिक पसन्द करें।

लबजाँग जिस दिन इस व्यापार-यात्रा पर रवाना होने को था, उसके एक दिन पहले वाली रात को ही सोनाम ने लबजाँग से कहा—"मेरे पेट में आज कल बराबर ही बड़े ज़ोरों का दर्द रहता है।"

"ऐसा कब से है?"

"हो गये कई एक महीने।"

"फिर यह सूचना तुमने मुझे इतने दिन बिता देने पर भी क्यों नहीं

बतलायी?" लबजाँग के मुँह से निकले शब्दों में उसकी चिन्ता का भाव स्पष्ट हो उठा।

"बात यह है कि आप इतनी सारी चिन्ताओं में वैसे ही घिरे रहते हैं। ऐसी दशा में अपनी पीड़ा की बात बतला कर आपको और दुःखी करना मुझे बुरा लगा। हाँ, अपना स्वास्थ्य ठीक रखने के लिए मैंने अपने इस रोग की सूचना पेमा वांगछू को अवश्य दी थी।"

"ऐसी बात है कल भोर होते ही हमें लामाजी के पास जाना पड़ेगा। इस रोग से छुटकारा पाने और तुम्हारा मंगल होने की प्रार्थना के लिए उनसे पूछना होगा। वे इसके लिए जो भी पूजन-अर्चन करने को कहेंगे, उसके अनुसार पूजा-पाठ करवाना होगा।"

"इतना घबराने की आवश्यकता नहीं है। आप व्यापार करने के उद्देश्य से कल ही तो प्रयाण कर रहे हैं। वह व्यापार पूरा कर आप लौट आयें। उसके बाद भी पूजा-पाठ करने से काम चल जायेगा।"

"तुम अपने शरीर के स्वास्थ्य के प्रति अब विशेष रूप से ध्यान देना। इस समय घर में जब चावल मरुआ आदि आवश्यक और उपयोगी वस्तुयें पड़ी हुई है, तो व्यर्थ में अनाहार रह कर उपवास मत करना। इस बार हमारे पूरे अंचल में अच्छी बरसात हुई है। खेतिहार किसानों की खेती खूब फलेगी। फलतः हमें भी अब उपवास करके अन्न बचाने की फिक्र नहीं करनी होगी। अतः अच्छी तरह से खाओ-पियो। खाद्यान्न की चिन्ता मत करो। अब हमारे सुख के दिन आ गये हैं। उस महादृष्ट हिमबाघ को मार डालने में सफल होते ही, फिर हमें कोई और चिन्ता नहीं रहेगी।" लबजाँग की बातों में अपनी पत्नी और पूरे परिवार के प्रति अतिशय ममत्व का भाव और सबके प्रति उसकी कर्त्तव्य परायणता का सद्भाव प्रगट हुआ। जबकि दूसरी ओर पेमा वांगछू का स्वभाव लबजाँग के स्वभाव से सर्वथा उलटा था। वह अत्यन्त चंचल मन-मस्तिष्क का आदमी है। वह एक अच्छा प्रेमी तो जरूर है, परन्तु उत्तरदायित्व निभा पाने की दृष्टि से पूरी तरह नाकारा है। मज़ाकिया किस्म का पुरुष है वह जिसमें गम्भीरता के कोई लक्षण ही नहीं।

लबजाँग की गम्भीर प्रकृति के कारण सोनाम चाहे अपने आपको जितनी सुरक्षित महसूस करती हो किन्तु उसमें कोई रस नहीं रसता। जबकि पेमा वांगछू के आते ही वह परम निश्चिन्त ओर हँसी खुशी से भर उठती है। क्योंकि पेमा वांगछू तरह-तरह की मज़ाकिया बातें करके हँसाने में माहिर है। वह भाँति-भाँति की चिड़िया-चुरुंगों की बोली की हू-ब-हू नकल करके सुनाता है। कुत्ते-बिल्ली आदि जानवरों की बोली बोल किसी को भी हँसा-हँसा कर लोट-पोट किये दे सकता है। दूसरे आदमियो के भी उठने-बैठने, चलने-फिरने, बोलने-चालने, हाथ-पाँव हिलाने-डुलाने की मुद्राओं आदि की ठीक उसी मुद्रा में नकल करके ऐसा नाटकीय

दृश्य रचना देता है कि देखने वाले आँखें फाड़ कर आश्चर्य से निहारते रह जाते हैं। सोनाम भी उसकी इस कला के आगे विस्मय विमुग्ध हो जाती है। जैसे कि एक दिन उसने लबजाँग की ही नकल उतारते हुए, ठीक उसी जैसा हाव-भाव प्रदर्शित करते हुए कहना शुरू किया—"देखो! तुम्हारे लबजाँग ने छावनी पर आ कर मुझसे क्या कहा? कहा कि—अरे ओ सूअर के बच्चे! मेरी छावनी पर रह कर गायों का घी खा-खा कर तू तो मोटा-तगड़ा मुस्टण्डा हो गया है? अब ज़रा मेरी ओर तो देख। सोनाम ने मुझे कठिन-कठिन कामों में खटवाते-खटवाते कैसा हाड़ो-हाड़ कर दिया है। देह के नाम पर बिना खून मांस के बस ठठरी भर ही रह गयी है। अब तू घर जा। तेरे ठठरी होने की अब बारी है। जा, उस राक्षसी के पास पूरे एक महीने रह। जा चख मज़ा।"

पेमा ने हाथ-पाँव हिला-हिला कर मुँह बना-बना कर जो नकल की; उसे देख-सुन कर सोनाम हँसते-हँसते लोट-पोट हो गयी, परन्तु उसके कुछ देर बाद जब उसकी कही गयी बातों का असली मतलब समझ में आया, तब गम्भीर सोच में पड़ गयी। फिर उसी गम्भीरता से पूछ बैठी—"ठीक-ठीक बतलाओ। क्या सचमुच ही उन्होंने वैसा कहा?"

"हाँ जी हाँ। कहा है। अगर वह नहीं कहता तो क्या मैं उसके नाम पर झूठमूठ जोड़ कर कहता?"

"परन्तु मेरा मन तो इस पर विश्वास नहीं कर पाता।" अत्यन्त दर्दभरी आवाज़ में सोनाम ने कहा।

"तुम्हारे सामने तो वह कुछ कह नहीं सकता। परन्तु मेरे सामने तो बराबर ही तुम्हारी बदनामियाँ सुनाता रहता है। बाहर-बाहर से वह तुम्हें बहुत प्यार दुलार दिखाने का नाटक जरूर दिखाता परन्तु अन्दर-अन्दर से तो वह योनतान को ही अपनी असली प्रेमिका मानता है। उसके हृदय की असली चहेती तो योनतान ही है।"

"मेरी कैसी बदनामी करता है?"

"यही कि तू महाझुठी है। हमेशा गलत-सलत बातें ही उसे बतलाती है। आलसी की तो खान है। घर-बार अच्छी तरह चला नहीं पाती। इन सबके ऊपर तुम्हारा चरित्र पूरी तरह नष्ट हो चुका है। पराये पुरुषों को अपनी ओर आकर्षित करने के लिए ऐसी-ऐसी कलाबाजियाँ करती हो कि ढेर सारे पुरुष तुम्हारे पीछे-पीछे पड़े रहते हैं। ऐसी ही न जाने कितनी भद्दी-भद्दी बातें करता है जिन्हें मैं अपने मुँह से कह भी नहीं सकता।"

ऐसी बातें सुन कर सोनाम जब फूट-फूट कर रोने लगती है, तब पेमा वांगछू उसे सान्त्वना देने के सुर में समझाना शुरू कर देता—"तू अपना दिल क्यों छोटा करती है? इससे इतना दुखी होने की ज़रूरत ही क्या है? वह तो मुझे उससे

भी अधिक भद्दी गालियाँ देता है। मेरे बारे में जाने कितनी ओछी बातें फैलाता रहता है।”

कभी रात की वेला में पेमा वांगछू सोनाम की ओर पीठ कर सो जाता फिर काफी रात गये फफक-फफक कर रोने-बिलखने लगता। नाटक तो यह दिखाता मानो उसने तब रोना शुरू किया है, जब उसे विश्वास हुआ कि सोनाम सो गयी है, परन्तु वह जान-बूझ कर सोनाम के जगते-जगते, सोनाम को सुना-सुना कर कुहुर-कुहुर कर रोता था। सोनाम जब उसे बहुत दिलासा देती। उसके दुख को जानने के लिए आकुल व्याकुल हो उठती, तब ऐसा भाव दिखाते हुए कि वह तो सोनाम के बहुत ज़ोर देने पर ही अपने दुःखों का बखान कर रहा है, अन्यथा वह अकेले-अकेले सभी कुछ सहता रहता किन्तु मुँह खोल कर कभी कुछ नहीं कहता। ऐसा भाव सोनाम के मन में जगा कर फिर वह दर्दीली आवाज़ में अपनी विपदा बखानने लगता—“मैं अब इस घर में और अधिक दिनों तक रह नहीं सकता। इस घर में मेरी जो दिनों-दिन बेइज्जती हुई है और मैं बस चुपचाप सहता रहा हूँ, उससे मुझे अपने पर ही घृणा हो गयी है। अगर मैं तुम्हें अपने प्राण-पण से प्यार करता न रहा होता, तुम्हारी जगह अगर कोई और स्त्री अगर खोर-देपका कर मेरी पत्नी बनी रही होती, तब तो मैं कब का उस पत्नी और उसके इस घर को छोड़ कर अपने घर लौट गया रहा होता। परन्तु करूँ क्या? तुम्हारे बिना तो मैं जी भी नहीं सकता। वह तो बस तुम्हारे प्रति जो मेरा अतिशय हार्दिक मनत्व है, उसी से मैं इतना सारा अपमान सह कर भी खोर-देपका करके लबजाँग के घर पर अटका पड़ा हूँ। वह मेरे साथ समान पति रूप में तो क्या मुझे मनुष्य मान कर जैसा भी व्यवहार नहीं करता। सच बात तो यह है कि वह मेरे साथ कुत्ते और सूअरों से भी अधिक बदसलूकी का व्यवहार करता है। ऐसा समझता है जैसे मैं तुम्हारा पति नहीं, बल्कि उसका घरेलू चाकर हूँ। उसके हिसाब से इस घर पर मेरा कोई अधिकारं है। यहाँ की प्रत्येक वस्तु पर एक अकेले लबजाँग का ही अधिकार नहीं है। इस घर की किसी भी हँसी-ख़ुशी, कामकाज में मैं कोई बात नहीं बोल सकता हूँ। और-तो-और इस घर का एक भेड़ा भी काट कर खाने का मुझे अधिकार नहीं है। जबकि चरागाह की चँवरी गाएँ, याक बैल वग़ैरह बिना किसी ज़रूरत के ही अपनी मन-मर्जी से बेच दिया करता है। जब चरागाह की छावनी पर मेरे रहने की पारी होती है, तब छावनी मेरे लिए खाने-पीने की चीज़ें भी ज़रूरत के मुताबिक नहीं रखता। वहाँ पर इकट्ठा हुई सारी चीज़ें जैसे—घी, पनीर, छुर्राप, वग़ैरह ऊन जोख-जोख कर, गिन-गिन कर रखता है। कोई भी चीज़ तनिक भी किसी वजह से कम होती है, तो मुझ पर चोरी करने का इल्जाम लगाता है। तुमसे अतिशय प्रेम करता था तो सोचता था कि तुम से विवाह कर लेने पर सुख-सौभाग्य पाऊँगा। जीवन आनन्द-उल्लास से भर उठेगा, परन्तु हुआ उल्टा।

विवाह के दिन से ही लगातार दुख-ही-दुख झेलता आ रहा हूँ।"

पेमा वांगछू की दर्द-भरी गाथा सुन सोनाम का मन लबजाँग के प्रति घृणा से भर उठता। वह हर सम्भव कोशिश करती कि दीन-दुखी पेमा को कुछ ऐसे शब्दों में सान्त्वना दे जिससे उसका दुःख-दर्द मिट जाये किन्तु कोशिश करने पर भी वह ऐसे शब्द ढूँढ़ नहीं पाती फलतः जिस रूप में वह उसे सान्त्वना देना चाहती थी वैसा कोई उपाय नहीं कर पाती थी।

एक ऐसी स्वस्थ-समर्थ नौजवान चँवरी बछिया, जो शीघ्र ही गाभिन हो कर बच्चा जन सके, ले कर लबजाँग और दावा दिरांग के कृषि-प्रधान क्षेत्र में गये। वहाँ के किसानों ने लबजाँग को देखते ही कहा—"भाई। इधर के तीन-चार वर्ष हमारे बड़े कष्टों में बीते। इतने वर्षों बाद अब इस वर्ष अच्छी वर्षा हुई तो इस वर्ष हमारी फसलें भी ख़ूब अच्छी हुई हैं। अब जब हमारे अन्न-भण्डार भरने वाले हैं तो पशुपालन मात्र करके ही जो समाज जीविका-निर्वाह करता है वह भी अब भूखा नहीं रहेगा। उनकी पशु-उत्पादित चीज़ों के बदले हम अधिकाधिक खाद्यान्न उन्हें दे पायेंगे। परन्तु इसमें अभी दो महीने की देरी है क्योंकि फसलें अभी खेतों में खड़ी हैं। कटाई-मड़ाई कर अन्न की राशि अभी हम घर नहीं ला पाये हैं। अतः भाई मेरे! आप लोग कृपा कर दो महीने बाद यहाँ आइएगा। आप लोगों को जितने भी खाद्यान्न की आवश्यकता होगी आप लोग खुशी-खुशी ले जाइएगा।" ऐसी परिस्थिति में लबजाँग और दावा को बहुत सारे गाँवों में भटकना पड़ा, तब कहीं जा कर वे अपनी चँवरी गायों की जवान बछिया बेच पाये। ऐसे जिन दो किसानों के घर उन्होंने अपनी दोनों बछियाएँ बेची, उन्होंने भी बछियों के बदले जितना खाद्यान्न देना चाहिए था उसका महज एक चौथाई भाग ही दिया, बाकी माँगने पर विनती करने लगे—"इस समय तो आप बस उतना ही ले जायें, जितना हम दे पाये हैं। बाकी अंश दो महीने बाद आ कर ले जाइएगा। तब तक हम लोग अपनी अन्नराशि घर पर ला कर जमा कर रखेंगे।"

खाद्यान्न का जितना भी अंश मिला, वह भी कुछ कम नहीं था, अतः लबजाँग और दावा अपने-अपने हिस्से का खाद्यान्न ले कर अत्यन्त आनन्द-उल्लासपूर्वक अपने साकेतङ गाँव लौट आये।

तेरह

लगभग बारह दिनों बाद लबजाँग प्रसन्नता से लबालब भरा हुआ अपने घर लौटा। परन्तु घर पहुँचते ही उसने दो अत्यन्त कष्टदायी संवाद सुने। भोजन पका कर भोजन की थाली लबजाँग के सामने परसते ही सोनाम ने सहमते-सहमते बतलाया—"आपकी अनुपस्थिति में यहाँ एक विशेष घटना घट गयी है न। जानते हैं?"

"कौन-सी घटना?" भोजन का कौर मुख में डालते-डालते एकाएक रुक कर लबजाँग ने पूछा।

"पेमा ने हमारे पशुओं में से एक पशु बेच दिया है।"

"आँय! यह तुम क्या बतला रही हो?"

"बात यह है कि पेमा के ऊपर एक आदमी का बहुत दिनों का कर्ज़ा बाकी था। वह आदमी जब अपना वह कर्ज़ा लौटा देने की माँग ले कर यहाँ आया, तब उस कर्ज़ के बदले पेमा ने अपना एक याक बैल उसे थमा दिया।"

"तुम्हें इस बात की सूचना किसने दी?"

"बात यह है कि कर्ज वसूलने वाला वह आदमी पहले यहीं आया हुआ था। उसने मुझसे ही बात बतलायी और कर्ज़ वापस कर देने को कहा। मैंने उससे बहुत कहा कि इसका हिसाब आपके लौट आने पर ही हो सकेगा। इस पर उस दिन वह यहीं ठहरा रहा। दूसरे दिन पेमा की खोज करता हुआ वह हमारे चरागाह की छावनी पर चला गया। उसके फिर दूसरे दिन हमारा एक हट्टा-कट्टा बहुत विशाल आकार का याक बैल पकड़े यहीं फिर आ गया। फिर उस रात भी यहीं खा-पी कर आराम किया उसके बाद उस याक बैल को ले कर चला गया।"

"अपने जिस घर में खाने के लिए लाले पड़े हुए हैं, उस घर में तुमने उसे दो दिनों भोजन-पानी करवाया याक बैल दे देने के और ऊपर से। वाह रे तुम्हारी बुद्धि? तो वह आदमी था कौन?"

"मिरोक गाँव का बाशिन्दा ङावाङ्।"

"अरे वह महाबदमाश गुण्डा नामीचोर? पेमा स्वयं जैसा है, अपने दोस्त-मित्र

भी ठीक उसी प्रकार के रखता है।" इतना कह कर लबजाँग फिर परम मौन धारण कर भोजन करता रहा, परन्तु उसके मन में क्रोध की कई-कई लहरें उठने लगीं। एक तो इस हिमबाघ ने उसका वैसे ही सर्वनाश कर रखा है। ऊपर से घर में जब एक जून खाने को भी अन्न नहीं बचा तो खाद्यान्न जुटाने के लिए ही चार-चार याक बैल और चँवरी गायें बेचनी पड़ीं। ऐसी बदहाली की दशा में पेमा वांगछू ने जो ऐसी-तेसी हरकतें करनी शुरू कीं तो इन्हें जान-समझ कर पेमा के प्रति लबजाँग के मन में महाक्रोध की आग भड़क उठी। उसने उस पर अंकुश लगाने का मन बनाया क्योंकि अगर इसी तरह के काण्ड होते चलते गये तब तो घर की दशा ऐसी हो जायेगी कि अगर कुछ बचा रह भी गया, तो भी घर के सदस्यों में इतनी ताकत ही बची नहीं रह जायेगी कि वे दो कदम भी आगे चल पायें। महा दुर्भाग्य इस घर को अपने जाल में जकड़ लेगा। उसने मन-ही-मन निश्चय किया कि ऐसी परिस्थिति में पेमा वांगछू को अच्छी तरह से हड़का कर सावधान कर देने का समय आ गया है।

सोनाम की पेट की बीमारी में कोई सुधार नहीं हुआ था, बल्कि उसकी तकलीफ़ और बढ़ ही गयी थी। अतः लबजाँग आने के दिन के बाद के ठीक दूसरे ही दिन बौद्ध-मन्दिर के लामा जी के पास गया। सोनाम की बीमारी की एक-एक तकलीफ़ का विस्तार से परिचय देते हुए उसने उस बीमारी से उसकी मुक्ति के उपाय और उसका मंगल किस-किस विधि से होना सम्भव है, जानने के लिए लामाजी से आरजू-विनती की। लामा जी ने अपनी ज्योतिष की पुस्तकों को उलट-पुलट कर देखा, गम्भीरता से पढ़ा फिर सोनाम की बीमारी दूर करने, हर प्रकार के कष्टों से छुटकारा पाने के लिए कुछ विशेष-विशेष की पूजाएँ करने का सुझाव दिया। वे पूजा-पाठ किस-किस दिन सम्पन्न कर दिये जाने चाहिए इन दिनों को भी निर्धारित कर दिया। इधर बनाये हुए नियम के अनुसार लबजाँग के घर पर ठहरे रहने की मियाद पूरी हो गयी थी। फिर भी सोनाम की बीमारी दूर करने के लिए जिन पूजा-पार्वण आदि के करने की नितान्त आवश्यकता थी उन्हें सम्पन्न कर लेने के उद्देश्य से लबजाँग ने निर्धारित अवधि से अधिक दिनों तक घर पर ठहरे रहने का निर्णय किया। इस सम्बन्ध में पेमा वांगछू को सारी स्थिति को स्पष्टतः बतला कर, उसे छावनी पर ही कुछ और दिनों तक ठहरे रहने को मनाने के लिए एक सन्देश-वाहक भेजा। पूजा-पार्वण के समय लबजाँग को भी ज्वर-बुखार चढ़ आया।

उधर पेमा वांगछू सन्देशवाहक की बात मान बस दो दिन ही अधिक छावनी पर ठहरा। निर्धारित सीमा से दो दिन अधिक बीतते ही वह छावनी छोड़ घर पर आ धमका। उसे घर आया देख लबजाँग बोल पड़ा–

"मैंने सन्देशवाहक से कहला भेजा था कि मैं जब तक छावनी पर न पहुँचू,

तुम तब तक वहीं बने रहना। क्या सन्देशवाहक ने मेरी यह बात तुम्हें समझा कर नहीं बतलायी?

"बतलायी थी। परन्तु तुम्हीं बतलाओ कि मैं और कितने दिनों तक छावनी पर पड़ा रहता? आप यहीं ठहर कर मौज-मस्ती से आराम फरमायेंगे और मैं अपनी पारी समाप्त हो जाने पर बर्फीली पहाड़ी की ठण्डी छावनी की रखवाली करता हुआ मरता-खपता रहूँगा।"

"इस प्रकार की कठोर बातें तुम क्यों सुना रहे हो उन्हें? तुम तो जानते ही हो कि वे पिछले कुछ अरसे से ज्वर से पीड़ित हैं। ऊपर से जो मैं भी बीमार पड़ी हुई हूँ, तो मुझे भी अच्छा करने के लिए वे तरह-तरह के पूजा-उपवास कर रहे हैं। हमारी ऐसी दुर्दशाग्रस्त अवस्था को ही तुमने मौज़-मस्ती करने की अवस्था के रूप में देखा-समझा हैं?" सोनाम ने दुखी मन से पूछा।

"पूजा-पार्वण तो मैं भी सम्पन्न करवा सकता हूँ। तुम क्या मेरी भी पत्नी नहीं हो? यह समय ऐसा है जब घर पर रहने की बारी मेरी है। ऐसी स्थिति में लबजाँग महोदय क्यों कर घर पर बने रहेंगे? बीमारी का नाटक करके वे घर पर ही आराम फरमाते रह कर हमारे बीच सुनिश्चित किये जा चुके नियम को तोड़ते रहते हैं।"

लबजाँग ने पहले से स्थिर कर लिया था कि पेमा वांगछू ने अपने दोस्त डावाङ् को जो घर का हट्टा-कट्टा याक बैल, बिना उसकी अनुमति लिये दे दिया है, उसके सम्बन्ध में वह पेमा से कुछ भी नहीं पूछेगा। क्योंकि जो हो गया, सो तो हो ही गया, उसके दिये हुए याक बैल को वह पेमा के ही हिस्से का मान कर मौन रहेगा। परन्तु पेमा वांगछू की ऐसी बातें जो कानों को सुन पाने की सहनशक्ति बहुत अधिक ऊपर चढ़ गयी थीं, सुन कर लबजाँग के मन में ऐसा भयानक क्रोध उमड़ा कि उसके अनजाने ही उसके मुँह से अत्यन्त कठोर स्वर में वही बात निकल पड़ी—"मुझसे पूछे बिना ही तुमने मिरोक गाँव के डावाङ् को हमारा हट्टा-कट्टा याक बैल क्यों दे दिया? क्या अपने बाप का याक बैल समझ लिया था उसे?"

"मेरे अपने हिस्से का याक बैल ले अपनी ख़ुशी के मुताबिक जिसे चाहूँगा दूँगा। उसके सम्बन्ध में कुछ पूछताछ करने वाले तुम कौन होते हो?"

"तेरे हिस्से का याक बैल? कहाँ पर है तेरे हिस्से का याक बैल? मेरे साथ खोर-देपका करते समय तू अपने बाप के यहाँ से याकों और भेड़ों का झुण्ड साथ-साथ लाया था क्या?"—लबजाँग ने उसे चिढ़ाने के लिए उसका मज़ाक उड़ाते हुए पूछा।

"तो फिर क्या इस घर पर मेरा कोई अधिकार नहीं है? मैं तुम्हारा खरीदा हुआ गुलाम हूँ क्या? तुम्हारे आदेशों के अनुसार ही मुझे हर एक समय चलना

होगा? अपने तो लुक-छिप कर मनचाही मुरादें पूरी करते जहाँ-तहाँ घूमते-फिरते विचरोगे। अपनी इच्छा से जब चाहा गाएँ व अन्यान्य पशुओं को बेचते रहोगे। बीमारी का नाटक करके अपनी पारी से अधिक दिनों तक घर पर आराम करते रह कर महीन चावलों का खुशबूदार भात खा कर मस्ती करोगे और उल्टे मुझे एक नौकर की तरह बर्फीली चरागाहों में भयानक कष्ट उठाते हुए रातों-दिन बेहरमी से खटवाओगे? हरामी के बच्चे। महाकंजूस कहीं के। महा बेईमान नरपिशाच। मैं तेरे नाम पर थूकता हूँ। थू-थू-थू।"

"क्या कहा तूने? महाकंजूस? हरामी? मैं यदि महाकंजूस हूँ, महा हरामी हूँ, तो फिर तुमने मेरे साथ खोर-देपका किया ही क्यों? जा, निकल जा मेरे घर से। इस महाकंजूस के घर से तुरन्त दूर चला जा। खबरदार! अब आज के बाद मेरे इस घर में तू अपना कदम भी नहीं रखना। तेरे यहाँ न रहने से मेरा कोई नुकसान नहीं होगा। जा भाग जा। निकल जा यहाँ से, तुरन्त बस इसी वक्त।" कहते-कहते प्रचण्ड क्रोध के आवेश से लबजाँग का सारा शरीर काँपने लगा। ठीक है! क्यों नहीं जाऊँ? जरूर चला जाऊँगा।" प्रेमा ने भी समान क्रोध में चिल्लाया।

"जा रे कुत्ता जा। अभी, इसी क्षण निकल जा। फिर झूठी पत्तलें चाटने इस घर में कभी मत आना।" लबजाँग चिल्लाने लगा।

"देख लिया न सोनाम। तूने सारा कुछ अपनी स्वयं की आँखों से, कि तुम्हारा यह बड़ा पतिदेव किस प्रकार का मनुष्य है? मैं जो इसकी वास्तविकता बतलाता था, तो तुम विश्वास ही नहीं करती थीं। वह मेरे साथ किस तरह मुझे कुत्ता समझ कर व्यवहार करता है, आज अपनी स्वयं की आँखों से तुमने प्रत्यक्ष देख लिया न? वस्तुतः इतने दिनों तक, इतना निर्दय अत्याचार मैं तुम्हारी ममता के कारण ही सहन करता आ रहा था। तुम स्वयं देख लो। यह मुझे घर से खदेड़े दे रहा है। अब ऐसी दशा में मैं यहाँ रहूँ भी तो कैसे। मैं कोई सचमुच का कुत्ता तो नहीं हूँ जो इतनी दुत्कार सह कर भी यहीं पड़ा रहूँगा। अब तुम भी अच्छी तरह जान लो। इस घर में मैं फिर दुबारा कभी भी पैर नहीं रखूँगा। ठीक है, तुम लोग रहो यहाँ। मैं अब चला जाता हूँ।" सोनाम के हृदय में लबजाँग के प्रति बड़ी दृढ़तापूर्वक घृणा और प्रति हिंसा का भाव जगा कर पेमा वांगछू पैर पटकता हुआ बड़े गुस्सैले रूप में बाहर निकल गया।

"जा रे जा, कुत्ते के पिल्ले। जा भाग जा। फिर लौट कर कभी नहीं आना। जा जहन्नुम में जा...।" पेमा वांगछू जिस ओर गया था, उस ओर देख-देख कर लबजाँग ने ज़ोर-ज़ोर से गरजना शुरू किया। क्रोध के आवेश में वह बुरा-भला सब कुछ भूल गया।

अपने दोनों पतियों का झगड़ना देख सोनाम को तो जैसे काठ मार गया। उसकी समझ में ही नहीं आ पाया कि ऐसी स्थिति में करे तो क्या? उधर रिनचिन

जांमू ऐसी डर गयी कि चीख-चीख कर रोने लगी। झागड़ने के दौरान लबजाँग और पेमा के बीच जो कहा-सुनी हुई उसे सुन कर उसे विश्वास हो गया कि पेमा वांगछू जो प्रायः कहा करता था कि लबजाँग उसके प्रति बहुत ही बुरा व्यवहार कर रहा है, उसमें ज़रूर ही कुछ सच्चाई थी। पेमा वांगछू की बातें सच ही थीं। लबजाँग को वह जितना भलामानुष मानती थी वास्तव में वह वैसा है नहीं। ऐसा विचार आते ही उसे लबजाँग पर भारी क्रोध उमड़ आया, फिर तो वह उबल पड़ी—"पेमा वांगछू को तुमने घर से क्यों निकाल दिया। लोग जब इस बात को जानेंगे, तब क्या कहेंगे? जाओ उसे लौटा ले आओ।"

"अरे वाह! मैं उसे लौटा ले आने जाऊँगा? उस कुत्ते के पिल्ले को बुलाने जाऊँगा मैं?"

"यह बात अच्छी तरह जान लो कि पेमा को इस घर से निकाल देने का तुम्हें कोई अधिकार नहीं है। क्या यह घर उसका नहीं है। जब तुम उसे इस घर में लिवा ले आ रहे थे, तब तुम्हीं ने इस घर पर उसका भी तुम्हारे समान अधिकार होने की बात कही थी। घर की समस्त धन-सम्पत्ति पर उसका भी समान अधिकार, समान हिस्सा होगा यह बात तो तुम्हीं ने घोषित की थी। परन्तु इधर मैं एक लम्बे समय से लक्ष करती आ रही हूँ कि तुम उसके साथ नौकरों जैसा व्यवहार करते आ रहे हो। उसे इस घर में कोई अधिकार नहीं दिया है। परन्तु यह भी भली भाँति समझ लो कि पेमा वांगछू कोई लकड़ी का गढ़ा पुतला नहीं है जो तुम जैसा चाहेगो, उसे तरह उस नचाओगे। जैसा भी मन करेगा, वैसी गालियाँ उसे बकोगे। तुम क्या समझते हो कि इस घर के मामलों में अपने विचार रखने का उसे कोई अधिकार नहीं है। घर का कोई एक काम भी उसे अपनी इच्छा के अनुसार करने का कोई अधिकार नहीं है। अपना कर्ज़ा चुकाने के लिए उसने घर का एक जानवर भर जो दे दिया तो बस इतने से ही रुष्ट हो कर तुम उसे घर से खदेड़ दोगे...।"

"पूरी तरह चुप्पी साधे बैठी रहो। ज्यादा बकबक मत करो।"

"अरे वाह! तुम्हारे मन में जो आयेगा, तुम करते जाओगे, और हम आँख मूँदे सभी कुछ सहते रहेंगे। तुम जो अन्यान्य-अत्याचार करोगे, उसका प्रतिवाद करने का भी क्या हमें अधिकार नहीं है, हमारे क्या मुख नहीं है जो उसके विरुद्ध कुछ शब्द बोल सकें? तुम पेमा वांगछू और मुझ पर हम दोनों पर जो अपना दमन-चक्र चला रहे हो, उसे तो सभी देख रहे हैं। जब तुम्हारा मन इतना ही खराब था, असहनशील था, तब तुमने पेमा वांगछू को खोर-देपका कर इस घर में बुलाया ही क्यों?"

"तेरी देह की गर्मी क्या एक ही पति से शान्त नहीं हो पायी थी? तेरी वजह से ही तो पेमा जैसे महा लम्पट को घर पर बुलाने को बाध्य होना पड़ा था। तेरी

वही शारीरिक गर्मी पूरी तरह शान्त करने के लिए।" अत्यन्त तीखे व्यंग्य के स्वर में ऐसी भद्दी बात कह कर लबजाँग पागलों की तरह ठठा-ठठा कर हँसने लगा।

"मैं क्या कोई ठूँठ काठ हूँ क्या? अथवा फिर तुम मुझे कोई पत्थर समझते हो? मेरे हृदय में क्या कोई कामना इच्छा नाम की कोई चीज़ ही नहीं है? ख़ुद तो तुम चरागाह की छावनी पर योनतान के साथ सुख-सेज पर लोट-पोट होते रहोगे और गृह-देवता सुँम्मा के नाम पर मुझे घर पर अकेले-अकेले रख कर, गृह-देवता नाराज हो जायेंगे, इसका डर दिखा कर छावनी पर न ले जा कर मुझे घर पर ही तरह-तरह का कष्ट भोगने को मज़बूर करोगे। तुम स्वयं ही सोच कर बतलाओ न मेरे दुःख-दर्द के विषय में क्या कभी कोई फिक्र की है? जब तुम योनतान को ले कर सुख-सेज पर सोये रहोगे, और मैं यहाँ तब कुत्ते को ले कर सोयी रह कर ही दिन काटती रहती क्या?"

सोनाम अपनी बात पूरी कर भी नहीं पायी थी कि लबजाँग ने चूल्हे में से एक जलती हुई लकड़ी निकाली और सोनाम के मुँह में धुसेड़ दी परन्तु जाने क्या सोच कर उसने फिर बड़ी फुर्ती से तुरन्त ही खींच ली और फिर उसी चूल्हे में फेंक दी। परन्तु सोनाम के गालों पर जगह-जगह कई थप्पड़ जड़ दिये। जलती लकड़ी से मुख के कुछ जल जाने और कई ज़ोरदार थप्पड़ों के कारण सोनाम को इतनी भारी चोट पहुँची वह दोनों हाथों से मुँह ढँक बड़ी ऊँची आवाज़ में चिंघाड़ उठी। फिर तो विलाप करने लगी। फफक-फफक कर रोने लगी।

"यही पाना चाह रही थी न? अब हविश पूरी हो गयी कि अभी और भी चाहिए?" कहते हुए लबजाँग ने सोनाम की देह पर कई जगह कई लात जड़ दिये—"और शोर-गुल मचायेगी? कर हल्ला साली। चीख-चिल्ला कर भी देख ले। मैं कौन हूँ? अभी तुमने ठीक से जाना नहीं है। शायद फिर और ऐसी कोई बात मुँह से निकाली तो तेरा मुँह थूर कर कुचल-कुचल कर धर दूँगा। समझ पा रही है न कुतिया? अब अच्छा मज़ा पा गयी न?"

लबजाँग की बातें का उत्तर देने के लिए ही तो सोनाम ने मुँह खोला था। परन्तु उसे इस बात की तो कतई कल्पना भी नहीं थी कि लबजाँग इतना निर्दयी हो सकता है। लबजाँग जब उसे उतनी निर्दयता से पीटने लगा था, तब उसने मन में ऐसा अनुमान किया कि आज तो वह उसे जान से मार कर फेंक ही देगा। मरने के पहले-पहले लबजाँग को दो-चार बातें तो सुना जाये सोच कर वह अपना मुँह खोलने की कोशिशें कर रही थी। परन्तु उस खुले मुँह से शब्द निकलने की जगह खून बह निकला। अब तो मुँह खोलने में भी उसे भारी कठिनाई होने लगी। जिस जगह पर वह बैठी हुई थी, वह खून से रंग कर लाल हो गयी। सोनाम को बिलख-बिलख कर रोते देख रिनचिन जांमू दौड़ी आयी और उसने अपनी नन्ही-नन्ही बाँहों में अपनी माँ को भर लिया तथा स्वयं भी पुक्का फाड़ कर रोने लगी। माँ

बेटी को यूँ चीखते-कलपते हुए लबजाँग, कौड़े के पास जड़-सा बैठा देखता रहा, फिर कुछ देर तक अपने मनमाने ढंग से अनाप-शनाप बड़बड़ाता रहा। यह बड़बड़ाहट कुछ देर तक तो क्रमशः क्रोध की ऊपरी ऊँचाई तक पहुँचती गयी, किन्तु बाद में अचानक ही वह जैसे औंधे मुँह गिरी, क्योंकि तब क्रोध की जगह अपने कुकृत्य को समझने की बुद्धि जाग उठी थी और तब वह पश्चाताप की भावना से स्वयं ही बेबस-बेहाल हो उठा। फिर तो परिस्थिति ऐसी दमघोंटू हो गयी कि उस पूरे दिन परिवार के किसी भी सदस्य ने भोजन-छाजन कुछ भी नहीं किया। माँ से लिपटी-लिपटी रिनचिन जांमू वैसे ही सो गयी। रोती-बिलखती माँ की गोदी में पड़ा नन्हा टासी भी नींद की गहराई में जा पड़ा।

जब काफी देर तक सोनाम अपनी जगह से तनिक भी हिली-डुली तक नहीं, तब लबजाँग ने अपनी जगह से उठ कर बिछौना स्वयं ही बिछा लिया। फिर सोयी हुई रिनचिन जोमू और टासी को गोद में उठा ला कर अपनी बगल में सुलाया। फिर स्वयं भी उनकी बगल में लम्बी तान कर सो रहा। यूँ लेटे-लेटे लबजाँग ने गहरी नींद में सो जाने की हर सम्भव चेष्टा की, परन्तु उसे नींद नहीं आ सकी। फिर भी वह सो जाने का नाटक इस उद्देश्य से करता रहा, ताकि सोनाम भी आ कर बिछौने पर सो जाये। परन्तु सोनाम तो अपनी उस जगह से हिली तक नहीं।

सोनाम की हिचकियों भरी रुलाई की आवाज़ बराबर उसके कानों में पड़ती रही। अब लबजाँग का क्रोध पूरी तरह उड़ चुका था। तो इस बात का अत्यन्त करुण पश्चाताप होने लगा था कि सोनाम द्वारा कही गयी मामूली सी बात पर वह हाथ-पाँव से मारने की शर्मनाक कारगुजारी कर बैठा। अपने किये पर वह बार-बार अपने को ही धिक्कारने लगा। उसका मन इतना दीन-मलिन हो गया कि सोनाम को पुकारना चाह कर भी उसका साहस नहीं हो रहा था कि सोनाम का नाम भी अपने मुँह से उचार सके। फिर भी अपनी बोली जितनी मुलायम कर सकता था, उतनी मुलायम बोली में उसने कहा—"सोनाम। तुम मुझे क्षमा कर दो। मैं सच्चे हृदय से कह रहा हूँ कि मुझसे बहुत बड़ा अपराध हो गया है। आज मुझे एकाएक ऐसा गुस्सा कैसे उमड़ आया, यह मैं स्वयं ही नहीं समझ पा रहा हूँ। अपनी सफाई में कहूँ भी तो क्या कहूँ? मेरी मानसिक स्थिति कैसी है? इस बारे में तो तू स्वयं ही सभी कुछ जानती है। पिछले लम्बे अरसे से मैं कितनी चिन्ताओं से जकड़ा हुआ था। घर-गृहस्थी की दुर्दशा के कारण मुझे कितनी दुर्गति में पड़े रह कर कैसे-कैसे कष्ट झेलने पड़ रहे थे। एक तरफ जहाँ घर में खाने को अन्न के दाने नहीं, भूख से बिलखते बच्चे देखे नहीं जा रहे थे; दूसरी तरफ तुम्हारी उतनी पीड़ा दायक बीमारी जिसमें दिनोंदिन क्षीण होती जा रही तुम्हारी देह की दुखदायी दशा, जिसके दवा-दारू की कोई व्यवस्था न कर पाने की लाचारी की हीनमन्यता और इन सबके ऊपर चरागाह की छावनी के पशु-खटाल से हिमबाघ

द्वारा मेरी गायों, याक बैलों, भेड़ों को एक-एक कर मारने जाना जिससे मेरे बेबस लाचार पशु उसके मुँह में समाते जा रहे थे। जीविकोपार्जन का एकमात्र सहारा हमारा पशु-खटाल क्रमशः खाली होता जा रहा था। अत्याचारी बाघ ने हमारा पशु-धन लगभग समाप्त ही कर दिया है। यह बात सम्भवतः ठीक ही हो, कि इस समय घर पर रहने की पारी पेमा वांगछू की है, परन्तु तुम्हारी बीमारी ठीक करने के लिए लामा जी ने जो पूजा-अर्चना करने का जो विधान किया था उसे सम्पन्न करवा लेने, ऊपर से मैं स्वयं भी जो ज्वर-बुखार से मज़बूर हो गया था, उठ-बैठ पाने लायक भी नहीं रह गया था, अतः मैंने एक सन्देशवाहक द्वारा उससे सन्देश कहलाया कि वह दो-चार दिन तक अभी और छावनी पर ही रुका रहे। उसकी तमाम सारी गैर-जिम्मेदाराना हरकतों को तो मैं माफ करता ही रहा था, यहाँ तक कि उसने ङवाङ् को जो हमारा उतना हट्टा-कट्टा याक बैल दे दिया, तो मैं उसे भी क्षमा कर चुका था। परन्तु मेरे बचे हुए याक बैलों, चँवरी गायों और भेड़ों को चरागाह पर असुरक्षित छोड़ कर जो घर लौट आया, तो मुझसे सहा नहीं गया। तुम और तुम्हारा यह पेमा, अगर गृहस्थी के तुम दोनों जिम्मेदार व्यक्ति घर की कष्टकारी अवस्था और उसके उद्धार के लिए कुछ न कर पाने की बेबसी की बात नहीं समझोगे, तो फिर मैं क्या करूँगा। पेमा अगर मेरी मजबूरियाँ नहीं समझता तो न सही, किन्तु तुम तो सब कुछ अच्छी तरह समझती हो। मेरा मन आज पेमा के संग झगड़ा करने का कतई नहीं था। अभी भी मैं उससे कोई मन-मुटाव नहीं चाहता। मैं उसे समझा-बुझा कर ही कल घर वापस लिवा ले आऊँगा। तुम अधिक चिन्ता मत करो। कल उसे घर पर रख, घर की पूरी जिम्मेदारी उसे सौंप, स्वयं ऊपरी पहाड़ी के चरागाह की पशु-खटाल देखने चला जाऊँगा। हाँ, एक बात ज़रूर कहूँगा। लामा जी ने जो पूजा-पार्वण वग़ैरह तुम्हारी बीमारी दूर करने के लिए बतलाया है, उन्हें यथाविधि अच्छी तरह से पूरा करना मत भूलना। पेमा को बीच-बीच में याद दिलाते रहना कि तुम्हारे निरोगी होने के लिए क्या-क्या उपाय किये जाने हैं। तुम्हारे ऊपर मेरा हाथ आज कैसे उठ गया? मैं समझ ही नहीं पा रहा? उसकी वजह से मुझे बहुत बुरा लग रहा है। निश्चय ही तुम्हें बहुत अधिक कष्ट पहुँचा है। अपने जीवन में तुम्हारे ऊपर आज पहली-पहली बार हाथ उठाया है। इसे तुम अन्तिम भी समझो। इसके बाद तुम्हारे ऊपर मेरे ये हाथ फिर कभी नहीं उठेंगे। मैं अपने गृह-देवता की शपथ खा कर कहता हूँ। अपनी भी शपथ खा कर तुम्हें वचन देता हूँ। अपने इस जीवन में मैं दुबारा ऐसी भूल कभी नहीं करूँगा। अब जरा मुझे देख तो लेने दो कि तुम्हें कहाँ कितनी चोट लगी है?

सोनाम ने अपने जिन दोनों हाथों से अपना चेहरा जो ढँक रखा था, उन दोनों हाथों को हटा कर लबजाँग ने उसकी चोट की गम्भीरता देखने की कोशिश

की। परन्तु सोनाम ने उसे ऐसा करने नहीं दिया। उसने उसके दोनों हाथों को ज़ोरों से झटक कर अलग कर दिया। फिर और भी ऊँची आवाज़ में चीखना शुरू किया। पत्नी के द्वारा यूँ तिरस्कृत होने पर लबजाँग किंकर्त्तव्य-विमूढ़ हो हाथ पर हाथ धरे बैठा रहा। रह-रह कर कुछ कहना चाहने की कोशिश करने में असफल हो फिर घूँट गटक-गटक कर रह जाता। इसी प्रकार काफी देर तक बैठे रहने के बाद साहस करके धीरे-धीरे हाथ बढ़ा कर उसने सोनाम की देह पर हल्के से हाथ रखा। किन्तु ऐसा करते ही सोनाम ने उसका हाथ झटका कर फेंक तो दिया ही, साथ ही अपनी मुट्ठियाँ बाँध कर लबजाँग की पीठ पर धमाधम मुक्के मारना शुरू कर दिया। मन भर पीट चुकने के बाद फिर वह उठी और चुपचाप एक दूसरा बिछौना लबजाँग से काफी दूरी पर बिछाया। फिर अपने दोनों बच्चे-बच्चियों को उठा कर अपने वाले बिछौने पर ला सुलाया। माँ ने जब गोदी में उठाया, तब उसकी बिटिया डर कर अचानक फिर रोने लगी। फिर तो बिना किसी कारण के ही सोनाम ने बिटिया रिनचिन जांमू की पीठ पर भी कई थप्पड़-मुक्के जड़ दिये। इससे उसका गुस्सा और भी प्रगट हो उठा। उसे इस प्रकार गुस्सा होते और क्रोधावेश में मारते-फटकारते देख लबजाँग मन-ही-मन बहुत प्रसन्न हुआ। उसे अब विश्वास हो गया कि क्रोध का बाहरी प्रकाश निश्चय ही उसके क्रोध के आवेश के कम होते जाने का प्रमाण है। अतः सोनाम का क्रोध निश्चय ही कम होता जा रहा है। मन में ऐसे भाव आते ही उसे कुछ निश्चिन्तता हुई, फिर तो वह चुपचाप अपने बिस्तर पर जा कर लम्बी तान पसर गया। उसके बाद भी काफी देर तक वह बिछौने पर पड़ा-पड़ा छटपटाता रहा।

दूसरे दिन प्रातःकाल नींद से जगते ही सोनाम चूल्हा-चौका कर रसोई पकाने के काम में लग गयी। तभी लबजाँग ने लक्ष किया कि सोनाम के मुँह पर जलने का घाव फफोला बन गया है। उसकी दोनों आँखें सूज गयी हैं। दोनों गाल भी फूले हुए हैं। उसकी ऐसी घायल दशा देख लबजाँग का मन उसके प्रति समवेदना से भर उठा। वह तुरन्त ही दौड़ा-दौड़ा गया और भेड़ की ताज़ी मुलायम लेंडी उठा लाया। उसे रगड़-पीस कर मुलायम बना सोनाम की फफोले भरी जलन पर लेप करते हुए कहा—"हाय रे! मैंने कल क्या पागलपन कर डाला? सचमुच ही मेरे सर पर भूत सवार हो गया था। बौरा गया था मैं। निश्चय है मेरे हाथों तुम्हें बहुत कष्ट पहुँचा है इसका लेप कर देने पर आग से जली जलन बहुत जल्दी ठीक हो जाती है। तुम्हारा घाव भी शीघ्र ही ठीक हो जायेगा। तुम इसे लगवा लो और जल्दी ठीक हो जाओ। मैं आज की चरागाह ही छावनी पर रवाना हो जाऊँगा।"

"आपको तेज़ ज्वर है सारा बदन तवे सा तप रहा है। ऐसे में आज वहाँ जाने की कोई ज़रूरत नहीं है।" कल की घटना के बाद सोनाम ने अब पहली-पहली बार मुँह खोल कर लबजाँग से बात की।

"नहीं। मुझे तो आज जाना ही पड़ेगा। मेरा उत्तरदायित्व बनता है आज ही वहाँ पहुँच जाने का। मैं पेमा वांगछू को तुरन्त ही यहाँ बुला लेता हूँ। उसके आ पहुँचने पर जाऊँगा।"

"अब ऐसी परिस्थिति हो चुकने के बाद उसे फिर अपने घर बुला लाने की कोई ज़रूरत नहीं है। वह जो स्वयं निकल गया हमारे घर से तो फिर उसे चले ही जाने दो। उसके साथ खोर-देपका किये रखने की मुझे अब कोई आवश्यकता नहीं है। उसके कारण ही हमारे इस घर की शान्ति नष्ट हो गयी। घर कलह का अड्डा बन गया। अब और उसे कतई मत लौटाओ।" सोनाम ने समझाया।

"यह बात क्या तुम सच्चे मन से कह रही हो?"

"बिल्कुल सच। आज से उसके सम्बन्ध में सभी कुछ भूल जाओ। वह स्वयं ही हमारे घर से बाहर निकल गया, और भी यह अच्छा भी हो गया। अब मुझे अकेलेपन का कोई कष्ट है नहीं। बिटिया रिनचिन जांमू है, बेटा टासी है। इनके साथ मै बड़े गजे में रह लूँगी। अब मुझे अकेले-अकेले तो रहना नहीं पड़ेगा। अतएव अब व्यर्थ में उस विपत्ति को फिर से मत बुला लाना।

"यह तो तुम बहुत अच्छी बात कह रही हो सोनाम। बहुत ही कल्याणकारी बात है यह इस घर के लिए। निश्चय ही हमारे परमपूज्य देवता पेलदेन लामा जी ने अपनी आँखें खोल कर हम लोगों की ओर अपनी कृपा दृष्टि डाली है। अब हमें पेमा वांगछू की कोई आवश्यकता नहीं है। बस कुछ ही वर्ष बाद मेरी बिटिया रिनचिन जांमू और बेटा टासी बड़े हो जायेंगे। फिर तो रिनचिन तुम्हें घर के भीतर के कामकाज में सहायता पहुँचायेगी ओर टासी चरागाही छावनी पर जा कर मेरी सहायता करेगा इतना ही क्यों? हमारे अभी और भी बेटे-बेटियाँ होंगे। सच पूछो तो मुझे कम-से-कम तीन बेटों की ज़रूरत है। टासी मेरी तरह अकेला क्यों रहेगा भला? एक और अपना ही बेटा चाहिए टासी के साथ खोर-देपका करने के लिए ताकि उसकी पत्नी घर में अकेली रहने को मजबूर न रहे। नहीं तो टासी को भी मेरी तरह कष्ट उठाना पड़ेगा। एक और अतिरिक्त बेटा हमें और चाहिए ही। तुम तो जानती ही हो कि हम मनौती कर आये हैं। फलतः अपना एक बेटा हमें तवाँग गोम्पा में रह कर, वहीं सेवा-यत्न करने के लिए पठाना ही होगा।"

अपने इस पति की बातें सुन कर सोनाम खिलखिला कर हँस पड़ी। उसके बाद उसने बड़े मन से भोजन बनाया और सभी को प्रेमपूर्वक खिलाया। फिर स्वयं भी भोजन किया। भोजन-छाजन करके लबजाँग छावनी पर रहने के लिए रवाना हो गया। दिराङ् से लबजाँग जो खाद्य-सामग्री ले आया था, उसी में से कुछ खाद्यान्न एक बड़े गट्ठर में बाँध कर सोनाम ने उसे छावनी पर ले जाने के लिए दिया। उसे ले कर लबजाँग जब घर से निकला, रास्ते पर बढ़ा; पहाड़ी डगर पर जब ऊँचाई की ओर क्रमशः चढ़ने लगा तब जब तक द्वार पर खड़े हो उसे देखा

जा सकता था, सोनाम खड़ी-खड़ी उसे एकटक निहारती रही। लबजाँग का आज का घर से प्रयाण करना, न जाने क्यों उसके हृदय को आकुल-व्याकुल कर रहा था। वह तब तक अपनी दृष्टि उस पर गड़ाये रही, जब तक वह पहाड़ी वृक्षों की ओट में ओझल नहीं हो गया। हालाँकि लबजाँग तो प्रायः ही घर से छावनी को जाया ही करता था, परन्तु उसके आज के जाने में सोनाम ने जो बिछोह की पीर अनुभव की, वैसी पीर उसने कभी नहीं जानी थी। उसका कलेजा ऐसा थक-धक करने लगा जैसे उसके हृदय का कोई अंश ही उससे अलग हो दूर चला गया हो। आज की इस विदा में उसे ऐसी विरह वेदना हुई, जैसे उसका प्रिय लबजाँग सदा के लिए उस विलग हो गया।

पिछली रात उसके साथ लबजाँग ने जो वैसा अमानुषिक व्यवहार किया। उसे असहनीय चोटें सहनी पड़ीं। उन सबकी प्रतिक्रिया में उसके प्रति क्रोध का भाव ही बने रहना स्वाभाविक था, किन्तु सोनाम के हृदय में लबजाँग के प्रति रंच मात्र भी क्रोध नहीं बचा था। अपने इस पति को उसकी एक-एक हड्डी-पसली, एक-एक नस-शिरा-शिरा से वह अच्छी तरह पहचानती है। सच पूछो तो उसने जो कुछ भी किया, उसमें उसकी कोई गलती नहीं है। मूर्खता और उस मूर्खतावश अक्षम्य अपराध अथवा गलती तो उसने स्वयं ही की थी। अगर खोर-देपका करने के लिए किसी दूसरे पुरुष को ले आना इतना ही आवश्यक था, तो भी उसके लिये पेमा वांगछू को न चुन कर, उसे लबजाँग के ही वंश-परिवार के किसी पुरुष को चुनना चाहिए था। परन्तु पेमा वांगछू के प्रेम में अन्धी हो कर उसने इस भोले-भाले, सीधे-सादे, निष्कपट मन के पुरुष लबजाँग का जीवन भी दुर्दशाग्रस्त कर बर्बाद कर दिया। ठीक है, जब जागो, तभी सवेरा। अब आज से वह पेमा वांगछू को अपनी घर-गृहस्थ, अपने जीवन से निकाल रही है। पेमा वांगछू अब उसका पति नहीं रहा।

बेचारा पेमा वांगछू। उसे सदा-सर्वदा के लिए त्याग देने का विचार आते ही उसके मन में उसके प्रति करुणापूर्ण सहानुभूति का भी एक झोंका अचानक उठ आया। उससे भी बिछोह होने से सोनाम के मन में हाहाकार मच उठा। फिर तो उसी पेमा वांगछू को कम-से-कम एक बार के लिए ही सही, अपने करीब पाने के लिए, उसके मुँह से निकला एक शब्द भर सुन लेने के लिए। सोनाम के मन में जिस क्षण पेमा वांगछू को निकट पाने की इच्छा जगी थी कि ठीक उसी क्षण पेमा वांगछू सचमुच ही घर पर आ उपस्थित हुआ। उसे अचानक अपने सामने आया देख सोनाम एकाएक सकपका गयी। किंकर्त्तव्यविमूढ़ दशा में अकस्मात उसके मुँह से बात निकल पड़ी—

"तुम?"

—"हाँ जी हाँ। मैं ही तो हूँ। क्या तुम मुझे पहचान नहीं पायी?"—पेमा

वांगछू ने मजाक करने के सुर में कहा।

"ठीक है। तुम ही हो, अच्छी बात है। परन्तु तुम यहाँ पर क्यों आये हो?

"क्यों आया हूँ? ऐसा प्रश्न पूछने का मतलब क्या है? अपने घर न आ कर और कहाँ जाऊँगा भला?"

"ऐसा प्रश्न क्यों न पूछूँ? इस घर से तो तुम स्वयं ही इसे छोड़ कर कल चले गये थे। हमने तो जाने को कहा नहीं था। अतः लबजाँग और मैंने निर्णय लिया है कि तुम्हारे साथ अब खोर-देपका हम नहीं जारी रखेंगे। अब से तुम हमारे घर के सभी बन्धनों से मुक्त हो, अपनी इच्छा के अनुसार जहाँ चाहो जा सकते हो।"

"नहीं, ऐसा हरगिज सम्भव नहीं। मैं किसी भी दशा में तुम्हें छोड़ नहीं सकता। तुम्हारे साथ मेरा विवाह हुआ है। कोई मज़ाक नहीं। तुम लोग अपनी मन-मर्ज़ी से जब चाहे तब मुझे घर से खदेड़ दे सकते हो क्या? तुमने भी लबजाँग की बातों को मान लिया है क्या? तुम स्वयं क्या मुझे प्यार नहीं करतीं? साफ-साफ बतलाओ तुम हृदय से मुझे प्यार करती हो या नहीं?"

"प्यार करती हूँ। क्यों प्यार नहीं करूँगी?"

"तो मुझे, तुम क्यों खदेड़ रही हो?" पेमा ने पूछा। खदेड़ कहाँ रही हूँ? परन्तु तुम दोनों पुरुषों के बीच अब मेल-जोल, आपसी सद्भाव बहुत कम हो गया है। तुम दोनों लोग अगर प्रत्येक घड़ी भयानक झगड़ा-झंझट करते रहोगे, तब मैं कैसे सँभाल पाऊँगी तुम दोनों को?"

"झगड़े-झंझट का आरम्भ मैंने किया अथवा लबजाँग ने? तुमने स्वयं अपनी आँखों से देखा नहीं कि उसने किस तरह मेरे साथ कुत्तों जैसा व्यवहार किया?"

"देखा है। तुम्हारे साथ तो उतना ही किया। मेरे ऊपर तो उसने हाथ भी उठाया। ख़ूब मारा-पीटा।"

क्या? तुम्हारे ऊपर उसने फिर से हाथ उठाया—प्रेमा नू पूछा "हाँ, जी-हाँ।" कह कर सोनाम फिर अत्यन्त दुखी हो रोने-बिलखने लगी।

पेमा वांगछू ने रोती हुई सोनाम का सर अपनी गोदी में रख कर अपने से चिपका लिया। छोटे पति द्वारा प्रेमपूर्ण सहारा पाने, उसकी वेदना के प्रति व्यक्त की गयी सहानुभूति पा कर उसकी व्यथा और भी बढ़ गयी। पेमा वांगछू की गोदी में अपना माथा रख कर हिचकियाँ ले-ले कर रोते हुए सोनाम ने कहना शुरू किया—"थप्पड़-घूँसे मारने भर ही नहीं उसने तो जलती हुई लकड़ी मेरे मुँह में ठूँस कर मेरा मुँह ही जला दिया। मेरे पेट में तो वैसे ही आजकल भारी पीड़ा होती रहती है? ऐसी वेदना होती है कि सह ही नहीं पाती। उस पर भी ऊपर से उसने लात मारी। उसके लात की चोट से मुझे इतनी पीर हुई कि उसकी जगह अगर उसने मुझे जान से मार डाला होता, तो भी अच्छा रहा होता।"

"रोओ मत सोनाम। यूँ दिल छोटा कर विलाप मत करो। चलो हम दोनों

यह घर छोड़ कर निकल जायें। तुम्हारे जैसी इतनी भली सुन्दर और सद्व्यवहार वाली पत्नी को ऐसी निर्ममता से बेरुखी से मारपीट करता है, उसके साथ घर-गृहस्थी बसाने से क्या लाभ? चलो यहाँ से बाहर चलें। आज से बस हम दोनों ही साथ-साथ रहेंगे। यह घर छोड़ कर चलो दूर चले चलें।"

"मैं यह घर छोड़ कर कैसे जा सकती हूँ?"

"अगर यहाँ से नहीं निकलोगी, इस घर में ही पड़ी रहोगी, तब लबजाँग तुम्हें सचमुच ही एक दिन जान से मार डालेगा। यहाँ मार खा-खा कर रहने, अथवा मारे जाने से एक दिन प्राण गंवा देने की जगह मेरे साथ सुख-सुविधापूर्वक रहने में क्या बुराई है? अगर तुम इस अत्याचारी लबजाँग को छोड़ नहीं पा रही हो, तो भी बस थोड़े दिनों के लिए लबजाँग का घर भर कुछ दिनों के लिए छोड़ दो। यहाँ से अलग रहोगी, तब लबजाँग को तुमरा महत्त्व समझ में आयेगा। तुम्हारे साथ उसने जो बुरा व्यवहार किया है, उसे समझ कर अपना दोष-अपराध जान पायेगा। तब वह अपने आप ही तुम्हें खोजता-ढूँढ़ता दौड़ा आयेगा। अगर वह ऐसा करता है, तब तुम फिर से इस घर में लौट आना।"

पेमा वांगछू के इस प्रस्ताव पर सोनाम गम्भीरता से सोचने को बाध्य हो गयी। इस पर विचार करते-करते उसने भी अनुभव किया कि दो-तीन दिनों तक पेमा वांगछू के घर जा कर रहने में कोई बुराई नहीं है। फिर चाहे जैसा भी हो, जो कुछ भी कर गुजरा हो, पेमा वांगछू भी उसका पति अपना है। उसे वह और लबजाँग घर से निकल जाने को चाहे जितना कहें, इतनी आसानी से उसे घर से निकाल नहीं सकते। इसके लिए जनसाधारण की सहमति प्राप्त होनी चाहिए। पेमा के घर कुछ दिनों तक जा कर रहने पर यह बात स्पष्टतः जानी जा सकेगी कि लबजाँग सचमुच ही उसे प्यार करता है या नहीं? जैसा कि पेमा कह रहा है, वह स्वयं ही दौड़ा-दौड़ा उसके पास आयेगा। अतएव घर द्वार सब ठीकठाक कर, ताले में सुरक्षित रख, अपना कपड़ा लत्ता ले कर, बेटा-बेटी साथ में ले पेमा वांगछू के घर रहने के लिए रवाना हो गयी।

चौदह

“वह भला कितने दिनों तक मुझसे रूठ कर, मुझसे कुपित हो कर अपना और मेरा यह घर छोड़ कर दूर रह पायेगी? पति-पत्नी के बीच झगड़ा-तकरार, मान-अभिमान, कहा-सुनी, मनमुटाव तो होता ही रहता है। परन्तु वह क्या अधिक दिनों तक उसी रूप में बना रह सकता है। उसकी जगह होता यह है कि साँझ की वेला में एक-दूसरे से लड़े-झगड़े, मार-पीट भी कर गुज़रे, ऐसा लगा कि अब कभी समझौता होगा ही नहीं, परन्तु उसी रात भर में ही वह सारा क्रोध-मनमुटाव भुला कर वे फिर पहले की तरह ही सहज स्वाभाविक हो जायेंगे। अगर ऐसा नहीं होता, तब तो इस संसार में जो इतने सारे पति-पत्नी एक साथ रहते हैं, वे भला क्या एक साथ रह सकते? हाँ मुझसे अपराध हुआ। मैंने पूरे गृहस्थ-जीवन में पहली-पहली बार उस पर हाथ छोड़ा। उसके प्रति निर्दयता दिखायी, मारा-पीटा-अपमानित किया। इसी कारण से मेरे ऊपर उसका क्रोध भी भयानक हुआ। मेरे प्रति उसका मन विषैला हो उठा। मन में भारी गाँठ पड़ गयी। अपने सात-आठ वर्षों के इस लम्बे विवाहित जीवन में उसके ऊपर हाथ उठाने की तो बात ही दूर, किसी भी दिन कोई अप्रिय बात, कर्णकटु बात तीखे स्वर में कोई बात तक नहीं करी। उस दिन अचानक ही उस साँझ के पहर जाने क्या हो गया, सम्भवतः मैं पागल ही हो गया था। अगर पागल न हुआ होता कि मैं यह लबजाँग जो किसी को भी कोई कठोर बात नहीं कही, किसी के ऊपर ही हाथ नहीं उठाया, किसी को हलके से भी नहीं मारा, वही मेरे जैसा मनुष्य भला ऐसा काण्ड कैसे कर गया? ऐसा टेढ़ा काम ऐसा सीधा-सादा आदमी करता भी है क्या? चाहे जैसे भी हुआ हो? वैसे हो जाने में निश्चय ही मेरा भी दोष था। पति-पत्नी आपस में पूरे जीवन भर बिना कोई मतभेद रखे, भिन्न-भिन्न प्रकार की सोच और समझ रखे, बिना कोई झगड़ा-झंझट वाद-विवाद किये एक आत्मा अथवा एक देह की तरह सदा एक ही सोच-विचार, एक ही मैत्री भाव से रह कर जीवन बिता सकते हैं क्या? प्रत्येक मनुष्य में अपनी निजी सत्ता नामक एक विशिष्ट वस्तु होती है, अतः समय-समय पर दूसरे मनुष्य से, उसकी जो अपनी निजी सत्ता है, उस दूसरी सत्ता से संघर्ष,

मनमुटाव इत्यादि हो जाता हैं। दूसरे मनुष्यों की ही बात क्यों करें?

यहाँ तक कि एक ही सत्ता का अधिकारी हो कर भी एक ही मनुष्य के मन-प्राण और विवेक-विचार आदि के बीच संघर्ष हो जाया करता है। अतएव सोनाम के साथ मेरी जो थोड़ी सी झड़प हो गयी, उससे जो थोड़ी कहा-सुनी, झगड़ा-झंझट हो गयी, उस मामूली कड़वाहट के लिए उसकी देह पर एक बार हाथ छोड़ देने की अप्रिय घटना के लिए, अगर वह मुझे छोड़ कर चली गयी है, तो उसके लिये मुझे बहुत आकुल-व्याकुल होने की कोई आवश्यकता नहीं है। सोनाम मन प्राण-देह हर तरह से अत्यन्त ही शालीन ढंग की एक बहुत भली स्त्री है। रात में उतनी मार खाने पर भी रात बीतते-बीतते, सवेरा होते ही वह सारा क्रोध, सारा मान-अभिमान, सारा मनो-मालिन्य भूल कर सहज-स्वाभाविक हो गयी थी। अब जो वह घर छोड़ कर चली गयी है, तो भी इसमें उसके मन की कोई कड़वाहट कारण नहीं हो सकती। निश्चित रूप से इसके पीछे पेमा का हाथ है। मेरे घर से यहाँ चले आने के बाद मौका ताक कर पेमा वांगछू आ धमका होगा। उसी ने बहला-फुसला कर सोनाम को ऐसा करने को मजबूर कर दिया होगा। अगर वह इस तरह उसे लिवा ले गया है, तो लिवा ले जाये न। कुछेक दिन ही सोनाम जो पेमा वांगछू के घर पर रह लेगी, तब अपने आप ही मेरे ऊपर जो उसका भयानक क्रोध का भाव है, मेरे आचरण पर क्षोभ है, मेरे मारने-पीटने के कारण उसके मन में मेरे कुकृत्य से व्याकुल-वेदना उमड़ी है, यह सारा कुछ हवा में उड़ जायेगा। अपने हृदय से वह समझ पायेगी कि वैसा मैंने जान-बूझ कर नहीं किया। वह तो पागलपन का एक आवेश भर था, तब उसका सारा गुस्सा ठण्डा हो जायेगा, और वह मेरे पास फिर से लौट आयेगी। अगर वह पेमा वांगछू को इतना ही प्यार करती है कि उसे छोड़ दे नहीं सकती, तो तब भी कोई बात नहीं। पेमा वांगछू जैसे पहले खोर-देपका करके हमारे घर, हमारे साथ रहता था, ठीक उसी तरह अब भी रहे। फिर तो एक दिन हम तीनों व्यक्ति एक साथ बैठ कर आपस का सारा मत-भेद सुलझा लेंगे।"—धुएँ से काली पड़ी छावनी की धरन-शहतीर और छान-छप्पर की ओर आँख फाड़े-फाड़े देखते हुए लबजाँग ने मन-ही-मन सोचा।

बात इस रूप से उभरी थी कि छावनी पर अपने पति टिकरा के साथ रहने के लिए योनतान आ पहुँची थी। वह तब लबजाँग की कुटिया में भी मिलने आयी। परन्तु आज का उसका आना ऐसा लगा जैसे वह उसकी घर-गृहस्थी में घटी घटना का समाचार देने ही आयी थी। लबजाँग के बिलकुल पास आ कर उसने धीमे स्वर में पूछा था—"भैया! अपनी पत्नी के साथ आपका कोई झगड़ा-झंझट हो गया था क्या?"

"नहीं तो। उस तरह की कोई बड़ी लड़ाई तो नहीं हुई। पेमा की अप्रिय

कार्यवाहियों को ठीक रास्ते पर ले आने के लिए मैं उसे समझा ही रहा था कि वह पेमा की ही तरफदारी कर मुझसे उलझ पड़ी थी। जिससे एकाएक मुझे ऐसा क्रोध भड़क उठा कि मैंने उसके ऊपर हाथ उठा दिया।"

"ओह! तो यह बात है। ऐसा हुआ है, तब तो वही बात इस सबका मूल कारण बन गयी। आपकी उसी निष्ठुरता से खिन्न हो, वह आपका घर छोड़ कर पेमा वांगछू के घर चली गयी है।" घटना के मूल कारण को समझ जाने पर योनतान ने बतलाया था।

"क्या कहाँ?" बात कान में पड़ते ही लबजाँग को जैसे बिजली का झटका लगा गया। हड़बड़ा कर पूछ बैठा–"अरे तुम्हारी भाभी सोनाम मेरा घर छोड़ कर चली गयी?"

"हाँ भैया! जिस दिन आप घर से चल कर यहाँ चरागाह की छावनी पर आये, उसी दिन वह घर छोड़ कर पेमा के घर चली गयी, तब से वह वहीं रह गयी। वस्तुतः हम स्त्रियाँ इसी प्रकार की होती हैं। अगर हमारे पुरुष पति किसी कारणवश हमारे ऊपर तनिक सा भी हाथ उठा देते हैं मुक्का-थप्पड़ जड़ देते हैं, तो हम रूठ कर अपने मायके चली जाती हैं। जब हमारा क्रोध शान्त हो जाता है, तो फिर अपने आप ही लौट कर अपनी ससुराल चली आती हैं। अतएव इतनी सी घटनां के लिए अधिक चिन्तित होने की आवश्यकता नहीं है। उसका भी क्रोध जब शान्त हो जायेगा, वह स्वयं ही वापस आ जायेगी। स्त्रियों का क्रोध और ग्रीष्म ऋतु एक जैसे ही हैं। दोनों ही बस क्षण भर ही रहते हैं।"

योनतान के मुख से जब उसने यह समाचार सुना, तभी से उसका मन किसी भी काम में नहीं लग रहा था। पशुओं को चरागाह पर बटोरा और हाँकते हुए उनकी-उनकी घटालों में ला कर भर कर बाहर से सुरक्षा का मजबूत बेड़ा बन्द कर दिया और जल्दी-जल्दी अपनी छावनी की कुटिया में लौट आया फिर बिना कुछ खाये-पिये खाट पर लम्बी तान कर ऊपर की ओर मुँह किये-किये नाना प्रकार की बातें सोचता रहा–

"यह जो स्त्रियों की जाति है, कैसी अनबूझ पहेली है। पति की ओर से तनिक सी भी त्रुटि हुई नहीं कि तुरन्त ही पति का घर छोड़ कर चली जाती हैं। पति यदि किसी भावावेश में कोई कड़ी बात कह जाता है तो, पलट कर तुरन्त उसे भी कठोर उत्तर देती हैं–आप समझते क्या हैं? क्या मेरा कहीं कोई घर-द्वार नहीं है? मैं आपके घर को अभी लात मारती हूँ। अब यहाँ एक क्षण भी नहीं ठहरूँगी। अन्दर की बात तो यह है कि आप मेरा यहाँ रहना सह नहीं पा रहे हैं। आप चाहते ही नहीं कि मैं यहाँ रहूँ। तो फिर मैं क्यों रहूँगी इस घर में? मेरे अपने पिताजी हैं, मेरी माँ हैं, भाई हैं। मेरे इतने सारे अपने लोग हैं फिर मैं उन्हीं लोगों के पास चली जाऊँगी।"

ऐसी-ऐसी जली-कटी बातें सुनाने लगती हैं कि सही नहीं जातीं। पति के घर को इस रूप में बतलाती हैं जैसे वह केवल पति का अकेले-अकेले का हो। उसका अपना घर वह न हो। यथार्थ स्थिति तो यह है कि स्त्रियाँ विवाहित हो कर पुरुष की पत्नी बन जाने के बाद भी अपने पतियों को पूरी तरह से अपना नहीं बना सकतीं। उनकी अभिन्न सहचरी नहीं हो पातीं। अपने अलग अस्तित्व को हमेशा बनाये रखती हैं। इस कारण से ही वे इस तरह की छोटी सी घटना होने पर बात-बात में अपने माता-पिता के घर की बात करती रहती हैं। वैसी ही स्थिति अगर मेरे साथ भी घटी हो, तो निश्चय ही सोनाम भी मुझे पूरी तरह अपना नहीं समझ पायी है। मेरी इतनी सारी ममता, इतना माया-मोह, लगातार इतने वर्षों से उस पर न्यौछावर किया जा रहा इतना सारा प्यार, प्रेम का इतना पारावार उस पर क्षण-प्रतिक्षण इतने वर्षों तक उँड़ेलते रहना, इतना सारा कुछ उत्सर्ग, मेरे एक दिन के एक तनिक से क्रोध से, तनिक से कठोर व्यवहार से ही भुला कर वह मुझे छोड़ मेरी घर-गृहस्थी को ठोकर मार दूर चली गयी है।

गयी भी तो वह फिर अपनी माँ पिता जी के घर, अपने मायके के घर भी नहीं गयी बल्कि पेमा वांगछू के घर गयी। जैसे पेमा वांगछू ही उसका सभी कुछ हो, मैं उसका कोई भी नहीं होऊँ। अब प्रश्न यह उठता है कि पेमा वांगछू के घर वह किस विशेष उद्देश्य से गयी है? कहीं ऐसा तो नहीं कि मुझे छोड़ देने का उसका असली उद्देश्य हो जिसके लिए उसने पेमा वांगछू के घर चले जाने को बस एक माध्यम बनाया हो।

परन्तु उसने तो स्वयं ही मुझसे कहा था कि पेमा वांगछू को खोर-देपका करने के उद्देश्य से अब अपने घर रखने की हमें कोई आवश्यकता नहीं है। तो वह तब क्या जान-बूझ कर मुझसे झूठ बोल रही थी? अन्दर-अन्दर से क्या वह पेमा वांगछू से मिल कर मुझे ही अलग फेंक देने की योजना बनाती रही थी? पेमा को छोड़ देने का नाटक करते हुए मुझे ही छोड़ देना चाहती है? हाँ, बहुत सम्भव है कि ऐसी ही बात हो। यह स्त्री जाति पूरी तरह से कुत्तों जैसी ही है, उनकी देह पर हाथ फेर-फेर कर जो ही लाड़ प्यार दिखलायेगा, प्रेम का प्रदर्शन करेगा उसी की पुजारिन बन जायेगी। दूसरी ओर हजारों-हजारों लाड़-प्यार, माया-ममत्व दिखा चुकने के बाद अगर थोड़ा सा भी डण्डा फटकार कर दिखायेगा तो उसी पर भौंकना आरम्भ कर देंगी। ऐसी स्थिति को समझते हुए, अब तो ऐसा स्पष्ट दीखता है कि सोनाम अब लौट कर फिर मेरे घर नहीं ही आयेगी शायद। मुझे निपट अकेला छोड़ कर वह स्वयं मुझसे अलग बहुत दूर छिटक गयी है। मेरे हृदय पर लात मार कर, उसे कुचल कर, एड़ी तले रौंद-रौंद, मसल-मसल कर, मेरे माया-ममत्व को, मेरे अपरम्पार प्यार को तुच्छ बना कर, अपमानित और उपेक्षित कर, समाज में प्राप्त मेरे मान-सम्मान को मिट्टी में मिला कर, मेरे पुरुषत्व को

सर्वथा हीन-मलीन बना कर वह दूसरे पुरुष के पास चली गयी है।”

इन बातों को सोचने के साथ ही लबजाँग ने अनुभव किया कि उसके हृतपिण्ड का कोई एक कोना बड़ी ही तीखी वेदना से तिलमिला उठा है। उसके तुरन्त ही बाद उसे फिर ऐसा अनुभव हुआ कि उसके हृदय के किसी एक भाग से कोई एक बहुत भारी चीज उठते-उठते, ऊपर आ कर उसके गले में आ फँसी है। लगा जैसे उस चीज़ ने पूरी गर्दन ही दबोच ली है और उसकी ये दोनों आँखें शाकसाम पर्वत पर की झील की तरह कोनों-कोनों से पानी में ऊभ-चुभ डूबी हुई चिपचिपी हो गयी हैं।

“मैं बहुत ही अकेला हूँ। सचमुच ही पूरी तरह से मैं निपट अकेला हूँ। पूरी दुनिया में जिसका कहीं कोई अपना कहने भर को भी नहीं है, ऐसा अनाथ, ऐसा असहाय, ऐसा नितान्त अकेला हूँ मैं। मेरे पास जो थी, मेरी अपनी जो थी, मुझे संग देने वाली जो थी, जिसे मैं अपना समझता आ रहा था, जिसे अपने इस समूचे जीवन काल की संगिनी आजीवन सहारा प्रदान करने वाली सखी समझता था, वही सोनाम मुझे छोड़ कर मुझसे बहुत दूर छिटक गयी। बस इतना ही कहाँ? इससे भी बड़ी पीर भी तो वह दे गयी। उसने मेरे बेटे-बेटी दोनों को ही मुझसे झटक लिया और उन्हें भी अपने साथ लिवा ले गयी। इस तरह मेरे जो अपने हो सकते थे, उन्हें भी अलग कर मुझे पूरी तरह से असहाय अकेला कर चली गयी। उसने मुझे समझने की, मेरे हृदय की आन्तरिक सच्ची भावनाओं को जानने-समझने की कोई कोशिश नहीं की। मुझे समझने की तनिक सी भी परवाह नहीं की।”

इन कुछेक बातों के मन में आते ही लबजाँग तकिये में मुँह घुसेड़ कर एक नन्हे बच्चे की तरह पुक्का फाड़ कर रोने लगा। अँधियारी रात के उस सन्नाटे भरे वातावरण वाले जन-मानुषहीन घर में किसी ने उसकी चीख-चिल्लाहट नहीं सुनी। उसे एक वाक्य, एक पंक्ति भर की सान्त्वना की वाणी सुनाने, प्यार के दो बोल बोलने, स्नेह ममत्व से ढाढस बँधाने के लिए लबजाँग के पास कोई नहीं आया।

लगभग पूरी-की-पूरी रात उसने बिना सोये, खुली-खुली आँखों में उजागर ही बिता दी। परिणामस्वरूप प्रातःकाल होते-होते उसे अपने शरीर में भारी दुर्बलता अनुभव हुई। सारा शरीर भारी-भारी लगने लगा। उसने अपने बिछौने से उठने की पुरजोर कोशिश की, परन्तु तभी ऐसा ज़ोर का चक्कर आया कि वह उठ ही नहीं पाया।

जान पड़ता है कि पूरी रात जो जगा-जगा रोता रहा था उसी के कारण ऐसा हुआ है। रोने से शरीर दुर्बल हो ही जाता है। देह में संचित आवश्यक शक्ति कम हो जाती है। पुरुष मनुष्य का रोना तो बड़ी लज्जा की बात है। छि, छि, छि। यह मैंने किया क्या? इतनी सी बात पर भला रोना चाहिए क्या? मुझसे रूठ करके,

मानवती नायिका की तरह, सोनाम दो-एक दिनों के लिए अपना क्रोध शान्त करने गयी है। कल-परसों तक जैसे ही उसका मान-अभिमान धीमा होगा, शान्त हो जायेगा, वह फिर मेरे पास लौट आयेगी।"—लबजाँग ने ऐसा सोच-सोच कर अपने मन को ढाढस बँधाया और इतनी ज़रा सी बात पर जो अब तक इतना दीन-दुर्बल हो उठा था उसके लिए अपने व्यक्तित्व की कमजोरी पर अपने को ही बहुत धिक्कारा।

बिछौने से उठने की फिर-फिर चेष्टायें कीं, किन्तु इस समय भी वह असमर्थ रह गया। इस बार उसे सचमुच ही चिन्ता हुई—अरे यह क्या हुआ? मुझमें इतनी भी शक्ति नहीं रही कि मैं अपनी शय्या पर भी बैठ पाऊँ? उसे अब प्रत्यक्ष अनुभव हुआ कि निश्चय ही उसे कोई भयानक बीमारी हो गयी है। सम्भवतः उसका जो ज्वर-बुखार उसे इतने दिनों से जकड़े हुए हुए था, वही सहने की सीमा से भी अधिक प्रखर हो गया है। फिर तो उसे घनघोर चिन्ता हुई कि, अगर मैं इसी तरह बिछौना पकड़े रहा, उठने की सामर्थ्य भी न रही, तो मेरी रखवाली में पलती चँवरी गायों, भेड़ों और याक बैलों के उस बड़े पशु झुण्ड का क्या होगा? उन्हें सुरक्षित कौन रखेगा? अब तो स्थिति ऐसी आ गयी है कि सोनाम और पेमा वांगछू चाहे मुझसे लाख बुरा माने हों, उन्हें ही अपनी इस असहाय दशा को बता कर उन्हें यहाँ बुलाने को सन्देश भेजना होगा। मैं जो लम्बे समय से बीमार रहता आ रहा हूँ, यह बात तो सोनाम जानती ही है। सन्देश पा कर स्वयं ही अनुभव कर लेगी कि मेरी बीमारी सहन-सीमा के बाहर हो गयी होगी। अतः सूचना पाते ही वह पेमा वांगछू को समझा-बुझा कर मेरे पास निश्चय ही भेज देगी। अपनी बीमारी की बात सोचते-सोचते लबजाँग को सोनाम की बीमारी की भी याद आ गयी। इस कारण उसकी चिन्ता और दुगुनी हो गयी।

लबजाँग की कुटिया की ओर से कोई आवाज़ न आने, वहाँ जगे हुए किसी व्यक्ति की किसी भी प्रकार की किसी हलचल का कोई अता-पता न चलने पर टिकरा ने अपनी कुटिया के द्वार पर खड़े हो कर ऊँचे स्वर में पुकारा—"मीता अरे ओ मेरे प्यारे मित्र! सुनते हो।" लबजाँग के कानों में पड़े मित्र के बोल सुनाई तो पड़े किन्तु अपना मुँह खोल कर उसका उत्तर देने भर की शक्ति उसमें नहीं थी। उसी पुकार के कुछ देर बात टिकरा और योनतान उसकी कुटी के भीतर आ गये। लबजाँग को अभी भी बिछौने पर पसरा हुआ देख कर टिकरा ने फिर ऊँची आवाज़ में पुकारा—"क्या हुआ प्यारे मित्र? अभी तक खाट पर क्यों पड़े हो। किसी रोग ने धर दबोचा है क्या?"

"किसी भीषण बीमारी से ग्रस्त हो जाने जैसा ही तो महसूस हो रहा है।" उसाँसें भर-भर कर बड़ी कठिनाई से लबजाँग ने उत्तर दिया।

"अरे तुम्हारी पूरी देह तो बहुत तप रही है। किस समय से ऐसी भीषण

बीमारी शुरू हुई?" अपने हाथों से उसके कपाल छुआते ही टिकरा अचकचा कर पूछ पड़ा।

तभी योनतान ने भी अपना हाथ बढ़ा कर लबजाँग के ललाट-गाल-गला वग़ैरह छुआ और वह भी घबराती हुई पूछ बैठी—"अरे बहानेबाजी छोड़ो। तुम्हारी सारी देह धधकती आग सी जल रही है, सचमुच ही यह बड़ी चिन्ता की बात है।"

"व्यापार करके जिस दिन लौट कर घर आ पहुँचा था, उसी साँझ के पहर से ज्वर आ चढ़ा था, तब से एक जैसा ही था, परन्तु कल सायंकाल से इसके एकाएक बहुत अधिक चढ़ जाने का अनुमान हुआ।" लबजाँग कराह-कराह कर बोला।

"कल रात में भोजन-छाजन किया था कि नहीं, भैया! मुझे तो ऐसा नहीं जान पड़ रहा। क्योंकि आपकी रसोई और चौका-ठौर वग़ैरह देखने से तो भोजन-नाश्ता कुछ भी बनाने का कोई चिह्न ही नहीं दिखायी दे रहा है।" रसोई के चूल्हे के पास जा कर चूल्हें में आग जलाने का प्रयत्न करती-करती योनतान ने वहीं से पूछा।

"शरीर को स्वस्थ न रहने से बहुत अनमना लग रहा था। भोजन करने की इच्छा ही नहीं हुई अतः सन्ध्या की शुरुआत में ही सो गया।"

"ऐसी स्थिति में मुझे क्यों नहीं सूचना दी? वैसे मुझे भी चाहिए था कि गोधूलि वेला में एक बार आ कर तुम्हारा हाल-चाल पता कर जाता। अफसोस कि अपनी ही व्यस्तताओं में मेरा इधर आना नहीं हो पाया। परन्तु जब तुम पहले से ही बीमार हो गये थे, तब चरागाह की इस छावनी पर आना ही नहीं चाहिए था। तुम घर पर ही रुके रह गये होते तो भी तुम्हारे बिना भी सब सुरक्षित रहता।" टिकरा ने कहा।

"मैं यहाँ नहीं आऊँ तो मेरी गायों-भेड़ों की रखवाली कौन करेगा भला?"

"और कोई क्यों करे भी? तुम्हारे साथ जिसने खोर-देपका कर रखा है उस पेमा वांगछू को ही सभी कुछ की देखभाल करनी चाहिए थी। परन्तु वह भी तो खूब है।—"घर पर रहने की उसकी बारी आ गयी है।"—ऐसा बतला कर वह घर चला गया। मैंने बहुत समझाया कि जब तक यहाँ की देखभाल लबजाँग आ कर सँभाल न ले तब तक तुम यहीं रुके रहो। मगर वह रुका नहीं। घर जा कर भी वह ऐसी हरकत करेगी, इसका तो मैं अनुमान भी नहीं कर पाया था। अब चलो मैं तुम्हें घर तक छोड़ आऊँ। तुम्हारे घर पहुँच जाने पर भी अगर पेमा यहाँ नहीं आता है, तो तुम्हारे पशुओं की देखभाल मैं ही कर दिया करूँगा।"

"नहीं भाई नहीं। मैं हरगिज़ घर नहीं जाऊँगा। मैं यही अपनी छावनी पर ही रहूँगा। अब उस घर पर जाने से लाभ ही क्या है? उस घर पर तो मेरा कहने को भी अब कोई नहीं है। ऐसी रुग्ण दशा में वहाँ मेरी सेवा-शुश्रूषा करेगा कौन?

यहाँ पर मेरी देखभाल करने के लिए तो योनतान जैसी मेरी छोटी बहन और तुम तो हो। तुम चिन्ता मत करो। दो-एक दिन में ही मैं स्वस्थ हो जाऊँगा।"

दोनों मित्र अभी बात ही कर रहे थे, कि इसी बीच योनतान ने आग जला कर पानी गरम कर लिया था। उसने उस गरम पानी को ला कर लबजाँग को पिलाया। फिर दौड़ी-दौड़ी अपनी कुटिया पर गयी। वहाँ से अपने घर में सुरक्षित दूध को एक लोटे में भर लायी। धीरे-धीरे करके वह दूध लबजाँग को पिलाया। चूँकि अब टिकरा की जिम्मेदारी और बढ़ गयी थी अतः उसने लबजाँग की देखभाल का जिम्मा योनतान को देते हुए उसे वहीं रुके रहने का निर्देश दे स्वयं पशु-झुण्डों की देखभाल करने वहाँ से दूर चला गया। पशुओं की खटाल पर पहुँच कर उसने अपनी गायों के अलावे लबजाँग की भी दुधरू गायों के दूध दुह दिये। फिर गायों, याक बैलों, भेड़-भेड़ों को चरागाह में चरने छोड़ कर वह पुनः लबजाँग के पास आ पहुँचा। लबजाँग की गायों के दूध को गरम करने के लिए योनतान के हाथ में सौंप चुकने के बाद लबजाँग को सम्बोधित करते हुए टिकरा ने कहा—"भाई! तुम्हारी एक बछिया फिर खो गयी है।"

"सो कैसे? उसे भी बाघ उठा ले गया क्या?"

"सवेरे-सवेरे की वेला में उस दुष्ट का नाम न लो। तुम्हारी प्यार गैया दिन जानमू अपनी उस खोयी हुई बछिया को चिंघाड़ मार-मार कर रोती हुई ढूँढ़ रही है। उस दुखियारी बेचारी की ऐसी करुण दशा देख मेरी आँखों से आँसू बह चले।"

"अब इसके लिए तुम अपने आपको तनिक भी दुखी मत करो मित्र। गयी, सो गयी। जाने दे। छोड़ इसके लिए शोक करना। सभी इसी प्रकार इस बाघ के मुँह में समा कर समाप्त हो जायें, तो मैं तो बहुत प्रसन्नता अनुभव करूँगा। हमारे लिये तो यह अत्यन्त उपकार का काम होगा। मुझे भारी सहूलियत मिलेगी।"—क्रोध के आवेश और दूसरी ओर कुछ भी न कर पाने की लाचारगी से उत्पन्न निराशा के भाव में उलझा लबजाँग कराहता-कराहता कह पड़ा।

"सुनो प्यारे मित्र! तुम जिसे अपनी छोटी बहन मानते हो, वह मेरी पत्नी योनतान थोड़ी-थोड़ी देर पर तुम्हारे पास आ कर तुम्हारी देखभाल कर जाया करेगी। अगर तुम्हारा रोग नहीं छूटता है, तो फिर तुम गोधूलि वेला के बाद अगर हमारी कुटिया में चल कर हमारे साथ रहो तो अधिक अच्छा रहे। अभी तो मैं केजाँग की छावनी पर हो कर आता हूँ। उसे आज गाँव का एक चक्कर लगा आने के लिए घर जाना है। जब वह गाँव जा ही रहा है तो उसी से सन्देश भिजवा रहा हूँ कि तुम्हारी बीमारी की दशा देखते हुए पेमा यहाँ तुरन्त आ जाये।"

सन्ध्या शाम सूरज ढलने-ढलने की वेला में ही केजाँग गाँव-घर का चक्कर मार कर चरागाही छावनी पर लौट आया। अपनी कुटिया पर न जा कर वह सीधे-सीधे लबजाँग की झोंपड़ी पर आ ही पहुँचा। लबजाँग की दशा देख पूछ पड़ा—"सम्भवत आप गम्भीर रूप से बीमार हैं। फिलहाल कैसा अनुभव कर रहे हैं?"

"पहले की अपेक्षा बीमारी अब कुछ हल्की होती सी लग रही है।"

"आज तड़के प्रातःकाल में ही टिकरा ने मेरे यहाँ जा कर समाचार दिया था। उसके बाद मैं दौड़ा-दौड़ा गाँव गया। जाते ही छवाङ् को सारा हाल कह सुनाया।"

"छवाङ् से न कह कर मेरे बारे में सोनाम को ही सीधे-सीधे बतलाने की आवश्यकता थी। वह मेरी स्थिति को ठीक से जान पाती तो वही ज़ोर दे कर पेमा को यहाँ भेज सकी होती। आपको उसी से कहना चाहिए था।"

"मैंने भी तुम्हारी धर्मपत्नी से ही कहने के लिए उसी से मिलने के लिए पूछताछ की। परन्तु मुझे बतलाया गया कि वह तो गाँव में है ही नहीं। पेमा और तुम्हारी वह पत्नी, दोनों ही पेमा के चरागाह की छावनी पर रहने के लिए घर से विदा हो चले गये हैं। पता चला कि मेरे गाँव पहुँच पाने के पहले ही, आज के प्रातःकाल के आरम्भ होते ही वे चरागाह पर जाने के लिए जा चुके थे। और फिर...।"—कोई एक और बात जो केजाँग बतलाने जा रहा था, अचानक ही उसे न कह बीच में ही अचक कर रह गया।

"और क्या बात है? पूरी बतलाओ न।" केजाँग को अचानक अटकते देख लबजाँग हड़बड़ा कर पूछ पड़ा।

"पेमा के वृद्ध पिताजी और वृद्धा माँ, दोनों ने मुझसे, बड़ी दृढ़तापूर्वक कहा कि उनकी सोनाम बहू अब और तुम्हारे घर नहीं जायेगी। उसने तुम्हें छोड़ दिया है। तुम्हारे साथ विवाह-विच्छेद कर दिया है। अब से वह एक अकेले पेमा वांगछू की पत्नी है। यहाँ तक कि तुम्हारे साथ खोर-देपका कर, तुम्हें दूसरे नम्बर के पति के रूप में रखने को भी वे राज़ी नहीं हैं।" बतलाये, कि न बतलाये की दुविधा में अटकता-अटकता भी अन्ततः केजाँग पूरी बात बतला ही गया।

"ऐसी बात है क्या? उसी प्रकार का निर्णय कर लिया गया है क्या?" एक हरी उसाँस फेंकते हुए लबजाँग ने पूछा।

"मैंने तो पहले ही तुम्हें मना किया था कि पेमा जैसे लफंगे आदमी को खोर-देपका कर अपने घर मत बुलाओ। अपने इतने करीब न सटाओ। मेरी बात तुमने नहीं मानी। अब देखो कि उसका परिणाम क्या हो गया। तुमसे तुम्हारी विवाहिता पत्नी उसने छीन लिया। तुम्हारे अपने बेटे-बेटी तक को भी तुमसे अलग करके तुम्हारे पूरे परिवार का सर्वनाश कर, स्वयं बड़ी मस्ती से चला गया।" लबजाँग को खरी-खोटी सुनाने की ताक में केजाँग तो बहुत दिनों से था। अब

जो मौका मिला तो लबजाँग के प्रति उसके मन में जो बैर भाव जड़ जमाये हुए था उसे बाहर करते हुए उसने मन की भड़ास निकाली।

"अब मुझे माफ भी करो भाई। निश्चय ही मैं गलती पर था। तुम लोगों की बातें ही सही थीं। मैं तो अपनी पत्नी के प्रेम में अन्धा हो गया था। इसी से तुम लोगों की नेक सलाह नहीं सुन पाया। तुम्हारा परामर्श न मान कर मैंने भयानक गलती की। मेरी मति जो इस मारी गयी, तो मुझे तो लगता है कि मैंने पिछले जन्म में कोई भयानक पाप किया था उसी के फलस्वरूप मेरी सोच डगमगा गयी।" पश्चाताप के मारे लबजाँग का मन अन्दर की आग से सुलगने लगा।

उस दिन टिकरा और योनतान को विश्राम करने की फुरसत दे कर केजाँग स्वयं लबजाँग की सेवा-शुश्रुषा करने के लिए उसी की झोंपड़ी में रह गया। केजाँग और लबजाँग दोनों के लिए, उपयोगी भोजन पका कर खिला-पिला कर योनतान अपने पति टिकरा के साथ अपनी छावनी में चली गयी। उसके दूसरे दिन से लबजाँग का शरीर रोग से छुटकारा पाने की ओर बढ़ा। उसे ज्वर-बुखार उतरता हुआ सा लगा। समय निकाल कर योनतान फिर वहाँ आयी। फिर तो जब तक लबजाँग पूरी तरह स्वस्थ नहीं हो गया, तब तक योनतान वहीं रुकी रही। पूर्ण स्वास्थ्य.लाभ कर जब लबजाँग ने अपने पशुओं की भी देखभाल करनी शुरू की, वह तभी वहाँ से गयी।

रोग मुक्त होने के बाद लबजाँग ने अपनी गायों, भेड़ों वग़ैरह की साज-सँभाल फिर से आरम्भ कर दी। परन्तु चरागाह में पशुओं को चराते-चराते ओर फिर रात की वेला में सोने के लिए खाट पर लेटते समय जब वह निपट अकेला होता, लबजाँग का मन लगातार गहरी चिन्ता में डूबा रहता। वह अपने को उदास, बेबस-लाचार-असहाय महसूस करता। यद्यपि वह अपने मन को हर सम्भव उपाय से वश में रखने की कोशिश करता, किन्तु उसके न चाहते हुए भी बगल वाले निंसाला पहाड़ पर स्थित पेमा और उसके भाई बन्धुओं का जो चरागाह था, जहाँ उनकी छावनियाँ छाय हुई थीं उन छावनियों की ओर उसकी दृष्टि चली जाती।

दक्षिण दिशा की ओर मुँह किये है निंसाला पहाड़। जहाँ छवाङ् इत्यादि धनी-मानी लोगों की छावनियाँ स्थित हैं। लबजाँग वग़ैरह की छावनी साकछाम पहाड़ पर है जो उत्तर की ओर मुख किये है। परिणामस्वरूप सूर्य की किरणों का प्रकाश और गर्मी इधर अच्छी तरह नहीं मिल पाती। दोनों पहाड़ परस्पर आमने-सामने स्थित है। अतएव दूर से ही उन पर स्थित छावनियों के छान-छप्परों वाली कुटीनुमा घरों को देखा और अनुमान लगाया जा सकता है। उन घरों में जलायी गयी आग से ऊपर उठता धुआँ, बाहर चर रहे याक बैलों, भेड़ों अथवा गायों आदि पशुओं के शरीर के अंगों आदि का धुँधला-धुँधला सा अनुमान लगाया जा सकता है परन्तु मनुष्यों के शरीर के अंगों का अनुमान नहीं लगा सकते। पेमा वग़ैरह की छावनी

आँखों के सामने झिलमिलाती रहने के कारण और उसी छावनी के एक घर में सोनाम तथा उसके अपने बेटे और बेटी के उपस्थित रहने का समाचार पाने के कारण लबजाँग की आँखें बराबर उसी ओर घूम-घूम जाने लगीं। पत्नी सोनाम और बेटे-बेटी को देख पाने, उन्हें अपने पास लिवा ले आने के मन करने लगता। प्रत्येक दिन तड़के प्रातःकाल वेला में उठते ही उसकी दृष्टि पेमा वांगछू वग़ैरह की कुटी से निकल कर ऊपर उठते धुएँ की ओर बरबस ही खिंची चली जाती। उसके अपने मन के चित्र-पट पर रह-रह कर चमक उठने लगे भिन्न-भिन्न दृश्य जैसे कि अभी सूर्य के उगने की सूचना भी भोर का तारा नहीं दे पाया है कि तभी सोनाम जाग पड़ी है। जग कर चूल्हा जला पानी गर्म करने, परिवार के लिए भोजनादि पकाने के काम में लग गयी है। उसके बिलकुल पास में रिनचिन पीठ पर अपने छोटे भाई टासी को कपड़े के फेंटे में बाँधे-बाँधे इधर-उधर घूम कर गर्माहट ले रही है। साँझ की वेला जब उनके घर की बाँस-फट्टों से बने बेढ़े की झाँझरों से छिटक कर आते हुए प्रकाश को देख कर उसकी आँखों के सामने वह सहज-स्वभाविक चित्र चमक उठता है, जिसमें रात की वेला में भोजन-छाजन कर चुकने के बाद रिनचिन और टासी अपनी-अपनी रजाइयों के नीचे सो चुके हैं, उधर दूसरी ओर एक अन्य सुख शय्या पर साज-पोशाक पूरी तरह उतार फेंक सोनाम पेमा वांगछू के साथ लोट-पोट हो कभी ऊपर-कभी नीचे हो लेटती-लेटती नाना मुद्राओं में किलोलें कर रही है। इस प्रकार के काल्पनिक दृश्यों के उसके मन के चित्र-पट पर झलक-झलक उठते ही उसके अकेलेपन का उसका भाव अन्तिम ऊँचाई पर चढ़ जाता है। फिर तो भविष्य में भी इसमें कुछ भी सुधार-परिष्कार न होने की निराशा उसे पूरी तरह जकड़ लेती है। मन के किसी कोने में कहीं कोई आशा बची रही होती है, तो वह भी समाप्त हो जाती है, फलतः हर तरह से हारा-थका-बेजान सा हो जाता है।

आगे आने वाले दिन क्रमशः जैसे-जैसे बीतते गये लबजाँग के मन की बद्ध मूल धारणाओं में वैसे-वैसे ही बदलाव आते चले गये—"सोनाम अब फिर कभी लौट कर उसकी घर-गृहस्थी में नहीं आयेगी।"—यह धारणा जब पूरी पक्की हो गयी, तब लबजाँग गाँव में स्थित अपने घर को एक बार ठीक ठाक करने के लिए निकल पड़े। मुख्य द्वार पर जो बन्द किवाड़ों पर ताला जड़ा हुआ था, उसे खोल कर जब वह घर के भीतर पहुँचा तो स्पष्ट अनुभव किया कि पिछले बहुत समय से इस घर में किसी भी व्यक्ति के पाँव नहीं पड़े। घर की प्रत्येक वस्तु को यथास्थन पूर्ण सुरक्षित ढंग से रखा-रखाया पाया। उसने स्पष्ट अनुभव किया कि इस घर को छोड़ कर जाने के पहले सोनाम ने इसमें रखे हर एक सामान को ठीक-ठिकाने से रखा होगा और वे उसी तरह सुरक्षित बने रहें, इस बात का ध्यान रखते हुए उनकी वैसी सुव्यवस्था करके वह घर छोड़ कर गयी होगी। छावनी पर

जाने के दो-एक दिन पहले ही वह अपनी व्यापारिक-यात्रा के बाद जो दीराङ् गाँव से घर के लिए खाद्यान्नों का बोरा भर-भर लाया था, वह पूरा-का-पूरा बोरा वैसे ही अन्न से भर सुरक्षित पड़ा है। उसमें से एक मुट्ठी अन्न भी वह अपने साथ नहीं ले गयी है। पहाड़ी और लतहटी की उतनी विकट राहों से, उतनी दूर के उस गाँव से यह सारा खाद्यान्न वह सोनाम, रिनचिन और टासी के लिए ही तो ले आया था। परन्तु वे तो इसमें का एक दाना भी नहीं ले गये। हाँ, उस बोरे के एक कोने को चूहे ने काट कर उसमें रखा अन्न नष्ट करने का जुगाड़ अवश्य कर लिया है। उसका बहुत सारा हिस्सा चूहा चट भी कर गया है। अनाज के उस बोरे को देखते-देखते लबजाँग का मन फिर शोक-सन्ताप से भर उठा। उसकी आँखों के सामने भूखी-विकल रिनचिन और सोनाम का मुरझाया मुखड़ा स्पष्ट हो उठा। घर में जब अन्न का दाना नहीं था, तब कैसे बिताये थे उन्होंने वे संकटपूर्ण दिन इस घर में। फिर उसकी सोच दूसरी ओर मुड़ीं। अब पेमा वांगछू के घर में सोनाम और रिनचिन क्या कुछ खा-पी रही हैं? पेमा वांगछू के घर पर निश्चय ही अनाज की ठेकें (गोदाम) भरे हैं। पेमा वांगछू धनी सम्पन्न परिवार का है, इसे ही जान-समझ कर तो सोनाम उसके यहाँ चली गयी। अपने इस सम्पूर्ण जीवन में जिस एक मात्र स्त्री से मन-प्राण से प्यार किया, वह भी अगर उसके हृदय पर लात मार कर, लाठी से कोंच कर उसका हृदय टूट-टूक कर विदीर्ण कर दे सकती है, तो फिर ऐसी और कौन-सी स्त्री है जिस पर विश्वास किया जा सके? लबजाँग के मन में एकाएक सोनाम सहित समूची स्त्री जाति के प्रति घृणा हो गयी। अतएव लबजाँग ने मन-ही-मन दृढ़ निर्णय लिया कि अब वह किसी भी स्त्री को अपने इस घर में प्रवेश करने नहीं देगा। हाँ रिनचिन अपनी बेटी है। यह घर उसका है, अतः वह निश्चय ही आ सकेगी। अतः थोड़ा और समय बीत जाने, उनके कुछ और बड़े हो जाने के बाद रिनचिन और उसके छोटे भाई टासी को वह सोनाम के यहाँ को लिवा ले आयेगा। ये दोनों ही बच्चे उसके अपने हैं, अतः वह उन्हें पेमा वांगछू के घर हरगिज नहीं छोड़े दे सकता। हाँ, मेरा यह अपना घर अब आज से सोनाम के लिए पूरी तरह से बन्द है। इसमें उसका प्रवेश सदा-सर्वदा के लिए निषिद्ध रहेगा।

लबजाँग ने दूसरा महत्वपूर्ण निर्णय लिया कि अब वह दुबारा अपना कोई विवाह नहीं करेगा। अब तो जब उसका बेटा टासी बड़ा होगा, तब उसका विवाह होने के बाद ही उसकी धर्म पत्नी के रूप में, लबजाँग की पुत्र वधू के रूप में कोई स्त्री पहली-पहली बार इस घर में कदम रख सकेगी। उसके पहले किसी भी स्त्री के लिए इस घर में प्रवेश वर्जित रहेगा।

लबजाँग ने अपनी देह पर जो कुर्ता पहन रखा था, वह पुराना तो पड़ ही चुका था, अब कई जगह से फट-फुट भी गया था, अतः घर की पिटारी (बक्सा)

खोल कर कोई दूसरा कुर्ता निकाल कर पहनने की इच्छा से उसने पिटारी खोल कर, एक-एक कपड़ा उलट-पुलट कर देखा, किन्तु अपने योग्य कोई कुर्ता उसे कहीं दिखायी नहीं पड़ा। अपने शरीर के ऊपरी भाग पर पहनने लायक सिला-सिलाया कोई भी कपड़ा न मिलने पर लबजाँग को पहले तो बड़ी ज़ोरों की खिसियाहट हुई, किन्तु उसके दूसरे क्षण इसी बात से उसे बड़ी राहत भी महसूस हुई। क्योंकि उसने सोच-विचार कर पाया कि यह तो बहुत ही अच्छी बात हुई। जिससे कि उसे अब सोनाम के द्वारा काते सूत से, उसके द्वारा हथकरघे पर बुने वस्त्र से उसके द्वारा सिले हुए ऊपरी वस्त्र, कुर्ता-कमीज़ वग़ैरह पहनने की बाध्यता नहीं रही। अपने इस अंचल में तो घर की स्त्रियों द्वारा कते-बुने-सिले वस्त्रों के ही पहनने का प्रचलन है अतः अब तक तो सोनाम के हाथों के वस्त्र ही पहनता आया है परन्तु अब क्यों पहने सोनाम के हाथ की बनी कोई चीज? सोनाम ही जब अपनी नहीं रही तो उसके द्वारा बनाये वस्त्रों को क्यों वह पहने-ओढ़े फिरे। चलो अब उसके हाथों की निशानी मेरे शरीर पर नहीं रहेगी। यह अच्छा ही हुआ। सोचा तो उसने ठीक ऐसा ही, किन्तु ठीक ऐसा ही सोचते हुए ही उसकी दोनों आँखों से आँसुओं की धारायें बह चलीं। चूँकि इस घर में अब उसका जीवन पूर्णतः एकाकी हो गया है, अतएव गाँव के इस घर में अब उसका रह पाना सम्भव नहीं होगा। अब उसे तो पूरी तरह अपनी ही जिम्मेदारी पर अपने पशुओं की देखभाल करनी होगी। अतः अब उसे चरागाह की छावनी पर ही बराबर रहना पड़ेगा। फलतः छावनी पर निवास करने के लिए जिन-जिन वस्तुओं की आवश्यकता होगी, घर पर पड़ी उन सारी वस्तुओं को इकट्ठा कर उनके बड़े-बड़े पोटले बाँध कर तैयार किये। फिर उन्हें ढोकर ले जाने के लिए आवश्यक कुछ घोड़े ले आया। पोटली-पोटलों को घोड़ों पर लाद कर अपनी छावनी के लिए प्रस्थान कर गया।

उस दिन साकसेंगवासियों ने देखा लबजाँग के घर के द्वार में एक बहुत बड़ा ताला लटका हुआ है।

पन्द्रह

सोनाम अनेकानेक प्रकार से, अनगिनत बार सोच-सोच कर हार गयी किन्तु वह जान नहीं पायी कि पेमा वांगछू की बोली में वह कौन सी महामोहिनी शक्ति छिपी हुई है, जिससे सुधि-बुधि खो कर उसी के वशीभूत हो, वह बार-बार अपने जीवन में एक-पर-एक गलतियाँ करती हुई, गलत रास्ते पर कदम रखने को विवश होती जाती है। जिस दिन वह अप्रिय घटना घटी थी, उसके ठीक दूसरे दिन के भिनसारे ही वह उसे तो भूल ही गयी थी उसके ऊपर भी अपने घर-परिवार के लिए हितकारी निर्णय लेते हुए उसने स्वयं ही लबजाँग से कहा था—"पेमा वांगछू के साथ सदा के लिए सम्बन्ध खत्म कर देने के लिये।" उसी के प्रस्ताव पर लबजाँग सहमत हुआ था। दोनों ही जब एक निर्णय पर सुदृढ़ हो चुके थे, तब स्वयं उसी ने उस निर्णय का निरादर कर, उसकी कोई परवाह न कर, अपने ही प्रस्ताव को लात मार दिया और पेमा वांगछू की बातों से बहक कर उसी की इच्छा के अनुरूप अपना घर त्याग कर उसके घर चली आयी।

पेमा के घर आने पर, यहाँ उसके दिन काफी अच्छी तरह ही बीते। "उसने लबजाँग के हाथों मार खायी है।" यह सुन कर पेमा के घर-परिवार के सभी लोगों ने उसके प्रति सहानुभूति दिखलायी। ऐसी हार्दिक सहानुभूति कि उसे देख सोनाम का हृदय उनके प्रति अतिशय आभारी हो गया। माया-ममता भरी उनकी वाणी ने उसके हृदय को पिघला दिया। इस घर के लोगों ने उसके हृदय में ऐसा आदरपूर्ण स्थान पा लिया कि उस दिन की साँझ की वेला होने पर जब रिनचिन ने अपने घर अर्थात अपने पिता लबजाँग के घर लौट जाने की ज़िद ठानी तो सोनाम ने उसकी जम कर पिटाई कर दी, कि क्यों वह ऐसे भले लोगों का घर छोड़ लौट जाना चाहती है? माँ द्वारा निष्ठुरता से मारने पर रिनचिन बिना खाये-पिये रोते-रोते भूखे पेट सो गयी। उस घर के सभी सदस्य जब सो गये, तब भी सोनाम जगी रही। उसकी आँखों की नींद हरन हो गयी। उसके मन में नाहक ही एक भले आदमी के प्रति अन्याय-अपराध कर बैठने का एक अपराध-बोध जगता रहा, जो उसके हृदय को नोचता-कचोटता हुआ चबाता-मथता रहा। सोचते-सोचते अन्ततः

उसने निर्णय लिया कि सवेरा होते ही वह अपने बच्चों को साथ ले अपने घर लौट जायेगी। परन्तु दूसरे दिन तो पेमा के घर पर पूजा-पार्वण का संस्कार हो रहा था, फलतः वह भी पूरे दिन भर उनके साथ नाना प्रकार के काम-काज करती-करती उलझी रही। फलतः उस दिन लौट नहीं सकी। उस रात को सोने जाने पर फिर पेमा का संग-साथ जो मिला तो सोनाम को अेले में पा कर पेमा ने उसके मन में फिर विष डाल दिया—मैं समझ रहा हूँ कि तुम फिर उसी घर लौट जाना चाह रही हो। परन्तु अपने उस प्यारे लबजाँग के घर तुम अब भी किस विशेष कारण से लौटना चाहती हो, यह मैं समझ नहीं पा रहा। उसके झूठे प्रेम में तो तू अपनी बुद्धि ही गँवा बैठी हो। अगर वह सचमुच ही तुमसे प्रेम करता तो तुम्हें यूँ मार-धाड़ कर भी योनतान के साथ प्रेम में पागल उसी के साथ केलि-क्रीड़ा में बुरी तरह से निमग्न होता? उनके बीच जो भीतर-भीतर ही अवैध सम्बन्ध न चलता होता तो उस दिन जो लबजाँग छावनी पर गया, तो उसकी सूचना पाते ही योनतान भी उसी की छावनी के पास स्थित अपनी छावनी में रहने को दूसरे ही दिन चली गयी होती भला? पता कर लो न कि वह नहीं चली गयी है न? अगर मेरी बातों पर विश्वास नहीं करना चाहती हो, तो स्वयं ही उसके घर का चक्कर लगा आओ न?"

पेमा ने जिस तरह का सुझाव दिया था, उसी के अनुसार किसी काम का बहना बना कर सोनाम योनतान के घर का चक्कर लगा आयी। वहाँ पहुँच कर जो पूछताछ की तो उसे पता चला कि योनतान सचमुच ही चरागाही छावनी को चली गयी है, वहीं रहने के लिये। ऐसा समाचार जान कर तो उसे पूरा विश्वास हो गया कि लबजाँग उसे अँधेरे में रख, उसके साथ छल करके, भीतर-ही-भीतर योनतान के साथ अपना प्रेम-सम्बन्ध बनाये हुए हैं। उसने निश्चय किया कि इस विषय को ले कर वह एक दिन योनतान से आमना-सामना कर इसकी असलियत जानने के लिए तर्क-वितर्क करेगी। फिर लबजाँग से भी मिलेगी। उससे भी गहन पूछताछ कर इसके असली मर्म को बतलाने को उसे बाध्य करेगी। यदि लबजाँग को योनतान सचमुच ही प्रिय होगी,—यह बात प्रमाणित हो जायेगी, तो फिर वह योनतान के लिए लबजाँग को त्याग देगी। ले जाये योनतान ही उसे अपना बनाने। लबजाँग जो मेरा अपना है उसे अगर योनतान प्रिय है तो, अपने लबजाँग को वह इसलिये छोड़ देगी कि वह जिसे चाहता है, वह उसे मिल जाये। लबजाँग ने मुझ पर जो तमाम सारे उपकार किये हैं, उन उपकारों के प्रतिदान के रूप में लबजाँग पर जो अपना अधिकार हटा लेगी, ताकि वह अपनी चहेती के साथ खुल कर रह सके। उस दशा में वह पूरे जीवन भर के लिए लबजाँग को खो बैठेगी।

"लबजाँग को खो देना पड़ेगा।" जैसी आशंका मन में उठते-उठते ही सोनाम के अन्तरतम में एक अनबूझ, अनजानी-अनपहचानी वेदना इतनी तेजी से उभरी

कि उसकी पीड़ा से उसके हृदय हाहाकार करने लगा। कलेजा मुँह को आ गया। छूटे हुए लबजाँग के कल्पित दृश्य के साथ एक और मर्म भेदी दृश्य उभरा। अपने पिता के प्रेम और पितृ-छाया से वंचित रिनचिन बिटिया और मासूम टासी की टूअर-अनाथ, असहाय अवस्था का दृश्य उसकी आँखों के आगे कौंध गया। फिर तो उस अनाथ-असहाय दृश्य के साथ उसकी अपनी शक्ल-सूरत भी जा मिली, जिससे वह भी उतनी ही बेबस-बेचारी, अनाथ-असहाय सी महा दीन-हीन दिखायी पड़ी।

सोनाम को चिन्तित और उदास अवस्था में पड़ा देख पेमा ने उसके सामने प्रस्ताव रखा—तुमने हमारे चरागाह पर स्थित हमारी छावनी तो नहीं देखी है न? चलो! हम कुछ दिन वहीं चल कर रहें। मेरी छावनी लबजाँग की छावनी जैसी नहीं है, जहाँ स्त्रियों का रहना, रात बिताना, पुरुषों के संग साथ रहना गृह-देवता के कोप का भाजन होता है। हमारी छावनी में ऐसी कोई मनाही नहीं है। वहाँ पुरुष और स्त्री के मिलन में कोई बाधा-विपत्ति नहीं है। मेरे बड़े भाई और छोटे भाई वग़ैरह, यहाँ तक कि अगर हमारे परिवार में कोई जब नयी-नयी शादी रचाता है, तब अपनी पत्नी के साथ हमारी छावनी पर जा कर, जितने समय तक चाहता है; उतने समय तक जीवन के मदमस्त आनन्द का उपभोग कर सकता है। मेरी उस कुटी पर जा कर अगर कुछ दिन रहो, तो निश्चय ही तुम्हारी उदासी दूर हो जायेगी और मन प्रफुल्लित हो जायेगा।

पेमा वांगछू का प्रस्ताव सुन कर सोनाम को प्रसन्नता ही हुई। उसने सोचा—गाँव से हट कर कहीं दूर की जगह पर अगर कुछ दिन एकान्त में रहने का अवसर मिल जाये तो उसके व्याकुल-व्यथित-अशान्त मन में शान्ति आ जायेगी। इस समय उसके जीवन में पीड़ादायक द्वन्द्व चल रहा है, सम्भव है कि उसकी यन्त्रणा से भी वह छुटकारा पा जाये। जाने का निर्णय ले कर भी, पेमा की छावनी पर जाने के पहले सोनाम अपने पिता-माता के घर उनसे भेंट करने गयी। स्पष्ट पता लगा कि सोनाम जो लबजाँग का घर छोड़ कर अब पेमा वांगछू के घर आ कर रह रही हैं, इस समाचार से वे लोग अनजान नहीं है। उन्हें भी सभी कुछ का पता है। पति-पत्नी के बीच सहन-सीमा से अधिक की लड़ाई होने पर स्त्रियाँ अपने मायके लौट कर पति को अपने मान-अभिमान का जो अनुभव करा देती हैं, ऐसी घटनायें तो इस अंचल के गाँवों में प्रायः होती ही रहती हैं। इस घटना में थोड़ी सी विशिष्टता बस यही है कि सोनाम अपने माता-पिता के घर न जा कर अपने लहुरे पति के घर जा ठहरी है। परन्तु इसमें भला कौन सी बड़ी आपत्तिजनक बात है? यदि लबजाँग ने बिना किसी गलती के, अकारण ही सोनाम को मारा-पीटा तो फिर लबजाँग भी अपने किये का दुष्परिणाम भुगते न। उसे भी बुरा-आचरण न करने की शिक्षा मिले न। अतएव सोनाम के माता-पिता

ने इस प्रसंग को इस भेंट के दौरान उठाया ही नहीं। इस पर वे लोग पूरी तरह मौन ही रहे।

सोनाम ने ही अपनी तरफ से अनुनय-विनय करने के क्रम में उसका संकेत देते हुए कहा—"पिताजी! मैं अपने दूसरे पति पेमा के साथ उसकी चरागाही छावनी पर जा कर कुछ दिनों तक रह कर फिर शीघ्र ही लौट आऊँगी। मेरी इस अनुपस्थिति की अवधि में आप कृपा करके मेरे घर की देखभाल कर दिया करियेगा। अगर मेरे बड़े पतिदेव जी किसी भी प्रयोजन से आयें अथवा आपसे मिलने न आयें तो भी उनसे भेंट कर उनसे मेरा यह निवेदन सुना दीजिएगा कि मैं पेमा वांगछू की छावनी से बहुत जल्दी ही लौट आऊँगी। मेरी छोटी बहना, छिरिंग तुमसे भी कहती हूँ कि मैं न आ पायी होऊँ, ऐसे में मेरी अनुपस्थिति में भी अगर तुम्हारे बड़े जीजा जी अगर इस घर में पधारें तो उन्हें भोजन-छाजन पका कर प्रेम-पूर्वक खिलाना-पिलाना। अगर सम्भव हो पाये तो किसी व्यक्ति को मेरे यहाँ भेज कर सन्देशा पठा देना। सूचना पाते ही मैं तुरन्त चली आऊँगी। मेरे वे बड़े पति बेचारे बेहद बीमार थे। अपनी वैसी रोग से जर्जर देह होने पर भी वे महाकष्ट कर छावनी में रहने चले गये थे। वहाँ रहते हुए वे स्वस्थ हो पाये या नहीं? मैं कुछ नहीं जानती। उनके लिए मन बराबर चिन्तित रहता है।"

उत्तर में उसके वृद्ध पिता ङइरू बोल पड़े थे—"उसका रोग दूर हो गया है। अब वह पूरी तरह स्वस्थ हो गया है। ऐसी सूचना मुझे मिली है। उसके लिए तुम्हें चिन्ता करने की कोई आवश्यकता नहीं है। अगर कहीं मुझे तनिक भी अनुमान हो गया होता कि आगे चल कर वह तुम पर हाथ उठा सकता है, तो मैंने तुम्हारा विवाह उसके साथ किया ही नहीं होता।"

"ऐसा मत कहिये पिताजी। वे ऐसे स्वभाव के नहीं हैं। उस दिन जो कुछ भी हुआ, उसमें मेरा अपना भी दोष था। वे बेचारे तो बहुत लम्बे समय से घर-गृहस्थी की जर्जर दशा की चिन्ता, बाल-बच्चों की भूख से तड़पती दशा की चिन्ता, गायों, भेड़ों के लगातार बाघ के द्वारा मारते रहने की चिन्ता आदि से सूख कर काँटा हो गये थे। अपने आपको अत्यन्त दीन-दुर्बल मान असहाय से थे। व्यापार-यात्रा से लौटे तो उन्हें भीषण ज्वर ने भी दबोच लिया था। इन सबके ऊपर पेमा वांगछू जो ऊट-पटाँग काम कर गया था उन सबने उनमें क्रोध को भड़का दिया था। ऐसी दशा में जब उन दोनों में तर्क-वितर्क हो रहा था, तब मुझे किसी का भी पक्ष नहीं लेना चाहिए था, परन्तु मैंने पेमा का पक्ष लिया। जो मेरी गलती थी। पेमा की ओर से मुझे उनसे नहीं लड़ना चाहिए था। परन्तु मैंने यह गलत काम किया तो निश्चय ही मुझसे भारी-अपराध हो गया था।"

"उस वेला में जो हो गया सो हो गया।" सोनाम के पिता ने समझाया—"इतनी मामूली सी बात के लिए बहुत अधिक चिन्ता करने की आवश्यकता नहीं है। तुम

चिन्ता छोड़ कर कुछ दिनों तक पेमा की छावनी पर रह आओ। लबजाँग आयेगा, तब मैं सभी कुछ अच्छी तरह समझा दूँगा।"

पिताजी का आश्वासन सुन कर सोनाम को बड़ी प्रसन्नता हुई। माँ और बाप से विदा ले कर सोनाम जब घर से बाहर निकली तो छिरिंग दैमा अपनी इस बड़ी बहन के साथ-साथ हो ली। कुछ दूरी तक तो वह चुपचाप चलती रही, किन्तु घर से दूरी बढ़ते ही उसने बड़ी दीदी से सलाह देने के सुर में कहना शुरू किया—"सुनो दीदी! तुम अब छोटे जीजा जी के साथ उनकी छावनी पर रहने मत जाओ। उसके बदले तुम आज ही अपने घर वापस चली जाओ।"

"सो क्यों रे?"

—"अपना असली घर छोड़ कर अगर तुम छोटे जीजा जी के साथ अधिक दिनों तक घूमती-फिरती रहीं, तब बड़े जीजा का क्रोध सातवें आसमान पर चढ़ जायेगा। परिणाम ऐसा भी हो सकता है कि उनसे तुम्हारा सम्बन्ध सदा के लिए टूट जाये। मैं तुम्हें सचेत करती हूँ दीदी! कि बड़े जीजा जी को खो देने के बाद तुम चाहे लाख खोजो, उनके जैसा भले मानुष कहीं नहीं पा सकोगी। उन्हें गँवा कर बाद में तुम पूरे जीवन भर पछताओगी।"

"क्या अच्छा है और क्या बुरा इसे तुम क्या जानो। तुम तो स्वयं अबोध बच्ची हो। मुझे उपदेश देने की तुम्हें कोई आवश्यकता नहीं है। अगर अपने बड़े जीजाजी के प्रति तुम्हारे हृदय में इतनी ही अधिक सहानुभूति है, तो स्वयं ही उनके साथ क्यों नहीं जा रहती? उनका दर्द न सह पा रही तो उनकी सहधर्मिणी बन उनके साथ ही क्यों नहीं जा बैठती?" छिरिंग दैमा की बातें सुनते ही सोनाम क्रोध से आगबबूला हो फट पड़ी।

ऐसी अकल्पनीय फटकार खा कर छिरिंग दैमा फिर पलभर के लिए वहाँ नहीं ठहरी। तुरन्त ही वह चुपचाप अपने घर लौट गयी।

चूँकि सोनाम को लौट कर पेमा के घर पहुँचने में ही काफी देरी हो गयी थी, अतः उसकी छावनी पर जाने के पहले उसने जो अपने घर में जा कर सभी कुछ देखभाल आने की जो योजना बनायी थी, वह छोड़ देनी पड़ी।

सोनाम ने सोचा था कि पेमा वांगछू की छावनी पर रहने से उसके हृदय का शोक भाव कम हो जायेगा किन्तु वैसा हो नहीं पाया। दो भिन्न-भिन्न पहाड़ों पर स्थित होने के बावजूद लबजाँग और पेमा वांगछू की छावनियों के घर एक-दूसरे के आमने-सामने ही पड़ते हैं। चूँकि इस छावनी से देखने पर लबजाँग की दूर स्थित छावनी की कुटी आँखों के ठीक सामने बराबर झलकती रहती थी, अतः सोनाम के अनजाने ही उसकी दृष्टि अनायास ही लबजाँग की कुटी पर जा जा कर बँध जाया करने लगी। वह क्षण-प्रतिक्षण साकछाम पहाड़ पर स्थित उस छावनी की कुटिया को ऐसे देखने लगी कि उसका वर्णन कर पाना भी कठिन है।

उसके मन में बराबर यह भाव उठता रहता—उसी कुटी में लबजाँग है। अच्छा तो इस वेला में वह क्या कर रहा होगा? हाँ बहुत सम्भव है कि वह दूध से दही, माखन- पनीर, घी और मट्ठा वग़ैरह बना रहा है। अथवा फिर यह भी तो हो सकता है कि इस समय वह अपने लिये रसोई में भोजन पका रहा है। लगता है इस समय वह सो रहा है शायद। इस समय जान पड़ता है कि वह गायों-भेड़ों को चरा रहा है। वाह क्या बात है? ऐसा जान पड़ता है जैसे गायों-भेड़ों को चराते-चराते वह बाँसुरी बजा रहा है। बड़ी ही मधुर वंशी बजाना जानता है वह। सुनते ही मन मुग्ध हो जाता है। किन्तु अब तो बहुत अधिक समय बीत चुका है जब से उसकी बाँसुरी की तान वह नहीं सुन पायी है।

स्थिति ऐसी हो गयी कि दिन के प्रत्येक समय में लबजाँग जो-जो काम किया करता था, उन-उन कामों को करता हुआ ही उसका स्वरूप उन प्रत्येक क्षणों गें सोनाम अपनी कल्पना में देखने लगी। उसकी आँखों के सामने रह-रह कर स्पष्ट रूप से प्रगट हो तैरने लगे लबजाँग से सम्बन्धित नाना प्रकार के दृश्य कभी स्पष्ट होता लबजाँग का लम्बा-चौड़ा हृष्ट-पुष्ट शरीर, स्वस्थ-बलिष्ठ देह का एक-एक पुष्ट अंग तो कभी चलते समय उसके कदम रखने का रंग-ढंग उसके उठने और बैठने की भंगिमा, काम करने की उसकी शैली, विभिन्न समयों पर उसका हाथ-मुँह धोना, खाते-पीते समय की उसकी चेष्टायें। इस प्रकार उसके प्रत्येक हाव-भाव सोनाम की दृष्टि के सामने झिलमिलाते ही रहते। लगातार, हर एक समय लबजाँग की छवि एक जीवन्त रूप ले कर सोनाम की आँखों के सामने स्पष्टतः प्रगट हो प्रकाशित होती रहती। जब ऐसी दशा आ गयी कि सोनाम अपने आपको सँभाले रख सकने में असमर्थ हो गयी तब एक दिन विवश हो कर उसने पेमा वांगछू से कहा—"मैं अब अपने घर लौट जाने की सोच रही हूँ। तुम मुझे यहाँ से गाँव लिवा ले चलो।"

पेमा उसकी इच्छा से सहमत हो गया। उसे गाँव लिवा ले चलने के लिए उसने अपनी जगह छावनी पर रहने के लिए अपने बड़े भाई और भाभी जी को बुलावा भेज दिया। उसके ठीक दूसरे दिन ही सांगजा और उसकी पत्नी लोजम पेमा की छावनी पर आ पहुँचे। साकछाम पहाड़ पर स्थित लबजाँग और अपनी छावनी की कुटी की ओर टकटकी लगाये निहारती हुई, अस्त-व्यस्त दशा में बैठी सोनाम ने पीछे की ओर खड़ी हुई लोजम की उपस्थिति की जानकारी पा ली। उसे लगा कि उसके पीछे कोई स्त्री आ खडी हुई है। फिर भी वह उसके प्रति अन्यमनस्क हो पहले की तरह की उस कुटी की ओर ही निहारती रही। बहुत देर तक सोनाम के हाव-भाव का निरीक्षण करती रहने के बाद लोजम ने उसे सचेत करने के उद्देश्य से पुकारा—"क्यों री सोनाम! इस तरह होश-हवास खोयी सी क्यों है? मन में लबजाँग की याद बहुत उमड़ पड़ रही है क्या?"

"मेरे मन में उसकी याद क्यों आयेगी भला? अच्छा लोजम! ज़रा एक सच्ची-सच्ची बात तो बता; उसके सम्बन्ध में मैं प्रायः ही सुनती आ रही हूँ कि उसका और योनतान का आपस में बहुत गहरा रिश्ता सा बन गया है। दोनों के बीच इतने प्रगाढ़ सम्बन्ध होने की बात जो फैली हुई वह सच है क्या?" बहुत दिनों से सोनाम अपने मन में यह भावना रखे हुए थी कि इस बात की सच्चाई बतलाने के लिए वह इसके सम्बन्ध में किसी से पूछेगी ज़रूर। आज जो मौक़ा मिला तो वह एकाएक पूछ ही बैठी।

"अरे ओ! तू जिस ढंग से यह बात पूछ रही है, उससे तो लगता है कि तुम उनके सच्चे सम्बन्ध के बारे में कुछ भी नहीं जानतीं। जानेगी भी भला कैसे? गाँव के लोग भी तो उस बात को नहीं जानते, जो वह बात चर्चा में फैलती। फिर भी मैं समझती थी कि तुम उस तथ्य को निश्चय ही जानती होगी।"

लोजम का उत्तर जो सुना तो सोनाम को लगा कि कोई ऐसी बात ज़रूर है जिसकी जानकारी उसे होनी ही चाहिए थी, जबकि वह उसे बिलकुल ही नहीं जान पायी है। अपनी इस अज्ञानता पर उसे बड़ी शर्म महसूस हुई।

"मैंने सुना है कि लबजाँग जहाँ रहता है, योनतान प्रायः ही वहाँ जाती रहती है। दोनों के बीच कोई अवैध सम्पर्क तो नहीं...

सोनाम की बात को पूरी न होने दे कर लोजम बीच में ही बोल पड़ी। "जायेगी ही। उसे तो जाना ही चाहिए। अपने बड़े भाई के पास छोटी बहन नहीं जायेगी तो और कौन जायेगा? गाँव के जानकार सभी लोग जानते हैं कि योनतान लबजाँग की छोटी बहन है, उसके ही बाप की बेटी। हाँ सामाजिक दृष्टि से वह अवैध सम्बन्ध का परिणाम है अतः लोग उसे जारज या दोगली कहते हैं। लोसेर के महत्वपूर्ण त्योहार के अवसर पर लबजाँग के पिता ने योनतान की माँ के साथ जो मज़ाक-मज़ाक में मज़ा लूटने भर के लिए सम्बन्ध बनाया था, उसी के परिणामस्वरूप जन्मी थी जो कन्या, वही तो है यह योनतान। योनतान की माँ एक विवाहिता युवती थी। उसके भी अपने सगे दो पतिदेव थे। उनके संयोग से इस बीच वह तीन सन्तानों को जन्म दे चुकी थी। योतनान को जन्म दे चुकने के बाद भी उसने और भी सन्तान जन्मायी थीं। जिस तरह सावधान-से-सावधान चोर भी अपनी चोरी के निशान अवश्य छोड़ जाता है, उसी तरह अवैध सम्बन्ध बन कर, दूसरे की पत्नी के गर्भ में बीज डालने वाला अपनी कोई छाप छोड़े बिना ही किसी सन्तान को जन्म दे नहीं सकता। पैदा हुई सन्तान अपने उस मूल बाप के गुण-दोषादि के पूरे चिह्न लिये उत्पन्न होती है। वैसे लबजाँग के पिता ने अपने इस जारज सम्बन्ध को छिपाया नहीं। वे स्वयं ही इसका पूरा परिचय दे गये थे। उनका मन तो उन्हें अपने वंश-परिवार में लिवा ले जाने का पूरा था, किन्तु बस केवल लोक-लाज के डर से वे उन्हें लबजाँग के वंश में नहीं रख पाये थे। योनतान

भले ही लबजाँग के अपने घर-कुल खानदान में जा कर नहीं रह पायी किन्तु यह योनतान ही है कि जिसके कारण उसके दोनों पति टिकरा और उसके भाई हर समय पर लबजाँग और तुम्हारी हर सम्भव सहायता करते रहते हैं। समझ गयी न?"

लोजम की बातें सुनने के साथ ही सोनाम को एकाएक इस बात का ख़याल हो आया कि देखने-सुनने, शारीरिक गठन की भावभंगिमा का ऊपर-ऊपर से अवलोकन करने, चाल-चलन के रंग-ढंग आदि में लबजाँग के साथ योनतान का सचमुच ही अद्भुत मेल-मिलाप है। दोनों की प्रकृति एक जैसी साफ़ दिखती है। इस साधारण सी बात को इतने दिनों तक वह लक्ष्य ही नहीं कर पायी थी। बिना किसी कारण के ही वह जो लबजाँग जैसे भोले-भाले पति पर अविश्वास करती रही, अकारण ही उसके प्रति अन्यायपूर्ण आचरण कर गयी, इसे सोच कर हिचकियाँ भर-भर कर ज़ोर-ज़ोर से रोने लगी। अपने किये का शीघ्रातिशीघ्र सुधार-परिष्कार कर लेने के उद्देश्य से वह उस दिन की सन्ध्या वेला में ही गाँव में स्थित अपने घर के लिए रवाना हो गयी। साथ-साथ पीछा करते आ रहे पेमा वांगछू ने उसने अत्यन्त आक्रोश भरे स्वर में कहा—"तुमने मेरा जीवन ही नष्ट कर दिया। मैंने जो तुम्हें हृदय से इतना प्यार किया, लबजाँग ने भी जो तुम्हें सच्चे हृदय से निश्छल अपार प्यार किया, इसका प्रतिफल तुमने हम दोनों में दरार डाल कर, हमारे बीच झगड़ा लगा कर दिया। तुम्हारी घृणित प्रवृति को पूरी तरह जान चुकने के बाद अब मैं तुम्हारे साथ नहीं रह सकती। तुम अब मुझे और लबजाँग को छोड़ दो। अब इसी क्षण से तुम मुझसे अलग हो जाओ। अब तुम्हें मेरे साथ खोर-देपका वैवाहिक सम्बन्ध बनाये रखने की कोई आवश्यकता नहीं है। कृपया हमें क्षमा कर दो। हमें हमारे पहले के दिनों जैसा ही शान्तिपूर्ण जीवन जीने दो।"

पेमा वांगछू के मन में सोनाम के प्रति जो आकर्षण का भाव शुरू-शुरू में था, वह इस समय तक आते-आते बहुत कम हो गया था। हर एक समय नयी-नयी स्त्रियों के साथ सम्बन्ध स्थापित करने की वासना रखने वाला उसका मन सोनाम से अब ऊब चुका था। वह तो अवसर की तलाश में ही था कि कैसे सोनाम से अपना पिण्ड छुड़ाये। सोनाम को छोड़ दूसरी नयी कामिनी को चाहने वाला उसका मन तो उसे छोड़ने को तैयार ही था। अतएव जब सोनाम ने स्वयं ही ऐसा प्रस्ताव किया, तब उसने अन्दर-ही-अन्दर बड़ी प्रसन्नता अनुभव की। इसी कारण उसने भी पलट कर तुरन्त ही उत्तर दिया—"यदि तुम लबजाँग के पास लौट जाना चाहती हो, तो बड़े शौक से तुम जा सकती हो। परन्तु अभी से साफ सुन लो, बाद में प्रार्थना करने पर भी मैं तुम लोगों के साथ फिर खोर-देपका नहीं करूँगा। ऐसी परिस्थिति में अब तुम गाँव पहुँचते ही सीधे-साधे अपने घर में जा सकती हो।"

गाँव पहुँचते ही सोनाम सीधे अपने उसी पुराने लबजाँग वाले घर जा पहुँची। परन्तु अपने घर के मुख्य द्वार पर जो देखा तो पाया कि उसकी मजबूत किवाड़ों पर एक बड़ा-सा मजबूत ताला लटका हुआ है, जिसकी सुरक्षा में घर पूरी तरह बन्द है। इसकी दूसरी चाबी सोनाम के पास नहीं है। ऐसा देख कर उसने पेमा से पूछा—"मेरे दरवाजे पर तो ऐसा भारी ताला जड़ा है, जो मेरा वाला नहीं है। न ऐसा है कि जिसकी चाबी की कोई दूसरी अनुकृति ही मेरे पास है। ऐसा ताला किसने जड़ा होगा भला?"

"और कौन जड़ेगा फिर? लबजाँग ने ही जानबूझ कर ऐसा मजबूत ताला जड़ा है कि तुम किसी भी तरह इस घर में घुस न सको। अब साफ़ समझ लो कि उसने जैसे मुझे घर से बाहर निकाल दिया था, उसी तरह अब उसने तुम्हें भी इस घर से बाहर धकेल दिया है। इस घर में तो तुम अब प्रवेश कर ही नहीं सकतीं। अब तो कोई और उपाय ही नहीं है। ऐसी दशा में मेरे घर ही चलो फिर, अब तो मेरे साथ गृहस्थी बसाने के अलावे तुम्हारे लिये कोई और उपाय ही नहीं है।"

उसके बाद भी सोनाम बहुत देर तक उस द्वार के सामने ही खड़ी रही। क्या करे, क्या न करे; की असमंजस भरी दशा में आगा-पीछा विचारती रही। जब कोई और वश नहीं चला तो फिर पेमा वांगछू के पीछे-पीछे उसने भी अपने कदम उसके घर की ओर बढ़ा दिये।

सोलह

उसके कुछ दिनों बाद ही साकतेङ गाँव में एक बहुत महत्वपूर्ण घटना घटी। वह महान घटना ऐसी थी कि एक अकेले साकतेङ गाँव के लिए ही नहीं अपितु इस समूचे अंचल के सभी गाँवों-कस्बों के लिए भी बहुत उपयोगी थी। सभी को एक समान रूप से लाभ पहुँचाने वाली थी। इस घटना ने पूरे इलाके के गाँवों के जीवन को उनके पहले के तरह के सहज-स्वाभाविक रूप में पुनः पटरी पर ला दिया। इतने दिनों तक बिना किसी बाधा-विरोध के महाप्रतापी आततायी शासक के रूप में जो हिमबाघ अपने आतंक को चलाये जा रहा था, सभी की रातों की नींद और दिन का चैन हराम किये हुए था, उसका लबजाँग और टिकरा वध करके उसके आतंक को सदा के लिए समाप्त करके अड़ोस-पड़ोस के सभी लोगों को शान्ति प्रदान कर दी। पिछले लगातार तीन वर्षों से इस बाघ के आतंक का जो डर यहाँ के प्रत्येक निवासी के मन में भयानक संत्रास और चिन्ता का कारण बना हुआ था, उस सभी को समाप्त कर, सभी की परेशानियों को दूर कर उन्होंने सभी के जीवन में सुख-चैन फिर से ला दिया। इतने लम्बे समय से इस क्षेत्र के गाँवों के मनुष्यों में ऐसा विश्वास दृढ़तापूर्वक जम बैठा था कि यह हिमबाघ ऐसा प्रचण्ड प्रताप वाला है कि इसे कभी भी मारा नहीं जा सकेगा। उनमें ऐसी भावना घर कर गयी थी कि यह हिमबाघ देखने में वैसा ही एक जंगली जानवर ज़रूर दिखता है परन्तु वस्तुतः यह वैसा ही एक जानवर नहीं है बल्कि हिमबाघ रूपी कोई देवता है, जो उन लोगों द्वारा पूर्व में किये गये किसी पाप, किसी अक्षम्य अपराध का दण्ड देने, बदला लेने के लिए ही इधर आया है जो क्रमशः उनके जानवरों को मार-मार कर बदला ले रहा है।

शुरू-शुरू में हिमबाघ का शिकार कर उसे मार डालने की नाना प्रकार की कोशिशें करते हुए बहुत दिनों तक उसका पीछा करते-करते जब लोग हार गये, किन्तु उसका कुछ भी बिगाड़ नहीं सके, तब उन लोगों ने उसे मार डालने की योजना छोड़ कर उस जानवर रूपी देवता को प्रसन्न करने के लिए नाना प्रकार के पूजन-अर्चन किये, किन्तु उनके सारे प्रयास व्यर्थ सिद्ध हुए। इस बाघ के

आतंक के आगे सभी हार मान बैठे। फलतः हिमबाघ का आतंक पहले की तरह ही लगातार चलता रहा।

परन्तु लबजाँग ने हार नहीं मानी। हिमबाघ को मारने की सारी कोशिशें जब नाकाम हुईं, तब अन्त में उसने अपने पशुओं के जीवन को दाँव पर लगा कर भी एक योजना बनायी। जिसके तहत उसने अपने भेड़ों की खटाल के बिलकुल समीप में, ठीक उस रास्ते पर जिससे हो कर आना-जाना होता था, उसी रास्ते पर ही उसने एक सितिका (अदृश्य फाँसी) बनायी। हिमबाघ को मार गिराने की तमाम योजनाएँ बनाते हुए भी इतने दिनों तक उन्होंने सितिका बनाने की बात नहीं सोची थी। सितिका की रस्सी को इस तरह लगाया जाना है कि जानवर कब आ कर अपने आप उसमें लटक जाये मालूम नहीं पड़ता—बाघ के फँसने की अपेक्षा गायों-भेड़ों के फँसने की सम्भावना ही अधिक थी। अतएव मन में इसका विचार कई बार आने के बावजूद उन लोगों ने प्रत्यक्ष रूप में इस पर अमल नहीं किया था। ऐसा करने में वे भारी कठिनाई अनुभव करते थे। किन्तु लबजाँग ने मन-ही-मन इसका निश्चय कर लेने के बाद अपने मित्र टिकरा के सामने एक दिन प्रस्ताव रखा—

"भाई टिकरा! चलो हम लोग एक सितिका बनायें।"

"सितिक बनायें?" टिकरा आश्चर्यचकित हो धक्का सा महसूस कर पूछ पड़ा।

"हाँ मित्र हाँ। सितिका ही।"

"तो फिर किस जगह पर सितिका बनाने की सोच रहे हो?"

"अपने भेड़ों की खटाल पर आने-जाने में प्रवेश-द्वार के ठीक सामने।"

"आयँ? तुम पागल तो नहीं हो गये हो न?" टिकरा ने उसकी बातों पर विश्वास न कर पाने की दृष्टि से सकपका कर देखा।

—"क्यों? मेरी बात पर विश्वास नहीं हुआ क्या?"

"देखो मित्र! मेरे साथ ऐसा हँसी-मज़ाक क्यों करते हो?"

"नहीं भाई। मैंने कोई हँसी-मज़ाक नहीं किया। मैं पूरी गम्भीरता से सच्ची बात ही कह रहा हूँ। ऐसी कार्यवाही करने में मेरे भेड़े मर-खप जाते हैं, तो जायें न। अगर मरेंगे भी तो अधिक-से-अधिक कितने मरेंगे? सात-आठ या बीस-बाईस। परन्तु इतने भेड़ों के सितिका में गिर-गिर कर मरने के बीच में किसी-न-किसी दिन वह हिमबाघ भी तो आ गिरेगा न। उसका नम्बर भी निश्चय ही आयेगा। फिर उस समय वह बच कर कहाँ निकल पायेगा? अतएव अब आगा-पीछा मत सोच। चलो हम दोनों मिल कर एक सितिका बना कर तैयार करें।"

"नहीं मित्र। ऐसा खतरा मोल मत लो। सितिका बनानी ही हे तो घंन-घोर जंगल में ही सितिका बनाना ठीक रहेगा।"

"नहीं, मित्र नहीं। मैं तो अपने भेड़ों की खटाल के सामने ही सितिका बनाऊँगा। यह हिमबाघ जिस तरह हमारे भेड़ों को जान से मार-मार कर भक्षण करता रहा है, जबकि बेचारे भेड़ें अपनी जान बचाने के लिए छटपटाते रह जाते थे, ठीक उसी तरह अब ये भेड़ें भी तो देखें कि हमारी सितिका में फँस कर यह बाघ भी अपने प्राणों को बचाने के लिए लाख लड़ाई लड़ कर भी किस तरह छटपटा-छटपटा कर मरता है।

सितिका बनाने के लिए अति आवश्यक अत्यन्त मजबूत किस्म की लकड़ी वाले वृक्षों की खोजबीन करने के लिए दोनों मित्र घने जंगल की ओर चले गये। ढूँढ़ते-ढूँढ़ते काफी हैरान-परेशान होने के बाद ऐसी लकड़ी वाला एक मोटा-ताज़ा सीधे आकाश की ओर उठते एकाकी तने वाला जिसमें कोई शाखा-प्रशाखा नहीं फूटी थी, ऐसा सीधा-सपाट वृक्ष उन्हें मिल सका। उस पूरे वृक्ष को काट कर वे उठा लाये फिर उसके अलावे और भी जितनी मजबूत लकड़ियों, विभिन्न डालों, बाँसों, पत्तों और खर-पतवारों की आवश्यकता पड़ सकती थी, उन सभी को ढो-ढो कर निर्धारित जगह पर ला कर इकट्ठा किया। तदन्तर अपनी योजना के अनुरूप एक खतरनाक सितिका बना कर तैयार करने में लग गये। इस योजना के तहत सबसे पहले भेड़ों की खटाल के पास दो गहरे-गहरे गड्ढे खोदे गये। उन दो गड्ढों में से एक गड्ढे में बिना डाल वाला, जिसमें डालों की शाखाएँ न फूट कर केवल एक तना ही सीधा ऊपर तक बढ़ता चला गया था, उस वृक्ष विशेष कटे तने को ही खड़ा कर गाड़ दिया गया। पेड़ के उस तने के अन्तिम शीर्ष पर याक बैल के बालों को बट कर बनायी गयी अत्यन्त मजबूत किस्म की रस्सी को बाँध देने के बाद, जिस जगह पर उस वृक्ष के तने को गाड़ा गया था, उससे बस थोड़ी ही दूरी पर एक और गड्ढा खोदा गया। इस दूसरे वाले गड्ढे में दो मज़बूत सूखी लकड़ियों (काठ) को एक कतार में इस तरह गाड़ा गया, जिससे कि उन दोनों काठों के बीच का हिस्सा बाहर की ओर निकला रहे। उसके बाद जो रस्सी पहले वाले वृक्ष के तने के एक सिरे पर बँधी थी, उस रस्सी के दूसरे सिरे पर फाँसी लगाने लायक गाँठ बाँध कर तैयार कर, उस पेड़ के तने को एक ओर को झुके हुए रहने दे कर, खींच कर ला कर, नीचे जिन दोनों काठों को गाड़ कर ढँका गया था, उनमें उस रस्सी को फिर उसी तरह से बाँध दिया गया। इसके उपरान्त रस्सी से गाँठ लगा कर जो दोनों काठ रखे गये थे, उनके ऊपर सहारा दे कर कतार-की-कतार सूखी-सूखी लकड़ियाँ एक-दूसरे से सटा-सटा कर रखते हुए एक झुक-झुक जाने वाला एक माचा (मंच) या मचान बना दिया गया, फिर उस मचान के ऊपर रस्सी बनायी फाँसी वाली गाँठ को फैला कर रख दिया गया। इतना सारा प्रबन्ध कर चुकने के बाद नीचे का सारा हिस्सा पुराने सूखे पत्तों, खरपतवारों, कास पत्तलों आदि से अच्छी तरह ढँक दिया गया जिससे कि उसके नीचे बनी सितिका (फाँसी

की रस्सी) किसी को भी आसानी से दिखायी न पड़ सके। उद्देश्य यह था कि उस हिमबाघ का कोई एक पैर यदि किसी भी तरह, फैलायी गयी उस रस्सी पर अगर पड़ जाये तब जो कमजोर सा मचान जो बना है, वह तो उसका भार सह नहीं पायेगा, फलतः वह जर्जर मंच (मचान) नीचे के गड्ढे में गिर कर बैठ जायेगा। उसके परिणामस्वरूप हिमबाघ का वह पैर रस्सी के उस फन्दे वाली गाँठ में अपने आप जा घुसेगा। उसके बाद तो जो लकड़ी की सूखी डाल पट करके लगायी गयी थी वह उस हिमबाघ के पैर दो कसे-कसे, उसे अपने साथ खींचते हुए ऊपर के ओर चली जायेगी परन्तु ऊपर वाला जो वृक्ष के तने वाला हिस्सा है उसमें बँधी रस्सी जो उसे अपनी ओर तानेगी, उससे वह सूखी लकड़ी का कुन्दा फिर ऊपर की ओर उठ आयेगा। ऐसा होने पर या तो वह पहले वाले स्थान पर पड़ा न रह कर बाहर की ओर निकल आयेगा, अथवा फिर ऊपर के खिंचाव के कारण नीचे गाड़े हुए दोनों सूखे काठ उखड़ जायेंगे। फिर तो उसके साथ-ही-साथ उस रस्सी के फन्दे में बाघ का वह पैर बुरी तरह से ऐसा फँस जायेगा कि फाँसी की उस फँसी में जकड़ने से वह लटक आयेगा। अगर वृक्ष का वह तना बड़े तेज झटके में सीधा खड़ा हो गया, तब तो बाघ के उस पैर के साथ-साथ उसकी पूरी बाँह ही उखड़ कर अलग हो जाने की सम्भावना होगी। इस तरह हिमबाघ अपनी टाँगों के साथ-साथ अपनी बाँहें भी खो देगा।"

इस प्रकार की सितिका अच्छी तरह से बनाने-सँवारने के बाद लबजाँग ने अपने भेड़ों की उस खटाल की दूसरी दिशा की ओर एक दूसरा दरवाज़ा बनाया। अब अपने भेड़ों को वह उस सितिका के सामने वाले मुख्य द्वार की ओर से खटाल में न ले आ कर इसी दूसरे दरवाज़े से ला कर खटाल में ढुका देने लगा। फिर उन सभी को अन्दर घुसा चुकने के बाद उस नये दरवाज़े को इस चतुराई से बन्द कर रखता कि वहाँ पर कोई दरवाजा है। इस बात पर कोई दूसरा व्यक्ति या जानवर अनुमान भी न लगा सके।

उस सितिका को बनाने के बाद भी कई दिन बीत गये, परन्तु वह हिमबाघ उसकी खन्दक में न गिरा न फँसा। ऐसा भी नहीं कि वह इधर आया ही न रहा हो। आया ज़रूर था, परन्तु वह उस खन्दक से बच-बच कर ही निकल गया। जबकि सितिका बना देने के कारण लबजाँग का काम और भी बहुत अधिक मात्रा में बढ़ गया। कारण यह कि उस सितिका में उसके अपने ही बैल अथवा गायें-भेड़ें वग़ैरह कहीं न जा गिरें, इसके लिये उन्हें हर एक समय बड़ी सावधानी से पहरेदारी करनी पड़ने लगा। इतनी सारी सजगता बरतने के बावजूद लबजाँग की एक चँवरी गाय उस सितिका में गिर कर मर ही गयी। ऐसे दुखद घटना घटते देख टिकरा ने सितिका को खोल-खाल कर हटा कर फेंक देना ही शुरू कर दिया परन्तु लबजाँग ने उसे तुरन्त ही रोक दिया। सितिका को हटा देने की टिकरा की सलाह

पर लबजाँग सहमत नहीं हुआ। बल्कि उसने और भी जोर देते हुए कहा—"तुम एक गाय की मृत्यु के शोक में सितिका हटा देने को कह रहे हो। अरे अगर मेरे पशुओं में से गाय, बैल, और भेड़ें एक-एक कर इस सितिका में गिर-गिर कर अगर इसी तरह मरते गये, तो एक दिन अपने सभी पशुओं को इसी तरह मर-खप जाने के लिए मैं उन्हें एक-एक कर सितिका में मरने के लिए आगे बढ़ा दिया करूँगा, अथवा फिर इस हिमबाघ को जान से मार कर ही छोड़ूगा।"

जब दो महीने पूरा बीतने को हुए, तो एक दिन ठीक आधी रात के पहर में उस हिमबाघ की दहाड़ फिर गर्जना-तर्जना सुनाई पड़ी। उसके तुरन्त बाद ही भेड़ों की डरी-सहमी सकपकायी की मरियल मिमियाहट पूरे झुण्ड के समवेत स्वर में हवा के झकोरों पर तैरती आयी। सितिका जिस जगह पर बनायी गयी थी, बाघ की दहाड़ पहले महाक्रोधवश फिर किसी भयानक विपत्ति में फँस जाने के डर से उठी चीत्कार के रूप में जब बड़ी देर तक आती सुनायी पड़ती ही रही, तब एक जलती हुई मशाल ले लबजाँग टिकरा आदि की कुटी की ओर बढ़ता चला गया। रात के पहर में बाघ की चीख-चीत्कार सुन कर टिकरा भी कुटी से बाहर निकल अपने बराण्डा में आ कर खड़ा था। टिकरा के पास पहुँचते ही लबजाँग आनन्द से उतवाला हो चहक उठा—"मुझे ऐसा जान पड़ रहा है कि हिमबाघ सितिका में लटक गया हैं।

"वैसा ही कुछ हुआ तो मुझे भी लग रहा है। इतने दिनों बाद उस महा अत्याचारी बाघ को मार गिराने में हम सफल हो सके हैं।" टिकरा की वाणी में भी भारी उत्साह और आनन्द के भाव प्रगट हुए साथ ही एक बहुत महत्वपूर्ण कार्य सम्पन्न कर लेने का गौरव बोध भी स्पष्ट छलक उठा।

"परन्तु वह अभी मरा नहीं है। जान पड़ता है कि अभी भी वह सितिका का फाँस से फिर अपना जीवन बचा कर जंगल में चले जाने की अपनी पूरी ताकत से अन्तिम कोशिश कर रहा है। आओ चलो वहाँ चल कर सही-सही स्थिति देख तो आयें।"

टिकरा अपनी झोंपड़ी के अन्दर चला गया फिर वहाँ से एक बहुत ही भारी-भरकम लोहे का हथौड़ा ले कर बाहर आया। फिर तो दोनों ने अपने एक-एक हाथ में जलती हुई मशाल ले कर उस सितिका की ओर बढ़ चले।

जितना ही सितिका के करीब पहँचते गये वे दोनों हिमबाघ का गर्जन-तर्जन उन्हें और भी अधिक ज़ोर शोर से होता सुनाई देने लगा। अभी वे थोड़ी दूरी पर हीथे कि उस महाक्रूर हिमबाघ की क्रोध से आगबबूला हुई दोनों आँखों की हत्यारी दृष्टि चमचमाती हुई दिखायी पड़ीं। मनुष्यों को अपनी ओर आता देख हिमबाघ महाक्रोध से आकाश चीरती आवाज़ में दहाड़ उठा तथा सितिका में लटकी-लटकी हालत में ही झटके दे-दे कर उछल कर कूद पड़ने की कोशिश करने लगा। बाघ

की ऐसी बौखलाहट, बेबस लाचार, असहाय अवस्था में पड़ कर तरह-तरह की छटपटाहट करते, लटकी हुई स्थिति में मरने की मजबूरी देख लबजाँग और टिकरा आनन्द और उल्लास के मारे ज़ोर-ज़ोर से उछलने-कूदने लगे। टिकरा के भारी हथौड़े को लबजाँग ने उससे ले कर अपने हाथों में ले लिया, फिर ताक लगा कर, मौका देख निशाना साध कर हिमबाघ के मस्तक पर वज्राघात की तरह ज़ोर से दे मारा।

भयानक चोट लगने से हिमबाघ दर्द के मारे पगलाता हुआ ऐसी दशा में भी बच निकलने की आशा में व्यर्थ की उछलकूद करने लगा। ऊपर बँधी हुई रस्सी में फँस कर लटकी हुई अवस्था में पैरों और हाथों को ज़ोर-ज़ोर से झटकारते रहने के कारण हिमबाघ ज़ोर-ज़ोर से इधर से उधर झूलने लगा। उसके एक स्थान पर न टिकने के कारण लबजाँग जो बार-बार उस पर प्रहार कर रहा था, उसके वे प्रहार प्रायः लक्ष्य भ्रष्ट हो खाली जाने लगे। बाघ के कपाल अथवा किसी भी अंग पर नहीं पड़ पाये। ऐसी खतरनाक अवस्था में उसे मार डालने की हड़बड़ाहट में लबजाँग और टिकरा को बहुत मेहनत-मशक्कत करनी पड़ी। हथौड़े की जब एक सटीक ज़ोरदार चोट हिमबाघ के कपाल पर लगी, तब अन्ततः उसके प्राण प्रखेरू उड़ गये। मरी हुई अवस्था में हिमबाघ को सितिका में लटकते छोड़ दोनों मित्र महाआनन्द उत्सव मनाते हुए लबजाँग की कुटिया पर लौट आये। उन्हें फिर नींद नहीं आयी, बाकी सारी रात वे प्रातःकाल होने की प्रतीक्षा करते रहे।

रात बीतते-बीतते जैसे ही प्रातःकाल हुआ टिकरा आस-पास की पशुपालकों की विभिन्न छावनियों में हिमबाघ को मार गिराने का समाचार देने के साथ ही उसकी प्राणहीन देह, उसके शव को ढो कर गाँव तक उठवा कर ले जाने के लिए दौड़ा-दौड़ा गया। हिमबाघ के मार दिये जाने की सूचना पाते ही आस-पास की पहाड़ियों पर स्थित पशुपालक छावनियों के चरवाहे सभी लबजाँग की छावनी के लिए दौड़ पड़े। केजाँग और अन्य-अन्य ढेर सारे पशुपालक लबजाँग की कुटी पर आ पहुँचे। सभी पशुपालकों के मुखमण्डल खिल उठे। बहुत भारी विपत्ति से छुटकारा पा जाने की राहत पा जाने का भाव तथा मनोवांछित कार्य सम्पन्न हो जाने से उमड़े आनन्द के भाव सभी पशुपालकों के चेहरों पर चमकने लगे थे। उन सभी लोगों ने मिल कर बाघ की विशाल देह को, जो प्राणहीन होने से अभी तरोताज़ा शव के रूप में भी बहुत भारी थी, उसे सितका से उतार कर चरागाही मैदान की जमीन पर ला रखा। फिर उसके लिए मजबूत बाँसों की अर्थी तैयार कर आगे-पीछे के दोनों ओर कई-कई आदमी कन्धा दे-दे कर ढोते हुए मनुष्यों की अर्थी ढोते समय की जाने वाली हरध्वनि–जैसी श्रद्धापूर्ण ध्वनि गुँजाते हुए लोग उसे गाँव में ले आये।

“साकछाम पहाड़ से मनुष्यों की एक भीड़ अपने साथ कोई एक भारी डोली कहार की तरह आगे पीछे से मोटे बाँसों को कन्धे पर उठाये-उठाये ‘हरिबोल बोलहरि’ की ध्वनि गुँजाते हुए ढोते चले आ रहे हैं।” ऐसा देख कौतूहल वश गाँव के आदमी झुण्ड बना-बना कर पहाड़ से उतरने वाली पगडण्डी की ओर एकटक निहारने लगे।

अरे, अरे! लगता है कि किसी ने हिमबाघ को मार डाला है। क्योंकि बीच-बीच में वे बाघ को मार डालने की घोषणा करने वाली ऐसी ध्वनि भी गुँजा रहे हैं, जैसी ध्वनि बाघ के मार डालने के बाद ही की जाती है।” एक वृद्ध व्यक्ति ने अनुमान लगाते हुए कहा।

“ठीक ऐसी बात ही होगी, नहीं तो पशुपालक लोग अपनी गायों, भेड़ों और याक बैलों को चरने के लिए खुला छोड़ झुण्ड बना-बना कर एक साथ ही चरागाहों को छोड़ इस तरह गाँव क्यों लौट आयेंगे?”—ङइरु ने भी उस वृद्ध की बात से अपनी सहमति व्यक्त की।

फिर तो जंगल में अचानक भड़की आग की तरह हिमबाघ को मार डालने की खबर गाँव के इस छोर से उस छोर तक फैल गयी। गाँव के मुखिया—चरगेन ने सूचना पाते ही एक सन्देशवाहक पहाड़ से उतर कर गाँव में आ रही लोगों की भीड़ के पास भेज दिया। वह आदमी बहुत तेज़ी से दौड़ता-दौड़ता उस जन-समूह के पास जा पहुँच। बाघ की लाश को ढोकर ला रहे लबजाँग से भेंट कर उसने ग्राम सरपंच का सन्देश सुनाया—“चरगेन महोदय ने सन्देश भेजा है कि आप लोगों को यूँ सीधे-सीधे गाँव में प्रवेश करने की आवश्यकता नहीं है। चूँकि आप लोगों ने इस अंचल के भयानक आतंक हिमबाघ को मौत के घाट उतार दिया है, अतएव ऐसे पराक्रमपूर्ण कार्य को करने के लिए हमारे गाँव के लोग पहले आप सभी लोगों का नागरिक अभिनन्दन समारोह कर स्वागत-सम्मान करेंगे। उसके बाद वे लोग आप सबकी जय-जयकार आपको आगे लिवा ले जायेंगे। इस सम्मान-समारोह के लिए तैयारी करके आने के लिए गाँव की जनता अभी थोड़ा समय और लेगी। कृपया तब तक गाँव की सीमा के बाहर रुक कर प्रतीक्षा करें।

उस सन्देशवाहक व्यक्ति द्वारा दी गयी हिदायत के अनुरूप लबजाँग और उसके साथ आ रहे उस जनसमूह के सभी लोग, अभिनन्दन-समारोह करने आने वाली गाँव की जनता की प्रतीक्षा में उनकी बाट निहारते खड़े रहे।”

सत्रह

आँधी-तूफान की तरह गाँव की उमड़ती जनता छाकछाम पहाड़ पर स्थित चरागाहों की छावनियों की ओर जाते रास्ते की ओर बढ़ी। लम्बे समय से आज तक इस क्षेत्र में हिमबाघ आतंक उत्पन्न करता रहा। गाय-भेड़ों को एकतरफा आक्रमणों से मार-मार कर खाते-खाते लगभग नष्ट कर देने की स्थिति तक ला पहुँचाने वाले, गाँव क्षेत्र को तो क्या समूचे अंचल के और बाहरी भी नामी-गिरामी शिकारी भी हर सम्भव कोशिश करके भी जिसे मार नहीं पाये, ऐसे महाप्रतापी महाप्रचण्ड हिमबाघ को साकतेङ गाँव के एक साहसी पशुपालक चरवाहे ने जान से मार देने में सफलता प्राप्त कर ली है। उसके हाथों प्राण गँवा चुके उस हिमबाघ के शव को देखने की इच्छा भला किस आदमी को नहीं होगी? विशेषतः बाघ का शिकार कर उसे जान से मार डालने का काम कोई मामूली काम नहीं है बल्कि स्वयं अपने प्राणों को भी खतरे में डाल कर ही किया जा सकने वाला काम है। उसे यथार्थ रूप में करने के लिए अद्भुत साहस और कभी भी पीछे हटने वाली प्रवृत्ति की वीरता की आवश्यकता होती है। इस अनहोनी को भी जिस वीर ने कर दिखाया है उसके स्वागत में पूरे गाँव की ओर से 'नागरिक अभिनन्दन' होना ही चाहिए, इसे मानते हुए सभी आवश्यक वस्तुओं को जुटा कर गाँव के स्त्री-पुरुष, बच्चे, नौजवान, छोकरे-छोकरियाँ सभी के सभी एक विशेष निर्धारित स्थान पर आ इकट्ठे हुए।

लोगों का समूह जब इकट्ठा हो गया, तब लबजाँग और उसके साथ आ रहे तमाम लोग हिमबाघ के शव को उठा कर टाँगे-टाँगे जय-जयकार करते हुए उस पहाड़ी पगडण्डी के रास्ते से गाँव की सीमा में उतर आये। उन्हें देख गाँव की यौवन मद से गदरायी युवती गोरियों ने खड़े हो कर अभिनन्दन सूचक गीत गा कर, कपड़े हिला-हिला कर उनका स्वागत-सत्कार किया। लबजाँग और उसके साथी वहाँ जैसे ही पहुँचे कि वैसे ही उपस्थित सारे लोग हड़बड़ाते हुए आगे बढ़ आये और उस हिमबाघ के शव का दर्शन करने के साथ-साथ ही उस शव पर सम्मानसूचक खाटा ओढ़ाना शुरू कर दिया। गाँव के लोगों का महाशत्रु था यह हिमबाघ, फिर भी था तो जंगल का राजा। उसका सम्मान राजा की तरह ही करना चाहिए। अतएव सभी

लोगों ने बाघ को मारने वाले वीर का सम्मान करने के पहले उस बाघ के शव पर सम्मानसूचक खाटा प्रदान की। जिन लोगों ने अपने पूरे जीवन काल में कभी बाघ देखा ही नहीं था, उन्होंने जब इतने विशाल आकार-प्रकार का बाघ देखा तो आश्चर्य के मारे दाँतों तले उँगली दबा-दबा फिर भिन्न-भिन्न ध्वनियाँ गुँजाने लगे। कोई वाह रे वाह कहता कोई अरे ओ महान लामागोसाईं पुकार कर गुहार लगाता। इसी प्रकार के नाना आश्चर्यव्यंजक शब्दों के शोर-गुल और किलकारियों से सारा वातावरण गुंजायमान हो उठा।

उसके बाद लबजाँग और टिकरा को अभिनन्दनपरक खाटा पहनायी गयी। फिर उसे और उसके साथियों को सुन्दर गद्देदार कालीन पर ला कर बैठाया गया तथा गाँव में आराक पिला-पिला कर पूरी तरह सन्तुष्ट और प्रसन्न किया गया। तब तक सभी लोग इस महत्वपूर्ण सूचना को जान चुके थे कि इस भयानक हिमबाघ को दरअसल लबजाँग ने ही मारा है। हाँ, यह ज़रूर है कि उसके मित्र मारने में उसके टिकरा ने भी महत्वपूर्ण सहयोग किया है। फलतः अत्याचारी हिमबाघ को मार डालने के लिए सभी लोग लबजाँग और टिकरा की तरह-तरह से सराहना करने लगे। गाँव के परिचित लड़के-लड़कियाँ, पुरुष और स्त्रियाँ भी लबजाँग और टिकरा को घूम-घूम कर बार-बार ऐसे आँखें फाड़-फाड़ कर देखने लगे, मानो इसके पहले उन्हें कभी देखा ही नहीं था। बस अभी-अभी आज की इस घड़ी में पहली-पहली बार देखा है। बच्चे-बच्चियों की भीड़ में लबजाँग की दृष्टि अचानक ही रिनचिन पर पड़ी जो अपने छोटे भाई टासी को कपड़े की फेंट से पीठ पर बाँध कर लादे-लादे अपने पिता पर दृष्टि गड़ाये-गड़ाये भी इसी डर और संकोच से उलझन में पड़ी थी कि उनके पास जाये कि न जाये? उसके चेहरे पर डर का भाव स्पष्ट झलक रहा था। इसी से चाह कर भी लज्जावश वह अपने पिता के निकट नहीं आ पायी। रिनचिन और टासी को देख कर लबजाँग का पितृ हृदय भावनाओं की उछाल से उमड़ पड़ा। अपने हाथ ऊपर उठा कर फिर पास बुलाने की मुद्रा में हाथ को हिला-हिला कर उसने रिनचिन को अपने पास आ जाने के लिए बुलाया। पिता को इस प्रकार हाथ हिलाते देख वह और भी घबरा गयी अतः जनता की भीड़ में जा छिपी। अपनी बेटी के ऐसे अप्रत्याशित आचरण को देख लबजाँग का मन मसोस उठा। उसे बड़ी निराशा और मनोवेदना हुई। अचरज में पड़ वह सोचने लगा—तो फिर मेरी बेटी भी अपनी माँ जैसी हो गयी है क्या? इतना महाअभागा हूँ मैं। मन की व्यथा से व्यथित वह भावनाओं में बहने लगा। यद्यपि कि उसने अपनी ओर से कोई प्रयत्न नहीं किया फिर भी उसके अनजाने ही उसकी दृष्टि चारों ओर घूम-घूम कर खोजने-ढूँढ़ने लगी कि इस भयंकर भीड़ में वह अपनी सोनाम को कहीं देख पायेगा कि नहीं। उसकी पैनी निगाहों ने एक-एक स्थान को ध्यानपूर्वक निहारा, किन्तु नहीं, सोनाम कहीं भी दिखायी नहीं पड़ी। उसने विचारा, हाय कैसा है मेरा दुर्भाग्य? कि गाँव के सारे-के-सारे

लोग मेरा स्वागत करने दौड़े-दौड़े आये हैं, बस केवल एक सोनाम ही नहीं आयी है। तभी उसकी चित्तवृत्ति दूसरी दिशा की ओर मुड़ी। तब उसने जैसे स्वयं से ही पूछा—वह आये भी तो क्यों आये भला? उसने तो पहले ही मुझे अपना शत्रु समझ लिया था। मुझसे सारे नाते-रिश्ते तोड़ कर वह तो मुझे त्याग कर पेमा वांगछू के पास चली गयी थी। फिर वह क्यों आयेगी भला? इस तरह कभी सकारात्मक तो कभी नकारात्मक ढंग के नाना प्रकारो का ज्वार उसके मनरूपी समुद्र में बड़े वेग से उठने लगा कि तभी अपने हाथों से रिनचिन का हाथ पकड़े हुए, उसे साथ ले कर छिरिंग दैमा लबजाँग के पास आ पहुँची। लज्जा की मारी रिनचिन जो अपने पिता से लुकती छुपती दूर जा छिपी थी उसे पकड़ ला कर लबजाँग के हाथों में सौंपते हुए छिरिंग दैमा ने ममता भरी मधुर वाणी में निवेदन किया—"आपकी बिटिया लाज के मारे आपके पास न आ कर लुक-छिप कर आपको देख रही थी। क्यों री रिनचिन! पिताजी कब आयेंगे? कब आयेंगे? पूछती-पूछती तू न अब तक उनकी राह देखती रही थी? फिर अब जो वे आ पहुँचे हैं तो फिर अब क्यों लजा रही है?"

"आओ, आओ। मेरे पास ले आओ उसे। तनिक मैं देखूँ कि टासी कितना बड़ा हो गया है?" कहते हुए लबजाँग ने जब टासी को देखना चाहा, तब छिरिंग दैमा ने फेंटा खोल कर रिनचिन की पीठ पर से उसे नीचे उतार दिया। परन्तु लबजाँग ने उसे जैसे ही अपनी गोदी में उठाया, वह ज़ोर-ज़ोर से रोने लगा। तब अपने प्यारे बेटे को लबजाँग पुचकार-पुचकार कर चुप कराने का प्रयत्न करने लगा। परन्तु पूरी तरह से अपरिचित व्यक्ति को देख-देख वह और भी अधिक मात्रा में रोने-चीखने लगा। फिर तो उसे छिरिंग दैमा को ही अपनी गोदी में उठाना पड़ा जिससे उसे उठा कर फेंटे में लटका कर अपनी पीठ पर चढ़ा लिया। टासी के हटते ही अब जो मौका मिला तो रिनचिन अपने पिता की गोदी में चढ़ बैठी। जब कुछ समय तक वह अपने जन्मदाता पिता की गोद में बैठने का आनन्द पा चुकी, तब तो पिता के प्रति डर और संकोच का भाव जो उसके हृदय में तब तक घर किये हुए था, पूरी तरह से दूर हट गया। इतने लम्बे समय तक वह जो अपने प्यारे पिता से दूर-दूर ही रहने को विवश रही, तो इस दौरान उसके मन में पिता से कहने को ढेर सारी बातें उठती रहीं। जिन्हें वह शुरू से ही मन की पिटारी में संचित किये आ रही थी। पिता जी की गोद में बैठने का अवसर मिल जाने पर रिनचिन ने चाहा कि वे उसके मन की सारी संचित बातें आज ही अभी-अभी सुनें, अतः उसने लबजाँग को और-और व्यक्तियों से बातें करने में बाधा देनी शुरू कर दी। जब भी वे किसी दूसरे व्यक्ति से बातें करने के लिए उसकी ओर मुँह करते रिनचिन अपने दोनों नन्हे-नन्हें हाथों से उनका पूरा मुखमण्डल बार-बार अपनी ओर खींच-खींच कर घुमा लेती है और कहने लगती—"पिता जी आप किस ओर देख रहे हैं? और किसी भी ओर न देख कर आप बस मेरी ओर ही देखिये। मुझे बतलाइये कि उतने उतने शक्तिशाली

अत्यन्त भयानक उस बाघ को आपने कैसे जान से मार डाला? मुझे बतलाइए न? अच्छा, ऐसा करने जाते समय आपको अपने प्राणों का डर नहीं लगा? अब आप पहाड़ों की ऊँचाई के उस चरागाह की छावनी पर लौट कर फिर कभी मत जाइयेगा। हम लोगों को अब उस तरह निराश्रित छोड़ कर फिर-फिर मत चले जाइयेगा पिताजी। आप जानते भी हैं? आप जो हम सबको इस तरह छोड़ कर चले गये थे, उसके कारण मेरी माँ तभी से अब तक हमेशा बराबर रोती ही रहती है। जानते हैं पिताजी? आज कल माँ के पेट में पीड़ा होती रहती है। दर्द सह न पाने से वह रोज ही रोती रहती है। हम लोगों से हमेशा अपने मर जाने की बातें किया करती है। अच्छा पिता जी! माँ क्या सचमुच मर जायेगी?"

बेटी के मुँह से सोनाम की गम्भीर बीमारी की बात सुनते ही लबजाँग को लगा कि किसी ने उसके कलेजे में बर्छी चुभो दी हो। ऐसी असहनीय पीड़ा से वह विकल हो उठा। अब उसकी समझ में आया कि गम्भीर बीमारी के कारण ही वह गाँव वालों द्वारा आयोजित स्वागत समारोह में आज नहीं आ पायी थी। इस ओर ध्यान न दे, बस केवल उसके न आने भर से ही जो वह सोनाम पर रुष्ट हो उठा था, उस नासमझी के लिए वह अपने पर ही क्षुब्ध हो स्वयं को कोसने लगा। सोनाम की बीमारी अच्छी होने की जगह और भी खराब होती चली गयी है, यह जान कर लबजाँग चिन्ता के मारे आकुल-व्याकुल हो उठा। गम्भीरतापूर्वक सोचने के उपरान्त माना कि आज के उत्सव में हिमबाघ का शव देखने न आ कर सोनाम ने ठीक ही किया है। रोग ग्रस्त व्यक्तियों को इस प्रकार की चीजें देखना निषिद्ध है। उसे अमंगल होता है। उनके अपने जो सम्बन्ध हैं, उनमें चाहे जितनी भी भारी दरार ही क्यों न आ गयी हो, दोनों के बीच की दूरी चाहे जितनी चौड़ी हो गयी हो, परन्तु अभी भी उसके और सोनाम के विवाहित जीवन का अन्त नहीं हुआ है। उनका विवाह-विच्छेद नहीं हुआ है। फलतः समाज के नियमों के अनुसार वे दोनों अभी भी पति-पत्नी के रूप में ही हैं। ऐसी दुख-शोकपूर्ण पारिवारिक स्थिति में उसे हिमबाघ की हत्या नहीं करनी चाहिए थी। हिमबाघ का वध करना उचित नहीं हुआ। उसके परिणामस्वरूप सोनाम के साथ कोई दुर्भाग्यपूर्ण घटना घट सकती है। उसका भारी अकल्याण हो सकता है। यह बात सोचते ही लबजाँग का मन डर के मारे आतंकित हो उठा।

"आज तो हँसी-ख़ुशी, मौज-मस्ती मनाने का उत्सव—दुनसांग" करना चाहिए। सो भी साधारण ढंग का नहीं बल्कि बड़े ही विशाल आयोजन जैसा दुनसांग आज करना ही पड़ेगा। जब एक इतनी भारी समस्या का समाधान हो गया। गाँव ही नहीं समूचे इलाके के आतंक का अन्त कर देने जैसा महान कार्य सम्पन्न हुआ, तब दुनसांग करके उत्तम कोटि का आनन्द उपभोग किये बिना भला कैसे रहा जा सकेगा।" गाँव के एक अनुभवी वृद्ध सज्जन ने सभी के समक्ष प्रस्ताव रखा।

"हाँ, हाँ, बहुत अच्छा सुझाव दिया है। इस शुभ अवसर को दुनसांग कर हमें

और भी आनन्द करना ही चाहिए। अगर इस प्रकार के कल्याणकारी समय पर उत्सव-आनन्द नहीं मनायेंगे तो भला और कब मनायेंगे?" उसी प्रकार के एक दूसरे बूढ़े व्यक्ति ने समर्थन करते हुए कहा।

"सो तो ठीक ही है, किन्तु दुनसांग उत्सव करेंगे किसके घर पर?"— कहीं से प्रश्नभरी आवाज़ आयी।

"जिस बलवान पुरुष ने हिमबाघ का वध किया है दुनसांग उसी के घर पर करना पड़ेगा। मेरा तो स्पष्ट विचार है कि चूँकि इस हिमबाघ को लबजाँग ने मार गिराया, अतः दुनसांग का हर्ष-उल्लास लबजाँग के घर पर ही होना चाहिए। यह बात भी अवश्य है कि मेरे कहने का यह अर्थ कतई नहीं है कि मैं मानता हूँ कि टिकरा ने हिमबाघ को नहीं मारा। मैं तो मानता ही हूँ कि टिकरा ने भी उसे मारा है, परन्तु यह बात तो स्पष्ट है कि उस अत्याचारी बाघ को मार डालने में लबजाँग ने ही मुख्य भूमिका निभायी। अतएव मेरे विचारानुसार लबजाँग के घर पर ही दुनसांग आयोजित किया जाना चाहिए।"

"लबजाँग भाई के घर पर इस समय कोई भी नहीं है। अतएव दुनसांग उत्सव मेरे घर पर आयोजित किया जाना क्या अधिक अच्छा नहीं रहेगा।" टिकरा ने बीच में ही अपनी राय व्यक्त की।

"ज़रूर किया जा सकता है। लबजाँग का घर छोड़ कर सोनाम के चले जाने के बाद से ही लबजाँग का घर पूरी तरह बन्द पड़ा है। दुनसांग आयोजित करने के लिए घर पर जलावन की सूखी लकड़ियों तथा पर्याप्त मात्रा में पानी की आवश्यकता होती है। इसके अतिरिक्त घर पर आ जुटने वाली अतिथियों की भारी भीड़ के लिए आराक परोसने उस घर की गृहलक्ष्मी—घर की मालकिन की उपस्थिति भी आवश्यक होती है। फिलहाल स्थिति ऐसी है कि लबजाँग के घर पर इन सबमें कुछ भी नहीं है। ऐसी दशा में गाँव-पुर के गुण-गानी एवं अन्य लोगों को लबजाँग के घर पर दुनसांग मनाने के लिए कैसे आमन्त्रित किया जा सकता है?"

"टिकरा ने सही प्रस्ताव किया है। लबजाँग के घर पर कोई अन्य सदस्य भी नहीं है। बेचारा एकसरुवा आदमी है। आगे भी कोई उम्मीद दिखायी नहीं देती। पेमा वांगछू और सोनाम ने भी मेरे पास लबजाँग से विवाह-विच्छेद करवा देने के लिए अपना सन्देशवाहक भेजा है। ऐसी दशा में उस घर की तो कोई गृहिणी रही ही नहीं। अतएव जिस घर में उस घर की कोई अपनी गृहस्वामिनी स्त्री न हो, उस घर में दुनसांग कैसे आयोजित किया जा सकता है भला? परिणामस्वरूप आज दुनसांग टिकरा के घर पर ही आयोजित किया जाये।" सोरगन बूढ़े ने टिकरा के प्रस्ताव का समर्थन करते हुए कहा।

"पेमा वांगछू के साथ मिल कर सोनाम ने भी उससे विवाह-विच्छेद को लेने के लिए ग्राम सरपंच चरगेन से आवेदन किया है।" ऐसी बात सुनकर लबजाँग के

मन को ही भारी ठेस भर नहीं पहुँची, अपितु पूरे समाज के सामने उसका सिर लज्जा के मारे झुक गया। अपना सामाजिक-बदनामी का दुःख उसे अपनी व्यक्तिगत क्षति से भी अधिक घातक लगा। सोनाम की गम्भीर बीमारी का समाचार सुनकर उसके मन में जो व्याकुलता बढ़ आयी थी तथा उसकी ऐसी विपत्ति के कारणों में कहीं अपनी भी कुछ भूमिका स्वीकार करने के कारण जो वह पश्चाताप की ज्वाला में भी जलने लगा था, चरगेन के मुख से निकली बातों को सुनते ही वह सारा भाव क्षण भर में ही समाप्त हो गया। लबजाँग का मन अब विवाह-विच्छेद के प्रस्ताव के सम्बन्ध में चरगेन से विस्तारपूर्वक पूछताछ करने को उत्कंठित होने लगा। हालाँकि लोक-लाज के डर से वह उस वेला में चरगेन से अधिक कुछ पूछ नहीं पाया।

नागरिक अभिनन्दन समारोह आयोजित होने वाली जगह से गाँव की जनता की भीड़ अब सीधे-सीधे टिकरा के घर पर जा पहुँची। योनतान को चूँकि इस आयोजन के उस घर में होने की सूचना पहले मिल गयी थी, अतः उसने दुनसांग की यथावश्यक तैयारियाँ पहले से ही कर रखी थीं। टिकरा के घर में प्रवेश करते-करते ही गाँव के लोगों ने जोर-शोर से नाचना-गाना शुरू कर दिया।

योनतान ने सभी लोगों को मक्के की बनी 'लाउपानी' मदिरा बाँटनी शुरू की। पूरे घर में नाचने-गाने, हँसी-मज़ाक करने, नकलें उतारने-भड़ैती करने जैसे तरह-तरह के कार्य बड़े जोर-शोर से किये जाने लगे। उत्सव-आनन्द में प्रमत्त लोगों से अनेकों ने लबजाँग को भी बुला-बुला कर, तो कुछ ने उसका हाथ पकड़ कर खींच-खींचकर लिवा ले जाने की कोशिशें कर उसे भी इस नाच गाने में शामिल कर लेना चाहा, परन्तु लबजाँग किसी भी तरह तैयार नहीं हुआ। भीड़ से अलग एक ओर वह अपनी गोदी में अपनी बेटी रिनचिन को लिए-लिए चुपचाप बैठा रहा। लबजाँग को उस तरह मन मारे, उदास-खोये-खोये से देखते हुए लोगों ने उसने तब उसे एकान्त में दिया। नाचने-गाने के लिए अपने साथ लिवा ले जाने का अनुनय-विनय करना भी बन्द कर दिया। वे लोग अपनी मस्ती में झूमते रहे, जब कि लबजाँग भीड़ में हो कर भी भीड़ से अलग सर्वथा एकाकी पड़ा रहा। दुनसांग की प्रमत्तता बढ़ती चली गयी। उसी बीच पेमा वांगछू की छोटी बहन ने लबजाँग के पास पहुँच कर उससे कहा—"हमारी भाभी सोनाम ने आपको भोजन करने के लिए बुलाया है। आपको खिलाने के लिए हम लोगों ने अपने घर पर पकवान बना रखा है। कृपा कर मेरे साथ चलें।"

लबजाँग को बड़ी जोरों की भूख लगी थी। परन्तु ऐसी विकट भूख होते हुए भी, पेमा वांगछू के घर जा कर भूख मिटाने, पेट भर भोजन करने की उसकी इच्छा नहीं हुई। मन ही मन उसने अपने आप से ही तर्क किया—'पेमा वांगछू के घर वह जाये भी क्यों कर?"—सोनाम द्वारा बुलाये जाने के आग्रह पर भी उसने आपत्ति उठायी—"सोनाम को मेरे लिए भोजन-पकवान बनवाने की क्या ज़रूरत थी? मुझे छोड़

कर, मुझे ठुकरा कर चली जाने के बाद अब फिर से मेरे प्रति माया-ममता-प्यार दुलार दिखलाने की कोई ज़रूरत नहीं है। उसने क्या सोच रखा है कि वह जब कभी भी बुलाएगी, उसका बुलावा पाते ही मैं उसके पास दौड़ा-दौड़ा जा पहुँचूगा? अरे मुझ पर चाहे मौत ही क्यों न आ टूटे, भूख की पीड़ा सिसकते-सिसकते चाहे मैं मर ही क्यों न जाऊँ, फिर भी मैं अपनी प्राण रक्षा करने के लिए भी पेमा वांगछू के घर नहीं जाऊँगा।"

"नहीं जी! मुझे तनिक भी भूख नहीं लगी है।" लाउपानी घरेलू मदिरा बार-बार इतनी अधिक मात्रा में पी गया हूँ कि मेरा पेट पूरी तरह से भर गया है। तुम भ्सभी से बतला देना कि उन्हें मेरी बाट जोहने की कोई आवश्यकता नहीं है। हाँ, इस रिनचिन को अब तुम अपनी गोदी में उठा लो। इसे उनके पास लिवा ले जाओ। यहाँ पड़े-पड़े उसे गहरी नींद आ गयी है।"—लबजाँग ने जानबूझ कर बढ़चढ़ कर झूठ बोला। उसके बाद उसने सोयी हुई रिनचिन को पेमा की छोटी बहन के सुपुर्द कर दिया।

"अभी नहीं चल रहे हैं तो कोई बात नहीं किन्तु दुनसांग समाप्त हो जाने पर हमारे घर ज़रूर आइयेगा, भाभी बड़ी लालसा से आपकी बाट जोहती ही रहेंगी।" रिनचिन को वहाँ से लिवा ले जाने के पहले उस लड़की ने फिर लबजाँग से प्रार्थना की। किन्तु लबजाँग ने स्वीकृति अथवा अस्वीकृति का भी कोई शब्द मुख से नहीं निकाला।

गोधूलि वेला बीत जाने पर भी काफी देर रात तक दुनसांग का नाच गाना धूमधाम से होता रहा। जब समाप्त हुआ तब जो जहाँ से आया था, वहाँ अपने-अपने घरों को लौट आया। अपने घर जाने के लिए टिकरा के घर से विदा होने के पहले चरगेन सरपंच ने लबजाँग से कहा—"अब बतलाओ कि क्या करना चाहते हो? सोनाम ओर पेमा वांगछू की ओर से ही मेरे पास आवेदन आया हुआ है, तुम लोगों के बीच जो खोर-देपका किया गया था, उसे पूरी तरह समाप्त कर देने के लिए। सोनाम को तुमसे छुटकारा दिला कर उसे मुक्त कर देने के लिए। अगर तुम इसके लिए राजी हो, तो मैं कल-परसों के भीतर ही इसके लिए समिति बुला दे सकता हूँ।"

"अचानक ही मुझे यहाँ आना पड़ गया, इसी से अपने भेड़ों, याक-बैलों, चँवरी गायों आदि पशुओं को सुरक्षित घेरे में रखने का समय न मिलने से चरने को खुला ही छोड़ आया हूँ। अतः चाहे जैसे भी बने, कल मुझे वहाँ लौट ही जाना पड़ेगा। इसके अतिरिक्त इस विषय पर सोचने के लिए मुझे और समय की भी आवश्यकता होगी। ऐसी दशा में मेरे पास जैसे ही उपयुक्त समय होगा, मैं स्वयं आपके पास सूचना भिजवा दूँगा।" लबजाँग ने बड़ी विनम्रता से चरगेन से कुछ समय देने की याचना की।

"ठीक वैसा ही होगा जी। तुम्हें जैसे ही अवसर मिले, तुम मेरे पास सूचना भिजवा देना सोनाम जो तुम्हें इस तरह त्याग कर चली जायेगी। इस बात की तो मैंने कल्पना भी नहीं की थी। अब क्या बतलाऊँ बच्चे। मुझसे ही भूल हो गयी। तुम्हारे साथ पेमा वांगछू का खोर-देपका करवाने में मुझे मुख्य भूमिका नहीं निभानी चाहिए थी। मेरी उस तनिक-सी भूल के कारण तुम्हारे सोने के संसार में आग लग गयी।" चरगेन बूढ़े ने संवेदना व्यक्त की।

चरगेन बूढ़े ने अपनी बात सुनाकर वहाँ से विदा ली। उसके चले जाने के बाद योनतान ने जो अब तक अतिथियों को देशी मदिरा परोसने में व्यस्त थी, लबजाँग के पास दौड़कर पहुँचते हुए कहा—"इस चरगेन बुढ़े की बातों पर आप कत्तई विश्वात मत कीजिएगा। आप और आपके परिवार के साथ जो कुछ भी दुर्भाग्यपूर्ण दुर्घटनाएँ घटीं, जो भी मंहाविनाश हुआ आप सबका, उस सब के मूल में यह चरगेन बूढ़ा ही है। अपने कपट पूर्ण आचरण से आपका हितैषी बन कर यह वस्तुतः आपका सर्वनाश करता गया है। जहाँ तक मेरी सम्पूर्ण जानकारी है, आपकी पत्नी, हमारी भाभी सोनाम तो आपको प्राणों से भी अधिक प्यार करती है, उसने आपसे विवाह-विच्छेद कर लेने के लिए इस चरगेन बूढ़े के पास कोई अनुराध-आवेदन-निवेदन नहीं किया है। इससे ठीक विपरीत वह तो चाहे जैसे भी हो, अपने उस घर में लौट आने के लिए ही प्रत्येक क्षण विचारती रहती है। मेरी आप से विनती है कि आप कल चरागाह की अपनी छावनी पर न जा कर अपने घर पर ही ठहरें। अपने घर के द्वार पर जड़ा ताला खोल दें, फिर पेमा के घर से सोनाम भाभी को उनके अपने घर में लिवा ले आयें। भाभी बेचारी बहुत गम्भीर रूप से बीमार है। मैं जब-जब उससे मिलने जाती हूँ, तब-तब वह अपने द्वारा ही गयी भूल को याद कर-करके बिलख-बिलख कर रोने लगती है। अपनी रोगी दशा के बारे में कोई चर्चा न कर मुझसे बस आपके कुशल-क्षेम के बारे में ही पूछती रहती है। आपको कोई दुःख न हो बस इसी की चिन्ता में डूबी रहती है। मुझे ऐसा स्पष्ट जान पड़ता है कि अगर आप उन्हें फिर से अपने घर वापस नहीं ले आयेंगे तो पेमा वांगछू के घर पर आपके लिए तड़पते-तड़पते, रोते-रोते वे मर ही जायेगी।"

योनतान की बातों के उत्तर में लबजाँग ने कुछ भी नहीं कहा। योनतान ने जब कुछ समय बाद उसे भोजन करने के लिए बुलाया, भोजन परसा तब भी वह चुपचाप ही रहा। भोजन करने के बाद वहीं टिकरा के घर पर ही उसके सोने के लिए जो बिछौना लगा दिया गया था, उसी पर लम्बी तान सो रहा। दिन भर की थकान और रह-रह कर पी गयी मदिरा के नशे की खुमारी में उसे बहुत जल्दी ही ऐसी नींद आ गयी कि घर्र-घर्र नाक बजाता हुआ सो गया। परन्तु आधी रात्रि की वेला में जब लघु शंका का वेग उठा, तब जो नींद टूटी, तो फिर लाख कोशिशों पर भी फिर नींद नहीं आयी। नाना प्रकार की चिन्ताओं ने उसके चित्त और मन को मथ-मथ कर

विकल कर डाला। शरीर में भी भयानक पीड़ा होने लगी। एक तरफ सोनाम की भीषण बीमारी की चिन्ता दूसरी ओर चरगेन द्वारा सुनायी गयी उस सूचना की चिन्ता कि जिसके अनुसार सोनाम ने उससे विवाह-विच्छेद करवा देने का आवेदन कर रखा है। पहली जहाँ सोनाम के कल्याण की, रोग से मुक्ति पाने की प्रार्थना करने को विवश करती, तो दूसरी सोनाम की कृतघ्नता देख क्रोध और घृधा के आवेश से उसके हृदय में हड़कम्प मचा देती। परस्पर विरोधी प्रकार की इन दोनों भावधाराओं में इस कदर उलझता गया जैसे दो नावों पर उसके अलग-अलग पैर जा फँसे हों, जब कि नैया दोनों एक-दूसरे से दूर खींचती जा रही हो। इन दुविधा भरी स्थितियों ने उसे क्षण भर भी विश्राम करने नहीं दिया। छटपटाते-छटपटाते जैसे ही रात बीती कि प्रातःकाल होते ही वह बिछौना छोड़ कर उठ खड़ा हुआ, फिर उसी आवेश में दूर पहाड़ पर स्थित अपनी छावनी पर जाने के लिए रवाना हो गया।

उस रात को सोनाम को भी नींद नहीं आयी। उसके मन की गहराई में भावनाओं पर भावनाएँ उभरती रहीं। कितने लम्बे समय के बाद लबजाँग गाँव में लौट कर आया है। अपने इस प्यारे पति को एक बार देख लेने के लिए, एक बार अपने बिलकुल पास पा लेने के लिए, वह जाने कितने दिनों से आस लगाये, उनके आने के पथ पर आँखें बिछाये बाट जोहती आ रही है। पर हाय रे भाग्य; अब इस समय, जब कि वे सचमुच ही बहुत निकट आये हैं, तो उसके शरीर की दशा ऐसे रोग से जर्जर हो चुकी है कि जा कर उनसे भेंट कर आने, जी भर देख लेने की इच्छा पूरी कर लेने की तो बात ही दूर, रोग-शय्या पर उठ कर बैठने तक की शक्ति शेष नहीं रह गयी है। वह इस निष्कर्ष पर पहुँची आज उसके शरीर की ऐसी दुर्गति बन गयी है, वह लबजाँग पर उसके द्वारा किये गये अन्यायों-अत्याचारों का ही प्रतिफल है। जानबूझ कर उसने जो लबजाँग से छल किया, उसका विश्वास तोड़ा, उसका सुख-चैन हराम कर दिया उसी का दण्ड परम पिता उसे इस बीमारी के रूप में दे रहे हैं।

स्वयं अपने को लबजाँग के स्वागत में रसोई पका कर भोजन पकवान बनाने में वह असमर्थ थी, किन्तु अपनी ननद से अनुनय-विनय कर उसने लबजाँग की प्रिय खाद्य वस्तुएँ पकवा रखी थीं। उसके मन की गहराई में यह पक्का सन्देह घर किये हुए था कि लबजाँग अब किसी भी अवस्था में पेमा वांगछू के घर भोजन करने नहीं आयेगा। फिर भी उसके प्रेमी मन ने अपने किसी कोने में एक आशा पाल रखी थी कि हो न हो उसकी करुण दशा पर तरस खा कर लबजाँग एक बार आ ही जाये। इस एक आशा के पूरी होने की उम्मीद में उसने अपनी ननद द्वारा लबजाँग को भोजन करने के लिए बुलाया था। किन्तु वह कोशिश व्यर्थ गयी। उसके मन की गहराई में जमा सन्देह ही सत्य प्रमाणित हुआ। लबजाँग नहीं आया तो नहीं आया।

दुनसांग जब समाप्त हो गया, तब छिरिंग दैमा सोनाम के पास आयी। छोटी

बहन को आया देख सोनाम पूछ पड़ी–"दुनसांग खत्म हो गया क्या?"

"हाँ, बहन वह तो समाप्त हो गया।"

"इस समारोह में तुम्हारे बड़े जीजा जी ने नाचा-गाया या नहीं?"

"नहीं, बिलकुल नहीं। वे तो मन मारे अत्यन्त दीन-दुःखी भाव लिये बैठे-बैठे दुनसांग की सारी धमा चौकड़ी दूर से देखते भर रहे। पार्टी में उपस्थित अनेक लोगों ने उन्हें खींच-तान कर नाच-गान में शामिल कर लेने की कोशिशें भी कीं। उनकी प्रत्येक मनुहार को उन्होंने कोई न कोई तर्क दे कर नकार दिया। अपनी गोदी में रिनचिन को लिये हुए चुपचाप बैठे ही रहे।"

"अच्छा, अब इस समय वे कहाँ हैं? मैंने उनके लिए भोजन पकवा रखा है। पेमा की छोटी बहन लेकी को मैंने उन्हें भोजन करने के लिए लिवा लाने को भेजा था, परन्तु मेरी प्रार्थना भी उन्होंने स्वीकार नहीं की। लेकी के आग्रह पर भी वे नहीं आये। अब छिरिंग दैमा तुम जाओ न। उन्हें बुला कर लाओ। अगर तुम उन्हें बुलाओ तो सम्भवतः वे आ जायें।"

बड़ी बहन के विशेष आग्रह को देखते हुए छिरिंग दैमा टिकरा के घर की ओर बढ़ चली गयी। किन्तु उसके कुछ ही देर बाद वह फिर अकेले-अकेले ही लौट आयी।

"जीजा जी टिकरा के घर पर ही भोजन कर रहे हैं। वे वहीं पर शयन भी करेंगे? पूछने पर बतलाया गया कि वे अपने घर पर जड़े ताले की चाबी भूल आये हैं। छिरिंग दैमा ने बड़ी बहन से विवरण कह सुनाया। "

"कल तो वे गाँव में ही रहेंगे न?" सोनाम नू पूछा।

"जब अपने घर की चाबी साथ लाना भूल गया, तो वह कैसे रह पायेगी?" छिरिंग दैमा ने शक जताया।

अच्छा, तुम मेरा एक विशेष काम जरा कर दो। उधर वह जो पिटारी रखी है, उसे खोलो। उसमें एक नया कुर्ता बुना-सिला रखा है, उसे अभी निकाल लो। फिर कल जितनी जल्दी हो सके उतनी जल्दी से तड़के भोर में ही उन्हें जा कर दे देना। वे जो कुर्ता तब पहन रहे थे, वह कई जगह से फट-फुट गया था। इस नये कुर्ते को उन्हें दे कर उनसे मेरी यह विनती सुनाना कि चाहे जिस तरह भी सम्भव हो सके, चाहे एक बार के लिए ही सही, मुझसे क्षण भर के लिए अवश्य मिल लें। मुझसे एक बार मिलने की बहुत ही आवश्यकता है, जरूर जरूर मिल कर ही जायें।"

दूसरी भोरहरी में ही, सूर्योदय होने के पहले-पहले की ही अरुणोदय की वेला में उस कुर्ते को ले कर छिरिंग दैमा जब टिकरा के घर की ओर जा रही थी, कि तभी उसने साकछाम पहाड़ की चढ़ाई की ओर जाने वाली पगडण्डी से हो कर लबजाँग को उस पहाड़ पर स्थित अपनी छावनी की ओर जाते हुए देखा। फिर तो एक गहरी हताशा भरी निश्वास उसके मुख से निकल पड़ी।

अठारह

लबजाँग ने सोनाम की विनती को ठुकरा दिया, अपने सभी व्यवहारों से उसकी पूरी अवहेलना की, इससे सोनाम के हृदय को गहरी ठेस लगी। उसमें फिर से निराशा के भाव आ कर उसे व्यथित करने लगे। उसने आशा बाँध रखी थी, कि लबजाँग जब गाँव में आया हुआ है, तब जो उसने उसकी गम्भीर बीमारी का हाल जो सुन लिया, तो कम से कम एक बार के लिए ही सही, वह उसका कुशल क्षेम जान लेने के लिए आयेगा अवश्य। परन्तु उसके बार-बार बुलाने के बावजूद उसकी खतरनाक बीमारी का समाचार जान चुकने के बावजूद एक बार के लिए वह उसके पास नहीं आया। इससे ही स्पष्ट हो गया कि लबजाँग अब सचमुच ही उससे घृणा करने लगा है। उसकी आशाओं की गर्माहट जो प्रज्वलित आग से ऊपर को बढ़ रही थी, उस पर ढेर सारा ठण्डा पानी डाल कर, आग की तरह ही आशाओं को भी सर्वदा के लिए बुझा कर वह स्वयं को पूरी तरह अप्रभावित रख चला गया।

लबजाँग से भेंट न हो पाने के लिए उसने अपने आपको ही जिम्मेदार माना, फलतः अपने आप पर ही वह बहुत क्रुद्ध हो उठी। वह स्वयं जो इतनी गलतियों की खान है तो क्यों कोई उसके पास आयेगा उससे मिलने? उसे ईश्वर पर भी बहुत क्रोध आया। ईश्वर में अगर सब कुछ कर सकने की सामर्थ्य है, तब आज के इस समय में तो उन्हें मुझमें इतनी शक्ति देनी ही चाहिए थी कि मैं अपनी इस रोग-शय्या से उठ सकती। अपने पैरों-पैरों चल कर लबजाँग के पास स्वयं जा सकती, उससे एक बार के लिए ही सही, भेंट करके अपने मन में भरी सारी सफाई की सच्ची बातों को, मन की अभिलाषाओं को उससे कह सकती, अगर उसकी ऐसी धारणा बन गयी है कि जो कुछ हुआ, उस सभी कुछ के लिए मैं ही दोषी हूँ, तो अपना दोष-अपराध स्वीकार करते हुए उन सबके लिए उससे क्षमा-प्रार्थना कर पाती, कम से कम एक बार तो ईश्वर को मुझे ऐसा अवसर प्रदान करना चाहिए था। परन्तु ईश्वर ने उतना भी नहीं दिया। फिर तो अपने द्वारा किये गये पहले के कार्यों के लिए वह अपने आपको धिक्कारने लगी। घर का मालिक गृहस्थ-पति—भावावेश में गृहिणी-पत्नी—के ऊपर तो हाथ उठाएगा ही, परन्तु बस इतना भर कर देने मात्र से कोई पत्नी क्या

अपना घर छोड़ देगी? जब कि उसने ऐसा ही किया। अतएव उसका घर छोड़ कर चले आना बिलकुल उचित नहीं था। अपने गृहस्थ जीवन में स्वयं जोर दे कर उसने पेमा वांगछू को खोर-देपका विवाह कर लेने के लिए अपने घर में बुला लाने की उसने जो पहली-पहली गलती की थी, वही बहुत भयानक थी। किन्तु वह वहीं नहीं रुकी। बल्कि उसके बाद तो एक पर एक वह बहुत सारी भूलें करती ही गयी। आज उसकी जो कुछ भी दुर्गति हुई है उसकी की हुई उन तमाम सारी गलतियों के प्रायश्चित स्वरूप ही वह उसके ऊपर गहराई है।

पेमा वांगछू की मीठी-मीठी बातों से विस्मय-विमुग्ध हो, अपने हित-अहित की समझ खो कर महामूर्खपना करते हुए अपना बसा-बसाया घर छोड़ कर चले आने के बाद से ही उसने अपनी गलती समझ ली थी। भावावेग में अन्धी हो कर उसने जो भयानक अपराध कर डाला है, इसका ज्ञान उससे तभी हो गया था। पेमा वांगछू के इस घर में चले आने पर शुरू-शुरू के दो दिनों तक उस इस नये घर के सभी सदस्यों द्वारा बहुत आदर-सत्कार मिला था, फिर भी वह धीरे-धीरे अन्दर-अन्दर बसी हुई उनकी उन भावनाओं को भी समझने लगी थी कि पेमा वांगछू के इस घर का कोई भी व्यक्ति सच्चे हृदय से उसे प्यार नहीं करता। उनके घर में आ घुसने के उसके काण्ड से अन्दर-अन्दर ही वे लोग उससे जलन महसूस करते हैं। फलतः घर के सामान्य सदस्य जैसी मर्यादा भी उसे प्राप्त नहीं है। लबजाँग के घर की वह सर्वेसर्वा थी। सभी कुछ पर उसका एकान्त अधिकार था। पूरी स्वतंत्रता-स्वच्छन्दता से वह अपना सारा कामकाज करती थी। घर की मालकिन तो थी ही। टोले-मुहल्ले, अड़ोस-पड़ोस से व्यवहार करने में भी उसे पूरी स्वतंत्रता हासिल थी। पड़ोसियों के साथ वह आवश्यक सामानों का देन-लेन अपनी मन-मर्जी से करती थी। घर के सभी कामों में लबजाँग उसकी सम्मति लेता था। वह जो भी परामर्श-उपाय सुझाती उसी के अनुसार वह काम करता था। परन्तु पेमा वांगछू की गृहिणी—पत्नी—होते हुए भी इस घर में किसी भी क्षेत्र में उसका कहीं कोई अधिकार नहीं था। मानो लोहे की कठोर सिकड़ियों में बँधी-जकड़ी हुई वह एक अभियुक्त बन्दिनी भर हो। अपनी इच्छा के अनुसार इस घर का कोई काम कर पाना तो दूर, उसके अपने जो बेटी-बेटा दो सन्तानें हैं, उनका लालन-पालन, रखरखाव भी वह अपनी भावनाओं के अनुसार नहीं कर सकती है। यहाँ की किसी वस्तु पर भी उसका कोई अधिकार नहीं है। सारे व्यक्ति और सारे पदार्थ सभी कुछ जो उसके पराये हैं। यहाँ जो सास-ससुर उसे मिल हैं, वे दोनों के दोनों ही उसे तनिक भी प्यार नहीं करते। आरंभ में ही उनकी भावनाएँ अनुकूल नहीं थीं। पेमा वांगछू के साथ उसका विवाह सम्पन्न करवाने में उन्हें घोर आपत्ति थी। उसके वर्तमान ससुर सवाङ् बूढ़े और सास दोरजी बूढ़ी के मन में तब जो धारणा घुस गयी कि उनका बेटा पेमा वांगछू भोला-भाला और नासमझ है जिसे लबजाँग और सोनाम ने अपनी घर-गृहस्थी के कठिन कामों में खटवा कर उसके

परिश्रम का उपयोग अपनी स्वार्थ सिद्ध करने के लिए उसे बहला-फुसला कर अपने साथ खोर-देपका विवाह कर लेने के लिए बाध्य कर दिया था, वह धारणा अभी भी बहुत गहराई तक जड़ जमा चुकी है। वे अभी भी वैसा ही मानते हैं। उन लोगों ने तो पहले ही पेमा वांगछू को अपना त्याज्य-पुत्र घोषित कर दिया था, जिससे इस घर-परिवार की सम्पत्ति पर उसका कोई अधिकार ही नहीं बचा था। अब जो पेमा वांगछू लौटकर फिर से इस घर में आया है, तो जिस लबजाँग ने उनके इस बेटे को उनसे दूर कर दिया था, उस लबजाँग से बदला लेने का बहुत अच्छा मौका उन्हें मिल गया है, ऐसा मान-कर वे लबजाँग से जुड़ी हर चीज पर अत्याचार कर अपने मन की मुराद पूरी कर लेना चाहते हैं। सोनाम से प्रतिशोध चुका लेने के लिए तो यह उनके लिए सुनहरा मौका है। अतएव सोनाम की रोगी-दुःखी अवस्था को दर किनार कर वे लोग रातों-रात उससे नाना प्रकार के कामों में खूब करवाते रहते। घर के सभी सदस्य उसे कड़ा से कड़ा काम लेते। पूरे परिवार में एक मात्र लोजम ही ऐसी सदस्य है जो उसकी दारुण बीमारी की व्यथा को समझ पाती है, उसके प्रति सहानुभूति रखती है। परन्तु वह लोजम भी अपने पति सांजा के साथ अब इस घर से अलग हो कर दूसरे घर में रहने लगी है, और अपना घर संसार चला रही है। इसका परिणाम यह हुआ कि काम तो पहले जितना था उससे भी बढ़ा हुआ है। पहले जितने काम को कई लोग मिल कर करते थे, वह सारा कुछ सोनाम से अकेले करवाने लगे हैं। इस घर में खानेवालों का एक बहुत बड़ा झुण्ड है, परन्तु काम करने में सहयोग के नाम पर एक ननद के अलावा सब कूड़ा करकट, खखर-पतवार जैसे ही निरर्थक हैं। अतः सभी की सुख-सुविधा की व्यवस्था उसे ही करनी पड़ती है। दिनों दिन गिरते जा रहे अपने स्वास्थ्य, बीमारी के कारण जर्जर हुई जा रही अपनी देह की परवाह न करके उसे पूरे के पूरे दिन तकुए की तरह घूमते-फिरते नाचते रहना पड़ता। इतने सबके ऊपर भी प्रत्येक क्षण, हर एक काम पर किचकिचाती रहने वाली दोरजी सास बुढ़िया की गाली-गलौज तो छाई ही रहती। दिन भर की थकी-मादी रोग से जर्जर, बेजान सी देह ले कर जब रात की वेला में वह अपने बिछौने पर जा लुढ़कती, छुटपटाती करवटें बदलती सोने जाती तब उसके मन के आइने में लबजाँग का मुखड़ा चमक उठता। एक ऐसे स्वच्छ हृदय वाले भोले-भाले पति-प्रेमी का मुखड़ा जिसने उस मन और प्राण से प्यार किया था। उस पहले-पहले प्रेमी के उज्ज्वल हृदय के वे निष्कपट क्रिया-कलम जिससे उसके हृदय की विशालता परिलक्षित होती थी, ऐसे विशाल हृदय वाले उसके प्रथम श्रेणी का मुखमण्डल उसके सामने स्पष्ट हो उठता। यहाँ तक कि जब महा कामातुर पेमा उसकी देह पर चढ़ बैठता, तब अपनी बीमार देह को निर्लिप्त-भाव से उस कामुक के हवाले करके भी वह अपने मन को उससे अलग किये रखती, उसका मन लबजाँग की याद में डूबा रहता, उसे पाने के लिए उसके प्राण हा हाकार मचाते रहते।

बीच-बीच में, कभी-कभार, अपनी पहले की सास—लबजाँग की माता जी—की याद भी उसे बड़ी तीव्रता से आती। वह सास कितनी सहृदय थी। पतोहू के प्रति उनका मन स्नेह से लबालब भरा था। उसे वे अपनी कोख से जन्मी पुत्री से भी अधिक ममता-माया प्यार-दुलार देतीं। पूरे अपने जीवन केाल में उन्होंने कभी एक दिन भी कोई कड़वी बात उससे नहीं कही। कभी कठोर कर्कश स्वरों में उसे डाँटा-फटकारा नहीं। कभी-कभार, अगर किसी काम में लापरवाही से उससे कोई भूल हो जाती, कोई भारी क्षति हो जाती, तो भी वे बड़े प्यार से उसे समझातीं बुझातीं। सही ढंग से काम करने की कला सिखातीं। अगर कभी कोई अच्छी वस्तु स्वयं के लिए भी पा जातीं, तो भी उसके लिए सँभाल कर रखे रहतीं थीं।

जब यह सास, पेमा वांगछू की माँ दोरजी बूढ़ी, प्रत्येक मामले में उनसे ठीक उलटी हैं। सोनाम के सारे के सारे काम उन्हें नापसन्द हैं। उसका किया कुछ भी उन्हें अच्छा नहीं लगता। हर एक पल प्रत्येक काम में उसकी गलतियाँ ढूँढ़ निकाल, डाँट-फटकार, गाली-गलौज करने में वे ऐसी जुटी रहतीं कि लगता कि जैसे वे जब तक उसे शाप-शापान्त कर, गाली-गलौज़ कर अपना जी न भर लें, तब तक उनकी आँखों में नींद ही नहीं आयेगी। वह तो उस बूढ़ी की आँखों में आ धँसा कोई कूड़ा-करकट हो जैसे। उनके दाँतों में उभरा ऐसा भयानक रोग हो जो उन्हें पल-पल बेचैन किये हुए हो।

दूसरी ओर ये जो दूसरे पति देवता हैं पेमा वांगछू इनका व्यवहार ऐसा कि, आरम्भ में जब उसे अपने घर लिवा लाये थे, तब बहुत लाड़-प्यार दिखाते हुए उसे शुरुआत के कुछ दिनों पहाड़ी चरागाह पर स्थित अपनी छावनी में लिवा ले गये थे। वहाँ मौज-मस्ती लूटने के बाद जब लौटकर फिर गाँव आये, तो उसके बाद से तो जैसे सोनाम के प्रति उनका कोई उत्तरदायित्व ही शेष नहीं रहा। उस घर में असहाय छोड़ वे छकछक कर मदिरा पी कर होश हवास खोये इधर-उधर, जहाँ मन-मर्ज़ी होती वहाँ जा सैर-सपाटा करने लगे। सोनाम की देह के प्रति उनका आकर्षण समाप्त होते ही, उसके प्रति जो पहले प्यार था, वह भी बेहद कम हो गया। उसे जब रोग ने धर दबोचा, भीषण बीमारी से उसने जो खाट पकड़ ली, तो भी उसकी बीमारी की खोज-खबर ले कर, उसके रोग को दूर करने के उपाय करने की व्यवस्था करने की तो बात ही दूर, उसकी बीमारी की तो कभी बात ही नहीं पूछते। केवल इतनी निष्ठुरता भर ही नहीं, बल्कि जब कभी रातों को उसके पास आते तो उसके ऊपर भयानक ज़ोर-जुल्म और अत्याचार करने लग जाते। किसी चीज़ को खोजकर ला देने के लिए कहते, उसमें अगर थोड़ी सी भी देर हो जाती हो वह वस्तु ला कर देने पर उसे मार फेंकता, खाते समय झल्ला कर भोजन की थाली उठा कर मुँह पर दे मारते।

शारीरिक के साथ-साथ मानसिक यंत्रणाओं के ओट कष्टों को भोगते-भोगते सोनाम की बीमारी और भी तेज़ी से बढ़ने लगी। लबजाँग हिमबाघ को मार कर जब

गाँव में आया तब उसमें एक आशाओं का भारी गुबार उठा जिसके चलते पेमा वांगछू का घर त्याग कर अपने घर जाने का मधुर स्वप्न उसने देखा, किन्तु उस दिन उसकी बीमारी इतनी तेज़ हो गयी थी कि रोग शय्या पर उठ कर बैठने लायक शक्ति भी उसमें नहीं रह गयी थी। उसी सपने को सच सिद्ध करने की उम्मीद में उसने अपनी ननद से लबजाँग के लिए घर पर भोजन-पकवान बनवाया और भोजन करने के वहाँ आने के लिए ननद से सादर निमन्त्रण भी भिजवाया। परन्तु उसके बुलाने पर भी लबजाँग उसके पास नहीं आया। उसकी असाध्य बीमारी का समाचार जान कर भी उसे देखने, उसका हाल-चाल जान लेने भर के लिए भी वह नहीं आया। जब कि यही लबजाँग था जो, पहले जब वह उसके यहाँ रहती थी तो अगर उसे ज़रा भी सर्दी-खाँसी भी हो जाती थी तो उससे चिन्ता के मारे हैरान-परेशान हो जाता था। वह किस भाँति जल्दी-से-जल्दी ठीक हो जाये, इसके लिए दवा-दारू के अलावे तमाम तरह के पूजा-पाठ, व्रत-उपहास करता-करवाता था। अन्ततः अब जब छिरिंग दैमा ने उस लबजाँग के गाँव से ही चले जाने की सूचना दी, तो सुनकर सोनाम को ऐसा अपार शोक हुआ कि जिसे सह पाने की शक्ति ही उसमें नहीं रह गयी। उसका आकुल-व्याकुल मन मारे वेदना के हाहाकार कर उठा। वह चीख-चीख कर कहने लगी—नहीं आये, तो ठीक ही किया उन्होंने। वे आये भी भला क्यों? जब वे बीमार थे, तब मैंने क्या उनकी बीमारी की कोई चिन्ता की थी? उनके निरोग होने तक उनकी सेवा-शुश्रूषा की थी? जिस दिन वे पहाड़ी चरागाह पर स्थित छावनी पर जाने के लिए घर से जाने के लिए तैयार हो रहे थे, उस दिन उन्हें बड़े जोरों का ज्वर-बुखार था। परन्तु पेमा वांगछू ने बतलाया कि, नहीं उन्हें कोई ज्वर नहीं है। कोई बीमारी नहीं है। गाँव के घर पर ही रुके रहने के लिए वे बीमार होने का नाटक भर कर रहे हैं। मैं स्वयं इस बात की सच्चाई को अच्छी तरह जानती थी, कि उनका स्वास्थ्य ठीक नहीं है। वे गम्भीर रूप से बीमार हैं। फिर भी मैंने उस सच्चाई को नहीं कहा। उनका पक्ष नहीं लिया बल्कि पेमा वांगछू के ही स्वर में स्वर मिलाया। उसी का साथ दिया और इस बीमार पति की बीमारी के प्रति कोई संवेदना नहीं दिखायी।

दूसरे दिन बीमारी जब कि और बढ़ गयी थी, फिर भी उस रोगी-दुःखी देह को घसीटते हुए ही वे पहाड़ी चढ़ते छावनी के लिए जाने को बाध्य हुए थे। वहाँ छावनी पर भी बीमारी के बढ़ते रहने के बावजूद वह निपट अकेला पड़ा रहा। मैंने स्वयं अपनी ओर से उसे वचन दिया था कि उस घर को छोड़ कर मैं कभी नहीं जाऊँगी। पेमा वांगछू को ही छोड़ दूँगी। परन्तु पेमा वांगछू की बातों में मुग्ध हो कर अपना भला-बुरा सोचने की शक्ति गँवा कर मैं अपना घर छोड़ आयी और उसी पेमा वांगछू को अपना बनाया। ज्वर से जार-बेजार हो जाने पर उसने सहायता करने के लिए मुझे सन्देश भेज कर अपने पास बुलवाया भी। जाने कितनी आशा-आकांक्षा लिये वह मेरे वहाँ पहुँचने की

बाट जोहता रहा; कैसी-कैसी उम्मीदें उसने पाल रखी थीं मुझसे, कौन जाने भला? परन्तु उसके द्वारा मुझे बुलवाये जाने की उस सूचना को पेमा वांगछू मुझ से छिपा गया। लबजाँग की चिरौरी-विनती का मुझे पता तक नहीं चलने दिया। अनजाने ही सही, किन्तु उसके दुर्दिनों में तो मैं उसकी कोई सहायता करने कभी गयी नहीं न। अतः बड़े पुष्ट आधारों पर ही अब उसके हृदय में मेरे प्रति भारी मान-अभिमान भर चुका है। मेरी असहयोगी प्रवृत्ति और वादा-खिलाफी के कारण उसका अन्र्ततम मुझ से खिन्न और भारी रुष्ट हो चुका है। अब तो मुझे ऐसा जान पड़ता है कि अपने मन स्मृति-पटल से उसने मुझे पोंछ-पोंछ कर दूर फेंक दिया है। उसके हृदय के किसी कोने में मेरे लिए कोई जगह शेष नही रह गयी है। वहाँ से मेरा नाम तक साफ हो गया है। अतः अब तो यह बात निश्चित रूप से स्पष्ट है कि लबजाँग मुझे दुबारा फिर किसी भी स्थिति में ग्रहण नहीं करेगा। मैं उसके पास जा कर सिर पटक कर क्षमा भी माँगूँ तो भी वह मुझे अपनी जीवन-संगिनी नहीं बनाएगा। जब कि उसके बिना यह जीवन ही वृथा है। निष्फल है। मेरे जीवन में अगर लबजाँग ही नहीं रहेगा, तो फिर मेरे इस जीवन की सार्थकता ही क्या है? ऐसे जीवन की मुझे आवश्यकता ही क्यों हो? ऐसा जीवन जीने की अपेक्षा मर जाना ही अधिक बेहतर है। लबजाँग हीन जीने से मृत्यु को प्राप्त हो इस जीवन से छुटकारा पा लेना ही बेहतर है। ऐसी जिन्दगी से मौत बहुत-बहुत अच्छी है।

सोनाम की बीमारी क्रमशः बढ़ती चली गयी। परिणामस्वरूप स्थिति ऐसी आ गयी कि उसने खाट पकड़ ली। अपनी रोग शय्या पर उठ कर बैठने की भी शक्ति उसमें बची नहीं रही। उसकी अवस्था जब चिन्ताजनक हो गयी तब जब एक दिन उसकी छोटी बहन छिरिंग दैमा उससे मिलने आयी तो उस वेला में और कोई भी व्यक्ति वहाँ उपस्थित नहीं था। ऐसे एकान्त में छिरिंग को अकेले-अकेले में पा कर सोनाम ने उससे अनुनय विनय के स्वर में कहना शुरू किया—

"सुनो छिरिंग! मैं अब और अधिक दिनों तक जीवित नहीं रहूँगी। अपनी मृत्यु की तो मुझे कोई चिन्ता नहीं है, परन्तु मुझे रात-दिन यही चिन्ता सताये जा रही है कि मेरे मर जाने के बाद मेरी बेटी और बेटे इन दोनों नन्हे बच्चों का क्या होगा?"

"बड़ी बहना! आप ऐसी बातें क्यों कह रही हैं। आप कभी नहीं मरेंगी। आपकी यह बीमारी शीघ्र ही अच्छी...।"

"नहीं छिरिंग नहीं! मुझे दिलासा देने से अब कोई लाभ नहीं होने वाला। मैं अच्छी तरह जान चुकी हूँ कि मेरी मृत्यु का दिन बहुत ही निकट होता आ रहा है। चूँकि बहुत जल्दी ही मेरी मृत्यु हो ही जाने वाली है, अतः अपनी मृत्यु आ जाने के पहले-पहले मैं तुमसे एक विशेष अनुरोध करना चाहती हूँ। मैं भली भाँति जानती हूँ कि मेरी आखिरी आरजू-विनती तू अवश्य मानेगी।"

"कौन सी बात कहना चाह रही हैं बड़ी बहन आप?"

"तो सुना छिरिंग। मैं अच्छी तरह जानती हूँ कि अपने बड़े पति लबजाँग जी से तुम्हारे हृदय में भी एक दुर्बलता, उनसे मधुर प्रेम-सम्बन्ध स्थापित करने का बड़ा ही सात्विक भाव है। शुरू-शुरू में तुम्हारे हृदय में उमड़ती उनके प्रति प्रेम-भावनाओं का बाहर की ओर जब तुम्हारे आचरण में प्रभाव दिखता था, तब मुझे बहुत डर लगता था, मैं आशंकित हो जाती थी। अपने भविष्य के खराब होने के डर से घबरा उठती थी, परन्तु अब मैं हृदय से समझ पा रही हूँ कि मैंने जो उनके प्रति भीषण अत्याचार किया, विश्वासघात किया, उसका प्रायश्चित कर पाने का एक अच्छा रास्ता तुम्हारा यह उनके प्रति प्रेम-आकर्षण का भाव ही मेरे लिए सुलभ कर दे रहा है। तुम्हारे बड़े जीजा जी के साथ मैंने सचमुच ही बहुत भयानक अन्याय किया। तुमने मुझसे जो कहा था कि पेमा वांगछू की बातों में मोह-मुग्ध हो कर मैंने जो अपना घर छोड़ा, वह नितान्त ही भारी गलत काम था। अपने पैरों में ही कुल्हाड़ी मार लेना था। आज मैं समझ पायी हूँ कि तुम्हारी बात शत-प्रति-शत सही थी। परन्तु वह मारात्मक भूल तो मैं कर ही चुकी। अपने प्रिय पति से अलग हो, स्वयं तो अकेली पड़ी ही, अपने बच्चों को भी अनाथ बना दिया। अब जब मेरी मृत्यु हो जायेगी, तब इन बच्चों की देखभाल कौन करेगा? मान लो मुझे क्षमा करके वे इन बच्चों को फिर से अपनी छाया में ले भी लें, तो भी अकेले-अकेले वे किस-किस ओर सँभालेंगे? इन दो बेटी-बेटे को सँभालेंगे या फिर चरागाह पर पाले गये अपने पशुओं की रखवाली करेंगे? मेरे न रहने पर मेरे घर-संसार की फिर कैसी अवस्था होगी? इस रोग शय्या पर पड़ी-पड़ी मैं क्षण-प्रति क्षण बस चिन्ता में घुलती रहती हूँ। हालत ऐसी हो गयी है कि मेरी जो मौत सुनिश्चित हो चुकी है, वह मौत भी मैं शांति से नहीं मर पाऊँगी। मुझे पूरा विश्वास है कि मुझे इस यन्त्रणा से मुक्ति दिलाने में एकमात्र तुम ही समर्थ हो। मेरी मृत्यु के बाद मेरे घर-संसार, मेरे बच्चों यहाँ तक कि मेरे उस भोले-भाले पति को भी केवल तू ही सँभाल सकोगी। अतएव तुम्हारी कर्त्तव्य-निष्ठा पर पूरा विश्वास रखते हुए मैं अपने बड़े पतिदेव लबजाँग बेटी रिनचिन और बेटे टासी को तुम्हारे हाथों में सौंपती हूँ। उन सभी क्या सम्यक् सुरक्षा का उत्तरदायित्व जो मेरा था, आज मैं वह उत्तरदायित्व तुम्हें सौंपे दे रही हूँ।"

बड़ी बहन सोनाम की बातें सुन छिरिंग दैमा कलेजा फाड़-फाड़ कर हिचक-हिचक कर रोने लगी। उसे यूँ बिलखता देख सोनाम फिर बोल पड़ी–"अरे पगली! तू क्यों रो रही है। यह समय रोने का नहीं है। बल्कि अपनी अन्तिम वेला में मैं जो उत्तरादायित्व तुम्हें दे रही हूँ उसके सम्बन्ध में मुझसे स्पष्ट शब्दों में, सच्चे हृदय से अपनी निजी भावनाओं को व्यक्त कर देने का है कि तुम मेरे द्वारा दिये गये दायित्व का निर्वाह करोगी या नहीं?"

"क्यों न करूँगी? बड़ी बहना! आप निश्चिन्त होवें। रिनचिन और टासी को मैं कभी भी अपनी असली जन्मदात्री माँ का अभाव अनुभव होने नहीं दूँगी।"

"इसी के साथ बहन! मेरी एक और सीख भी ध्यान से सुन कर गाँठ बाँध ले। अपने पूरे जीवन-काल में तुम कभी भी दो पति नहीं बनाना। हमारे पशुपालक-समाज में गृहिणियों के लिए जो दो-दो पति बनाने की प्रथा है, जिसके चलते मैंने भी दूसरा पति अपनाया, उस प्रथा ने ही मेरा घर-परिवार समूचा-जीवन जला कर राख कर दिया। जो भूल मैंने की वैसी भूल तुम कभी भी मत करना। अपने बड़े जीजा जैसा भला मनुष्य और अति उत्तम पति तुम इस पूरी पृथ्वी पर ढूँढ़-ढूँढ़ कर भी बहुत कम ही पा सकोगी। उनके साथ विवाह कर के तुम अपनी जीवन सुख-शान्ति पूर्वक बिता सकोगी।

अपनी दशा को देखते हुए मैं तुमसे एक अनुरोध भी करना चाहती हूँ। मुझे भली भाँति जान पड़ता है, कि अपनी मृत्यु हो जाने के पहले तुम्हारे बड़े जीजा जी से एक भी बात कर पाने अथवा बस एक बार के लिए भी उनका मुख-मण्डल देख पाने का सौभाग्य अब मुझे नहीं मिल पायेगा। ऐसी परिस्थिति में तुम मेरी यह विनती उनसे कह सुनाना कि मैंने जो भी अपराध-अन्याय-अत्याचार उन पर किये हैं उन सभी के लिए वे कृपा कर मुझे क्षमा कर देंगे। क्योंकि यदि उन्होंने मुझे क्षमादान नहीं दिया, तो मर कर भी मेरी आत्मा कभी शान्ति नहीं पायेगी।" इतना कहते-कहते ही सोनाम कलेजा फाड़ कर हिचक-हिचक कर रोने लगी। रोने-फेंकरने के आर्तनाद में ही दम साध कर फिर कहने लगी।

"मैं सोचती थी कि मेरा जो नाम रखा गया है, संयोग से वह बड़ा ही सार्थक नाम है—सोनाम। क्योंकि इसका अर्थ ही है भाग्यवान। जिसे जीवन भर हर प्रकार की सुख-सुविधा ही प्राप्त हो। कभी कोई दुर्दिन न देखना पड़े। परन्तु छिरिंग दैमा। मेरा सोचना गलत सिद्ध हुआ। मैंने तो जन्म ही लिया महा अभागिन के रूप में। पूरा जीवन दुर्भाग्य की मार झेलते-झेलते ही बिताने को बाध्य रही।"

इसके आगे सोनाम फिर एक शब्द भी नहीं बोली। उसे बेहोशी का झटका आया, जिससे उसके दाँत लग गये। निढाल हो बिछौने पर हाथ-पाँव फैला लेट गयी। बड़ी बहन की बातें सुनने, फिर उनका दाँत लग बेहोश हो जाने पर छिरिंग दैमा को बड़े जीजा जी लबजाँग पर भयानक क्रोध भड़क आया। ऐसा प्रचण्ड क्रोध कि बेहोश बहन को वैसे ही छोड़, वह बड़ी तेज़ी से लबजाँग के चरागाह की छावनी की ओर अकेली-अकेली ही दौड़ पड़ी।

दरवाजे के पल्लों को ज़ोरदार धक्के से खोल कर एक स्त्री-मूर्ति को दोपहर की वेला में भी अँधियारी घर में घुस आया देख लबजाँग बेहद घबरा गया। पहले-पहले तो उसे लगा जैसे अँधेरे में काली-काली दीख रही छाया मूर्ति कोई डाइन या पिशाचिन हो, किन्तु क्रोध से आग-बबूला हो जब उस मूर्ति ने गर्जन-तर्जन शुरू किया तब वह पहचान पाया कि यह तो उसकी साली छिरिंग दैमा है। तब तक उसके कानों में जो क्रोध पूर्ण भर्त्सना करती हुई कड़वी बातें पड़ीं, वे परेशानी में डालने वाली होने

पर भी डाइन-पिशाचिन जैसी डरावनी नहीं थीं, बल्कि अप्रिय लगने पर भी उसी के हित की चिन्ता के लिए विकल थीं। छिरिंग दैमा ने उसे कर्णकटु शब्दों में दुतकारना शुरू किया।

—"आप अपने आपको समझते क्या हैं? क्या समझते हैं अपन को? आपके हृदय में लाज-शर्म, माया-ममता, दया-मया का लेश मात्र भी बचा है कि नहीं? कि इन जानवरों के साथ-साथ रहते हुए तुम्हारा मन भी जानवरों जैसा हो गया है। जो अपनी स्वार्थ सिद्धि के अलावे दूसरों की ज़रूरतों-मज़बूरियों की परवाह ही नहीं करते। तुम्हारा कलेजा क्या पत्थर हो गया है?"

"अरे दैमा! तू है? इतनी रात गये? आयी किसके साथ?" आश्चर्यचकित हो लबजाँग पूछ उठा।

"कौन है जो उसके साथ आऊँगी? मैं स्वयं ही अकेले-अकेले आयी हूँ। परन्तु तुमसे बातचीत करने, यहीं रहने के लिए नहीं आयी हूँ, बल्कि तुम्हें भी अपने साथ तुरन्त ही लिवा ले जाने के लिए। चलो मेरे साथ। अभी, तुरन्त अभी। निकलो, निकलो अभी तुरन्त।"

"कहाँ के लिए?"

—कहाँ के लिए पूछने का मतलब? तुम्हें याद नहीं है क्या कि तुम्हारी अपनी भी एक धर्मपत्नी है, बेटी है, बेटा है? रिनचिन नाम की एक कन्या और टासी नाम के एक लड़के की कोई याद है भी?"

"ये सब विचित्र प्रकार की बातें तू क्यों पूछ रही है? हुआ क्या है? उस मूल बात को ही बतलाओ न।"

लबजाँग ने चिन्ता से विकल होते हुए पूछा।

"हम सभी के सभी लोग तुम्हें एक अत्यन्त भला आदमी मानते जानते आ रहे थे। परन्तु बड़े जीजा जी! तुम्हारी वास्तविकता अब सभी जान गये हैं, कि तुम्हारी जैसा निष्ठुर-निर्दयी आदमी तो हमारे गाँव में क्या बल्कि समूची पृथ्वी पर कहीं, कोई नहीं है।" कहते-कहते जो छिरिंग दैमा अब तक क्रोधाग्नि से भड़काती उग्र मुद्रा धारण किये थी वह एकाएक असहनीय वेदना से व्यथित हो टूट पड़ा। फिर तो डाँटने-फटकारने की जगह वह स्वयं ही रोने-कलपने लगी।

छिरिंग दैमा को यूँ बिलख-बिलख कर रोते देख लबजाँग अत्यन्त घबरा गया। एक अनजानी आशंका के डर से उसका कलेजा काँपने लगा।

"क्या हुआ, बतलाओ न दैमा! तू नहीं कहेगी, तो मैं कैसे जान पाऊँगा भला कि मुझे क्या करना चाहिए।"

"अभी तुरन्त चल पड़ो। बड़ी बहना आज की रात भर भी जीती रह सकेगी या नहीं? कोई ठीक-ठिकाना नहीं। मृत्यु हो जाने के पहले कम-से-कम एक बार वह

आपका मुख-मण्डल अपनी चाहत भरी आँखों से देख जाना चाहती हैं।"

ऐसी सूचना छिरिंग दैमा के मुख से निकलते ही लबजाँग के कानों में जो पड़ी तो कुछ देर तक तो वह काठ मारे सा स्तब्ध हो बैठा ही रह गया। उसके बाद उसने रसोई के चूल्हे पर पक रहे भात की हाँड़ी को नीचे उतार कर किनारे रख दिया फिर ठण्डा पानी डाल कर उसने चूल्हा ही बुझा दिया। चलने को तैयार हो कर भी वह हिदायत देने के स्वर में बोल पड़ा—"पेमा वांगछू के घर तो मैं उससे मिलने के लिए भी नहीं जा सकता। यदि तुम्हारी बड़ी बहन जी अभी भी सच्चे हृदय से मेरे घर को अपना घर सचमुच ही मानती हैं, तो इतना सब होने पर भी मैं अभी भी उन्हें क्षमा कर दूँगा। परन्तु इसके लिए उन्हें इतना भर ज़रूर करना पड़ेगा कि वे वहाँ से हटकर अपने घर लौट आयें।"

"वे तो जाने कितने लम्बे समय से अपने घर लौट आने के लिए आतुर रहीं हैं। वे आयी भी थीं किन्तु आप ने ही उस घर के मुख्य द्वार पर ऐसा ताला जड़ उसे ऐसा बन्द कर दिया था कि वे उसे खोल कर अन्दर नहीं जा सकी। उसके बाद तो फिर आप ने उन्हें लौट आने का कोई अवसर दिया ही नहीं।"

लबजाँग ने मुख्य द्वार के ताले की चाबी छिरिंग दैमा के हाथ में पकड़ाते हुए कहा—"वापस जा कर तू ताला खोल घर के प्रवेश द्वार के किवाड़ खोल दे। फिर अपनी बड़ी बहन, को लिवा ला कर आदरपूर्वक वहाँ रखना। मैं अपने पालतू याक बैलों-चँवरी गायों और भेड़ों आदि पशुओं को खटाल में बन्द कर बहुत जल्दी ही करके तुरन्त वहाँ पहुँच रहा हूँ।"

उन्नीस

लबजाँग की छावनी से लौटते ही छिरिंग दैमा उस घर को खोल कर उसमें जमे काफी दिनों के धूल-धक्कड़-गंदगी को झाड़-पोंछ कर साफ-सुथरा करने में लग गयी। वह घर के अन्दर साफ-सफाई कर ही रही थी कि तभी नदी घाट से अपने-अपने कलशों में पानी भर कर लौट रही योनतान और लोजम जो उस राह से गुजरीं तो उन्होंने लबजाँग के घर के बराबर बन्द रहने वाले दरवाजे को ज्यों खुला हुआ देखा तो यह सोचकर कि लगता है लबजाँग वापस घर आया हुआ है, वे भी घर के भीतर चली गयीं। वहाँ छिरिंग दैमा को जो पाया, तो उससे सारा समाचार जान लेने के बाद वे दोनों भी छिरिंग दैमा के काम में सहयोग करती हुई लबजाँग के उस घर के आवश्यक काम शीघ्रतापूर्वक करने लगीं। वहाँ के समस्त कार्य शीघ्र ही सम्पन्न कर फिर तो वे तीनों ही पेमा वांगछू के घर एक साथ ही गयीं। वहाँ चेतना शून्य-बेहोश-अवस्था में पड़ी सोनाम को सहारा दे कर उन्होंने उठाया। फिर रोग-शय्या को काँवर का खटोला बना ढोती-ढोती सोनाम को लबजाँग और उसक उस पुराने घर में उठा ले आयीं।

सोनाम की अब गयी कि तब गयी; जैसी मरणासन्न दशा की सूचना साँझ होने के पहले-पहले ही पूरे गाँव में फैल गयी। सूचना पाते ही गाँव में रह रहे सभी लोग, जल्दी-जल्दी अवसर निकाल कर लबजाँग के घर में इकट्ठे होने लगे। गाँव नौजवान ही नहीं, अपितु बूढ़े-बूढ़ी, नन्हें-नन्हें बाल बच्चे, स्त्री-पुरुष सभी के आ पहुँचने से लबजाँग का घर खचाखच भर गया।

लबजाँग साँझ की वेला में अपने घर हड़बड़ाता हुआ आ पहुँचा। अपने घर के मुख्य द्वार से ही उसने देखा कि उसके घर के सामने गाँव के लोगों की भारी भीड़ आ जमी है। द्वार से अन्दर घुसा तो पाया कि इस घर में तो पाँव रखने भर को भी कहीं कोई जगह खाली नहीं है। लबजाँग के वहाँ पहुँचते ही उनमें फिर से चंचलता की एक लहर सी थिरक गयी। प्रचण्ड गर्मी में वायु के अभाव में सीधे खड़े धान के पूँजों से ठूँठे से दिख रहे लोग उसी तरह आगे-पीछे की ओर झुक-झुक कर हिचकोले लेने लगे, जैसे लहराती हवा की हिलोरें चल पड़ने पर धान के वे पौधे लहराने लगते

हैं। गाँव के लोगों ने लबजाँग के साथ ऐसा सद् व्यवहार किया, जैसे अपने घर में आने पर भी वह उस घर का गृहस्थ न हो कर अतिथि-अभ्यागत हो। उसी आदर भाव से लोगों ने उसे ले जा कर दुखी भाव से आकुल-व्याकुल होते हुए, कौड़े के पास ले जा कर बैठा दिया। वहाँ बैठने के कुछ समय बाद लबजाँग ने लक्ष्य किया कि यद्यपि कि उसका यह घर आदमियों की भीड़ से खचाखच भरा है, फिर भी कहीं से कोई तनिक सी भी आवाज़ नहीं उठ रही। किसी के मुख से बोल नहीं फूट रहे, मानों वहाँ उपस्थित आबाल-वृद्ध सभी के सभी गूँगे हों। पूरे परिवेश पर एक बेहद भारी शान्ति हावी थी।

लबजाँग ने देखा कि कौड़े के उस तरफ, जहाँ सोनाम और उसका मिलाजुला बड़ा-सा बिछौना बिछाया जाता रहा है, वहाँ नये सिरे से बिछौना बिछाकर उस पर सोनाम को सँभाल कर सुलाया गया है। उसके उस बिछौने को सोनाम की माता जी, पिताजी, छोटे भाई, छोटी बहन तो घेरे हुए बैठे ही हैं, पेमा वांगछू भी वहीं सटकर बैठा हुआ है। पेमा वांगछू को उस विशेष मुद्रा में सोनाम की शय्या के पास बैठा हुआ देखने पर लबजाँग को लगा कि जैसे कोई बनैला कुत्ता किसी शिकार पर झपट्टा मारने की ताक़ में बैठा हुआ है। उसने सोनाम के अपने मायके के परिवार के सभी सदस्यों को एक बार ध्यानपूर्वक दृष्टि फेरते हुए देखा। उनके मुखड़ों को देख उसे ऐसा लगा कि उन पर छाई शांति की वह भावना ठीक वैसी ही है, जैसी किसी महाविनाश कारी तूफान के आने की सम्भावना पर सर्वत्र सन्नाटा छा जाता है। शांति की वह भावना जैसे जबरन थोपी हुई कोई भारी-भरकम चीज़ हो जिसे शीघ्र ही फट पड़ने वाला कोई भयंकर ज्वालामुखी फट कर चीथड़े-चीथड़े कर उड़ा ले जाने वाला हो। ऐसा ही महाविनाशक ज्वालामुखी उनके मुखमण्डलों के नीचे गुरमुराता सा जान पड़ा।

उपस्थित जन समुदाय पर दृष्टि फिरा-फिराकर वह जो देख रहा था कि इसी क्रम में उसकी दृष्टि सोनाम की लेटी हुई देह पर जा कर विजड़ित सी ठहर गयी। शय्या पर यूँ उसे लेटा देख लबजाँग के मन में अचानक एक बहुत पहले देखा हुआ दृश्य कौंध गया। उसे याद आया कि उनका जब विवाह हुआ था उसके कुछ ही दिनों बाद किसी एक बात पर तर्कातर्की होने पर सोनाम मानवती नायिका सी मान कर बैठी थी। तब वह रूठ कर जैसे सो जाने का भाव दिखाती हुई इस शय्या पर लेटी थी, ठीक उसी तरह आज भी लबजाँग की किसी गलती से खिन्न हो कर सो जाने का बहाना करती हुई वहाँ जा लेटी है। ग़ौर से जो निरखा-परखा तो उस पुराने दृश्य की उस मानवती सोनाम और आज की इस रोगग्रस्त सोनाम में उसे बहुत भारी अन्तर साफ़-साफ़ दिखायी दिया। आज के उसके मुखड़े पर पहले का वह तेज़, वह कमनीय कान्ति वह मासूमियत वह अनछुआ किन्तु पूर्ण विकसित सौन्दर्य आज कहीं रंच मात्र भी शेष नहीं है। आज तो उसका मुखड़ा सूखा-सूखा, तेज हीन, रूखा-रूखा,

भीषण रोग की मार से जर्जर फीका-फीका है। इस रूप में उसे वहाँ पड़ा देख भला कौन कहेगा कि यह उसकी वही सोनाम है? साफ-साफ तो यही जान पड़ता है कि यह कोई दूसरी ही स्त्री है। पहले वाली उस सोनाम से सर्वथा भिन्न। जिसकी सोनाम से कोई भी समानता नहीं। सोनाम तो सोनाम लग ही नहीं रही, बल्कि उसकी जगह पर वह जो पास में बैठी है छिरिंग दैमा, लबजाँग को लग रहा है जैसे वही उसकी पहले वाली सोनाम है। रोग से जर्जर क्षीण काया में बेहोशी की दशा में आस-पास की गतिविधियों से अज्ञान पड़ी सोनाम, पूरे घर में ठसाठस बैठे बेहद अकुलाये भारी अनर्थ होने की आशंका से परेशान फिर भी महामौन साधे गाँव के सारे लोग, सभी सामने प्रत्यक्ष हैं, फिर भी लबजाँग को लग रहा है जैसे यह सब यथार्थ न हो कर सपना है जिसे अपनी किसी गहरी नींद में खोया हुआ वह सच्चाई के रूप में देख रहा है। उसने अपने मन ही मन, अपने आप से ही प्रश्न पूछा—वह जो घर में बराबर जलते ही रहने वाले कउड़े के उस पार सोयी हुई स्त्री है? क्या सचमुच वही उसकी प्राणप्रिया पत्नी सोनाम है? सोनाम नाम की उसकी कोई धर्मपत्नी भी थी क्या? उसके मन ने मानो उत्तर दिया—हाँ, इस नाम की उसकी पत्नी तो एक थी, परन्तु उसकी तो कब जाने की मृत्यु हो गयी थी।

जीवन की सच्चाई के प्रति जब वह कुछ सचेत हुआ तब यह सोचकर बहुत ही क्षुब्ध हुआ कि अपनी प्राण प्रिया सोनाम के बारे में इस प्रकार की हृदयहीन बातें वह सोच भी कैसे सका। अपनी ऐसी क्रूरता पर उसे अपनी ही अन्तरात्मा ने धिक्कारा। रोग से फक्क हो सफेद पड़ गये, देह का सारा खून सूख जाने से रूखी-सूखी काया और फीके चेहरे वाली उस सोनाम की ओर कुछ देर तक लगातार देखते रहने के बाद लबजाँग के मन में इतने दिनों तक उसके प्रति पल रहा क्रोध-क्षोभ ईर्ष्या-द्वेष, मान-अभिमान, मनो मालिन्य-घृणा आदि का सारा का सारा मनोभाव धीरे-धीरे लुप्त हो गया। तब उसे बड़ी गम्भीरता से इस बात की अनुभूति हुई कि अपने इस सम्पूर्ण जीवन-काल में उसने बस केवल एक ही स्त्री से दिलोजान से प्यार किया था और वह विशेष स्त्री है यही सामने सोयी सोनाम। किन्तु हाय रे दुर्भाग्य! अपने ही किसी पूर्व जन्म के कुकर्मों, फलतः अर्जित पापों के परिणामस्वरूप उस मात्र एक स्त्री का भी प्रेम वह पूरा-का-पूरा मात्र अपने एक अकेले-अकेले के लिए, सम्पूर्णतः एकाधिपत्य के रूप में नहीं पा सका। उसका पूरा प्यार नहीं पा सका। पेमा वांगछू जैसे एक लम्पट आदमी के साथ खोर-देपका करके उसके प्यार को खण्ड-खण्ड करके उसमें भागीदार बनाना पड़ा। शुरू में उसके प्यार का एक भागीदार भर बना यह पेमा वांगछू उसे मेरे स्वामित्व से पूर्ण विच्छिन्न कर, मुझसे सर्वथा अलग कर छीन ले गया और स्वयं ही उसकी सम्पूर्ण प्रेम भावना का स्वामी बन बैठा।

बहुत समय बाद आज वह फिर मेरे निकट आयी है। अपने निजी घर में लौटी

है वह। उसे अपने घर में पा कर अब लबजाँग के मन में अचानक बड़ी तीव्र लालसा जगी, दौड़कर उसके पास पहुँच जाने, उसे अपनी जबर्दस्त अँकवार में भर कर कलेजे से चिपका लेने तथा इतने दिनों तक उसने जो अन्याय-अत्याचार उस पर किये हैं, उन सभी के लिए क्षमा-प्रार्थना करने के लिए। प्रेम के मदमस्त भाव से भरे अपने चुम्बनों से उसके दोनों गालों को भर-भर कर उसके सारे स्त्री सुलभ मान को, उसकी सारी नाराज़गी को पूरी तरह भंग कर देने, समाप्त कर देने के लिए। परन्तु हाय रे भाग्य! लबजाँग अपनी यह इच्छा भी पूरी नहीं कर सका। समूचा घर जब आदमियों से ठसाठस भरा पड़ा हो, तब ऐसा दुस्साहस भला वह कैसे करे? इस परिस्थिति में तो वह सोनाम के बिलकुल पास पहुँचकर बैठने का भी साहस नहीं कर सका। उसे तो ऐसा लगने लगा कि सोनाम से प्रेम प्रीति की बातें करने की तो बात ही दूर, वह तो किसी से भी कोई भी बात करने की शक्ति ही खो चुका है। उसका कण्ठ कुछ बोलने को खुल ही नहीं रहा। अत्यन्त उद्दण्ड, मरने-मारने पर उतारू हिंसक आदमियों के गिरोह के बीच घिरा डरपोक किस्म का अथवा नपुंसक व्यक्ति जैसे कुछ भी बोलने-चालने, कर पाने में असमर्थ हो बैठा रहता है, ठीक उसी प्रकार घुट्टी-मुट्टी मारे वह चुपचाप बैठा रहा।

अपने पिता को चूँकि बहुत दिनों के बाद देखने का अवसर आज मिल पाया था रिनचिन को; अतः वह उनके निकट जाने में संकोच अनुभव कर रही थी। इस पर भी एक और बड़ी बाधा उसके लिए यह थी कि अपने ही घर में वह बहुत दिनों बाद घुस पायी थी, परन्तु वहाँ भी एक ऐसी दमघोंटू परिस्थिति में जो आ पड़ी थी, सो इससे ऐसी घबरा गयी थी कि बालकोचित उछलकूद न कर चुप्पी साधे अपनी माँ के बिछौने की बगल में बैठी हुई थी। किन्तु जब उससे रहा नहीं गया तब सकपकाते हुए डरते-डरते चलती हुई पिता के पास पहुँच ही गयी। फिर तो उनकी गोदी में चढ़ कर बैठ गयी। रिनचिन को जो अपने पास पाया, तो लबजाँग की अपनी परेशानी भी काफी कम हो गयी।

"पिताजी, पिताजी! मेरी माँ को क्या हो गया है?" पूरे घर में गहरायी दमघोंटू चुप्पी को तोड़ते हुए रिनचिन पिता से पूछ बैठी।

"यह प्रश्न तू अपने पत्थर दिल निर्दयी पिता से क्यों पूछ रही है? तेरी माँ अभी भी जिन्दा है, या मर गयी, इस सम्बन्ध में तेरा बाप भला क्या जाने?" क्रोध से तिलमिलाती हुई छिरिंग दैमा ऊँची आवाज़ में डपट पड़ी। मौसी की ऐसी डाँट खा कर रिनचिन फिर चुप्पी साध गयी।

"अरे ओ पेमा वांगछू! तू यहाँ पर क्या करने के लिए बैठा है रे? मेरी बड़ी बहन जी और मेरे जीजा जी की सुखी घर-गृहस्थी को तूने जला कर राख कर दिया। उनका बसा-बसाया संसार उखाड़ कर फेंक दिया। तू तो ऐसी निकृष्ट जन्तु है कि जिसकी विष्ठा सूअर भी नहीं चाटेगा। तू जब अपना सब कुछ साध चुका तो अब

फिर यहाँ किस फिराक में आ बैठा है? थू है तुझ पर थू।" पेमा वांगछू के ऊपर जो इतने दिनों का क्रोध छिरिंग दैमा के मन में भरा था, उसे उजाड़ कर बाहर फेंकती हुई उसने बातें कह सुनाने के बाद उसकी देह पर सचमुच में ही थूक दिया। ऐसा व्यवहार देख पेमा वांगछू लाज के मारे झुका तो ज़रूर किन्तु उसे ऐसा क्रोध भड़का कि फट ही पड़ता किन्तु परिस्थिति को समझते हुए वह अपना गुस्सा पी कर रह गया। मुँह खोल कर उसने कोई बात सुना देने की हिम्मत नहीं की।

"अरे ओ बिटिया! ऐसा काम नहीं करना चाहिए। जो हो गया, सो हो गया। अब उस पर खिसियाने से, झल्ला कर गाली-गलौज़ करने से भला क्या लाभ?" अपनी छोटी बेटी के आचरण से स्वयं लज्जा का अनुभव कर ङ्इरु बूढ़े ने कहा।

"क्यों नहीं दूँगी गाली-गलौज? बड़ी बहन इतनी भयानक बीमारी में फँसी तिल-तिल मरी जा रही थी, फिर भी कभी भी उसने मेरी उस बहन के लिए तनिक सी भी कोई चिन्ता की? उसे स्वस्थ रखने का कोई उपाय किया? बड़ी बहन को इस घर से फुसला कर जो अलग कर अपने घर ले गया उस दिन, उस घड़ी से अपनी माँ और पिता जी के साथ मिल कर रात-दिन उससे बस काम ही काम ले कर खटवाते रहे। उसके खून का एक-एक बूँद अपने घर के कामों में खर्च करवा दिया। उसकी मेहनत की कमाई खाते रहे। माँ-बेटे मिल कर रात-दिन गाली-गलौज दे कर मार-पीटकर हर तरह से परेशान ही करते रहे। अगर मेरी बड़ी बहन को बहला-फुसला कर वे यहाँ से अपने घर लिवा ले नहीं गये होते, तो आज उनकी ऐसी दुर्गति नहीं बनी होती। उसने ही मेरी बड़ी बहना को खाया है। मेरी यह बड़ी बहन जो आज काल के गाल में समाती जा रही है, दरअसल उस काल ने नहीं बल्कि इसी ने उसे चबा डाला है।" कहते-कहते छिरिंग दैमा तो फिर पुक्का फाड़ कर बिलख-बिलख कर रोने लगी।

"अरे तू रो क्यों रही है रे? तेरी बड़ी बहन मरी नहीं है। मनुष्य प्राणी के शरीर में जब तक साँस आती जाती रहती है, तब तक उसके जीवित बचे रहने की पूरी आशा बनी रहती है। कौन जाने कि जब वह अपने घर में लौटकर आ गयी है, तो तो इस घर के गृह-देवता उस पर दया करके उसे भला-चंगा ही कर दें। ऐसी दशा में रोने-चिल्लाने से ज्यादा अच्छा है कि हम सब मिल कर पालदेन लामू देवता के नाम का मन्त्र जाप कर उसके प्राणों की रक्षा करने के लिए प्रार्थना करें। उसके प्राणों की भीख माँगें। हमारे लिए फिलहाल यही करना उचित है।" चरगेन बूढ़े ने सभी को सांत्वना बँधाने के लिए अपना यह सुझाव ऊँची आवाज में दिया फिर भी उसका कोई प्रभाव पड़ता दिखायी नहीं पड़ा। लोग उस पर विश्वास नहीं कर सके।

क्षण-क्षण, पल-पल समय बीतता चला जाता रहा। दिन बीत ही गया, रात भी गाढ़ी होने लगी तब गाँव के कुछ लोग अपने-अपने घर चले गये। उनमें से कुछ तो अपने घर पर भोजन कर चुकने के बाद लौट कर फिर वहीं आ गये। इसी बीच समय

निकाल कर पेमा वांगछू भी अपने घर जा कर भोजन-छाजन कर आया। योनतान अपने घर से पका हुआ भोजन ले आयी, लबजाँग के आगे खाने के लिए परसा, परन्तु लबजाँग ने उसे हाथ से छुआ तक नहीं। पहले ही की तरह एक पत्थर की जड़ मूर्ति की तरह तनिक भी हिले-डुले बिना बैठा का बैठा रहा। उसे प्रकार नीख-निःशब्द, महामौन साधे, अत्यन्त गम्भीर अवस्था में बैठा देख उसे बुलाने-समझाने तक की किसी में हिम्मत नहीं हुई। पिता के तेजहीन फक्क पड़े गुम-सुम मुखड़े को देख रिनचिन को भी फिर से बुलाने-बतियाने का साहस नहीं हुआ। सहमी-सहमी सी वह चुपचाप जा कर अपनी माँ की बगल में सो गयी।

ठीक आधी रात को सोनाम की नींद खुली। चेतनता का एक झोंका सा अनुभव कर वह जग पड़ी। अपने आस-पास चारों ओर उसने जो स्त्री-पुरुषों की भीड़ देखी, उन सभी के मुरझाये चेहरों पर छायी निराशा की काली छाया सी फैली देखी तो किसी अनजानी-अनपहचानी किन्तु अत्यन्त भयावह आशंका के मारे उसका कलेजा काँप उठा।

मानव-समाज का एक बहुत ही पुराना, परम्परा प्राप्त अनुभव है कि मरणासन्न दशा का अत्यन्त गम्भीर रोगी जब चेतना शून्य हो रहता है, काफी देर तक बेहोशी की दशा में ही पड़ा रहता है, तब अगर उसमें अचानक चेतना चमक आती है, आँखें खोल वह परिस्थिति को जान-पहचान लेता है, तब उसकी दोनों प्रकार की स्थितियों के होने की संभावना होती है। या तो उसके बाद उस रोगी की दशा अच्छाई की ओर बढ़ती है, वह क्रमशः स्वास्थ्य लाभ करता हुआ परिपूर्णतः ठीक हो जाता है अथवा फिर बुझते हुए दिये की लौ के आखिरी भभक्के की तरह चेतनता का एक भारी झटका दिखा कर फिर सदा-सदा के लिए चेतना शून्य हो जाता है। अन्तिम निश्वास फेंक मृत्यु को प्राप्त हो जाता है। गम्भीर रोगी के इर्द-गिर्द उपस्थित हितैषियों के मन पर इन दो सम्भावनाओं में से किसी एक सम्भावना की झलक अधिक स्पष्ट दिखायी पड़ जाती है। सोनाम की चेतना-दृष्टि ने जो उपस्थित जन-समुदाय के मन की भावनाओं पर ध्यान दिया तो उसे स्पष्ट आभास हुआ कि इन लोगों के मन स्पष्ट रूप से सोनाम के लिए दूसरी सम्भावनाओं पर ही मुख्य रूप से अटके हुए हैं। अर्थात् सभी माने हुए हैं कि सोनाम की अन्तिम घड़ी ही अब उपस्थित होने वाली है। फिर तो सोनाम अपनी आँखें फाड़-फाड़ चारों ओर दृष्टि दौड़ाने लगी। ऐसा लगा जैसे किसी अत्यन्त विशिष्ट वस्तु को परा लेने के लिए हड़बड़ाई-अकुलाई हुई हो। हर तरफ निहार-निहार कर जब थक गयी तो अपनी खाट के पास बैठी अपनी माँ को लक्ष्य कर हौले से पूछ बैठी—माँ। ओ "माँ! यह घर तो मेरे अपने घर जैसा जान पड़ रहा है। क्यों माँ! क्या यह सचमुच मेरा अपना घर ही है?"

"हाँ, बेटी हाँ। यह घर तुम्हारा ही घर है। तेरा अत्यन्त प्यारा-दुलारा अपना घर। इतना जरूर है कि तू यहाँ स्वयं चल कर नहीं आ सकी थी, अतः तुम्हें उस

पराये घर से उठा कर इस अपने घर में ले आया गया है। तुम अब सारी चिन्ताएँ छोड़ दो। जल्दी से जल्दी स्वस्थ हो जाओ। तुम्हारे स्वस्थ होते ही सभी कुछ ठीक हो जायेगा।" कहते-कहते उसकी माता जी का गला जो रुँधने लगा तो उन्होंने अपना मुँह दूसरी ओर फेर लिया, ताकि उनकी आँखों से छलके आ रहे आँसुओं को सोनाम न देख पाये।

"अच्छा माँ! क्या वे भी चरागाह की छावनी से आ गये हैं?"

"हाँ बहना हाँ! जीजा जी तो बहुत पहले से ही यहाँ आ चुके हैं। उस ओर आँख उठा कर देखो न। वे वहाँ तुम्हारे लिये ही तो बैठे हुए हैं।" उत्तर इस बार छिरिंग दैमा ने दिया। उसके स्वर में सभी कुछ अच्छा हो जाने की आशा का भरोसा भरा था।

"ओ छिरिंग! तू अपने जीजा जी को क्या थोड़ा मेरे पास बुला दे सकती हो?"

"अरे ओ बड़े जीजा जी! मेरी बड़ी बहन आपको अपने पास बुला रही हैं। क्या आप उनकी पुकार नहीं सुन पाये?" थोड़ी झल्लाहट में रोष प्रगट करती हुई छिरिंग दैमा ने लबजाँग को झिड़की सी दी और उनके कर्तव्य के प्रति उन्हें सजग भी किया। सुनते ही लबजाँग अपनी बैठकी की जगह से उठ खड़ा हुआ और तुरन्त ही सोनाम के करीब आने लगा। उसे यूँ आते देख सोनाम के पास पहुँच जाने के लिए भीड़ में जमा लोगों ने इधर-उधर दब-दुबा कर रास्ता छोड़ दिया। लबजाँग को जब अपने अत्यन्त पास में सोनाम पा गयी तब उसके हृदय को बड़ी शान्ति महसूस हुई। फिर तो उसकी चाहत और बढ़ गयी। अब उसने अपनी बिटिया और बेटे को भी अपने उतने ही पास देखना चाहा। रिनचिन और टासी तब तक नींद में खो चुके थे। उन्हें लोगों ने तुरन्त ही जगा दिया। नींद में एकाएक खलल पड़ जाने से दोनों बच्चे चीख-चीख कर रोने लगे। परन्तु लोग उन्हें उठा कर जब माँ के पास लिवा ले आये तो माँ को अपने ठीक सामने देखते ही उन दोनों ने ही रोना बन्द कर दिया। इस बीच लबजाँग सोनाम के बिलकुल पास में सटकर बैठ गया।

"हार-थक कर मैंने तो समझ लिया था कि अपनी मृत्यु हो जाने के पहले मुझे आपका दर्शन करने का सौभाग्य नहीं मिलेगा। आपके पास ये दोनों बच्चियों को छोड़ कर जा रही हूँ। मेरी मृत्यु हो जाने के बाद आप इनकी अच्छी से अच्छी देखभाल कीजिएगा। मुझे इस बात का दुख रह ही गया कि अपने इस जीवन में मैं आपको कोई सुख नहीं दे सकी।" अपने जीर्ण-शीर्ण दोनों हाथों से लबजाँग के दोनों हाथों को अपनी मुट्ठी में भींचकर पकड़े-पकड़े रुँधे-रुँधे कण्ठ से बड़े कष्ट से वह अपनी बात कह पायी। ऐसी बातें कहते हुए उसी दौरान उसकी दोनों आँखों से आँसुओं की धार लगातार बहती रही। आँसुओं की धार के बीच हिचकियाँ लेते-लेते वह बड़ी कठिनाई से, ठहर-ठहर कर जैसे तैसे फिर विनती सी करती हुई बोली—"मुझे बड़े जोरों की प्यास लगी है। थोड़ा सा पानी पीऊँगी।" लबजाँग को सम्बोधित करते हुए

सोनाम बोली। सोनाम के मुँह से पानी पीने का निवेदन जैसे ही सुनायी पड़ा कि तुरन्त ही पेमा वांगछू काठ की गिलास में पानी भर लाया और उसे सोनाम की ओर बढ़ाते हुए पी लेने का अनुरोध किया। परन्तु सोनाम ने अपनी कमज़ोर हथेली से उसे परे ठेलते हुए कहा–"तुंम्हारे हाथ से लाया हुआ पानी मैं नहीं पीऊँगी।" सोनाम के ऐसे रुखे व्यवहार पर पेमा वांगछू सब के सामने मारे लाज के जैसे गड़ गया फिर भी अपने मुख से वह कुछ भी नहीं कह सका। तब लबजाँग की ओर मुँह करके बड़ी अनुनय-विनय भरी चितवन से निहारते हुए उसने कहा–"मैं आपके हाथों से पानी पीना चाहती हूँ। मुझे पानी पिलाने की कृपा करेंगे क्या?"

लबजाँग उठ कर खड़ा हो गया, फिर चल कर योनतान के पास गया और एक चूंगा आराक मँगवा लिया। फिर अपने थैले में से उसने एक लकड़ी का प्याला निकाला, चूँगा से ढल कर उसमें थोड़ी मात्रा में आराक भरी तथा बड़ी सावधानी से सँभालते हुए सोनाम की मूड़ी को कुछ ऊपर उठाया, फिर उतनी सावधानी से उसके दोनों होठों के बीच में उस पान पात्र को उठा कर लगा दिया। बड़ी ललक से सोनाम ने जो चुस्की ली तो मदिरा का थोड़ा सा अंश उसके गले के भीतर से उसके पेट में पहुँच उसे परितृप्त कर गया किन्तु रोगी होठों के कमज़ोर कोरों से कुछ मदिरा दोनों बगलों से नीचे की ओर बह चली। सोनाम के होठों के किनारों से बही वह मदिरा ठुड्डी से नीचे की ओर ढुलक पाये कि उसके पहले ही लबजाँग ये उसे अपने प्याले में डाल लिया। लबजाँग ने अपना प्याला जो मदिरा के उस अंश को भर लेने के लिए सोनाम के होठों से सटा कर लगाया तो ठीक उसी समय सोनाम की आँखों से आनन्द-वेदना मिश्रित आँसू टपके पड़ रहे थे, वे भी उसी पान-पात्र में गिर कर मदिरा में मिल गये। लबजाँग ने सोनाम के आँसुओं से गीली उस जूठी मदिरा को फेंका नहीं, बल्कि बड़े चाव से उसे स्वयं पी गया।

सोनाम ने विनती की कि लबजाँग उसके सिर को अपनी गोदी में उठा ले अतएव लबजाँग ने बड़ी कोमलता से उसकी गरदन को उठाते हुए उसके सर को सावधानीपूर्वक बड़ी मुलायमियत से अपनी गोदी में रख लिया। अपने एक हाथ से सोनाम ने लबजाँग का हाथ ज़ोर से भींचते हुए अपनी मुट्ठी में पकड़ लिया, जब कि दूसरे हाथ की अँकवार बनाते हुए उसके भीतर रिनचिन और टासी को समेटते हुए बड़ी जोर से उन्हें अपनी ओर खींच अपनी छाती से चिपका लिया। अपने सभी आत्मीयों को अपने प्रगाढ़ आलिंगन में, अपने से पूरी तरह सटा हुआ पा कर मिलन के अतिशय आनन्द से सोनाम का मुख-मण्डल एक अलौकिक कान्ति से चमक उठा। अपने होठों पर सात्विक आनन्द की मुस्कान बिखेरते हुए भाव-गद्गद वाणी में वह चहक उठी–"मेरा सोनाम (सौभाग्यवली) नाम आज सचमुच सार्थक सिद्ध हुआ।"

उसके बाद तो सोनाम ने लबजाँग और अपनी बेटी तथा बेटे को अपनी सारी

शक्ति लगा कर बहुत ज़ोरों से अपनी अँकवार में जकड़ लिया, परन्तु इस अतिशय दबाव से सभी उसकी देह से चिपक तो गये किन्तु तभी सोनाम की प्राण-वायु उसकी देह की सीमा से मुक्त हो बाहर निकल गयी। पूरे घर में रोअन-पीटन, चीखना-हिचक-हिचक रोना इस कदर शुरू हो गया कि सारा परिवेश ही शोक-मग्न हो गया। पेमा वांगछू, छिरिंग दैमा, सोनाम की माता जी, उसके पिता जी आदि सभी सम्बन्धी, यहाँ तक कि जिनका उससे कोई सम्बन्ध नहीं था, ऐसे सारे लोग, क्या बच्चे, क्या बूढ़े, क्या स्त्री, क्या पुरुष सभी के सभी कलप-कलप कर रोने लगे। बड़े-बड़े लोगों को इस तरह पुक्का फाड़-फाड़ रोते देख रिनचिन और टासी भी चिल्ला-चिल्ला कर रोने लगे, हालाँकि वे कुछ भी समझ नहीं पा रहे थे कि सब लोगों के रोने की वजह क्या है?

लबजाँग खुल कर रोने-धोने की जगह अब और भी गम्भीर हो गया था। उसी गम्भीर मनोभाव से उसने सोनाम की खुली हुई पलकों को नीचे गिरा कर उसकी आँखों को मूँद दिया। उसकी दोनों बाँहों को दोनों बगलों में सही स्थिति में सँभाल कर रखा, फिर उसकी गर्दन के नीचे हाथ ले जा कर सर को मुलायमियत से उठाते हुए तकिये पर रख दिया। जैसे कि उसे प्यार की नींद सुला रहा हो। उसे आराम से लिटा कर उठा और अपने बक्से को खोल कर उसमें एक कोरा वस्त्र और तिब्बत राज्य की एक मुद्रा—जिसे बैताङ् कहते हैं—निकाल लाया। उस नवीन कोरे कपड़े को उसने बड़ी अच्छी तरह से सोनाम को ओढ़ा दिया। उसकी प्राणहीन पड़ी उस देह को पूरी श्रद्धा अर्पित करते हुए उसने उसका मुख खोल कर तिब्बती बैताङ् मुद्रा के सिक्के को उसके अन्दर डाल दिया। फिर मुख के दोनों होठ सटा कर बन्द कर दिये। फिर बड़े प्यार से हौले से उसके गालों पर चुम्बन जड़ा, इतना सँभल कर कहीं उसे तनिक भी दबाव न महसूस हो। उसके बाद उसने अपनी बिटिया रिनचिन को गोदी में उठा लिया। बेटी को गोदी में भरे-भरे ही वह गुमसुम हो सोनाम की प्राणहीन देह-शव के पास थका-हारा सा बैठ गया। सोनाम के शव के पास महामौन साधे-साधे वह जो बैठा, तो उसी तरह पूरी रात भर बैठा ही रहा। सोनाम की मृत पड़ी देह को आँखों से निहारते-निहारते उसने पूरी रात बिता दी। दूसरे दिन उसने सोनाम के शव पर अन्तिम संस्कार श्राद्ध आदि कर्मों में तन-मन-धन से, पूरी निष्ठा और सर्वान्तःकरण से जुट गया।

अकेले अपने सर पर सारे भार उठाये सोनाम के शव के सारे संस्कार तथा उसकी आत्मा की शांति के लिए सभी प्रकार के श्राद्ध कर्मों को प्रमुख भाग लेते हुए लबजाँग ने सम्पन्न करवाया, यहीं तक नहीं, बल्कि जब सभी कुछ लोक-रुचि के अनुसार अच्छी तरह हो गया, तब सोनाम की आत्मा की शान्ति के लिए गाँव में एक स्तूप भी बनवा दिया। उसके बाद वह तवाँग गोम्पा (बौद्ध विहार) गया। वहीं की परम्परा के अनुसार वहाँ पूजन-अर्चन करवाया फिर वहाँ के सभी बौद्ध-भिक्षुओं,

संन्यासियों को सामूहिक भोज दिया। अपने गाँव के बौद्ध विहार में प्रतिष्ठित करवाने के लिए भगवान चानराजी की मूर्ति बहुत अधिक धन चुकाकर खरीद लाया।

सोनाम की मृत्यु के आघात से लबजाँग का हृदय टूक-टूक हो गया था, शोक के मारे वह मरा जा रहा था, किन्तु उसका सारा दुःख-क्लेश उसके हृदय के अन्दर-अन्दर ही उमड़ता-घुमड़ता रहा, बाहर की ओर उसका कोई पता नहीं चलता था, क्योंकि बाहर-बाहर से वह अत्यन्त धीरज रख कर शान्त-शिष्ट और स्वाभाविक आचरण ही कर रहा था। गाँव के लोगों ने ध्यान लगा कर जो उसके आचरण को निरखा-परखा तो देखा कि सोनाम की मृत्यु जैसी दुःखदायी घटना होने पर भी लबजाँग की आँखों से एक बूँद आँसू भी नहीं टपका। एक हिचकी भी उसने दर्द से तड़पते हुए नहीं ली। जब कि दूसरी ओर पेमा वांगछू विलाप कर-करके,चीख चिल्ला कर, बीते सुखमय जीवन का पचड़ा गा-गा कर रोते-बिलखते हुए धरती पर लोटता-पलोटता, रो-रो कर दोनों आँखों के कोए फुला कर, दोनों गालों को फुला कर सोनाम के लिए अपनी वेदना का इज़हार करता रहा। उन दोनों के ऐसे भिन्न-भिन्न आचरणों को देख कर गाँव के लोग तरह-तरह की धारणाएँ व्यक्त करने लगे। झुण्ड के झुण्ड लोग अपने मन की भड़ास निकालते रहे। उनमें से प्रायः सभी ने एक मत से यह बात मानी कि—पेमा वांगछू ही सोनाम को सच्चे हृदय से प्यार करता था। लबजाँग के हृदय में तो प्रेम की कोई भावना है ही नहीं। उसका हृदय तो पत्थर सा कठोर है, इसी से तो सोनाम ने उसे छोड़ पेमा वांगछू के साथ रहना उचित समझा था। उसके साथ उसी के घर जा बसी थी। सोनाम की मृत्यु पर उसके श्राद्ध-संस्कार आदि किये, ढेर सारा पैसा खर्च किया, वह सब केवल साधारण जनता को दिखा कर प्रशंसा लूटने के लिए किया। अगर उसके हृदय में सोनाम के प्रति तनिक सा भी सच्चा प्यार रहा होता तो उसकी मृत्यु की महाशोक पूर्ण घटना पर एक बूँद आँसू भी क्या लबजाँग की आँखों से उसके लिए नहीं टपकता? लबजाँग जैसा बज्र-हृदय वाला निर्दयी—दूसरों के प्रेम का प्रतिदान न देने वाला—कृतघ्न व्यक्ति समूची पृथ्वी पर कहीं न जन्मे तभी ठीक रहे।

सोनाम के श्राद्ध-कर्मादि के सारे संस्कार जब विधिवत पूरी तरह से सम्पन्न हो गये, तब लबजाँग ने एक दिन पेमा वांगछू को सम्बोधित कर कहा—"हम दोनों व्यक्तियों की जो एक अकेली धर्मपत्नी थी सोनाम। सो वह तो हमें छोड़ कर संसार से विदा हो गयी। हम दोनों में सम्बन्ध स्थापित करने की वही एकमात्र कड़ी थी। उसकी मृत्यु से हमारे सम्बन्ध अपने आप खत्म हो गये। अब हमारा परस्पर कोई सम्बन्ध शेष नहीं है। इस विषय पर तुम्हारे क्या विचार हैं?"

पलट कर तुरन्त एक झटके में ही पेमा वांगछू ने जवाब दिया—"मैं इससे भिन्न और क्या बात करूँगा। हमारा सम्बन्ध निश्चय ही समाप्त हो गया अतः मुझे यहाँ रहने की आवश्यकता ही नहीं रही। मैं रहूँ भी क्यों? क्या मेरे पास अपना कोई

घर नहीं है? उसके अलावा यह घर मेरा हुआ ही कब? सोनाम ने तो मुझे कोई एक भी सन्तान नहीं दी। जितनी भी पैदा कीं, सब तेरी ही सन्तानें पैदा की उसने। ऐसी स्थिति में इस घर के पशु भर ही तो मेरे हैं। मेरे हिस्से के याक बैल, चँवरी गायें, भेड़े वगैरह बाँट कर मुझे दे दो। बस हमारा-तुम्हारा हिसाब चुकता हो जायेगा।

चरगेन से निवेदन करके बँटवारा कर देने के लिए लबजाँग ने न्याय-पंचायत की बैठक बुलवायी। उस बैठक में उन दोनों के क्रिया-कलापों और अधिकारों से संबंधित भारी तर्क-वितर्क हो चुकने के बाद निर्णय किया गया कि चूँकि पेमा वांगछू ने सोनाम को लबजाँग से दूर कर उसका घर भी छुड़वा दिया था, अपने घर ले जा कर अपनी अकेले-अकेले की पत्नी बना लिया था, फिर तरह-तरह के झूठे लांछन-अभियोग लगा-लगा कर सोनाम के मन को ऐसा विषाक्त किया था कि वह लबजाँग से अपने वैवाहिक-सम्बन्ध ही तोड़ ले। इस तरह आधा हिस्सेदार जब बना रहना चाहा ही नहीं, तो अब आधा हिस्सा माँगने को उसका हक ही कहाँ रहा। फलतः लबजाँग की सम्पत्ति में उसे आधा हिस्सा नहीं मिल सकेगा। फिर भी चूँकि उसने लबजाँग के घर पर कुछ वर्ष रह कर घर के कामों में हाथ बँटाया है, सहयोग किया है अतः खाने-पीने की सुविधा, जो उसे मिल ही चुकी है, के अतिरिक्त उसे दो याक बैल मिलने चाहिए। इनमें भी चूँकि उसने एक याक बैल मिरोक गाँव के ङ्वांग नामक अपने मित्र को लबजाँग की अनुमति के बिना ही दे दिया था, अतः अपने हिस्से का एक बैल तो वह ले ही चुका। अतएव अब पेमा वांगछू लबजाँग से बस केवल एक याक बैल ही पा सकेगा।

उस याक बैल को ले कर पेमा वांगछू, लबजाँग के जीवन से अलग हो गया। कुछ दिनों बाद गाँव की पूरी जनता को जानकारी मिली कि अपने बड़े भाई की पत्नी—अपनी भाभी—लोजम के साथ उसने फिर से शारीरिक सम्बन्ध बना लिया है। फलतः बड़े भाई के साथ उसने लोजम से खोर-देपका विवाह कर लिया है। लबजाँग चाहता था कि रिनचिन और टासी को अपने साथ चरागाही छावनी पर लिवा ले जाये, परन्तु छिरिंग दैमा ने उन दोनों मासूम बच्चों को नहीं छोड़ा। उन्हें पालने के लिए अपने पास ही रख लिया। अतः लबजाँग फिर अकेले-अकेले पहाड़ी चरागाही छावनी पर लौट गया।

बीस

बेटे-बेटी दोनों को अपनी सासू जी और साली छिरिंग दैमा के हाथ में—पालने-पोसने के लिए सौंप कर लबजाँग अकेले-अकेले अपनी छावनी में लौट आया। इतने दिनों तक जो बहुत सारे कामकाज करने थे, उनके कारण व्यस्तता के मारे तथा गाँव-पुर के लोगों की बराबर ही जुटी रहने वाले भीड़-भाड़ के बीच ही रहते आने के कारण लबजाँग सोनाम के लिए अपना शोक प्रकट कर पाने का अवसर ही नहीं पा सका था। छावनी की कुटी में रात को जब सोने लगा तब उस निपट एकान्त में अकेलेपन के सन्नाटे में सोनाम की सुध जो आयी तो उसका सारा शोक बाँध तोड़कर उछल पड़ा। आँसुओं की बाढ़ जो बह चला, तो चाहकर भी रोक नहीं पाया। उसके मन के चित्रपट पर सोनाम का भोला-भाला मुखड़ा रह-रह कर चमक-चमक उठने लगा। उसकी उतनी भीषण बीमारी की अवस्था में उसने उसकी सेवा-शुश्रूषा न करके, उसकी जो निर्दय उपेक्षा की थी, अपने उस क्रूर-व्यवहार को सोच-सोच कर वह अपने आपको अपराधी अनुभव करके वह छटपटाने लगा। सोनाम को असमय में खो देने से जो हृदय-विदारक वेदना उसके अन्तर्मन में उमड़-घुमड़ उठती थी उससे उसका हृदय हाहाकार करने लगा। उसकी आँखों के सामने सोनाम की नाना अवस्थाओं के चित्र कौंध-कौंध जाने लगे तथा उसने समय-समय पर जो नाना प्रकार की बातें उससे कही थीं, वे रह-रह कर उसके कानों में गूँज उठने लगीं। कभी-कभी तो उसे ऐसा अनुभव होता कि सोनाम अभी भी जिन्दा है, फिर भी उसने यह भी समझ लिया कि उसे अब अपने पास पाया नहीं जा सकेगा, उसे और देखा नहीं जा सकेगा, उसके कण्ठ की मधुर ध्वनि सुनी नहीं जा सकेगी। परन्तु ऐसा हुआ भी तो कैसे हुआ? कि उसका अस्तित्व तो है परन्तु वह हमारी इन्द्रियों की पकड़ से बाहर है। यदि मृत्यु ने उसे अपनी अँकवार में छिपा लिया है तो मृत्यु ने केवल उसी को क्यों अपनी अँकवार में लिया? सोनाम के न होने पर वह अकेले-अकेले कैसे जी सकेगा भला? सोनाम जो पहले भी एक बार उससे दूर हो गयी थी उसे छोड़ कर पेमा वांगछू के संग चली गयी थी, तब भी वह उसकी इन्द्रियों की सीमा से बाहर थी, किन्तु लबजाँग को तब इतनी विकलता नहीं हुई थी, क्योंकि उसे यह भरोसा तो था कि इस पृथ्वी

पर उसकी सोनाम हो जीती-जागती रह रही है। लबजाँग के मन से तो अब वह भरोसा भी लुप्त हो गया है। सोनाम के इस पृथ्वी पर न होने पर लबजाँग एक घर-गृहस्थ के रूप में कैसे रह सकता है। भला? यदि रिनचिन और टासी जैसे उसके दो अबोध अपने बच्चे न होते, तब तो वह सब कुछ त्याग कर तवाँग गोम्पा में जा कर संन्यासी बन कर जीवन बिताये होता।

दूसरे दिन योनतान जब अपनी छावनी पर आयी तो वह लबजाँग का हालचाल जानने उसकी कुटिया पर जो पहुँची उसकी सूजी-सूजी आँखें फूले-फूले गाल और पीले पड़ गये चेहरे को देख कर पूछ पड़ी—"भैया! आपकी दशा देख मुझे ऐसा लग रहा है जैसी पूरी रात रोते रहे हैं। रोने से आपकी देह का तेज़ कुम्हला ज़रूर गया है फिर भी मुझे प्रसन्नता हो रही है। क्योंकि इसके पहले आपकी गुम-सुम अवस्था देखकर तो मुझे भारी चिन्ता हो गयी थी। ऐसी बड़ी चोट जो लगी है, उससे जाने कैसा परिणाम हो? परन्तु अब जब आपने उस आघात से विकल हो जो रोया-धोया है तो निश्चय ही अब कोई अनर्थ नहीं होगा। शोक धीरे-धीरे कम हो जायेगा। भैया! जो होना था, सो तो हो ही चुका। उसके लिए हृदय में शोक करते रहने से कोई लाभ नहीं है। अब तो किसी तरह एक वर्ष का समय बीत भर जाये। फिर तो आपकी गृहस्थी को हरी-भरी करके ही मैं दम लूँगी। आपके योग्य कन्या मैं ढूढ़ रही हूँ। बल्कि यूँ समझें की मैंने कन्या खोज ही रखी है।"

"सुनो योनतान! फिर से विवाह करके घर-गृहस्थी के जंजाल में पड़ने की मेरी अब कोई इच्छा नहीं है। मैं तो अब तक की ही अपनी वैवाहिक परिस्थितियों से क्षुब्ध हूँ। वह भी अगर न हुआ रहा होता। उसके परिणामस्वरूप मेरे जो बेटा-बेटी हुए, अगर वे न रहे होते, तो मैं तवाँग गोम्पा जा कर, भिक्षु संन्यासी बन कर यह समाज छोड़ कर ही चला गया होता।" लबजाँग ने अत्यन्त दुःखी होते हुए अपनी आन्तरिक वेदना प्रगट की।

"जिन स्त्री-पुरुषों की अपनी वैवाहिक जोड़ी उनमें से किसी एक की मृत्यु हो जाने से टूट जाती है वे अपने जीवन संगी के बिछोह से व्यस्थित हो ठीक इसी प्रकार की बातें कहतें है। परन्तु जब कुछ समय बीत जाता है, तब फिर सारी विरह-व्यथा, सारा शोक-सन्ताप भूल कर अतिशय अधीर हो कर नया जीवन साथी ढूँढ़ने लगते। इतनी हड़बड़ी हो जाती है किसी नये संगी के लिए कि फिर लोगों के आध्यात्मिक उपदेश सुनकर भी धीरज नहीं रख पाते। मृत जीवन संगी के बाद पुरुष व्यक्ति ही ज़्यादा आकुल-व्याकुल हो पड़ते हैं। ऐसी दशा आपकी भी हो सकती है, देख लेना।" योनतान ने जैसे चुनौती देते हुए कहा।

लबजाँग ने मुँह खोल कर योनतान की बातों का कोई उत्तर नहीं दिया। विशेष कर इसलिए कि उसकी बातों को तर्क से काट देने की कोई युक्ति उसे मन ही मन कोशिश करके खोजने पर भी नहीं मिली। उसने सोच-विचार कर समझा कि योनतान

जिस तथ्य को मुँह खोल कर कह गयी है, वह शत-प्रतिशत सच्चाई है। जिन लोगों की आयु बहुत अधिक ढल चुकी होती है, उन कुछ थोड़े से लोगों की बात अगर हम छोड़ दें, तो बाकी सारे लोगों के विषय में तो सच्चाई यही है कि हमारे अपने इस समाज में ऐसे लोगों की संख्या बहुत ही कम है, जिन्होंने दुबारा विवाह न कर लिया हो। विशेषतः पुरुष वर्ग अपनी पूर्व पत्नी की मृत्यु के कुछ समय बाद ही नयी स्त्री से विवाह कर फिर से गृहस्थी बसा लेते हैं। लबजाँग ने फिर अपने मन को कुरेद-कुरेद कर उसकी प्रतिक्रिया समझ लेना चाहा कि और दूसरे-दूसरे लोग जिस मार्ग को ग्रहण कर लेते हैं, क्या वह भी उसी मार्ग का सहारा ले लेगा। वह सोनाम जैसी सरल हृदय नारी की सुध भूल, नयी नारी से नाता जोड़ लेगा? ऐसा प्रश्न अपने आप से पूछने के उपरान्त उसका मन बड़ी भारी व्यथा से आकुल-व्याकुल हो उठा। सोनाम के अतिरिक्त किसी अन्य स्त्री को अपनी जीवन-संगिनी बना लेने की सारी सम्भावनाओं को उसके मन ने बड़ी दृढ़ता से नकार दिया। किसी दूसरी स्त्री को सोनाम की जगह पर ला बैठाना, सोनाम के ही समान समझकर किसी अन्य स्त्री को ग्रहण करने का स्पष्ट अर्थ यही होगा कि वह सोनाम के समान स्तर की है। ऐसी समझ सोनाम के व्यक्तित्व के प्रति अन्यायपूर्ण होगी। सोनाम के प्रति विश्वासघात करने जैसी होगी। सोनाम की आत्मा की ठेस पहुँचाने वाली होगी। ऐसी अन्याय पूर्ण कार्यवाही करने से तो बहुत अच्छा यही रहेगा कि अपना शेष जीवन काल वह अनब्याहा रहते हुए अकेले-अकेले ही बिता दे। इस प्रकार की अनेकानेक चिन्ताएँ लबजाँग के मन-मस्तिष्क में निरन्तर उठ-उठ कर उसके हृदय को मथती रहने लगीं। इसी उधेड़-बुन में जैसे-जैसे समय बीतता गया, कुछ समय के बाद लबजाँग का मन शक्तिशाली हो उठा। उसे अपने आप पर भरोसा हो गया तब वह अच्छी तरह समझ गया कि अकेले-अकेले जी सकने की उसमें पूरी क्षमता है। बिना किसी नयी जीवन-संगिनी का सहारा लिये ही वह अपना पूरा जीवन बड़ी सहजता-सरलता से बिता सकेगा। इसमें उसे किसी प्रकार की कोई तकलीफ भी नहीं होगी।

लबजाँग एक जैसी नियमबद्ध जीवन-प्रणाली जीने का अभ्यस्त हो गया। प्रतिदिन का एक बँधा-बँधाया कार्यक्रम बिना किसी व्यवधान के नित्य-प्रति करता चला जाने लगा। पूरे दिन भर चँवरी गायों, याक बैलों, भेड़ों के झुण्डों की रखवाली करते उन्हें भिन्न-भिन्न पहाड़ी चरागाहों में चराने के लिए इधर से उधर फिर उधर से इधर हाँकता-फिरता दिन बिताने लगा। मन जब पुरानी स्मृतियों में भटकते हुए उसे व्यथित कर देने लगता, शोक जब सहन सीमा लाँघने को हो जाता तब वेदना की रोक-थाम करने के उद्देश्य से अपनी बाँस की बाँसुरी उठा लेता, फिर सोनाम की स्मृतियों में डूब कर उसकी प्रिय राग-रागिनियाँ बजा-बजा कर दुःखी मन का दर्द भुलाने की कोशिशें करता। पशुओं की दशा जब ठीक रहती, उसकी अनुपस्थिति में कोई साथी उसके पशुओं की देखभाल का जिम्मा ले लेता, तब अपने घर की अति

आवश्यक गृहोपयोगी सामानों की खरीद और उस खर्चे के लिए अपने गोरस आदि सम्मानों की बिक्री के लिए महीने-दो महीने पर व्यापार के लिए विभिन्न स्थानों पर जाता। खाद्य-पदार्थों को खरीद ला कर उसे बेटी रिनचिन, बेटे टासी के भरण-पोषण हेतु अपने ससुर जी के घर पर पहुँचा आता, जहाँ वे पल रहे थे, जैसी बँधी-बँधाई दिनचर्या में वह अपना समय बिताने लगा। इसी के साथ मन ही मन उस दिन की प्रतीक्षा करना भी उसकी आदत बन गया कि उसका बेटा टासी कब बड़ा हो कर उसके पशु पालन कार्य में सहायता दे सकने लायक हो उठेगा। कब इसी ऊँची बर्फीली पहाड़ियों के चरागाहों पर बनी उसकी छावनी में आ कर उसके साथ रहने लायक हो जायेगा।

जब-जब अपने गाँव जाता है, वहाँ अपने घर की दुर्गति देखता है, जो देखभाल के अभाव में उजड़-पुजड़ जाने लगा है, तब उसका मन बहुत उदास हो जाता है। तब-तब सोनाम की याद और भी तेज़ हो जाती है और बार-बार उसके हृदय को कोंचती रहती है। फिलहाल उसका गाँव जाना अपने घर जाने के लिए न हो कर रिनचिन और टासी को देखने उनका कुशल-क्षेम लेने के लिए ही तो होता है, अतएव वह जितने दिन भी गाँव में रहता है, उतने दिन अपने श्वसुर ङ्‌इरु के घर पर उसे रहना पड़ता है।

बच्चों की दशा ऐसी कि रिनचिन की अपनी माँ जीवित नहीं है, यह बाद तो रिनचिन पूरी तरह से भुला चुकी है। टासी तो यह बात बिलकुल ही नहीं जानता कि उसकी अपनी कोई और माँ थी। दोनों के दोनों छिरिंग दैमा को ही अपनी माँ समझते हैं। छिरिंग दैमा ने उन दोनों को इस बात की रंच मात्र भी भनक नहीं होने दी है कि वह उनकी जन्म-दात्री माँ नहीं है। उसका व्यवहार और ममत्व पूरी तरह असली माँ जैसा ही है। समय-समय पर कभी-कभार छिरिंग दैमा को अपनी बड़ी बहन सोनाम द्वारा कही गयी बात याद आ जाती है कि—"मैं अपने अन्तःकरण से यह बात अच्छी तरह जानती हूँ कि बड़े जीजा —अर्थात मेरे पति—लबजाँग के प्रति तुम्हारे मन में भी एक दुर्बलता का, उनके लिए अपना सारा प्यार उँड़ेल देने का भाव है।" बड़ी बहन ने उसकी जिस दुर्बलता की बात की थी, वह बढ़ते-बढ़ते अब लबजाँग के प्रति अतिशय प्रगाढ़ प्रेम का रूप ले चुकी है। परिणामस्वरूप वह प्रत्येक क्षण लगातार अपने उस बड़े जीजा जी, लबजाँग की ही बात सोचती रहती है। खाते-पीते, जागते-सोते, उठते-बैठते उसकी आँखों के सामने लबजाँग का मुखमण्डल ही तैरता रहता है। उसके दिल के आईने में उसी की तस्वीर चमकती रहती है। इसी कारण वह इसी बात के लिए अधीर हो कर प्रतीक्षा करती रहती है कि लबजाँग अपनी बेटी और बेटे को देखने के लिए कब उसके घर आयेगा? एकान्त में पाने पर लबजाँग से कहने के लिए उसके मन में नाना प्रकार की बातों की राशि पर राशि, परत दर परत जमती हुई भारी ढेरी सी इकट्ठी हो गयी हैं। परन्तु जब वह सचमुच ही गाँव

आता है, उसके सामने पड़ता है, तो वे सारी बातें जाने कहाँ गुम हो जाती हैं। कहना चाह कर भी कुछ भी कह नहीं पाती, कहने लायक उसके मन की पिटारी में कुछ बचा होता ही नहीं। तब उसे एक ऐसी लाज आ कर दबोच लेती, जैसी लाज उसे पहले कभी आती ही नहीं थी, उस लज्जा-भाव के कारण उसके कण्ठ से कोई आवाज़ ही नहीं निकलती।

लबजाँग घर पर आया होता है और एक ही कोठरी में दूसरी बिछौने पर सोया होता है, तब वह पूरी की पूरी रात खुली-खुली आँखों से जगी-जगी ही बिता देती है। जगते-जगते वह बस इसकी आशा में दम साधे प्रतीक्षा करती रहती है कि उसकी माता जी और पिता जी जब अच्छी तरह सो जायेंगे, रात गाढ़ी और प्रशान्त हो जायेगी, तब उसके लिए जग कर अँधेरे में इधर-उधर टटोलता हुआ कब लबजाँग उसकी सेज की ओर बढ़ेगा तो उसके हाथ उसकी देह को कब आ छुएँगे? ऐसा न हो कर जब गाढ़ी नींद में डूबा लबजाँग घर्र-घर्र नाक बजाने लगता तब उसकी आस टूट जाती। परन्तु अपनी बिछौने पर वह करवटें बदलता अथवा लघुशंका करने के लिए उठ कर, बाहर जाते हुए, उसकी बिछौने की ओर बढ़ता आता तब उसका मन अपनी किसी प्रिय इच्छा के पूर्ण होने की आशा में काँप-काँप उठता। परन्तु उसके थोड़ी देर बाद ही उसकी सारी उमड़ती-उछलती आशाओं पर ठण्डा पानी डाल कर उन्हें पूरी तरह नीचे दबा कर मन को निरीह-निराश छोड़ कर लबजाँग अपने बिछौने पर पसर कर सो जाता तथा फिर अपनी नाक घर्र-घर्र बजाने लगता।

रात के अँधेरे पहर में, एक ही कोठरी में अपनी शय्या की बगल में ही दूसरी सेज पर सोयी नवयुवती स्त्री के सोये होने पर भी, लबजाँग के मन में किसी प्रकार की यौवनोचित ललक, उमड़ी जवानी की स्त्री के प्रति कोई भी कामना-वासना जगती न देख छिरिंग दैमा आश्चर्यचकित हो जाती। आखिर किस धातु का बना है यह पुरुष मानुष? फिर तो वह इस निर्णय पर पहुँचती कि इन्हीं सब कारणों से उसकी बड़ी बहन सोनाम लबजाँग की जगह पेमा वांगछू के साथ ही सहवास करने की अधिक इच्छा करती थी, भले ही पेमा वांगछू उस पर चाहे जितना भी अत्याचार भी क्यों न करता था। उसके अत्याचार सहकर भी बहन लबजाँग की उदासीनता के कारण पेमा के साथ रही। परन्तु तभी उसका अन्तर्मन उससे प्रश्न कर उठता—"यदि बड़ी बहन सचमुच ही पेमा वांगछू को अधिक चाहती थीं, तो फिर उन्होंने अपनी मृत्यु के पहले-पहले मुझसे लबजाँग की ही प्रशंसा क्यों की। क्यों कहा कि मेरी घर-गृहस्थी का उद्धार मेरी मृत्यु के बाद तुम्हीं कर सकोगी। इसी से मैं अपने बड़े पति लबजाँग और बेटी रिनचिन, बेटे टासी की देखभाल की जिम्मेदारी तुम्हारे ऊपर सौंपती जा रही हूँ।" इससे तो साफ है कि लबजाँग के व्यक्तित्व में कोई ऐसा पहलू अति विशिष्ट है जिसे मैं अभी तक समझ नहीं पायी हूँ।

सोनाम की मृत्यु हुए आज तीन वर्ष बीत गये हैं। हमारे इस समाज में साधारणतः देखा जाता है कि किसी भी एक दम्पति में से पति या पत्नी, किसी एक की मृत्यु हो जाने पर जीवित बचा हुआ दूसरा साथी एक वर्षकाल की अवधि तक प्रतीक्षा करता है, इस समय के अन्दर कोई दूसरा विवाह नहीं करता, किन्तु साल बीतते ही कोई दूसरा जीवन संगी चुन कर विवाह कर नयी गृहस्थी बसा लेता हैं परन्तु लबजाँग में तो स्वाभाविक कामना-वासना का कोई उफान दिखायी ही नहीं पड़ रहा। तीन वर्ष बीत चुकने के बाद भी उसने दूसरा विवाह करने की बात क्या सोची तक नहीं? अपना शेष सारा जीवन वह रँडुआ—पूर्व पत्नी के मरने के बाद कोई और पत्नी न रख कुमार पन बनाये रख, ब्रह्मचारी बना रह—बने रह कर ही बिता देगा क्या? मरी हुई बड़ी बहना सोनाम ने जो उत्तरदायित्व छिरिंग दैमा को सौंपा था, वह उत्तरदायित्व उसके द्वारा क्या सम्पन्न नहीं किया जा सकेगा? ऐसी चिन्ताओं में डूबते-उतराते छिरिंग दैमा के धीरज का बाँध क्रमशः टूटने-टूटने को होने लगा।

घटनाओं की इसी प्रकार की शोचनीय दशाओं के बीच एक दिन लबजाँग ने अपने ससुर जी से निवेदन किया—"अपनी बिटिया और बेटे को मैं अब अपने साथ रखना चाहता हूँ। आपके ऊपर वैसे भी अभी भारी उत्तरदायित्व है। आपकी कन्या छिरिंग दैमा भी अब विवाह के योग्य हो गयी है। उसका विवाह शीघ्रातिशीघ्र कर देने का समय हो गया है। वह बेचारी हमारी इन दो सन्तानों का लालन-पालन ही भला कब तक करती रहेगी? इन्हें पालने के चक्कर में पड़कर वह अपना खुद का घर-संसार भला कब तक नहीं बसाएगी? अतः उसे इस दायित्व से मुक्त कर देने के लिए मैं इन्हें यहाँ से हटाकर अपने साथ लिवा ले जाऊँगा।"

उस समय छिरिंग दैमा उसी कोठरी के एक कोने में बैठी ऊन का सूत कात रही थी। लबजाँग चूँकि अपनी बातों में छिरिंग दैमा से सम्बन्धित चर्चा उठा रहा था अतः उस वार्तालाप का अगला भाग किस विशेष तर्क को प्रस्तुत करेगा यह जानने के लिए अतिशय उत्सुकता दिखाते हुए वह उसी ओर कान लगाये हुए थी।

अपने जामाता लबजाँग के प्रस्ताव को सुन कर श्वसुर ङ्इरु बूढ़े ने कहना आरम्भ किया—"हाँ जी। तुमने सही सलाह दी। उसकी भी कोई एक सुव्यवस्था शीघ्र कर देनी होगी। किसी एक योग्य व्यक्ति को, जो उसे हर तरह से सुख-सानन्द रख सके, उसका सहारा बन सके, ढूँढ़ कर इसे उसे सौंप देना होगा। अब इसका उचित समय हो गया है। हम दोनों वृद्ध और वृद्धा, अपनी आँखें मुँद जाने, अन्तिम श्वास ले मृत्यु को प्राप्त हो जाने के पहले-पहले यदि उसका विवाह किसी योग्य सुपात्र से नहीं कर पाये तो मर जाने के बाद उस दूसरी पार के लोक में भी हम शान्ति से नहीं रह पायेंगे। उससे विवाह करने के लिए अनेक गृहस्थ परिवारों से उनके सयाने हो चुके युवा पुत्रों के प्रस्ताव आते ही रहते हैं। परन्तु हमने जाँच-पूछ कर देखा-समझा है कि ऐसे किसी भी परिवार में विवाह करके यहाँ से विदा होने का अभी कोई मन

नहीं है। इससे हमें बाध्य हो कर ऐसे सभी प्रस्ताव लौटा देने पड़े हैं। बेटे! तुमसे एक बात पूछने की हमारी इच्छा बहुत दिनों से है। हमारी उस जिज्ञासा पर तुम्हारे विचार क्या हैं? तुम क्या चाहते हो? यह जान लेने के बाद ही हम बूढ़े-बूढ़ी दोनों अपनी योजनाओं में आगे बढ़ सकेंगे।"

"किस विषय में आप मेरा विचार जानना चाहते हैं?" उनकी बात का मर्म न समझ पाने पर लबजाँग पूछ बैठा। तब ङ्इरु बूढ़े ने एक लम्बी खाँसी खाँस कर आगे फिर कहना शुरू किया—

"तुम्हारे बेटे और बेटी, दोनों ही सन्तानों ने अब छिरिंग दैमा को ही अपनी जन्म-दायिनी माँ मानना स्वीकार लिया है। हम लोगों ने बड़ी बेटी सोनाम को असमय में ही खो दिया है। बेटी को गँवा देने के बाद उसकी निशानी नाती-नातिन को तुम्हें सौंप उनसे भी हाथ धो लेना कल्पना भी हम नहीं कर सकते। यह बिछोह-दुःख हम सहन नहीं कर पायेंगे। सोनाम के स्वर्गवासी हो जाने के बाद भी तुम्हारे हमारे बीच जमाई ससुर का सम्बन्ध बना रहे, इसी बात की कामना हम सँजोये हुए हैं। हम अच्छी तरह जानते हैं कि तुम्हें पाने के लिए छिरिंग दैमा का मन भी उत्साहपूर्वक लालायित है। अगर तुम स्वीकार कर लो तो छिरिंग दैमा को हम तुम्हें ही समर्पित कर जायेंगे। हमें दृढ़ विश्वास है कि वह तुम्हारी घर-गृहस्थी की साज-सँभाल बड़ी कुशलतापूर्वक चला ले सकेगी। उसे यदि तुम अपनी जीवन-संगिनी बनाना स्वीकार कर लो तो इसका सबसे बड़ा लाभ तो यही होगा कि रिनचिन और टासी भी अपनी निजी माँ का कोई अभाव अनुभव नहीं करेंगे।"—अपनी बात पूरी कर वृद्ध ङ्इरू ज़ोर-ज़ोर से खाँसने लगे। छिरिंग दैमा ने पूरे संवाद को सुनने के बाद से ही अनुभव किया कि जिस तरह ऊन कात रही तकली का टेकुआ उसके हाथों में पड़ा चक्कर पर चक्कर खाता घूम रहा है, ठीक उसी तरह उसका अपना मन भी उसके अपने वश में न हो कर चक्कर पर चक्कर लगाता घूम रहा है। मन की ऐसी हड़बड़ाहट भरी स्थिति में उसने मन ही मन सोचना विचारना शुरू कर दिया। "इतनी लम्बी अवधि से मैं जिस इच्छा के पूरी होने की प्रतीक्षा करती आ रही हूँ, उस प्रतीक्षा का आज अन्त हो जायेगा। आगे फिर और आशा सँजाये जोहते रहना नहीं पड़ेगा। पिता जी ने जो प्रस्ताव किया है, मेरे बड़े जीजा जी उसे नकारेंगे नहीं। चाहे हज़ारों तरह की स्थितियाँ भले ही हों, हैं तो भी वे भी तो एक पुरुष ही। एक ऐसे पुरुष मनुष्य जिसके अन्तर्मन में कामनायें-वासनायें भरी रहती हैं। यह तो निश्चित ही है कि उनके अन्तर्मन में भी स्त्री को—पा लेने की प्रबल लालसा उमड़ती रही है, फिर भी लज्जावश वे इतने दिनों तक अपने मुँह से उसे प्रगट नहीं कर पाये थे। पिता जी इस सम्बन्ध में कैसी धारणा रखते हैं? उन्हें यह सम्बन्ध स्वीकार होगा या नहीं? इस तथ्य को पहले-पहले जान बूझ लेने के उद्देश्य से ही उन्होंने अपने मन की इच्छा से उल्टी तरह की भावनाएँ ऊपर-ऊपर से जो ऐसी लगें कि वे चाह नहीं रहे, जब

कि अन्दर-अन्दर से वे बड़ी आतुरता से मुझसे सम्बन्ध जोड़ना चाहते हैं—व्यक्त करते रहे हैं। अब इस घड़ी में जब मेरे पिता जी ने ही जब उनके सामने स्पष्ट रूप में प्रस्ताव रखा है, तब वे निश्चय ही अपनी सम्मति प्रदान करेंगे। और तब तो बहुत जल्दी ही, अत्यन्त निकट भविष्य में ही अपनी कल्पनाओं का अभिलषित घोंसला—मनोवांछित महिला—प्रगट रूप में गढ़ उठेगा।"

इस प्रकार की गम्भीर समस्या में चिन्ता मग्न हो रहने के कारण काते जा रहे ऊन के धागों से उसका ध्यान हट गया था, उसके कारण धागे आपस में उलझ गये। उसमें गँट्ठी पड़ गय4ी। उस गँट्ठी को सुलझा लेने के उद्देश्य से उसने सूत को दाँतों के बीच दबा लिया और इसी कमनीय मुद्रा में तिरछी चितवन से एक आशा भरी दृष्टि से लबजाँग की ओर निहारा। तब उसने पाया कि लबजाँग अत्यन्त गम्भीर भाव में निमग्न है। उसे इस तरह गम्भीरतापूर्वक सोचते देख छिरिंग दैमा का कलेजा हड़बड़ाने लगा, फलतः वह अपने मन की मन में बड़बड़ाने लगी—"इस नैकु सी बात में इतनी गम्भीरता से सोच-विचार करने की आवश्यकता ही क्या है? पिता जी के प्रस्ताव का आदर करते हुए उसे मुँह खोल कर स्पष्ट शब्दों में अपनी स्वीकृति दे दें।"

अन्तर्मन में मची विकलता की उत्सुकता लिये छिरिंग दैमा प्रतीक्षा करने लगी लबजाँग के उत्तर का कि पिता के प्रस्ताव पर वह क्या प्रतिक्रिया व्यक्त करता है?

"मेरे मन के घने बन में सोनाम का जो स्थान है उसे मैं अपने पूरे जीवन काल तक उसी रूप में सुरक्षित रखूँगा।"—लबजाँग ने आखिर अपना मुख खोल कर बातें करनी शुरू कीं—"मैं अब और फिर दुबारा विवाह करना नहीं चाहता। छिरिंग दैमा को, उसके धुर बचपन से ही मैं अपनी लड़की की तरह मानता आया हूँ। सबसे बड़ी कठिनाई यह है कि देखने-समझने में वह पूरी तरह सोनाम जैसी ही है। अतः यदि वह मेरे समीप रहेगी, तो सोनाम की याद और प्रखर होने से मेरा बिछोह दुःख और बढ़ेगा ही। अत्यन्त गम्भीरतापूर्वक सोच-विचार करके मैंने अपने भावी जीवन के क्रिया-कलापों का मार्ग स्पष्ट रूप में निर्धारित कर लिया है। कब क्या कुछ करना है, इसका निर्णय ले लिया है—अपनी बेटी और बेटे, दोनों सन्तानों को साथ ले कर मैं तवाँग गोम्पा बौद्ध विहार चला जाऊँगा। उस बौद्ध विहार में ही टासी भिक्षु ब्रह्मचारी हो कर रहेगा और रिनचिन वहीं बौद्ध विहार सेविका बन कर पूजन-अर्चन करेगी। मैं भी अपने जीवन काल का जो अभी आधा समय बचा हुआ है, उसे वहाँ की सेवा-टहल करता हुआ बिता दूँगा। अपने इन बच्चों को इनका, जन्म होने से बहुत पहले ही मैंने उस महान बौद्ध विहार की सेवा में समर्पित कर दिया था। चूँकि अपना वह वचन निभाना है और स्वयं भी अपना घर-द्वार, गाँव-गिराँव, पशु-पशु चरागाह छावनी आदि सभी कुछ छोड़ कर चला जाना है। अतः अपनी चँवरी गायों, याक बैलों और भेड़ों आदि सभी पशुओं की देख-रेख करने, उन पर हर प्रकार की नज़र रखने की जिम्मेदारी टिकरा को सौंप कर आ रहा हूँ।"

छिरिंग दैमा फिर और इसके आगे का कुछ भी सुन नहीं सकी। अतिशय दबाव बना देने वाली एक अजीब प्रकार की रूलाई ऐसी असहनीय विकल वेदना उस पर ऐसी हावी हुई कि उसने उसकी साँस का अन्दर जाना बाहर आना तक जैसे रोक दिया। कण्ठ अवरुद्ध हो गया। दम बन्द होने-होने को आ गया। उसके बूढ़ी-बूढ़े माता-पिता ने विशेष ध्यान पूर्ण दृष्टि से जो उसकी ओर निहारा तो पाया कि सूत कातने वाली तकली को वह बड़ी तेजी से घुमाती जा रही है, जब कि उसकी दोनों आँखें आँसुओं की बाढ़ से छलछला आयी हैं।

"शुभ काम—अगर कोई करने जा रहा हो तो—उसमें बाधा नहीं डालनी चाहिए। बाधा देनो पर सम्भवतः भारी पाप लगता है। बाधा डालने वाला रौख नरक में पड़ता है। अतः तुम्हारे तवाँग गोम्पा जाने में, टासी और रिनचिन के वहाँ का भिक्षु-संन्यासी और भिक्षुणी-संन्यासिनी बनने के काम में हम लोग कोई रोड़ा नहीं अटकायेंगे। तुम्हारी निश्चित की गयी शुभ-कर्म सूची के पूरा करने में हम तुम्हें कोई कठिनाई में नहीं डालना चाहते, परन्तु इतना ज़रूर चाहेंगे कि तुम्हारे काम कुछ सावधानी से सम्पन्न हों कि हमें अपनी बेटी छिरिंग दैमा का रोता-बिलखता दुःखी-दीन चेहरा देखना न पड़े। तनिक नज़रें उठा कर देखो तो, वह बेचारी किस कदर कलेजा फाड़कर रो रही है। इसके अतिरिक्त क्या तुमने इस ओर भी ध्यान दिया है कि तुम्हारे ये बेटी-बेटे उसे छोड़ कर कहीं और रह भी सकेंगे क्या? इस छिरिंग दैमा की मनःस्थिति तो ऐसी है कि वह तुम्हें अपना विवाहित पति माने बैठी हुई है, पूरी तरह निश्चिन्त। ऐसी परिस्थिति में, अपने लिए न सही, बेटी-बेटे इन दोनों की खातिर तो सोचो-विचारो, उनकी फिक्र करो।

जहाँ तक तवाँग गोम्पा में जा कर वहाँ की सेवा-शुश्रूषा करने का प्रश्न है, तो वहाँ का सेवा कार्य करने के लिए भिक्षु या संन्यासी होने की ही कोई शर्त नहीं है। गोम्पा का सेवा-कार्य करते हुए भी तुम छिरिंग को अपनी जीवन संगिनी बना अपनी घर-गृहस्थी भी सुचारु रूप से चला लिये जा सकते हो। अतः तुम से अनुरोध है कि मेरे प्रस्ताव पर सभी दृष्टियों से भली प्रकार से, अच्छे-बुरे सभी परिणामों पर नज़र रखते हुए, सोच-विचार करने के बाद ही कोई निर्णय लेना।"—कहते हुए ड़्इरू बूढ़े ससुर ने लबजाँग को समझाने की कोशिश की।

"पहले मैं तो तवाँग गोम्पा जा कर अपने रहने-सहने की स्थायी व्यवस्था अच्छी तरह सुदृढ़ कर लूँ। उसके बाद फिर इस प्रकरण पर गम्भीरतापूर्वक सोचूँगा।"—लबजाँग ने अत्यन्त संक्षेप में उत्तर दिया उसके बाद वह उठ खड़ा हुआ और बोला—"मैं तनिक दावा के यहाँ से हो कर आता हूँ। मेरे यहाँ से चले जाने की स्थिति में मेरी अपनी गायों बैलों, भेड़ों आदि पशुओं की देखभाल करने के लिए किस-किस प्रकार की व्यवस्था करनी होगी, क्या कुल लेना-देना पड़ेगा, इस सम्बन्ध में मेरी टिकरा से बातचीत ज़रूर हो गयी है, किन्तु उसके भाई दावा से कोई बात अभी नहीं कर पाया

हूँ। अतः एक बार उससे भी सहमति ले लेना आवश्यक है।"

"ठीक है, उससे भेंट करने उसके घर अवश्य जाओ परन्तु उसी के घर भोजन-छाजन भी न कर लेना। क्योंकि छिरिंग दैमा तुम्हारे लिये भोजन पकाकर तुम्हारी बाट जोहती रहेगी। अगर तुम यहाँ आ कर हमारे घर भोजन नहीं करोगे तो उसके हृदय को बड़ी ठेस पहुँचेगी।"

"मैं बहुत जल्दी ही लौट आऊँगा। आप चिन्ता न करें।" लबजाँग घर से बाहर निकला ही था कि छिरिंग दैमा ने रिनचिन और टासी को अपनी ओर खींचते हुए दृढ़ आलिंगन पाश में भरते हुए छाती से चिपका लिया और इस कदर बिलख-बिलख कर रोने लगी जैसे उन दोनों अबोध बच्चों को कोई तुरन्त तभी उससे जबरन छीन कर अलग किये दे रहा हो। उन बच्चों के अलग कर दिये जाने की कल्पना भर से वह आकुल-व्याकुल हो उठी थी। उसके रुदन को देख कर ङ्इरु बूढ़े का कलेजा भी काँप उठा फिर तो उन्होंने अपनी बेटी को धीरज बँधाते हुए पूरे दृढ़ विश्वास से सांत्वना देते हुए कहा—"रो मत बेटी। अपने दिल को दुखी मत करो। धीरज धरो। रोने-बिलखने से किसी काम की सिद्धि नहीं होती। लबजाँग जो तुझे छोड़ कर चले जाने की बात कर रहा है, उसे ही सच मत मान लेना। देखता हूँ कि वह कैसे तुझे छोड़ कर जाता है? तुझे छोड़ने दूँगा क्या मैं? वह जो अभी ऐसी उखड़ी-उखड़ी बातें कर रहा है, उसके पीछे मूल कारण यह है कि वह तुम्हारी बड़ी बहन सोनाम को अभी तक भी भुला नहीं पाया है, उसके प्रति इसका जो दृढ़ अनुराग रहा है उसी के प्रभाव से यह अभी तक ऊभ-चूभ डूबा हुआ है, उसकी स्मृति से उबर नहीं पाया है। यह सब दो कारणों से हो रहा है, पहला यह कि या तो वह सोनाम को इतनी अधिक मात्रा में प्यार करता था कि उसके सामने किसी और से प्यार करने की बात सोच ही नहीं सकता, अथवा इसने तुम्हारी बड़ी बहन के सच्चे प्यार के बदले में उससे जो अन्याय किया, उस पर जो अत्याचार किया, उसे याद कर करके इतना दुःखी हुआ है कि पश्चाताप करने के लिए फिर किसी और से विवाह करने को उसका मन तैयार ही नहीं हो रहा। अब अविवाहित रह कर अपने आपको दण्ड देना चाहता है। उसकी इन प्रतिक्रियाओं से तू चिन्तित मत हो। बल्कि तुम उसके साथ-साथ जाने के लिए अपने आपको पूरी तरह तैयार किये रखो। चाहे वह कहीं भी जाये, तू उसके संग-संग हो लो। यदि वह तवाँग गोम्पा ही जाता है तो वहाँ भी जाने में कोई बाधा-विघ्न नहीं है। तुम उस बौद्ध-विहार की छत्रछाया में ही अपना एक नया घर-संसार बसा लेना। इसकी मनाही वहाँ नहीं है।

देखो बेटी! इस पृथ्वी के सुचारु रूप से चलने, इस पृथ्वी पर बसे मनुष्यों के जगत-संसार के अपने कल्याणकारी रूप में विकसित होते चलने के लिए पुरुष और स्त्री के मिलन से बने परस्पर सहयोगी घर-गृहस्थी बनाकर रहने की अतिशय आवश्यकता है। स्त्री-पुरुष से विकसित होने वाली वंश-परम्परा को रोकना कदापि

उचित नहीं है। सोनाम की मृत्यु के सदमे से लबजाँग जो गृहस्थी के इस पवित्र उत्तरदायित्व को भूल कर अपनी गृहस्थी के विकास पथ को मारे डाल रहा है, उसकी उस गृहस्थी की विकास यात्रा में तू ही फिर से प्राण-प्रतिष्ठा कर दे सकेगी। तुझे ही उसे नये सिरे से जीवनं प्रदान कर फिर से खड़ा करना होगा। इस पृथ्वी को, पृथ्वी पर विकसित इस मानव-जगत को इसी प्रकार जीवित रखना होगा। उसके विकास-पथ को बन्द कर देने का, उसका ध्वंस या विनाश कर देने का अधिकार किसी को भी नहीं है।"

अपने पिता की ज्ञान-गम्भीर बातें सुनकर छिरिंग दैमा को बड़ी राहत महसूस हुई। उसकी आशा को फिर से नये पंख लग गये। बैठी-बैठी जहाँ रो-बिलख रही थी, वहाँ से उठ खड़ी हुई और स्वाभाविक ढंग से अपने काम-काज करने के लिए वहाँ से निकल कर बाहर जाने लगी, कि तभी दीबार की आड़ से उसने अपने माता-पिता के बीच हो रही धीमी-धीमी आवाज़ की बातें सुनी —"हम लोगों की यह बिटिया ही महामूर्खा है, दिमाग नाम की चीज़ तो इसमें है ही नहीं, बोलने-चालने के लिए मुँह में ज़बान भी नहीं, महा गूँगी है। लबजाँग उसे अपनी लड़की जैसा जानकर उसकी ओर कामना-वासना के भाव से न देखने के कारण, अगर उसकी ओर स्वयं नहीं बढ़ा, तो न सही, यह क्यों नादान लड़की सी ही बनी रही? अपनी नौजवानी की गर्माहट इसने उसे क्यों नहीं दिखायी। लबजाँग अगर बढ़ कर नहीं आ रहा, तो उसको अपनी ओर से ही शुरुआत करने के लिए स्वयं ही लबजाँग की ओर अपनी प्यार पेंगें क्या नहीं बढ़ानी चाहिए थीं?"

माँ ने तो जैसे सीधे-सपाट ढंग से बेटी को पाठ ही पढ़ा दिया—"हमारे जमाई बाबू माने बिटिया के जीजा जी महीने के महीने हमारे घर पर आते ही रहते हैं। एक ही छप्पर के नीचे, एक ही कोठरी में दोनों सोते हैं। फिर भी अभी आज तक दोनों में से कोई भी किसी दूसरे के करीब नहीं सट पाया। यह भी कोई स्वस्थ-समर्थ स्त्री-पुरुष की बात हुई। अरे बेटी! अगर वह स्वयं बढ़ कर तुमसे आ कर नहीं सटता, तो नहीं सही। तू खुद ही पहल करके उसके करीब जा कर उससे क्यों नहीं चिपक जाती? स्वयं उससे गाढ़ा सम्बन्ध क्यों नहीं बनाती?"

दावा के यहाँ से वापस आने के बाद लबजाँग ने उसी के घर पर भोजन किया फिर पहले की तरह ही उसी की छान के नीचे अपने लिए निर्धारित बिछौने पर जा कर लम्बी तान सो गया। छिरिंग दैमा ने अबकी बार अपना बिछौना लबजाँग के बिछौने की गोड़तारी की ओर बिछा लिया। रिनचिन और टासी को सुला देने के बाद कभी यह काम, तो कभी वह काम करते हुए वह समय बिताती रही। जब बीतती हुई रात काफी गहरा गयी, तब वह अपने सोने वाले उस कमरे में लौटी। इतनी रात बीतते तो लबजाँग ने गहरी नींद में खोये अपनी नाक गरगराना शुरू कर दिया था। छिरिंग दैमा पूरे घर में पूरी निस्तब्धता हो जाने की प्रतीक्षा में थी। बच्चे सो ही चुके

थे, माता जी और पिता जी भी गहरी नींद में सो चुके हैं या नहीं? अपने-अपने बिस्तरों पर सोये माता-पिता की नाकें भी नींद की खुमारी में बजने लगी थीं। उसकी आवाज़ें उसके कानों में साफ सुनाई पड़ीं। जब सभी के सो जाने के प्रति पूरी तरह आश्वस्त हो गयी तब धड़कते कलेजे को सँभालते हुए वह अपने बिछौने पर से उठी। आगे कदम बढ़ाये कि न बढ़ाये? इस पसोपेश में कुछ देर तक खड़ी रहने के बाद गाढ़ी रात के घुप्प अँधियारे में अनुमान से हाथ बढ़ा-बढ़ा कर टटोलती-टटोलती वह अन्ततः लबजाँग के बिछौने के पास जा पहुँची। डर के मारे काँपते हाथों से उसने जैसे-तैसे लबजाँग के कम्बल का एक कोना पकड़ कर उठाया फिर उसके अन्दर समाती हुई, अपने ऊपर उसे ओढ़ती हुई उसके भीतर लबजाँग के बिछौने पर लेट् गयी। डर के मारे काँपते हाथों की हड़बड़ाहट से जो हिलना-डुलना हुआ तो अपने कम्बल के नीचे उसके प्रवेश करते ही एकाएक लबजाँग की नींद उचट गयी।

"कौन है? कौन है?" आधी नींद की खुमारी और आधी जग जाने की मिली-जुली स्थिति में लबजाँग पूछ पड़ा।

"मैं हूँ जी मैं। आपकी छिरिंग दैमा।"

"मगर तू यहाँ कैसे चली आयी? जा अपने बिछौने पर जा। सोने का समय है, अपने बिछौने पर जा कर सो।"

लबजाँग की डाँट खा कर छिरिंग दैमा फिर दबे-दबे कण्ठ से हिचकियाँ भर-भर कर रोने लगी। अपनी साली की रुलाई सुन लबजाँग बिछौने पर से उठे बिना ही फुसफुसाहट वाले किन्तु अतिशय मधुर-मुलायम स्वर में समझाने लगा–"अरे! अब तुझे यह क्या हो गया? यहाँ आ कर रोने-सिसकने क्यों लगी? यहाँ पर आ कर रोओगी तो उसकी आवाज़ तुम्हारे पिता जी और माता जी जो सुन लेंगे, तो क्या कहेंगे भला?"

"उनके कुछ कहने की बात बाद में सोचू लूँगी। पहले आप मुझे यह बतलायें कि आप मुझसे इतनी घृणा क्यों करते हैं?

"कहाँ मैं तुमसे घृणा करता हूँ? मेरे हृदय में तो तुम्हारे लिये अत्यन्त प्रेम-प्रीति का भाव है। तुम्हें मैं प्यार ही करता हूँ।"

"बिलकुल झूठी बात है। अब मुझे बहलाने के लिए जान बूझ कर झूठ बोल रहे हैं आप।"

"नहीं। मैं झूठी बात नहीं कह रहा। बिलकुल सच्ची बात ही बयाँ कर रहा हूँ। तुम्हीं बतलाओ मैं तुमसे भला क्यों बुरा मानूँगा? जब तुम छोटी थी, तभी से मैं तुम्हें प्यार नहीं करता आ रहा हूँ क्या?"

"यदि आप सचमुच की मुझसे प्यार करते हैं, तो फिर मुझे इस तरह दुत्कार कर, अपनाने से अस्वीकार कर, मुझे यहीं छोड़, स्वयं दूर चले जाने को क्यों इतने उतावले हो उठे हैं?"

छिरिंग दैमा की इस जिज्ञासा का क्या उत्तर दे—लबजाँग कुछ सोच नहीं पाया।

लबजाँग को यूँ निरुपाय हुआ, दुविधा में पड़ कर कुछ भी न कर पाने की असहाय दशा का लाभ उठाते हुए छिरिंग दैमा उसकी देह से अपनी पूरी देह सटाकर उसके बिछौने पर ही उसके कम्बल के नीचे उसे अपने आलिंगन पाश में जकड़ते हुए लिपट कर सो गयी। उसकी इस बार की कारगुज़ारी में बाधा डालने की लबजाँग ने कोई कोशिश नहीं की।

"आप मेरी बड़ी बहना को सचमुच ही बहुत अधिक प्यार करते थे न?" छिरिंग दैमा ने अपने कण्ठ-स्वर को थोड़ा सा तेज़ करते हुए पूछा।

"तनिक मद्धिम आवाज़ में बोल न। इस तरह बोलेगी तो तुम्हारे माता-पिता के कानों में आवाज़ पड़ जायेगी। वे सुनेंगे तो क्या सोचेंगे भला?"

"मेरी बड़ी बहना जो कुछ भी कह देती थी, आप उसे पूरी तरह मान लिया करते थे। और-और बातों की क्या कहें, यहाँ तक कि बड़ी बहन के कहने मात्र से आपने पेमा वांगछू जैसे महा बदमाश, लम्पट, छिछोरे आदमी को भी खोर-देपका करके अपने बराबर का स्वामी बनाकर अपने पास रख लिया था। कहिये क्या ऐसी ही बात हुई थी कि नहीं? छिरिंग दैमा ने जैसे लबजाँग से तर्क-वितर्क करने, जिरह करने के अन्दाज में पूछा।

"हाँ! बिलकुल सही बात है।"—एक लम्बी उसाँस काढ़ते हुए लबजाँग ने कहा।

"तो फिर अब आज की इस वेला में आप मेरी उसी बड़ी बहना की बात नहीं मानेंगे क्या?" छिरिंग दैमा का ऐसा अजीब प्रश्न सुन कर लबजाँग हैरान-परेशान हो स्तम्भित हो रहा। ऐसा प्रश्न पूछकर छिरिंग आखिर कहना क्या चाह रही है? इसका कोई अनुमान भी वह नहीं लगा पाया। कुछ देर तक वह मन ही मन उधेड़बुन करता रहा किन्तु तो भी कुछ सोच नहीं पाया तो चुप्पी साध गया।

उसे इस तरह असहाय हाल में पड़ा देख छिरिंग दैमा ने अपने प्रश्न का खुलासा करते हुए कहा—"मृत्यु को प्राप्त हो रही मेरी बहन ने अपनी चेतना लुप्त होने के कुछ क्षणों पहले मुझको—ठीक-ठाक अर्थ में—मेरे माध्यम से आपको एक आदेश दे गयी थी। यदि मेरी बहन को आप सचमुच ही प्यार करते थे, तो आप उस आदेश का पालन करके प्रमाणित करें कि हाँ, सचमुच ही आप उन्हें प्यार करते थे।"

"तो ठीक है, मैं उसकी कही गयी बात का पूरी निष्ठा से पालन करूँगा।"

"बड़ी बहन ने आपको बता देने के लिए कहा था, अर्थात मुझे आदेश दे गया था—कि0—तुम ही मेरी मृत्यु के बाद मेरी इस घर-गृहस्थी, बाल-बच्चों का उद्धार करना। तुम पर पूरा विश्वास रखते हुए मैं अपने बड़े पति देव, बेटी रिनचिन और बेटे टासी को तुम्हारे हाथों में सौंप रही हूँ।" बड़ी बहन की अन्तिम इच्छा को कह सुनाते ही छिरिंग दैमा का गला भर आया। शोक-विह्वल हो फिर वह कुछ कहने में असमर्थ हो गयी।

"बोलो, बोलो; तुम्हारी बड़ी बहन ने और क्या कुछ कहा था?" लबजाँग की

बोली भी रुलाई-रुलाई सी सुनाई पड़ी।

"हृदय जैसी चीज आपके अन्दर भी है क्या?" रुलाई-रुलाई सी हृदय-विदारक बोली जो छिरिंग दैमा के मुँह से निकली, तो लबजाँग आश्चर्य से पूछ पड़ी।

"क्यों नहीं होगी? मैं क्या मनुष्य नहीं हूँ?"

"अभी तक तो मैं यही समझ रही थी कि आपकी इस देह में हृदय नाम की चीज़ है ही नहीं। यदि आप दूसरे मनुष्यों जैसे ही मनुष्य होते तो मुझे यूँ ठुकराकर इस तरह यहाँ से चले जाने के लिए सोचते क्या?"

"बतलाओ न, तुम्हारी बड़ी बहन ने और क्या? कहा था?"

"हाँ कहा था। मुझे सावधान किया था कि मैंने जो भूल की—न करने वाला काम जो हड़बड़ी में कर बैठी थी—वैसी भूल तुम हरगिज़ मत करना। खोर-देपका करने के लिए किसी भी दूसरे पुरुष को अपने करीब मत बुला लेना। एकमात्र आपको ही सारा जीवन पाने के रूप में पूजा कर एक सुखी विवाहित जीवन बिताना। ऐसी ही ढेर सारी कुछेक बातें कही थीं उन्होंने। फिलहाल आप बड़ी बहन के अन्तिम आदेश को मान लेवेंगे, उसके अनुसार काम कर दिखायेंगे, तब उसके बाद मैं उन सारी बातों को आप से कह सुनाऊँगी।"

"मैं तुम्हारी बड़ी बहन का अन्तिम आदेश सच्चे हृदय से मान ले रहा हूँ।" कहते हुए लबजाँग ने छिरिंग दैमा को अपनी दोनों बाँहों के घेरे में भींच कर अपने सीने से चिपका लिया।

इतने लम्बे समय तक गाढ़ी नींद में सोये होने का नाटक कर के अपनी छोटी बेटी और बड़े दामाद की बातें कान लगा कर सुन रहे ससुर इ्इरु बूढ़े ने परम आनन्दित स्वर में अपनी पत्नी के कानों में फुसफुसाते हुए कहा—"अब इस घड़ी में, ऐसी बात सुन लेने के बाद ही मेरे व्याकुल हृदय को शान्ति महसूस हो रही है।" उत्तर में बूढ़ी भी चहक उठी—"कल प्रातःकाल की वेला में ही विवाह होने की पक्की व्यवस्था का टेम्ब्रे-उत्सव सम्पन्न कर देना उचित होगा। मुझे अब पूरा भरोसा हो गया है कि बड़ी बिटिया सोनाम ने जो भूल की थी, ये दोनों उस तरह की भूल कभी नहीं करेंगे।"

छिरिंग दैमा की माँ—अपनी बात अभी पूरी भी नहीं कह पायी थीं कि उस दूसरे वाले क़मरे में छिरिंग दैमा के कण्ठ से निकलती हुई बातों की आवाज बूढ़े-बूढ़ी के कानों में आ गूँजी।

"हम लोग अब और आगे ब्रोकपा—पशु पालक जीवन जीने वाले पेशे का अंग बनकर नहीं रहेंगे। जीविका का कोई भिन्न प्रकार हम अपनाएँगे। आप जो तवाँग गोम्पा जाने का निर्णय ले चुके हैं, मैं भी उससे सहमत हूँ। आपके संग-संग मैं भी तवाँग शहर जाऊँगी। वहाँ के आस-पास के किसी खेतिहर गाँव में खेती-बारी करने योग्य जमीन खरीदेंगे। वहाँ कृषक बन कर खेती-बारी करके खायें-पियेंगे। किसानी से जीविका निर्वाह करेंगे। ब्रोकपा—पशुपालक बने रहने पर मेरे लिए आपके साथ

चरागाह की छावनी पर रह पाना कभी सम्भव ही नहीं होगा, क्योंकि उससे आपके गृह देवता कुपित हो कर अनर्थ कर देंगे। उनके कोप से बँचने के लिए मैं अकेली घर पर रही, तो आपके साथ न रहने पर मुझे किसी और को साथ लेना पड़ेगा। उस स्थिति में बड़ी बहना सोनाम जी की तरह मैं भी किसी और पुरुष से खोर-देपका विवाह कर, उसे भी अपने पति का दर्जा देने को बाध्य हो जाऊँगी। जो मैं कत्तई ही नहीं होने दूँगी। अतः आप स्पष्ट करें कि हम सभी साथ-साथ तवाँग के लिए निकल जायेंगे न?"

"हाँ, जी हाँ।"

"एक बात और सही-सही बतलाइए। अपनी बड़ी बहन की तरह मैं सुन्दर नहीं हूँ, सम्भवतः इसी कारण से आप...।"

"नहीं जी, नहीं। ऐसी कोई बात नहीं है। तुम बिलकुल ही सोनाम जैसी शत-प्रतिशत उसी के समान—सुन्दर हो। इतनी एक जैसी कि आज तो मुझे ऐसा लग रहा है जैसे मेरी अपनी वह सोनाम ही फिर से जीवित हो कर मेरे पास लौट आयी है। मुझे पूरा विश्वास है कि तुम्हारे अन्दर समा कर—तुम्हारी देह के भीतर ही पुनरुज्जीवित हो कर मेरी सोनाम सदा-सर्वदा मेरे पास जीवित रहेगी।"

परम आनन्द से परितृप्त हो, प्रगाढ़ शान्ति से भाव-विह्वल हो लबजाँग ने अपनी बात कही और छिरिंग दैमा को अपने से चिपका कर उसके गालों और ललाट पर और मुख के अंग-अंग पर अपने चुम्बन जड़ दिये।

उसके ठीक दूसरे दिन की प्रातःकालीन वेला में ही ङ्इरु बूढ़े-बूढ़ी ने पूरे गाँव समाज के समारोह में लबजाँग और छिरिंग दैमा को अगल-बगल में सटाकर पास-पास बैठा कर, वर-वधू की उपयुक्त माला ओढ़ा कर उन्हें नव-विवाहित पति-पत्नी के रूप में संस्कार-पूर्ण मर्यादा देते हुए घोषणा कर दी। तदनुरूप नव-दम्पति को सभी ने शुभ-कामनाएँ दीं।

उसके कुछ समय बाद लबजाँग ने अपने घोड़े की पीठ पर आवश्यक सामानों के बोझों को लाद कर, फिर टासी को अपने साथ ले कर तथा खाने-पीने की चीज़ों से भरे थैलों को छिरिंग दैमा ने अपनी पीठ पर लाद कर कस-कुस लेने के बाद रिनचिन को अपने साथ ले कर यात्रा आरम्भ की। तवाँग शहर पहुँचने का लक्ष्य ले कर वे सभी निंसाला पहाड़ की टेढ़ी-मेढ़ी पगडण्डी पर अपने कदम बढ़ाते हुए पैदल-पैदल एक नयी यात्रा पर निकल पड़े।

उनकी वह यात्रा पृथ्वी पर स्थित जीवन्त संसार को, इस पूरी दुनिया को जीवित बनाये रखने की यात्रा है। सुख-सुविधा पूर्ण एक नये संसार, नये परिवार का निर्माण करने की यात्रा है। बीते हुए भूतकाल को पूरी तरह भुला कर, आने वाले भविष्य को स्वस्थ-सुन्दर रूप में गढ़ने की यात्रा है।

□□□